U0533923

斯蒂芬·金的
故事贩卖机

〔美〕斯蒂芬·金 著　谢瑶玲 余国芳 赖慈芸 译

SKELETON CREW

斯蒂芬·金作品系列　STEPHEN KING

人民文学出版社
PEOPLE'S LITERATURE PUBLISHING HOUSE

著作权合同登记号　图字 01-2017-6244

SKELETON CREW
by Stephen King
Copyright © 1985 by Stephen King
This edition arranged with The Lotts Agency Ltd.
through Andrew Nurnberg Associates International Limited
Simplified Chinese edition copyright ©
Shanghai 99 Readers' Culture Co., Ltd., 2017
All rights reserved.

图书在版编目(CIP)数据

斯蒂芬·金的故事贩卖机/(美)斯蒂芬·金著；
谢瑶玲,余国芳,赖慈芸译.—北京:人民文学出版社,
2017
(斯蒂芬·金作品系列)
ISBN 978-7-02-013025-2

Ⅰ. ①斯… Ⅱ. ①斯… ②谢… ③余… ④赖… Ⅲ.
①短篇小说-小说集-美国-现代　Ⅳ. ①I712.45

中国版本图书馆 CIP 数据核字(2017)第 163234 号

出品人	黄育海	
责任编辑	叶显林　任　战　张玉贞	
封面设计	陈　晔	

出版发行　人民文学出版社
社　　址　北京市朝内大街 166 号
邮政编码　100705
网　　址　http://www.rw-cn.com

印　　制　上海利丰雅高印刷有限公司
经　　销　全国新华书店等

字　　数　448 千字
开　　本　890 毫米×1240 毫米　1/32
印　　张　15
版　　次　2012 年 2 月北京第 1 版
印　　次　2018 年 1 月第 1 次印刷

书　　号　978-7-02-013025-2
定　　价　52.00 元

如有印装质量问题,请与本社图书销售中心调换。电话:010-65233595

本书献给亚瑟与乔伊丝·格林

我是你的不羁男,
这是我的真面目。
且让我来这里,
施展浑身解数。

——K.C. 与阳光乐队

你爱吗?

目　录

作者序 / 1
迷雾 / 1
厕所有老虎 / 113
猴子 / 118
该隐站起来 / 150
陶德太太的捷径 / 156
跳特 / 178
婚礼 / 200
偏执狂之歌 / 213
木筏 / 218
众神的电脑 / 244
被诅咒的手 / 261
沙丘世界 / 277
收割者的影像 / 293
娜娜 / 300
给欧文 / 330
适者生存 / 332
奥图伯伯的卡车 / 350
晨间运送（牛奶工人——之一）/ 364
大轮子：洗衣厂的故事（牛奶工人——之二）/ 368
外婆 / 381
变形子弹之歌 / 403
水道 / 444
后记 / 462

作者序

等等——等一下吧。我要和你谈谈……然后我要吻你。等等……

1

这是本短篇故事集,写于我一生中各个不同阶段。最早的一篇,《收割者的影像》,是我十八岁时,上大学前的那个夏天写的。那时我们一家住在缅因州的西德翰,有天我和我哥在后院打篮球时,突然想到这么一个故事。现在重读这篇小说,我不禁缅怀往日,有些黯然神伤。《变形子弹之歌》完稿于一九八三年十一月。这前后两篇小说横跨了十七年的时间。固然,比之于诸如格雷厄姆·格林、毛姆、马克·吐温、尤多拉·韦尔蒂等知名作家荣耀而漫长的写作生涯,十七年实在不算什么。可是名小说家斯蒂芬·克莱恩一生写作的时间不到十七年,而洛夫克拉夫特的事业也不过延续了十七年。

一两年前,一个朋友问我干吗那么白费力气。他说,我的长篇小说本本卖钱,短篇故事却只是吃力不讨好。

"怎么说?"我问。

他敲敲手边的一本《花花公子》杂志。正好我有一篇故事就登在那一期《花花公子》上(《众神的电脑》,亦收录在本书中),所以我很得意地对他说了。

"好,我会告诉你的。"他说,"不过你得先告诉我,这篇故事你拿了多少稿费。"

"好。"我说,"我得到两千美元。不算少吧,威特。"

(他的真名并非威特,但为了避免让他受窘,我只得随意捏造个假名。)

"不对,你并没有得到两千块钱。"他说。

"没有吗?你查了我的存折了?"

"没有。我知道你只拿了一千八,因为你的经纪人抽了百分之十。"

"不错,"我说,"那是他应得的。是他把我的故事推销给《花花公子》,我一直都希望《花花公子》能用我的稿。所以,我是拿了一千八,而不是两千。那也没差多少。"

"错了。你得到的是一千七百一十美元。"

"什么?"

"你不是跟我说过,你的业务经理必须抽净利的百分之五吗?"

"呃,对——一千八百减掉九十。我还是认为一千七百一十美元的稿费并不——"

"问题在于并没有那么多钱,"这个悲观主义者抢着说,"其实只有区区八百五十五美元而已。"

"什么?"

"你想对我说你不用缴百分之五十的税吗?"

我没说话。他知道我没忘。

"所以,"他轻声说,"实际上你只得到七百六十九美元五角,对吧?"

我不情愿地点点头。缅因州的所得税法规定,像我这个收入等级的居民必须替州政府缴百分之十的联邦税。八百五十五美元的百分之十是八十五美元五角。

"你花了多长时间写这篇故事?"威特又问。

"大概一个星期吧。"我不情愿地说。事实上,加上修改定稿,我前后花了总有两星期吧,只是我不想对威特实话实说。

"这么说,那个星期你赚了七百六十九美元五角。"他说,"你可知道在纽约一个水管工人每星期赚多少钱吗,斯蒂欧?"

"不知道。"我说;我讨厌别人叫我斯蒂欧,"你也不知道吧。"

"我当然知道。"他说,"扣税之后,大概是七百六十九美元五角。因此,依我看,你根本就是吃力不讨好。"说完他狂笑了一阵,接着问我冰箱里还有没有啤酒。我说没有。

我要将这部故事集送一本给威特,附上一张小纸条,写着:我不会告诉你这本书我拿了多少版税,但我要告诉你,威特:光是《众神的电脑》这篇故事,我的净收入就已超过两千三百美元,还不包括你上回兴高采烈为我算出的七百六十九美元五角在内。我会在纸条上署名"斯蒂欧",再加一条:其实那天冰箱里还有啤酒,后来你走了以后我自己喝掉了。

这应该够让他吸取教训了。

2

然而,钱不是最重要的。我必须承认,《众神的电脑》赚了两千多块钱令我十分兴奋,但是当《收割者的影像》被《惊异神秘故事》月刊录用,稿费只有四十美元时,我也同样雀跃。而当缅因大学文学杂志出版我的故事《厕所有老虎》,只寄来十二本杂志给我时,我也不以为意。

我是说,有钱当然很好,咱们不必故作清高。当一些杂志开始固定刊登我的短篇故事时,我二十五岁,我太太二十三岁。我们已经有个孩子,另一个也在半路上了。那时我每周在一家洗衣店工作五六十个小时,每小时工资是一块七毛五。我们的生活捉襟见肘,入不敷出。每次有一笔稿费寄到,似乎总是我们正需要钱买治疗婴儿耳朵发炎的抗生素,或及时保住就要被剪断的电话线的时候。凭良心说,钱的好处谁都不能否认。正如莉莉·卡瓦诺在《魔符》中所说(那是彼得·斯特拉博的台词,不是我的):"没有人会嫌自己太瘦或太有钱。"要是你不以为然,那你一定从来没有真的胖过或真的穷过。

话说回来,你也不能满脑子只想着钱,想着每小时可以赚多少,年薪多少,甚至这辈子会有多少钱,否则你跟一只猴子就没有两样。最后你甚至不是为了爱而工作,尽管那么想挺美好的。你工作,只因为不工作无异于自杀。尽管写稿实在很累,但我得到的补偿却是威特那种人无法理解的。

就拿《众神的电脑》来说吧。这不是我写过的最好的一篇故事,也绝对不是一篇可以得奖的作品。可是它也不太坏,蛮有趣的。一个月前我自己刚买了一台个人电脑(一台大块头王安电脑——请别妄加评断,好吗?)。当时我仍在摸索,想知道它的能力有多高。而最令我着迷的莫过于"插入键"和"删除键",它们使我再也用不到删除线和补字符。

有天我灵感泉涌,却无从下笔。我脑子里一片纷乱,每一个思绪都以接近音速的速度窜来窜去。到了傍晚,我觉得万分难过——忽冷,忽热,腰酸背痛。我的胃绞成一团,全身关节也隐隐作痛。

那晚我睡在客房里(因为离浴室最近),从晚上九点睡到大约凌晨两点。我睁开眼睛,心里明白我再也睡不着了。但因为疲累,我还是躺在床上,不久我就想到我的电脑,以及"插入键"和"删除键"。我心想:"如果有个人写了个句子,然后,他按'删除键',结果那个句子的行为主体便从这世上消失了,那不是很有趣吗?"我的每个故事几乎都是这样开始的:"假如……那不是很有趣吗?"虽然这些"假设"大部分都很可怕,但只要我说给别人听,总会引起一些讪笑,无论那故事的主旨是什么。

总之,我开始想象"删除"键,虽没有具体的故事成型,但多少有了些概念。我想象着这个人(通常我假设的人物都暂名为"我",直到我开始动笔写故事,非得给他一个名字为止)把墙上挂的画"删除"掉,接着删掉客厅里的座椅,再就是整个纽约市,然后删掉战争的概念。接着我又想到他也可以"插入"一些东西,无中生有地让那些东西突然出现在这世上。

然后我又想:"那么给他一个恶妻好了——他可以把她删除掉,也许——然后插入一个好的。"想到这里,我不知不觉睡着了。第二天早上,我精神奕奕,前晚的痛苦已不药而愈,而我想到的情节仍鲜明地印在我脑袋里。我写了下来,你也许会觉得这故事和我刚开始构思时有些出入,但——一向都是如此。

我不需要再详加图解吧?你不能只为了钱而工作就对了,不然你就是只猴子,就这么简单。那故事给我的回报是,让我在辗转难眠时安稳地又睡着了。我给它的回报则是让它具体存在,一如其所愿。其余的都只是额外收获。

3

我的读者,我希望你会喜欢这本书。也许,你宁愿看部长篇小说吧,因为大多数人早已忘了短篇故事的乐趣了。在许多方面,阅读一部长篇佳作,可与一段长期而又令人满足的感情相比。我还记得在拍摄《鬼作秀》期间,我往返于缅因州与匹兹堡之间,由于我的惧飞症,加上航空公司人员罢工,接着雷根先生又把罢工人员都炒了鱿鱼,所以我多半开车来回。那时我常听分录在八卷录音带上的《荆棘鸟》(考琳·麦卡洛著),大约有五个星期的时间,我觉得我和那本小说不只是有感情而已,我根本就和它结婚了。(我最喜欢的一段是那个邪恶的老太婆死掉,而且尸体在大约十六个钟头后便开始腐烂、长蛆。)

短篇故事则完全不同——一个短篇故事,就像一个神秘陌生人奉上的一吻。当然,那和一段感情或是婚姻无法相提并论,但是这一吻可以很甜蜜,而且正由于其短促,才具有特别的吸引力。

写作这么多年,我还是觉得写短篇故事很难下手,甚至变得更难了。写稿的时间缩短了,这是其一。长度不易掌握(我写起稿来颇像胖女人节不了食),这是其二。想要恰如其分地写下来也很困难——在想象中那个假定为"我"的人常常会飘出脑海,消失无踪。

所以我想,最重要的就是不断尝试。不停地亲吻,挨几个耳光,也总比连试都不试就放弃的好。

4

好,话说得差不多了。我可以向几个人致谢吧?(要是你嫌累,可以跳过这段。)

谢谢始作俑者,比尔·汤普森。他和我一起编纂了第一本短篇小说集《守夜》,再编这一本也是他的主意。他已经搬到威斯康星州的树屋镇去了,但不管他住在哪里,我都一样敬爱他。如果说出版界还有硕果仅存的一位绅士,那就是比尔。上帝保佑你那颗爱尔兰心灵,比尔。

谢谢普特南的菲利·格伦热心的处理。

谢谢我的经纪人,柯比·麦卡利。他也是爱尔兰人,不但为我推销了这个集子中大部分的故事,而且以紧迫盯人的方式,催我写出其中最长的一篇《迷雾》。

我开始觉得这很像奥斯卡金像奖颁奖典礼的致谢辞了,不过,管他的!

也谢谢杂志编辑们——《红皮书》杂志的凯西·沙根,《花花公子》杂志的爱丽·杜纳,《骑士》杂志的奈伊·魏登,《北佬》杂志的编辑们,以及《科幻小说》杂志的爱德·弗曼。

我该感谢的人可多了,他们的名字我都记得,不过我不会再啰嗦下去了。最后要感谢的是你,我的读者——因为最后一切都归于你。没有你,一切都是白费。只要我的任一篇故事能使你快乐、遐想,免于在吃中餐、搭飞机或在拘留所揉纸团时感到无聊,那就是回报。

5

好——广告完了。现在,抓紧我的臂膀吧。抓牢。我们将进入许多黑暗地带,但我想我认得路。假如我将在黑暗中吻你,请不要大惊小怪,那只是因为我爱你。

现在,请听:

一九八四年四月十五日
缅因州班戈市

迷 雾

1. 风雨来袭

事情的经过是这样的。七月十九日那晚,新英格兰北部有史以来最凶猛的热浪终于平息,继之而来的是缅因州西部前所未见的大雷雨。

我们住在长湖畔。就在天黑之际,我们看见暴风雨以千军万马的阵势,朝我们这个方向横扫水面而来。暴雨来袭前的一小时,空气完全停滞。我父亲在一九三六年时插在船屋上的那面美国国旗,有气无力地垂挂在旗杆上,连旗边也没飘一下。热气浓得化不开,仿如采石场深不可测的止水。那天下午我们三个去游了泳,但除非游到深水区,否则浸在水里也不见得更凉快。斯黛芬和我都不愿撇下比利游到深水区去。毕竟比利才五岁。

五点半时,我们坐在面湖的平台上,懒懒地用叉子挑着当作晚餐的火腿三明治和土豆沙拉。大家都没什么胃口,只想喝浸在冰桶里的百事可乐。

吃过晚餐后,比利又跑到屋外玩爬竿了。斯黛芬和我继续坐着,一边抽烟,一边眺望平静无波的阴郁湖面和远在湖对岸的哈里森镇,两人都没说什么话。几艘汽艇在湖里来回巡逡,发出噗噗声响。对岸的松树林看起来灰扑扑的,无精打采。西方天际出现浓密而深紫的雨云,有如一队大军般层层涌现,偶尔夹带着一道闪电。隔邻的布伦特·诺顿开着收音机,收听华盛顿山顶播送的古典音乐台,每次闪电一现,音乐就变为吱喳作响的静电声。诺顿在新泽西当律师,他在长湖的居处只是栋避暑的小别墅,没有暖气或御寒设备。两年前,我们为了两家边界吵了一架,最后甚至闹上地方法庭。我赢了。诺顿认为我之所以会赢,只因为他是外地人。我们从此便有些互相看不顺眼。

斯黛芬叹了口气,拉着小背心的胸口扇了扇风。我怀疑她会因此凉快多少,不过倒是蛮养眼的。

"我不想吓你,"我开口道,"但是我想待会儿有场很大的暴风雨。"

她怀疑地看看我:"昨晚和前晚也都有雨云呀,大卫。后来不都散了吗?"

"今晚不会。"

"不会吗?"

"要是雷雨太大,我们得到楼下去躲一躲。"

"你想会有多糟呢?"

我父亲是第一个选择在这一侧湖岸定居的人。他年少时和他的兄弟一起建了间避暑的小木屋,就在现在我们这栋屋子的所在。一九三八年,一场夏季暴风雨将小木屋夷为平地,连石墙也垮了,只有船屋侥幸逃过一劫。一年后,他开始建这栋大房子。暴雨来袭时,真正会造成房屋损害的其实是树木:老朽的大树会被强风吹倒。这是大自然定期清除房屋的方式。

"我不知道。"我老实回答。我没亲眼见识过一九三八年的暴风雨。"但是从湖上吹来的风,威力比得上一列特快车。"

不一会儿比利回来了,喃喃抱怨爬竿一点都不好玩,因为他全身都"汗湿"了。我揉揉他的头发,又给了他一瓶百事可乐。牙医又有的忙了。

雨云压得更低,带走了天空的最后一抹蓝。毫无疑问,暴风雨就要来袭了。诺顿关掉了收音机。比利坐在斯黛芬和我之间,着迷地望着天际。一声响雷慢慢卷过湖面上空,继而又是一阵回声。层层云朵纠结滚动,时而黑时而紫,有时透出几脉光线,立刻又转为全黑。云渐渐笼罩住整个湖。我看得出一层细细的雨膜已随着云层飘散开来,但仍在极遥远处。在我们看来,现在有雨的地方可能远在波士磨坊那边,甚至是挪威镇。

空气开始浮动,先是一阵一阵,使得国旗有一搭没一搭地扬着。风逐渐带有凉意,越来越强,先是吹干了我们身上的汗,接着甚至带些寒意。

就在这时,我看见一层银纱滚过湖面,没几秒钟,雨便如疾矢般落在哈里森镇上,并向我们直扫过来。湖上的几艘汽艇早已落荒而逃。

比利从那张印有他名字的小导演椅上站了起来。我们每个人都有一张这样的导演椅。"爸爸!看!"

我说:"我们进去。"我站起来,伸手环住他的肩膀。

"你看到没,爸爸?那是什么?"

"那是水龙卷。我们进去。"

斯黛芬愕然瞟了我一眼,接口说:"快,比利,听你爸爸的话。"

我们从客厅的落地窗进入室内。我关紧门户,忍不住又往外看了看。那层银纱已笼住四分之三个湖面。银纱卷成杯状,在水天之间疯狂旋转;乌黑的天压得极低,湖水变为铅灰色,不住承接击落湖中的银线。湖里波涛汹涌,打在船坞和防波堤上的浪激起一阵又一阵泡沫,使得整个湖气势大增,阴森森的看起来有些像海。而在湖心,更有不住来回滚动的水浪。

望着那席卷而来的暴雨,人仿佛也被催眠了。就在雨几乎已直落到我们正上方时,一道明亮的闪电划过,让我在接下来的三十秒,看什么都像在看底片。电话铃叮地震响一声,我猛一回头,看见我太太和儿子就站在可由西北方远眺整个湖面的观景窗正前方。

我脑海中浮现一个画面。我想大概只有为人丈夫和父亲的,才会有类似这种想象:那扇大观景窗在一声低喘下爆裂,将尖锐如箭的碎玻璃插入我妻子裸露的腹部和我儿子的小脸、颈子里。这想象中家人可能遭到的厄运景象,比中世纪的宗教法庭还要骇人。

我一把抓住他们两人,把他们拉开:"你们干什么?别站在那里!"

斯黛芬震惊地瞅着我。比利看着我的眼神却很茫然,似乎刚从一场迷梦中清醒过来。我把他们带到厨房,把灯打开。电话铃又震响一声。

这时风来了。风声宛如尖锐且不止息的哨音,有时先化为低沉的怒吼,而后才拔高成为呼啸的尖叫。整栋房子仿佛是架七四七客机,随时会凌空飞起。

我对斯黛芬说:"到楼下去。"在风声中,我得大吼她才听得见。一记雷不偏不倚打在屋顶上,比利吓得抱紧我的腿。

"你也一起下来!"斯黛芬也拉高嗓门。

我点点头,挥手催促他们。我用力把比利从我腿上拨开:"你跟妈妈先下去。我得找几根蜡烛以防停电。"

他跟着斯黛芬下去后,我开始翻箱倒柜。蜡烛这东西说也奇怪,每年春天你都会准备蜡烛,以免夏季暴雨时停电,但等到要用时,却怎么也找不到。

我翻到第四个橱子，看到了斯黛芬和我四年前买的大麻，还剩不少；比利在玩具店买的一副玩具假牙，还有些斯黛芬忘记放进相簿的相片。我又翻了希尔斯百货公司的商品目录下面，还有一个丘比娃娃的后面，这个台湾制的大眼娃娃，是我几年前在弗赖堡嘉年华会上用网球击倒木牛奶瓶赢来的。

在瞪着死人眼般的娃娃后方，我终于找到了用玻璃纸包得好好的蜡烛。我的手才碰到蜡烛，屋里的灯便全熄了，唯一的电只有在天上猛打信号的那玩意儿。一连串闪电照得餐厅忽白忽紫。楼下传来比利的哭声，以及斯黛芬喃喃哄他的话语声。

我得再看一眼暴风雨才行。

水龙卷不见了，一定已经过去了，或者是到达湖岸时削弱了威力，然而望向湖面，还是无法看到二十码外。湖水翻滚汹涌。我看到某人的码头残骸，大概是贾瑟家的。大水冲垮了码头，支木被击上半天高，随即又落入滔滔湖水中。

我到楼下去。比利冲向我，紧紧抱住我的腿。我把他抱起来，紧紧搂了他一下，然后才把蜡烛点上。我们坐在工作室再过去的客房里，在闪灭的黄色烛光中看着彼此的脸，听着呼啸不止的风雨吹打房子。约莫过了二十分钟，我们听到附近一棵大松树断折倾倒的轰裂声，接着就再无声响。

"过去了吗？"斯黛芬问道。

"也许吧。"我说，"也可能只是暂停一下。"

我们一人拿着一根蜡烛，有如前去晚祷的修士般，一步挨着一步上楼查看。比利小心翼翼又极其骄傲地握紧他手上的蜡烛。持着蜡烛，持着火，对他来说是件不得了的大事，这让他暂时忘了恐惧。

天色实在太暗，看不出房屋周围受到了什么损害。这时比利早该上床睡觉了，但此刻没人会想那么多，我们坐在客厅里，耳听风声，出神地望着天上的闪电。

大约一个钟头后，风势又增强了。三个星期来，气温一直在华氏九十度以上；其中有六天，波特兰的气象台更报道气温超过一百度。怪异的天气。加上去年冬天和今年春天都比往年冷，不少人又喃喃抱怨这种异常天气一定是五十年代核弹试爆的长期后遗症。当然,也有人说是世界末日就要来了,这是经典老套说法。

第二度的风暴不如先前凌厉,但在第一阵风雨中已然受创的几棵树却倒了。风势减弱之际,一棵断树重重落到屋顶上,传来一声巨响,犹如一拳打在棺材盖上。比利惊跳起来,忧虑地抬头往上看。

"撑得住的,小帅哥。"我说。

比利不安地笑了笑。

十点左右,最后一阵风雨来袭,来势汹汹。呼号的风声不低于第一次的狂啸,不止的闪电更仿佛一次又一次打在我们四周。更多树倒了。湖边传来一阵爆裂声,使斯黛芬不由自主低喊了一声。比利已经在她怀中睡着了。

"大卫,那是什么?"

"我想可能是船屋吧。"

"噢。啊,老天。"

"斯黛芬,我们应该再到楼下去。"我抱过比利,站起身来。斯黛芬惊恐地瞪大眼睛。

"大卫,我们不会怎么样吧?"

"当然不会。"

"真的?"

"真的。"

我们再次来到楼下。十分钟后,最后一阵风雨达到高潮之际,楼上响起惊心动魄的碎裂声,是那扇可以眺望湖面的观景窗。这么说来,我脑中先前的幻象终究不是完全无稽。原本已经在打盹的斯黛芬,尖叫一声醒了过来。躺在客房床上的比利则不安地翻着身子。

"雨会打进来,"斯黛芬说,"会把家具都浸坏的。"

"坏就坏吧,反正都有保险。"

"有保险又怎样?"她以懊恼而责怪的口吻说,"你母亲的衣柜……我们的新沙发……彩色电视机……"

"嘘,"我说,"快睡吧。"

"我怎么睡得着!"她答道。但五分钟后,她就睡着了。

我点着一根蜡烛,倾听着屋外徘徊不去的响雷,又撑了半个小时。我心想，明早必定会有不少湖区居民打电话给他们的保险公司；还有许多人得用链锯锯断落在他们房顶上或穿窗而过的树木；路上也会有很多中缅因州电力公司的橘色卡车。

风雨已渐转弱，而且没有再度增强的迹象。我留下睡在床上的斯黛芬和比利，一个人又回到楼上，望进客厅里。落地窗倒还坚固，但原先可远眺风景的观景窗已经变成一个边缘参差的大洞，洞口塞满了桦树叶——那是被风吹倒的桦树树顶；那棵树自我有记忆以来，一直屹立在地下室门外。望着它已塞进我们客厅的树顶，我终于体会到斯黛芬说"有保险又怎样"的意思。我一直很喜爱这棵树。它已经撑过那么多个冬天；在我们屋子的湖岸这边，只有这棵树没被我的链锯锯过。落在地毯上的几大片玻璃层层映出我手里的烛光。我提醒自己必须警告斯黛芬和比利：得穿上拖鞋才行。他们两个早上起来时，都喜欢赤着脚到处乱走。

我又下楼去。我们三个都睡在客房里，斯黛芬和我把比利夹在中间。我梦见看到上帝走过湖对岸的哈里森镇，一个巨大无比、上半身被蓝天白云遮住的上帝。在梦里，当上帝踏过树林时，便会传来树木的断折、碎裂声。他环湖而行，一直走向桥墩镇，朝我们而来。所有住宅、小木屋和夏季别墅都化为如闪电般的紫白色火焰。没多久，烟雾便掩盖了一切；浓烟，犹如一团雾般掩盖了一切。

2. 暴风雨后・诺顿・进城

"哇塞！"比利喊了一声。

他站在分隔诺顿家和我家的篱笆旁，望着我们的车道。长四分之一英里的车道接上一条路面未铺设的乡间小路，顺着小路走四分之三英里后可以接上两线道的柏油道堪萨斯路。从堪萨斯路就能到桥墩镇的所有地方。

我顺着比利的目光看过去，一颗心直往下沉。

"别再走过去了，小帅哥，现在已经够近了。"

比利没有抗议。

雨过天晴的早上，天气清爽无比。热浪中一直浓浊不清的天色现在已恢复万里无云的蓝，几如秋季时的明净。还有一点微风，因此车道上的斑斑阳光愉快地跳跃着。但距离比利所站不远处，传来持续的嘶嘶声，原来是草地上有一大团扭曲的电线,乍看就像一堆蛇。那是电力公司配送电力到我家的电缆,这会儿早已扭成乱七八糟的一团,落在大约二十英尺外,把周围一小片草皮烧焦了,而且还在慢腾腾地扭动,喷出火花。要不是树木和草皮已经被昨天的大雨先淋得湿透,我们家大概已经被烧光了。好在现在只有直接接触电线的那块地方被烧黑了。

"爸爸,那会电死人吗?"

"当然。"

"我们该怎么办呢?"

"不怎么办,等电力公司的卡车来。"

"他们什么时候来呢?"

"我不知道。"五岁的小孩就是爱问问题,"我想他们今天早上一定很忙。要不要跟我散步到车道尽头?"

他向我走了一两步,又停了下来,紧张兮兮地瞪着那团电线。其中一条电线弹了起来,又慢慢转了个方向,好像在跟他打招呼似的。

"爸爸,电可以射穿地面吗?"

好问题。"可以,不过你别担心。电要找的是地面,不是你,比利。你只要离电线远一点就不会有事。"

"电要找地面。"他喃喃说了一句,向我走了过来。我们手牵手走上车道。

情况比我想的还糟。一共有四棵树倒在车道上,一棵小的,两棵中等,另一棵则是直径五英尺的老树,树干上布满了青苔。

遍地都是树枝,有些叶子几乎都不见了。比利和我走向乡间小路,一路忙着把较小的枝丫丢进道路两旁的林子里。这使我想起约莫二十五年前一个夏天;那时我跟比利差不多大。我的伯父叔父全都在这儿,他们拿着手斧和镰刀,在林子里砍了一整天矮树丛。那天午后,他们围坐在我父母的野餐桌旁,大吃了一顿热狗、汉堡和土豆沙拉。大杯大杯的啤酒干个不停,后来鲁本叔叔更穿着一身衣服,连鞋子也没脱,便跳进湖里游泳。当时这片林子里还有鹿。

"爸爸,我可以到湖边去吗?"

他丢树枝丢腻了。在一个小男孩不想做某件事的时候,你唯一的对策便是让他去做别的事:"好啊。"

我们一起走回屋子,然后比利往右转,绕过屋子,对落在草地上的那团电线避得远远的。我左转走进车库去拿链锯。正如我前晚猜想的,湖岸四处都传来清晰可闻的链锯噪音。

我把链锯的油箱加满,脱掉外衣,正要回车道时,斯黛芬从屋里走出来。她不安地瞪着车道上的树。

"情况有多糟?"

"我可以把树锯成几段。屋里怎么样?"

"嗯,我把碎玻璃清干净了,可是那棵树你得想想办法才行。我们客厅里总不能有棵树吧。"

"没错。"我说,"你说得很对。"

我们在阳光中相视而笑。我把链锯放在一边,开始吻她,一手摸向她的臀部。

"别这样。"她低喃道,"比利在——"

话还没说完,比利便转过屋角朝我们走了过来:"爸爸!爸爸!你应该看看——"

这时斯黛芬看到了那团冒火的电线,尖叫着要比利小心。本来就已经远离电线的比利立刻停了下来,瞪着斯戴芬,仿佛她疯了一样。

"我没事,妈妈。"他用哄老人的语气说道,慢慢朝我们走来,以示他有多安然无恙。斯黛芬靠在我怀中,不自禁地颤抖。

"没事的,"我对着她的耳畔低语,"他很清楚不能碰电线。"

"但还是有人被电死。"斯黛芬说,"电视上一天到晚都有宣传短片,叫人小心掉落的电线——比利,立刻进屋去!"

"哎,别这样,妈妈!我要带爸爸去看船屋!"他既兴奋又失望,眼睛都快鼓出来了。他第一次看见暴风雨后的壮观景象,很想找人分享。

"你现在就进去!那些电线很危险,而且——"

"爸爸说它们要找的是地面,不是我——"

"比利,别再说了!"

"我会过去看,小子。你先过去吧。"我可以感到斯黛芬靠着我的身子再度变得僵硬,"儿子,你从另一边绕过去。"

"好!遵命!"

他经过我们身边,三步并作两步地跑过环绕房屋西侧的石阶,不一会儿便消失不见,只远远传来一声"哇塞!",想必发现了另一处遭到风雨摧毁的奇景。

"他知道那些电线很危险,斯黛芬。"我轻轻揽住她的双肩,"他很怕那团电线,这样很好,他就不会有危险。"

一颗泪沿着她的脸颊滑落:"大卫,我很怕。"

"不要这样,都已经过去了。"

"真的吗?去年冬天……还有今年春天来得晚……在镇上,他们说什么黑春……他们说从一八八八年以来,从来没有过那样的春天——"

"他们",无疑是指"桥墩古董店"的卡莫迪太太。斯黛芬喜欢偶尔进去看看。比利喜欢跟她一起去。在后面一间阴暗的房间里,有玻璃眼珠的猫头鹰标本永远张着双翅,两脚永远抓紧一截上了漆的木头;三头浣熊标本站成一圈,环着一条"小溪"——实为一长片灰扑扑的镜子;还有一只被飞蛾蛀蚀的狼标本,口鼻处有一团木屑而不是口水,犹然龇牙咧嘴。卡莫迪太太声称,那只野狼是一九〇一年九月某日下午到帝汶溪喝水时,被她父亲射杀的。

我的太太和儿子对造访卡莫迪太太的古董店乐此不疲。斯黛芬着迷于有图案的彩色玻璃,比利则爱那些已死的标本。斯黛芬本来个性实际,也很有主见,但居然会听信那老太太的话,让我颇为不悦。看来她发现了斯黛芬的弱点。而斯黛芬也不是本镇唯一听信卡莫迪太太的"乡野传闻"和"民俗秘方"(她总以上帝之名开药方)的人。

如果你丈夫是那种喝了三杯就喜欢动拳头的人,树汁可祛伤消肿;六月时数数毛虫身上有几圈花纹,或是八月时测量蜂窝有多厚,便可预卜今年冬天是暖是寒。现在呢,真是天可怜见,一八八八年的黑春重现(你可以自己加上惊叹号,一个不够就再加几个)。我也听过这说法,在这一带流行很久了——假使春天够冷,湖上的冰最后就会变成烂牙般的乌黑。这种情况很罕见,但也不是百年难遇。这里的居民喜欢说这些,只是我想没人会像卡莫迪太太那样言之凿凿。

"去年冬天是很冷,春天也来得很晚。"我说,"现在又是个闷热无比的夏天,再加上一场风暴。但风暴也过去了。斯黛芬,你平常不是这样的。"

"这不是普通的风暴。"她以同样沙哑的声音说。

"不错,"我答道,"这点我同意。"

"黑春"的说法,是比尔·乔提告诉我的。他在盖斯克镇与他的三个酒鬼儿子合资经营一家乔提修车厂(偶尔他的四个酒鬼孙子也会帮帮忙,要是他们能抽空放下雪地机动车和越野摩托车的话)。比尔高龄七十,看上去像八十,喝起酒来却像二十三岁的小伙子。五月中旬,一场来得意外的风雪为本区带来将近一英尺的积雪,把刚长出的花草都盖住的第二天,比利和我一起把我们家的斯柯达四驱车送到乔提车厂去。比尔刚喝了几杯取暖,兴冲冲地对我们提起"黑春"的说法,自然少不了添油加醋。然而五月下雪也不是什么千载难逢的罕事;那场风雪只持续了两天便消逝无踪,没什么大不了的。

斯黛芬又怀疑地望向那团落地的电线:"电力公司的人什么时候会来?"

"尽快吧。不会太久的。我只要你别为比利担心,这孩子不笨。他会忘了把衣服收好,但不会笨得走去踩一堆冒出火花的电线。他跟我们一样想好好活着。"我碰碰她的嘴角,望着她不由自主绽出一抹微笑。"觉得好些了?"

"你总能让事情看起来好些。"她的话让我感觉很棒。

在房屋临湖一侧,比利喊着要我们过去看。

"走吧。"我说,"我们去看看有什么坏了。"

她哼了一声:"我要是想看有什么坏了,客厅里就够我看了。"

"那么,我们去讨个小孩的欢心吧。"

我们手拉着手走下石阶。才刚弯过石阶的第一个转角,比利便全速从另一个方向冲过来,差点撞上我们。

斯黛芬皱皱眉说:"慢一点。"也许,在她脑海中,她正想象着他冲向那团致命的电线。

"你们一定要来看!"比利气喘吁吁地说,"船屋被压烂了!码头落到石头上……泊湾里还有树……耶稣基督!"

"比利·德莱顿!"斯黛芬吼了一声。

"对不起,妈——可是你一定得——哇!"他又跑走了。

"说完就跑,发布坏消息的家伙们都是这样。"我这句话使得斯黛芬又笑了,"听着,我先把横在车道上的那些树锯开,然后就到波特兰路的中缅因州电力公司去一趟,把我们这边的情况告诉他们。好吗?"

"好。"她欣然说道,"你想大概什么时候能去?"

如果不是因为那棵青苔满布的老树,我大约只要花上一小时就够了。但加上那棵大树,我想至少得忙到十一点。

"那你午餐后再去。可是你得到超市去帮我买些东西回来……我们的牛奶和奶油都快没了。还有……呃,我最好写张购物单给你。"

只要有点灾难的影子,女人就会像松鼠一样忙着储备粮食。我搂了她一下,点点头。我们绕到屋子后面,一眼便明白比利为什么会那么大惊小怪。

"上天保佑。"斯黛芬低语了一声。

我们所站之处地势较高,可以看到将近四分之一英里长的湖岸,包括左邻比博家的,我们自己家的,还有右邻诺顿的。

原来护着我们泊湾的那棵巨松,已经拦腰截断,残株像一枝乱削一通的铅笔兀自竖立着,树心在深色老树皮的对比下显得无比惨白。至于长约百英尺的松树上半截,如今只有一部分从浅浅的泊湾中露了出来。我突然想到我们的小"星游号"没被松树压沉到水中,实在是够幸运。上星期,汽艇的引擎有些毛病,因此现在它仍停泊在那不勒斯镇的小码头,耐心地等待归期。

在我们这一小段湖岸的另一边,我父亲所造的船屋被另一棵大树压扁了。在我们家还算有钱的年代,这栋船屋还曾停过一艘六十英尺长的游艇。我仔细一瞧,原来那棵树是诺顿的,不禁怒火中烧。那棵树五年前就已经死了,他早就该砍掉才对。现在那颗死树从四分之三处折断,不偏不倚压在我们的船屋上。屋顶被压扁了,木瓦在风中绕着屋子的大洞打转。比利说"压烂",真是一点也不为过。

斯黛芬说:"那是诺顿的树!"听着她愤愤不平的口气,尽管还是气在心头,我仍然忍俊不禁。旗杆躺在水里,旧国旗和一团绳索湿漉漉地漂在一旁。我可以想象诺顿的反应:去告我呀。

比利站在防波堤上,研究那段被水冲到石头上的码头,上面漆了醒目的黄、蓝条纹。比利回过头,高兴地对我们喊道:"那是马丁家的,对不对?"

"不错。"我说,"比利,你涉水过去把国旗捞起来,好不好?"

"没问题!"

在防波堤右侧有一小块沙滩。一九四一年,珍珠港事变之前,我父亲雇人用卡车从海滩运来整整六卡车细沙,直铺到五英尺左右的深度,差不多到我胸口高。那个工人要了八十元工资,自此以后那片沙地就一直在那里。还好那时候可以这样做,这年头即使在自己的土地上,你也不能造沙滩了。由于小木屋越盖越多,废水毒死了大半的鱼,剩下的活鱼也因含有毒素而不宜食用,因此环保局便禁止私人设置沙滩了。你瞧,沙滩可能会破坏湖泊生态,因此现在铺设沙滩是违法的,除非你是土地开发商。

比利涉水去取国旗,却忽然停住了。同一时间,斯黛芬靠着我的身体也僵住了,然后我自己也看到了。哈里森镇那头的湖不见了,眼前只有一团白色的雾,看来犹如一团大晴天的白云无端从天上掉到地面上来。

我想到了昨夜的梦。所以当斯黛芬问我那是什么,我差点没冲口说出"上帝"。

"大卫?"

对面的湖岸完全不见了,但根据多年来眺望长湖的经验,我认定看不见的湖岸线大约只有几码。那团浓雾的边缘几乎是笔直的。

"爸爸,那是什么?"比利喊道。他站在及膝的湖水中,伸手去捞水中的旗子。

"雾峰。"我说。

"出现在湖上?"斯黛芬怀疑地问。从她的眼神,我看得出卡莫迪太太的影响。那该死的女人。但我自己的不安转瞬即逝。梦终究是虚幻的,就像雾一样。

"当然,你又不是没看过湖上起雾。"

"但没看过这种雾。简直就像一团云。"

"那是因为阳光的关系,"我说,"就像你坐飞机时看到的云一样。"

"但怎么可能?只有阴雨天才会起雾!"

"现在不也起雾了?"我说,"至少是在哈里森镇。那不过是风暴过后的影响罢了。两道锋面交错,才会形成这种现象。"

"大卫,你肯定吗?"

我笑着揽住她的肩头:"我一点也不肯定,我瞎掰的。要是我肯定的话,就去新闻台播气象了。你进去写购物单吧。"

她怀疑地瞥了我一眼,举手用手背挡住强光,看看那雾峰,然后摇摇头说:"真怪。"这才走了。

比利对那团雾已经没兴趣了。他捞到了国旗和一团纠缠不清的绳索。我们把旗子摊在草地上晾干。

"爸爸,我听说不能让国旗碰到地面。"比利一本正经地说。

"是吗?"

"是啦。维克多·麦克艾里斯特说那样做的人会被送上电椅。"

"嗯,你去跟维克多说,他满脑子都是草地的肥料。"

"你是说狗屎,对吧?"比利是个聪明的孩子,只可惜毫无幽默感。在他看来,每件事都是正经事。我希望他长大后会领悟到,那样的态度在世上是很危险的。

"对啦,不过别告诉你妈妈我这么说。等国旗干了,我们就把它收好。我们甚至可以把它折成一顶帽子戴起来,那样就绝对不会碰到地上了。"

"爸爸,我们会修好船屋的屋顶,再插一支新旗杆吗?"他第一次露出忧虑的神色。看来他已受够了这些混乱与破坏。

我拍拍他的肩膀:"你的意见可真多。"

"我可以到比博家去,看看那边怎么样吗?"

"只能待一小会儿。他们一定也在清理环境,心情不会太好。"事实上我也很想对诺顿发火。

"好。再见!"他走了。

"别妨碍人家工作,小子。还有,比利?"

他回过头来。

"记得避开落地的电线。要是你在别的地方看到,也千万别靠近。"

"当然了,爸爸。"

我在原地站了一会儿,先打量一下损害,继而又望向那团浓雾。那雾团似乎近了点,但实在很难说得准。要是它移近了,便无疑违反了所有的自然法则,因为一丝轻柔的微风正吹向那团雾。所以,那根本是不可能的。它的颜色极白,使我联想到在冬天宝蓝色天空的映照下,刚刚落下的白雪。然而雪会反射阳光而闪闪发光,这团雾虽然洁白明亮,却不反光。虽然斯黛芬说阴天才有雾,但其实晴天起雾并非罕事。只是起雾到这种地步时,悬浮在空中的湿气必定会形成彩虹,可是这回又不见什么彩虹。

先前的不安又回来了,在我心底蠢蠢欲动,但我还来不及多想,就听见一串低低的机器声——噗——噗——噗！接着是低低的一句"狗屎！"机器声再度响起,但这回没有咒骂声。第三次噗噗响声后,接了一句以同样泄气而又懊恼的声调说出的"他妈的！"

噗——噗——噗——噗

——寂静——

——接着:"去你的！"

我忍不住咧嘴而笑。这地方传声极佳,而所有的链锯嗡嗡响声又都有一段距离,所以我可以听出那不甚悦耳的咒骂声是我的邻居发出来的,也就是名律师布伦特·诺顿。

我朝湖水走近了些,假装走向防波堤外的码头。现在我看得见诺顿了。他站在他家门廊旁的空地上,脚下跺着厚厚的一层松针,穿着一件白色运动衫和一条溅了油漆斑点的牛仔裤。此刻他那花了四十美元剪的头发蓬松零乱,汗水涔涔而下。他一脚跪地,拼命拉着他的链锯。那把链锯又大又豪华,不像我从大卖场买的平价小链锯。看起来好像什么功能都有,只可惜少了个启动钮。布伦特·诺顿用力拉扯启动线,制造出那刺耳而持续的噗噗声响,但无法发动。看到一棵黄桦横着倒落在他的野餐桌上,把那张桌子压成两半,我心里暗暗高兴。

诺顿用力扯动那条启动线。

噗——噗——噗噗噗——噗！噗！噗……噗！噗！……噗！

就差那么一点,老兄。

又一次猛力拉扯。

噗——噗——噗。

"妈的。"诺顿低声骂了一句,对着他的豪华链锯龇牙咧嘴。

我绕过屋角往回走,从今早起床后第一次觉得心情愉快。我的锯子一触即发,使我的工作畅行无阻。

十点钟左右,有人轻拍了一下我的肩膀。我回过头,看见比利一手拿着一罐啤酒,另一手拿着斯黛芬写的购物单。我把那张单子塞进牛仔裤后口袋,又接过虽不够冰,但还算清凉的啤酒。我几乎一口吞下半罐。这罐啤酒来得正是时候,我对比利举了举罐子致谢:"谢啦,儿子。"

"我可以喝一口吗?"

我让他喝了一口。他皱着眉头,把啤酒罐递还给我。我灌掉剩下的啤酒,然后及时停手,差点把空罐捏扁。空瓶罐可以换抵押金的办法已实行三年多了,但捏扁啤酒罐的习惯实在难改。

比利说:"妈妈在单子下面还写了几个字,可是我看不懂。"

我把单子又拿出来。"我在收音机上收不到WOXO。"斯黛芬写道,"你想会不会是风暴造成的?"

WOXO是本地播放摇滚音乐的调频台。它设在北方约二十英里外的挪威镇,是我们老旧微弱的收音机唯一能接收到的调频电台。

我把斯黛芬的问题念给比利听,说道:"跟她说很可能就是这样。问她能不能收到波特兰的调幅电台。"

"好。爸爸,我可不可以陪你一起到镇上去?"

"当然可以。你和妈妈都可以。"

"好。"他拿着空啤酒罐跑回屋里。

我已开始对那棵大树动工。我锯了一会儿,随即停下,让链锯冷却。这棵树对我的小锯子来说实在太大了,不过我想只要不操之过急,应该还能应付。不知道通往堪萨斯路的乡间小道是否已清理干净。就在我这么想着时,一辆电力公司的橘色卡车轰隆隆驶了过去,大概是要驶到小路另一头吧。那就好。路已经通了,电力公司的人可能中午以前就会到这儿来,把落地的电线处理好。

我锯下一大段枝干,将它拖到车道旁,推到路缘。那段树干滚下斜坡,落到坡下的矮树丛里。许久以前,我父亲和他的兄弟们(他们全是艺术家;我们德莱顿家族一直很有艺术气息)曾铲除过那些灌木丛,但它们早已恢复旧观了。

我举手抹掉脸上的汗,好想再喝罐啤酒。一罐只能润喉,哪解得了渴?我拾起链锯,想着WOXO电台的事。那正是那团雾峰的方向,也是撒摩区的方向:"箭头计划"的所在地。

那是老比尔·乔提对所谓"黑春"提出的解释:"箭头计划"。在撒摩区西半部,距石棱镇镇界不远处,有个政府保留地区,四周围了电线,并布有哨兵和闭路电视,天晓得还有什么。至少那是我听说的;我并未亲眼瞧见,虽然老撒摩路沿着那片政府保留区的东侧约有一英里多长。

没人确知"箭头计划"之名是怎么来的,也没人可以百分之百肯定地告诉你那真是该计划的名称——如果真有什么计划的话。比尔·乔提说有,但你若问他这消息是打哪儿听来的,他就打马虎眼了。他说,他的侄女在洲际电话公司做事,听过一些内幕什么的。大概就是这套。

"原子弹之类的。"比尔这么说着,靠在我的斯柯达窗口上,一口啤酒酒气直冲我的脸,"他们在那里就搞这些。把原子射到空中去什么的。"

"乔提先生,空中本来就充满了原子呀。"比利接口道,"尼利老师说的。她说每样东西都是原子构成的。"

比尔·乔提用他那双布满血丝的眼睛瞪了我儿子比利半晌,瞪得比利有点心虚:"那是不一样的原子,小伙子。"

"噢,好吧。"比利喃喃说道,不再争了。

我们的保险经纪人狄克·穆勒则说,"箭头计划"只是政府经营的一处农业实验中心,仅此而已。"更大的番茄、更长的采收期等等"。狄克轻描淡写地说着,随即又回头大谈我如果早死的话,对我的家人可能会有多大帮助。我们的邮差小姐珍妮·罗利说,"箭头计划"是和原油有关的地质探测计划。她很有把握,因为她小叔子为某人工作——

至于卡莫迪太太,可能更偏向于比尔·乔提的观点。不只是原子,而是不一样的原子。

我又从那棵大树锯下两段枝干,将它们丢到坡下。比利跑回来了,一手拿了罐啤酒,另一手免不了又是斯黛芬的纸条。我想不出天下会有什么事比来回传话更让我儿子兴奋的。

我接过啤酒和纸条,说道:"谢谢。"

"我可以喝一口吗?"

"只能喝一口。刚才你喝了两口。我不能让你早上十点就喝醉酒。"

"十点十五分了。"他说着,羞怯地笑了笑。我也对他笑笑,倒不是他的笑话说得好,你知道,只不过比利不常说笑话的。然后我低头看纸条。

"在收音机上收到JBQ。"斯黛芬写道,"别在进城前喝醉了。你可以再喝一罐,但午餐前到此为止。你想我们的路可以开车吗?"

我把纸条递还给比利,拿过我的啤酒:"告诉你妈妈说小路通了,因为一辆电力公司的卡车刚开过去。他们很快就会到我们这里来了。"

"好。"

"小子?"

"什么事,爸爸?"

"跟你妈妈说一切都没事。"

他又展开笑容,大概还没安慰妈妈,先安慰了自己吧:"好。"

他跑走了。我目送他离去,望着他咚咚跑走的背影,可以看见他翻起来的鞋底。我爱他。他的小脸和他的眼神,使我觉得好像一切真的都没事。当然,这不是事实。哪有可能一切都好呢?但是我的孩子让我相信了这个假象。

我又喝了口啤酒,把罐子小心翼翼地放在一块石头上,然后再次操作链锯。过了二十分钟,有人轻拍一下我的肩膀。我回过头,以为一定又是比利,却意外地看到布伦特·诺顿。我关掉了链锯。

他没有平常倨傲的神态,看来又热又累又不快乐,而且有些不知所措。

我开口说:"嗨,布伦特。"我们上一次的对话可以算得上恶言相向,以致我现在有点不知该说什么。我有种奇怪的感觉,觉得在链锯声的遮掩下,他在我背后至少已经站了五分钟了。他礼貌地清清喉咙,准备开口说话。今年夏天我还没正眼看过他一次。他瘦了,但看起来气色不佳。说起来他瘦点应该更好看,因为他原本至少超重二十磅,然而事实不然。他太太去年十一月过世,死于癌症。这消息是斯黛芬从艾姬·比博那里听来的。艾姬是我们这区的讣闻布告栏。每个社区大概都有一个这样的人。以前诺顿谈到他太太时,总是用种不在乎的语气,甚至有些轻蔑,所以我原本猜想,她的死对他来说没什么。说真的,我甚至曾经猜测今年夏天他就会挽着一个比他年轻二十岁的女孩出现,脸上还挂着"我老婆已上天堂"的笑容。然而,此刻他脸上非但没有那样的傻笑,还多了些显老的新皱纹。他减轻的体重又都减错了地方,造成松弛的垂肉和皱折,再次暴露了他的年纪。有一刹那,我很想把诺顿带到阳光下,让他坐在一株倒下的大树上,手握我的那罐啤酒,然后为他画张炭笔素描。

我们尴尬地沉默了很长一段时间,而且由于链锯停了下来,气氛更加尴尬。最后,他终于开口说:"嗨,大卫。"他顿了一下,又冲口说出,"那棵树,那棵该死的树。真对不起,你说得没错。"

我耸耸肩。

他又说:"另一棵倒在我的车上。"

"真遗憾——"我才开口便随即愣住,问道,"该不会是那辆雷鸟吧?"

"就是那辆。"

诺顿有辆车况极佳的一九六〇年雷鸟,才开了三万英里,车子里外都是深蓝色。他只在夏天才开那辆车,而且很少开。他对那辆车的喜爱,正如有些男人沉迷电动模型火车、模型船或手枪之类的。

"真可惜。"我真心说道。

他缓缓摇了摇头:"我本来不想把它开来的。我差点就开那辆旅行车来了,你知道。然后我告诉自己,管他的。我把它开过来,结果一棵巨大的老松树不偏不倚地压到它。车顶全扁了。我想我是可以把它锯断……我是说,那棵树……可是我没法启动链锯……我花了两百块钱买那把锯子……结果……结果……"

他的喉咙开始发出低微的咯咯声,嘴巴上下扭动,仿佛没有牙齿却拼命要嚼动一颗枣子。有一瞬间,我以为他会站在那里,像个站在沙坑里的小孩那样无助地哭号起来。不过他终于控制住自己的情绪,耸耸肩转开身子,好像对我锯下的那几截树干很有兴趣似的。

"呃,我们可以检查一下你的锯子。"我说,"你的雷鸟有保险吧?"

"是的,"他说,"你的船屋也有保险吧。"

我听出了他的言下之意,再度想到斯黛芬说的"有保险又怎样"。

"是这样的,大卫,我能不能借你的车到镇上去一趟?我想买些面包、火腿和啤酒。买很多啤酒。"

"比利和我正要开我的斯柯达去。"我说,"你可以跟我们一起去。不过你得先帮我把这棵树拖到路边。"

"没问题。"

他抓住树干一头,却无法抬高,因此我得多费点力气。我们两人合力把树干拖到路旁,让它滚下坡去。诺顿气喘吁吁,两颊几乎涨成猪肝色。在他拉扯了半天链锯之后,我对他的心脏实在有些担心。

"还好吧?"我问。他点点头,依旧上气不接下气。"那么,跟我到屋里去吧。我请你喝罐啤酒。"

"谢谢你。"他说,"斯蒂芬妮①好吗?"他又开始恢复那种讨人厌的圆

---

① 斯蒂芬妮是斯黛芬的全名。

滑世故。

"很好,谢谢。"

"你儿子呢?"

"他也很好。"

"那就好。"

斯黛芬走出屋子,当她看见和我在一起的是什么人时,一抹讶异滑过她的脸庞。诺顿面露微笑,眼光溜过她的紧身T恤。他终究没什么变化。

"嗨,布伦特。"斯黛芬谨慎地说。比利从她腋下伸出头来。

"嗨,斯蒂芬妮。嗨,比利。"

"布伦特的雷鸟遭殃了,"我告诉斯黛芬,"他说车顶被树压垮了。"

"喔,真糟!"

诺顿喝着我们的啤酒时,又把故事重说了一遍,我也喝着今早的第三罐啤酒,却一点也没有醺然的感觉;显然啤酒一下肚就化为汗水流出去了。

"他要跟我们一起进城去。"

"呃,我想你们不会太快回来。你们大概得到挪威镇去。"

"哦? 为什么?"

"如果桥墩镇的电力中断了——"

"妈妈说,收银机跟冰箱什么的都得靠电力。"比利补充道。

言之有理。

"购物单还在吧?"

我拍拍牛仔裤后口袋。

斯黛芬望向诺顿:"布伦特,很遗憾凯拉过世了。我们都很难过。"

"谢谢你。"诺顿说,"谢谢你们。"

另一阵尴尬的沉默后,比利率先开口:"我们现在可以走了吗,爸爸?"他已换上牛仔裤和球鞋。

"我想可以。你准备好了吧,布伦特?"

"再来一罐啤酒,我就可以上路了。"

斯黛芬皱皱眉。她从不赞成"路上带一罐",或是开车的男人膝上放罐啤酒的做法。我对她轻轻点头示意,她耸耸肩。我不希望现在又和诺顿重启战端。斯黛芬递给他一罐啤酒。

他对斯黛芬说:"谢谢。"但不是发自内心,只是嘴上说说,很像在餐厅里对女招待道谢一样。他转向我,"带路吧,队长。"

"我马上来。"我边说边走进客厅。

诺顿跟在我后面,一看到那棵桦树不免哀叹一番,但是此时我对他的哀叹和换那扇窗玻璃的花费并不感兴趣。我透过阳台的落地窗望向湖面。微风使空气变得清新多了,当天的气温在我锯树时也上升了大约五度。我以为我们先前看到的那团奇怪的浓雾必然已经散了,但事实却不然。而且它靠得更近,已经掩到湖心了。

"早先我也注意到了。"诺顿装模作样地说,"我猜,一定是某种逆温现象吧。"

我不喜欢眼前的景象。我强烈感觉到从来没见过像这样的一团浓雾。一方面是由于那雾峰陡直的边缘叫人不由得惴惴不安。在自然界中,不可能有那么平直的东西;垂直面是人造的。一方面则是由于那团雾令人炫目的纯白,是一片纯净而毫无变化的白,又没有湿气造成的闪光。现在它离我们只有半英里远,它的白与天空及湖水的蓝,形成一种极其强烈的对比。

"走啦,爸爸!"比利扯着我的裤腿。

我们全都走回厨房。布伦特·诺顿又瞥了那棵栽进我们客厅里的树一眼。

"可惜不是苹果树,呃?"比利高兴地说,"那是我妈妈说的。真好笑,对吧?"

诺顿说:"你妈妈真聪明,比利。"他敷衍地揉揉比利的头发,眼睛再度转向斯黛芬的前胸。他绝对不是那种能让我真心喜欢的男人。

我问道:"我说斯黛芬,你何不跟我们一起去?"不知为什么,我突然想要她一起来。

"不了。我想我还是留在家里,把花园里的杂草拔一拔好了。"她说。她看看诺顿,又望向我,"今天早上我好像是这里唯一不必用电力启动的东西呢。"

诺顿大笑起来,笑得有点夸张。

我听出她的意思,却不死心地再试一次:"你真的要留下来吗?"

"当然。"她坚定地说,"拔拔草对身体有益。"

"那么,别晒太久太阳。"

"我会戴草帽的。等你们回来,我们可以一起吃三明治。"

"好。"

她仰起脸让我吻她:"当心点。说不定堪萨斯路上也有被风雨吹倒的树。"

"我会小心。"

"你也要小心。"她又对比利说,并亲吻他的脸颊。

"知道了,妈妈。"他跑出门去,任由纱门嘎吱一声关上。

诺顿和我跟着他走出门。"我们何不到你家去,先把压在雷鸟上的那棵树锯一锯?"我问他。我突然想出很多可以暂时不进城去的理由。

"我现在连看都不想看它。还是先吃午餐,多喝几罐这玩意再说吧。"诺顿举举手中的啤酒,又说,"损害已经造成了,大卫老兄。"

我也不喜欢听他叫我老兄。

我们都坐进斯柯达四轮驱动车的前座(车库一角,我的那块遍布划痕的除雪刮板在那儿亮晃晃的,犹如圣诞节的鬼魂般阴森)。我把车倒出去,压过一大片被暴风吹到地上的小树枝。斯黛芬站在水泥路上,那条水泥路通往在我们家最西边的几畦菜园。她戴了手套,一手握了把大剪刀,另一只手拿了除草钳。她戴上了那顶旧草帽,帽缘在她脸上投下一圈阴影。我按了两次喇叭,轻轻地,她举起握着剪刀的手作答。我们驶出车道。那是我最后一次见到我的妻子。

开上堪萨斯路前,我们被迫停了一次。自从电力公司的卡车驶过以后,又有一棵中等粗细的松树倒了下来。诺顿和我下车把树搬开一些,好让车子通过,结果把两手弄得脏兮兮的。比利也想帮忙,但我挥手要他躲开,怕他的眼睛被针叶刺到。古老的树木总是让我想到《魔戒》里的树人。它们想伤害你。不管你是在雪地中玩耍、滑雪或者只是到林中散散步,老树都想伤害你,而且我觉得只要有可能的话,它们甚至还会杀人。

堪萨斯路上倒没什么落木,但我们在好几处看到断落的电线。驶过威林营地约半英里路的地方,有根电线杆整支倒在水沟里,顶上缠了一堆乱发般的电线。

"这场风暴可真厉害。"诺顿以他受过法庭训练的声音说,不过他现在倒不显得滑头,只是严肃。

"可不是。"

"爸爸,你看!"

比利指的是伊利奇家的谷仓。十二年来,那座谷仓一直疲态毕露地站在汤米·伊利奇的后院里,半掩在向日葵、金菊和秋麒麟草中。每年秋天,我都会想它大概挨不过下一个冬季了,但每年春天,它都还屹立在原地。然而现在可就不是了。谷仓被吹垮,只剩下个空架子,屋顶的木片也掉得差不多了。它气数已尽。不知为什么,看到暴风雨来袭,将这谷仓夷为平地,让我心里有种不祥的感觉。

诺顿喝干了手里的啤酒,用手捏扁铝罐,随手将它丢到车里的地板上。比利开口想说什么,想想又闭了嘴——好孩子。诺顿来自新泽西,那里还没有用空罐换押金这条法令。我想既然我自己都忍不住捏扁罐子,他那样浪费我的五毛钱也还可以原谅。

比利开始乱转收音机,我要他试试 WOXO 电台。他把收音机拨到 FM 92,但除了嗡嗡声外,什么也收不到。他看着我耸耸肩。我沉思了一会儿。在那团怪雾的方向,还有什么别的电台呢?

"试试 WBLM。"我说。

他把收音机指针拨到另一端,经过 WJBQ-FM 电台和 WIGY-FM 电台。那些电台都在,照常播送节目……可是 WBLM,缅因州最重要的摇滚乐电台,却毫无声响。

"奇怪。"我说。

"什么?"诺顿问。

"没什么。只是自言自语。"

比利又把收音机拨回 WJBQ 的软调音乐。没多久我们就到了镇上。

购物中心的自助洗衣店关了。没有电力,投币式洗衣机也就无用武之地。不过桥墩药店和联邦超市都开着。停车场上停了满满的车,而且一如每年仲夏,有不少车挂着外州牌照。阳光下人们三五成群地站着,女人和女人,男人和男人,谈着这场风暴。

我看到了卡莫迪太太。这个成天和动物标本为伍,发出酸臭怪味的老太婆,穿了一身亮橘色的裤装走进超市,手臂上挂个大如旅行箱的手提包。这时一个骑着雅马哈摩托车的白痴呼啸着从我车前飞驰而过,只差几英寸便撞上我的挡泥板。他穿了件卡其夹克,戴了一副反光太阳眼镜,没戴安全帽。

"你看那笨蛋!"诺顿怒吼道。

我在停车场里绕了一圈,想找个好停车位,但没看到半个。就在我打算把车停远一点再走回来时,好运来了。一辆大如汽艇的淡绿色凯迪拉克车退出超市大门正前方的停车位。它一走,我立刻停了进去。

我把斯黛芬的购物单塞给比利。他才五岁,但已认得不少字。"你去推辆购物车,开始找妈妈要的东西。我去打个电话给她。诺顿先生会帮你的忙。我马上就来。"

我们下了车。比利立刻握住诺顿的手。他从很小就学会过停车场时一定要握着大人的手,到现在还有这习惯。诺顿有点惊讶,随即微微一笑。这让我几乎原谅了他对斯黛芬那副色迷迷的样子。他们两个走进超市。

我走向洗衣店和药店之间的公用电话。一个穿了紫色连身短裤,像在做日光浴的女人汗流浃背地上下拉着话筒架。我站在她身后,两手插在口袋里,心想不知为何自己这么担心斯黛芬,又为何老是记挂着那团边缘笔直的白雾、收不到的电台……和"箭头计划"。

这个穿紫色连身短裤的女人皮肤晒得通红,胖肩上布满雀斑。她看起来像个发汗的橘子。她用力挂上话筒,往药店方向转过身来,看见了我。

"省省你的硬币吧。"她说,"只会'嗒——嗒——嗒'。"她愤愤地走开了。

我差点没用力拍一下前额。当然了,电话线不知在哪里断了。有些电话线埋在地下,但有些架在半空。不过我还是试了那部公用电话。斯黛芬戏称本区的公用电话是"紧张电话"。你不必先放硬币就可以先拨号,但等对方接听后,电话又会自动切断,这时你就得尽快投下硬币,以免对方听不见声音而立刻挂断。这个设计是有些恼人,但当天却省了我的硬币。电话里没有拨号声,正如那穿紫色连身短裤的女人所说,只有"嗒——嗒——嗒"的响声。

我挂上话筒,慢吞吞地走向超市,正好赶上一桩有趣的小事。一对老夫妇一边走向标示着"入口"的大门,一边聊天。他们聊着聊着,以为门会自动打开,却撞上了玻璃门,于是两人一惊,老太太还叫了一声。他们滑稽地对望着,然后纵声大笑。那位老先生随即用力为他太太推开沉重的自动门,两人才相偕入内。电力一断,你才会发现有多少不便。

我一推开门,第一件注意到的事便是没有空调。在夏天里,通常他们会把冷气开到极强,只要在超市里逗留超过一小时,大概就会生冻疮。

就像多数现代化超市一样,"联邦超市"的设计也是以心理学为根据的。现代化的营销技术将所有顾客视为白老鼠:你真正需要的东西,例如面包、牛奶、啤酒和冷冻速食品,全都放在店里最远的内侧。要到那里,你得先经过那些会刺激现代人购买欲的一切商品,从自动点火打火机至橡皮狗骨头。

一进店里,就是蔬果区走道。我看了看,没瞧见诺顿或我儿子的踪迹,撞上大门的那位老太太正在挑葡萄柚,她丈夫提着篮子。

我走过那条走道,然后左转。我在第三条走道上找到他们。比利望着一架子果冻和布丁粉,诺顿站在他正后方,瞧着斯黛芬写的购物单。看到他一脸无奈和茫然的表情,我忍不住露出微笑。

我走向他们,一路经过不少半满的购物推车(显而易见,有储存食物欲望的松鼠很多,不只斯黛芬一个)和许多查看货品的顾客。诺顿从最高一层架子上拿下两罐水果派内馅,将它们丢进购物推车。

我开口问:"你们还好吗?"诺顿立刻回过头来,显然如释重负。

"很好。对不对,比利?"

"是呀。"比利忍不住加上一句,"可是有很多东西连诺顿先生也不知道是什么呢,爸爸。"

"我看看。"我接过购物单。

诺顿很有条理地在他和比利找出的每样东西旁边都打了个勾——约莫五六样,包括牛奶和六罐装可口可乐。单子上至少还有十样东西没找到。

"我们得走回蔬果区那里。"我说,"她要番茄和黄瓜。"

比利开始把购物车往回推。诺顿说:"你该看看结账柜台,大卫。"

我真的瞧了一眼。有时候,报纸如果没什么大消息,就会放上这种照片,再加上一段趣味标题。结账处只开放了两个走道,等待结账的人排成两条长龙,经过已无存货的面包架,然后弯向右边,沿着冷冻食物的冰柜延伸,看不见尾巴。刚使用不久的电脑收银机被罩了起来。两个结账出口各有一个满面愁容的女孩,正用小电子计算器计算购物金额。两个女孩身旁各站了一个联邦超市的经理:巴德·布朗和奥利·魏克斯。我喜欢奥利,但对巴德·布朗没什么好感,这人总以为自己是超级市场界的戴高乐。

两个女孩每算完一名顾客的账,巴德或奥利就会将一张纸条夹到顾客付的现金或支票上,丢进暂时充当金库的纸盒里。他们看来都又热又累。

"希望你带了本好书来。"诺顿走到我身边说道,"我们也要去排队了。"

我又想到单独在家的斯黛芬,立刻又是一阵不安。"尽管去买你要的东西吧,"我说,"剩下的东西比利跟我可以自己来找。"

"要我再多拿几罐啤酒给你吗?"

我考虑了一下。虽然我和诺顿已恢复邦交,我还是不愿和他一起喝啤酒度过午后时光。何况现在屋里还是一团糟,有得清理。

"抱歉,"我说,"改天吧,布伦特。"

我觉得他的脸色变了一下。"好吧。"他简短说完便走开了。我望着他的背影,这时比利拉拉我的衬衫。

"你和妈妈说话了吗?"

"没有。公用电话坏了,我猜电话线大概也断了。"

"你担心她吗?"

"没有。"我在扯谎。我很担心,可是却说不出该担心的理由,"没有,当然没有。你担心吗?"

"呃,没……"但是他也很担心。他的小脸皱了两下。那时我们真该回去的,只是那时或许也已经太迟了。

3. 迷雾降临

我们挨挨挤挤地回到蔬果区走道,一如挣扎着要游向上游的鲑鱼。我看到几张熟面孔,像是选民代表麦克·哈伦,教小学的雷普勒太太(这个令三年级学生心惊肉跳的女老师,此刻正冷眼瞧着哈密瓜),还有杜曼太太,有时我和斯黛芬外出时,她会为我们照顾比利。但大多数顾客都是来此避暑的人,买了一大堆免煮食品,并互相戏称是在"抢购存货"。冷火腿切片已被挑得所剩无几,连意大利通心粉沙拉也快没了,只剩一条孤零零的波兰烟熏香肠。

我买了番茄、黄瓜,还有一罐蛋黄酱。斯黛芬还要培根,但培根早已卖完。我选了些熏肉代替,虽然自从食品检验局报告说每块熏肉包装里都有少量昆虫排泄物后,我对这玩意儿就不怎么吃得下去了。

"看。"我们转弯走进第四条走道时,比利说,"有军人。"

一共有两个军人,一身土黄色制服在众多鲜艳的夏季服装映衬下,显得格外突出。由于"箭头计划"不过在三十英里开外,我们早已习惯见到偶尔三三两两出现的军事人员。这两名士兵外表看来稚嫩,简直像是还不到刮胡子的年龄。

我又低头查看斯黛芬开的购物单,认定大概全都买齐了……不对,还差一样。在最底下,可能是临时又想到的,她草草加了一句:一瓶蓝瑟斯葡萄酒?这主意倒不错。今晚等比利睡后,喝两杯酒,也许可以亲热一下再睡。

我丢下购物推车,一个人挤向放置酒类的架子,拿了一瓶。往回走时,我经过通往仓库的大双扇门,听见一台大型发电机持续不断的吼声。

我想这台发电机大概只够保持冷冻库的冷度,还不够供应自动门、收银机和其他电器设施吧。它的吼叫声听起来简直就像后面有辆摩托车似的。

我们一加入结账的长龙,便看见诺顿走了过来,双手捧了两盒六罐装低卡啤酒、一条面包,还有我刚才看见的那条波兰香肠。他插队走到我和比利身边。没有冷气,超市里相当闷热,我很纳闷何以没有工作人员去把门打开透气。我刚才看到巴迪·伊格顿在前两个走道,他围着红围裙正在堆放货品。发电机的隆隆声响很单调。我开始觉得有些头痛了。

"把你的东西放进来,免得不小心掉了。"我对诺顿说。

"谢谢。"

队伍已绵延过冷冻食品区,人们不时得穿过队伍才能拿到他们要买的东西,"对不起"和"借过"声此起彼落。"这可真他妈的麻烦。"诺顿抱怨道。我不禁皱了皱眉。我不喜欢让比利听到这种粗话。

随着队伍前行,发电机的响声渐渐低了些。诺顿和我有一搭没一搭地闲聊,避开使我们闹进法庭的边界争论,只谈着诸如红袜队的胜率和天气之类的闲事。最后我们已无话可谈,两人都沉默下来。比利跟在我身旁动来动去。长龙慢慢爬行。现在我们右侧是冷冻餐,左侧是高价葡萄酒和香槟。队伍朝着较便宜的酒前进时,我想着也许该买瓶瑞波红酒,我年轻时的最爱。结果我没买。反正,我的青春也没什么了不起。

"天啊,他们为什么不快一点呢,爸爸?"比利问道。他脸上焦虑的表情并未消退。突然间,我再度被不安的情绪笼罩。在这团不安的迷雾后方,仿佛透出某种可怕的东西——那是恐惧的面目,明亮而无情。但这慌乱的情绪只持续了短短一刹那。

"别急,小子。"我说。

我们已经走到面包架,也就是队伍左转的地方。现在我们看得见结账出口了;六个出口中只有两个开着,另四个关闭不用,每一个上面都立了个小标示,写着:"请到其他出口结账。"出口后方是大扇玻璃窗;透过窗玻璃可以看见停车场,以及117号公路和302号公路的交流道。窗上贴有特价商品广告,其中一项是一套大自然百科全书。广告背面的白纸挡住了一些视线。我们站的这排,是通往巴德·布朗站的那个出口。我们前面至少还有三十个人,其中最容易认出的是穿了亮橘色裤装的卡莫迪太太,简直像是黄热病的活广告。

突然间,远方传来了一阵尖锐的声音。声音越来越大,我们很快就听出是令人发狂的警笛声。交叉路口有一声汽车喇叭长鸣,接着是猛然刹车的声音和轮胎烧焦的气味。由于角度不对,我看不见究竟出了什么事,但警笛声经过超市时音量达到最高,随即渐渐远去。有几个人忍不住离开队伍去看个究竟,但大部分人都待在原处,不愿排了半天队后放弃他们的位置。

诺顿跑去看了,反正他的东西都在我的推车里。过了几分钟,他走回来,又一次插进队伍。"小火灾吧。"他说。

这时镇上的火警铃响了起来,声音越来越高亢,先是缓和下来,又再次转为尖锐。比利紧揪着我的手。"怎么了,爸爸?"他立刻又加了句,"妈妈没事吧?"

"一定是堪萨斯路上有火灾。"诺顿说,"应该是那些被风暴吹断的电线。消防车很快就来了。"

我的不安突然有些具体的理由了。我们的院子里也有一团断落的电线。

巴德·布朗对他手下那个结账员说了句什么,因为她一直东张西望,想看清楚发生了什么事。她涨红了脸,又开始敲手里的小计算器。

我不想在这里排队,突如其来地不想。可是长龙又往前移动了,而且现在才离开似乎愚不可及。我们已排到了香烟架旁。

有个年轻人推门而入。我认出那是没戴安全帽骑雅马哈摩托车,差点撞上我们的那个小伙子。"雾!"他喊道,"你们该看看那团雾!它一直滚向堪萨斯路!"人们转头看他。他气喘吁吁,似乎刚跑了一大段路。没人搭理他。"啊呀,你们真该看看。"他又说了一次,有点为自己辩解的意味。人们打量着他,有几个略显踌躇,但没人愿意离开队伍。有些还没排进队伍的人,丢下他们的购物车,从没有开放的结账出口走了出去,想看看是否看得见那年轻人所说的。一个戴了顶遮阳帽(那种只在啤酒广告中出现的帽子,而且背景一定是烤肉)的大个子推开出口大门,另有十来个人跟在他后面。那个年轻小伙子也跟了出去。

两个士兵中的一个打趣道:"别让冷气都散出去了。"这话激起了一些笑声。我没笑。那团浓雾如何滚过湖面,我是亲眼瞧见过的。

诺顿说:"比利,你怎么不去看看?"

也不知为了什么,我立刻斩钉截铁地说:"不行。"

队伍再度前移。人们伸长脖子,寻找那小伙子提到的浓雾,但此时此地能看到的,只有碧蓝如洗的晴空。我听到有个人说,那年轻人一定是在开玩笑。另一个人即刻回应道,他不到一个钟头前曾在长湖上看到一条奇怪的雾线。消防车的声音尖锐地响起。我感觉一阵悚然。那听起来像是敲响厄运的丧钟。

更多人出去了。有几个人离开队伍,使得队伍的移动速度加快了。接着,在加油站当技工的老约翰·李·弗洛林跑了进来,叫道:"嘿!有没有人有照相机?"他左右张望一下,随即又跑了出去。

这下排队的人有些蠢蠢欲动了。如果那景象值得拍照,一定值得一看。

突然间,卡莫迪太太以她嘶哑却有力的苍老声音喊道:"不要出去!"

大家都转头看她。原来秩序井然的队伍开始乱了,不断有人脱队跑出去看雾,站在卡莫迪太太周围的人开始散开,也有些人正在寻找熟人。一个身穿紫红色运动衫、墨绿色休闲裤的年轻女人,以深思的目光端详着卡莫迪太太。有几个机会主义者乘机插向前几个位置。巴德·布朗手下那个结账员又回头张望了。布朗用一只手指敲敲她的肩膀说:"专心做你的事,莎莉。"

"不要出去!"卡莫迪太太喊着,"那是死亡!我感觉得到外面就是死亡!"

巴德和奥利认识她,都只露出不耐的神色,但站在她四周的那些来避暑的人都纷纷避开她,无暇顾及他们排了半天的队,就像在城里遇到游民时的反应,仿佛她们会传染什么病。谁知道?或许她们真的会传播疾病也说不定。

就在这时,事情一件接着一件发生,令人措手不及。一个男人摇摇晃晃推开大门,走进卖场。他流着鼻血。"雾里有怪物!"他尖叫道。比利紧贴着我——我不知道是因为那人在流鼻血,还是因为那人所说的话。"雾里有怪物!雾里的怪物把老约翰抓走了!怪物——"他摇摇晃晃地退向一排靠窗的草地肥料包,顺势坐了下来,"雾里的怪物把老约翰抓走了,我听见他尖叫!"

情况变了。风暴、警笛、火警铃,以及越来越多的怪事带来的不安,开始造成变化。人们开始集体行动。

他们并不惊慌。如果我这么说,可能会造成完全错误的印象。他们没有奔跑,至少大部分人没有。可是他们移动了。有些人只是走到另一侧大玻璃窗旁向外眺望。有些则由入口大门走出,有些还提着他们想买的东西。焦躁而又公事公办的巴德·布朗急急叫道:"嘿!你们还没付钱!嘿,你!把那些热狗面包拿回来!"

有人嘲笑他,那笑声有点肆无忌惮,惹得别人也笑了起来。但他们即使面露笑容,却仍显得迷惘、困惑与不安。又有另一个人大笑起来,巴德不禁涨红了脸。这时有位女士正巧挤开人群,经过他身旁,想去站满人的窗口眺望外面。巴德把她手上的一盒蘑菇一把抢了下来,她大叫道:"把我的小菇菇还给我!"她这种奇怪的昵称使得站在邻近的两个人忍不住大笑出来。卡莫迪太太又一次嚷着要人别去外面,消防车的警铃声尖得叫人喘不过气,宛如一个强壮的老妇,以为可以吓走闯空门的小偷。比利哭了起来。

"爸爸,那个流血的人是谁?他为什么流血?"

"没事的,比利小子。他只是流鼻血而已。"

诺顿问:"他说雾里有怪物,那是什么意思?"他双眉紧锁,那大概就是律师表达困惑的表情吧。

"爸爸,我好怕。"比利泪眼汪汪地说,"我们可以回家吗?"

某个人粗暴地从我身边挤过,差点把我撞倒,我连忙抱起比利。我也开始害怕了。四周越来越混乱。名叫莎莉的那个结账员慌得想跑开,却被巴德一把拉住衣领,领口应声撕裂。她脸孔扭曲,抬手给了他一巴掌,尖叫道:"把你的脏手拿开!"

"闭嘴,你这小贱人。"巴德回她一句,却听得出他声音里的惊愕。

他又伸手抓她,但奥利喝阻道:"巴德,住手!"

又有个人尖叫出声。先前还算稳定的状况,此刻已渐呈失控。人们纷纷从出口和入口涌出。某片玻璃碎了,还有一罐打开的可乐滚过地面。

诺顿嚷道:"这到底怎么回事?"

就在这一刻,天色转暗了……不,这样说不太对。当时我的想法并不是天色转暗,而是超市的灯熄了。我不假思索地抬头看向日光灯,有这反射性动作的人不只我一个。因为我忘了早已停电,自然以为亮度的改变是电灯熄灭的缘故。然后我想起我们一进来时就已经停电了,但先前卖场里并没有这么暗。于是我明白了;即使站在窗畔的人还没开始尖叫、指指点点,我就明白了。

浓雾逼近了。

雾是从堪萨斯路那边过来的,渐渐笼罩了停车场。即使相距如此之近,但它看来与我们最初在湖的对岸注意到时并无不同。这团雾纯白、明亮,但完全不反射光线。它移动快速,挡住了大部分阳光。原来日正当空的景象,现在只残存着天上的一点光影,犹如被浮云掩蔽的冬月。

雾团慢慢逼近。我想起昨晚的水龙卷。大自然中,有些巨大的力量是难得一见的,像是地震、飓风、龙卷风等等。我没有全见过,但以我见过的经验,足以让我猜测,它们全是以同样缓慢而有催眠效果的速度在移动。它们会让你目瞪口呆,就像昨晚站在大落地窗前的比利和斯黛芬那样。

这团雾慢慢滚过双线柏油路,将整条路从视线中抹除。麦肯家那栋漂亮的荷兰殖民风格建筑整个被吞噬了。有一会儿,麦肯家隔壁那栋老公寓的二楼还固执地出现在那团白雾中,但下一瞬间也跟着消失了。停车场入口处的"靠右"标示,以及出口处指向公路的箭头标示皆已消失。标示上的黑字在雾中漂浮了一会儿,仍逃不过葬身的厄运。停车场里的车辆也一一消失了。

"这到底是什么鬼东西呀?"诺顿又问了一句,声音中透着紧张。

雾继续向前滚动,从容不迫地吞掉蓝色的天空。即使距离只有二十英尺,它的边界仍像直尺画出来的一样清晰。我觉得自己像在观看某种超级视觉特效,电影导演的奇特梦想。它来得真快。蔚蓝的天空先是剩下一块,接着是一长条,接着只剩铅笔画出般的一条细线,然后便完全消失了。大雾白茫茫地压向卖场的大玻璃窗。我还能看到窗外大约四英尺的垃圾桶,但除此之外便什么也看不见了。我看得见我那辆车的挡泥板,但仅此而已。

一个女人发出凄厉的长声尖叫。比利更是紧靠着我,他的小身体不住颤抖,犹如一团松脱却不断有高压电流过的电线。

有个男人大吼一声,一个箭步跳过没有开放的结账通道,往大门冲去。这个举动引发了集体奔逃,人们开始混乱地冲向雾里。

"喂!"巴德·布朗大吼一声。我不知道他是出于生气还是害怕,或是二者兼具。他的脸几乎变成紫色,脖子上青筋突起,看起来和电线一样粗:"喂,你们,你们不能把东西拿走,把东西拿回来!你们这样是偷窃!"

人们还是继续向前冲,但有几个人把东西丢回店里。有些人兴奋地大笑起来,但毕竟是极少数。他们一窝蜂涌进雾里之后,我们这些留在卖场里的人就再也没见过他们了。敞开的店门外飘进一丝微酸的气味,门口已经挤得水泄不通了。不少人又推又挤,唯恐落于人后。我的肩膀因为抱着比利而开始发酸;这孩子壮得很,有时候斯黛芬会叫他"我的小牛"。

诺顿也随着人群迈出脚步,一脸着迷的神情往大门走去。

我换只手抱比利,及时伸手拉住还未走远的诺顿:"别去,换了我就不会去。"

他回过头:"你说什么?"

"最好等一下。"

"等什么?"

"我不知道。"我说。

"你不认为——"话音未落,一声尖叫突然从雾团中传来。

他蓦然住口。本来挤着要出去的人流大乱,开始往回挤。原来兴奋的谈话声和叫嚷声也都忽然停息。站在门边的人们脸色刷地转白,而且看来十分恐怖。

尖叫声持续不断,和火警铃声相互呼应。一个人能有这么大的肺活量,发出如此之久的尖叫声,似乎是不可能的事。诺顿举起双手揪着头发,喃喃说了句:"上帝啊!"

那尖叫声猝然而止;不是渐渐低微,而是突然中断。又有个人往外跑去,是个穿着工作裤、身材高壮的男人。我猜他大概是去救那个尖叫的人。有一会儿,隔着玻璃门,我可以看见他在浓雾中穿行。不一会儿(就我所知,我是唯一一个目睹此景的)在他前方似乎有什么东西动了起来,一片白茫中的一团灰色阴影。在我看来,那个穿工作裤的男人并非自行跑进浓雾里,而是被抓进去的,他双手高举,仿佛不知所措般前后挥动。

超市里一下子变得鸦雀无声。

外头忽然出现了数盏月亮般的灯光。那是停车场的钠灯,刚刚亮了起来,无疑是由地下电缆供电。

"不要出去,"卡莫迪太太以她最沙哑的声音说,"不要出去,出去就是死。"

这回,似乎没人有心争辩或嘲笑了。

外头传来另一声尖叫,声音模糊,听起来似乎来自远处。比利身体僵硬地靠向我。

"大卫,到底怎么回事?"奥利问道。他已离开岗位,圆脸上布满大颗汗珠。"这是什么?"

我说:"我要知道才怪。"奥利显然吓坏了。他是个单身汉,一个人住在高地湖畔的一栋精致小屋,喜欢在"欢喜山"的吧台前喝两杯。他的左手小指戴了个星形蓝宝石戒指。去年二月,他中了乐透彩,便用一部分奖金买了那枚戒指。我总觉得他好像有点怕女孩子。

"我不懂。"他说。

"我也不懂。比利,我要你下来。我会握着你的手,只是现在我手很酸,没办法再抱你了,好吧?"

"妈妈。"比利低语了一句。

"她没事。"我说。总得说点什么才行。

在钟氏餐厅附近开了家旧货店的老头走过去,身上是他经年穿着的一件旧大学运动衣。他大声说:"那是污染云。都是拉姆福德和南巴黎的那些工厂。化学品。"说完他便挤向第四走道,经过放置各种药品和卫生纸的架子。

"我们离开这里吧,大卫。"诺顿并不坚定地说,"你说我们——"

突然轰的一声巨响。一声扭曲而怪异的"砰"从脚下传来,好像整栋建筑物突然向下掉了三英尺。好几个人惊叫出声。玻璃瓶发出互相碰撞的悦耳声音,随即掉出架子,落到瓷砖地面摔了个粉碎。一大块三角形玻璃自店面的大玻璃窗上脱落,我看见玻璃窗的木框弯曲变形,有些地方已经碎裂。

火警铃猝然中止。

在沉默中,人们屏息等待新的发展。我愕然无语,脑海中奇怪地浮现了一幕往事。当时桥墩镇比一个十字路口大不了多少。我爸爸会带我进镇里,站在柜台前聊天,而我就透过橱窗呆望着一分钱一个的糖果和两分钱一个的泡泡糖。那是一月融雪时,融化的雪水沿着锡排水管往下流,滴到店铺两侧的大木桶里。我呆望着水果糖、纽扣和纸风车。当头照下的晕黄灯光,神秘兮兮地投射出前一个夏天留下的死苍蝇黑影。一个名叫大卫·德莱顿的小男孩,呆望着糖果和泡泡糖卡片,微微感觉必须去小便。外头,是一月融雪时笼罩不去的大团黄雾。

这幕回忆消退了,很慢很慢。

"你们大家!"诺顿高喊道,"你们大家都听我说!"

人们回头看。诺顿两手高举,十指张开,像个接受欢呼的候选人。

"到外面去可能很危险!"诺顿叫道。

"为什么?"一个妇人尖声反驳,"我的孩子在家里!我得回到孩子身边!"

"出去就是死!"卡莫迪太太适时接口。她站在大玻璃窗下一袋二十五磅装的肥料堆旁,一张脸鼓鼓的,仿佛整个人在不住膨胀。

一个少年突然用力推了她一下,使她发出惊讶的喘息,整个人坐在肥料包上:"住嘴,你这老太婆!少在那里胡说八道!"

"各位!"诺顿又喊道,"我们不妨等等,等浓雾过后,我们再看看——"他的话引起一阵沸腾的叫嚷。

"他说得对。"我大声喊道,企图盖过闹哄哄的人声,"我们必须冷静下来。"

"我想刚才那是地震。"一个戴眼镜的男人说。他的声音很低柔,左手拿了一盒汉堡和一袋小面包,右手牵了一个大约四岁的小女孩。"我想八成就是地震。"

"四年前在那不勒斯镇也有一次。"一个住在本地的胖子说。

"是盖斯克镇。"他太太立刻纠正他,一听她的口气便知她是个反驳老手。

"那不勒斯镇。"那胖子坚持道,但已不再像第一次那么肯定。

"盖斯克镇。"他太太更加坚决,使他不得不认输。

不知在何处,一个刚才被那声"砰"响或地震,或不管是什么震到的架子最边缘的罐头,终于"哐啷"一声掉到地上。比利哭出声来:"我要回家!我要妈妈!"

"你不能叫那孩子住嘴吗?"巴德·布朗问道。他的眼睛快速地看来看去,无法锁定目标。

"你想要我打掉你的牙吗,马达嘴?"我问他。

"算了,大卫,凶也没用。"诺顿没精打采地说。

"对不起,"先前尖叫的那个妇人说,"对不起,但我不能待在这里。我得回家看看我的孩子。"

她看着大家。她有一头金发,一张美丽而疲惫的脸庞。

"婉达在照顾小维克多,你知道。婉达才八岁,有时候她会忘记……忘记她应该……唉,看着他,你知道。小维克多……他喜欢打开炉火,看红色的炉火跑出来……他喜欢火光……有时候他又会把插头拔掉……小维克多……婉达……一会儿就没耐心看着他了……她才八岁……"她停住口,只是望着我们。我想象在她眼里,我们必定只是一排无情的眼睛;不是人,只是眼睛。"没有人肯帮我吗?"她喊着,嘴唇不自禁地颤抖,"难道……没有人愿意送一位女士回家吗?"

没人回答。人们磨着双脚。她神情痛苦地看过一张脸又一张脸。刚才说话的那个胖子犹豫地向前迈出一步,但他的妻子立刻把他拉了回去,一只手如手铐般紧紧扣住他的手腕。

"你?"那金发妇人问奥利。他摇摇头。"你呢?"她又问巴德。巴德伸手按住柜台上那台德州仪器制造的电子计算器,没有吭声。"你呢?"她问诺顿。诺顿开始用他的律师声音,声明此时不宜离开等等,但她显然无心聆听,诺顿只有住口。

最后她看向我:"你呢?"我再度抱起比利,紧紧抱着他,仿佛想以他作挡箭牌,挡住她那张痛苦的脸。

"我希望你们全都下地狱去。"她说。她没有尖叫,只是声音里透着疲惫。她走向出口,用双手拉开大门。我想对她说话,叫她回来,但我口干舌燥。

刚才推倒卡莫迪太太的那个少年伸手拉住她,开口说:"太太,听我说——"她低头看他的手,他只有一脸愧疚地松开手。她走出门,走进雾里。我们望着她走,没人开口说话。我们眼看着雾一层又一层罩住她,使她的身形越来越模糊,不再像个真人,而像是在全世界最白的一张纸上用铅笔素描画出的人形,还是没人说话。有一会儿,那景象与刚才停车场标示牌上"靠右"的黑字浮在虚无中相似:她的手脚和金发都不见了,只有一身红色衣裙依然模糊地现在雾中,仿佛在白色的炼狱中舞动。然后,连她的衣服也消失了。谁都没有发出一点声音。

4. 仓库·发电机·一名年轻员工的遭遇

比利开始歇斯底里地发脾气,心智状态立刻倒退回两岁,眼泪汪汪地吵着要他妈妈,声音嘶哑而固执,鼻涕往下直流到嘴唇。我把他带开,搂着他走到中间的一条走道,试着哄他。我带他走到卖场最后面的肉品冷冻柜。切肉的麦克维先生仍坚守岗位。我们对彼此点点头;在当前的状况下,我们也无心交谈。

我席地而坐,将比利抱在膝上,让他的小脸靠着我的前胸,轻摇着他,对他说话。我对他说尽了为人父母的在恶劣情况下所能说的一切谎言,那些小孩会听信的话,极力用最镇定的语气说出来。

比利说:"那不是普通的雾。"他抬头看我,两眼哭得肿肿的,"对不对,爸爸?"

"是的,我想那不是普通的雾。"关于这点我不想说谎。

大人会抗拒震惊,小孩却不会,他们会接受它,和震惊共处。或许那是因为在他们十三岁之前,多半都处于半惊恐状态中吧。比利开始打瞌睡了。我抱着他,以为他或许一下就会惊醒过来,但他却渐渐睡沉了。也许是因为前一晚他没睡好;那是自他脱离婴儿期后,我们三个人第一次同睡在一张床上。也许他察觉到有什么不幸的事要发生了。这想法使我不觉打了个寒战。

等到确定他已睡沉,我便轻轻将他放到地板上,想去找什么东西来帮他盖一下。大多数人仍站在前方,向外望着浓雾。诺顿已吸引了一小群听众,正忙着发表演说。巴德·布朗站在他的岗位上,但奥利·魏克斯不在原处。

走道里有不少面露惊惶的人,失魂落魄地晃来晃去。我从肉品冷冻柜和啤酒冰柜间的双扇门走向仓库。

夹板隔间后面仍旧持续传来发电机的低吼声,但事情有些不大对劲。我闻到强烈的柴油烟味,越来越重。我尽量屏着气往隔间走去,但最后我不得不解开衬衫纽扣,用衬衫衣角掩住口鼻。

仓库长而窄,只有两排紧急照明灯发出微弱的光芒。到处都堆着箱子。这一侧是漂白粉,里头还有汽水、通心粉和番茄酱。有瓶番茄酱摔破了,在箱子上染上血一般的颜色。

我打开发电机隔间的门,踏了进去。发电机笼罩在油腻的蓝色烟雾中,排气管由墙上的一个开口通往室外。外头必定有什么东西堵住了排气管口。我找到开关,即刻将发电机关掉。那机器发出一阵咳嗽与喘息声,停了半响,又响起一串与诺顿那具豪华链锯相似的噗噗声,才终于完全停息。

紧急照明灯都熄了,四周顿成一片漆黑。我立刻感到心惊肉跳,连方向也摸不准。我的呼吸听起来犹如翻动稻草堆的风声。我的鼻子撞上隔间的夹板门,一颗心扑通直跳。双扇门的门板上镶有小玻璃窗,但不知为何玻璃都涂黑了,因此仓库里还是伸手不见五指。我摸黑乱走,撞上一堆漂白粉。纸箱摇晃了一下,一个个掉下来,其中一个差点打到我的头,幸好我及时后退,但立刻又绊到另一个掉在我身后的纸箱,结果摔倒在地,撞得头冒金星。真是精彩。

我躺在地上暗骂了两句,揉着头,告诉自己不要紧张,只要站起身来,走出去,回到比利身旁。我告诉自己不会有什么软软的、滑溜溜的东西爬上我的足踝或溜进我的手心。我告诉自己不要失控,不然我会转来转去、紧张兮兮,结果只能是撞倒更多东西,制造更多障碍,半天也出不去。

我小心翼翼站起身,想找到由双扇门缝透进来的一线光。我找到了;在黑暗中,一丝模糊却无可置疑的光芒。我起步朝那光线走去,但随即又停下脚步。

因为我听到一个声音。一种缓缓滑动的声音。它停了一下,又更诡异地响了起来。我全身发软,心智倒退回四岁。那声音并不是卖场里传来的,而是来自我的背后,来自室外,来自浓雾之中。某种物体正悄然滑过外面的柏油路边,也许正想要钻进来。

或者"它"已经进来了,正在找我。或许下一秒钟我就会感到那发出声音的东西爬上我的脚,或是我的颈背。

那声音又响起了。这次我肯定它还在外面,但我也没有因此放下心来。我想走,但我的腿却不听使唤。就在这时那响声起了变化。那原来慢慢滑行的东西加快了速度,带着嘎嘎声响急速穿过黑暗。我的心跳到了喉咙口,整个人不由自主冲向门缝的光,伸手推门而出,撞进卖场里。

仓库的双扇门外站了三四个人,包括奥利·魏克斯。我一冲出,他们全都吓了一大跳。奥利捂住胸口。"大卫!"他惊魂未定地说,"耶稣基督,你想害我少活十年——"他看见了我的脸色,"你怎么了?"

我问:"你听到了吗?"我的声音听起来很奇怪,几近于尖叫,"你们有人听到吗?"

不用说,他们什么也没听到。他们是要来看看发电机为什么停了。就在奥利对我说明时,一个在超市里工作的年轻人走了过来,两手捧了一堆手电筒。他好奇地看看奥利,又看看我。

"我把发电机关掉了。"我说道,并加以解释。

"你到底听到了什么?"有个男人问。他叫吉姆什么的,在镇上的公路管理处上班。

"我也不清楚。一种滑行的沙沙声。我不想再听一次。"

"你太紧张了。"另一个人说。

"不,绝不是太紧张。"

"照明灯熄灭前你就听到了吗?"

"没有,熄灯以后才听到的。可是……"没什么可是。从他们的表情我看得出来。他们已经听够了坏消息,不愿再听任何可怕的事。看来只有奥利相信我的话。

"我们进去,再重新开动发电机吧。"那名年轻的员工开口说道,并把手电筒传给我们。奥利迟疑地接过一支。那年轻人也递给我一支,眼中闪现一抹轻蔑的神色。他大概才十八岁。我想了一下,接过手电筒。我还是得找条毯子什么的给比利盖。

奥利打开仓库门,把门卡住,让光线进去。夹板隔间的门半开着,四周散了一地漂白粉纸箱。

叫吉姆什么的那个人嗅了两下说:"这里味道真差,怪不得你把仓库门关起来。"

一束束手电筒灯光上下跳动,照过装在纸箱里的罐头、卫生纸、狗粮。由于排气管不通,手电筒的光束中尽是排不出去的烟气。那个年轻员工照向最右边的卸货门。

奥利和另外两个男人走进发电机的隔间里。他们的手电筒不安地前后照射,使我联想到男孩冒险故事里的某些场景。我还在念大学时,为一套这样的丛书画过插图。比如海盗在午夜时分埋下血腥的黄金,或是疯狂医生和他的助手正在盗墓。在光束下扭曲而又巨大的影子,层层叠叠投射在墙上。正在冷却中的发电机不时发出一些声响。

年轻的员工举着手电筒照路,朝卸货门走了过去。我说:"换了我就不会到那里去。"

"我知道你不会。"

"试试看吧,奥利。"有个人说。发电机嘘了一声,随即隆隆作响。

"耶稣!快关掉!老天,臭死了!"

发电机又停了。

奥利与另外两个人走出隔间,那名年轻员工也从卸货门那里走了回来。一个男人说:"排气管被堵住了,没错。"

"我去看看。"年轻人说。他的眼睛映着手电筒的亮光闪动,脸上有种不顾一切的表情,那正是我在画探险故事插图时画过无数次的表情。"开一下发电机,让我把卸货大门打开。然后我绕过去,把堵住排气管的东西清掉。"

"诺姆,我觉得不太好。"奥利怀疑地说。

名叫吉姆的那个人问道:"那是电动门吗?"

"是的。"奥利答道,"不过我觉得让诺姆到——"

"没关系。"另一个男人说着,把头上的棒球帽往后转,"我去好了。"

"不,你不明白。"奥利又开口道,"我觉得任何人都不该——"

"别担心。"那人宽容地对奥利说。

那个超市的年轻员工忽然觉得很没面了。"听着,那是我的主意。"他说。

忽然间,也不知着了什么魔,他们不谈该不该去,却争论起究竟谁要出去了。自然,他们谁也没听过那可怕的滑动声。"停!"我大叫一声。

他们转头望着我。

"你们好像不明白,或者故意不想明白。这场雾可不是普通的雾;这场雾来了之后,就再也没人进来过卖场。要是你们打开那扇卸货门,结果有什么东西跑进来——"

"譬如什么东西呢?"诺姆的声音里透着典型十八岁年轻人的轻蔑。

"制造出我听到那种噪音的东西。"

"德莱顿先生,"吉姆说,"对不起,但我不相信你听见了任何声音。我知道你是个大画家,在纽约和好莱坞都很有名气,可是那不表示你在这里就有多了不起。据我想,你因为一个人在这黑漆漆的地方,免不了就有些……神经过敏罢了。"

"也许我是神经过敏。"我说,"但如果你们想跑到外面去逞强,刚才就该先送那位女士回家找她的孩子。"吉姆、他朋友和诺姆的态度不但令我生气,更令我觉得害怕。他们眼里有种光芒,仿佛黑道分子要去贫民区射杀告密者一样。

"嘿,"吉姆的朋友说,"如果我们想听你的话,自然会开口问你。"

奥利踌躇地开口说:"其实,发电机也没那么重要。冷冻柜里的食物,即使没电,也可以保存至少十二个小时——"

"够了,小伙子,你去。"吉姆打断他的话,"我来开动马达,你把门拉开,这地方就不会这么臭了。我和麦隆会站在排气管旁,你清理干净了,就喊我们一声。"

"当然。"诺姆说完,兴奋地迈步走开。

"这太疯狂了。"我说,"你们让那位女士自己回家——"

"我也没听见你开金口说要护送她吧。"吉姆的朋友麦隆说。他已经有些脸红脖子粗了。

"——可是你们要让这小伙子冒生命危险,只为了一台根本不重要的发电机?"

诺姆吼道:"你不能闭上你的狗嘴吗?!"

"听着,德莱顿先生,"吉姆冷笑道,"我告诉你吧。要是你还有别的话说,我想你最好先数数你有几颗牙,因为我已经听腻了你的狗屁连篇。"

奥利看着我,显然吓坏了。我耸耸肩。他们都疯了,就这么简单。他们已经失去理智。面对浓雾,他们恐惧、迷惑、无助,但这里只是个简单的机械问题:一部故障的发电机,这问题是可以解决的。解决这问题可以使他们不再感到那么困惑无助,因此他们非要解决它不可。

吉姆和他的朋友麦隆认为已经把我摆平了,转身走进机房里。"准备好了吗,诺姆?"吉姆问。

诺姆点点头,随即意识到他们看不见他点头,急忙应了声:"好了。"

"诺姆,"我说,"别拿生命开玩笑。"

"不该这么做。"奥利补上一句。

诺姆看看我们两人。他的脸忽然显得比十八岁还小,变成一张孩子的脸。他的喉结不住跳动,脸色也因惧怕而变绿。他张口想说话,我猜他要叫停了。但就在这时,发电机吼了起来,开始发电。诺姆一个箭步冲向卸货门,铁卷门便在刺耳的吱嘎声中向上开启。发电机一开,仓库里的紧急照明灯也都亮了,但因为电力不足,光芒比刚才晦暗。

灯光一出现,黑影便向后跑,随即消融不见。仓库里已透进模糊的白光,犹如严冬阴雪天那样的微明。我又闻到那股怪异的微酸味了。

卸货门向上开了两英尺,继而四英尺。在门的那侧,我看到一块方形水泥地,四周画有黄线。很快地,那圈黄线便被雾气吞噬了。雾浓得不可思议。

"我去了!"诺姆喊道。

一缕缕的雾,白细如游丝,缓缓渗了进来。空气是冰冷的。一整个早上天气都很凉,在经过三个星期以来的酷热后,尤其叫人感到凉快,但那是夏天的一种清凉。此时却不同,更像三月时料峭的寒意。我打了个冷战,不由自主想到了斯黛芬。

发电机停了。诺姆由铁门下钻出去时,正好吉姆从隔间里走出来。他看见了。我也看见了。奥利也看见了。

在卸货水泥地的边缘,自浓雾中伸出一团触须,不偏不倚揪住了诺姆的小腿,我愕然地张大了嘴。奥利发出短短一声惊呼——"啊"。那条触须末端厚度大约一英尺,约有一条蟒蛇粗细,而紧紧裹住诺姆小腿的部位更粗,约有四五英尺,其后的部分便没入那团浓雾中。触须顶端是灰色的,以下渐渐转为皮肤色,并有好几排吸盘,不断扭曲、蠕动,好似几百张撅起的小嘴。

诺姆低头一看,看清了缠住他的是什么东西,两个眼珠都鼓了出来:"不!把它弄开!耶稣基督!把这可怕的东西弄开!"

"哦,上帝。"吉姆呻吟了一声。

诺姆紧抓着铁卷门底部,借力又把自己拉回门里。那触须鼓起来,就像我们手臂用力时一样。诺姆的身体贴在卷门上,头砰地撞到了上面。触须鼓胀得更高了,诺姆的双腿和身躯已渐渐向外滑去。铁卷门的门底将他的衬衫衣角由裤腰扯出来。他拼命扳着门,像是拉着单杠在做引体向上运动一样。

"救救我,"他哭喊道,"救救我,你们,求求你们。"

"耶稣、玛丽亚、约瑟。"麦隆喃喃念着。他也走出机器间,看到这番景象。

我站得最近,因此立刻伸手抱住诺姆的腰,用尽全身力气将他往里拉。有一会儿,我们往后移了一点,但只有一刹那,就好像拉开一根橡皮筋一样。那触须虽暂居下风,但绝不放弃它的猎物。这时,又有三条触须从雾团中浮现,向我们伸了过来。一条圈住诺姆的工作围裙,将它扯了下来,卷着那块红布又缩回雾里。我想起小时候,我和弟弟如果向母亲要什么,比如糖果、漫画、玩具什么的,而她又不想给我们的时候,她就会说:"你们不需要这个,就像母鸡不需要国旗一样。"我想到母亲的话,又想到将诺姆的红围裙卷走的那条触须,不禁放声大笑。只不过,我的笑声与诺姆的尖叫声听起来没两样。也许除了我自己以外,没有人知道我在笑。

另外两条触须漫无目的地在卸货水泥台上来回滑行,发出先前我听到的那种刺耳的磨擦声。接着其中一条扫向诺姆的左臀,卷过他的身体,也碰到了我的胳膊。我可以感觉到它的温度、跳动和光滑质感。我心想,要是被那些吸盘揪住,我也会随着诺姆被抓进雾里去。谁知道这条触须并不理我,只是紧紧卷住诺姆,第三条则伸向他的另一只脚踝。

现在我已经抱不住诺姆了。"帮我!"我叫道,"奥利!你们哪一个!快帮帮我!"

可是他们没一个人过来。我不知道他们在做什么,但他们都没有过来。

我低下头,看见那条卷住诺姆腰身的触须已勒进他的皮肤。在他的衬衫衣角被扯出裤腰的地方,那些吸盘正贪婪地吃着他。鲜血渐渐由那条勒紧的触须两旁渗了出来,颜色就和他的工作围裙一样鲜艳。

我的头"砰"地撞上卷起一半的铁卷门。

诺姆的两腿又被拉到外面去了,一只鞋子掉在地上。又有一条触须从雾团里伸了出来,牢牢钳住那只鞋,卷着它缩了回去。诺姆的手指仍紧抓着铁门下缘。他死死抓着,手指已呈铅灰色。他已不再呼救,一颗头不住地摇来晃去,像是一直在摇头似的,一头黑发蓬松散乱。

我看到他的肩膀后方有更多的触须伸过来,足有好几十条,一大丛触须。大部分都很小,但有几条相当肥大,简直就像早上倒在我们车道上的那棵老树树干一样粗。那些老触须的肉色吸盘,每一个都跟下水道的孔盖一样大。其中一条甩到卸货区的水泥地,又"嘶嘶"地朝我们的方向蠕动,犹如一条盲眼的巨大蚯蚓。我用尽全身力气一拉,卷住诺姆右腿的那条触须滑脱了一点。但仅此而已。在它再度抓牢之前,我看见这怪物已经在吃他了。

一条触须轻刷过我的面颊,停在空中,似乎在考虑。这时我想到了比利。比利还在卖场里,睡在麦克维先生的白色肉品冷冻柜旁。我到仓库来原是为了找条毯子盖住他的。要是那玩意儿揪住我,那就没人照顾比利了。也许只剩下诺顿。

这样想着,我不觉松手放开了诺姆,双腿一软跪了下去。

我的身子一半在里一半在外,恰恰在卷起的铁门下。一条触须自我的左侧伸过,似乎用吸盘在爬行。它钩住诺姆鼓起的右上臂,顿了一秒,随即一圈又一圈地绕紧。

眼前的景象就像个疯子被蛇惊吓后的噩梦,不断摆动的触须自四面八方裹紧了诺姆,也在我周围蠕动。我笨拙地向后一个蛙跳回到里面,肩膀着地,滚了一圈。吉姆、奥利和麦隆都呆立在原处,如杜莎夫人蜡像馆的蜡像一般,面色惨白,眼睛发出异样的亮光。吉姆和麦隆分别在机房门口两侧。

"开动发电机!"我对他们吼道。

他们谁也没动,只是中邪似的瞪视着卸货区。

我在地上摸索,捡起手摸到的第一样东西,一盒雪花牌漂白粉,将它扔向吉姆。漂白粉打中他的腹部,恰在皮带上方。他呻吟了一声,抱住肚子,眼睛眨了眨,恢复正常的目光。

"快去开动那该死的发电机!"我扯着嗓子叫,喉咙都发疼了。

他没动,却开始为自己说话,显然认为诺姆既然被雾中怪物活活吃掉了,现在有人要责怪他了。

"对不起,"他哭丧着脸说,"我不知道,我怎么会知道?你说你听到某种声音,可是我不明白你的意思。你该说清楚一点才对。我以为,我不知道,也许是只鸟,或什么的——"

这时奥利动了,侧身把吉姆撞开,抢进机房。吉姆踉跄后退,绊到一个纸箱,跌倒在地,一如我刚才在黑暗中一样。"对不起。"他又说了一句。他的红发乱糟糟地覆在额上,两颊灰白,眼神犹如受惊的小男孩。几秒钟后,发电机咳了两声,隆隆地开始运作。

我回头望向卸货门。诺姆几乎已被完全卷走了,只有一只手仍固执地抓紧门缘。他的身躯满是缠卷的触须,一滴滴如硬币大小的鲜血溅落在水泥地上。他的头前后晃动,两眼瞪向迷雾里,恐惧得突了出来。

这时其他触须已悄悄爬进仓库地板上。控制卸货门的按钮旁已爬满一堆触须,根本无法碰到按钮。有条触须卷住一瓶百事可乐,缩回雾里。另一条滑绕住一个大纸箱,用力勒扁。那纸箱裂开了,一卷卷包在玻璃纸内的金佰利卷筒卫生纸如喷泉般射向空中,然后掉到地上,四处乱滚。一条条触须立即迫不及待地擒住它们。

有条大触须滑了进来,尖端高高举起,似乎在嗅着空气。它慢慢朝麦隆爬去。麦隆狂乱地退开,两颗眼珠在眼窝里疯狂乱滚。从他张开的嘴里,发出一声几近尖叫的呻吟。

我四处张望,想找个长一点的东西,可以越过那些搜寻的触须,碰到铁卷门按钮。我看见一堆啤酒木箱上有柄扫把,毫不犹豫地伸手抓过来。

诺姆的那只手已经松脱。他摔落在水泥地上,狂乱地想要抓住什么。这一刹那,我们的目光相遇。他的眼睛清亮无比,完全知道自己的处境。然后他被拉走了,又拖又滚地被卷进雾里。一声尖叫和着哽咽声传来。诺姆失去了踪影。

我用扫帚柄顶端碰触按钮,马达开始动了。铁卷门慢慢向下滑动,最先碰到的便是那条硕大的触须,往麦隆方向移动的那条。铁卷门压破了触须的外皮,毫不放松地继续切下去,一股黑色黏液涌了出来。触须翻腾扭动,有如一条恶狠狠的马鞭,来回扫过卸货区的水泥地,但后来似乎放弃了。下一秒钟,它已缩回雾里,其他触须也跟着撤退了。

有条触须抓了一袋五磅重的金尼牌狗粮,不肯放手。降下的铁门毫不留情地将它割成两半,然后完全关上。被割断的那截触须在地上抽搐了几下,勒破了纸袋,使得袋里的棕色方块狗粮洒了一地。然后那触须瘫在地上,就像条离水的鱼,东扯西卷,越来越乏力,终于完全静止。我用扫帚顶端拨拨它。那截长约三英尺的触须先是紧紧揪住扫帚柄,接着又松开了,无力地躺在满地的卫生纸、狗粮和漂白粉的纸箱中。

仓库里倏地变得安静,只听到发电机的隆隆声和奥利在机房里痛哭的声音。我可以想象他坐在里面的一张凳子上,把脸埋进双手掌心里哭着。

然后我突然又意识到还有另一种声音,那是我先前在黑暗中已听过的、缓缓蠕动的声响。只不过现在那声音伴有许多相同的和音。那是一条条触须在卸货门外爬动,想要找路爬进屋里来的声音。

麦隆朝我跨近两步。"听着,"他说,"你一定要明白——"

我一拳往他脸上挥去。他错愕得来不及阻挡,因此挨个正着,血从他的上唇涌出,流进他嘴里。

"你害死了他!"我吼道,"看清楚了吧?看清楚你干了什么好事了吗?"

我又挥动拳头,左右开弓。我在大学学过拳击,但此刻乱打一气,完全不照章法。他向后退,躲过了几拳,但也麻木而认罪似的挨了几拳。他的认罪使我更加光火。我揍得他流鼻血,一只眼睛也浮现黑圈。我又用力一拳击中他的下颚,这拳使他眼神变得恍惚,几乎晕了过去。

"听着,"他不断说,"听着,听着。"我又揍他的下腹,使他嘶喘一声,再也说不出"听着、听着"来。我不知道自己到底揍了他多久,但有人抓住我的胳膊。我用力挣脱,回头怒视。我希望抓住我的人是吉姆,那样我也可以顺便赏他几拳。

然而那人不是吉姆,而是奥利。他的圆脸一片死白,两眼都有黑圈,眼里仍噙着泪水。"不要,大卫,"他说,"不要再打他了,那于事无补。"

吉姆远远站在一旁,一脸茫然。我用力把一箱东西踢向他,那纸箱击中了他的靴子,又弹开了。

"你和你的朋友是对蠢货。"我说。

"得了,大卫,"奥利不快地说,"够了。"

"你们两个蠢货害死了那孩子。"

吉姆低头看着靴子。麦隆坐在地上,两手捧着他的啤酒肚。我喘着气,耳鸣不止,全身颤抖。我在两个纸箱上坐下,把头埋在两膝之间,两手紧紧握住足踝上方。我就这样坐了一会儿,披头散发,觉得自己大概会昏倒或呕吐什么的。

等我平静点后,我抬头望向奥利。在紧急照明灯的微光下,他的戒指闪着粉红色光芒。

"好,"我木然说道,"我出够气了。"

"很好,"奥利说,"我们得想想接下来该怎么办。"

仓库又充满了废气。"把发电机关掉。这是第一件事。"

"对呀,我们离开这里吧。"麦隆说,他用请求的眼光看着我,"我为那孩子难过,可是你一定要明白——"

"我什么也不必明白。你和你的朋友回到卖场里,但你们待在啤酒冷藏柜旁边就好,不要对任何人提一个字。还不到时候。"

他们毫无怨言地走了,有点争先恐后地走出双扇门。奥利关了发电机,就在灯光熄灭前,我看到一条搬家工人用来垫东西的拼花棉毯,盖在一堆玻璃汽水瓶上。我走过去拿了那条毯子,可以给比利盖。

奥利拖着沉重的脚步走出了机房。他和许多胖子一样,呼吸时会发出一点低微的嘘声。

"大卫,"他的声音有些颤抖,"你还在这儿吧?"

"我在这儿,奥利。你小心,别绊到那些漂白粉纸箱。"

"好。"

我用声音引导他,不到半分钟,他便在黑暗中伸手抓住了我的肩膀。他长长地叹了口气。

"老天,我们快离开这儿吧。"我闻得到他常在嘴里嚼的去口臭药片的味道,"这黑暗……真可怕。"

"是的。"我说,"不过你忍耐一分钟,奥利。我要跟你谈谈,但不要那两个浑蛋听到。"

"大卫……他们没有强迫诺姆出去。你该记住这点。"

"诺姆只是个孩子,但他们是大人。不提也罢,反正事情都发生了。但我们必须告诉他们,奥利,那些在卖场里的人。"

"要是他们慌了——"奥利的声音有些迟疑。

"也许他们会,也许不会,可是他们会好好考虑该不该离开;现在大多数人都只想往外冲。那是可以理解的,因为不少人都有亲人留在家里,我自己也是。我们必须让他们明白,他们走出去的话,冒的是怎样的危险。"

他的手紧紧握着我的臂膀。"好吧。"他说,"是的,我不断问自己……那些触须……就像大鱿鱼似的……大卫,它们连在什么身上呢?那些触须长在什么东西上呢?"

"我不知道,但我不要那两个家伙对别人胡说八道,那会引起大乱的。我们走吧。"

我四下张望,很快便找到双扇门中间那道透光的门缝。我们小心翼翼避开四散的纸箱,朝那方向走去。奥利的一只胖手毫不放松地钳住我的手臂,我突然想到我们的手电筒不知何时都丢了。

走到门口时,奥利茫然地说:"我们看到的……那是不可能的,大卫。你也知道,对吧?即使从波士顿海洋馆开辆大卡车,运出一只像《海底两万里》那样的巨大鱿鱼,离了海水它也会死的。它活不成的。"

"是的。"我说,"没错。"

"那到底是怎么回事呢?嗯?怎么回事?那团雾到底是什么鬼东西呢?"

"奥利,我不知道。"

我们推门而出。

5. 与诺顿争吵・啤酒柜旁的讨论・证实

吉姆和他的好友麦隆就站在门外,两人手里各握了一罐百威啤酒。我细看比利,看看他还在睡,便用那条搬家工人的棉毯轻轻盖住他。他动了一下,发出几声呓语,随即又静了下来。我看看表,才中午十二点十五分。这似乎完全不可能;我觉得从我走进仓库里去找毯子,到现在至少已经过了五个钟头,然而自始至终只过了大约三十五分钟而已。

我回到奥利、吉姆和麦隆身边。奥利已经拿了一罐啤酒,并递给我一罐。我接过来,一口吞下半罐,就像早上锯树干时一样。这一大口酒使我振作了点。

吉姆姓格隆丁,麦隆有个法文姓拉福勒,就是花朵的意思,听起来很滑稽。麦隆的嘴唇、下颚和面颊上都有渐干的血渍,还真像一朵花;那只被打黑的眼睛也肿了起来。穿紫红色运动衫的那个女孩从我们身边走过,对麦隆投以提防的一眼。我本想告诉她,麦隆只对想逞强的年轻小伙子有危险,但想想还是省省力气算了。毕竟奥利说得没错,他们只是做了他们自以为最正确的事,虽然那是基于盲目和恐惧,而不是为大家好。现在我需要他们做我认为最正确的事。我想这不成问题,因为他们两个已经被吓坏了。想必有好一阵子,他们还会余悸犹存,自责自疚,尤其是麦隆那朵小花。他们派诺姆出去清排气孔时,那种不可一世的神气,此刻已荡然无存了。

我开口说:"我们必须跟这些人说清楚。"

吉姆开口想要抗议。

"奥利和我都不会说你和麦隆叫诺姆出去的事,只要你们支持他和我所要说的……关于诺姆被什么东西抓住的事。"

"当然,"吉姆忙不迭地说,"当然,要是我们不说,也许有人会出去……就像那个女人……那个要回家去看孩子……"他用手背在嘴上一抹,又灌了一口啤酒。"老天,真可怕。"

"大卫,"奥利说,"万一——"他顿了一下,又强迫自己往下说,"万一那些触须伸进来呢?"

"怎么会?"吉姆问道,"你们不是把门关了吗?"

"没错。"奥利说,"但是超市正面是整片的玻璃。"

我的胃忽然有坐电梯猛降二十层的感觉。玻璃这件事我自然知道，但到目前为止都还不曾正视这个问题。我望向沉睡的比利，想到那些拥上诺姆全身的触须。我想象那些触须正要爬过比利小小的身体。

"玻璃窗。"麦隆喃喃说道，"耶稣基督。"

他们三人开始狂饮第二罐啤酒，我走开去找诺顿。他正站在二号出口处，和巴德·布朗说话。诺顿的灰发很有型，长相不差，和一本正经、标准新英格兰神情的布朗，两人凑对站在一起，看来很像《纽约客》里的漫画。

有二三十个人不安地散在结账出口处和店面的玻璃窗之间。不少人站在玻璃窗旁，向外眺望浓雾。让我想起一群聚在工地的工人。

卡莫迪太太坐在一个结账台面的输送带上，用戒烟滤嘴抽百乐门淡烟，斜眼瞟我，认定我不是她说话的对象，又别过头，神情像在梦游似的。

"布伦特。"我叫道。

"大卫！你跑哪里去了？"

"我正想跟你谈谈。"

"有人站在冰柜前喝啤酒。"布朗不高兴地说。他说话的口吻，听起来就像在指控长老教会播放X级电影。"我从监视镜里看得见。这非阻止不可。"

"布伦特？"

"我告退一下，好吗，布朗先生？"

"当然。"布朗双手交叠在胸前，面色阴沉地望着凸面镜，"这非阻止不可，我跟你们保证。"

诺顿和我朝卖场另一头的啤酒冷藏柜走去，经过家庭用品和服饰配件。我回头看了一眼，注意到大玻璃木框已有不少变形及破裂处，不禁感到忧心忡忡。我还想起来，有面窗子甚至已经不完整：在那怪异的"地震"声传来时，一小片楔形玻璃从窗子左上角龟裂脱落。也许我们可以用布或什么的把那个破洞塞住——也许可以用刚才我在酒架旁看到的，一件三块五毛九的女用运动衫——

我的思绪猝然中断，而且我得用手背捂住嘴，仿佛制止自己打嗝。其实我要制止的是差点溜出口的笑声：用一大团布塞住破洞，来阻止那些把诺姆卷走的触须，这想法简直荒谬之至。我亲眼看到一条小小的触须勒紧一袋狗粮,袋子就迸破了。

"大卫？你没事吧？"

"什么？"

"你的脸色——看你好像想到一个好主意或是坏主意的样子。"

这时我突然想到一件事:"布伦特,那个走进店里来,说雾里有怪物抓走老约翰的人,他怎么样了？"

"流鼻血那个？"

"对,就是他。"

"他昏倒了,后来布朗先生从急救箱里拿出嗅盐来让他嗅,他才醒过来。怎么了？"

"他醒来后,还有没有再说什么？"

"他又开始胡说八道,所以布朗先生把他带到办公室去了。有些女人被他吓坏了。他似乎很高兴躲开,好像跟玻璃有关吧。布朗先生告诉他说,经理办公室里只有一扇小窗,而且外面还加了铁丝网时,他似乎很乐于待在里面。我想他大概还在那里。"

"他说的是真的。"

"才怪。"

"你记得我们听到的那声砰响吗？"

"可是,大卫——"

他很害怕。我不住提醒自己,别对他发火。今天早上你已经生过一次气,那就够了。他现在的态度就跟那愚蠢的地界之争一样,先是自视甚高,然后出言相讥,最后,当他发现大势已去时,便恶言相向。别对他生气,因为你会需要他。他也许没法启动自己的链锯,但他长得一副西方世界的父亲形象,因此只要他告诉人们不要惊慌,他们就不会惊慌。所以别对他发火。

"你看见啤酒柜后面那道双扇门吗？"

他皱着眉望去:"那几个喝啤酒的人,其中一个不就是另一位经理吗？姓魏克斯的？要是布朗看见了,我敢说那家伙不久就得另谋高就了。"

"布伦特,你到底听不听我说？"

他心不在焉地又看向我:"你说什么,大卫？抱歉。"

很快的,他会连抱歉也说不出口了。"你看见那两扇门了吗？"

"当然。那两扇门怎么样?"

"那两扇门通往仓库,也就是这整栋建筑的西侧。刚才比利睡着了,所以我到里面去,看看能不能找条毯子什么的让他盖……"

我一五一十对他说了,只隐瞒了关于诺姆是否该出去的那番争吵。我告诉他有什么东西爬进来……以及最后的尖叫声。布伦特·诺顿拒绝相信。他想都不肯想一下。我把他带去吉姆、麦隆和奥利那里。他们三人都证实了我所说的,虽然吉姆和麦隆已经差不多半醉了。

然而诺顿仍旧拒绝相信,甚至企图逃避。"不,"他说,"不,不,不。原谅我,但这实在太荒谬了。你们要不是寻我开心——"他释然一笑,以表示他绝对开得起玩笑,"就是得了某种集体妄想症。"

我的怒气又冒了上来,这回我好不容易才压住它。我不认为自己是个脾气暴躁的人,不过眼前的情况终究不比寻常。我得顾虑比利,以及斯黛芬会怎么样——或者已经怎么样了。这些思虑不住啃蚀着我的心。

"好,"我说,"我们回到仓库里去。地板上有一截断掉的触须,那是被铁卷门切断的。而且你可以听见它们的声音,它们就在门边爬来爬去,听起来很像风吹藤蔓的声音。"

"不要。"他沉着地说。

"什么?"我以为我听错了,"你说什么?"

"我说不要,我不要到那里去。这玩笑已经开得过火了。"

"布伦特,我发誓这不是什么玩笑。"

"当然是。"他回嘴道,目光溜过吉姆和麦隆,在奥利脸上停了一下。奥利面无表情地迎视他。最后他的目光又回到我身上,"这是你们本地人说的'如假包换的玩笑'。对吗,大卫?"

"布伦特,听着——"

"不,你才听着!"他拉高声音,像在法院里辩护一样。有几个在附近闲逛的人立刻转头观看。诺顿伸手指着我说:"这是个玩笑。那里有香蕉皮,要让我滑一跤。你们谁都不喜欢外地人,对吧?你们都很团结。我为了理应是我的东西和你打官司的时候就已经领教过了。那场官司你打赢了,没错。当然了,你父亲是名画家,而且这是你的故乡。我只是付我的税,并且在这里花钱而已!"

他不再是排演法庭秀了。他的声音几近尖叫,而且几乎完全失去自制力。奥利转身走开,手里抓着一罐啤酒。麦隆和吉姆则惊讶地瞪着诺顿。

"你要我到那里面去,看个价值九毛八的橡皮玩具,让这两个乡巴佬站在这儿笑掉裤子吗?"

"嘿,你骂谁是乡巴佬?"麦隆说。

"我很高兴那棵树倒在你家船屋上,坦白说,非常高兴。"诺顿对我狞笑,"一头栽个正着,对吧? 妙极了。现在别挡我的路。"

他想要推开我。我揪住他的臂膀,将他推向啤酒柜。一个女人惊愕地叫了出来,两盒六罐装啤酒掉在地上。

"你给我好好听清楚,布伦特。这里多少人的生命有危险,我的孩子也是其中一个。所以你好好听着,否则我发誓要揍得你屁滚尿流。"

"你动手呀。"诺顿依然发狂似的狞笑着。他的两眼布满血丝,眼珠鼓了出来。"让大家看看你有多强壮、多勇敢,打个年纪大得可以当你父亲、又有心脏病的人。"

"揍他!"吉姆喊道,"去他妈的心脏病。我根本不相信像他这种无聊的纽约骗子还有什么心。"

"你少理这档事。"我对吉姆说罢,又转向诺顿。我逼近他,越来越近。冷藏柜虽然没电,但仍然冰冰的。"少装疯卖傻。你明知我说的都是真的。"

"我……不知道。"他喘息道。

"如果是别的地方或别的时间,我就算了。我才不在乎你现在有多怕,也不是为了要报仇。我也很怕。但我需要你,他妈的! 你听清楚了吗? 我需要你!"

"放开我!"

我抓住他的衬衫,用力摇他:"你什么都不懂吗? 他们会开始离开这里,走到外面的怪物那里去! 基督在上,你都听不懂吗?"

"放开我!"

"除非你和我到那里去,你自己亲眼瞧瞧。"

"我跟你说了,不要! 这只是开玩笑,我可没你想的那么笨——"

"那我要把你拖进里面去。"

我揪住他的肩膀和领子。他的一只衣袖缝线裂了,发出"嗞"的一声轻响。我拉着他往双扇门走去。诺顿可怜兮兮地尖叫出声。这会儿已经有十几二十个人围拢过来,但他们都保持距离,没有迹象显示有任何人想插手。

诺顿喊道:"救我!"他眼镜后方两眼微突,时髦的灰发乱了,从两耳后方突出两小撮。人们磨蹭着脚,静静观看。

"你尖叫什么劲?"我凑近诺顿耳旁说,"这只是个玩笑,对吧?所以你跑来借车时我才会载你一起进城,我才会放心让你带比利过停车场,因为我制造了这团雾,我从好莱坞租来制雾机,花了一万五千块钱,又另外花了八千块钱把机器运来,这一切都只为了寻你一次开心。你少臭美了,睁开眼睛瞧瞧吧!"

"放……我……走!"诺顿怒吼道。我们已经快到仓库门口了。

"好了,好了。干什么?你想干什么?"

说话的是巴德·布朗。他推开旁观人群挤了过来。

"叫他放我走,"诺顿嘶声说,"他疯了。"

"不,他没有疯。我倒希望他是疯了,可是他没有。"这是奥利,我真想拥抱他。他绕过我们身后的走道,面对布朗站住。

布朗的目光落向奥利手中的啤酒罐。"你在喝酒!"他的声音透着惊讶,但不无欢欣,"你会丢了工作的。"

"得了,巴德,"我放开诺顿说,"眼前情况特殊。"

"规定就是规定。"布朗自以为是地说,"我要向公司报告,这是我职责所在。"

这会儿,诺顿已溜到一旁,忙着整理衬衫,梳理头发。他的眼睛不安地在布朗和我身上来回扫射。

"嘿!"奥利突然拉高嗓门,发出一声低沉如响雷的叫喊,我从来没想过这个温和又不太有自信的大个子能发出这么大的声音,"嘿!店里的每个人!你们靠过来听好!这件事关系到你们每一个人!"他看看我,对布朗置之不理。"我这样说还好吧?"

"很好。"

人们开始聚拢过来。原来驻足观看我和诺顿争吵的一小群人增加了一倍,又一倍。

奥利开口道:"有件事情,你们最好都知道——"

布朗插嘴道："你现在就把啤酒给我放下。"

"你给我闭嘴。"我说了一句，朝他跨近一步。

布朗防卫地后退一步。"我不知道你们这些人想干什么。"他说，"可是我告诉你们，我一定要向联邦食品公司报告！每一个人！而且你们要搞清楚——你们也许会吃上官司！"他紧张地瘪着嘴，露出一口黄牙，我不禁有点同情他。他只是想应付局面罢了。诺顿拒绝相信事实，无非也只是他的应对之法。麦隆和吉姆的办法则是故作大丈夫的样子——只要能把发电机修好，雾就会散了。布朗的方法则是保护公司。

"那你不妨开始把我们的名字登记下来。"我说，"只要你别开口就行。"

"我会记下很多姓名的，"他回嘴道，"你的名字会列在第　个，你……你这个波希米亚人！"

"大卫·德莱顿先生有话告诉大家，"奥利接口道，"我想你们最好都仔细听，尤其是那些想要回家的人。"

于是我把发生在仓库里的事原原本本说了出来，与我说给诺顿听的大致相似。起初还有人讪笑，但等我说完时，店里的气氛已变得肃穆凝重。

"这是骗人的。"诺顿率先发言，声音因为急于强调而近乎尖锐。这竟是我最先说明、希望能求助的人。真叫人吐血。

"对，一定是骗人的，"布朗应和道，"疯了。请问你，德莱顿先生，你认为那些触须是从哪里来的？"

"我不知道，但当前这不是个重要的问题。它们在这里，这才是——"

"我猜它们是从啤酒罐里跑出来的。这是我的猜测。"这句评论引起一阵笑声，而平息笑声的则是卡莫迪太太嘶哑有力的叫声。

"死亡！"她一喊，发笑的人立刻噤声。

她迈步走向围聚的群众中间，亮橘色裤装闪闪发光，手上的大提袋贴紧她的胖腿。她傲然环顾四周，眼光锐利闪烁有如喜鹊。两个年约十六，穿着印有"树林营地"白T恤，长得很好看的女孩急忙闪身避开她。

"你们听，却没听进去！你们听进去了却不相信！你们谁想到外面去，亲眼去瞧瞧？"她的目光扫过人群，落在我身上，"大卫·德莱顿先生，你有什么打算？你认为你能怎么办？"

她咧嘴一笑，好像裤装上方装了个骷髅头。

"这是末日,我告诉你们。一切的末日,世界的终点。圣意的手指,不在火中,却在迷雾中揭示。大地已裂开,吐出它的憎恨——"

"你们不能叫她住嘴吗?"一个少女忍不住喊出声,泪水紧跟着涌出眼眶,"我被她吓死了!"

"你害怕吗,亲爱的?"卡莫迪太太转向她说,"不,你现在不怕。但是等到恶魔之子放到地表上的怪物来抓你时——"

"够了,卡莫迪太太。"奥利说着,抓住她的胳膊,"请你别说了。"

"你放开我!这是末日,我告诉你!这是死亡!死亡!"

"鬼话连篇。"一个戴着钓鱼帽和眼镜的男人厌恶地说。

"不,先生,"麦隆开口道,"我知道这听起来很像梦话,但这是千真万确的事实。我亲眼看到的。"

"我也看到了。"吉姆说。

"还有我。"奥利接口。他已成功地让卡莫迪太太住嘴,至少是眼前这一刻。但她就站在一旁,抓着她的大提袋,邪门地咧嘴而笑。没人愿意和她站得太近。他们窃窃低语,对我们的说法半信半疑。有几个人回过头去,不安而深思地看着店面的大玻璃窗,我很高兴他们开始关心了。

"骗人,"诺顿说,"你们全都在骗人。"

"你们所说的叫人难以置信。"布朗说。

"我们不必站在这里反复争论,"我说,"你们不妨跟我一起到仓库去看看,去听听。"

"我们不允许顾客到——"

"巴德,"奥利说,"跟他一起去,结束这场争论。"

"好吧,"布朗说,"德莱顿先生,我们了却这桩蠢事吧。"

我们推开双扇门,走进黑暗中。

那声音委实刺耳,甚至邪恶。

巴德也有同感。就算他再怎么有北佬的死硬派头,他的手还是立刻抓紧我的胳膊。他深吸一口气,然后呼吸转为急促。

那是种低沉的飒飒声,由卸货门方向传来,似乎在抚摸什么。我轻轻用一脚在地上来回扫,终于碰到一支手电筒,于是弯身捡起手电筒将它打开。布朗的脸色很难看。他还只是听到而已,还没看到那些触须,但是我看过,我可以想象它们匍匐在那扇铁门上,扭曲爬动,就像有生命的藤蔓似的。

"你现在怎么说？还是难以置信？"

布朗舔舔嘴唇，望着散了一地的货品和纸箱："这是它们弄的？"

"有些是。大部分是。你过来。"

他很不情愿地跟上来。我借着手电筒找到那截皱缩蜷曲的断须，仍躺在那柄扫帚旁。布朗弯身细看。

"别碰，"我说，"说不定它还活着。"

他急忙站起身。我抓起扫把，用帚柄碰碰那段触须。三四下之后，它终于软软松开，露出两个完整的吸盘和半个破裂的吸盘。然后这触须又倏地蜷缩起来，一动不动地躺着。布朗发出厌恶的声音。

"看够了？"

"是的，"他说，"我们出去吧。"

我们用手电筒照着路走回双扇门，推门而出。每张脸都转向我们，絮絮的谈话声也立刻停止。诺顿的脸如乳酪般雪白。卡莫迪太太的黑眼闪闪有神。奥利还在喝啤酒，脸上仍滴着汗，虽然店里冷得出奇。那两个穿着印有"树林营地"T恤的女孩紧紧靠在一起，犹如面对暴风雨来袭的小马。眼睛。许多只眼睛。我打了个冷战，却不禁想着我可以把这些眼睛画下来。没有脸，只有在暮色中张望的眼睛。我可以画下它们，只是没人会相信它们是真的。

巴德·布朗紧紧将双手抱在胸前。"各位，"他说，"看起来我们正面临一个很严重的问题。"

6. 进一步讨论·卡莫迪太太·防御工事·地平协会的下场

接下来的四小时如在梦中。经布朗证实后，有一番为时极久且半歇斯底里的讨论。或许这番讨论也没那么久，只是人们非要对同样的资讯反复思索，试着从每个可能的观点着眼，像狗拨弄一根骨头般，非要咬到骨髓不可。大家终于慢慢相信了。任何一个新英格兰乡镇的三月会议都会有同样的情形。

以诺顿为首的十个人左右，形成了一个"地球是平的协会"，简称"地平协会"，对触须之说采取完全不信的态度。诺顿一再指出，看到年轻员工诺姆被他所谓"来自X星球的触须"（此说初时引起一阵笑声，但此后便无人觉得好笑,只是狂热而激动的诺顿并未注意到)带走的人证,一共只有四个。他又说他个人对这四个人证皆不信任。接着他更指出这四个人中有一半现在已醉得不像话。这话倒是真的。吉姆和麦隆待在啤酒柜和酒架边不走,两人喝得胡言乱语。想想诺姆的遭遇,以及他们做过的事,我不怪他们。他们宁愿醉得不省人事。

奥利继续喝酒,对布朗的抗议不加理会。过了一会儿,布朗放弃了,只是偶尔威胁说要向公司报告。他似乎没想到,在桥墩镇、北温德翰与波特兰开设连锁超市的联邦食品公司,这会儿说不定已经荡然无存了。谁知道?整个东海岸也许都已经不存在了。奥利喝了不少酒,却没有喝醉。他喝下的酒精都随着汗水蒸发了。

最后,当大家和地平协会的争论越来越激烈时,奥利开口了:"诺顿先生,你不相信,没关系。这样吧,你从前门出去,绕到后面去。那里有一大堆啤酒和汽水的空瓶子。那是我和诺姆、巴迪今早一起搬出去的。你带两个空瓶回来,让我们知道你真的去过那里了。只要你办得到,我立刻脱下我身上的衬衫,当面吃掉。"

诺顿开口想加以驳斥。

奥利以同样平缓、低沉的声音遏止了他:"我告诉你,你这种态度对大家有害无益。这里有很多人都想回家,看看他们的家人是否安然无恙。我妹妹和她的一岁女儿现在还在那不勒斯镇的家里,我也很想去看看她们是否没事。但如果人们开始相信你的话,出门回家,他们也会遭到和诺姆一样的下场。"

他没有说服诺顿,但他说服了几个犹豫不决的人——与其说是由于他的话,还不如说是因为他的眼神,那着魔般的眼神。我想诺顿如果现在相信奥利,大概会精神崩溃,所以他仍坚持不信;但他也没有接受奥利的提议,到外头去取两个空玻璃瓶回来。没有人去。他们不想出去,至少现在还不想。诺顿和他的一小群地平说成员(现在已经少了一两个人)远远离开我们,站到熟食区去了。其中一个经过我儿子比利时,踢到了他的腿,使他醒了过来。

我走过去,比利立刻抱紧我的脖子。我试着放下他时,他反而搂得更紧,并说:"别这样,爸爸,求求你。"

我找到一辆购物推车,抱他坐进车里的婴儿座。他坐在车里,看来已嫌年纪太大,若非他脸色苍白、眼神悲惨,加上覆在额前的蓬乱黑发,这或许会显得有些滑稽。他至少已有两年不曾坐进购物推车里了。这些小事的流逝最初往往令人不觉,等你终于意识到已成事实的改变时,便难免惊愕。

这时,地平说的人一撤退,争论又找到另一个对手——这回是卡莫迪太太,而且可以理解的是,她是孤军奋战。

在暗淡阴森的光线中,她那身橘色裤装,满手铿锵作响的铜环、玳瑁,还有挂在臂上的大提袋,使她看来很像个巫婆。她的老脸上刻着深深的皱纹,乱蓬蓬的灰发上夹了三个角梳,向后扭成发髻。她的嘴犹如一小条打结的绳子。

"谁也别想抵抗上帝的意旨。这早就开始了,我早已看过许多征兆。这里有些人已经听我说过了,但不肯看清事实的人最是盲目。"

"你到底要说什么?你有什么建议吗?"麦克·哈伦不耐烦地插嘴说道。他是选民代表,只是他现在戴着游艇帽又穿着百慕大短裤,看来实在很像游客。他手里拿了罐啤酒;现在有不少人都在喝酒了。巴德·布朗已不再抗议,却真的拿着纸笔在记名字。

"建议?"卡莫迪太太重复一句,"建议?啊,我建议你准备好去见上帝吧,麦克·哈伦。"她环顾我们全体,"准备去见你们的上帝了!"

"准备见你的狗屎。"麦隆醉醺醺地自啤酒柜旁吼了过来,"老太婆,我相信你的舌根一定是长在中间,才会两头都能说话。"

不少人应声同意。比利仓皇地左右张望,我立刻伸手揽住他的肩。

"我说得是对的!"卡莫迪太太喊道。她的上唇向后撇,露出参差不齐的一排尼古丁黄牙,让我想到她店里那些灰扑扑的动物标本,永远在充作小溪的镜子旁假装喝水。"不信的人至死都不信!然而一个恶魔确实带走了那个可怜的小伙子!雾里的怪物!来自噩梦的每一丝憎恨!没有眼睛的怪物!苍白的恐惧!你不信吗?那你出去吧!出去打个招呼吧!"

"卡莫迪太太,请你别说了。"我说道,"你吓到我的孩子了。"

带着小女儿的那个男人立即同声应和。那个有着小胖腿的小女孩,把脸埋在父亲的怀中,用手捂着耳朵。比利还没哭,但也差不多了。

"只有一个机会。"卡莫迪太太说。

"请问是什么机会呢,太太?"麦克·哈伦礼貌地问。

"一次献祭。"卡莫迪太太露出笑容,"血祭。"

"血祭"两个字飘在空中,慢慢转着。即使到现在,我仍告诉自己,她当时指的只是某人的爱犬罢了——尽管违规,但当时的确有几条小狗被带进店里来跑来跑去。即使到现在,我仍这么告诉自己。在幽暗的光线中,她看来犹如新英格兰清教徒的余党……但我怀疑她的动机来自比清教徒更阴沉的心思。清教徒自有其黑暗的祖先:血染双手的老亚当。

她张嘴想再往下说,但一个个子矮小、穿着红裤子和运动衫的男人伸手给了她一耳光。他仪表整洁,头发左分,分线如尺般平直,戴了副眼镜,无疑是到这里来避暑的观光客。

"你别再胡说。"他面无表情且语调平静地说。

卡莫迪太太伸手捂着嘴,接着便对我们举高那只手,做出无言的指控。她的掌心中有血渍,然而她的黑眼似乎在无比喜悦地舞动着。

"你活该!"有个女人喊道,"我也想赏你一耳光!"

"它们会抓住你们的。"卡莫迪太太说着,展示她的血手。一丝血由她瘪瘪的嘴角流向下颚,犹如滑向排水沟的一滴雨水。"也许不是今天。今晚。今晚当夜色降临。它们会随着黑夜而来,抓走另一个人。它们会在晚上袭击。你们会听到的,爬行、蠕动的声音。等它们来时,你们就要反求卡莫迪妈妈告诉你们该怎么办了。"

穿红裤的男人缓缓抬起手来。

"你来打我呀。"她低声说着,露出一个带血的笑。他的手迟疑了。"你敢的话就打我好了。"他把手放下。卡莫迪太太自顾自走开了。这时比利才哭出声来,一如那个小女孩般,把他的脸埋在我身上。

"我要回家,"他哭闹道,"我要妈妈。"

我尽可能地哄他,可事实上我也束手无策了。

人们的话题终于转成没那么吓人的方向。大家开始讨论超市的明显弱点,也就是大玻璃窗。麦克·哈伦问店铺还有哪些入口,奥利·魏克斯和巴德·布朗立即说明:除了诺姆打开的那扇卸货门外,另外还有两扇卸货门。还有店前的正门,以及经理办公室的那面窗子(厚玻璃外加铁栅,并且上了锁)。

谈论这些事有种矛盾的效果，一方面使得危险似乎更加真实，一方面也使我们放心了些。就连比利也有同感。他问我可不可以吃根棒棒糖，我告诉他只要别走近大玻璃窗，他可以吃棒棒糖。

等他走远后，一个站在麦克·哈伦身旁的男人说："好，现在我们对那些玻璃窗有什么措施呢？那个老太婆虽疯言疯语的，但她说天黑后会有怪物进来倒可能没错。"

一个妇人说："说不定到时雾已经散了。"

"也许。"那男人说，"也许不会。"

"有什么主意吗？"我问巴德和奥利。

"等一下。"站在麦克身旁那个人说，"我叫唐尼·米勒，是麻省林恩郡人。你们都不认识我，这是应该的，不过我在高地湖岸有栋房子，今年才买的。差点为它破了产，现在看来也不知到底值不值得。"有人笑了几声。"总之，我看到窗子下堆了一包包的草地肥料，多半都是二十五磅装的。我们可以把它们当做沙袋堆起来，留几个监视孔……"

现在有不少人点头称是，并兴奋交谈。我想说话，却又忍住了。唐尼说得没错。把那些肥料包堆起来不会有害，说不定还有用。但我立刻又想到触须勒破狗粮袋那一幕。一条肥大点的触须大概可以轻而易举勒破一包二十五磅的肥料。不过揭发这事实既不能解危，也不能振作士气。

人们开始三五成群，七嘴八舌谈着怎么堆放那些肥料包。唐尼又喊道："慢着！慢着！既然大家都集合了，我们不妨好好谈一下应对之策。"

大家又聚拢过来，约五六十个人的群众，散在啤酒冷藏柜、仓库门前的角落，以及左侧至麦克维先生的肉品柜。比利以一个五岁孩童的灵敏，如在巨人群中一般穿行过人群，举起一块好时巧克力："你要吗，爸爸？"

"谢谢。"我接过来咬了一口，很甜很好吃。

"这大概是个笨问题，"唐尼开口道，"不过我们得有所防备。有人带了任何武器吗？"

一阵短暂的沉默。人们面面相觑，耸耸肩。一位白发老人自我介绍，他叫安博罗斯·康奈尔，说他的后车厢里有把猎枪。"必要的话，我可以试着到外面拿来。"

奥利说："目前我不认为那是个好主意，康奈尔先生。"

康奈尔咕哝道："目前，我也不以为然，小伙子。我只是想至少应该说说。"

"呃,我想你也不会出去的。"唐尼说,"不过我认为——"

"请等一下。"有个女人开口了。就是那个穿紫红色运动衫和墨绿色长裤的少妇。她有一头沙金色头发,身材婀娜动人,是一个相当漂亮的女人。她打开皮包,从里面拿出一把中型手枪。围观的人群发出"啊——"的一声惊呼,仿佛他们刚看到一个魔术师表演了一套高妙的把戏。那个少妇原已绯红的脸涨得更红了。她又一次在皮包里搜寻,掏出一盒史密斯 & 威森牌子弹。

"我叫阿曼达·杜弗瑞。"她对唐尼说,"这把枪……是我丈夫的意思。他认为我该带着它,以防万一。我带着这把空枪已经两年了。"

"你丈夫也在这儿吗,这位太太?"

"不在,他在纽约,出差。他常到外地出差,所以他才要我带着这把枪。"

"那么,"唐尼说,"要是你会用,你该留着。那是什么型号的枪,点三八口径吗?"

"是的,而且除了一次练靶之外,我从没用过。"

唐尼接过那把枪,把玩了两下,不一会儿便开了枪膛。他检查一下,确定枪膛里确实没装子弹。"好,"他说,"现在我们有一把枪。谁会用枪?我是蹩脚得很。"

人们再度面面相觑。起初没人开口说话,然后,奥利很勉强地说:"我常打靶。我有一把科特点四五和一把拉马点二五。"

"你?"布朗说,"哈。等天黑时,你早就醉得什么也看不清楚了。"

奥利口齿清楚地说:"你何不闭嘴,好好记你的名字就好?"

布朗瞪着他,嘴巴张开,随即又决定闭嘴。依我看,那是个聪明的决定。

"让你来。"唐尼把枪拿给奥利,眨了眨眼。奥利再次检查枪,显得更为老练。他把枪放到右前方裤袋,把那盒子弹塞到衬衫的前胸口袋里,鼓鼓的一块,看起来很像一包烟。然后他才靠向啤酒柜,又开了一罐啤酒,圆脸上仍是汗水淋漓。

"谢谢你,杜弗瑞太太。"唐尼说。

"别客气。"她答道。我心想,假使我是她丈夫,拥有那双碧绿眼眸和那副丰满的身躯,我大概不会那么常出差。给你太太一把枪,这似乎是种荒唐的象征行为。

"这或许也是个蠢问题,"唐尼转向拿着写字板的布朗和拿着啤酒罐的奥利又说,"不过,这地方没有喷火器之类的东西吧?"

"哦,狗屎!"巴迪·伊格顿低呼一声,整张脸随即涨红,就跟阿曼达一样。

"怎么了?"麦克·哈伦问道。

"呃……上星期我们还有一整箱小型喷火器。家庭用,焊接水管或排气管的那种。你记得那些吧,布朗先生?"

巴德·布朗点点头, 副愁眉苦脸的样子。

"卖光了吗?"唐尼问。

"没有,卖得不好,只卖出三四个。我们把剩下的全退回去了。真他妈的。我是说……真可惜。"巴迪脸红得快发紫了,又一次退回人群里。

我们有火柴,当然,还有盐(某人含糊地说他听说过用盐可以驱走水蛭或其他吸血虫),以及各种牌子的扫把和拖把。多数人都振作起精神,吉姆和麦隆则醉得无法提出任何异议。但我迎视奥利时,发现他眼里有种镇定却绝望的神色,那是比恐惧更糟的。他和我都亲眼瞧见过那些触须。对它们撒盐,或想用拖把柄将它们打走,实在是异想天开。

"麦克,"唐尼说,"你指挥一下好吗? 我要和奥利与大卫谈谈。"

"没问题。"麦克拍拍唐尼的肩膀,"总得有人负责指挥。你干得不错。欢迎你到本镇。"

唐尼问道:"这是不是表示我有退税可拿?"他是个短小精悍型的人,有头微秃的红发。他看来像是那种乍看之下不可能喜欢,但熟识之后不可能不喜欢的人。那种什么事都做得比你好的人。

"没的谈。"麦克笑着答道,转身走开了。

唐尼垂眼望向我儿子。

"不用担心比利。"我说。

"说真的,我这辈子从没这么担心过。"唐尼说。

"可不是。"奥利同意道,并把一个空罐丢进啤酒冷藏柜里,又拿出一罐新的打开,发出"嘶"的一声。

唐尼说:"我看到你们两人交换的眼神。"

我吃完巧克力糖,又开了罐啤酒解渴。

"告诉你们我怎么想。"唐尼说,"我们应该找五六个人,把一些拖把柄用布裹起来,然后用绳子将它们绑在一起。接着我们应该准备好两罐煤油,把瓶盖打开,这样我们随时都能很快点起火把。"

我点点头。好主意。也许不够好,如果你看过诺姆怎么被拖走的话。但比撒盐好多了。

奥利说:"至少可以让他们忙上一阵子。"

唐尼紧抿着唇,"真的那么糟吗?"他说。

"就那么糟。"奥利点点头,继续灌他的啤酒。

下午四点半左右,草地肥料包已堆放好,大玻璃窗整面被挡了起来,只留下几个观测孔。每一个观测孔旁安排一名守卫,每个守卫身旁都放了一罐已开的煤油和由拖把柄扎成的火把。观测孔共有五个,唐尼安排大家轮流守卫。四点半一到,轮到我坐在一个观测孔旁。比利陪在我旁边,和我一起向外望着浓雾。

隔着窗玻璃有张红色长椅,专给买了食品等人开车来接的顾客坐的。再过去就是停车场了。雾慢慢滚动,又浓又深。雾里有湿气,但看来毫无生气,阴森可怖。只是望着它看,便足以令我虚脱无力。

"爸爸,你知道这是怎么回事吗?"比利问。

"我不知道,亲爱的。"我说。

他沉默了半响,低头看着摊在两膝上的小手:"为什么没有人来救我们呢?"最后他又问道,"警察,或联邦调查局,或别的人?"

"我不知道。"

"你想妈妈没事吧?"

"比利,我真的不知道。"我说着,伸手搂住他。

"我好想她。"比利忍着眼泪说,"有时候我对她很坏,我很对不起她。"

"比利。"我叫他一声,却没法往下说。我觉得喉咙咸咸的,声音也忍不住颤抖。

"这会过去吧?"比利又问,"爸爸?会不会?"

我说:"我不知道。"他把脸埋向我的肩窝,我抱着他的头,可以摸到在他头发下曲线纤弱的头盖骨。我不由自主想起新婚的那一夜,看着斯黛芬脱下她在结婚典礼后换上的棕色裙装。她的臀部因为前一天撞到一扇门而留下一大块紫色淤血。我记得看着那块淤血,想着:她撞上门板时,还叫做斯蒂芬妮·斯台普纳克呢,心里不免有些惊奇。然后我们做爱,窗外是十二月的雪天,雪花飘飘。

比利又哭了。

"嘘,比利,嘘。"我哄着他,轻轻摇着他,但他仍嘤嘤哭着。这种哭泣,只有母亲才知道如何劝止。

联邦超市里暗了下来。唐尼、麦克和布朗把店里所有的手电筒,大约二十支,分配给众人。诺顿为了他那一小群人大声吵嚷,结果分到两支。手电筒的灯光在各个走道里到处游移,犹如死不瞑目的幽灵。

我搂紧比利,透过观测孔往窗外望去。室外那乳白不透明的光没什么改变,使卖场里变暗的是那些堆高的肥料袋。有好几次我以为窥见了动静,但都只是我在疑神疑鬼。另一个守卫也误报了一次,让大家虚惊一场。

比利又看到杜曼太太,迫不及待地跑去找她,虽说她整个夏天都不曾过来带他。她分到一个手电筒,很好心地递给比利。不一会儿,比利已在冷冻食品柜的玻璃面上用光束写自己的名字。她看到他的高兴,似乎不亚于他看到她时。过了几分钟,他们一起走了过来。海蒂·杜曼是个高瘦的妇人,有一头间杂几缕灰丝的漂亮红发。她的眼镜连有一条链子挂在胸前,我相信这种链子只有中年妇人才适用。

"斯黛芬也来了吗,大卫?"她开口问道。

"没有,她在家里。"

她点点头:"亚伦也在家。你要在这里守多久?"

"到六点。"

"看到什么吗?"

"没有,就是雾而已。"

"那我就陪比利到六点吧,你愿意的话。"

"比利,你想跟杜曼太太在一起吗?"

"好啊,我想。"比利说着,慢慢将手电筒高举过头,看着灯光划过天花板。

"上帝会保护斯黛芬的,还有亚伦。"杜曼太太说完,牵着比利的手走开了。她的语气坚决肯定,眼神却毫无信心。

五点半左右,卖场后方传来激烈的争辩声。有人嘲弄另一个人说的话,还有个人(我猜是巴迪·伊格顿)叫道:"你们疯了不成,想到外面去!"

好几道手电筒灯光不约而同射向这场争辩的位置,但光束随即又转往卖场前侧,因为卡莫迪太太尖锐而疯狂的笑声划破了幽暗,就像划过黑板的指甲那样难听。

在一片人声中,传来诺顿凛然的高喊:"请让我们过去!借过!"

守在我左邻观测孔的男人离开他的岗位,过去看这片叫嚣起因为何。我决定待在原处,因为不管这群人在吵什么,他们正朝我的方向而来。

"不要这样。"选民代表麦克·哈伦说,"我们好好谈谈。"

"没什么好谈的。"诺顿断然说道。他的脸从幽暗中浮现,神情坚决却憔悴不堪。他手上拿了支手电筒,那两绺自耳后翘出的头发依然翘着,很像两支角。跟在他后面的地平协会成员,已由原来的九到十个减为只有五个。"我们要出去。"他说。

"别这么固执,"唐尼·米勒说,"麦克说得对。我们可以谈谈,是不是?麦克维先生正在瓦斯烤炉那里准备烤鸡,我们不妨坐下来,吃点烤鸡——"

他挡在诺顿身前,诺顿伸手把他推开。唐尼不悦地涨红了脸,换上一副严厉的表情。"那就随你的便吧,"他说,"但是你会害死这些人。"

诺顿以下定决心或是中邪已深的声音,面不改色地说:"我们会去找人来救你们。"

他的一个同伴低声应和一句,另一个却悄无声息地开溜了。现在这群人只剩诺顿和另外四个。或许这不算太差吧,耶稣基督也不过只有十二个门徒。

"听我说,"麦克又开口道,"诺顿先生……布伦,至少留下来吃烤鸡吧,你一定饿坏了。"

"这样你才好继续说话吧?我在法庭见过的场面多了,没这么好骗。你们已经把我的人骗走了六七个了。"

"你的人?"麦克难以置信地说,"你的人,耶稣基督,你这是什么话?他们是人,不是谁的。这不是玩游戏,更不是在法庭里。在外头,有些我们不知道的什么,可能是怪物吧,你们何必出去送死呢?"

"你们说有怪物,"诺顿嗤之以鼻,"在哪里?你们已经守了两个多小时了,谁看到怪物了?"

"这个,呃,在后面,在——"

"不,不。"诺顿摇摇头,"你们讲很多次了。我们要出去——"

"不。"有个人低声说了一句。这一声引起回响,慢慢地传开来,仿佛十月傍晚飒飒作响的枯叶。不,不,不……

"你们想限制我们的自由吗?"一个尖细的声音问道。那是诺顿的"人"之一(以他的话说),一个戴着老花眼镜的老太太。"你们想限制我们的自由吗?"

那一声轻浅如微浪的"不"消失了。

"不,"麦克说,"不,我不认为有人能限制你们的自由。"

我凑近比利的耳朵低语两句,这孩子愕然而疑问地看看我。"去吧。"我说,"快点。"

他一溜烟地跑走了。

诺顿用手梳理头发,有如百老汇明星表演般的姿势。早上看他徒然无功地拉扯着链锯,以为没人看见而低声咒骂时,我还有点喜欢他。但当时(甚至到现在也一样)我真的弄不清他是否相信自己。我想,他心底深处其实明白究竟会发生什么事,但他毕生挂在嘴边的理性逻辑就像头凶残的猛虎,到最后反噬了他。

他不安地张望四周,似乎希望还有什么可说的。然后他领着四位门徒,走过一个结账出口。除了那位老太太外,还有一个年约十二岁的胖男孩、一个少女和一个穿着牛仔裤、头上反戴一顶高尔夫球帽的男人。

诺顿与我四目相接,他的眼睛瞪大了些,随即避开我的目光。

"布伦特,等一下。"我说。

"我不想再讨论了,更别说是和你讨论。"

"我知道你不愿意,我只想请你帮个忙。"我环顾四下,看见比利朝结账出口跑来。

诺顿看着比利跑来,交给我一包用玻璃纸包住的东西,怀疑地问:"那是什么?"

"晒衣绳。"我隐约意识到这会儿超市里的人都在望着我们,"大包装,三百英尺长。"

"干吗?"

"我希望你在出去之前,把绳子绑在你的腰上。等你觉得拉紧了,就找个东西把它绑好。什么东西都行,车门把也行。"

"看在上帝分上,这是为什么?"

"这样我就可以知道,你至少走了三百英尺。"我说。

他的目光闪烁一下,但稍纵即逝。"我不干。"他说。

我耸耸肩:"好吧。还是祝你好运。"

戴着高尔夫球帽的那个男人忽然开口说:"我可以帮这个忙,先生。没什么好拒绝的。"

诺顿转向他,仿佛想厉声喝止,那人却只是沉着地望着他,眼里并没有闪烁的光芒。他已下定决心,心中不存一丝怀疑。诺顿也看出来了,因而无话可说。

"谢谢。"我说。

我用小刀割开包装,拿出捆绕成圈的晒衣绳,找到绳子的一端,将它松松地绑在这戴高尔夫球帽的男人身上。他立刻将绳子解开,重新绑紧并打了个利落的平结。超市里鸦雀无声。诺顿不安地磨蹭着双脚。

我问戴高尔夫球帽的男人:"你要我的小刀吗?"

"我也有一把。"他以同样泰然自若的神情看着我,"你只管放绳子,要是太紧,我会把它砍断的。"

"我们好了吗?"诺顿很大声地说。那个胖男孩被捅了一刀似的惊跳起来。没人回答,诺顿转身要走。

"布伦特,"我伸出手,说道,"祝好运。"

他细细端详我的手,像是看什么没见过的可疑物体似的。"我们会找人来救你们的。"他说了最后一句,便推开出口的大门。那股恶心的微酸味又飘了进来。另外四个人都跟在他后面走出门去。

麦克走过来,在我身旁站定。诺顿一行五人站在迷离的乳白色雾气中。诺顿不知说了什么,因为浓雾有种怪异的湿润效果,我听不清楚。我只听见他的声音和两三个独立的音节,就像听不清楚的电台。然后他们走远了。

麦克将门微微打开,我放出晒衣绳,小心不要太紧,否则恐怕那人会把绳索给切断了。四下一片寂静。比利挨着我站着,虽然没有动作,但想象得出他小脑袋里的澎湃起伏。

我又一次有种怪异的感觉,觉得他们五人并非没入雾里,而是变成隐形。有一会儿,他们的衣服隐约可见,但很快就消失了。只有亲眼看到他人在几秒内便被吞噬无踪,才能领悟到那雾气浓得有多可怕。

我放着绳索,四分之一,而后二分之一。这时绳子停止不动,由活的变为死的。我屏息等待。然后绳子又向外动了。我放着绳索,突然忆起父亲带我去看格里高利·派克演的《白鲸记》。我想我暗自微笑了一下。

现在绳子已放出四分之三了。我看见绳索末端躺在比利脚边。接着绳子再次在我掌心静止下来,动也不动地躺了大约五秒钟,而后又被猛拉出五英尺。紧跟着它突然用力扭向左侧,砰然打到出口的门边。

绳子一下滑出二十英尺,使得我握绳的掌心微微发热。这时,从雾中传来一声凄厉的叫声。谁也听不出叫喊出声的是男是女。

绳子再度左右乱扭,先滑向大门右侧,接着又回到左侧。又有几英尺滑了出去,紧跟着是一声来自雾中的哭号,使得我儿子也不禁呻吟了一声。麦克目瞪口呆,两眼瞪得老大,嘴角颤抖不止。

那哭叫声倏然而止,接下来的寂静仿佛持续了一世纪之久。然后那老妇人的叫声传来了。"走开!不要缠着我!"她喊道,"啊,上帝,上帝,不要——"

这时她的声音也戛然中断。

几乎整条绳索同时从我掌中溜出,烧得我掌心微感疼痛,接着它便完全松脱了。雾中传来另一个声音,一声低沉的咕噜声,使我觉得口干舌燥。

那声音我闻所未闻,有点像非洲草原或南美沼泽的声响。那是只硕大的动物,声音低沉,粗暴而野性。它再度响起……然后退为低低的呢喃声,继而消逝无声。

"关门。"阿曼达·杜弗瑞颤声说道,"请关门。"

"等一下。"我说着,开始将绳子拉回。

绳子由雾中收回,在我脚边盘成一堆,末端三英尺被染成血红色。

"死亡!"卡莫迪太太嘶喊道,"出去就是死!现在你们明白了吧?"

晒衣绳末端被嚼烂了,露出松散的棉线,线上溅着小滴小滴的鲜血。

无人反驳卡莫迪太太。

麦克把门关上。

7. 第一夜

从我十二三岁以来，麦克维先生便在桥墩镇切肉，我只知其姓而不知其名，也不知他的年纪。他在一个通风口下设了瓦斯烤架，不到六点半，卖场里便充满了烤鸡的香味。巴德·布朗居然没有反对。或许是由于惊吓，但更可能是他了解到他的生鲜肉品很快就要不新鲜了。烤鸡虽香，但没有多少人想吃。瘦小而整洁的麦克维先生穿着白色制服，依然照烤不误，每两块放在一个纸盘上，排在肉品柜台上，就像自助餐一样。

杜曼太太端了两盘来给我和比利，盘里还放了些现成的土豆沙拉。我尽可能吃了些，比利却不肯动他的烤鸡。

"你得吃点东西，比利小子。"我说。

"我不饿。"他说着放下纸盘。

"如果你不吃东西，你就不会长高长大——"

坐在比利后方的杜曼太太对我摇摇头。

"好吧，"我说，"至少去拿个桃子吃，好吗？"

"万一布朗先生骂人呢？"

"他要是骂你，你就回来告诉我。"

"好，爸爸。"

他慢吞吞地走开了。不知为什么，他看起来更小了，看得我十分心疼。麦克维先生仍继续烤鸡肉，似乎不管有没有人吃，他都乐在其中。正如我说过的，面对这样的情况，人人各有一套应付之法。想来很离奇，但事实就是如此。人心难测。

杜曼太太和我坐在成药区走道上。人们三三两两坐在店内各个角落，只有卡莫迪太太落单。就连麦隆和他的朋友吉姆也还在一起——两人都醉倒在啤酒柜旁。

六个新轮班的守卫守在观测孔旁，奥利是其中一个，自顾自地啃着鸡腿，喝着啤酒。每个观测站都配有一把拖把柄绑成的火把和一罐煤油，但我想已经没有人对火炬有先前的信心了。在听过那低沉而骇人的咕噜声，看过那被嚼烂而染血的晒衣绳后，众人的士气大为低落。不管室外有什么怪物，它或它们一旦决定要我们的命，我们就别想活着。

杜曼太太问:"今晚会有多糟呢?"她的声音沉稳,眼神却流露着惊悸。
"海蒂,我真的不知道。"
"你让比利陪着我吧。我……大卫,我想我很怕死。"她干笑一声,"是的,我很怕。但只要比利陪着我,我会没事的。为了他,我会撑下去。"
她的眼眸闪着泪光。我靠过去拍拍她的肩。
"我很担心亚伦,"她又说,"他死了,大卫。在我内心深处,我确定他已经死了。"
"不,海蒂。你根本不知道。"
"可是我就是这样觉得。难道你对斯蒂芬妮没感觉到什么吗?至少有一种……一种感觉?"
"没有。"我咬牙扯谎。
一声哽咽自她喉间发出,她连忙用手捂着嘴。她的眼镜反着阴郁而黝黯的光。
"比利回来了。"我低声说。
比利正在吃桃子。杜曼太太拍拍她身旁的地板,说等比利吃完桃子,她就教他怎么用果核和棉线做个小人。比利报以虚弱的微笑,她也回他一笑。

八点钟,观测孔又换了六名新守卫。奥利朝我所坐之处走过来:"比利呢?"
"在后面,和杜曼太太在一起,"我说,"他们在做手工。他们已经做了桃核人、购物纸袋面具和苹果娃娃,现在麦克维先生在教他怎么做烟囱工人。"
奥利喝了一大口啤酒说:"外头有动静了。"
我立刻望着他,他淡然地迎视。
"我没有醉,"他说,"我想醉却醉不了。我真希望我能喝醉,大卫。"
"你说外头有动静是什么意思?"
"我也不敢肯定。我问沃特,他说他也有同感,一团团的雾会一下子变暗,有时候只是一小团脏污,有时候是一大团阴暗,很像淤血。然后阴暗又会褪为灰白,而且那雾气不停翻滚。就连厄尼·西姆也说他觉得外头有动静,你知道厄尼是出了名的迟钝的。"

"其他人怎么说呢?"

"他们都不是本地人,我不认识,"奥利说,"所以没问他们。"

"说不定你们只是疑神疑鬼吧?"

"可能。"他说着,朝一个人坐在通道尽头的卡莫迪太太点点头。这场灾难并未影响她的胃口,在她的纸盘里堆了小山般的鸡骨头。她喝的果菜汁红得像鲜血。"有件事她说得没错,"奥利说,"我们会知道的。等天黑以后,我们会知道的。"

然而我们无需等到天黑。事情发生时,比利因为跟杜曼太太在后头,所以没看到什么。奥利仍和我坐在一起。突然,一个守在观测孔旁的人发出一声尖叫,步履不稳地退开他的岗位,两手像风车一样乱转。时间将近八点半,外头乳白色的雾气已经转暗,变成十一月向晚时的灰色天空。

有个东西降落在观测孔外的窗玻璃上。

"我的天啊!"那个原先守在观测孔旁的人尖叫道,"我不要!让我走!"

他慌乱地转过身来,两眼瞪得老大,唇角衔着一丝唾沫,不由分说地冲过冷冻食品区,直往卖场后方去了。

他的举动引起了几声惊叫。有些人跑到前面,想看看究竟发生了什么事。大部分人则往后退,既不管也不想知道趴在玻璃窗上的究竟是什么东西。

我举步往那个观测孔跑去,奥利紧跟着我,一手紧紧握着口袋里杜弗瑞太太的那把枪。这时又有另一个守卫叫喊出声——与其说是恐惧,不如说是厌恶。

奥利和我奔过结账出口。现在我看得到使那家伙退离岗位的是什么了。我说不上来那是什么,但我看得见"它"。这东西看来像是中世纪荷兰画家博斯画中的地狱怪物。它有种恐怖的滑稽,因为它也很像那种你花几块钱就能买到,可以用来吓人的橡胶或塑料怪物……就是先前诺顿指控我放在仓库里的那种东西。

它大约两英尺长,有环节,颜色是略带粉红的肉色,犹如烧伤后新长出的皮肤。球状的眼睛接在两根短茎上,同时看向两个不同的方向。它用肥胖的吸盘黏在玻璃窗上。在它的另外一面,有块肉突了出来,如非性器便是刺针。在它背上长了硕大的翅膀,看似苍蝇的翅膀,只是奇大无比,并缓慢地扇着。

在我们左边的那个观测孔,也就是第二个发出呼喊声的守卫所在的位置,有三只这样的怪物趴在窗上。它们像蛞蝓般蠕动,爬过的玻璃留下一道黏腻的痕迹。它们的眼睛(如果那是眼睛的话)在指头般粗细的短茎末端不安分地转来转去。最大的一只大概有四英尺长。有时它们还会爬到同伴身上。

"看那些天杀的怪物。"汤姆·斯麦利恶心地说。他站在我们右方的观测孔。我没吭声。这些巨虫现在已布满所有观测孔外,想来很可能已布满整栋建筑物表面……就像爬满一块肉上的蛆。这景象令人作呕,使我觉得刚吃下的鸡肉在胃里作怪,直想往上冲。

有人啜泣出声。卡莫迪太太又在叫着什么来自地底的憎恨。有个人哑着声叫她最好住口。还是那一套戏码。

奥利从口袋里掏出杜弗瑞太太的手枪,我连忙抓住他的臂膀:"不要冲动。"

他甩开我的手说:"我知道我在干什么。"

他用枪膛敲敲窗子,脸上挂着一副憎恶的表情。那些怪物的翅膀越扬越急了,最后变成模糊的影子——若非事先知道,此刻真看不出它们是有翅膀的——然后它们便飞走了。

有些人看到奥利的行动,恍然大悟地拿起拖把,用拖把柄敲着窗玻璃。怪虫飞开了,但立刻又飞了回来。显然它们并不比苍蝇聪明多少。先前的一片惊慌现已化为七嘴八舌的交谈。我听见一个人问另一个人说,如果那些怪虫飞到你身上,你想他们会做什么。我对这问题毫无兴趣。

敲窗的声音渐渐停了,奥利转向我,开口想说什么。但他才张开嘴,就有个东西从雾里浮现,攫住一只爬在窗上的巨虫。我想我大叫了一声,但我也不确定。

那东西会飞。除此之外,我也看不真切。雾气就像奥利描述的那样变暗,只是这回阴暗的色泽并未消退,反而越变越明显,终于浮出一只像白化症似的怪物,通体白皙,翅膀坚韧,而且有红眼睛。它用力撞向玻璃,使得整面窗子抖动起来。它张开大嘴,把粉色的怪虫吃掉后便飞走了。整个事件前后不过五秒钟。我的最后印象是那粉红色怪虫抖着、颤着,落进那白色怪鸟的口里,犹如一条小鱼拍打扭动,落进海鸥的嘴里一样。

窗子传来一声又一声撞响。人们开始连声尖叫,争先恐后往卖场后方跑去。在一声痛苦的哀号声后,奥利说:"哦,天啊!那老太婆跌倒了,他们却不顾一切地踏过她的身体。"

他从结账出口跑回卖场。我转身想跟过去,却被另一个景象惊得呆立原处。

在我右侧上方,一包草地肥料正慢慢向后滑。汤姆·斯麦利就在正下方,正透过观测孔窥视窗外的雾。

另一只粉红色怪虫落在窗玻璃上,就在刚才我和奥利所站的观测孔外。一只白色飞行怪物俯冲下来,把那只巨虫攫走。遭人群踩踏的那个老太婆以尖锐、喑哑的声音嘶叫不止。

那袋肥料。向后滑落的肥料。

"汤姆!"我大叫,"小心!上面!"

在这一切混乱中,他根本没听到我的叫喊。那袋肥料终于滑落,不偏不倚打在他头上。他昏了过去,下巴撞到玻璃窗下的架子上。

一只像得了白化病似的怪鸟找到了窗玻璃上那块缺口,正从那里挤进室内。由于有些人已停止尖叫,我听得到它发出的细碎摩擦声。它的三角头略偏向一侧,头上的红眼闪动着光芒,一张前突而钩起的嘴贪婪地一开一合。这怪鸟外形有些像恐龙书上的翼龙图片,但更像从疯子的噩梦中跑出来的怪物。

我抓起一支火把,将它浸到一罐煤油里,并倾斜油罐,洒了一地。

那只会飞的怪物停在堆高的肥料袋上,带钩的脚恐怖地动着,不慌不忙地环顾四周。这怪鸟没什么智商可言,我很肯定。它两次想张开翅膀,但翅膀却碰到墙壁,只好收回它弯曲的背上,就像狮鹫兽一样。它第三次尝试展翅时,失去了平衡,笨拙地从肥料袋上掉了下来。它降落在汤姆的背上,爪子一钩,撕裂了汤姆的衬衫,血流了出来。

我就站在不到三英尺外的地方,手里拿着滴着油的火把。我满心想奔过去烧死它……却意识到我身上没有火柴。我的最后一根火柴已在一个小时前,为麦克维先生点雪茄时用掉了。

卖场里现在有如地狱首府般混乱不堪。人们都看到了栖息在汤姆背上的怪鸟,一只前所未见的怪物。它询问似的抬起头,爪子一钩便从汤姆的颈背上撕下一块肉。

既然无法点燃,我打算将火把当成棍子用,上前攻击。此时火把的布头突然点燃了。为我点火的是唐尼·米勒。他手里拿了一个刻有海军徽章的Zippo打火机,硬如石头的脸上写明了恐惧和愤怒。

"杀掉它。"他嘶声说,"尽力试试。"奥利站在他身旁,手里牢握杜弗瑞太太的点三八口径手枪,但怕伤及汤姆而难以开枪。

那怪鸟张开翅膀,扇动一下。但显然它并不想飞走,只想把猎物抓得更稳当。它那白膜状的坚韧翅膀裹住了汤姆的整个上半身,紧跟着便是撕肉的声音,惨不忍闻。

这一切都在几秒钟内发生。我抢起火炬,朝那东西刺了过去。我感觉似乎并未触到任何实体,只像一个虚有其表的匣形风筝。下一瞬间,那怪物已浴身在火海中。它张开翅膀,发出刺耳的摩擦声。它的头在抽动,红眼睛滚来滚去,我真心希望那表示它十分痛苦。接着它飞了起来,仿佛挂在晒衣绳上的床单在强风中飒飒作响。接着它又发出难听的尖叫声。

人们全都仰头注视它垂死前的燃烧飞行。我想,在这整个事件中,我印象最深刻的,莫过于看着那浑身是火的怪物在联邦超市里上下乱飞,到处留下焦黑的碎片。最后它终于掉了下来,撞上意大利面酱的架子,打翻了瓶瓶罐罐,墨西哥莎莎酱溅了一地,犹如血块。它烧得只剩骨头,烧焦味浓烈而恶心,同时雾气的微酸味也透过玻璃窗的破洞,一阵阵卷了进来。

卖场里一时鸦雀无声。那焚烧的死亡飞行像是施了魔法,让大家看得出神。然后某个人号叫出声,另一些人也开口响应。我听到我儿子的哭声隐约由卖场后方传来。

一只手攫住我,是巴德·布朗,他两眼凸出,嘴唇向后撇。"又一个来了。"他说着,伸手一指。

又一只怪虫从破洞飞了进来,停在肥料包上,翅膀不停鼓动,发出嗡嗡声,两眼自短茎上鼓起,粉肉色的胖身体不住冒汗。

我朝它移近,举着火虽减弱却并未熄灭的火炬。但在小学里教三年级的雷普勒太太却抢先我一步。她年约五十五,也许六十吧,身形瘦而有力,几乎使我联想到牛肉干。

她两手各拿一罐雷达杀虫剂,发出一声如穴居人敲碎敌人脑袋时的怒吼。接着她两手齐伸向前,用力按下喷药钮。一层浓浓的杀虫液立刻罩在那怪物身上,使得它痛苦扭动,疯狂地翻身,最后终于从肥料包上掉了下来,先撞到汤姆(他无疑已一命呜呼了),继而落到地板上。它的翅膀狂乱地扇动,却因为沾满杀虫液而毫无作用。一会儿之后,翅膀的动作减慢,随即停止。那怪虫死了。

现在可以听到哭声,还有呻吟声。那个被人踩踏的老妇呻吟不止。甚至还有笑声,是那种什么都已不在乎的笑声。雷普勒太太站在死去的怪虫前,瘦削的胸脯剧烈起伏。

麦克和唐尼找到一辆搬货用的推车,两人合力将它抬到堆高的肥料袋上,挡住窗玻璃上那块楔形的破洞。看来那至少可以挡一阵子。

阿曼达·杜弗瑞像梦游般晃了过来,一手拿了个塑料水桶,另一手拿了支还没拆封的扫把。她弯腰把地上那只粉红色怪虫的尸体扫进水桶,眼睛还是茫然而无表情。然后她走到出口大门旁。门上没有任何怪虫。她将门打开一点,把水桶扔到外面去。那水桶侧身落地,来回滚动了几次,在地上划着越来越小的弧形。一只粉红色怪虫从夜色中飞出,停在那水桶上,慢慢爬过去。

阿曼达哭出声来。我走过去,伸手揽住她的肩膀。

凌晨一点半,我背靠肉品冰柜而坐,昏昏沉沉打着瞌睡。比利头靠在我的膝上,睡得很沉。阿曼达·杜弗瑞睡在离我们不远处,头枕着某人的夹克。

在那只怪鸟烧死后不久,奥利和我曾走回仓库,找了五六条运货垫毯,也就是先前我让比利当被子的那种。不少人就睡在这些毯子上。我们也扛出好几箱梨和橘子,四人合力将这些满是水果的板条箱抬上堆高的肥料袋上,为玻璃窗上的破洞增加一层阻挡。那些鸟形怪物想撞开这些箱子可不容易,它们每一个都有九十磅重。

但是,外头并不只有怪鸟和怪虫而已,还有那些把诺姆卷走的触须,被咬碎的晒衣绳也有得好想。还有我们虽然还未目睹,却会发出低沉咕噜声的东西。我们不时听到那种咕噜声由远处传来,可是透过浓雾的湿润效果,谁说得出所谓"远处"到底有多远呢?有时那吼声近得震动了整栋建筑,使人觉得一颗心好像突然被灌满了冰水。

比利在我怀中惊跳起来,呻吟不止。我梳理他的头发,他却哼得更大声了。然后他仿佛又发现睡眠毕竟不比现实危险,又沉沉睡去。我自己的睡意被吓走了,因此又清醒地瞪着两眼。自天黑以后,我断断续续大约只睡了一个半小时,而且噩梦连连。其中一个梦又回到前一晚,比利和斯黛芬站在客厅的大观景窗前,向外眺望黑灰色的湖面,以及风暴前的银色水龙卷。我怕强风会吹破窗子,把致命的玻璃碎片射向客厅各处,因此想上前护住他们。然而无论我跑得多快,却始终无法拉近和他们母子间的距离。接着一只巨鸟从大雨中飞了出来,是一只赤红色的巨大史前鸟,双翼一张,便遮住整个湖面。它张开鸟嘴,露出与纽约荷兰隧道等长的嗉囊。当那只鸟俯冲下来攫住我的妻儿时,一个恶毒而低哑的声音一次又一次低声重复道:箭头计划……箭头计划……箭头计划……

不是只有比利和我睡不安稳,其他人也在睡梦中呓语尖叫,有些人甚至醒来后还继续尖叫。冷藏柜里的啤酒以惊人的速度消失。巴迪·伊格顿已闷声不响地从仓库搬来一批存货,补过一回货了。麦克·哈伦告诉我说,店里卖的镇静剂被拿光了,一点存货都不剩。他猜某些人可能已经服下六七瓶了。

"奈多安眠药倒还剩下一点,"他说,"你要不要一瓶,大卫?"我摇摇头谢了他。

在五号结账台旁的最后一条走道上,有几个喝醉的。他们共七人,除了经营"松树洗车站"的路·泰亭杰外,都是外州人。路喝酒是不用借口的。这些"酒鬼"个个都被酒精麻醉得差不多了。

哦,是的——也有六七个发疯了。

"发疯"不是最贴切的词汇,只是我也想不出有什么更好的形容词。这些人没有借啤酒、酒精或安眠药之助,便进入一种完全恍惚的状态。他们以茫然而空洞的眼神瞪着你看。现实的坚硬地表在难以想象的大地震中裂开了,而这些可怜人摔进地缝里。也许过段时间,有几个会恢复知觉吧,如果我们还有时间的话。

其余的人则各自设法调适,有些人的方法委实奇怪。例如雷普勒太太,她说她相信这一切都只是一场梦,而且说的时候没有半点怀疑。

我望向阿曼达。我对她萌生了一种强烈而不适的情感——不适,但并非不悦。她的眼珠碧绿如玉……有一阵子我一直注意她,想着她会不会取下染色的隐形眼镜,但显然那颜色是与生俱来的。我想和她做爱。我的妻子在家,也许还活着,但更可能已经死了。无论如何,我爱她,我最希望的事就是带着比利回到她身旁,但我也想和这个叫阿曼达·杜弗瑞的女人亲热。我告诉自己,这种不正常的欲望出自我们所处的不正常的状况。也许是吧,但欲望并不因此而消退。

我时睡时醒,直到三点左右才一个抽动,整个清醒过来。阿曼达已换了睡姿,像胎儿一样,两膝抬高到胸前,两手贴紧在大腿之间,看来睡得很沉。她的运动衫有一侧微微拉高,露出一截白皙的肌肤。我望着她,开始无助地勃起。

我试着转移心神,想着昨天我曾想画布伦特·诺顿那件事。不,未必真的画一幅画那么郑重其事,只是……让他坐在一段木头上,手里拿着我的啤酒,拿素描笔勾勒出他疲倦而冒汗的脸和两绺从他耳后翘起的头发。那可能会是张好图。我和父亲住了二十年后,才接受了能画"好"可能就够好了。

何谓才能?就是被期望所诅咒。小时候,你必须不负众望。假如你能写作,你会以为上帝让你降生是为了让你凌驾莎士比亚。假如你能画,或许你就会想上帝生你是为了让你赢过父亲——我小时候就是这么想的。

结果证实了我比不上他。我不停尝试。我在纽约开画展,却没什么好成绩——画评家拿我父亲把我比了下去。一年后,我接了广告画以维持生计。斯黛芬怀孕了,我只有说服自己,生活更重要,此后艺术对我而言将只是嗜好。

我画了"黄金女郎洗发水"的广告——黄金女郎骑脚踏车,黄金女郎在海滩掷飞盘,黄金女郎手拿饮料站在公寓阳台上那几张都是我画的。我为不少知名杂志的短篇小说画过插图,但最初我是为男性杂志画插画才入行的。我也画过电影海报。钱财滚滚而来,应付我们的生活绰绰有余。

去年夏天,我在桥墩镇举行了最后一次个展。我展出五年里画的九幅油画,卖出了六幅。我绝对不肯出售的一幅,画的就是联邦超市,想来还真是巧合。画面是由停车场尽头看过来的远景。在我的画中,停车场是空的,只放了一排肯贝尔焗豆罐头,由远而近排过来,一罐比一罐大,最后一罐看似有八英尺高。这幅画的标题为"焗豆与假象"。一个来自加州,在某家制造网球及球拍的大公司担任高级主管的男人,似乎很想要这幅画,不肯因画框下挂了"非卖品"的牌子而放弃了事。他从六百美元起价,一直抬高到四千美元,说要把画挂在他的书房里。我不肯卖,他只好大感不解地走了。尽管如此,他仍不死心。他留下一张名片,说若我改变主意的话,就打电话给他。

那笔钱我倒用得上。去年我们整修了宅邸,又买了新的四驱车,可是我就是不能卖那幅画。我不能卖,因为我觉得那是我最好的一幅画,所以我要留着它,看有没有人会来问我什么时候才要正式从事严肃的艺术工作。

去年秋天某日,我偶然把那幅画拿给奥利·魏克斯看。他问我是否可以拍下来,当广告展示一个星期。这问题也结束了我自己的"幻觉"。奥利一眼就看清了我的画,也强迫我看清了:我画的是件完美的广告作品,仅此而已,虽然它也确实是杰出的广告画。

我让奥利拍了照,然后我打电话到加州给那个高级主管,主动降价到两千五百美元。他买了,我用联邦快递将画送到西海岸去。我本来像个期望落空、受了骗的孩子,永远无法满足于一个不痛不痒的"好"。但经过此事之后,我多少认了命。尽管偶尔还是有些咕噜杂音,就像雾中不知名的生物传来的声音一样,但基本上是沉寂了。也许你可以告诉我,为什么那孩子气的自大声音一旦沉寂下来,就和垂死十分相似?

四点左右,比利醒了,以迷茫不清的神情环顾四周:"我们还在这里吗?"

"是的,宝贝。"我答道。

他开始无助地哭泣,看起来很惨。阿曼达也醒了,望着我们。

"嘿,孩子。"她说着,轻轻把比利拉向她,"等天亮以后,情况就会好一点了。"

"不,"比利说,"不会的。不会的。"

"嘘。"她搂着他,目光越过比利的头与我的目光相遇,"嘘,你好好再睡一会儿吧。"

"我要我的妈妈!"

"是的,"阿曼达说,"是的,当然。"

比利在她膝上扭动,一直扭到他能看见我的角度。他看着我半响,然后又睡着了。

"谢谢。"我说,"他需要你。"

"他还不认识我呢。"

"他还是需要你。"

"你在想什么?"她的碧绿眼眸定定地望着我,"你到底在想什么?"

"天亮时再问我吧。"

"我现在问你。"

我张开嘴正要说话,奥利·魏克斯却从幽暗中现身,有如恐怖故事中的鬼魂。他手握一支盖着衣服的手电筒,向上指着天花板,使他憔悴的脸上爬着奇怪的黑影。"大卫。"他低唤。

阿曼达吓了一跳,害怕地望向他。

"奥利,怎么了?"我问。

"大卫,"奥利又低语道,"请你跟我来。"

"我不想离开比利。他刚刚才又睡着了。"

"我会陪着他的,"阿曼达说,"你去吧。"接着她压低声音说,"上帝,这场噩梦永远不会结束。"

8. 两名士兵的下场·阿曼达·与唐尼·米勒的对话

我随着奥利离开。他往仓库走去。经过冷藏柜时,他顺手抓了罐啤酒。

"奥利,怎么回事?"

"我要你看看。"

他推开双扇门。我们一走进仓库,门便自动关上,扇起了一点风,很冷。我不喜欢这地方,尤其是在诺姆出事之后。我的脑子不断提醒我,不知道什么地方有一小段被切断的触须。

奥利移开盖住手电筒的衣服,将手电筒高举过头。最初我以为有人把两个人体模特挂在天花板下方的暖气管上,可能是用钢琴弦什么的,就像小孩在万圣节时玩的把戏。

然后我注意到吊在离地约七英寸左右的脚,脚旁有两堆被踢翻的纸箱。我抬头看脸,觉得一声尖叫自喉间升起,因为那两张脸并不是人体模特的假脸。两个头都倾向一侧,仿佛在聆听一个非常爆笑的笑话,使他们笑得脸色发紫。

他们的影子。影子拖得老长,投射在后侧墙上。还有他们的舌头。舌头伸得老长。

他们都穿着制服,正是我先前注意到,后来就不见踪影的两个士兵——

我想尖叫。一阵呻吟爬上我的喉头,逐渐升高如警笛,但奥利迅速抓住我的手肘。"别叫,大卫。除了你我之外,没人知道。我不想声张开来。"

我强忍叫声,好不容易开口说:"那两个士兵。"

"从箭头计划来的,"奥利道,"肯定是。"他把啤酒罐塞进我手里,"喝一点。你需要的。"

我一下就把那罐啤酒喝得一滴不剩。

奥利说:"我回来找找看是不是还有多的瓦斯罐,就是麦克维先生用来烤肉的那种,结果看到了这两个人。据我猜想,他们一定是套好了绳结,站到那两堆纸箱上。然后他们互相帮忙把手绑到身后,你看两人手腕间是同一条绳子,然后两人一起维持平衡走上纸箱。所以……你看,两手都绑在身后。接着——我猜,他们把头伸进绳结里,用力伸向一侧拉紧绳结。说不定其中一个数到三,两人就一起跳。我不知道。"

"不可能的。"我口干舌燥地说。但他们的手的确绑在身后,我目不转睛地盯着。

"有可能的。如果他们非常想死,大卫,那是可能的。"

"可是为什么呢?"

"我想你明白为什么。像唐尼·米勒那些外州来度假的人可能想不透,但本地人差不多都猜得出来。"

"箭头计划?"

奥利说:"我整天站在结账柜台边,听到的可多了。一整个春天,我一直在听人们谈论那该死的计划,没什么好话。湖上的黑冰——"

我想到比尔·乔提靠在我的车窗上,一口酒气猛对着我的脸吹。不只是原子而已,而是不一样的原子。现在这两具尸体吊在天花板上。脸侧向一边。吊在半空的鞋子。伸出来的舌头像香肠一样。

我惊恐地意识到，内心深处，有某种感官的新门打开了。新的吗？不，其实是旧的。是那种尚未学会自卫的孩子所拥有的感官之门。因为孩子还没学会以管窥天的保护之道，还不知道如何排除百分之九十的宇宙。小孩什么都看得到，什么都听得到。但是，假使生命是意识的成长（就像是我太太高中时做的刺绣，不断加上图案），输入也不断减少。

而恐惧让视野变宽，重启感官大门。我的恐惧来自知道自己正游向一个地方，而这地方是我们多数人在脱下尿布、穿上裤子时便已脱离的。从奥利的脸上，我看到相同的认知。当理性开始崩溃，人脑回路会负荷过重。神经细胞的轴突变得明亮炽热。幻觉转为真实：感官接收的平行线似乎交错了；死人会走路、说话；玫瑰会唱歌。

"我至少听过二十来个人谈论。"奥利又说，"贾斯汀·罗巴茨、尼克·杜采、本·麦克森。在小镇里是没有秘密的，什么事都藏不住。就像泉水——就这样从地下冒出来，谁也不知道它的源头。你也许在图书馆里听到了什么，再告诉别人。或在哈里森镇码头上，天知道还有什么地方。但是一整个春天和夏天，我听到的都是箭头计划，箭头计划。"

"可是这两个，"我说，"老天，他们只不过是孩子呀！"

"在越南战场上也有这么年轻的孩子。我在那里，亲眼看到的。"

"可是……是什么逼死了他们呢？"

"我不知道。或许他们了解什么内幕，或许他们猜到了什么。他们一定明白，这里的人迟早会找他们问话，如果有那个时间的话。"

"假如你是对的，"我说，"那就大事不妙了。"

"那场风暴，"奥利以低沉而木然的声音说，"说不定吹垮了基地里的某些东西。也许出了点意外。他们不知在搞什么鬼。有些人说他们在弄什么高密度辐射和分子增幅器，还有人提过什么核融合。假设……假设他们弄开一个洞，通往另一度空间呢？"

"那是无稽之谈。"我说。

"他们呢？"奥利说着，指指两具尸体。

"他们倒是真的。问题是：我们该怎么办？"

"我想我们应该把他们移下来，藏起来，"他立刻说，"把他们藏在一堆没人要的东西下面——狗粮、洗碗精之类的东西。这消息一旦走漏，对情况只能是有损无益。所以我才找你来，大卫，我觉得你是唯一一个可靠的人。"

我喃喃地说:"这就像纳粹战犯在战败之后,在监牢里自杀一样。"

"是的,我也这么想。"

我们都沉默下来,突然间那低沉的沙沙声又从铁门外传来了——触须摸索铁门的声音。我们一起向后退,我的鸡皮疙瘩都浮起来了。

"好吧。"我说。

"我们尽快弄好。"奥利说。他的手电筒移动时,蓝宝石戒指无声地闪着光芒。"我想尽快离开这里。"

我抬头注视绳索。他们用的也是晒衣绳,与那个戴高尔夫球帽的男人让我绑在他腰上的绳子相同。绳结箍进他们肿起的颈子,我不禁想着会是什么逼使他们走上绝路。奥利说万一这两人自杀的消息走漏,情况会更糟。我完全明白。对我来说,情况的确已经变得更糟了(我本以为这是绝无可能的,不是已经到谷底了吗?)。

打开刀子的声音。奥利的刀子本来就是用来切割纸箱和绳子的,十分合用。

"你上还是我上?"他问。

"一人一个。"我咽了口唾液。

我们就这么办了。

我回到卖场里时,阿曼达已不在那里,陪伴比利的是杜曼太太。他们两个都沉沉睡着。我走过一条走道,听见一个声音说:"德莱顿先生。大卫。"那是阿曼达,站在通往经理办公室的楼梯旁,眼眸像翡翠一样晶亮。"发生什么事了?"

"没什么。"我说。

她走向我。我闻到一丝淡淡的香水味。哦,我真想要她。"你说谎。"她说。

"真的没什么。虚惊一场。"

"随你怎么说吧。"她拉住我的手,"我刚上楼去。经理办公室没有人,而且门可以上锁。"她的脸色镇定无比,目光却不安地闪动,颈部可见跳动的脉搏。

"我不——"

"我看见了你看我的样子。"她说,"如果我们必须把话说开,反而不好。杜曼太太正陪着你的儿子。"

"是的。"我不禁想着,假如我因为刚才和奥利所做的事而受诅咒的话,这正是解开诅咒唯一的方法。或许不是最好的,却是唯一的方法。

我们走上狭窄的楼梯,进了办公室。正如她所说,办公室里空无一人,而且门可以锁。我上了锁。在黑暗中什么都看不清楚,她只是个影子。我伸出手,碰到她,将她拉向我。她在发抖。我们蹲下身,跪在地板上,亲吻。我伸手覆住她坚挺的胸部,透过她的运动衫可以感觉到她剧烈的心跳。我想到斯黛芬告诉比利不要碰触落地的电线。我想到我们的新婚之夜,她脱下棕色裙装时,浮在臀上的淤血。我想到我第一次看到她,她骑着脚踏车驰过奥兰诺缅因大学的广场,我手夹着自己的作品集,正要去上绘画大师文森特·哈德森的课。我兴奋得难以名状。

然后我们躺了下来。她说:"爱我,大卫,给我温暖。"她兴奋起来时,用指甲戳我的背,并忘情地叫着另一个人的名字。我不在乎。这下我们算是扯平。

我们下楼时,黎明已悄悄掩近。观测孔外的漆黑不情愿地褪为深灰,继而暗红,最后是那明亮而毫不反光的一片白,就像露天电影院的白幕似的。麦克·哈伦睡在他不知从哪里找来的一张躺椅上。唐尼·米勒坐在不远处的地板上,吃着一个甜心牌甜甜圈,上面撒满糖粉的那种。

"坐下吧,德莱顿先生。"他邀请道。

我四下张望找阿曼达,但她已走过半条走道,而且没有回头。我们在黑暗中的做爱仿佛已是一种幻想,即使在这怪异的日光中也难以相信。我坐了下来。

"吃个甜甜圈。"他递过纸盒。

我摇摇头:"这些糖粉会害死人,比香烟还糟。"

他不禁大笑:"那样的话,吃两个吧。"

我很意外地发现自己还保有一点幽默感,他将这份幽默感激发了出来,我因此而喜欢上他。我真吃了两个甜甜圈,而且吃得津津有味。然后我又抽了支烟,虽然我并没有早上抽烟的习惯。

"我得回我儿子那里,"我说,"他大概快醒了。"

唐尼点点头。"那些粉肉色的巨虫,"他说,"它们都飞走了。那些怪鸟也一样。汉克·韦勒曼说,最后一只大约四点左右撞了玻璃窗。很显然的……野生动物……在夜里比较活跃。"

"可惜布伦特·诺顿不知道,"我说,"诺姆也不知道。"

他又点点头,半响没有开口。最后他点上一支烟,望着我说:"我们不能守在这里,大卫。"

"这里有食物,也有足够的饮水。"

"与这不相干,你也明白。万一外头某只巨兽决定不再守候,而要闯进这里来,那我们怎么办? 我们难道还想用拖把柄和打火机油把它赶开吗?"

他说得没错。也许雾对我们有种保护作用,将我们隐藏起来。但或许雾并不能将我们隐藏太久。我们困在超市里已大约十八个小时了,我开始感到有气无力,就是游泳游太久后会有的那种感觉。我想安全至上,只要待在这里,守着比利(一个小小的声音说,也许半夜再和阿曼达打一炮),等着看雾会不会消散,使一切又恢复旧观。

我在其他人脸上也看到同样的想法,这点醒了我,现在或许有不少人无论如何也不肯走出超市。在经历这一夜后,光想着走出去就能把他们吓昏了。

唐尼注视着这一切思绪在我脸上流过。他说:"雾刚来袭时,这里大约有八十个人。八十个减掉员工诺姆、布伦特·诺顿、四个和诺顿一起出去的人,以及汤姆·斯麦利,还有七十三个。"

再减掉那两个现在躺在一堆普瑞纳幼犬营养狗粮下的士兵,剩下七十一个。

"然后你再减掉那些完全不管用的人,"他又往下数,"大概十或十二个,算他十个好了,那就剩六十三个。但是——"他举起一只沾满糖粉的手指,"这六十三个人中,大约有二十个人是绝对不肯离开的,你得拖走他们,而且他们会又踢又叫。"

"这说明什么?"

"说明我们必须出去,如此而已。我要走,大概中午的时候吧。我计划带走所有愿意走的人。我希望你和你儿子也能一起走。"

"在诺顿出事之后还出去?"

"诺顿像是羊入虎口。但那并不表示我,或和我一起走的人,也得出去送死。"

"你如何预防呢？我们只有一把枪。"

"那还算运气哩。不过如果我们想法子通过十字路口，也许就可以到得了大街上的'狩猎之家'，那里有很多枪。"

"一个'如果'，再加上一个'也许'，未免太多了吧。"

"大卫，"他说，"眼前这情形，只怕有更多如果吧。"

这句话他说得很慢，只是他可没有一个孩子必须考虑。

"听着，我们暂时别谈这个，好吗？昨晚我没怎么睡，但总算想了几件事情。你要听听吗？"他又说。

"当然。"

他站起身来，伸伸懒腰："和我一起走到窗边去吧。"

我们从最靠近面包架的结账出口走出，站在一个观测孔旁。守在那观测孔旁的男人说："虫都飞走了。"

唐尼拍拍他的背："你去喝杯咖啡吧，朋友，有我守着。"

"好。谢谢。"

他走开了，唐尼和我站到观测孔前。"告诉我你看到外面有什么吧。"他说。

我看了。前晚被撞翻的那只垃圾桶，撒了一地垃圾、废纸、空罐头和"奶品皇后"的奶昔纸杯。垃圾再过去，我看得见最接近超市的一排车子，隐进苍茫中。我看得到的就是这些，因此我照实对他说了。

"那辆蓝色雪佛兰小卡车是我的。"他说着，用手指了指。我看到的只是雾中的一抹蓝。"你回想一下，昨天你开车来时，停车场里相当拥挤，对不对？"

我望向我的四驱车，想起我之所以能停到这么近的地方，是因为有人正好驶离。我点点头。

唐尼又说："现在你记住这事实，再来想想另一件事，大卫。诺顿和他的四个……你怎么叫他们的？"

"地平协会。"

"是的，叫得好，他们的确固执己见。他们出去了，对吧？整条晒衣绳几乎都放出了。然后我们听见那些怒吼声，听起来像是有群大象在那里，对吧？"

"我不觉得那声音像大象,"我说,"听起来像——"像远古沼泽的声音是浮上我脑际的句子,但我没对唐尼说出口,尤其是在他拍拍那人肩膀,叫他去喝杯咖啡之后。简直就像教练在重大比赛时拍拍球员一样。我或许会对奥利说,但不会对唐尼说。"我不知道听起来像什么。"最后我虚弱地说。

"不过那声音听起来很大吧?"

"是的。"的确大得吓人。

"那么,为什么我们没听见汽车被撞毁的声音?金属撞击声?玻璃碎裂声?"

"呃,因为——"我停住口,他问倒我了,"我不知道。"

唐尼说:"受到那不知名怪物攻击时,他们不可能已经穿过了停车场。告诉你我是怎么想的吧。我想我们之所以没听到汽车被撞击的声音,是因为大部分车子都不在了……消失了,或者掉进地里,蒸发了,随你怎么说。那股力量强到足以使梁木碎裂,将窗框扭曲变形,并震得货品纷纷落地,而且火警铃声也同时停止。"

我试着想象半个停车场消失了,想象走到外面,看到一滴雨落到柏油路面上画了黄线的停车格。一滴,一阵……或者甚至是一场疾雨,落到白茫茫的雾里……

停了两秒后,我说:"如果你是对的,你想等你坐进你的卡车后,可以走多远呢?"

"我想的不是我的卡车,而是你的四驱车。"

这我得好好想想,但不是现在:"你还有什么别的想法吗?"

唐尼迫不及待地往下说:"隔壁的药店,那就是我想的。怎么样?"

我张嘴想说我不懂他到底在说什么,但又随即闭上嘴巴。昨天我们进城时,桥墩药店还在营业。洗衣店关了,但药店是开的,自动门还用橡胶门挡挡着,好让空气流通——当然,因为停电,他们的冷气机派不上用场。联邦超市的大门离药店的大门大概不到二十英尺远。那么为什么——

"为什么药店里的人没半个跑到这里来呢?"唐尼为我提出疑问,"已经十八个钟头了。他们不饿吗?他们在那里总不能拿感冒药或卫生棉当饭吃吧?"

"那里也有食物,"我说,"他们也兼卖一些现成的食品,动物饼干、小点心什么的,还有糖果。"

"我不相信他们会待在那里吃饼干、糖果,而不会想过来这里吃鸡肉。"

"你到底想说什么?"

"我想说的是,我要出去,可是我不要当B级恐怖片里那些难民的晚餐。我们可以派四五个人到隔壁查看药店里的情况。就像放出一个观测气球吧。"

"就这样?"

"不,还有一件事。"

"什么事?"

"她。"唐尼简明扼要地说,跷起拇指指向店中央的一条通道,"那个疯老太婆。那个巫婆。"

他指的是卡莫迪太太。她不再单独一人了,有两个女人加入了她的阵营。由她们的鲜明衣着来看,我猜她们可能是观光客或是来避暑的,也许离开家人"只是到城里买几样东西",现在却为丈夫和孩子担心不已。她们需要任何慰藉,甚至卡莫迪太太也好。

卡莫迪的裤装明亮而突出。她在说话,连比带划,一张脸正经而严厉。那两个穿着鲜艳(自然比不上卡莫迪太太的裤装和她挂在胖手上的那只大提袋)的女人则专注地聆听。

"她是我要离开这里的另一个原因,大卫。天黑之前,她会招揽到六个人左右。如果那些巨虫和怪鸟今晚再来,天明之前她会召集到一大群人。那时我们就得担心她指定应该牺牲哪个人了。也许我,也许你,或者是麦克。说不定是你儿子。"

"那太荒谬了。"我说。真的吗? 一股寒流蹿过我的背脊。卡莫迪太太的嘴一开一合地动着。两个女人的目光盯着她皱缩的双唇。那真的荒谬吗? 我又想到那些喝着镜子小溪的动物标本。卡莫迪太太自有其力量。就连平常理性实际的斯黛芬,说到这老太婆的名字时也会感到不安。

那个疯老太婆,唐尼这样叫她,那个巫婆。

唐尼又说:"在这个超市里的人,正在经历一种精神错乱。"他指指扭曲变形、已经部分碎裂的红色窗棂。"他们的脑袋可能就像那框子一样。我的就是。昨晚我想了半夜,觉得自己八成是疯了;我必定是在丹佛的疯人院里,幻想那些巨虫、史前怪鸟和触须,但只要护士来帮我打一针镇静剂,那些幻象又会消逝无踪。"他的脸绷紧、泛白。他看看卡莫迪太太,又看看我。"我告诉你可能会发生什么事。人们越昏乱,越会相信她的胡言乱语。到那时我希望我不在这里。"

卡莫迪太太的唇动个不停,舌头在参差不齐的牙齿间上下翻飞。她看来的确像个巫婆。为她再戴上一顶黑色尖帽子就十全十美了。她对她捕获的两只毛色鲜艳的鸟儿在说些什么呢?

箭头计划?黑色春季?地狱发出的憎恨?活人血祭?

狗屎。

仝都一样——

"你怎么说?"

"走一步算一步。"我说,"我们试着到药店去。你、我、奥利——如果他愿意去的话,再找一两个人。其余的到时再说。"即使仅此而已,也让我感到有如空中走索般不可能。我死了对比利可没好处。另一方面,我光坐在这里,坐以待毙,对他照样没有帮助。二十英尺到药店,想来不算太糟。

"什么时候?"他问。

"给我一小时吧。"

"当然。"他说。

9. 远征药店

我先告诉杜曼太太,然后告诉阿曼达,最后才跟比利说。今早他似乎好了一点,吃了两个甜甜圈和一碗家乐氏早餐麦片。吃完早餐后,我和他在走道上赛跑了两回,他甚至露出了笑容。小孩的适应力实在强得吓人。他的眼睛因前一夜流泪而有些浮肿,脸色苍白,甚至有种苍老的神情,仿佛经历太久的情绪波动而变得像老人的脸。可是他依然活泼,依然能笑……至少在他记起身在何处,以及一切经历之前。

赛跑后,我们和阿曼达及杜曼太太同坐,用纸杯喝运动饮料,就在这时我告诉他我要和几个人到隔壁药店去。

他的小脸立刻呈现一片阴霾。"我不要你去。"他说。

"不会有事的,比利小子。我会帮你带几本《蜘蛛侠》漫画回来。"

"我要你留在这里。"现在他的小脸已由一点阴霾转为乌云满布。我握住他的手,他立刻把手抽开,我再度握住。

"比利,我们迟早得离开这里。这点你明白的,对吧?"

"等雾散了……"他的语气缺乏信心。他慢慢喝着运动饮料,却好像食而无味。

"比利,已经过了几乎一天一夜了。"

"我要妈妈。"

"也许这是回到她身边的第一步。"

杜曼太太开口说:"不要给孩子太大的希望,大卫。"

"管他的,"我反驳道,"他总得抱着什么希望吧。"

她垂下眼睛:"是的。我想你说得对。"

比利不理我们的对话:"爸爸……爸爸……外面有怪物。怪物。"

"是的,我们知道。但是它们有些——不是全部,但大多数——只有天黑以后才会出来。"

他说:"它们会等的。"他的眼睛瞪得很大,直望向我的眼睛,"它们会等在雾里……如果你没办法进来,它们就会把你吃掉。就像童话故事里一样。"他惊慌而用力地抱我,"爸爸,请你别去。"

我尽可能轻轻拨开他的手,并告诉他我非去不可:"不过我会回来的,比利。"

"好吧。"他哑着声说,却不肯再看我了。他不相信我会回来。他脸上不再是阴郁,而是哀伤。我不禁又怀疑自己要做的事,那样冒生命的危险是不是对的。我瞟向中央走道,又看到卡莫迪太太。她已经找到第三个听众:一个胡须斑白、眼睛细小的男人。由他充血的眼睛、瘦削的脸颊和颤抖的手,看得出他前一夜一定喝了不少酒。他就是麦隆·拉福勒,把一个男孩员工送出去找死的男人。

那个疯老太婆。那个巫婆。

我亲亲比利,紧紧搂住他,然后往卖场前方走去。不过我避开了家庭用品走道,因为我不要卡莫迪太太看见我。

走过大约四分之三的路后,阿曼达赶了上来。"你真的非出去不可吗?"她问。

"我想是的。"

"请不要见怪,不过我觉得那不过是逞英雄的愚蠢行为。"她两颊酡红,眼眸更加翠绿。她很生气,带着一种对我的忠诚。

我握住她的手,把我和唐尼·米勒的对话重述给她听,汽车之谜以及没人从药店过来的事实,她都无动于衷。但卡莫迪太太的事却说动了她。

"他可能是对的。"她说。

"你真的相信吗?"

"我不知道。那女人让人浑身不舒服。人们一旦担惊受怕太久,自然会转向任何一个答应提供解答的人。"

"可是用活人来献祭,阿曼达?"

"阿兹特克人就来这套。"她不动声色地说,"听我说,人卫,你得回来。不管发生什么事……任何事……你都要回来。杀人、逃跑我都不管。不是为了我。昨晚发生的事是很好,但那已经过去了。为你的儿子回来。"

"是的,我会的。"

"我怀疑。"她说了一句。现在她看起来有点像比利,憔悴而苍老。我突然想到,大多数人大概都有相同的神情,只有卡莫迪太太不然。卡莫迪太太反而显得年轻了些,而且更有活力,仿佛她找到了生命目标,借这次事件来滋养身体。

我们一直等到早上九点半才动身,一行七人:麦克、奥利、我、唐尼、麦隆的前好友吉姆(他也喝多了酒,但似乎决心要找到某种方式赎罪),还有巴迪·伊格顿。第七个是小学老师雷普勒太太。唐尼和麦克试着说服她不要来,她却执意不肯听从。我连试也没试。我猜,不算奥利的话,说不定她比我们每个人都更有用。她带了个帆布购物袋,里面装了好几罐雷达杀虫剂和黑旗牌杀虫剂,而且瓶盖皆已取下,随时等着派上用场。在她的另一只手里,是支斯柏丁网球拍,那是她从二号走道的运动用品架上拿下的。

吉姆问她:"你拿那个有什么用呢,雷普勒太太?"

"我不知道。"她的声音低沉、粗糙而有力,"可是我拿在手里觉得很好。"她以冷冷的目光打量他,"吉姆·格隆丁,对吧?你上过我的课吧?"

吉姆不安而窘困地咧嘴笑着:"是的,老师,我和我妹妹宝琳。"

"昨晚喝多了?"

人长得高大、体重至少比她重一百磅的吉姆,小平头的发根都涨红了:"呃,没——"

她转开身子,不再搭理他:"我想我们准备好了。"

我们每个人都带了各式各样的自卫工具。奥利带了阿曼达的枪,巴迪从仓库找来一根铁钳。我拿的是扫帚柄。

"好,"唐尼略微提高声音说,"你们大家可不可以听我说一下?"

有十来个人已三五成群站在出口大门旁观望。在他们右侧,站着卡莫迪太太和她的新门徒。

"我们要到隔壁药店去看看那里的情况,希望可以带药回来帮助柯莱翰太太。"她就是昨晚怪虫来袭时被人踩踏的那位老太太。她断了条腿,苦不堪言。

唐尼望向我们。"我们绝不会冒任何危险,"他说,"一有威胁迹象,我们就立刻折回这里。"

"而且把所有地狱恶魔带回来!"卡莫迪太太喊道。

"她说得对!"响应的是两个度假妇人中的一个,"你们会惊动它们!你们会把它们带来!现在不是好好的吗?"

那些聚在大门旁看我们行动的人,有不少人纷纷赞同。

我开口说:"这位太太,你觉得现在是'好好的吗?'"

她茫然地垂下眼睛。

卡莫迪太太上前一步,两眼炯炯发光:"你会死在外面的,大卫·德莱顿!你要你儿子变成孤儿吗?"她用目光扫射我们。巴迪立刻垂下头,同时举起铁钳,似乎想将她挡开。

"你们全都会死在外面!你们还不明白世界末日已经来了吗?恶魔被放出来了!启示录里的苦艾星已经亮起,你们一踏出那扇门就会被撕成两半!而且它们还会来抓我们这些剩下的人,就如这位女士所说的!你们愿意让这种事情发生吗?"她现在转向旁观者,他们纷纷低声议论。"看看昨天那些不信邪的人有什么下场吧!死亡!死亡!死——"

一个炖豆罐头突然飞过两行的结账台,击中卡莫迪太太的右胸,使她惊叫一声,摇摇晃晃向后退了两步。

阿曼达站上前来。"闭嘴!"她说,"闭嘴,你这长舌妇。"

"她是魔鬼的使者!"卡莫迪太太尖叫道,脸上挂着一抹狞笑,"你昨晚和谁睡在一起呢,太太?昨晚你和谁睡觉?卡莫迪妈妈看得很清楚,哦,是的,卡莫迪妈妈都看到了。"

不过她创造的那阵迷咒已经消散,阿曼达的目光也不曾动摇。

"我们是要去呢,还是要整天站在这里?"雷普勒太太问。

于是我们出发了。上天帮助我们吧,我们出发了。

唐尼·米勒领头,奥利紧跟着。我走最后,雷普勒太太在我前面。我一辈子从没这么害怕过,握着扫帚柄的手掌汗淋淋的。

四处飘着由浓雾传来的不自然的微酸味。我走出门外时,领头的唐尼和奥利已没入雾中,列队第三的麦克也模糊难辨。

只有二十英尺,我不断地告诉自己,只有二十英尺。

雷普勒太太在我前头走得又慢又稳,网球拍在她右手里轻轻晃着。我们左侧是一面红色空心砖墙;在我们右边,第一排车子如鬼船般自雾中浮现。另一个垃圾桶从一片白茫中现形,接着是让人坐下等公用电话的长椅。只有二十英尺,唐尼说不定已经走到了,二十英尺只不过是十来步而已,所以——

"哦,天啊!"唐尼的叫声传来,"哦,上帝啊!看看这个!"

他的确已经走到了,没错。

巴迪·伊格顿走在雷普勒太太前面。他转身想跑,两眼瞪得极大。雷普勒太太用网球拍轻拍一下他的胸口,以严厉而略微沙哑的声音问:"你想到哪儿去?"

其他人立刻赶上唐尼。我回头望了一眼,看见联邦超市已被雾气吞没。红色空心砖墙变成粉红色,紧跟着便消逝无踪。能见度大概只有桥墩药店出口五英尺左右。我觉得前所未有的孤立,甚而寂寞。或许就像女人失去了子宫。

药店里是一片屠杀后的惨状。

我和唐尼看得很清楚,几乎踩到了尸体。雾中的一切怪物,全是靠嗅觉行动。这自然有其道理,因为视觉几乎无用,至于听觉,一如我说过的,雾有扭曲音响的作用,有时使近处的声音听起来像发自远处,有时使远处的声音听起来像是很近。因此雾中的怪物依赖最真实的感觉——嗅觉。

我们困在超市里的人,因停电而侥幸逃过一劫。自动门不能开启,换句话说,大雾来时,整个超市是被封死的。但是药店的自动门……被手动打开了。由于停电使得空调停止运转,因此他们把门打开通风。只是除了风以外,别的东西也进去了。

一个穿着咖啡色T恤的男人脸朝下趴在门口。确切地说,是我以为他的T恤是咖啡色的;接着我看见衣角的几抹白色,才意识到他的衣服原来是全白的,那咖啡色是已干的血。而且他看来有点不大对劲。我半天看不出什么端倪,甚至当巴迪·伊格顿转身作呕时,我还没弄懂。我想,当某种致命的惨事发生到某人身上时,你的脑子最初会拒绝接受……除非你是在战场上。

他的头不见了,就是这样。他的两腿张开,摊在药店门里,照说他的头该探到门前的台阶上,但却不然。

吉姆·格隆丁忍不住了。他转过身子,两手掩着嘴,充血的两眼直愣愣地盯着我,然后蹒跚地朝超市走了回去。

其他人强自镇定。唐尼跨进药店,麦克紧随其后,雷普勒太太拄着网球拍在大门一侧站定,奥利站在另一侧,手举阿曼达的枪指向马路。

他小声说道:"我觉得好像没有希望了,大卫。"

巴迪虚弱地靠着公用电话亭,仿佛刚听到家中传来的噩耗。他啜泣不止,宽肩剧烈抖动。

我对奥利说:"还不要绝望。"我踏进门口一步。我不想进去,但我答应过比利要带本漫画回去。

桥墩药店一片狼藉。廉价小说和杂志散了一地,我脚边就有一本《蜘蛛侠》漫画和一本《绿巨人》,因此我不假思索地弯身捡书,把两本漫画都塞进后裤袋内。瓶子、盒子散在各个走道上。一只手从一个架子上垂挂下来。

我觉得自己像在不真实的梦境里。屠杀后的惨相已经够糟了……但这里也很像刚举行过一场狂欢会。天花板上垂挂着看起来像是彩带的东西,只是它们不像纸条般扁平,却圆滚如粗线或细电缆。我注意到这些"彩带"的颜色都和雾气本身一样白,一股寒流即刻如冷霜般蹿过我的背脊。不是绉纱。是什么呢?有些书和杂志黏在这白带子上,吊在半空中。

麦克用一只脚拨着一个奇怪的黑色物体。那玩意儿长长的,且满是钢毛。"这是什么鬼东西呀?"麦克纳闷道。

我忽然明白了。我知道当浓雾袭来时,是什么东西杀死了药店里这些不幸的人。这些倒霉的人被闻到味道——

"出去。"我说。我的喉咙干涩，因此发出这两个如子弹般断然的字："快走。"

奥利看向我："大卫……？"

"这些是蜘蛛网。"我才说了一句，便听到两声尖叫自雾中传来。第一声或许出于惊恐，第二声无疑出于疼痛。那是吉姆。如果真有报应这回事，他是遭到报应了。

"出去！"我对唐尼和麦克吼道。

这时某个东西自雾中浮现。由于背景一片纯白，想看清它是不可能的，但我听到了它的声音，听起来像挥动皮鞭的"咻咻"响声。当它缠到巴迪穿着牛仔裤的大腿时，我看得更真切了。

巴迪尖声号叫，顺手抓起就在身旁的电话。话筒飞了出去，随即又跟着电话线弹了回来。"耶稣啊，痛死人了！"巴迪嘶喊道。

奥利伸手抓他，我则看清了一切。这一瞬间，我领悟到何以躺在门口的那个男人会身首异处。那条扭住巴迪大腿、如丝绳般的白索，正陷入他的肉里。牛仔裤腿已被割破，沿着他的腿向下滑。那条白索继续深陷，使他的肉上霎时渗出一圈血痕。

奥利用力拉他。在"啪"的一声轻响后，巴迪挣脱了那条白索。他的嘴唇因惊吓而发紫。

麦克和唐尼往这边跑来，却嫌慢了些。紧跟着，唐尼撞进几条垂挂下来的丝线，立刻被困住了，犹如飞到苍蝇纸上的一只小虫。他用力一扯摆脱束缚，只留下衬衫的衣角挂在网上。

突然间四处都响起那挥动皮鞭般的"咻咻"声，白色细索也自各个方向朝我们伸来，每根白索上都有一层腐蚀性物质。我闪开了两条，与其说是靠技术，不如说是靠运气。有一条落到我脚上，我立刻听到"嘶"的一声微响。另一条从空中浮出，雷普勒太太冷静地对它挥着网球拍。那白索缠住球拍，腐蚀层立即浸穿球拍线，使得球拍线一根接一根断裂，发出"叮！叮！叮！"的响声，听似拉小提琴弦的声音。一会儿过后，另一条白索缠住了球拍把手，迅速将球拍拉进雾里。

"后退！"奥利大喊。

我们步步为营。奥利一手扶着巴迪，唐尼和麦克自两侧护住雷普勒太太。蜘蛛网的白线继续从雾中飘出,只有靠红色空心砖建筑的背景才能勉强看见。

一条白线缠住麦克的左臂,另一根立刻跟进,"嗖"的一声绕住他的脖子。麦克逐渐被拉了过去,咽喉被割裂,头晃到一侧。他的一只休闲鞋掉了下来,落在地上。

巴迪突然俯身向前,差点没让奥利也跟着下跪:"他昏倒了,大卫。快来帮我。"

我一手环住巴迪的腰,和奥利合力拖着他前进。巴迪人虽昏迷不醒,手里却仍紧紧抓着那把铁钳。被蜘蛛丝缠住的那条腿,以扭曲的角度可怖地垂挂在躯干下面。

雷普勒太太回过头。"小心!"她哑声叫道,"小心后面!"

我正想回头,一条蜘蛛丝往唐尼的头上飘了过来,唐尼举起双手撕扯。

一只蜘蛛从我们后方现形了。它大小如一条大型犬,颜色漆黑,带有黄色条纹(好像赛车车身上漆的那两条饰带,我忽然疯狂地想到),眼睛是紫红色的,宛如石榴。它高视阔步,踩着十二或十四只多关节的脚朝我们爬来——这不是只普通的蜘蛛被放大成恐怖电影里的尺寸,而是完全不一样的东西,说不定根本就不是蜘蛛。麦克要是看到它,大概就会明白刚才他在药店里用脚拨弄的黑色物体是什么了。

这"蜘蛛"朝我们逼近,由上腹一个椭圆形的孔中不断吐出丝线来,那些线以扇状向我们飘来。这是场梦魇,就像在我们船屋的阴暗处,看着蜘蛛走向死苍蝇或死虫一样。我觉得整个脑子越来越空洞,唯有想到比利,才使我得以保有仅存的一点理智。我在发出某种声音,但究竟是笑、是哭,还是叫,我却不知道。

然而奥利·魏克斯却像巨石般坚毅。他举起阿曼达的手枪,如打靶般镇定,将子弹水平地射向那怪蜘蛛。不管那怪物来自何处,还好它并不是刀枪不入。一股黑脓从它身上喷了出来。它发出一种低微的"咪咪"叫声,低到似乎不是听到,而是感觉到的,就像从电子合成器中发出的低音吉他声。接着它爬回雾里,失去了踪影。若非它流下一摊黑色黏液,一切简直像是一场吃过迷幻药后的噩梦。

"锵"的一响,巴迪终于松开了握在手里的铁钳。

"他死了,"奥利说,"放开他吧,大卫。那鬼东西割断了他的大动脉,他死了。我们快离开这儿吧。"他的脸上再度汗水涔涔,眼睛在圆脸上向外突出。一条蜘蛛丝飘然落到他手背上,奥利一挥手便弄断了它,但他的手背也留下一道血痕。

雷普勒太太又尖叫一声:"小心!"我们闻声转向她。另一只怪蜘蛛从雾中爬出,几只脚一起抓住唐尼。唐尼抡拳对抗。我弯身拾起巴迪的铁钳时,蜘蛛已开始用致命的白线包裹唐尼,使他的挣扎变得有如死亡之舞。

雷普勒太太手握一罐黑旗牌杀虫剂,朝那蜘蛛走去。蜘蛛的脚向她伸了过来。她用力按杀虫剂,一股雾状药液立即射进蜘蛛的 只眼里。那蜘蛛也发出一声低频的"咪咪"声,全身战栗,开始向后退,毛茸茸的脚刮过路面,却不肯放开唐尼的身体。雷普勒太太把整罐杀虫剂都朝它丢了过去,那罐子从蜘蛛的身体弹开,哐啷啷滚落在柏油路上。那蜘蛛用力撞向一辆小型跑车,使得车子弹跳了两下,然后便隐入雾里了。

我走向双腿发软、脸色死白的雷普勒太太,伸手扶住她。"谢谢你,年轻人,"她说,"我觉得有点晕。"

"没关系。"我的声音嘶哑。

"我是想救他的。"

"我知道。"

奥利也过来了。我们拔脚向超市大门狂奔,蜘蛛丝由四面八方向我们袭来。有一条落在雷普勒太太的购物袋上,立刻陷进帆布里。雷普勒太太拼命想将属于她的袋子拉回来,却输了这场拔河比赛。那袋子一路挨着地,被拖进浓雾里。

我们到达超市大门时,一只像可卡幼犬大小的小蜘蛛,沿着这栋建筑的侧面由雾中爬了出来。它没有吐丝,也许是因为它还不够大吧。

奥利用厚实的肩膀顶开大门,让雷普勒太太入内时,我用力将手里的铁钳掷向那只蜘蛛。铁钳刺进蜘蛛身体,使它疯狂地扭动,十几只脚一起在空中乱抓,红色的眼睛仿佛死死盯着我……

"大卫!"奥利仍顶着门。

我跑进门内。他随后跟进。

苍白而惊恐的脸孔瞪视着我们。我们出去时一行七人,回来的却只有三个。奥利靠向厚玻璃门,胸膛剧烈起伏。他开始在阿曼达的枪里重上子弹,超市经理的白色制服黏在他身上,腋下有明显的两团汗渍。

"什么东西?"有人用沙哑的声音低问。

"蜘蛛,"雷普勒太太不动声色地说,"那些该死的畜生把我的购物袋抢走了。"

这时比利推开人群,哭着投进我怀里。我紧紧搂着他。

10. 卡莫迪太太的迷咒·超级市场里的第二夜·对决

轮到我睡觉了;整整四个小时,我什么也不记得。阿曼达说我呓语连连,甚至还尖叫了一两声,但我不记得什么梦。我醒来时已是下午,口干舌燥。有些牛奶酸掉了,但有些还好。我喝了一大纸盒。

阿曼达走过来加入比利、杜曼太太和我。那个自愿试着回车子拿猎枪的老头和她在一起。我记得他叫安博罗斯·康奈尔。

"你还好吧,孩子?"他问道。

"还好。"但我仍然口渴,而且头隐隐作痛。更糟的是,我很怕。我伸手搂住比利,看看康奈尔,又看看阿曼达:"什么事?"

阿曼达说:"康奈尔先生很担心卡莫迪太太,我也是。"

"比利,你和我到那边散散步吧?"杜曼太太开口问道。

"我不要。"比利说。

我说:"去吧,比利小子。"他很不情愿地走了。

"卡莫迪太太怎么样?"我回头问道。

"她想作怪,"康奈尔以老人家的严肃神情望着我说,"我想我们必须阻止她,尽一切可能阻止她。"

阿曼达说:"现在大概有十几个人听她的了。简直像某种疯狂的教堂礼拜。"

我想起和一个作家朋友的谈话。这个朋友住在奥提斯菲尔德,靠养鸡及每年写一本平装间谍小说养活他的妻子和两个孩子。我们谈到最近与超自然有关的书籍大受欢迎。高特指出,在四十年代,神怪故事的读者极其有限,到了五十年代时更无人问津。他又说,但当机器失败(他说话时,他妻子透过光线检查鸡蛋,外头的公鸡咯咯直叫)、科技失败、传统宗教系统也失败时,人们必须抓住某种东西。想到一百万罐体香剂的氟化物竟能使臭氧层溶解,真不知是喜剧还是恐怖;相较之下,连在黑夜中跳出的僵尸也显得相当可爱了。

我们困在这里已经二十六个小时,到现在仍然束手无策。唯一出外的一次探险,折损率高达百分之五十七。也许卡莫迪太太能在这么短的时间内吸引这么多人,并非没有理由。

"她真的有十几个听众了?"我问。

"只有八个。"康奈尔说,"可是她讲个不停!就像以前卡斯特罗可以连讲十个小时。真是够了。"

八个人。不算多,还不够凑成一个陪审团。可是我了解他们脸上的忧虑。八个人足以形成卖场里最有力的政治集团,尤其是唐尼和麦克已经不在了。想到我们这个封闭的社区里,人数最多的一个集团竟在听她瞎扯地狱和七宗罪什么的,使我感到有点幽闭恐惧。

"她又开始讲用活人祭祀了。"阿曼达说,"巴德·布朗上前叫她不要在他的店里胡说八道,结果两个和她在一起的男人——其中一个是那个麦隆·拉福勒——却告诉他该住嘴的人是他,因为这是个自由国家。他不肯住嘴,所以……他们就动手推人了。"

"巴德·布朗的鼻子流血了。"康奈尔接口说,"他们是玩真的。"

我说:"还不到真的杀人的地步吧?"

康奈尔轻声说:"要是雾还不散,我不知道他们会过分到什么地步。我也不想知道。我打算离开这里。"

"说比做容易。"我突然灵光一现。气味。这就是关键。我们在超市里几乎没受到什么侵扰。巨虫可能和普通的虫子一样,是被灯光吸引,而巨鸟只是追随它们的食物而已。但是较大型的怪物却没找上我们,除非我们为了某种理由自己送上门。桥墩药店的屠杀起因于刻意打开的大门——这点我很肯定。抓走诺顿和地平说会员的怪物,由其发出的声音听来,可能大如房屋,但是它或它们都未挨近卖场。这表示或许……

我忽然想和奥利·魏克斯说话。我必须和他谈谈。

"不论死活,我都要出去,"康奈尔又说,"我可不打算在这里度过整个夏天。"

"已经有四个人自杀了。"阿亚曼没来由地插上一句。

"什么?"我有点心虚,因为我所想到的第一件事是,那两个士兵的尸体被发现了。

"安眠药。"康奈尔简短地说,"我和另外两三个人把尸体抬到后面去了。"

在这种情况下我竟然还想笑。想不到仓库已成了停尸间。

"雾好像小了点,"康奈尔又说,"我要走了。"

"相信我,你走不到你的车子的。"

"连第一排都走不到吗?那比药店还近呀!"

我没有搭腔。因为答案是否定的。

大约一小时后,我找到了奥利。他站在冷藏柜旁,还在喝啤酒。虽然他面无表情,却好像正看着卡莫迪太太。显而易见,她一点也不疲倦。她真的又在谈用活人祭祀了,只是这回没人再叫她住口了。昨天叫她闭嘴的人,今天不是加入了她,就是安静聆听,其他人则势孤力单。

"明天天亮前,她可能就会说服他们,"奥利说,"或许不会……只是万一她真说服了他们,你想她会把血祭的荣誉派给谁呢?"

巴德·布朗冒犯过她,阿曼达也是,还有那个伸手捆她的男人。然后,不用说,还有我。

"奥利,"我说,"也许我们可以找六个人出去。我不知道我们可以走多远,但我们至少出得去。"

"怎么出去?"

我对他说明了。其实很简单,只要我们全速冲过停车场,尽快坐进我的斯柯达四驱车,它们就不会闻到人的气味,尤其是把车窗摇上后。

"可是,万一它们被别的气味吸引呢?"奥利问,"比如废气味?"

"那我们就惨了。"我同意道。

"还有动作,"他说,"车子在雾中穿行的动作也可能吸引它们,大卫。"

"我想不会,除非有猎物的气味引导。我真的相信这就是逃走的关键。"

"但你不敢肯定。"

"是的,我不敢肯定。"

"你想去哪里呢?"

"先回家去,接我太太。"

"大卫——"

"好吧,去探探情况,确定一下。"

"外头那些怪物可能无处不在,大卫。你一下车还没进家门,它们也许就把你逮个正着。"

"要是这样,我那辆车就给你了。我只求你尽可能照顾比利一段日子。"

奥利喝完啤酒,把空罐丢回冰柜里,打到其他空罐发出哐啷响声,阿曼达的枪从他的裤袋里突了出来。

"往南?"他望向我。

"是的,我会往南,"我说,"往南走,试着走出浓雾,尽全力试试。"

"你有多少油?"

"几乎是满的。"

"你有没有想过,也许永远走不出去?"

我想过。假设箭头计划将整个区域弄进另一度空间,如你我将袜子由正面翻到反面那样容易呢?"我想过,"我说,"可是我不愿等在这里看卡莫迪太太把血祭的荣誉派给谁。"

"你想今天走?"

"不,已经下午了,那些怪物在夜里会变得很活跃。我想明天清早走。"

"你想带谁一起走?"

"你、我和比利。杜曼太太、阿曼达、老先生康奈尔,还有雷普勒太太。或许还有巴德·布朗吧。一共八个人,但比利可以让大人抱着,我们可以挤一挤。"

他思索了一下。"好吧,"最后他说,"我们试试。你对其他人提起过这想法吗?"

"没有,还没有。"

"我奉劝你暂时不要提,等到明早大约四点。我会把两袋食品放在最靠近大门的结账台下。如果我们幸运,也许可以在神不知鬼不觉的情况下溜出门去。"他的目光又一次移向卡莫迪太太,"一旦她知道了,很可能会想办法阻止我们。"

"你真这么想吗?"

奥利又取出一罐啤酒:"毫无疑问。"

当天下午(事实上就是昨天下午)过得特别慢,像慢动作似的。黑暗悄悄挨近,把雾从白茫再度变为暗红色。八点半不到,外面仅剩的世界已慢慢融进黑暗中。

那些粉肉色怪虫又回来了,接着是怪鸟,俯冲下来,衔走趴在窗子上的巨虫。夜色中,偶尔传来巨大的吼声,还有一次,在午夜时分,响起一长声的"啊——噜——!"使得许多人惊骇地向外眺望,面面相觑。在我的想象中,沼泽大鳄可能就是这样叫的。

唐尼预言的差不多应验了。凌晨时分,卡莫迪太太又招揽了六七个听众。切肉的麦克维先生也是其中一个,他双臂交叠,目不转睛地望着她。

她充满活力,似乎不需要睡眠,源源不断地布道,旁征博引,创造了不少高潮。她的群众开始喃喃应和,不自觉地晃动身子,就如参与帐篷复活仪式的真诚信仰者。他们的眼神空洞而发光。他们都被她蛊惑了。

凌晨三点左右(布道仍继续进行,不感兴趣的人都退到后方睡觉去了),我看见奥利把一袋食品放到最靠近大门的结账台下。半小时后,他又放了第二袋。除了我以外,似乎没人注意到他的行动。比利、阿曼达和杜曼太太一起睡在已空无一物的肉品冷冻柜旁。我和他们坐在一起,不一会儿就昏乱地打起盹来。

奥利把我摇醒时,我手表上的时间是清晨四点十五分。安博罗斯·康奈尔和他在一起,隔着眼镜片可看见他眼神闪亮。

"差不多是时候了,大卫。"奥利说。

我肚子一阵紧张的抽痛,但又随即消失。我把阿曼达摇醒。阿曼达和斯黛芬同在车里可能发生什么状况?这问题闪过我脑际,但一闪即逝。今天最好随机应变。

那双慑人的碧绿眼眸睁开,迎向我的注视:"大卫?"

"我们要悄悄离开这里。你要来吗?"

"你在说什么?"

我一面解释,一面唤醒杜曼太太,以免我得再费一番口舌。

"你这关于气味的理论,"阿曼达说,"只是个理论性的猜测而已,对吧?"

"是的。"

"我不在乎。"杜曼太太说。她脸色惨白,而且虽然睡过一觉,她的眼下仍有两团黑眼圈,"我愿意做任何事,冒任何危险,只要能再看到阳光就好。"

只要能再看到阳光就好。我不觉一阵寒战。她的话触动了我的恐惧核心,触到了自从眼看诺姆被触须拖走后,便让我几乎心灰意懒的感觉。透过浓雾看去,太阳还不如一个银币大小,简直像金星一样。

潜藏在雾里的生物倒不那么可怕,我用铁钳那一击,已证明了它们并非恐怖小说中的不死怪物,而只是有弱点可击的一般生物罢了。令人意志消沉的是浓雾本身。只要再看到阳光就好。她说得对。仅只这点就值得人穿过一层层地狱。

我对杜曼太太笑笑,她也不太肯定地回我一笑。

"是的,"阿曼达说,"我也一样。"

我开始轻轻把比利摇醒。

"我去。"雷普勒太太简短地说。

我们都聚在肉品柜台旁,只差巴德·布朗一个。他谢绝了我们的邀请。他说他不会离开超市里的岗位,但以少见的温和声音说,他不会怪奥利离开。

现在白色的肉品冷冻柜已开始散发出一种略带酸甜、不好闻的气味了,有一次我们到鳕鱼角度假一星期,回到家时打开冰箱也有相同的气味。也许,我心想,是腐肉的味道驱使麦克维先生加入卡莫迪太太的吧。

"——赎罪!我们现在在该想的是赎罪!鞭子和蝎子便是我们遭到的天谴!我们因探询上帝禁止的秘密,才会遭到责罚!我们看到大地的双唇开启了!我们看到梦魇的猥亵!岩石不会摒挡它们,死亡之树也不会遮蔽我们!世界如何结束?有什么能阻止末日来临?"

"赎罪!"麦隆·拉福勒喊道。

"赎罪……赎罪……"他们疑惑地低喃。

"你们要诚心诚意地说啊!"卡莫迪太太吼道。她的颈子上青筋突起,她的声音沙哑却依然有力。我突然想到,是雾给了她这样的力量,这种迷惑人心智、巧辩善喻的力量,正如雾从其他人身上取走了阳光的力量一样。雾来之前,她不过是个有点怪异的老太婆,在镇上拥有一家古董店。

镇上的古董店也还有好几家,没什么特别。不过是个老太婆,在后面房间里塞了几只标本动物,并且知道各种

(那个巫婆……那个疯老太婆)

民俗偏方。据说她可以用一根苹果树枝找到水源,可以制好皮肤疣,并且卖给你一种可以祛除雀斑的药膏。我甚至听说过——是老比尔·乔提说的吗?——卡莫迪太太可以解决爱情问题(而且完全保密);如果你有床笫间的麻烦,她会给你一种饮料,使你立刻再度雄赳赳气昂昂。

"赎罪!"他们齐声高喊。

"赎罪,对了!"她入神地叫道,"只有赎罪才能使雾气消散!赎罪才能驱走这些恶魔和憎恨!赎罪才能驱除我们眼前的迷雾,让我们看清楚!"她的声音降低一个音阶,"圣经上说赎罪是什么呢?在上帝的眼里和心里,唯有什么东西可以洗刷罪恶呢?"

"血!"

这回,寒流蹿过我全身,直冒上颈窝,使我汗毛倒竖。应答的人是麦克维先生。自我小时候仍握着父亲的手时,便在桥墩镇当屠夫的麦克维先生;穿着溅血的白制服,为客人切肉的麦克维先生;善于操刀、切肉锯和切肉刀的麦克维先生。他比任何人都明了,只有从躯体伤口流出的东西才能洗涤灵魂。

"血……"他们低低应和。

"爸爸?我好怕。"比利说。他紧紧抓着我的手,一张发白的小脸皱得紧紧的。

"奥利,"我说,"我们快离开这个疯人院吧。"

"立刻走,"他说,"我们走。"

我们七个人——奥利、阿曼达、康奈尔先生、杜曼太太、雷普勒太太、比利和我——分散开来走过二号走道。此时是清晨四点四十五分,雾的颜色又开始转淡了。

"你和康乃尔先生拿食物。"奥利对我说。

"好。"

"我先走。你那辆斯柯达是四门的,对吧?"

"是的。"

"好,我会打开驾驶座车门,还有同一侧的后车门。杜弗瑞太太,你可

以抱比利吗?"

阿曼达把比利抱了起来。

"我会不会太重?"比利问。

"不会,小宝贝。"

"好。"

"你和比利从前座进去,"奥利又往下说,"移到最右边。杜曼太太也坐前面,中间。大卫,你开车。我们其他人就——"

"你们想到哪里去?"

说话的是卡莫迪太太。

她站在奥利藏食物的结账柜台前,那身橘色裤装在昏暗的光线中夸张地突出。她的头发狂乱地散向各处,令我联想起电影《科学怪人的新娘》里的那个女主角。她的眼神灼灼逼人。大约有十到十五个人站在她身后,挡住"出口"和"入口"两扇大门。他们的神情看来像是遭遇了一场车祸,或是曾看过幽浮降落,或是看过一棵大树自己拔出根来走路似的。

比利紧抱着阿曼达,把脸埋到她颈窝里。

"我们要出去,卡莫迪太太。"奥利的声音出奇地轻柔,"请你们让开。"

"你们不能出去,出去就是死。难道你们还不知道吗?"

"没有人干涉过你。"我说,"我们所要的只不过是同样的自由。"

她弯下腰,毫不踌躇地找到那两袋食物,她必定早就看穿我们的计划了。她把袋子从奥利放的架子上拉出,一只被拉开了,掉出几罐罐头滚来滚去,另一只被她用力一丢,随着碎玻璃的声响裂开,汽水嗞嗞作响流了满地,而且溅到隔壁的结账柜台。

"就是这种人将末日带来的!"她吼道,"不肯屈服于上帝意旨的人!他们是罪人,高傲且顽固!他们必须作为祭品!我们必须从他们身上得到赎罪的血!"

纷纷赞同的低喃鼓舞着她。她已经疯了,口沫横飞地对聚在她后方的群众发号施令:"我们要那个孩子!抓他!抓住他!我们要那个孩子!"

他们一拥而上,领头的是麦隆·拉福勒,两眼喜悦发光。麦克维先生紧随其后,一张脸苍白而没有表情。

阿曼达向后退,紧紧抱着比利。他的双手牢牢地圈住她的脖子。她惊恐地望向我:"大卫,我该怎么——"

"两个都抓!"卡莫迪太太尖叫,"把那个荡妇也抓起来!"

她是橙黄和黑暗的启示录现身。她开始跳上跳下,手臂上仍挂着那只大提袋:"抓那孩子,抓那荡妇!抓住他们每个人!抓——"

一声枪响。

一切都静止了,仿佛我们是一班调皮捣蛋的学童,而老师刚刚进了教室,并用力把门关上。麦隆·拉福勒和麦克维先生呆立在十步外。麦隆茫然地回头看麦克维先生,麦克维先生却目不斜视,似乎根本不知道麦隆就在他前方。他脸上的表情是我在这两天来已见过太多的。他疯了;他的心智已停止运作。

麦隆向后退,恐惧地瞪着奥利·魏克斯,接着便拔腿狂奔,转过走道,踢到一个罐头,跌倒在地,又爬了起来,摇摇晃晃失去了踪影。

奥利以标准的打靶射击姿势站立不动,两手握着阿曼达的枪。卡莫迪太太仍站在结账柜台前,两只布满老人斑的手紧抱着腹部。鲜血自她的指缝中流出,溅在她的橘色裤装上。

她的嘴一开一合。一次,两次。最后她终于说出口。

"你们全会死在外面。"她一说完,便慢慢倒向前,臂上的大提袋滑开了,掉在地上,摔出里面的东西。一个纸包的东西滚过地面,砸着我的鞋子。我不假思索弯身捡起,发现是一条已用了一半的除口臭剂。我立刻将它丢开。我不愿碰触任何属于她的东西。

她的"信徒"都四散退却,显然已群龙无首。他们的眼睛都死盯着倒在地上、血流满地的卡莫迪太太。"你们杀了她!"有个人愤怒又害怕地尖叫,却没人指出她死前也想杀我儿子。

奥利仍以射击姿势僵立不动,只是嘴角微微颤抖。我轻轻碰他一下:"我们走吧,奥利。谢谢你。"

"我杀了她,"他哑着声音说,"我不杀她我们就完蛋了。"

"是的,"我说,"所以我才谢谢你。现在我们走吧。"

我们再次往前走。

这回没有食物要拿了,拜卡莫迪太太所赐。因此我可以自己抱比利。我们在门口停了一下,奥利低声、压抑地说:

"要是有别的选择,大卫,我是不会杀她的。"

"是的。"

"你相信吗?"

"是的,我相信。"

"那我们走吧。"

我们推门而出。

11. 结　局

奥利右手持枪,跑得很快。我抱着比利才刚踏出门,他已经跑到我的斯柯达四驱车旁了,身形模糊,有如电视电影里的幽灵。他先打开驾驶座的门,接着开后门。这时由雾中浮出某种怪物,一下就将他切成了两半。

我没有机会看清那怪物,为此我暗自庆幸。它好像是红色的,煮熟的龙虾那种愤怒的红色。它有钳子,发出低沉的咕噜声,就像诺顿和他的地平会同伴出去后听到的那种声音。

奥利开了一枪,接着那怪物的钳子向前一剪,奥利的身体便随着喷泉般溅出的鲜血完全断成两截。阿曼达的枪从他手中落下,掉到地面,又发了一枪。我仓促地瞥见了那双黑色的眼睛,就像一串巨大的海葡萄,然后那怪物夹着奥利的半截尸体回到雾中。多环节、如蝎子般长长的躯体,刷刷拖行过地面。

我面临了刹那间的抉择。或许抉择一直都得面临,无论时间长短。半个我想抱紧比利跑回超市里,另一半却主张冲向车子,把比利丢进车里,自己也跳进去。这时阿曼达尖叫出声,一声尖锐无比的叫声,仿佛不断盘旋向上,直高到超音波的范围。比利紧紧搂着我,把脸埋进我胸前。

一只蜘蛛抓住了杜曼太太。它体形硕大,先将她击倒在地,使她的裙子向上卷起,露出瘦削的膝盖,然后便爬到她身上,毛茸茸的脚按住她的肩膀,开始吐丝。

卡莫迪太太说得对,我心想,我们会全部死在外面,我们真的会死在外面。

"阿曼达!"我嘶声高喊。

她没有回答,显然已经吓呆了。那只蜘蛛横跨着比利的保姆,那个生前喜欢玩拼图的善良妇人,吐出的白丝一再缠绕她的身体,丝上的腐蚀性物质浸入她的身体,使她流出的鲜血将白丝都染红了。

康奈尔慢慢向后退回超市,眼镜后方的眼睛瞪得像餐盘那么大。他蓦地转身跑了起来,用力推开大门,跑回卖场里面。

雷普勒太太解决了我的犹豫不决。她一个箭步跨上前,用力掴了阿曼达一巴掌,反手再一巴掌。阿曼达停止尖叫。我走向她,将她的身子转过来面对斯柯达,接着对着她的脸大叫一声:"跑!"

她跑了。雷普勒太太也奔过去,先把阿曼达推进后座,然后自己也爬了进去,"砰"地关上车门。

我扯下比利,把他丢进车里。正当我上车时,一条蜘蛛丝飘了过来,落在我的脚踝上。我的脚踝立刻灼热发痛,就像钓鱼线快速划过掌心的感觉一样。它强韧有力。我的脚用力一拉,将它扯断,人才得以坐进驾驶座。

"关门,哦,快关门,亲爱的上帝啊!"阿曼达嘶喊道。

我才关上车门,就有只蜘蛛轻轻撞上车门。我离它那对恶毒的红眼睛不过才几英寸而已。它的每一只脚都粗如我的手腕,来回刷着斯柯达的车头。阿曼达不停尖叫,简直和火警铃一样。

"小姐,闭嘴。"雷普勒太太告诉她。

那只蜘蛛放弃了。它闻不到我们的气味,就以为我们不在了。它挥动着十几只毛脚,爬回雾里,变成模糊的影子,很快地消失不见。

我望向窗外,确定它已经走了,便把车门打开。

"你干什么?"阿曼达嚷道,但我很清楚我在干什么。我想奥利也会这么做的。我半倾身子,把枪从地上捡了起来。有只怪物迅速朝我爬来,但我看也不看便抽身退回,用力关紧车门。

阿曼达忍不住啜泣,雷普勒太太伸手环住她的肩膀,简短地安慰她。

比利说:"我们要回家了吗,爸爸?"

"比利小子,我们要试一试。"

"好。"他小声地说。

我检查过手枪,将它放进仪表板下的置物箱。从药店回来后,奥利重新上过子弹。其余的子弹都随着他一起消失了,不过没关系。他向卡莫迪太太开了一枪,又对那有钳子的怪物开了一枪,接着枪落地时也因走火而发出一颗子弹。我们有四个人上了斯柯达,但万一事态急迫时,我会为自己另找一条出路。

我找不到钥匙圈,整个心都慌了。我翻过每一个口袋,都没找到,只有从头再搜一遍,强迫自己镇定下来慢慢找。最后发现钥匙圈在我的牛仔裤口袋里,被硬币挤到下面去了。车子平顺地发动。引擎一发出稳定的怒吼声,阿曼达便哭了出来。

我耐心地坐在驾驶座上,等着看有什么东西会被引擎声或汽油味吸引过来。整整五分钟,我这一生中最漫长的五分钟过去了,毫无动静。

"我们是要坐在这里还是要走啊?"雷普勒太太终于忍不住开口问。

"走。"我说着,将车倒出停车位,开了近光灯。

出于某种或许可说是低劣的冲动,我尽可能靠近联邦超市旁边驶过。车了右侧挡泥板撞翻了一只垃圾桶。除非贴着观测孔,要不然根本看不见里面,堆高的肥料袋使这地方看来像正在举办什么肥料大拍卖似的,但在每个观测孔里都有两三张苍白的脸往外望向我们。

我将车向左转,雾气立刻在我们后方聚拢。我不知道那些人最后会有什么下场。

我以时速五英里摸索着驶回堪萨斯路。但即使开了车头大灯,最远仍不能看到七或十英尺之外。

地表经历过大幅震动,这点唐尼没说错。有些地方只有地面龟裂,但有些地方则是整片地表下陷,使得路上剧烈凸起。还好这辆斯柯达是四轮驱动,我们得以平安驶过,真是谢天谢地。然而我很怕不久就会碰上一个连四轮驱动车也无法通过的障碍。

平常只要七八分钟的一段路,我整整开了四十分钟。最后标明我们私有小路的牌子在雾中浮现。五点不到便被叫醒的比利,已在他熟悉如家的车子里睡着了。

阿曼达不安地望向小路:"你真要开上这条路吗?"

"我要试试看。"我说。

但那是不可能的。暴风松动了不少树根,而那阵怪异的震动则让它们一一倒下。我好不容易辗过头两棵落木,这两棵都还算小;第三棵却是一棵横躺过路面的老松树。离我们的屋子还有四分之一英里路。比利睡在我身旁,我停下车子,以手掩面,试着想下一步该怎么办。

现在,我坐在缅因公路三号出口处的霍华德·强生旅馆,用旅馆的信纸把这一切经过记下来。我猜想雷普勒太太，这个能干而强硬的老太太，只要几句话就可以把整个情况讲完了。不过她很好心地让我一个人静静地想。

我没有出路。我无法摆脱它们。我甚至不能开玩笑地告诉自己说，那些恐怖电影里的怪物都回到联邦超市去了。当我向窗外窥视，我可以听见它们在树林里走动。湿气自树叶上一滴、一滴、一滴地滴落。在隐约可见、如噩梦般的怪鸟飞过时，我们上方的雾就会暗下来一会儿。

我不断告诉自己，只要她手脚够快，只要她把自己反锁在屋里，只要她有足够吃十天半个月的食物，那就没问题了。这自我安慰没什么帮助。一直闪进脑海中的，是最后一次看着她的记忆：她戴着那顶大大的草帽和园艺手套，往我们的小菜圃走去，而迷雾就在她身后的湖面上滚动。

现在我该想的是比利。比利，我告诉自己。比利小子，比利小子……我也许该在这张纸上写这名字一百次，就像被罚写"我再也不在课堂上乱丢纸团"的学生一样，而外面是阳光晴朗的三点钟，老师坐在位子上改作业，可以听到她的笔在纸上发出的刷刷声，远远还传来孩子们在为临时棒球赛挑选队员的声音。

总之，最后我做了我唯一能做的一件事：把车子小心倒回堪萨斯路上。然后我哭了。

阿曼达怯怯地碰碰我的肩说："大卫，我很难过。"

"是啊，"我想止住哭泣，却不怎么成功，"是的，我也很难过。"

我把车开上302号公路，然后左转朝波特兰驶去。这条路也是凹凹凸凸的，但大致上比堪萨斯路好走一些。我担心的是桥梁。缅因州处处是溪流，因此大小桥梁随处可见。还好那不勒斯大桥没断，从那里到波特兰一路都还顺利，只是慢了点。

雾依然浓密。有一次我以为路上横躺了好几棵落木，因此不得不停车，结果那些树竟然上下动了起来，我才意识到原来它们是触须。我停车等候，不久它们便缩走了。有一次，一只有绿色身体、透明长翅膀的怪物飞到车盖上。这怪物看来有点像是变形的恶心蜻蜓。它在车盖上盘旋了一会儿后也振翅飞走了。

比利在我们驶离堪萨斯路大约两小时后醒了过来，问我是不是接到妈妈了。我告诉他,因为有落木挡在路上,我无法驶进通往我们家的小路。

"她没事吧,爸爸?"

"比利,我不知道,但我们会再回来找她的。"

他没有哭,却又昏昏沉沉打起瞌睡来。我倒宁愿看他哭。他睡得太多了,不免叫人担心。

我的头开始剧痛。我想是由于我们以时速低于十英里的速度在雾中开了好几个小时的关系,而且一直等着下一秒钟会碰上什么意外——桥梁冲失、泥石流或三头怪兽。这实在令人万分紧张。我想我祈祷了。我祈求上帝保佑斯黛芬平安,不要把我的通奸罪报应到她身上。我祈求上帝让我将比利送到安全之处,因为他已走了这么远了。

浓雾来袭时,不少人都把车停到路旁。中午之前,我们便驶抵北温德翰。我先走河岸公路,但走四英里后,发现原本架在一条湍急小溪上的桥已被冲垮,掉进河里。我只得倒车驶了大约一英里路,才找到一个空旷到能掉头的地方。所以我们还是走 302 号公路开向波特兰。

到达波特兰后,我抄近路驶上收费公路。公路入口处的一整排收费亭就像没有眼睛的骷髅头一样,空无一人,其中一座的滑门上挂了件破掉的夹克,袖子上有"缅因收费公路"臂章,上面染了已干的血渍。自从离开联邦超市后,我们还未碰上一个活人。

雷普勒太太说:"大卫,试试收音机。"

我恍然大悟,拍了一下额头,想着我怎么笨得把车上的收音机都忘了。

"别这样,"雷普勒太太说,"你不可能样样都想到。谁要想那么多,一定会疯掉的。"

在调幅波上,我只收得到一连串尖锐的静电声,调频则连静电的杂音也没有,跟没开时一样安静。

"那表示所有电台都停止播送了?"阿曼达问。我知道她在想什么。我们已经向南驶了相当的距离,应该可以接收到波士顿的电台了——WRKO、WBZ、WMEX。但是如果波士顿已经没了——

"那也不一定代表什么,"我说,"调幅波上的静电声纯粹是干扰。雾气太湿也会影响无线电信号。"

"你确定是那样?"

"是的。"其实我并不确定。

我们向南行驶,里数指标不断减少,由四十英里往下数。等里数到达一时,我们就该在新罕布什尔州界了。在收费公路上行驶比较慢,因为有不少开车的人没有及时弃车,好几个都撞了车。有几次我不得不驶上中央分隔岛。

大约一点二十分左右时,我开始觉得有点饿,这时比利抓住我的手臂:"爸爸,那是什么?那是什么?"

一团黑影由雾中浮现,把雾遮暗了。它高如山崖,且笔直地向我们移近。我用力踩刹车。原本在打盹的阿曼达随着紧急刹车往前冲。

某种东西向我们逼近,这是我唯一能确定的事实。虽然雾中只容许短暂一瞥,但我们的脑子还是可以看出这东西的不合情理。这样黑暗、恐怖的东西,就像绝美的事物一样,完全超越我们渺小人类的经验之门。

它有六条腿,这我看得出来。它的皮肤是石板灰色,有几处杂着暗棕色。那些棕色斑纹令我无端想起卡莫迪太太手上的老人斑。它的皮肤发皱,且有深深的纹路,数以百计的粉肉色巨虫趴在它身上。我不知道它到底有多大,可是它笔直地从我们上头经过,其中一条满是皱纹的灰腿不偏不倚踩在我的车窗旁边。事后,雷普勒太太说,虽然她拉长了脖子看,却看不到那东西的下腹,只看到两条如高塔般巨大的腿走入雾里,直到消失不见。

当那怪物越过车顶的刹那,我只想到跟这么巨大的生物比起来,蓝鲸可能只有鳟鱼那么小吧——换句话说,这东西大得令人难以想象。即使在它走了以后,它的脚步仍震得地面动个不停。它在州际公路上留下了脚印,深到我几乎看不见底。每一个脚印都大到足以让我这辆斯柯达掉下去之后上不来。

半响无人说话。除了呼吸声和那巨兽渐去的脚步声外,四周一片沉寂。

然后比利开口问道:"爸爸,那是不是恐龙?就像飞进超市里的那只鸟一样?"

"我想不是的。我想历史上还没有过那么大的动物,比利。至少在地球上没有。"

我想到箭头计划,又一次纳闷他们究竟在那里搞什么鬼。

"我们走吧?"阿曼达怯怯地问,"它说不定会再折回来。"

是的,而且前头也许还有更多只等着,可是说出来也于事无补。我们总得到某处去。我继续向前行驶,在那些可怕的脚印间弯进弯出,直到它们自路面上消失。

事情的经过就是这样。差不多是这样——只有最后一件事。但你不能期望有什么断然的结尾。这故事没有于是他们逃出了迷雾,迎接阳光璀璨的一天;或是我们醒来时,国家警卫队终于来了;或者甚至是老套的一句,原来一切不过是一场梦。

我想,这更像我父亲老皱着眉头说的"希区柯克式的结尾",也就是让读者或观众自己去猜想的不明确结尾。我父亲对这样的故事十分轻视,说它们是"骗钱的"。

我们到达三号出口旁的这家霍华德·强生旅馆时,暮色已渐起,这使得开车成为自杀式的冒险。在那之前,我们也曾赌命开过横跨沙寇河上的长桥。这座桥的桥身扭曲得厉害,但在雾里也看不出它是不是完整。而我们赢了这场赌博。

问题是,我还得考虑明天,对不对?

我写到这里时,已是凌晨十二点四十五分了,今天是七月二十三日。造成这一切灾难的那场暴风雨,不过是四天前的事。我从房间里拖了个床垫出来,让比利睡在大厅。阿曼达和雷普勒太太就睡在他旁边。我靠着一只大型手电筒的光写下这些。窗外,粉肉色的巨虫不断冲向窗玻璃,发出"砰砰砰"的响声,偶尔夹杂一只怪鸟啄虫的更大声响。

斯柯达的汽油大约可以再走九十英里。我也可以试试在这里加满油:旅馆对面就有一处加油站,虽然停电了,但我想我可以用虹吸管吸些油出来。不过——

不过这表示我必须到外面去。

只要我们能得到汽油,不管是在这里或更远一点的地方,我们就能继续前进。你瞧,我心里是有个目的地的。这就是我要说的最后一件事。

我不确定。这是最要命的一件事。或许那只是我的想象,一种希望。就算没那回事,我们也得赌很久的命。有多少里路?有多少座桥?有多少怪物会不顾我儿子痛苦的惨叫声而将他撕裂、吃掉?

由于希望渺茫,我觉得这几乎就像一场白日梦,所以到现在我也还未对任何人提起。

我在经理室里找到一部装电池的大型多波段收音机。收音机背面有条天线直通窗外。我转开收音机,拨了拨指针,结果还是什么也收不到,只有静电声和死寂。

然后,当指针拨到最左侧,就在我伸手想关掉收音机时,我想我听到了一个词,或是我梦见我听到了。

就那么一个词。我听了一个小时,但再也没听到了。如果真有那么一个词,它必然是偶然透过潮湿的雾里某种微小的转变,一条接通但立刻又中断的通道。

一个词。

我得睡一下才行……如果我可以入睡,而不是一夜被噩梦纠缠,看着奥利、卡莫迪太太、诺姆的脸团团转……还有斯黛芬那一半被宽边草帽遮暗的脸。

这家霍华德·强生旅馆有间餐厅,除了用餐的地方之外,还有个马蹄形的午餐吧台。我要把这些笔记留在吧台上,说不定有天某个人会找到,会从头看过。

一个词。

万一我真的听见了。万一。

现在我要睡了,但我要先亲亲我儿子,并在他耳畔轻声说两个词,使他有能力抵御噩梦。

两个听起来很像的词。

一个是哈特福德①。

另一个是希望②。

---

① 哈特福德(Hartford)是康涅狄格州首府,故事最后,主角一行人应是在缅因州与新罕布什尔州交界附近,从新罕布什尔州再往南穿过马萨诸塞州,便是康涅狄格州,与下个词"希望"对照,意思是希望已近在眼前。

② 哈特福德(hartford)与希望(hope)英文中发音近似。

厕所有老虎

查理迫切地想到洗手间去。

骗自己说还能再忍已经没用了。他的膀胱在嘶喊,而白德小姐已经看到他在座位上乱动。

在栎子街小学里,三年级共有三个老师。柯妮小姐年轻活泼,有着一头金发,还有个放学时开一辆蓝色科迈罗来接她的男友。特拉斯克太太体型如摩尔枕头,头发老编着发辫,笑声大得惊人。另外还有这个白德小姐。

查理老早就知道他会被分到白德小姐这班。他早就知道了。那是无法避免的,因为白德小姐显然要毁灭他,她不准学生说到地下室去。白德小姐说,地下室里有热水炉,干干净净的绅士淑女都不该到那里去,因为地下室是肮脏、黑暗的地方。她说,淑女和绅士不会到地下室,他们到盥洗室去。①

查理又动了一下。

白德小姐瞟向他。"查理,"她的戒尺仍指着地图上的玻利维亚,以清晰的声音说,"你是不是得上盥洗室呢?"

坐在他前面的凯西·斯科特咯咯笑了起来,鬼灵精地用手捂着嘴。

肯尼·格里芬吃吃窃笑,用脚踢查理的桌子。

查理的脸一下子涨红起来。

"说话呀,查理,"白德小姐大声说,"你是不是得——"

(小便,她会说小便,她总是那样说。)

"是的,白德小姐。"

---

① 小孩子发音不清,将地下室(base room)和盥洗室(bath room)混淆。

"是什么?"

"我必须到地——到盥洗室去。"

白德小姐嫣然一笑:"很好,查理。你可以到盥洗室去小便了。那就是你必须做的吧?小便?"

查理像被判了刑似的垂着头。

"好,查理,你可以去。下一次请别等着要人问。"

全班都在笑。白德小姐用戒尺敲敲黑板。

查理艰难地朝门口走去,三十双眼睛盯着他的背,而每个孩子,包括凯西·斯科特在内,都知道他要到盥洗室去小便。门起码在一个足球场外那么远。白德小姐没继续上课,而是保持沉默,直到他开了教室门,走到空无一人的走廊上,又把门关上。

他朝男盥洗室走去。

(地下室,地下室,我想去。)

他的手指一路擦滑过墙上凉凉的瓷砖,跳过钉了图钉的布告板,又轻轻滑过红色防火箱,箱盖上写了:

紧急情况时打破玻璃

白德小姐就喜欢让他脸红,让他当众出丑,当着凯西·斯科特(她上课从来不需要上厕所,这公平吗?)和全班同学的面。

老 b-i-a-o-z-i,他心想。他用拼音,因为去年他就决定了,只要用拼音,上帝不会说那样骂人是犯罪。

他走进男盥洗室。

盥洗室里很凉快,空气中飘着微微的气味,并不难闻。现在,早上过了一半,这里干净无人,宁静且相当怡人,一点也不像镇上的星星电影院里到处是烟又臭得要命的厕所。

盥洗室。

(!地下室!)

盥洗室是 L 形,较短的一侧挂了一排方形镜子,还有白瓷洗手台和纸巾丢弃孔。

长的一侧有两排小便斗,和三间有马桶的小隔间。

查理在一面镜子前站了一会儿,懊恼地望着他那张瘦削而相当苍白的脸,然后才绕过转角。

那只老虎躺在尽头,就在白窗子下。这是只大老虎,皮毛上有黄黑相间的条纹。它警觉地抬头望向查理,眯了眯绿色的眼睛。自它的喉间发出咕噜咕噜的低吼声。光滑的肌肉伸缩,现出皱褶,那头老虎站了起来,摇晃尾巴,打在最后一个小便斗的白瓷边上,发出轻微的撞击声。

这只老虎看起来又饿又凶。

查理很快从原路退回。盥洗室的门似乎等了一世纪后,才在他身后自动关上,一旦门关上,他就觉得自己安全了。这扇门只能往里推,他不记得读过或听说过,老虎聪明到能够把门拉开。

查理用手背抹抹鼻子。他的心跳剧烈,他甚至听得到。他还是需要上地下室,而且是前所未有的迫切。

他苦着脸,扭着身子,一手紧紧压按着小腹。他真的必须到地下室去。只要他能确定没人进来,他甚至敢用女厕。那就在走廊对面而已。查理渴望地望向女盥洗室,心知再过一百万年他也不敢。万一凯西·斯科特来了呢?或者——吓死人!——万一来的是白德小姐呢?

也许那只老虎是他想象出来的吧。

他打开一线门缝,偷偷往男盥洗室里窥探。

那只老虎从L形的转角望向他,眼眸是闪亮的碧绿。查理幻想在那明亮的翠绿中,看得见一抹蓝,仿佛那老虎的眼睛已吃掉了他的一只眼睛。仿佛——

一只手滑过他的脖子。

查理低喊一声,觉得五脏六腑统统涌上了喉咙。有一瞬间,他以为自己要尿在裤子上了。

那是肯尼·格里芬,他得意地狞笑着:"白德小姐要我来看看,因为你已经去了六年那么久。你有麻烦了。"

"是的,可是我不能上地下室。"查理说。被肯尼这一吓,他觉得头有点昏。

"你便秘!"肯尼咯咯大笑,"等我告诉凯西吧!"

"你不能!"查理急切地说,"我才没有。只是那里面有只老虎。"

"它在干吗?"肯尼问,"小便吗?"

"我不知道。"查理转头面对着墙壁,"我只希望它走开。"他哭了起来。

"嘿,"肯尼顿时感到困惑,又有点害怕,"嘿。"

"万一我一定得去呢？万一我忍不住呢？白德小姐会说——"

"得了。"肯尼一手揪住他的胳臂，一手推开门，"你乱说的吧。"

在惊恐的查理还未来得及挣脱前，他们已在盥洗室里了。

"老虎。"肯尼不以为然地说，"哼，白德小姐会杀了你。"

"它在另一边。"

肯尼开步走过洗手台："猫咪！猫咪！猫咪？猫咪？"

"不要！"查理失声叫道。

肯尼绕过转角："猫咪！猫咪？猫咪！猫咪？猫——"

查理又一次冲出门，紧紧挨着墙等待，两手捂着嘴，眼睛闭得紧紧的，等待，等待尖叫声。

没有尖叫声。

他不知道自己究竟站了多久，他僵在那里，膀胱快爆炸了。他望向男盥洗室的门。门上没有任何线索。那不过是扇门。

他不要。

他不能。

但最后他还是进去了。

洗手台和镜子都很干净，氯味也没变。但在氯的气味中，似乎夹杂着一丝别的味道。一股微微的不好闻的气味，很像铁锈味。

他憋着气，蹑手蹑脚走到转角处，偷偷望向另一边。

那只老虎趴在地上，用粉红色的长舌舔着爪子。它漠不关心地望向查理，一只爪子下按着一块从衬衫上撕下的碎布。

他的需要已经变成痛苦的折磨了，他忍不住。他非去不可。查理蹑脚走回最靠近门的白瓷洗手台。

就在他拉上拉链时，白德小姐"砰"地推门而入。

"啊，你这肮脏、乱来的小男孩。"她几乎反射似的脱口而出。

查理一直警戒地望着转角："对不起，白德小姐……老虎……我会把洗手台清洗干净……我会用肥皂……我发誓我会……"

"肯尼在哪里？"白德小姐平静地问。

"我不知道。"

他是真的不知道。

"他在后面吗？"

"不!"查理叫出声来。

白德小姐朝转弯处走去:"过来,肯尼。马上。"

"白德小姐——"

然而白德小姐已绕过转角。她预料着肯尼将冲撞过来。查理想着,白德小姐很快就会发现撞上她的是什么了。

他又跑出门外。他在饮水机旁喝了几口水,盯着挂在礼堂入口上方的国旗看了片刻,又看向布告板。小猫头鹰说:"不要污染环境"。友善的警察说:"不要和陌生人交谈"。查理把每张布告都读了两遍。

然后他回到教室,低着头走向他那排,他的座位,静静地坐下。差十五分就十一点了。他拿出一本漫画书,开始看了起来。

猴　子

当哈尔·谢尔朋看到"它"时,当他儿子丹尼将"它"从阁楼最后面一口发霉的木箱里拉出来时,一股恐惧和慌乱的感觉袭向他,以致有一刹那,他以为自己要尖叫出声了。他抢拳压住嘴,仿佛硬把那叫声堵了回去……然后他只是咳了几声。泰莉和丹尼都没注意,只有彼特有点好奇地回头看了看。

"嘿,真棒。"丹尼虔敬地说。这虔敬的口吻是连当他老爸的哈尔都很少得到的。丹尼今年十二岁。

"这是什么呀?"彼特说着,又回头看父亲一眼,但他的目光立刻又被他哥哥找到的那东西吸引住了,"这是什么呀,爸爸?"

"是只猴子,笨蛋,"丹尼说,"难道你从来没见过猴子?"

"别叫你弟弟笨蛋。"泰莉机械地说着,开始翻拣一箱窗帘,那堆窗帘都发霉了,因此她立刻又丢下,"呃!"

"可以给我吗,爸爸?"彼特问。他今年九岁。

"你说什么?"丹尼叫道,"是我找到的!"

"孩子们,拜托,"泰莉说,"我头快痛起来了。"

哈尔听而不闻。那只猴子在他大儿子手中向他凝望,嘴角仍挂着那抹熟悉的狞笑。小时候不断出现在他噩梦中的那抹狞笑,纠缠着他,直到他——

室外起了一阵冷风,发出呜呜低鸣。彼特朝父亲走近一步,两眼不安地移向破旧的阁楼屋顶。

"那是什么呀,爸爸?"当呜呜的鸣声退为低沉的呼噜声时,他问道。

"只是风。"哈尔回答,目光仍落在那猴子身上。猴子手中相隔约一英尺的半月形铜钹在一只赤裸灯泡的照射下,不动声色地闪烁了一下。他又木然地说:"风可以制造口哨般的呼啸声,但吹不出曲调。"他立刻意识到这句是威利叔叔常说的话,全身不觉打了一阵寒战。

呜呜的鸣声再次响起,吹过水晶湖的风长啸了一声,然后又转弱了。十月的冷空气随着风钻进阁楼,吹到哈尔脸上——天啊,这地方真像哈特福德那栋老屋的后衣橱,简直就像他们一下子被转送到三十年前了。

我不要想。

可是他却不由自主地想着。

在后衣橱里,我就在同一口木箱里找到那只该死的猴子。

泰莉已经移到另一边,查看一只装满小饰品和小玩具的木箱。

"我不喜欢这里,"彼特摸摸哈尔的手说,"丹尼想要就给他好了。我们可以走了吗,爸爸?"

"胆小鬼,你怕鬼是不是?"丹尼问道。

"丹尼,你别乱说。"泰莉心不在焉地说,拿起一只有中国式图案的茶杯,"这杯子不错。这个——"

哈尔看见丹尼已经找到猴子背上的发条,立刻一阵恐慌。

"不要转!"

他的声音比他预想的要急遽,同时不由自主伸手夺过丹尼手中的猴子。丹尼惊愕地转头看他。泰莉也回头看,彼特则抬起头。有好半晌,他们全都默然无语。风又呜呜吹起,这回声音极低,宛如一个不愉快的邀约。

"我是说,它可能已经坏了。"哈尔说。

它本来是已经坏了……除非它自己不想故障的时候。

丹尼说:"你用不着抢呀。"

"丹尼,住口。"

丹尼眨眨眼,有一会儿似乎有点不安。自从两年前失去在加州那份国家航空器协会的工作,举家迁到德州来后,哈尔已经很久不曾这么严厉地对他说话。丹尼决定暂时忍一忍。他转回那口木箱,又开始翻找,但其他物品都是些没用的废物。破玩具之类的。

风吹得更大了,由呜呜的口哨声转为呼啸。阁楼开始吱嘎轻响,发出如脚步般的嘈杂声。

"拜托,爸爸?"彼特提高声音好让爸爸听到。

"好,"哈尔说,"我们走吧,泰莉。"

"我还没看完这箱——"

"我说我们走吧!"

这回轮到泰莉面露惊愕了。

他们在一家旅馆租下两间相连的套房。当晚十点时,两个男孩已经在他们的房间里睡了,泰莉也在另一间套房里就寝。在开车离开盖斯克镇的老家后,她就服了两颗镇静剂,以免神经紧张引起偏头痛。最近她常吃镇静剂。她开始服药,大约就从国家航空器协会将哈尔遣散的那段期间。过去两年,他在德州仪器公司工作——每年年薪少了四千美元,但毕竟是份工作。他告诉泰莉,说他们很幸运。她也同意。他说,有很多程序设计师找不到工作。她也同意。他说,在阿奈特的公司宿舍,一点也不输在弗雷斯诺的房子。她也同意,但他觉得她的同意实在是违心之论。

而且他快失去丹尼了。他能感觉到那孩子正在远离他,发展出一种过度早熟的逃脱速度。再见,丹尼,再见,陌生人,有机会和你共乘一列火车实在不错。泰莉说她觉得那孩子在抽大麻。有时候她闻得出来。你得和他谈谈,哈尔。他同意了,但到目前为止他还没和丹尼谈。

两个男孩睡了,泰莉也睡了。哈尔走进浴室,锁上门,在马桶盖上坐下来,注视那只猴子。

他恨摸它的感觉,那棕色软毛,好几处毛已脱光了。他恨它的笑——那猴子笑得跟黑鬼一样,威利叔叔曾经这么说过。可是它的笑并不像黑人或任何人类所能有的笑。它笑得露出整整两排牙齿,如果你上发条,它的唇还会动,牙齿就显得变大了,变得像吸血鬼的牙齿,嘴唇会后翻,铙钹会敲撞,笨猴子,笨发条猴子,笨,笨——

猴子掉了。他的手抖得厉害,把猴子弄掉了。

发条敲到浴室的瓷砖,发出"咔"的一响。在寂静中,这声音听起来很响。猴子瞪着绿色假眼对他咧嘴而笑,充满白痴式的喜悦,手里高举铙钹,仿佛准备敲响,和来自地狱的乐队一起游行。在它的底部,印有"香港制"这几个字。

"你不可能在这里,"他低声说,"我九岁时就把你扔进井里了。"

猴子对他咧嘴而笑。

室外,一阵阵强风摇撼着旅馆。

第二天,他们在威利叔叔和爱达婶婶的家里见到哈尔的哥哥比尔和他太太珂莱特。比尔面带一丝苦笑问哈尔:"你有没有想过,因为一个亲人的死亡而让家人重聚,实在很差劲?"比尔这小名是威利叔叔取的。威利叔叔常说:"威利和比尔,一对好牛仔。"并摸摸比尔的头。那是他常说的话之一……就像那句"风可以吹口哨,但吹不出曲调"。威利叔叔六年前死了,之后爱达婶婶便一个人住,直到上星期因中风而死,死时身边没半个亲人。非常突然,比尔打长途电话通知哈尔时这么说。仿佛他能了解,仿佛任何人都能了解。

"是的。"哈尔说,"我想过。"

他们一起注视那地方,他们长大的家园。他们的父亲是个商船船员,在他们还很小时便突然失踪了,宛如直接从地表上消失不见。比尔说他对父亲还有点模糊的记忆,哈尔却一点印象也没有。当比尔十岁、哈尔八岁时,他们的母亲过世了。爱达婶婶带着他们搭上一辆从哈特福德开出的灰狗巴士到这里来,于是他们就在这里成长,从这里离开上大学。这是他们害思乡病时想念的地方。比尔一直留在缅因州,现在在波特兰市有家业务颇繁忙的律师事务所。

哈尔看见彼特朝屋子东侧的黑莓丛走去,那些黑莓藤乱糟糟地纠缠在一块儿。"别到那里去,彼特。"他喊道。

彼特不解地回头看。哈尔觉得一股父爱之情自心底油然而生……忽然间,他又想到那只猴子。

"为什么呢,爸爸?"

"古井就在那后面,"比尔说,"不过我要是还记得在哪里才怪。你爸爸是对的,彼特,那地方最好别去,黑莓丛会刺得你浑身是伤。对吧,哈尔?"

"对。"哈尔机械地回答。彼特走开了,没再回头看,接着他往通向湖边木屋的堤防走去,他哥哥正在那里对着水面打水漂。哈尔觉得心情放松了点。

比尔或许忘了那口古井的所在,但那天下午哈尔却毫不踌躇朝它走去,一路侧身穿过黑莓丛,身上那件旧法兰绒外套都被钩破了。他走到古井所在地,气喘吁吁地站定,望着盖在井上已弯曲腐烂的木板。片刻犹豫后,他跪了下来,将两块木板移到旁边。

在那潮湿的岩石井底,一张溺在水中的脸向上瞪着他,两眼睁得极大,嘴唇紧紧抿着。他发出一声呻吟,声音不大,但在心中却有如一声嘶喊。

在黑暗的水中看他的,是他自己的脸。

不是那只猴子的。有一刹那,他还以为是那只猴子的脸。

他在发抖,浑身发抖。

我把它丢进井里。我把它丢进井里。上帝,请别让我发狂,我把它丢进井里了。

约翰尼·麦卡毕去世的那年夏天,这口井就枯了。那是在比尔和哈尔搬来和威利叔叔及爱达婶婶同住后的一年。威利叔叔向银行贷款新凿了一口喷水井,于是黑莓丛便长满在这口古井四周。这口枯井。

只不过后来水又回来了。就像那只猴子一样。

这一次,涌起的回忆无法再抑止了。哈尔无奈地坐在那里,任记忆涌上,试着随它的波潮而流,如冲浪者坐在一道一旦失去平衡就会被冲走的巨浪上,只要试着度过这次难关,然后那股巨浪就会再次退去。

那年夏末,他带着猴子偷偷跑到这里来,黑莓已经成熟,发出阵阵浓腻的甜味。没有人会到这里摘黑莓,虽然爱达婶婶有时会站在黑莓丛边缘摘些黑莓,用她的围裙兜着。在这里,黑莓已由成熟到过熟,有些发烂了,冒出脓汁般的白色液体。蟋蟀在脚下的长草里发狂似的高唱,无止境地吼着:吱——

荆棘不停刺着他,使他的双颊和光秃秃的胳臂上渗出几点血迹。他无意回避荆棘的蜇刺。他年轻气盛,什么也不怕,以至于差点就跌到盖住古井的烂木板上,也许差点就掉进三十英尺下、古井的烂泥底部。他上下挥动两臂维持平衡,却不免招惹了更多的刺。就是这回忆使他出声叫唤彼特回来。

他的好朋友约翰尼·麦卡毕就是那天死的。约翰尼在他家后院里,爬着木梯要到树屋上去。那年夏天,他们两个在树屋里度过不少时光,玩海盗游戏,假装在湖面上看到满载金银财宝的大帆船,发炮,收帆,准备登船抢劫。约翰尼爬梯子上树屋至少也有一千次了,然而那天,树屋底部活门下的脚蹬横木却突然在约翰尼抓住它时断了,约翰尼顿时摔到三十英尺下的地面,摔断了颈子。那全是猴子的错,猴子,该死的、可恨的猴子。电话铃响时,爱达婶婶听着她的朋友米莉说出这个噩耗,嘴巴惊恐得张成一个O字。当爱达婶婶说:"到阳台上来,哈尔,我有个坏消息要告诉你——"他立刻恐惧地想道:猴子!这回猴子又干了什么?

他把猴子丢到井里那天,井底只有碎石和发臭的烂泥,并没有水反射出他的脸。他望着猴子躺在长在黑莓丛间的杂草中,举着铙钹,翻着唇露出两排牙齿,眼睛闪闪发光。

"我恨你。"他嘶声对它说。他用力抓住它可憎的身体,觉得它的毛皮在手中皱缩。他把猴子举到眼前,猴子咧嘴对他狞笑。"你笑呀!"他恨恨地激它,那天第一次哭出声来。他摇它,那对分开的铙钹轻轻颤动。这猴子破坏每一件好事。每一件事。"来呀,你敲呀!敲呀!"

猴子只管咧嘴笑。

"你快敲呀!"他歇斯底里拉高嗓门,"你敲呀!你敲呀!你敢敲给我看!你敢敲给我看看!"

它的棕黄色眼睛。它的大牙齿。

于是他将它丢进井里。在惊悸和哀恸中,他看着它在下坠时翻滚了一次,猴子特技家耍把戏,阳光最后一次照在那对铙钹上。它掉到井底,发出一声闷响,震动了发条,使得铙钹果真敲了起来。持续、从容、小小的敲击声传到他耳中,在枯井的石头间发出垂死的回响:锵——锵——锵——锵——

哈尔双手捂嘴,有一会儿他可以望见躺在井底的猴子,或许只是眼睛的想象吧……躺在烂泥里,眼睛向上瞪视在井口往下窥视的小男孩,在那两排牙齿四周是翻卷的唇,敲着铙钹,自得其乐的猴子。

锵——锵——锵——锵,是谁死了?锵——锵——锵——锵,是不是约翰尼·麦卡毕,瞪大眼睛掉下来,两手抓着一截脚蹬横木,用特技翻滚摔过暑假明净的半空,掉在地上,发出可怕的一声断折声,于是鲜血从他的口、鼻和瞪大的两眼喷出?是约翰尼吗,哈尔?还是你呢?

哈尔呻吟一声,把木板推回洞口,两手都被碎木片刺到,却丝毫不以为意,甚至到后来才意识到。然而他仍旧听到,甚至因为透过木板,那声音变得模糊却更透着邪气:它在井底的黑暗中,敲着铙钹,身体抽动,那传到耳际的声响犹如在梦中听到的声响。

锵——锵——锵——锵，这回是谁死了？

他跟跟跄跄穿过缠绕的黑莓丛往回走。荆棘在他脸上刮出新的血痕，牛蒡缠着他的牛仔裤管，有一回他整个人摔倒在地，耳边仍响着锵锵声，仿佛那声音一直跟随着他。后来威利叔叔发现他坐在车库的一只旧轮胎上啜泣，威利叔叔以为他在哭他死去的朋友。他是的，但也是因为饱受惊恐而忍不住哭泣。

那天下午把他猴子丢到枯井里。那天傍晚，当暮色透过贴地的雾气悄悄挨近时，一辆速度过快的车辗过爱达婶婶的马恩岛猫，并直驶而去。猫的肠胃内脏喷了一地，比尔忍不住吐了，哈尔却只是别开脸，一张苍白、木然的脸，听着仿佛从几英里外传来的爱达婶婶的哭声（猫被车撞死，加上麦卡毕家那男孩摔死的噩耗，引起一阵近乎歇斯底里的哭泣，几乎整整两个钟头后，威利叔叔才劝得她停止哭泣）。在他心里，有种冷然却狂欢的喜悦。没有轮到他。死的是爱达婶婶的猫，不是他，不是哥哥比尔或叔叔威利。现在猴子已经不在了，它在井底，失去一只小耳朵的马恩岛猫并不算太高的代价。如果猴子现在想敲它令人悚然的铙钹，随它去敲好了。它可以敲给在古井的石缝里爬来爬去的甲虫和臭虫。它会在井里烂掉。它会死在那里。在烂泥和黑暗中。蜘蛛会在它上面吐丝结网。

但是……它回来了。

哈尔慢吞吞地又把井口盖上，就如他在那天所做的一样，在他耳际，仿佛听得到猴子的铙钹回响声：锵——锵——锵——锵，谁死了，哈尔？是泰莉、丹尼，还是彼特呢，哈尔？他是你最疼爱的，对不对？是不是？锵——锵——锵——锵——

"把那东西放下！"

彼特一惊，手中的猴子便掉了下去。有一瞬间，哈尔恐惧地想着，那一掉就会震动发条，使得那对铙钹又锵锵锵地响起。

"爸爸，你吓了我一跳。"

"对不起。我只是……我不要你玩那东西。"

其他人都看电影去了，他原以为他会比他们更早回到旅馆，但他在老家待得比预期中久。那古老、可恨的回忆似乎使时光永恒地冻结了。

泰莉坐在丹尼旁边,正在看《贝弗利山人》。她眼神专注,聚精会神,一看就知道她已经服过镇静剂。丹尼正在看一本用文化俱乐部乐队当封面的摇滚乐杂志。彼特盘腿坐在地上,玩那只猴子。

"反正这玩意儿已经坏了。"彼特说。这就说明了为什么丹尼会让彼特拥有它,哈尔心想,随即对自己感到生气而羞愧。他越来越常对丹尼感到这种不由自主的敌意了,但事后他往往自觉愧恨……而且无奈。

"是的,"他说,"它太旧了。给我吧,我丢了它。"

他伸出手。彼特有点勉强地把猴子交给他。

丹尼对母亲说:"流行音乐已快变成一种他妈的精神分裂症了。"

在还未意识到自己要走向哪里之前,哈尔已大步走过房间,手抓着咧嘴窃笑的猴子。他揪住丹尼的衬衫,将那孩子拉出座椅。衬衫某处的缝线裂了,发出隐隐的撕裂声。丹尼惊吓的样子看来有点荒谬,手上那本摇滚杂志掉到地上。

"嘿!"

"你跟我来。"哈尔板着脸说,将他儿子拉往通向隔壁房间的门。

"哈尔!"泰莉几近尖叫。彼特只是目瞪口呆地看着。

他把丹尼推进门内,把门关上,然后用力将丹尼撞向房门。丹尼露出惊恐的神情。"你嘴巴有问题,丹尼。"哈尔说。

"放开我!你撕破了我的衬衫,你——"

他再度推那孩子撞向房门。"是的,"他说,"问题很严重。你是在学校学来的吗?或者是在吸烟区里?"

丹尼涨红了脸,一时露出愧疚的表情。"要是你没被开除,我也不会上那所烂学校!"他叫道。

哈尔又推丹尼撞门:"我没被开除,我是被遣散,你知道,而且我不需要你来批评我。你有问题吗?欢迎到这世上来,丹尼。只是别把那些问题都往我身上推。你有得吃有得穿,你十二岁,才十二岁,所以我……不需要……你的任何批评。"他强调每一个句子,将那孩子慢慢拉近,直到两人的鼻子快要相碰了,然后再次推丹尼撞门。他的力气倒没有大到足以造成伤害,但丹尼怕了——从他们搬到德州后,父亲从未打过他——这会儿他以一个健康少年的音量大哭了起来。

"来呀,打我好了!"他对哈尔嚷道,脸孔扭曲而沾满泪痕,"你尽管打我吧,我知道你恨透我了!"

"我不恨你,我很爱你,丹尼。但我是你父亲,所以你对我要表示点敬意,否则我只好教训你。"

丹尼试着挣脱。哈尔将那孩子拉近,搂住他。丹尼抗拒了一会儿,然后把脸靠在哈尔胸前,好像已精疲力竭地哭着。哈尔已有多年不曾自两个儿子口中听见这种哭法了。他闭上眼,觉得自己也十分疲倦。

泰莉开始在另一侧敲门:"住手,哈尔!不管你在对他做什么,住手吧!"

"我不是在杀他,"哈尔说,"你走开。泰莉。"

"你不能——"

"没事的,妈妈。"丹尼靠在哈尔胸前,模糊地说了一声。

他感觉得出她困惑的沉静,一会儿之后她便走开了。哈尔再次注视着儿子。

"很抱歉我对你说那些话,爸爸。"丹尼勉强说道。

"好。我接受你的道歉。下星期我们回家后,我要等两三天,然后我要检查你的每个抽屉,丹尼。如果你的抽屉里藏了什么不想我看到的东西,你最好先拿走。"

又一阵愧疚的脸红。丹尼垂下眼睛,用手背擦掉鼻涕。

"现在我可以走了吗?"他的口气又怏怏不快了。

"当然。"哈尔说着,松开了手。春天时一定要带他出去露营,就我们两个。像威利叔叔以前带比尔和我去钓鱼一样。一定要和他接近。一定要试试看。

他在这间空房间里的床上坐下,望着那只猴子。你再也不能和他亲近了,哈尔,它的狞笑似乎这么说着,相信我。我又回来料理一切了。你一直知道,有天我会回来的。

哈尔将猴子丢到一旁,举手遮住眼睛。

那晚哈尔站在浴室里刷牙,思潮起伏。它在同一口箱子里,它怎么可能在同一口箱子里呢?

牙刷向上一翻,撞痛了牙龈,他不觉皱了皱眉。

他第一次看到那只猴子时才四岁大,比尔六岁。他们失踪的父亲曾在哈特福德买了栋房子,在他去世或掉进地洞或不管跑到哪里去之前,他们就住在那房子里,自由而快乐。他们的母亲在西维尔的霍姆直升机厂当秘书,两个男孩托过不少保姆照顾,不过当时需要整天看顾的只有哈尔,比尔已经上小学一年级。所有保姆都待不久。她们不是怀孕,或是和男友结婚,就是在霍姆找到了工作,再不然就是谢尔朋太太会发现她们偷喝烧菜用的雪利酒或她收在酒柜里的白兰地。大多数都是似乎只想着吃或睡的笨女孩,没有一个愿意念故事给哈尔听,如他母亲做的那样。

那年冬天的保姆是个又胖又壮的黑女孩,名叫碧拉。他母亲在时,她就拼命逗哈尔玩,他母亲不在时,她有时候会拧他。然而,哈尔还是喜欢碧拉,因为她偶尔会从她的八卦杂志或犯罪实录杂志里念一篇可怕的故事给他听("死神来抓红头秃鹰",在起居室白天的静默中,碧拉会怪声怪气地念着,然后在嘴里又塞颗巧克力,而哈尔则静静看着画报上的图片,一边喝牛奶)。他对碧拉的喜爱,使后来发生的事更叫人难受。

在三月一个寒冷的阴天,他找到了那只猴子。冰雹哔哔剥剥打在窗上,碧拉躺在沙发上睡觉,一本《我的故事》摊在她的大胸脯上。

哈尔偷偷爬进后衣橱里去看他父亲的东西。

后衣橱其实是个小仓库,占据整个二楼左侧一长条空间。在男孩们的房间里,比尔的那边有扇小门——一扇跌进兔子窝里的那种门——可以通往衣橱里。他们两个都喜欢爬到那里面去,尽管那里冬天寒冷,夏天又热得使人直冒汗,但长而窄又有点舒适的后衣橱里,装满了令人感兴趣的东西。不管你看过多少东西,但想全部看完似乎是不可能的。他和比尔每星期六下午都待在这里,连说话的时间也没有,忙着把箱子里的东西一样样拿出来看,正面看反面也看,直到他们的手吸收了每一桩独特的事实后,才又把东西放回去。现在哈尔不禁想着,当时他和比尔是否在尽力试着要与他们失踪的父亲取得联系。

他父亲是个有领航员执照的商船船员,在橱子里有一沓又一沓的航海图,有些上面还划了圆圈,每个圆圈中心都有圆规脚留下的针点。有二十册名叫《拜伦航海指南》的书。一副歪斜的望远镜,如果你用那望远镜看得太久,会觉得眼睛发热,而且怪怪的。有从十几个海港来的观光特产——橡皮草裙舞娃娃;一顶黑色硬纸礼帽,上面有块破商标写着:"你挑个女孩,我要伦敦的皮卡迪里";一个里面有埃菲尔铁塔的玻璃球。有很多里面放有外国邮票和铜币的信封。有从夏威夷茂伊岛采来的岩石样本和许多可笑的外国唱片。

那天,在冰雹催眠似的敲着他头上的屋顶时,哈尔翻翻看看,一直移到后衣橱的尽头,将一口箱子搬开,看到后面还有一口箱子。他探头去看那口箱子,看见一双光亮的榛色眼睛瞪着自己瞧,不由吓了一跳,向后退了两步,仿佛刚发现了一个死去的侏儒,一颗心怦怦直跳。等他壮起胆子又挨过去时,他看清楚了,那东西默然无声,不过是个玩具。他小心翼翼地把它从箱子里拿了起来。

在黄色的灯光下,它咧着嘴露出永恒的笑,手里举着分开的铙钹。

哈尔高兴地把玩它,摸它茸茸的皮毛。它那滑稽的笑容很有意思。不过,是不是还有点什么呢?几乎在他意识到之前,一股本能的厌恶感一闪而逝?或许是吧,但像这东西一样古老的回忆,你必须小心,别太相信。古老的回忆会骗人的。然而……在老家的阁楼上,他是不是在彼特的脸上看见了同样的表情?

他看见猴子背上的发条,便伸手转它。发条已经太松了,没有转紧的咔咔声。坏了。坏了,但还是很棒。

他把猴子拿出去玩。

碧拉从午睡中醒来,问他:"你拿着什么东西,哈尔?"

"没什么,"哈尔说,"是我找到的。"

他把猴子放在卧室他那边的架子上。它站在他的莱西着色画本上,咧嘴傻笑,瞪视前方,举着铙钹。它坏了,却仍露出笑容。那晚哈尔从噩梦中醒来,下床到走廊对面的浴室去。比尔睡在另一张床上,被子下隆起一块。

哈尔小便后回到房里,差不多又快睡着了……忽然间那猴子开始在黑暗中敲它的铙钹。

锵——锵——锵——锵——

仿佛脸上被人用湿冷的毛巾打了一记似的,他蓦然惊醒,一颗心讶异地震了一下,喉间发出老鼠般低低的一声吱叫。他双唇颤抖,瞪大眼睛,望向那猴子。

锵——锵——锵——锵——

它的身体在架子上前后摇动。它的唇一开一合,一开一合,欢喜异常,露出肉食动物的大牙。

"停。"哈尔低声说。

他哥哥翻了个身,发出很大的鼾声。其他一切都静悄悄的……除了那只猴子。那对铙钹又敲又撞,一定会吵醒他哥哥、他母亲和全世界的人。那声音会把死人也吵醒的。

锵——锵——锵——锵——

哈尔走近它,想制止它,或许把手放到铙钹之间,直到发条转完,没想到这时它却自动停了。铙钹最后一次互撞——锵!——接着慢慢分开,恢复原来高举的姿势,铜质在阴影中闪闪发光。猴子露出脏黄的牙齿狞笑。

屋里又是一片沉寂。母亲在她床上翻了个身,伴随着比尔的一声鼾声。哈尔回到自己的床上,拉上棉被,心跳飞快。他想着:明天我要把它放回橱子里。我不要它。

可是隔天早晨他把这回事全忘了,因为他母亲没去上班。碧拉死了。他们的母亲不肯告诉他们究竟发生了什么事。她肯说的只是:"一个意外,只是个可怕的意外。"但那天下午比尔放学回家时买了份报纸,并偷偷把第四版藏在衬衫下带进他们的卧室。趁着母亲在厨房里做饭,比尔时停时顿地念那篇报道给哈尔听,不过哈尔自己看得懂标题——**公寓枪杀案造成两人死亡**——在经过一番谁该出去拿回已订的中国菜的争执后,十九岁的碧拉·麦卡菲和二十岁的莎莉·杜蒙,被麦卡菲小姐的男友、二十五岁的莱昂纳多·怀特枪杀。杜蒙小姐经送哈特福德医院后,伤重而死。碧拉·麦卡菲则当场死亡。

这就像碧拉跑进她的一本犯罪实录杂志里了,哈尔·谢尔朋心想。同时感到一股寒气蹿上脊柱,接着又循环到他的心脏。这时他想到枪杀发生的时间,大约和那猴子敲击铙钹的时候相当——

"哈尔?"泰莉含着浓浓的睡意唤他,"上床吧?"

他把牙膏吐进水槽里,漱了口。"来了。"他说。

先前他已经把猴子放进行李箱,并把行李箱上了锁。再过两三天,他们就要搭机回德州了。在他们离开前,他会先将那猴子甩掉,永远的。

可能的话。

"你今天下午对丹尼很凶。"泰莉在黑暗中说。

"我想,丹尼需要有人开始对他凶一阵子。他的行为越来越出轨。我只是不希望他堕落。"

"从心理学上,打那孩子不会有什么用的——"

"我没打他,泰莉——老天——"

"——那不能保障父母的权威——"

"哦,别再对我说教了。"哈尔生气地说。

"我看得出你不想讨论这件事。"她的声音冰冷。

"我也叫他别在屋里藏大麻了。"

"是吗?"现在她的口气转为忧虑,"他有什么反应?他怎么说?"

"得了吧,泰莉!他能怎么说?说'你被开除了'吗?"

"哈尔,你是怎么了?你以前不是这样的——怎么回事?"

"没事。"他想着锁在行李箱里的猴子。假如它又开始敲击铙钹,他听得见吗?会的,他一定听得到。模糊,但听得到。为某人敲出厄运,一如它为碧拉、约翰尼·麦卡毕和威利叔叔的狗黛西所敲出的。铹——铹——铹,是你吗,哈尔?"我只是累了。"

"希望只是那样,因为我不喜欢你这样。"

"不喜欢?"在他尚来不及制止前话已溜出口;其实他根本不想制止。"那你就再吞颗镇静剂,一切看起来就没事了。"

他听见她倒抽一口气,又颤抖地呼出,然后她哭了。他原本可以安慰她(也许),但他似乎无心安慰别人。他很怕。等那猴子离开——永远离开后,事情就会好转了。上帝,请让它永远离开。

他睁眼躺了很久,直到黎明曙光乍现时才睡去。但他觉得自己知道该怎么办。

第二次是比尔找到那只猴子。

那是在碧拉·麦卡菲被宣布当场死亡约一年半后。时值夏季。哈尔刚上完幼儿园。

他在外玩耍后回家,他母亲唤道:"把手洗干净,先生,你脏得像只小猪。"她坐在阳台上喝冰茶,膝上放了本书。她正在休假期间,她有半个月休假。

哈尔象征性地用水冲了一下手,把手上的泥印在毛巾上:"比尔在哪里?"

"楼上。你叫他把他那半边房间清理一下。乱七八糟的。"

喜欢传达诸如此类不愉快消息的哈尔,一溜烟跑上楼去。比尔坐在地板上。通向后衣橱的那个小门半开,他手里拿着那只猴子。

"那东西坏了。"哈尔立刻说。

他很担心,虽说他不很记得那晚上完厕所回来,猴子突然开始敲击铙钹的事。那事发生大约一周后,他做了个噩梦,梦里有猴子和碧拉——究竟如何他记不清了——后来他尖叫惊醒,有一瞬间以为猴子压在他的胸口,以为只要他一睁开眼就会看到它的狞笑。但当然压在他胸口的只是枕头,被他在惊慌中抱得紧紧的。母亲进来安慰他,让他和水吞下两颗儿童用的阿司匹林。她以为他做噩梦是因为碧拉的死。或许是吧,但和她想的不尽相同。

这一切现在他都记不清了,但那猴子还是让他害怕,尤其是它的铙钹,还有它的牙齿。

"我知道。"比尔说着,把猴子往旁边一丢,"这笨猴子。"它掉在比尔的床上,眼睛向上瞪着天花板,铙钹高高举起。哈尔不喜欢看见它在那里。"你要不要到泰迪的店里去买冰棒吃?"

"我的零用钱已经花完了,"哈尔说,"而且,妈妈说你应该把你这半边房间清理一下。"

"我可以等一下再清理,"比尔说,"而且我可以借你五分钱,如果你要的话。"比尔偶尔会毫无理由地绊倒哈尔或揍他两拳,但大致上他还算不错。

"好呀,"哈尔感激地说,"我先把那坏掉的猴子放回橱子里,好吗?"

"算了。"比尔起身说,"我们走吧。"

哈尔跟他去了。比尔的心情变幻莫测,如果他停下来把猴子放回去,说不定会失去吃冰棒的机会。他们到泰迪的店里买了冰棒,而且不是普通的冰棒,是少有的蓝莓冰棒。然后他们到公园去,和别的孩子一起打棒球。哈尔太小,还不能打棒球,所以他远远坐在界外区吃着蓝莓冰棒,追着大孩子所谓的"中国全垒打"。他们一直到天快黑才回家。他们的母亲打了哈尔的屁股,因为他弄脏了毛巾,又打了比尔的屁股,因为他没清理房间。吃过晚餐后又看电视,在这一堆事情之后,哈尔已经把猴子忘得一干二净了。它不知怎么上了比尔的架子,端坐在棒球明星比利·鲍德的签名照旁。它就在那里待了将近两年。

等到哈尔七岁时,雇用保姆已经变成一件奢侈的事,因此谢尔朋太太每天早上上班前的话别是:"比尔,好好照顾你弟弟。"

然而那天,比尔放学后必须留校,所以哈尔一个人回家,在每个转角都停下来,看清双向没有来车后,才弓身溜过马路。他用藏在垫子下的钥匙开门入内,接着立刻跑到冰箱去倒杯牛奶。他取出牛奶瓶,两手一滑,瓶子摔到地上,碎玻璃四处纷飞。

锵——锵——锵——,从楼上传来,在他们的卧室里。锵——锵——锵——锵,嗨,哈尔!欢迎回家!对了,哈尔,是你吗?这回轮到你了吗?他们会发现你当场死亡吗?

他呆立不动,低头望着洒了一地的碎玻璃和牛奶,心中充满一种难以名状的恐惧。他不明白这份恐惧,但它却在那里,仿佛从他的毛孔向外流散。

他转身跑上楼冲进他们的房间。猴子站在比尔的架子上,似乎瞪视着他。猴子把比利·鲍德的签名照面朝下推到比尔的床上了。猴子前后摇动,咧嘴而笑,一下一下敲着铙钹。哈尔接近时,可以听到在猴子身体里转动的发条。

他发出恐慌与嫌恶兼有的一声惊叫,蓦地伸手将猴子从架子上挥落。猴子先掉到比尔的枕头上,反弹落到地上,仍继续敲响铙钹,锵——锵——锵!它仰身躺在四月底的一簇阳光中,嘴唇一掀一掀。

哈尔用尽全身力气踢它,这回他发出的是愤怒的叫声。发条猴子蹦过地板,碰到墙壁反弹回来,静静躺着。哈尔握拳呆立在原地瞪着它,一颗心突突直跳。它傲慢地对他狞笑,一只玻璃眼珠映着阳光闪亮。你要踢尽管踢吧,它好像在对他说,我不是真的,只是个发条玩具,你爱踢就踢吧,我什么也不是,只是只可笑的发条猴子。谁死了呢?在直升机工厂发生一次爆炸!那像个血腥的保龄球,眼睛嵌在原来是指洞的地方,升到空中的是什么东西呢?那是你母亲的头吗,哈尔?哇!你母亲的头正在做次有趣的旅行呢!或者是在布鲁克街转角!你看!那辆车开得太快了!驾驶人喝醉了!世上又少了一个比尔!你听得见车轮碾过他脑壳和他脑浆从两耳喷出的声音吗?听见了?没有?也许?别问我,我不知道,我不可能知道,我知道的只是如何敲这对铙钹,锵——锵——锵,谁当场死亡呢,哈尔?你母亲?你哥哥?或者是你呢,哈尔?是你吗?

他又冲向它,想要踹它、踩它,将它踩烂,直到它的发条飞溅出来,它的玻璃眼珠滚到地上。但就在他跑到它旁边时,它的铙钹再度碰击,很轻微的一声……锵……它体内的某个弹簧最后一次轻弹……一块银冰似乎对着他的心低语,刺穿它,平息它的愤恨,留下他又一次感到恶心的恐惧。那只猴子好像什么都知道——它的笑容看起来多愉快!

他把它捡起来,用右手拇指和食指捏捏它的一条胳臂,嘴角撇向下方,仿佛他手里拿的是具尸体。它肮脏的假毛贴着他的皮肤似乎又热又烫。他打开通向后衣橱的小门,开了灯。他爬过堆高的箱子,经过那套航海书、相簿、纪念品和旧衣服,猴子一直咧嘴而笑。哈尔心想:如果它现在开始敲那铙钹,在我手里动起来,我会尖叫的,而如果我尖叫,它就不会只是咧嘴笑而已,它会放声大笑,笑我,然后我会发疯,他们会在这里找到我,淌着口水,疯狂大笑,我会发疯,啊,亲爱的上帝,亲爱的耶稣,请不要让我发疯——

他走到尽头,把两口箱子推到一旁,也不管其中一口有些东西掉了出来,心慌意乱地把猴子塞进放在最角落的那口木箱。它舒适地靠向箱内,仿佛终于回到家,举着铙钹,面露笑容。哈尔往回爬,汗如雨下,一阵冷一阵热,如火似冰,等着听那铙钹响起。等铙钹一响,猴子就会从箱子里跳出来,像甲虫一样赶向他,转动发条,敲着铙钹,然后——

——那一切都没有发生。他熄了灯,用力关上小门,靠在上面喘息。他终于放松点了。他拖着松软的两腿下楼,找到一个空纸袋,小心捡拾破牛奶瓶的玻璃碎片,纳闷地想着他会不会被玻璃割到而流血至死,想着那是否就是铙钹声的意义。然而那也没有发生。他找了块抹布,将地上的牛奶擦干净,然后坐下来等着看母亲和哥哥会不会回家。

他母亲先回到家,问他:"比尔呢?"

哈尔现在确定会"当场死亡"的人一定是比尔了。他开始用木然而低哑的声音解释学校话剧社开会的事,明知就算那是个很长的会议,比尔也早该在半小时前就到家了。

他母亲好奇地看着他,问他有什么不对劲,就在这时大门开了,比尔走了进来——只不过他不是平常活泼调皮的比尔,而是苍白、沉默、像鬼一样的比尔。

"怎么了?"谢尔朋太太开口问道,"出了什么事,比尔?"

比尔哭了起来,一把眼泪一把鼻涕地说出一切。有一辆车,他说。他和他的朋友查理·席弗曼开完会后一起走路回家,那辆车超速转过布鲁克街口,查理呆住了,比尔用力拉查理的手却滑掉了,于是那辆车——

比尔开始大哭,歇斯底里地啜泣,母亲伸手搂住他,摇着他。哈尔向外望向阳台,看到两个警察站在那里,他们用来送比尔回家的巡逻车停在路边。这时哈尔也哭了……但他的泪却是放松的泪。

这回轮到比尔做噩梦了——在梦里,查理·席弗曼死了一次又一次,红色牛仔靴飞脱而出,掉到那醉酒的驾驶人开的暗红色车的车盖上。查理·席弗曼的头和那辆车的挡风玻璃以爆炸的力量相撞,两者都碎裂了。那个醉酒的驾驶人,在米尔福德镇开了家糖果店,在被警察拘留不久之后,便心脏病突发(也许是看见查理·席弗曼的脑浆沾在裤子上)。而他的律师在审判时以"这个人已受到足够的惩罚"的论调,成功为他开脱了重罪。这酒鬼被判缓刑两个月,并失去在康涅狄格州开车的权利五年……这五年来比尔·谢尔朋的噩梦不断。猴子又一次被藏到后衣橱里。比尔从未注意到它从他的架子上消失……或者他注意到了,只是从没说出口。

哈尔暂时觉得安全了。他甚至又开始忘了那猴子,或者相信那不过是场噩梦而已。可是在他母亲去世那天下午,他放学回家时,猴子又回到他的架子上,举着铙钹,咧嘴对着他笑。

他慢慢走向它,好像化成另一个人——仿佛一看到猴子,他的身体也被变成了一个发条玩具。他看见自己伸出手将它拿下,摸着它发皱的皮毛。他能听到自己的呼吸声,又急又干,如风吹过稻草的沙沙声响。

他将它转过身,抓住发条。多年后,他会觉得当时那昏沉的入迷,很像一个人将一把装有一颗子弹的左轮手枪对准一只紧闭的眼睑扣动扳机。

不,不要——不要摸它,将它丢开,不要碰它——

他转动了发条,在寂静中,上发条的咔咔响声听得很清楚。他一放开发条,猴子便敲起了铙钹,而他能感觉到它的身体弯着扭着,弯着扭着,好像是活的；它是活的，如某种可憎的小侏儒般在他手里扭动，而透过它的皮毛传来的震动并不是转动的齿轮，而是它的心跳。

哈尔呻吟一声，让猴子掉在地上，慢慢向后退，手掌紧压着嘴，指甲掐进眼下的肉里。他绊到某个东西，差点失去平衡（那样他也会摔倒在地，鼓起的蓝眼珠刚好和猴子的棕绿色玻璃眼球相对）。他跌跌撞撞退出房门，用力关上，再次靠着房门。紧接着他猝然冲进浴室，开始呕吐。

传达噩耗的人是直升机厂的史塔基太太。她陪着他们度过漫长无止境的头两夜，直到爱达婶婶从缅因州抵达。他们的母亲那天死于脑栓塞。她正站在饮水机旁，一手拿了杯水，突然像中了一枪似的瘫倒在地，手里仍紧握着纸杯。她的另一只手抓住饮水机，使得放蒸馏水的大玻璃瓶因而倾倒，跟着她一起摔落。玻璃瓶碎了……不过工厂的医生后来说，他相信在蒸馏水浸湿她的衣服、内衣和皮肤前，谢尔朋太太就已经死了。没人把这些细节告诉两个男孩，但是哈尔知道。在他母亲死后的长夜里，他不只一次梦见那惨状。你还是睡不好吗，小弟？比尔曾问他，哈尔猜，比尔大概以为他的失眠和噩梦都与母亲的骤死有关，那是对的……但只对了一部分。最重要的是他感到愧疚；他知道，在那阳光明媚的下午，放学后，他转动了猴子的发条，也因此害死他的母亲。

当哈尔终于睡去，他必定睡得很沉。他醒来时已是中午。彼特盘着腿坐在房间另一头的椅子上，一边剥着橘子细嚼慢咽，一边看电视上的益智节目。

哈尔伸腿下床，觉得仿佛有人将他推入睡梦中……又将他推了出来。他的头隐隐作痛："你妈呢，彼特？"

彼特回过头来："她和丹尼去买东西了。我说我要留在这里陪你。你常说梦话吗，爸爸？"

他警醒地望着儿子："不常，我说了什么了？"

"我说不上来，只是觉得有点吓人。"

"哈，现在我又正常无比了。"哈尔勉强笑了一下。彼特回他一笑，哈尔又感觉到对这孩子的爱，一种简单、明净而且强烈的情感。他奇怪为何自己对彼特总有这么好的感觉，觉得他了解彼特，也可以帮助他，而丹尼却为何好像一扇暗得无法看透的窗子，生活和习惯都叫人不解，是那种他无法了解的男孩,因为他自己从来不是那种男孩。如果说是搬离加州改变了丹尼,那未免太简单了,或者是——

他的思绪冻结了。那只猴子。那只猴子就坐在窗台上,高举着铙钹。哈尔觉得一颗心在胸腔中猛然停止,紧接着又忽然狂跳起来。他的视线模糊动荡,他的头痛由轻微转为剧烈。

它从行李箱里逃了出来,现在就站在窗台上,咧着嘴对他笑:你以为摆脱我了,是不是?以前你就这么想过了,对不对?

是的,他不舒服地想着,是的,我想过。

虽已知道答案,他仍然问道:"彼特,是你把那猴子从我行李箱里拿出来的吗?"他把行李箱上了锁,并把钥匙放在大衣口袋里。

彼特看看猴子,脸上闪过某种——哈尔认为那是不安——神情。"没有,"他说,"是妈妈放在那里的。"

"你妈妈放的?"

"对。她从你身上拿开的,而且还大笑。"

"从我身上拿开?你在说什么?"

"你带着它一起上床。我在刷牙,可是丹尼看见了。他也大笑。他说你看起来像个抱着玩具熊的婴儿。"

哈尔看看猴子,嘴干得没有口水可咽。他带着猴子一起上床?上床?那可怕的毛贴着他的面颊,也许贴着他的嘴,那双怒视的眼睛瞪着他沉睡时的脸,那两排狞笑的牙齿挨着他的脖子?挨着他的脖子?亲爱的上帝啊!

他蓦地转身走向衣橱。他的行李箱还在原处,上了锁。钥匙仍在他的大衣口袋里。

在他身后,电视关掉了。他慢吞吞地走出衣橱,彼特一本正经看着他。"爸爸,我不喜欢那只猴子。"他用低得几乎听不见的声音说。

"我也不喜欢。"哈尔说。

彼特仔细端详他,仿佛觉得他在开玩笑,但看出来他并不是。他走向父亲,紧紧搂住他。哈尔可以感觉到他在颤抖。

紧跟着彼特在他耳边说了几句话,说得很急,似乎害怕也许没有勇气再说一遍……或者怕被那猴子听到他的话。

"它好像在看着我,不管我在房间里的什么地方它都在看着我。如果我到另一个房间去，它好像可以透过墙壁看到我。我总觉得它好像……好像在向我要什么东西。"

彼特一阵战栗。哈尔紧紧抱住他。

"好像它要你为它上紧发条吧。"哈尔说。

彼特拼命点头："它不是真的坏了，是不是，爸爸？"

"有时候它是。"哈尔越过儿子的肩膀望向那猴子，"但有时候它会动。"

"我一直想走过去为它上发条。房子里静悄悄的，所以我想，我不能去，我会吵醒爸爸，可是我还是很想，所以我走过去，我……我碰了它，我恨它摸起来的感觉……可是我也喜欢……而且它好像在说，为我上发条吧，彼特，我们玩一玩，你爸爸不会醒来的，他永远不会醒来，为我上发条，为我上发条……"

这孩子突然放声哭泣。

"它很坏，我知道。它有点不大对劲。我们把它丢出去好吗，爸爸？拜托？"

猴子咧嘴对哈尔无止境地狞笑。他可以感觉到彼特淌下的泪。近午的阳光照在猴子的铜铙钹上——那光线向上反射，将阳光一道道照向旅馆单调的白色灰泥天花板上。

"妈妈有没有说她和丹尼大概什么时候回来，彼特？"

"大概一点钟吧。"彼特用衣袖擦着发红的眼睛，好像对自己放声哭泣觉得有点不好意思。然而他不肯望向那只猴子。"我开了电视，"他低声说，"而且声音开得很大。"

"那没关系，彼特。"

这次将是什么死法呢？哈尔不禁想着，心脏麻痹？栓塞，像我母亲一样？什么呢？其实这无关紧要，对吧？

想到这里，另一个更可怕的思绪浮起：扔掉它。把它丢出去。然而它有可能被甩掉吗？

猴子嘲讽地对他笑着，铙钹分开约一英尺远。爱达婶婶去世那晚，它是不是曾经突然活过来呢？哈尔突然想到。她临终前听到的声音，会不会是猴子在黑暗的阁楼里敲着铙钹的锵——锵——锵响，伴随着风沿着排水管吹的口哨声？

"也许没这么疯狂吧。"他缓缓对儿子说,"去拿你的旅行袋,彼特。"

彼特犹豫地望着他:"我们要干吗?"

也许它是可以甩掉的。也许永远,也许只是一阵子……很长的一段日子,或者只是一段短暂的时间。也许它会再回来,回来,而一切就是这么回事……但也许我——我们——可以久久不再见到它。这回它隔了二十年才回来。它费了二十年时间才离开那口枯井……

"我们要出去兜风。"哈尔说。他觉得十分平静,却也有几分沉重。连他的眼球都好像增加了重量。"不过首先我要你拿着你的旅行袋到外面停车场边找三四块大石头。把石头放在袋子里带回来给我。听懂了?"

彼特的眼神中透出了解的光彩:"好的,爸爸。"

哈尔看看表,已经十二点十五分了:"快点。我要在你妈妈回来之前离开。"

"我们到哪里去呢?"

"到威利叔叔和爱达婶婶的房子,"哈尔说,"到老家去。"

哈尔走进浴室,看看厕所后面,在那里找到马桶刷。他拿着马桶刷回到窗边,向外眺望穿着呢夹克的彼特拿着他的旅行袋走过停车场,蓝色袋子上清清楚楚印了"达美航空"几个字。一只苍蝇在玻璃窗左上角嗡嗡撞飞,又慢又笨。哈尔知道它的感觉。

他看着彼特找了三块相当大的石头,然后穿过停车场往回走。一辆车绕过旅馆转角驶来,车速极快,太快了,哈尔不加思索,有如一个好游击手对右边飞球的反射动作一样,将手里的马桶刷用力往下一挥,仿佛空手道的一剁……随即停住。

猴子的铙钹无声地合拢了,正好夹着他挥向下方干涉的手,他觉得空中浮着一股怒气。

那辆车的刹车吱吱尖叫。彼特连忙向后退了几步。开车的人不耐烦地对彼特伸手示意,仿佛不管发生什么事都是彼特的错。彼特拔腿跑过停车场,衣角在空中飞舞,接着他跑进旅馆后门。

汗水从哈尔胸前淌下。他也感觉到额上冒出的汗如一阵油腻腻的急雨。铙钹冷冷地压着他的手,使他的手有些麻木。

你压吧,他倔强地想着,你压好了,我可以等一整天,等到地狱结冰,如果有必要的话。

铙钹蓦然分开,停在半空。哈尔听见"咔"的一声轻响从猴子身体内部传来。他抽回刷子,仔细看了看。有一部分白色硬毛像被烧过似的变得焦黑。

苍蝇仍旧嗡嗡撞着窗子,想要找到那仿佛在极近处的十月阳光。

彼特冲进房间,气喘吁吁,两颊通红。"我找了三块大的,爸爸,我——"他停住口,"你没事吧,爸爸?"

"很好,"哈尔说,"把袋子拿过来。"

哈尔用脚把沙发旁的茶几勾到窗边,就在窗台下,然后把旅行袋放在上面,并将袋口打开。他看得见彼特捡的石头在里面迎光闪亮。他用马桶刷将猴子勾向前,猴子摇摆了两下,随即掉进袋子里。铙钹敲到石头上,传来一声低微的"锵"!

"爸?爸爸?"彼特的声音透着惧怕。哈尔回头看他。有什么东西不一样了。有什么东西变了,是什么呢?

他望向彼特的视线,一下会意过来。苍蝇已不再嗡嗡撞窗。它死了,掉在窗台上。

"是那只猴子弄的吗?"彼特低声问。

"走吧。"哈尔拉上旅行袋的拉链说道,"我们开车到老家的路上,我会告诉你。"

"我们怎么去?妈妈和丹尼把车开走了。"

"别担心。"哈尔说着,揉揉彼特的头发。

他把驾照拿给前台职员看,外带一张二十美元钞票。在收下哈尔的德州仪器石英表做为抵押后,那职员把自己的车钥匙交给哈尔:一辆 AMC 的老旧精灵款轿车。他们在 302 号公路上往东驶往盖斯克镇时,哈尔开始说话,起初说说停停,后来就不再那么迟疑。他先告诉彼特,那猴子可能是他父亲从海外带回来,给两个儿子当礼物的。它不是什么特别的玩具,既不稀奇,也没什么价值。全世界总有成千上万只发条猴子吧,有些是香港制,有些是台湾制,有些是韩国制。但在转运过程中——也许是在两个男孩最初成长时的康涅狄格州宅邸黑暗的后衣橱里——那猴子发生了奇妙的变化。恶劣的变化。很可能是,哈尔说着,试着将这辆老车开到时速四十英里以上,某种坏东西——也许甚至是大多数坏东西——没有真正醒来并意识到它们的存在。他就此打住,没再往下说,因为彼特能听懂的最多就是这样。然而他的思绪却没有中断。他想着大多数邪恶可能就像一只装了齿轮的猴子。你上发条,齿轮就会转动,铙钹开始敲响,露齿狞笑,愚蠢的玻璃眼珠发亮……看来也带着几分嘲笑……

他告诉彼特自己是怎么找到猴子的,但有点轻描淡写——他不想让已受惊吓的彼特更害怕。于是他的叙述不免零乱而不连续,不甚清楚,但彼特不曾发问。或许他在自己填补那些空白吧,哈尔心想,就像他以前一再梦见母亲的死状,虽然他从未到过现场。

威利叔叔和爱达婶婶都参加了葬礼。葬礼后,威利叔叔回缅因州——时值收割期间——爱达婶婶留下来半个月,料理一切后事,然后才带着两个男孩回缅因。而且不只那样,她花了很多时间让两个男孩熟悉她——母亲的猝死使他们无比惊愕,以致两人几乎都在半昏迷状态中。当他们睡不着时,她会拿着热牛奶出现;当哈尔凌晨从噩梦中醒来(在噩梦中,他母亲走到饮水机旁,却没看到猴子浮在蒸馏水瓶里,咧嘴狞笑,敲着铙钹,每一次敲击就造成一串泡沫),她会在那里;当比尔在葬礼过后三天先是发高烧,继而喉咙痛,接着出了荨麻疹时,她照顾他。她让两个男孩熟悉她,而在他们随她坐巴士到波特兰之前,比尔和哈尔皆已分别找过她,在她怀里哭泣,让她搂着他们,摇着他们,建立起牢不可破的感情。

他们离开康涅狄格州到"下缅因"(当时的说法)的前一天,收买旧货的人开着他的旧卡车过来,把比尔和哈尔从后衣橱里搬到人行道上的一大堆没用的东西都收了去。当所有废物都被放到路边等卡车来收时,爱达婶婶要他们再到后衣橱去检查一次,把他们特别想要的任何纪念品留下来。我们没有空间可以容纳所有东西,孩子们,她对他们说。哈尔猜想,比尔一定会听她的话,最后一次翻寻他们的父亲留下的那些箱子。哈尔没有加入哥哥的行动,他对后衣橱已经失去兴趣。在母亲过世后的头两个星期,一个可怕的想法浮现在他脑际:也许他的父亲并没有失踪,或许只是发现婚姻生活不适合他而逃跑。

也许是那猴子把他抓走了。

当他听到收旧货的卡车隆隆从街口驶过来时,哈尔壮起胆子,从他的架子上抓起猴子,跑下楼去。从母亲去世那天起,猴子就在那架子上,他一直不敢碰它,甚至不敢将它丢回衣橱,直到现在。比尔和爱达婶婶都没看到他。在一个装满旧书和破纪念品的木桶上,放了一口木箱,箱里也装了类似的废物。哈尔用力把猴子扔进它原来的那口箱子里,歇斯底里地激它再敲响铙钹(你敲呀,你敲呀,你敢敲给我看,你敢,你敢敲敲看),然而猴子只是等在那儿,舒适地向后仰靠,仿佛在等巴士来接它,露出那无所不知的可怕笑容。

收破烂的是个意大利人,戴了条耶稣受难像的项链,吹着口哨,开始把箱子和木桶搬进他的旧卡车里。穿花布长裤和布鞋的小男孩——哈尔,看着他举起木桶和那口装有猴子的木箱放到车上。他看着猴子消失在卡车车厢里;他看着收破烂的意大利人爬进车里,用手捏着鼻子大声擤了擤鼻涕,再用一条红色大手帕擦擦手,接着发动卡车引擎,使卡车发出隆隆巨响,又冒出一串充满汽油味的浓烟。他看着卡车驶离。他的心情立刻放松,感觉到心上的重压骤然消失。他高兴地跳了两下,跳得很高,张着双臂,摊开手掌,要是有任何邻居看到他,他们一定会觉得很奇怪,甚至不以为然。他们一定会想:母亲入土还不到一个月,那孩子为什么跳得那么愉快?

他欢跳,是因为那猴子已经离开,永远离开了。

或者只是他那么以为。

不到三个月后,爱达婶婶叫他到阁楼上去拿装圣诞节饰物的盒子,他在地板上爬着找,裤子都爬脏了,突然间他再一次与它正面相对。他惊恐愕然,不得不用力咬手以防自己尖叫⋯⋯或昏倒。那只猴子就在阁楼里,露齿而笑,铙钹举高分开约一英尺远,舒适地仰靠着一个纸箱上,仿佛在等巴士,似乎在说:你以为甩掉我了,是不是?但我没那么容易摆脱,哈尔。我喜欢你,哈尔。我们是天生一对,就是一个男孩和他心爱的猴子,一对好搭档。在这里南方某处,有个愚蠢的收破烂的意大利人,躺在一个老式浴缸里,两眼突起,一副假牙半脱出他的嘴,他尖叫的嘴。一个收破烂的,身上有旧电池的气味。他留着我要给他的孙子,哈尔,他把我放在浴室的架子上,和他的肥皂、刮胡刀、刮胡泡沫,还有他听棒球赛的小收音机放在一起,于是我开始敲铙钹,我的一面铙钹撞到那部老收音机,使它掉进澡盆,然后我就来找你了,哈尔。我在夜里沿着乡间小路爬行,月光在凌晨三点照到我的牙齿上,我让很多人都当场死亡。我来找你,哈尔,我是你的圣诞礼物,所以帮我上发条吧。谁死了?是比尔吗?是威利叔叔吗?还是你呢,哈尔?是你吗?

哈尔苦着一张脸向后退,眼珠狂乱地滚动,差点没摔下楼梯。他告诉爱达婶婶,说他找不到——这是他第一次对她说谎,她从他的脸色看出他在说谎,却没问他为什么,真是谢天谢地。后来比尔回来了,她要比尔上去找,比尔就把东西拿了下来。事后,只有他们兄弟两人时,比尔嘶声说他是个用手电筒照也找不到自己屁眼的笨瓜。哈尔没说话。哈尔苍白而沉默,没胃口地拨着晚餐。那一夜他又一次梦到猴子,它的一面铙钹撞到收音机,收音机正播着迪恩·马丁唱的:"月亮照着你的眼睛,就像一块比萨",被这么一撞便掉进澡盆,而猴子却狞笑着,一次又一次敲着铙钹,发出锵——锵——锵响,只不过躺在澡盆里被电死的,并不是那个意大利收破烂商人。

而是他自己。

哈尔和儿子爬上老家后面通往船屋的堤防;船屋是栋古旧木屋,突出在水面上。哈尔右手拿着旅行袋,喉咙干燥,耳中有种不自然的鸣声。旅行袋十分沉重。

哈尔放下旅行袋。"不要碰。"他说着,从口袋里摸出比尔给他的钥匙圈,找到一把上面用一小块胶带标明"船屋"的钥匙。

天气清爽寒凉,风很大,天空却是灿烂的蓝。挤在湖边的树,树上的叶子已染上秋天的各种颜色,从血红到洛黄。它们在风里交谈。彼特焦虑地站在一旁,任落叶随风绕着他的脚打转。哈尔在下风处闻得到十一月的气味,后面潜藏着逼近的冬天。

钥匙转开挂锁后,他推开门。记忆是强烈的,他不用看便记得把横木踢过来挡住门。这里的气味总是属于夏天:帆布和色泽亮丽的木头,一股徘徊不去的暖意。

威利叔叔的划艇还在这里,划桨收得好好的,仿佛昨天下午他才把它们和他的钓鱼用具及一打啤酒一起收好。比尔和哈尔都曾多次随威利叔叔出去钓鱼,但从未两人一起去过。威利叔坚持划艇太小,载不动三个人。然而,每年春天威利叔叔都重新上漆的红边,现在已经褪色、脱落,船头还挂有蜘蛛丝。

哈尔松开系船索,将划艇拉下木板坡面,推向湖边。钓鱼是他和威利叔叔与爱达婶婶共同生活的童年中最美好的回忆之一。他觉得比尔也有同感。威利叔叔平常是个沉默寡言的人,但一旦把船拉出,离岸约六七十码后,他会放下钓鱼线,让浮标在湖水中浮沉,再为自己开罐啤酒,又开一罐给哈尔(他最多只能喝下半罐,还总要听威利叔叔耳提面命地告诫他绝不能让爱达婶婶知道,因为"要是她知道我让你们喝啤酒,她会开枪打死我的。知道吗?"),很快就变得活泼而欢快。他会讲故事,回答问题,为哈尔的钓钩重新上饵;而划艇就随着风和轻漾的水飘荡。

有次哈尔问道:"为什么你从来不到湖心去呢,威利叔叔?"

"你看看那边。"威利叔叔回答。

哈尔看了。他看见蓝色的湖面,和他的钓鱼线向下沉入黑暗中。

"你看的是水晶湖最深的地方。"威利叔叔说着,一手捏扁空啤酒罐,另一手又挑出一罐新的,"起码有一百英尺深。阿莫·古利根的老司舵号就沉在下面某处。那笨蛋竟在十二月初湖水结冰前把它划到湖上。他活着从船上逃出来可真够幸运。他们永远不可能捞出那艘老司舵号,也不可能再见到它。这个湖是个变幻莫测的婊子。大鱼就在这里,哈尔,不必再划得更远了。我们来看看你的虫子怎么样了。咱们给这婊子一点颜色看。"

哈尔听话地拉回钓鱼线。当威利叔叔从他的锡罐里又拉出一条蚯蚓时,他着迷地望进湖水,想看看自己能不能看见阿莫·古利根的老司舵号。它也许锈迹斑斑,并从阿莫最后一刻爬出逃生的驾驶窗内漂出一丛丛水草。但他看见的只是蓝色渐渐化为黑色,还有威利叔叔的蚯蚓,钩子藏在它的环节里,吊在水里。有一瞬间,哈尔有种昏迷的幻象,觉得自己被吊在一个大海湾上空。他闭上眼,等幻象消逝。那天,他似乎记得,他喝下整罐啤酒而且醉了。

……水晶湖最深的地方……至少有一百英尺深。

他停了一下,喘着气,抬头望向彼特。彼特仍焦虑地看着:"要我帮忙吗,爸爸?"

"待会儿。"

他平息了呼吸,将划艇拖过入水前的一小段沙地,在地上留下一道凹槽。油漆剥落了,但由于有布覆盖着,小船仍保存得十分完好。

当他和威利叔叔出去时,威利叔叔会把船拉下木坡,等船头浮起时,他会爬上划艇,抓住一支桨推开船,并说:"帮我推船,哈尔……以后你才能帮我结帆!"

"把旅行袋给我,彼特,然后帮我推船。"哈尔说着,微微一笑,又说,"以后你才能帮我结帆。"

彼特并未回他一笑:"我也去吗,爸爸?"

"这次不行。下次我带你去钓鱼,但是……这次不行。"

彼特犹豫了。风拂乱他的棕发,几片干脆的黄叶转着挥过他的肩,落在湖水边缘,像小船般晃荡。

"你应该把袋子塞满的。"彼特低声说。

"什么?"但是他想他明白彼特的意思。

"在铙钹上塞棉花,塞紧,这样它就不能……敲响了。"

哈尔突然记起黛西如何向他走来,跟跟跄跄地,以及,突如其来地,血如何从黛西的两眼喷出,浸湿了它的胸毛,流到谷仓的地上,还有那条狗如何瘫倒在前爪上……在那沉寂且下着雨的春天,他听到了那声音,并不模糊,反而格外清晰,由五十英尺外的主屋阁楼里传出:锵——锵——锵——锵!

他开始歇斯底里地尖叫,抱在手上的柴火全掉了。他跑到厨房去找威利叔叔。威利叔叔正在吃炒蛋和烤面包,连裤子吊带都还没拉到肩上。

它年纪大了,哈尔,威利叔叔说。他的面容憔悴而不悦,似乎苍老了许多。它十二岁了,对狗来说那已经算老了。你不要太伤心——老黛西不会喜欢的。

老,兽医也这样说,可是他仍旧困惑,因为狗不会死于爆炸性的脑出血,即使是十二岁大的狗。("好像有人在它脑袋里塞了根鞭炮。"哈尔无意间听到兽医对威利叔叔说。威利叔叔正忙着在谷仓后面挖个洞,离一九五〇年他埋葬黛西母亲之处不远。"我从来没碰过这种事,威利。")

事后,虽然害怕之极却忍不住好奇的哈尔,爬到阁楼上。

嗨,哈尔,你最近好吗?猴子在阴暗的角落中微笑,铙钹举高,相隔约一英尺。哈尔放在它们之间的沙发垫已被移到阁楼另一头去了,不知什么东西——或什么力量——将沙发垫用力摔过去,使得布套破裂,里面的泡棉露了出来。不必担心黛西,猴子在他脑子里低语,棕绿色的玻璃眼球紧盯着哈尔·谢尔朋的蓝色眼眸。不必担心黛西,它老了,哈尔,连兽医都那么说。对了,你看到血从它眼里喷出来吗,哈尔?为我上发条,哈尔。为我上发条,咱们玩玩。谁死了,哈尔?是你吗?

他仿佛被催眠似的朝那猴子爬去,伸出一只手要扭发条。紧接着他却突然向后爬,匆忙间差点没摔下楼梯——如果不是楼梯太窄,大概早就摔下去了。一个小小的呻吟声自他喉间发出。

现在他坐在船里,望着彼特。"用棉花塞住铙钹没有用,"他说,"我试过一次。"

彼特不安地瞥了那袋子一眼:"发生了什么事,爸爸?"

"我现在不想说,"哈尔说,"你也不会想听的。来帮我推船吧。"

彼特弯身推船,船尾滑过沙地。哈尔用桨将船撑开。突然间,被困在土里的感觉消失了,划艇轻轻动着,在多年躲在阴暗的船屋里后又得到了自由,在微波中摇晃。哈尔放下另一支桨,扣上了桨锁。

"小心,爸爸。"彼特说。

"不会太久。"哈尔允诺道,但当他望向旅行袋时却不免怀疑。

他开始划船,弯身用力,背部和肩胛骨间又传来熟悉的酸痛。湖岸渐渐远离。彼特奇迹般地又变成八岁、六岁、四岁的孩子,站在水边,用一只小手挡着阳光。

哈尔任目光溜过湖岸,却不肯让自己细看。已经快十五年了,假如他仔细看湖岸,不会看到太多熟悉之处,反而会看到许多变化,那样他会迷失的。阳光直射到他颈背上,他开始流汗了。他又望向旅行袋,一下变得有些手忙脚乱。那袋子好像……好像胀大了,他加快划桨的速度。

风阵阵吹来,吹干了汗水,吹冷他的皮肤。船浮上来,又沉下去时,桨也自两侧探进水里。不是刚刚才因风吹而清醒吗?彼特是不是在喊着什么?是的。在逆风下,哈尔听不出他在喊什么。那不重要,只要再把这猴子甩掉二十年——或者也许

(上帝保佑,让它是"永远"吧)

永远——那才是最重要的。

船身荡了荡。他望向左边,看见一波波小浪。他朝湖岸望去,看见猎人角和一栋坍塌的木屋。那一定是他和比尔小时候属于贝登家的船屋。

那么,就快到了。就快到阿莫·古利根著名的司舵号在许久前的一个十二月天下沉的地方了。就快到湖的最深处了。

彼特在嘶喊着什么,边叫边指。哈尔仍然听不见。划艇摇呀晃呀,在船首两侧荡出阵阵水波。水波上出现一道小小的彩虹,断断续续。阳光和阴影一条条在湖上竞逐,现在波浪已不再轻缓。小白浪澎湃起来。他的汗干了,身上反倒起了鸡皮疙瘩,浪花更溅湿了他的上衣背部。他皱着眉用力划桨,目光在湖岸与旅行袋间游移。船又向上浮,这回高得使左桨向下挥时竟打在空中而不是水中。

彼特指着天空,他的叫喊声现在只是模糊的声浪。

哈尔回头看。

湖上波浪大作,蓝色的水面已转为致命的深蓝色调,夹着一波波白涛。一抹黑影迅速划过水面,朝划艇而来,它的形状令哈尔觉得十分熟悉,因此他抬起头来,紧接着便感到喉咙锁着一声尖叫。

太阳已躲到云层后,将云层变成一团弯腰弓背的黑影,两个镶着金边的新月形分开在两侧。云层一头破开了两个洞,阳光自那两个破洞投射出两道光束。

那团云自划艇上方浮过时,猴子的铙钹开始敲响,声音并不因旅行袋的阻隔而模糊。铮——铮——铮——铮,是你,哈尔,终于是你了,你现在湖的最深处,这次轮到你了,轮到你了,轮到你了——

所有必要的湖岸地形都与回忆对应了起来。阿莫·古利根的司舵号就躺在下面某处,大鱼就在这里,就在这个地方。

哈尔用力一拉,缩起船桨,不理会剧烈摇晃的船,倾身抓起旅行袋。铙钹疯狂响着;袋子两侧都鼓了起来。

"就在这里,你这婊子养的!"哈尔大叫,"就在这里!"

袋子很快下沉,有一会儿,他看见它沉向下方,两侧鼓动,在那永恒的一瞬间,他仍听到铙钹的响声。有一刹那,黑水似乎变得清澄,他可以看见在深水中游来游去的大鱼,还有阿莫·古利根的司舵号,而掌舵的是哈尔的母亲,一具狞笑的骷髅,无肉的眼窝内只有鲈鱼探头向外看。威利叔叔和爱达婶婶摇摇晃晃站在她旁边,爱达婶婶的灰发向上漂,而旅行袋继续往下落,在水中一再翻滚,冒出几团水泡:铮——铮——铮——铮——

哈尔用力把桨伸回水中,把指关节刮破了,冒出血来。(啊,天啊,在阿莫·古利根的司舵号后侧载满了死去的孩子！查理·席弗曼……约翰尼·麦卡毕……）他开始划船。

在他两腿间，传来一声如枪响般的干裂声，突然间，清澈的水从两片木板间涌了上来。这艘船已造了有些时候了，毫无疑问，船身的木头缩了。这只是个小洞而已，但是他划船出湖时并没有这个破洞，他可以发誓。

湖岸和湖水在他的视线中调换了位置。彼特现在在后面了。上方，那团可怕的乌云已有散开之势。哈尔用力划桨，二十秒已足够让他相信他是为自己的性命而划。他的泳技不怎么样，而在这突然发怒的水中，就连泳技特佳的人也将面临考验。

又有两块木板忽然裂开，发出同样如枪声般的爆响。更多水涌进船里，浸着他的鞋子。几声小小的金属声告诉他铁钉已断开了。一个桨锁突地松开，掉进水里——转环会不会跟着一起掉进去呢？

风又从他背面吹来了，似乎想让他的速度减慢，甚至再将他吹回湖心。他惊恐万分，却觉得恐惧中有种疯狂的欣喜。这回猴子永远离开了。他知道，不管他会发生什么事，猴子已不能再回来威胁丹尼或彼特的生命了。猴子离开了，也许栖息在沉在湖底的司舵号船顶上。永远离开了。

他划着桨，向前倾身再向后划，那破裂声又再响起，现在那只原来在船头的空啤酒罐已漂在约三英寸高的水中。浪花溅到哈尔的脸上。更大的一声裂响，船头的座位裂成两半，漂到鱼饵箱旁。船身左侧一块木板脱落，接着是另一块，这回是在右侧吃水线处。哈尔拼命划桨，热而干的呼气自他口中吐出，他的喉咙尝到因疲惫而引起的铜味，他汗湿的头发在空中飞舞。

这时划艇底部裂开一条缝，弯弯曲曲划过他两脚之间，直向船头蹿去。水涌了进来，淹过他的脚踝，继而升到小腿。他划着，但船速不但减慢，而且近乎停滞了。他不敢回头看自己离湖心有多近。

另一块木板松落，蹿过整个船底的那道裂缝已渐渐张开，像树枝……像一棵树。水直趋而入。

哈尔飞快地挥舞木桨，气喘得很急。他用力拉一次……两次……第三次时两个木桨环都断了。他失去一支木桨，只能紧紧握着另一支。他站起身，用那支木桨轮流在两侧打水。船剧烈晃动，差点没有翻覆，使他猛地坐回位子上。

过了一会儿,更多木板脱落了,座位塌下,他躺在浸满船舱的水中,为水的寒冷感到震惊。他试着跪起身,心里狂乱地想着:一定不能让彼特看到这个,不能让他亲眼看着父亲被淹死,你必须游泳,就是狗刨式也行,但一定要尽力——

又一个碎裂声响,他已浸在水里,用尽全力朝岸边游泳……但湖岸却意外的近。不到一分钟,他已站在及腰的水面,离沙滩只有五码。

彼特向他奔来,张着双臂,叫着,喊着,笑着。哈尔走向他,在水中挣扎前进。彼特在及胸高的水中,一样挣扎前进。

他们彼此相拥。

喘着大气的哈尔抱起那孩子,抱着他走上沙滩,然后两人都倒在沙滩上喘息。

"爸爸,它离开了吗?那只恶心的坏猴子?"

"是的,我想它离开了。这次是永远地离开了。"

"整艘船都裂开了,就……就在你四周都裂开了。"

哈尔望向四十英尺外飘在水上的木板。那些木板与他拉出船屋的那艘坚固的船,委实令人难以联想在一起。

"现在没事了。"哈尔说着,仰身躺在手肘上,闭上眼睛,任阳光温暖他的脸。

"你看见那团黑云了吗?"彼特低声问。

"看见了。但现在已经散了……你呢?"

他们仰视晴空。空中有几缕飞散的白云,但没有大团的黑云。黑云已散去,正如他所说的。

哈尔拉着彼特起身。"屋里有毛巾。来吧。"但他停了一下,注视他的儿子,"你疯了,那样跑过湖水。"

彼特认真地望着他:"你好勇敢,爸爸。"

"是吗?"他从未想过"勇敢"这两个字。只有恐惧,巨大无比,使他看不见其他一切东西;如果真还有其他任何情绪的话。"走吧,彼特。"

"我们要怎么对妈妈说呢?"

哈尔笑笑:"我不知道,小子。我们得好好想想。"

他又停住半晌,注视漂在水上的木板。湖水再次平静无波,只有淡淡的粼粼波光。哈尔突然想到那些他并不认识的、到这里来避暑的人——一个男人和他儿子,也许,在钓大鱼。我钓到了,爸爸!那男孩大叫。那就快卷线瞧瞧吧!那父亲说。接着,从深水中拉出,铙钹上挂着水草,狰狞地露齿而笑,欢迎的笑……那只猴子。

他浑身一阵战栗——但那只是可能会发生的事情。

他又对彼特说了一声:"走吧。"于是他们走向小径,穿过十月火红的树林,朝老家走去。

《桥墩日报》
一九八〇年十月二十四日

神秘的死鱼
贝西·莫瑞提报道

上周末,数百条死鱼浮现于盖斯克镇的水晶湖面上。这是在猎人角所能发现的最大的一群死鱼,虽然湖水潮流似乎难以造成这种情况。这些死鱼包括各种湖水鱼——蓝鳃、梭鱼、鲤鱼、鲶鱼、棕鳟及虹鳟,甚至还有淡水鲑鱼。鱼类专家表示,这些鱼的死因离奇……

该隐站起来

盖瑞许走出明媚的五月阳光,走进阴凉的宿舍里。他的眼睛过了一会儿才适应了光线的变化,所以对他来说,海狸哈利最初只是个从阴影中传来的没有形体的声音而已。

"那题目真偏,对不对?"海狸问,"这科的题目出得太偏了,对吧?"

"没错,"盖瑞许说,"是很难。"

他把眼睛转向海狸。他用手揉着前额,眼下冒汗。他脚穿凉鞋,身穿一件T恤,前胸有颗纽扣写着"郝迪·杜迪心理变态"①。海狸的大暴牙在阴暗中浮现。

"一月时我本来想退选,"海狸说,"我不断告诉自己趁还来得及时快退选吧。结果加退选的时间过了,我只好继续上课。我想我这科是挂掉了,盖瑞许。真的。"

女舍监站在角落的信箱旁。她个子极高,长得有些像鲁道夫·瓦伦蒂诺。她一手折叠一张退宿单,另一手试着把溜出的内衣肩带拉回连衣裙的袖孔里。

"很难。"盖瑞许重复了一句。

"我很想求你让我看考卷,但我不敢,真的,那家伙的眼睛利得跟老鹰一样。你想你会得A吧?"

"我猜我可能也挂掉了。"盖瑞许说。

海狸喘了口气:"你想你挂掉了? 你想你——"

"我要洗个澡,好吧?"

---

① 郝迪·杜迪(Howdy Doody)是美国国家广播公司一九四七年至一九六〇年间,播出的一个极受欢迎的儿童节目木偶主角。

"好,当然,盖瑞许。当然。那是你最后一科吗?"

"是的,"盖瑞许说,"那是我最后一科考试。"

盖瑞许走过大厅,推门而入,爬上楼梯。楼梯间有股运动员护带的气味。还是那些古老的楼梯。他的房间在五楼。

柯恩和三楼的另一个白痴——两腿毛茸茸的那个——从他身旁走过,来回丢着一颗垒球。在四到五楼之间,一个戴着角框眼镜、留着一撮稀疏山羊胡的小个子走过,像抱着圣经似的把一本微积分抱在胸前,嘴上喃喃念着对数。他的眼神空洞如黑板。

盖瑞许停住脚步,回头看他,想着也许他倒不如死了好,但这时那小个子只剩下在墙上移动、消失的一个黑影。那影子摇晃了两下就消失了。盖瑞许爬上五楼,走过长廊往他的房间前行。猪仔潘两天前就走了。三天考完四科期末考,砰,砰,然后谢天谢地。猪仔潘们知道如何安排一切,他只留下两张钉在墙上的美女海报、两只不成对的毛袜,还有一个仿罗丹"沉思者"的小陶像,蹲坐在马桶座上。

盖瑞许把钥匙插进门锁,转动。

"盖瑞许! 嘿,盖瑞许!"

洛林,为了一次违例喝酒而将吉米·布洛迪送去见训导长的宿舍顾问,正走过长廊而来,并对他挥手。他身型高大,肌肉匀称,留了个中分小平头。

"你都考完了?"洛林问。

"是呀。"

"别忘了打扫房间,并填写损害报告,好吗?"

"好的。"

"如果我不在我房里,只要把损害报告和钥匙从门下塞进去就行了。"

"好。"

洛林抓住他的手短促地晃了两下。洛林的手掌很干,皮肤很粗,和洛林握手就像跟一把盐握手一样。

"好好过个痛快的暑假吧。"

"好。"

"别太用功了。"

"不会的。"

"利用时间,但也不要滥用。"

"我会的,也不会的。"

洛林面露迷惘,随即大笑开来:"再见了。"他拍了一下盖瑞许的肩,转身往回走,又停了一次叫隆恩·弗伦把音响开小声点。盖瑞许想象洛林死在臭水沟里,眼睛里爬满蛆的样子。洛林不在乎的。蛆也不会。你不吃这个世界,这个世界就会吃掉你,怎么都行。

盖瑞许深思地站在房门口,望着洛林走远,才推门入内。

少了猪仔潘的脏乱,房间显得很空洞。猪仔潘那张常是被褥不整、东西乱堆的床,床单已被剥走了,只剩下床垫。两个《花花公子》杂志上的折页美女僵笑地看着他。

盖瑞许那半边房间倒没什么改变,因为本来就是干干净净的。在盖瑞许床上的毯子上丢枚硬币,它还会反弹跳起。他的整洁使猪仔潘很神经紧张。他是英文系的,词句用得很顺口。他称盖瑞许为"巢中鸽"。在盖瑞许床位上方的墙上,只有一幅亨弗莱·鲍嘉的巨幅海报,那是他在大学书店里买来的。鲍嘉两手各拿一把自动手枪,穿着吊裤带。猪仔潘说手枪和吊裤带是阳痿的象征。盖瑞许不相信鲍嘉会阳痿,虽说他没看过任何有关鲍嘉的书。

他走向衣橱,打开衣橱门,取出他父亲——一个卫理公会牧师——去年圣诞节买给他的桦木柄大型连发手枪。三月时他自己买了望远瞄准镜。

在宿舍里不准有枪,猎枪也不准,但从来没人严格检查过。他先以一张伪造的取枪条把枪从大学的储枪室里取出,放在防水皮鞘里,把它留在足球场后面的树林里。然后,凌晨三点左右,他溜出房间,把枪取出,经过沉睡的走廊带上楼来。

他坐在床上,枪放在他膝上,泪水流了下来。坐在马桶座上的"沉思者"望着他。盖瑞许把枪放到床上,走过房间,把那陶像从猪仔潘桌上挥落,掉到地上碎成片片。房门上传来一声轻响。

盖瑞许把枪藏到床底下。"请进。"

门外站的是贝礼,只穿着内裤。他的肚脐上有根线头。贝礼没什么前途可言。贝礼会娶个笨女孩,和她生一堆笨孩子,然后他会死于癌症或肾衰竭。

"化学考得如何,盖瑞许?"

"还好。"

"我只是想,我可不可以借你的笔记。我明天考。"

"今天早上我跟垃圾一起烧了。"

"噢。嘿,上帝!猪仔潘摔了他的陶像吗?"他指着碎在地上的"沉思者"。

"大概是吧。"

"他干吗要那样呀?我喜欢那陶像,本来要跟他买的。"贝礼的长相可说是獐头鼠面。他的内裤有很多脱线处,而且松垮垮的。盖瑞许想象得出,他若死于肺气肿或必须躺在氧气罩里的疾病时会是什么样子。

"你想他会介意我拿走他的海报吗?"

"我想不会吧。"

"好。"贝礼走过房间,谨慎地踩着赤脚越过陶像碎片,取下那两张《花花公子》美女,"那张鲍嘉的相片也很正。没有胸部,不过,嘿!你知道吗?"贝礼瞥了盖瑞许一眼,想看看盖瑞许有没有笑。看见盖瑞许仍板着脸,他说:"我想你不会把它扔掉吧?"

"不会。我正想洗个澡。"

"好。如果我不再见到你,祝你有个愉快的暑假,盖瑞许。"

"谢谢。"

贝礼往房门走去,内裤底一颤一颤。他在门口停下脚步:"这学期总成绩又是 A 了吧,盖瑞许?"

"至少。"

"好家伙。明年见。"

贝礼走出去,带上房门。盖瑞许在床上坐了一会儿后,取出了枪,拆下零件擦拭。他把枪口举到眼前,望着尽头小小的一圈亮光。枪膛里很干净。他把枪又组合好。

在他的衣柜第三个抽屉里,有三盒重重的弹药。他将这三盒子弹放到窗台上,把窗帘拉开。

操场上明亮翠绿,点缀着三三两两的学生。柯恩和他的白痴朋友互丢着垒球,像跛脚的蚂蚁逃出破沟渠般奔来跑去。

"让我告诉你一件事,"盖瑞许对鲍嘉说,"上帝生该隐的气,因为该隐以为上帝是个素食主义者。他的兄弟知道得清楚些。上帝依它的形象创造世界,所以你如果不吃这世界,这个世界就会吃掉你。因此该隐对他的兄弟说:'为什么你不告诉我?'他的兄弟说:'为什么你不听?'该隐说:'好,我现在在听了。'于是他在他兄弟身上涂了蜜蜡,说:'嘿,上帝,你要肉吗?这里有!你要烤排骨、肉排,还是碎肉什么的吗?'于是上帝叫他穿上他的舞鞋。于是……你觉得如何?"

鲍嘉一语不发。

盖瑞许拉开窗子,将两肘靠到窗架上,不让点三五二口径的枪膛伸进阳光中。他望进瞄准器。

他对准操场对面的卡敦纪念堂女子宿舍。众人喜欢称卡敦为狗屋。他将十字中心对准一辆福特房车。一个穿着牛仔裤和蓝色运动衫的金发女生正和她母亲说话,她那红脸秃头的父亲则忙着把皮箱装进行李箱里。

有人敲门。

盖瑞许等着。

敲门声又响起了。

"盖瑞许?我想用五毛钱买你的鲍嘉海报。"

是贝礼。

盖瑞许闷不吭声。那女孩和她母亲笑着,不知有一管枪正对准她们的腹部。女孩的父亲加入她们,三人一起站在阳光中,准星中的一幅家庭肖像。

"去他的。"贝礼低咒一声,走开了。

盖瑞许扣动扳机。

枪用力回撞到他肩上,那是把枪放对地方才会有的结实回震。那笑着的女孩顶着金发的脑袋开花了。

她母亲仍在笑着,半秒钟后才以手掩口,却挡不住尖叫声。盖瑞许对准她又开一枪,手和头瞬间都在血肉四溅中消失不见。原来还在装行李的那个秃头男人开始踉踉跄跄跑了起来。

盖瑞许对准他的背开枪。他抬起头,用死鱼眼瞪着半空好一会儿。柯恩拿着垒球,望着那金发女孩的脑浆溅在她平伏的身体后那块"不准停车"的牌子上。柯恩呆立不动。操场上的人全都僵立在原处,有如在玩"一、二、三,木头人"的一群孩子。

有人敲门,接着拉拉把手。又是贝礼:"盖瑞许?你没事吧,盖瑞许?

我想有人——"

"好酒,好肉,好上帝,我们吃吧!"盖瑞许大叫,并对准柯恩开枪。这回他射偏了。柯恩跑了起来。没问题。第二枪射中了柯恩的脖子,使他整个飞出大约二十英尺。

"柯特·盖瑞许在自杀呀!"贝礼尖叫起来,"洛林! 洛林! 快来!"

他的脚步声一下子去远了。

现在人人都开始奔跑。盖瑞许听得到他们的尖叫声。盖瑞许听得到他们的鞋子踏在人行道上的吱嚓声。

他望向鲍嘉。鲍嘉举着两把枪,回望着他。他望向猪仔潘那个"沉思者"陶像的碎片,想着不知猪仔潘今天在干什么,在睡觉,看电视,还是在吃什么大餐。吃这个世界吧,猪,盖瑞许心想。把这该死的世界整个吞掉。

"盖瑞许!"现在叫的是洛林了,砰砰砰打着房门,"开门,盖瑞许!"

"门锁住了。"贝礼喘着气说,"他刚才神色就不太对。他一定自杀了,我知道。"

盖瑞许又把枪口伸到窗外。一个穿着薄棉花衬衫的男孩藏在一排矮树丛后,无比迫切地看着宿舍的窗子。他想跑进宿舍,盖瑞许心想,可是他腿软了。

"好上帝,我们吃吧!"盖瑞许低喃一句,再度扣动扳机。①

---

① 本篇书名与故事借喻出处为《圣经·创世记》的故事。亚当与夏娃被逐出伊甸园后,生下两个儿子该隐与亚伯,该隐务农为生,亚伯则牧羊为生。两人各以其工作所得之农作物与头生羔羊和羊脂献祭耶和华,由于耶和华较中意亚伯的祭品,该隐心生不满,便杀了弟弟亚伯。本篇即借喻该隐努力工作但收获却未成正比,因此愤而杀人的故事原型来发展情节。

陶德太太的捷径

"陶德太太过来了。"我说。

荷马·贝克蓝看着那辆捷豹驶过,点了点头。车里的女人举手对荷马挥了挥。荷马对她点点头发凌乱的大头,却没举手回应。陶德太太一家在城堡湖畔有栋避暑别墅,荷马不知从多久以前就是他们的管理员。我总觉得他不喜欢渥兹·陶德的第二任太太,至少不像他以前那么喜欢"菲莉亚"①——第一任陶德太太。

这不过是两年前的事,我们坐在贝尔市场前的长凳上,我喝着一罐橘子汽水,荷马喝着一瓶矿泉水。城堡岩的十月,是相当宁静的一段时光。湖岸许多房子周末仍有人住,但吵闹、喝酒的夏季社交活动那时已结束了,而携带猎枪及昂贵的非本州居民狩猎许可证,且戴着橘红鸭舌帽的猎人还没开始进镇来。农作物多已收割,夜里很凉爽,适合睡眠,而且所有像我这种老骨头也还没开始抱怨。十月里,笼罩着湖面的天空常是清朗的,飘着一大朵一大朵白云,我喜欢它们底部看起来扁扁的,又有点灰灰的,似乎在预告着黄昏。我也可以整天盯着在湖面上跳跃的阳光,却一点也不觉得无聊。在十月里,坐在贝尔市场前的长凳上远眺湖面时,我常希望自己还会抽烟。

"她开车没有菲莉亚快,"荷马说,"以前我真的常想,像她开车那么快的女人,真让人想不到会有个那么老式的名字。"

对终年住在缅因小镇的居民来说,像陶德一家那种只是来避暑度假的人,实在没什么好谈的。长住这里的人喜欢他们自己的爱恨故事和蜚短流长的丑闻。从埃姆斯博里来的那个在纺织业做事的家伙举枪自杀

---

① 菲莉亚是奥菲莉亚的昵称。

时，伊丝朵妮·柯布里发现大约一星期后，就没人邀她去吃午餐，听她讲如何在发现他时，看到他的枪还握在一只僵硬的手里。但人们到现在还是时常谈起被狗咬死的乔·康柏。

呃，那无关紧要。只不过他们的跑道跟我们不同而已；避暑的人慢跑，我们这些工作时不打领带的人却是慢走。即便如此，一九七三年当奥菲莉亚·陶德失踪时，还是在本地激起相当的兴趣。奥菲莉亚真是个很好的女人，她为本镇做了不少事。她为斯罗恩图书馆募款，又帮忙整修战争纪念馆，诸如此类的事做了很多。不过每个避暑的人都喜欢募款这主意。你一提募款，他们的眼睛就亮起来，并开始闪光；你一提筹款，他们就可以立刻组成一个委员会，并指定秘书做开会记录。他们喜欢这个。但你一提时间（除了兼具鸡尾酒会及委员会议的大盛会之外），可就没那么运气了。时间似乎是避暑的人最需要的。他们珍藏时间，如果时间可以像果酱那样放在玻璃罐里保存的话，他们一定会那么做。可是奥菲莉亚·陶德却似乎愿意花时间——去图书馆工作，或为图书馆募款。当战争纪念馆必须擦洗打蜡时，奥菲莉亚就在那里，和镇上在三次战争里失去儿子的妇女一起穿着工作服，把头发绑起来。当孩子为了参加夏季游泳训练班需要有车接送时，你就会看见她开着渥兹·陶德闪亮的新货车驶过兰汀路，车上载满小孩。一个好女人。不是镇上的女人，但是个好女人。因此当她失踪时，自然不免引起关切。也说不上哀恸，因为失踪并不等于死亡。那不像用把刀子砍掉什么，倒像是某样东西被水慢慢冲到水槽里，只有等过了很久以后，你才知道那东西不见了。

"她开的是奔驰，"荷马自顾自地说，"双人座跑车。我猜是陶德一九六四或一九六五年买给她的。你记不记得她那些年总开货车载孩子到湖边去？"

"记得呀。"

"她载过的人数不下四十个，他们都坐在后面。可是她不能开快车，因此总有些无精打采。"

以前荷马从不讲那些避暑者的闲话，尤其是他的雇主。但后来他太太过世了。那是五年前的事。她在犁一块坡地，结果耕耘机翻倒在她身上。荷马为了她的死十分难受，伤心了大约两年，然后似乎好了点。然而他已不是原来的荷马了。他好像在等着某件事发生，等着下一件事。某些黄昏时刻,你经过他那间整齐的小屋,他会在阳台上抽烟斗,阳台栏杆上放杯矿泉水。夕阳会照进他的眼眸,而烟斗的烟会绕着他四周袅袅上升,那时你会想——至少我想了——荷马在等待下一件事。虽然我不愿承认,但这实在令我困扰,最后我想,那是因为如果是我的话,我就不会等待下一件事,这就像一个新郎穿上礼服,又终于打好领带后,却只是坐在楼上房间的床上,先看看镜子里的自己,再看看壁炉架上的时钟,等着到十一点时才能结婚。换作是我,我就不会等着下一件事,我会等着最后一件事。

可是在等待期间——这期间终于在一年后荷马到佛蒙特州去时结束了——他有时会对我和另外几个人谈起那些人。

"就我所知,和她丈夫在一起时,她从不开快车。但我坐她的车时,她却让那辆跑车物尽其用。"

一个家伙开车进入加油站,开始加油。那辆车的车牌是麻省的。

"她的车可不是这些吃无铅汽油、一踩油门就会震动的新型跑车。那是辆旧型跑车,速度表刻度高达一百六十英里。那车有种奇怪的棕色,有次我问她为什么要订那个颜色,她说那叫香槟色。我说,那可好,结果她大笑起来。你知道的,我喜欢懂得欣赏笑话的女人。"

那人已为他的车加满了油。

他走上阶梯,一边说道:"午安,两位先生。"

我说:"你好呀!"他已进屋去了。

"菲莉亚常在找捷径,"荷马继续说,仿佛我们不曾被打断,"那女人是个捷径迷。我从不觉得有什么道理。她说只要你能节省距离,你就能节省时间。她说她父亲誓死力行这句格言。他是个推销员,总在路上跑,只要可能她都会跟着他去,而他总在找最短的路。因此她也有了这个习惯。

"有一次我问她,那是不是有点可笑——一方面她花时间刷洗广场上那座老雕像,又接送孩子去上游泳课,而不像一般避暑的人打网球、游泳、参加宴会。另一方面她又非要从这里到弗赖堡之间节省十五分钟,而光想着省这十五分钟可能就让她伤了几夜脑筋。我总觉得这两回事互相矛盾,你懂我意思吧。她只是看着我说:'我喜欢帮助别人,荷马。我也喜欢开车——至少有时候,当那是一项挑战的时候——可是我不喜欢开车所花的时间。那就像补衣服;有时候你会打褶,有时你又得松开褶子。你明白我的意思吗?'

"我有点疑惑地说:'我想我大概明白,太太。'

"她说:'如果我认为坐在方向盘后方是真正的好时光,那我不会找捷径,我会找长路。'我被她这话逗笑了。"

那个麻省来的家伙走出店门,一手拿着六罐装啤酒,另一手拿着几张彩券。

"祝你有个愉快的周末。"荷马说。

"我会的,"那个麻省人说,"我只希望能整年住在这里。"

荷马说:"呃,我们会好好照顾这地方,等到你能来的时候。"那家伙哈哈大笑。

我们望着他开车离去,那麻省的牌照分外耀眼。那是绿色的。我家的玛西说,在那奇怪、愤怒、乌烟瘴气的州里,只有开车两年不曾有过一次肇事记录的驾驶,才能从麻省监理所领到绿色牌照。如果你有肇事记录,她说,那你的牌照就是红色的,这样当人看到你的车时,就知道要特别警觉。

"他们是本州人,你知道,他们两个都是。"荷马说,仿佛是那个麻省人提醒了他这个事实。

"我想我知道。"我说。

"陶德夫妻大概是我们这里唯一在冬天时向北飞的鸟。新的那个,我想她不怎么喜欢向北飞。"

他喝了口矿泉水,若有所思地沉默了一会儿。

"可是她却不介意,"荷马又说,"至少,我判断她不介意,尽管她常常抱怨。她的抱怨只是解释为何她总在找捷径。"

"你是说,她丈夫不在乎她在从这里到班戈之间的每条小路漫步,只因为这样可以看看是不是能省下零点九英里的路?"

"他一点也不在乎。"荷马答了一句,站起身走进店里。我说,欧文,我告诉自己,你明知在他有兴致说话时问问题是不安全的,这下你可别想听故事了。

我坐在这里,将脸转向阳光,过了大约十分钟后,他拿了一枚煮蛋走出来,坐了下来。他吃着蛋,我小心翼翼保持缄默。城堡湖的水面莹莹发光,犹如童话故事中的宝藏。荷马吃完蛋,喝了口矿泉水后,又开口说话了,我很惊讶,却仍闷声不语。这时开口可就太不聪明了。

"他们有两三辆不同的车,"他说,"那辆凯迪拉克、他的货车,还有她的奔驰小跑车。有两年冬天,他把货车留下,以备他们想来这里滑雪。多半在夏天过后,他会把凯迪拉克开回去,她则开走小跑车。"

我点点头没作声。真的,我不敢再妄加评论。后来我常想着那天大概得发表很多意见才能叫荷马·贝克蓝闭嘴。他早就想找人说陶德太太找捷径的故事了。

"她的小跑车里有种特别的里程表,可以告诉你每开一趟走了多少英里路。每次她从城堡岩开车到班戈去时,就把里程表归零,到时再看它跑了多少英里。她把这当做一种游戏,而且常说给我听。"

他顿了一下,想了想。

"不对,这样说不对。"

他又停了停,前额皱出几条横纹,看来很像图书馆的梯子。

"她让人以为她当那是种游戏,可是她其实觉得那是件正经事。至少和别的事情一样正经。"他挥了一下手,我猜他指的是她丈夫。"小跑车的置物箱里塞满地图,后面一般汽车没有后座的地方还有更多地图。有些是加油站地图,有些是从公路地图集上撕下来的。她还有从阿帕拉契山登山导引书中撕下的,和一大堆地形学测量图。倒不是因为她有那么多地图,我才说那不是游戏,而是她在所有地图上都划了很多线,标明了她已开过或准备试开的路线。

"有几次她开到无路可走,只有找农夫用曳引机和铁链帮她拖车。

"有天我在她家浴室里铺瓷砖,坐在那里用水泥铺填每道砖缝——那天晚上我梦见一大堆砖,砖缝里填的都是血红色的泥浆——她走过来,站在门口和我谈了一会儿。我工作时不喜欢别人找我聊天,不过那回我倒很感兴趣,因为我哥哥弗兰克林以前就住班戈,所以她对我说的那些路我差不多都走过。我之所以感兴趣,也因为一个像我这样的人总想知道最短的路,尽管不见得要走那条路。你明白吗?"

"明白。"我说。知道最短的路自是吸引人,虽然你会因为岳母在你家里,故意走比较长的路回家。然而知道有条短路可走——或者当你知道一条捷径,而坐在你旁边的人却不知道时……这就是种力量。

"呃,她对那些路之熟悉,就像童子军熟悉绳结。"荷马说着,咧嘴一笑,"她说:'等一下,等一下。'像个小女孩一样。接着我隔墙听到她在书桌抽屉里翻找,不一会儿她回来了,手里拿了本好像用了很久的笔记本,封面破破烂烂的,有几页脱出线圈,露了一点出来。

"'渥兹走的是大多数人走的路线——走97号公路到梅肯瀑布,然后转11号公路到刘易斯顿,再转上高速公路到班戈,全长一百五十六点四英里。'"

我点点头。

"'如果你想省点距离,不走高速公路,你会到梅肯瀑布,走11号公路到刘易斯顿,202号公路到奥古斯塔,然后转上9号公路经中国湖、犹尼堤、黑文到班戈。那是一百四十四点九英里。

"'这样省不了时间的,太太,'我说,'走刘易斯顿到奥古斯塔却不走高速公路。虽然我得承认,开旧德里路到班戈,一路上风景的确很美。

"'省了十几英里路,不久你也会省下时间的。'她说,'我没说我会走那条路,虽然我已经走过好几次;现在我还是按大多数人的路在走。你要我往下说吗?'

"'不要,'我说,'让我一个人在这间浴室把这些该死的缝都填满,直到我累得胡说八道吧。'

"'一共有四条路,'她说,'走2号公路这条全长一百六十三点四英里。我只试过一次,太长了。'

"我低声说:'要是我太太打电话来说晚上吃的是昨天的剩菜,我就会走那条路。'

"'你说什么?'她问。

"'没什么,'我说,'只是在说这些软泥浆。'

"'噢。总之,第四条——没多少人知道这条路线,虽说这段路都是柏油路——是走219号公路穿过斑鸟山转202号,开过刘易斯顿。然后,你走19号公路绕过奥古斯塔,再取道旧德里路。这段路长一百二十九点二英里。'

"我半晌没说话,她大概以为我怀疑她的算术,因为她等了一会儿,便有点不高兴地说:'我知道这让人很难相信,可是真是这样。'

"我说我猜那大概没错,因为我哥哥弗兰克林还在世时,我就是走那条路到班戈看他。不过我已经好几年没走那条路了。你想,一个人可能——呃——忘了路吗,戴维?"

我说是有可能。高速公路比较容易记。过了不久你想的就只有从这里通往那里的高速公路,而不再是怎么从这里到那里去了。这让我想到也许到处都有许多被人弃置不用的路,两旁有石墙的路,沿路长有黑莓丛的真正道路,可是那些黑莓已被人遗忘,只有鸟会吃它们;而在道路入口有碎石坑,上面挂着低垂生锈的铁链,那些坑洞也已被人遗忘,就像孩子的旧玩具一样,四周长满野草。这些路,只有住在路段上的人才记得,但他们一心只想着如何及早离开这段路,转上高速公路。我们缅因人喜欢开玩笑说,你不能从这里到那里,但或许这是开我们自己的玩笑,事实是,做一件事总有一千种不同的方法,人们却不愿多想。

荷马又继续说道:"我一整个下午都在那间闷热的浴室里填瓷砖缝,而她就一直站在门口,一只脚在另一只脚后交叉,穿着卡其裙子、暗色毛衣和便鞋,头发向后扎成一束马尾。她那时总有三十四五岁了,但她说话时脸上闪着光采,我得说她看起来就像个回家过暑假的大学女生。

"过了一会儿,她八成想到她站在那里说话已经很久了,因为她说:'你一定被我烦死了,荷马。'

"'可不是嘛,太太,'我说,'我不是跟你说过,让我一个人留在这里跟这烂泥浆说话的吗?'

"'别耍嘴皮子,荷马。'她说。

"'不,太太,我一点也不觉得你烦。'我说。

"因此她微微一笑,又回头讲她的路线,一边翻着那本小笔记本,就像推销员查看订货单一样。她有那四条主要路线——呃,其实应该算是三条,因为她放弃了2号公路那条——但她至少有四十条不同的小路作为补充。有些路有号码,有些没有;有些路有名字,有些没有。我被搞得晕头转向的。最后,她对我说:'你准备好听蓝带奖得主了吗,荷马?'

"'我想是的。'我说。

"'至少目前为止,这条路线是蓝带奖得主。'她说,'荷马,你知不知道有个人在一九二三年的《今日科学》杂志里写了篇文章,证明没有人可以在四分钟内跑一英里路吗? 他以男性大腿肌肉的最大长度、跨越的最大长度、冲刺的最大极限、心跳的最大极限,以及其他种种精密计算加以证明。我被那篇文章迷住了! 因此我把它交给渥兹,要他转交给缅因大学数学系的莫瑞教授。我要将那些数字再核算一次,因为我确信它们是以错误的假定为基准的。渥兹大概以为我很傻气——他说:'菲莉亚帽子里有只蜜蜂。'——但他还是答应了我的请求。莫瑞教授很仔细地查对那人提出的数字,结果……你知道怎么样吗,荷马?'

"'不知道,太太。'

"'那些数字是对的。那个人的数据是确实的。他在一九二三年就证明了一个人不可能在四分钟内跑完一英里路。他证明了。但人们却一直在打破他的理论。你可知道这表示什么吗?'

"我虽然猜得到一点,却仍答道:'不知道,太太。'

"'这表示没有一个蓝带奖是永远的。'她说,'有一天——如果这世界到时还没爆炸的话——有人会在奥运会创下两分钟跑完一英里路的纪录。也许这得等上一百年或一千年,可是这会发生的。因为没有终极的蓝带奖。有零,有永恒,有生命的腐朽,但没有终点。'

"她就站在那里,一张干干净净的脸闪着光采,深色头发扎在脑后,仿佛在说:'你尽管不同意好了。'可是我不能。因为我相信那种事,它很像牧师在谈神的恩宠时话中的含意。

"'你准备好听目前的蓝带奖得主了?'她问道。

"'是呀!'我说着,暂时停下填泥浆的工作。反正我已填到澡盆边了,剩下的就是那些麻烦透顶的角落而已。她深吸一口气,接着便一鼓作气说给我听。速度之快,简直像在主持拍卖,所以我也记不全她都说了什么,只记得她滔滔不绝地说了一大串。"

荷马闭上眼睛,两只大手动也不动地平摆在他的长腿上,仰面朝天对着太阳。半晌后他又睁开眼睛,那一瞬间,我发誓他看起来就像她。是的,一个七十岁的老人,看起来却像个实际年龄三十四岁,外表却像二十岁大学女生的女人。我不很记得他所说记不全她的话究竟是些什么话,不只因为那实在很复杂,也因为我被他的神情迷住了。但那段话大致上是这样:

"'你从97号公路出发,然后转丹腾街到老城屋路,直绕过城堡岩镇中心,又回到97号上。走了九英里路后,你转上一条伐木用的老路走一英里半,到6号镇道,直开到塞德苹果酒厂旁的大安德森路。那里有条以前人称为熊路的捷径,从那条路可以走到219号公路。一旦过了斑鸟山,你就走史丹豪斯路,左转到牛松路——这段路是沼泽区,但只要你在碎石路上加足速度,便可全速冲过去——这样你就到了106号公路。106号穿过亚登的农庄到旧德里路——这里有两三条林间道路可走,出了林子就到德里医院后面的3号公路了。从这里走四英里路后,在艾德纳镇转上2号公路到班戈。

"她停下来喘气,然后看看我说:'你知道我说的这段路,总共有多长吗?'

"'不知道,太太。'我说,心里却想着少说也有一百九十英里长。

"'这段路长一百一十六点四英里。'她说。"

我笑了。在我还没来得及警告自己想听完故事最好别笑之前,我就笑了出来。但荷马自己也咧嘴一笑,点了点头。

"我知道。而且你也知道我不喜欢和任何人争论,戴维。但有人拉你的腿,和有人像摇苹果树般摇你的腿,那可是不同的两回事。

"'你不相信我的话。'她说。

"'呃,这实在叫人很难相信,太太。'我说。

"'你让那些泥浆自己干了,我带你去看。'她说,'明天你再把澡盆后面的补完就好。走吧,荷马。我会留张纸条给渥兹——反正他今晚大概不会回来——你可以打电话跟你太太说一声!我们会在领航员烧烤餐厅吃晚餐,从现在算起——'她看看表——'两小时四十五分钟后。要是超过一分钟,我就买一瓶爱尔兰雾牌威士忌让你带回家。你瞧,我父亲是对的。省路就是省时间,就算你得走过坎尼贝克郡的每一个沼泽才能做到。现在你怎么说?'

"她望着我,两只棕眼犹如灯笼,露出一种诡异的光芒,仿佛在说戴上帽子,荷马,爬上车吧,我先你后,魔鬼都赶不上我们。她脸上的笑容也在说着同样的话,真的,戴维,而且我告诉你,我想去。我甚至等不及把那罐水泥盖上。而且我绝对不想开她那辆着魔的跑车。我只想坐进乘客座,看她上车,看她裙子拉高一点点,看她要不要把裙子拉回膝盖下,看她闪亮的头发。"

荷马停住口,突然发出一声嘲讽的咯咯笑声。他的笑声听起来很像装了粗盐的猎枪。

"只要打电话给梅根说:'你知道菲莉亚·陶德,那个你现在嫉妒得要命,因此不能看清事实,对她没半句好话说的女人,呃,她和我打算开她那

辆香槟色奔驰小跑车冲到班戈去,所以你不必等我回家吃饭了.'

"只要打电话跟她那么说就行了。哦,是的,哦,是的。"

他又大笑起来,两手仍自然地摆在腿上,但我却在他脸上看到一抹近乎憎恨的表情。一会儿过后,他从栏杆上拿起他那杯矿泉水,结果溅了一点出来。

"你没去。"我说。

"当时没有。"

这次他的笑温和了些。

"她必定在我脸上看出了什么,因为她一下子恢复了常态。才一瞬间,她看起来便不再像个大学女生,而又是地地道道的菲莉亚·陶德了。她低头看笔记本,几乎像是忘了她手上拿了什么东西。然后她垂下手,把笔记本藏到身后。

"我说:'我很想这么做,太太,可是我得弄完这里的事,而且我太太已经准备了晚餐。'

"她说:'我明白,荷马——我只是有点太兴奋了。我常这样。渥兹说我老是得意忘形。'然后她挺了挺身子,又说,'可是任何时候你想去,我的提议仍然有效。如果我们被困在某处的话,你还可以帮我推一把,那样我还可以省下五块钱呢。'说完她笑了。

"'我会记得你的话,太太。'我说。她看得出我是真心的,而不只是出于礼貌。

"'还有,在你认定从这里到班戈只要一百一十六英里是不可能的事之前,把你的地图拿出来,看看乌鸦得飞多少英里。'

"我铺好瓷砖,回家去吃剩菜,等梅根上床后,我取出码尺和一支笔,以及我的州地图,照她说的测量……因为我老想着她的话,你知道。我画了条直线,根据地图的比例尺算出距离。我倒有点惊讶。因为如果你可以像只乌鸦似的在晴空里飞翔,不必理会湖泊或林木公司的原木林或沼泽或没有桥的河流,嘿,从城堡岩到班戈原来竟只有七十九英里,信不信由你。"

我是真的很意外。

"你要是不信我的话,自己量量看。"荷马说,"在我看清这事实前,我从不知道缅因州原来这么小。"

他喝了口水,然后转头看我。

"第二年春天,当梅根到新罕布什尔州去探望她兄弟时,我得到陶德家去,取下防风门,换上纱门,却看见她的奔驰小跑车停在那里。她一个人来的。

"她为我开了门,说道:'荷马!你来换纱门吗?'

"我不假思索地说:'不是的,太太,我是来看你愿不愿意载我走捷径到班戈去。'

"呃,她面无表情地望着我,让我以为她大概已经忘了这回事了。我觉得自己像是犯了什么错,脸开始发烫。就在我想开口道歉的当儿,她却绽出笑容说:'你站在那儿别动,等我去拿车钥匙。而且别改变主意,荷马!'

"一会儿之后她拿着钥匙回来了,说:'要是我们被困住,你会看见像蜻蜓一样大的蚊子。'

"'我在西部见过麻雀那么大的蚊子哩,太太。'我说,'再说我们两个大概都太重了,蚊子扛不动我们的。'

"她笑道:'嗯,我可是警告过你。走吧,荷马。'

"'假如我们两小时四十五分钟内到不了那里的话,'我有点狡猾地说,'你说过要买瓶爱尔兰雾牌威士忌给我。'

"她有点惊奇地看看我,打开小跑车的驾驶车门,一脚踏进车内。'见鬼,荷马。'她说,'我告诉过你那条路径只是当时的蓝带奖。我又找到一条更短的路了。我们在两个半钟头内就会到班戈。上车吧,荷马。我们要上路了。'"

他又一次停顿,两手舒适地放在大腿上,眼神模糊,或许正想象着那辆香槟色小跑车驶下陶德家陡斜的车道。

"开到车道尽头,她停下车,又问了一句,'你确定?'

"'让它跑吧!'我说。她一踩油门,车子就冲出去了。我无法告诉你那以后发生的一切,只除了过一会儿后我几乎难以将目光从她身上移开。她脸上有种狂野的神情,戴维——狂野而且自由,那让我的心不由自主地皱缩。她很美,我不由自主地爱她,任何人都会的,任何男人,也许女人也一样,但我也很怕她,因为她看来像是能够杀了你,只要她的眼睛离开路面,转移到你身上,决定回报你的爱。那天她穿着蓝色牛仔裤和一件旧的白衬衫,袖口向上卷起——我猜我到她家时她大概正好想油漆什么东西——但是等我们走了一段路后,我觉得她身上好像只穿了一件随风飘飞的白袍,就如那些书上画的女神一样。"

他望着湖面,若有所思,脸色十分肃穆。

"就像驾着月亮飞过天空的狩猎女神。"

"黛安娜?"

"对。月亮就是听她驭使的车辆。那就是我眼中的菲莉亚,而且我坦白告诉你,我对她的爱万分真诚,因此我当时虽然比现在年轻,却绝无轻举妄动的想法。即使我才二十岁,我也不会轻举妄动的,也许我如果十六岁的话就会,然后会因此而死——只要她看我一眼。那就是我的感觉。

"她就像那个驾着月亮飞过天空的女神,高踞在挡泥板上方,纱袍顺风翻飞,如丝的头发飘向后方,露出微凹的太阳穴,鞭着马匹,叫我别管风吹得多猛,只要快点跟上来,快点,快点,快点。

"我们驶过许多林间小路,头两三条我还知道,以后的我就毫无概念了。对那些只看过载木大卡车和雪地车的树木而言,看到我们必然是顶新奇的。那辆放在日落大道远比穿过树林合宜的小跑车,在下午的阳光中如子弹般飞上一个又一个山丘。她放下车篷,因此我闻得到林中的一切气味,你知道那气味既古老又新鲜,宁谧静逸,飘然出尘。我们驶过铺在沼泽路面上的木排路,木头间的黑泥浆被压得噗噗作响,她乐得像个孩子般欢笑。有些木头已经老朽脆烂了,因为有一两条路至少已有五年或十年没人走过——当然,除了她以外。一路上,除了看见我们的鸟兽,就只有我们两个。那辆小跑车的声音,先是嗡嗡直鸣,然后她一踩离合器换挡,便拔高为有力的隆隆声……那是我听见仅有的汽车声。虽然我知道我们必定离某处不远——这年头到处都有人住的——我却开始觉得时光似乎倒流到蛮荒时代。我想如果我们停下来,我爬到一棵很高的树上,极目四望,一定什么也看不到,只有连绵不尽的树林。而这同时,她只是猛踩油门,驱驰着那辆车,头发向后飞扬,脸上挂着笑容,两眼晶亮。于是我们出了林子,驶在斑鸟山路上,有一会儿我知道我们在哪里了。接着她转个弯,一时间我以为我知道,但很快就不再自作聪明了。我们开上另一条林间道路,等开出来时——我发誓——竟已上了柏油路,路旁有块牌子标明了2号汽车公路。你从来没听说过,在缅因州有条路叫'2号汽车公路'吧?"

"没有,"我说,"听起来像在英国。"

"是呀。看起来也像在英国。道路两旁的树木垂下枝叶,看上去像柳树。'现在你小心了,荷马。'她说,'一个月前就有一枝揪住了我,差点没让我挂彩呢。'

"我不知道她说的是什么,正想开口告诉她时,却发现当时虽没有风,那些树枝却往下弯,摇摇摆摆地荡动。在绿色的外表下,它们看来又黑又湿,我不敢相信自己的眼睛。这当儿,其中一枝抓走了我的帽子,让我知道我不是在做梦。'嘿!'我大叫,'还我帽子!'

"'现在太迟了,荷马。'她说着,大笑出声,'前头就出了林子了……我们没事的。'

"这时又有一枝树枝钩了过来,在她那边,揪住了她——我发誓。她一个弯身,那树枝只抓住她一缕头发,扯了下来。'哎哟,痛死人了!'她喊着,却边喊边笑。她弯身时,车子也随着弯了一下,我乘机望进那林子里——天啊,戴维!林子里每样东西都在动。青草波动不止,植物都纠结在一起,看起来就像在做鬼脸一样。我看见在一棵被砍了的树木的木桩上头,坐了一只像蟾蜍的东西,只不过那只蟾蜍可比一只猫还大。

"不久我们便驶出林荫,到了一个山丘顶上。她开口道:'好了!很刺激吧,对不对?'仿佛她指的只是嘉年华会上的鬼屋。

"大约五分钟后,我们又弯进另一条林间道路。那时我可真不想再看到树林了,我告诉你,好在这林子有的只是普通的老树而已。又过了半小时后,我们已驶进班戈镇领航员烧烤餐厅的停车场了。她指指小跑车上的里程表说:'你看看吧,荷马。'我看了,表上标明了一百一十一点六英里。'现在你怎么说? 相信我的捷径了吧?'

"她脸上狂野的表情几已褪尽,使她又一次只是菲莉亚·陶德了。但那表情并未全然消退。她好像是两个人,菲莉亚和黛安娜,而当她开车驶过刚才那些路时,她被黛安娜的那一部分主宰,以致菲莉亚的一部分毫不晓得她的捷径带她穿过那些地方……那些在缅因地图上,甚至在测量图上都找不到的地方。

"她又说:'荷马,你觉得我的捷径怎么样?'

"我说了第一句浮现脑际的话,虽然那是你平常不会对像菲莉亚·陶德那样的淑女说出口的。'那真他妈是条捷径,太太。'我说。

"她乐得大笑,那时我清清楚楚地看出,她根本就不记得那个怪异的林子了。那些柳枝——只不过它们根本不是柳枝,根本什么都不是——我的帽子被抓走,那'2号汽车公路'的牌子,还有那只特大号蟾蜍,她全都不记得了。若非我梦见那个怪异的林子,便是她梦见没什么怪异的林子。我确知的只是,戴维,我们只开了一百一十一英里路就到了班戈,而那可不是白日梦;就在小跑车的里程表上,写得清清楚楚的。

"'呃,是的,'她说,'那真他妈是条捷径。我只希望我能让渥兹也走上一趟……可他是个墨守成规的人,除非有泰坦二号火箭逼他,他是不可能有丝毫改变的。走吧,荷马,我们好好喂你一餐。'

"她点了许多菜,戴维,只是我吃不下太多。我不住想着现在天都快黑了,等一下开车回家不知会是什么样子。然后,吃到一半时,她向我说了声对不起,便去打电话。等她回来时,她问我是否介意替她把小跑车开回城堡岩。她说她刚才打电话给同在学校委员会的一个女人,那女人说他们遇到一些问题。她说如果渥兹不能来接她,她会租辆车开回去的。'你可介意在夜里开车回去?'她问我。

"她面带笑容望着我,于是我知道她毕竟是记得一些的——天晓得她记得多少,只是她所记得的使她知道我不会在天黑之后试她那条捷径,不管怎么样……虽然从她的眼光中,我看出她根本一点也不在意。

"于是我说没问题。我的胃口变得比刚开始吃饭时好些了。等我们吃完时,天已差不多全黑,她开车载着我到刚才和她通话的那个女人家去。等她下车后,她望着我,眼眸闪着同样的光彩,说道:'荷马,你真的不愿意等等吗?今天我又看到几条小路,虽然在我的地图上找不到这些路,但我想它们可能省得下几英里路呢。'

"我说:'太太,我愿意等,不过我发现,我这把年纪只睡得惯自己的床。我会把你的车开回去,绝不伤它分毫……虽说我大概会比你多走几英里路吧。'

"她轻柔地笑了起来,上前亲了我一下。那是我这辈子得过最好的一吻,戴维。她吻的是我的面颊;那是一个已婚妇人贞洁的吻,那一吻成熟得像颗桃子,或者像在黑暗中开放的鲜花。当她的唇触到我的皮肤时,我觉得好像……我也说不上来好像什么,因为一个男人很难抓住当世界年轻时,一个成熟的女人给他的那种感觉——我说得有点夹七夹八的,但我想你明白的。类似这样的回忆总有一层红色的光晕,让你看不清也看不透。

"'你是个很可爱的男人,荷马,我爱你,因为你听我说话,陪我开车。'她说,'好好开车回家吧,安全第一。'

"然后她走了,走进那女人的房子。我,我开车回家。"

"你走哪条路呀?"我问道。

他轻笑了起来。"走高速公路,你这笨瓜。"他说。以前我从未在他脸上看过那么多皱纹。

他坐在那儿,凝望着天际。

"那年夏天她就失踪了。我很少看到她……就是发生火灾的那个夏天,你该记得吧,后来又有一场大风暴把所有的树都吹倒了。那时可把当管理员的人忙坏了。哦,我常常想起她,想起那天,那一吻,慢慢的那一切都好像只是一场梦。就像有一回,当时我才十六岁,满脑子想的都是女孩。我在乔治·巴肯的西侧麦田里犁田,梦想着每个少年梦想的一切。接着我用耙刃耙出这颗石头,石头裂开了,而且流出血来。至少,在我看来它像在流血。红色的东西从石头的裂缝中流了出来,浸湿了土壤。我从没告诉任何人,只对我母亲说了,但我从未告诉她那对我有什么意义,或者我有什么感受,虽然她大概晓得,因为是她帮我洗的内裤。总之,她建议我祈祷。我祈祷了,却从未得到任何启示。久而久之,我开始觉得那只是一场梦。有时候,事情就是那样。事物的中间往往有洞,戴维,你明白吗?"

"是的。"我应道,想到我疑神疑鬼的那一晚。那是一九五九年,对我们来说是个坏年头,但我的孩子并不知道那是个坏年头,他们只知道张口就是要吃。我在亨利·布格的田野里看到过一群白尾鹿,于是在八月里有天天黑后,我手拿着照明灯到那里去。夏季里它们正肥,你可以打上两只;第二只会回来嗅第一只,仿佛在说:怎么回事?已经秋天了吗?你就可以像打倒一只保龄球瓶般将它放倒。你可以得到足够的肉喂你们全家人一个半月,还有剩下的可以腌起来。那样的两只鹿是十一月来的猎人猎不到的,可是孩子总得吃。就像那个麻省人说的,他希望他能负担得起经年住在这里,而我能说的只是,有时候你得为天黑后的特权付出代价。

于是我在那片田野中,看见天空有一大团橘红色的亮光,那亮光向下飘坠,我就站在那里看得两眼发直,下巴直挂到胸骨前。当那一大团亮光碰到湖面时,整个湖都充满一种紫色带橙红的光芒,呈放射状直射天际。没人跟我提起过那亮光,我自己也没跟任何人说过,一来因为我怕他们会笑,二来也因为他们会奇怪我天黑后跑到人家的田野里去干什么。过了一段日子,就像荷马说的,那就像做了场梦,而且对我毫无意义,因为我不能拿它当饭吃。那就像一道月光,既无手把也无利刃。我既然不能加以利用,只有把它丢到一旁,照样过我的日子。

"事物的中间总有漏洞。"荷马说着,好像生气似的坐直了身子,"就在正中央,不偏不倚。你大可说:'唉,管他的——'可漏洞就在那里,你只好绕过去,就如绕过路上可能折断车轴的壶洞。你懂吗?然后你就忘了。或者像你在犁田,你可以掘得很深。但假如地上出现裂缝,如地洞般黑暗而深不可测,你会说:'绕过去吧,老家伙。别理那个洞!反正我这边犁得差不多了。'因为你所要的并不是地洞,或某种大学生活的刺激,而是犁好一整片田地。

"事物中间的漏洞。"

说罢,他呆坐了好半响,我也识相地不打扰他。我懒得催他。最后他又开口说:"她是八月失踪的。我在七月初时看到她一次,她看起来……"荷马转向我,一字一字地、以强调的速度说出:"戴维·欧文,她看起来动人极了!动人、狂野,几乎难以驯服。我注意到她眼角的鱼尾纹似乎都消失了。渥兹·陶德,他当时在波士顿开个什么会。她站在阳台上,我在院子里,打着赤膊——她说:'荷马,你绝对不会相信。'

"我说:'是的,太太,不过我会试试看。'

"'我又找到两条新路了,'她说,'上回我开到班戈只走了六十七英里。'

"我记起了她以前的话,立刻说:'那是不可能的,太太。对不起,但我计算过地图上的英里数,最短的路径是七十九英里……乌鸦飞的路径。'

"她大笑,看起来前所未有的美丽。就如太阳中的一个女神,伫立在山丘上,那里只有绿草和喷泉,连作弄人的小精灵也没有。'没错,'她说,'而且在四分钟内不可能跑完一英里路,那也曾经有数据证明过的。'

"'那不一样。'我说。

"'是一样的。'她说,'把地图折起来,再量量看有几英里吧,荷马。假如你把地图折一点点起来,距离就会比直线少一点,或者假如你把地图折多一点起来,距离可能更短。'

"那时我想起和她一起开车到班戈去的那趟如梦境般的旅程,因此我说:'太太,你可以把纸上的地折起来,可是你不能把地面折起来呀。或者至少你不该去尝试,应该随它去。'

"'不,先生,'她说,'那是现在在我生活中,我绝对不会随它去的一件事,因为它在那里,而且它是我的。'

"三个星期后——这该是她失踪前半个月吧——她从班戈打电话给我。她说:'渥兹到纽约去了,我一个人来。我把钥匙不知放哪儿去了,荷马,所以我要你帮我开门,这样我才能进屋里去。'

"呃,那通电话是八点时打来的,正是天快黑的时候。我吃了三明治,又喝了罐啤酒,大约二十分钟后才离开家门。接着我开车到那里去。总共用了大概四十五分钟左右吧。等到陶德家时,我一开上车道,便注意到餐具室里的灯亮着,而我上回离开时并没留下那盏灯。我只顾着看那灯光,差点没撞上她那辆小跑车。那辆车停得有点歪歪的,就像一个喝醉的人停的车那样,而且车身上溅满泥浆,泥浆里有些看起来很像海草的东西……只不过当我的车灯照到那些东西时,它们似乎都动了起来。

"我把卡车停在那辆小跑车后,下了车。那些玩意儿并不是海草,但确实是草,而且它们在动……慢慢地蠕动,好像快死了似的。我碰了其中一根,它想卷住我的手。那东西摸起来又脏又恶心。我把手缩回,在裤腿上擦了几下,接着便绕到车前去。从那辆跑车的外观看来,似乎它刚在泥浆和沼泽里跑过九十英里路。那车显得很疲累。挡风玻璃上飞满了死虫——只是它们都是些我见也没见过的虫。有只飞蛾总有麻雀那么大吧,两片翅膀仍在有气没力地扇着,做垂死前的挣扎。还有些飞虫很像蚊子,只不过它们有真正的眼睛,你看得出来,而那些眼睛像在盯着我看。我听得见那些草搔爬着车身的声音,垂垂欲死,急于想抓住什么。而我所能想到的只是她到底去过什么地方?她怎么能在四十五分钟内抵达这里?这时我看见了另一样东西。有只动物被撞死在冷却器格架上,就在奔驰车标志下面——就是看来像是一颗星星被圈在圆圈里的那个标志,你知道。大部分小动物被车子辗死,都是死在车子下面,因为车子撞上它们时,它们都是蹲伏在路上,希望车子可以就那样开过,而它们能逃过一劫。但偶尔有只会跳起来,不是跳开,而是跳向冲撞过来的那辆车,仿佛在临死前要狠狠咬那致命的汽车一口——这不是没发生过。这只动物很可能就是那样,而且它的样子凶恶,像是可以跳上一辆坦克。它像是只土拨鼠和鼬鼠的混种,只是更丑恶,是你连看也不想看的。那会伤害你的眼睛,戴维,或许更糟,会伤害你的心灵。它的毛皮上都是血,四只脚上还有张开的爪子,很像猫爪,只是更长些。它的眼睛又大又黄,而且闪闪发光。我小时候曾有颗瓷弹珠,就像那个样子。还有它的牙齿,长而尖细,几乎像缝衣针一样,从嘴里突了出来,有些直插进冷却器格架里。那也是它仍然吊在那里的原因。它用牙齿把自己吊在那里。我一看清它,就知道它像响尾蛇一样含有剧毒,而它一看到跑车过来便扑上车子,想一口把它咬死。我可不愿把它从格架上拉下来,因为我手上有稻草的割伤,如果它的毒渗进我的伤口,我想我非当场死翘翘不可。

"我绕到驾驶座旁,打开车门。车内的灯亮了,我看看车上那个计算英里数的里程表……我看到的数字是三十一点六。

"我不相信地多看了两眼后,才走到门口。她扯开了纱门上的纱网,敲破门锁旁的玻璃,把手探进里面为自己开门。门上夹了张纸条,写着:'亲爱的荷马——我比预计的还要早到了点。我又找到一条捷径,棒极了!因为你还没来,所以我像个小偷一样爬了进来。渥兹后天来。你可以在他来以前把玻璃和纱门修好吗?希望你能。这种事总会惹他生气。如果我没出来和你打招呼,你就知道我已经睡了,开这趟车非常累人,但我没花多少时间就抵达这里了!菲莉亚。'

"累人!我又瞥了死在冷却器格架上的那只动物一眼,心想,是的,太太,那必定非常累人。老天,是的。"

他又停下,不安地扳了扳指关节。

"后来我只再见过她一次。大约一星期后。渥兹在那里,但他在湖里游泳,来来回回地游,像块浮木或张漂在水上的纸。

"'太太,'我说,'这虽然不关我的事,可是你一个人的时候总得当心点才好。那天晚上你回来,敲破门上玻璃进屋去,我看见有只东西吊在你的车前——'

"'噢,那只土拨鼠呀!我已经处理掉了。'她说。

"'老天!'我说,'我希望你很小心!'

"'我戴了渥兹的园艺手套,'她说,'那又不是什么怪物,荷马,只是只有点毒的土拨鼠而已。'

"'可是太太,'我说,'有土拨鼠的地方就有熊。而且如果在你那条捷径上的土拨鼠都长成那样,等到有熊出现时你可怎么办?'

"她望着我,我在她身上又看见那另一个女人——黛安娜。她说:'荷马,你不妨这么想吧,如果在那些路上的事物都与众不同,那么或许我也是与众不同的。'

"她的头发挽到脑后别了起来,看来有点像被一根棍子插过的蝴蝶。她放下头发;她那头秀发会让男人想到,不知它散在枕上会是什么样子。她说:'我的头发已经快变灰了,荷马。你看到什么灰色的头发吗?'说着她用指头把头发梳开,好让阳光映照着。

"'没有,太太。'我说。

"她看看我,眼光晶亮,然后说道:'你太太是个好女人,荷马·贝克蓝,可是她在店里和邮局里碰过我,我们也聊过几句,我看见她用一种只有女人明了的满足神情看着我的头发。我知道她说什么,还有她又怎么对她朋友说的……说那个奥菲莉亚·陶德开始染发了。但我没有。我在找捷径时不只一次迷路……迷路……也失去了我的灰发。'她说完大笑,那样子不像个大学女生,倒像高中女生。我仰慕她,并欣赏她的美,但那时我在她脸上又看出另一种野性美……于是我又感到害怕了。为她害怕,也怕她。

"'太太,'我说,'你不只是失去一小绺灰发而已。'

"'是的,'她说,'我告诉你,我在那里是不同的……在那里我恢复了自我。我开车走那些路时,我已不再是奥菲莉亚·陶德,渥兹·陶德的妻子,一个不会生育的女人,或是个想写诗却写不出来的女人,或是个坐在委员会议里记笔记的女人。当我在那条路上时,我只是我自己,我觉得像——'

"'黛安娜。'我接口说道。

"她惊讶而好奇地看看我,随即笑了起来。'哦,我想是像某个女神吧。'她说,'她比其他女神更有可能,因为我是个夜猫子——我喜欢熬夜看完书,或者直到电视播放国歌,而且因为我很白——像月亮——渥兹总是说我需要进补,或者验血,或者类似的蠢话。但在每个女人心里,她想要成为的就是某个女神,我想——男人捡起这个想法的残破回音,试着把她们安放在神坛上——但男人察觉到的并不是女人想要的。一个女人要的是自由。想站就站,想走就走……'她望向停在车道上的那辆小跑车,眯了眯眼睛,又粲然一笑。'或者想开车就开车,荷马。男人不会明白这点。他们以为女神只想在奥林匹斯山的山坡上悠游,吃着水果,但那并不需要由神或女神来做。女人想要的不过就是男人想要的——女人想要开车。'

"我说:'可是太太,你也得当心自己把车开到哪里去呀。'她大笑,在我的额头印上一吻。

"她说:'我会的,荷马。'但那是无心之言,我知道,因为她那语气就像一个男人对他太太或女朋友说他会当心,而事实上他却不会……不能。

"我回到我的卡车上,对她挥手道别。一星期后,渥兹便报警说她失踪了。她和她那辆小跑车都失踪了。渥兹等了七年,等到她被宣布法律上的死亡,接着他又等了整整一年,这才娶了第二任陶德太太,刚才开车经过的那个。我也不期望你相信这整个故事的任何一个字。"

在天空中,那些大朵大朵的云快速飘着,现出鬼影似的月亮——半圆形的,惨白如牛奶。我的心为那景色跳动,半是惧怕,半是喜爱。

"我相信,"我说,"每一个字。而且就算那不是真的,荷马,它也应该是真的。"

他用前臂搂了我的脖子一下。这是每个男人仅能做的表示,因为这世界只准女人相互亲吻。然后他笑了笑,站起身来。

"就算它不应该是真的,它还是真的。"他说着,从裤袋里掏出表来看了看。

"我得到斯科特家看看。你要一起来吗?"

"我想我还要在这里多坐一会儿。"我说,"想一想。"

他走到石阶前,又转过身来,半带笑容望着我。"我相信她是对的。"他说,"在她找到的那些路上,她是与众不同的……任何东西都不敢碰她。你或我,也许,但绝不敢碰她。"

"而且我相信她很年轻。"

然后他便上了卡车,出发去检查斯科特的别墅。

那已是两年前的事,而今荷马搬到佛蒙特州去了,我想我已经说过了。有一晚他来看我。他的头发梳得很整齐,刚刮过脸,闻起来香香的。他的脸很干净,眼神清亮。那晚他看起来不像七十岁,倒像六十岁,而我为他高兴之余,忍不住嫉妒起他,甚至有点恨他。关节炎是个凶狠的老渔夫,但那晚的荷马却不像我一样,被关节炎的鱼钩勾住某些地方。

"我要走了。"他说。

"是吗?"

"是的。"

"好。你把新地址通知邮局了吗?"

"我不要邮局转寄任何信件,"他说,"我的账单都付清了。我要走得干干净净。"

"呃,把你的地址给我吧,我偶尔会写封信给你,老家伙。"我已经能感觉到孤寂有如一件罩袍般向我罩下……我望着他,明白事情没有表面上那么简单。

"我还没有新地址。"他说。

"好吧,"我说,"你真是要到佛蒙特去吗,荷马?"

"嗯,"他说,"对于想知道的人,那是个答案。"

我本来不想说出口,后来还是说了:"她现在看起来是什么样子?"

"像黛安娜,"他说,"可是更善良。"

我说:"我嫉妒你,荷马。"这句话完全发自内心。

我送他到门口。那是仲夏黄昏,田野里处处开遍野花。一轮满月在湖面上投下一道灿烂的光影。他走过前廊,下了台阶,一辆车等在路旁,引擎懒懒地响着,听起来像是那种可以全速冲刺、超过鱼雷的旧式跑车。现在回想起来,那辆车看起来就像鱼雷。虽然车身旧损,但似乎不费吹灰之力便可冲上百英里时速。荷马在台阶前停下,拿起某个东西——他的油桶,可以装十加仑的那种大油桶。他走过车道,绕到乘客座门旁。她倾身为他开了车门。车里的小灯亮了,那一刹那,我看见了她,长长的红发散落在脸部四周,前额光亮如灯。像月亮。他上了车,她便开走了。我站在前廊,目送她那辆小跑车的尾灯在黑暗中闪着红光……逐渐变淡变小,如余烬,如萤火虫,然后消失不见。

佛蒙特,我告诉镇上的人,他们也相信他到佛蒙特去了,因为那是他们脑袋里能看到的最远的地方。有时我自己也几乎相信了,但那多半是我疲累的时候。不过其他时候我会想着他们——譬如这整个十月我都在想。只因十月时人最容易想起远方,以及可以到达远方的路。我坐在贝尔市场前的长凳上,想着荷马·贝克蓝,想着当他搬着十加仑的汽油走过车道后,那倾身为他开门的女孩——她看起来不过十六岁,一个只有学习驾照的女孩,而她美得惊人。但我相信那美是杀不了人的。有一瞬间,她的目光投向我,我没被杀死,虽说有一部分的我的确已死在她脚下。

奥林匹斯山对许多人来说必然是个荣耀之地,而且有许多人景仰它,并找到路径爬了上去。然而我知道,我对城堡岩就像我的手背一样熟悉,所以我永远不会离开去找通往任何地方的捷径。十月里,罩着湖面的天空没什么荣耀,可是碧蓝如洗,飘着一大朵一大朵白云。我坐在这张长凳上,想着菲莉亚·陶德和荷马·贝克蓝,却不希望自己在他们所在的地方……只是我仍然希望自己是个会抽烟的人。

跳　特

"这是跳特701号最后一次呼叫。"愉悦的女性声音在纽约港务局机场的蓝色大厅里回响。过去这三百多年来,港务局机场并没有什么改变,仍然脏乱且有点吓人。唯一叫人感到愉快的,大概就是那女性播音员的声音了。"这是前往火星白头市的跳特服务。"那声音又往下说,"请所有已购票的旅客都到蓝色大厅休息室,并请将有效文件准备好,谢谢。"

楼上的休息室一点也不脏乱;地上铺着银灰色地毯,乳白色的墙上挂了几幅没什么特色的海报,一连串舒缓、明快的颜色在天花板上转现。大厅里放有一百张长沙发,十张一排整齐地放置着。五个跳特服务员在大厅里来回走动,以低沉而愉快的声音说话,并为乘客提供一杯杯牛奶。房间的一侧是入口,两旁列着武装警卫,还有另一个跳特服务员正在检查一个迟到乘客交出的有效文件。那名乘客看来急匆匆的,大概是个生意人,腋下夹了一份《纽约世界时报》。在入口正对面的另一侧,地板向下低陷约五英尺宽十英尺长,经过一个没有门的入口,看来倒有些像小孩的滑梯。

欧茨一家并肩躺在房间尽头的四张长沙发上。马克·欧茨和他的妻子茉莉,两个孩子则躺在中间。

"爸爸,你现在可以说说跳特的事给我听吗?"瑞奇问道,"你答应过的。"

"是呀,爸爸,你答应过的。"帕特里夏附和说,并莫名其妙咯咯笑着。

一个身材高壮的生意人瞥了他们一眼,又继续自在地躺着看他的报纸。压低的谈话声与乘客在跳特沙发上翻身的声音处处可闻。

马克望向茉莉,眨眨眼。她也对他眨了两下,但她几乎和帕特里夏一样紧张。为什么不?马克心想。他们三个都是第一次跳特。过去六个月来,他和茉莉不停地讨论搬家的得失,只因德州水利局已通知他,他将被调职到白头市。最后他们决定,在马克驻守火星这两年间,全家一起搬去。此刻,望着茉莉苍白的脸孔,他不禁想着她是否已经对这决定感到后悔了。

他看看表,离跳特时间还有半小时。这段时间够用来说故事了……况且这可以让孩子分心,不至于紧张兮兮。谁知道,或许茉莉也会因此平静些。

"好吧。"他说。瑞奇和帕特里夏都一本正经地看着他。瑞奇十二岁,帕特里夏九岁。他又一次告诉自己,等他们回地球时,他儿子将已进入青春期,而他女儿的胸部也即将发育,这想法仍让他觉得难以置信。两个孩子都将转入小小的白头联合学校,和一百多个工程帅及石油公司员工的孩子在一起。过不了几个月,他儿子可能和同学远足到法布星去,探测那颗星球上的地质,这实在令人难以置信……却是千真万确。

谁知道?他闷闷地想着,也许这也会让我对"跳特之跳"觉得轻松点吧。

"目前为止,就我们所知,"他开口说,"在三百二十年前左右,大约是一九八七年,有个叫维克多·柯伦的人发明了跳特。他之所以发明跳特,是由于一项由政府资助的私人研究方案……当然,后来政府接管了这项发明。到最后,要不是归政府所有,就是归石油公司所有。我们之所以不知道确切的发明日期,是因为柯伦是个怪人——"

"你是说他疯了吗,爸爸?"瑞奇问道。

"'怪人'只是表示他有点疯而已,亲爱的。"茉莉说着,对马克笑了笑。他觉得她似乎不那么紧张了。

"噢。"

"总之,他实验进行了已有一段相当长的时间后,才把得到的结果向政府报告。"马克继续说,"他会告诉他们,只因为他快没钱了,而他们又打算不再继续资助他。"

"你的钱将被收回。"帕特里夏说着,再度咯咯尖笑。

"就是那样,宝贝。"马克轻轻揉了一下她的头发。在房间另一头,他看见一扇门无声地开启,又有两名服务员走出,穿着跳特服务的鲜红色连身制服,推着台子。台子上是个不锈钢管口,连着一条橡皮管;在台布下,马克知道那里面藏着两桶气体;钩在台子旁的网袋里,装有一百副随用随丢的面罩。马克继续说话,不希望家人过早看到"遗忘河措施"。而且,只要他有时间说出整个故事,他们会张开双手欢迎遗忘气体的。

想想剩下的选择。

"当然,你们知道跳特是种电磁传动。"他说道,"有时在大学的理化课里,他们称之为'柯伦过程',但其实那就是电磁传动,而且将之命名为'跳特'的,就是柯伦本人。他是个科幻小说迷,当时有篇由阿尔弗雷德·贝斯特所写的小说,叫《群星,我的归宿》,在这篇小说里,贝斯特为电磁传动发明了'跳特'这个名词。只不过在他的小说中,你光是用想的就可以跳特了,但在实际情况中却不行。"

服务员正把一副面罩装到不锈钢管口上,并将它递给躺在房间另一头的一位老太太。老太太接过面罩,深吸一口气,立即悄然无力地瘫倒在长沙发上。她的裙子向上拉起一点点,露出青筋满布且肌肉松弛的大腿。一名服务员周到地为她拉好裙子,其他人则忙着取下用过的面罩,换上一副新的。这过程总使得马克想到旅馆房间里的塑料杯。他暗自希望帕特里夏能够冷静一点;他见过必须被牢牢按住的孩子,有时候他们更会在橡胶面罩盖住脸部时尖叫出声。对孩子来说,那倒不算什么不正常反应,他想,但旁观者往往感到触目惊心,因此他不希望帕特里夏会那样。至于瑞奇,他更有信心些。

"我想你可以说跳特是在最后可能的一瞬间出现的。"他又往下说。他看着瑞奇说话,却伸手抓紧女儿的手。她的手指惊慌地握住他,掌心冰凉,且微微出汗。"当时世界已经在闹石油荒,仅剩的石油又多半属于中东沙漠地带的民族所有,这些人将石油当作一种政治武器。他们组成一个石油联盟,称为石油输出国组织——"

"什么叫联盟呢,爸爸?"帕特里夏问道。

"嗯,就是一种垄断。"马克说。

"就像俱乐部,宝贝儿,"茱莉说,"而你必须拥有很多石油才能加入那个俱乐部。"

"噢。"

"我没时间为你们一五一十解释清楚,"马克说,"你们在学校里会读到一些,只是那真是乱成一团——目前我们先不谈这个。假使你有辆车,你每星期只能开它两天,而且汽油贵到十五块钱一加仑——"

"天啊!"瑞奇插嘴道,"现在一加仑才四分钱左右吧,对不对,爸爸?"

马克微微一笑:"所以我们现在才要去我们要去的地方,瑞奇。火星上有足够用八千年的石油,金星上的石油够用两万年……可是石油已不再那么重要了。现在我们最需要的是——"

"水!"帕特里夏抢着说。那个看报的生意人抬起头来对她笑了笑。

"没错,"马克说,"因为从一九六○年到二○三○年之间,我们的水大多受到污染。第一次从火星的万年冰层取得用水,称之为——"

"稻草计划。"这次回答的是瑞奇。

"是的,在二○四五年左右。但早在那之前,跳特便已被用来在地球上找寻干净的水源了。现在水是我们主要的火星出口物……石油不过是副线产品。但当时石油却很重要。"

两个孩子点点头。

"重点是,那些东西一直都在那里,但我们因为跳特的发明才能取得。当柯伦发明它时,世界正滑进一个新的黑暗时代。前一年冬天,单是美国便有一万多人冻死,只因没有足够的能源供给他们暖气。"

"哎哟。"帕特里夏不以为然地叫了一声。

马克瞥向右侧,看见服务员正在和一个面容胆怯的人说话,想要劝服他。最后他接过面罩,几秒钟后便好像在沙发上昏死了过去。第一次跳特,马克心想,总是看得出来。

"柯伦先用一支铅笔做实验,接着用几把钥匙……一只手表……然后是老鼠。老鼠为他揭露了一些问题……"

维克多·柯伦兴奋之至地回到实验室。他觉得现在他总算明白了摩斯、亚历山大·贝尔,以及爱迪生的感受了……可是这成就比他们发明的电报密码、电话和电灯都伟大,因此他开着货车从新帕尔茨的宠物店回来时,有两次差点没出车祸。他在那家宠物店里,花了最后二十块钱买了九只白老鼠。现在他所有的就是口袋里的九毛三分,和银行户头里的十八块钱了……但他不想这么多。就算他想了吧,可显然他并不因此而烦恼。

他的实验室是一间改装过的谷仓,位于下了26号公路后一段一英里多长的泥土路的尽头。就是在转上这条泥土路时,他差点再次将他的小货车撞毁。油箱里差不多没油了,而且在十天半个月里,他不可能加油,但对这点他也不以为意。此刻他的心正卷在一个狂喜的漩涡中。

他的成就并非完全出乎意料。政府以每年两万美元的微小金额资助他,原因之一是由于在物质转换这门学问中,可能性一直都存在。

但这么突然地……毫无预兆地发生……而且只一部彩色电视机所需的电力就发动了……天啊！上帝啊！

他在谷仓前猛踩刹车停住货车,从身旁满是沙尘的座位上抓起箱子（这箱子里曾装过狗、猫、金鱼和天竺鼠）,往双扇大门跑了过去。箱子里传来了他的试验品搔爬的声音。

他试着推开一扇有滑轨的大门,当门动也不动时,他想起自己把门锁上了。柯伦低声咒骂"狗屎！",随即在身上的口袋里摸索钥匙。政府要求实验室必须随时上锁——这是他们资助的条件之一——但柯伦常常忘记。

他摸出一串钥匙,盯着它们看了半晌,像被催眠一样,摸着货车钥匙的凹痕。他又一次想着:天啊！上帝啊！然后他从钥匙圈上抓出那把耶鲁锁的钥匙,打开了谷仓的门锁。

就如第一通电话在偶然中打通——贝尔当时对着它叫道:"华生,快来！"只因为他把一点酸泼溅到了纸上和自己身上——第一次电磁传动也是在无意间发生的。维克多·柯伦将他左手的两根指头传送到谷仓里五十码外的另一头。

柯伦在谷仓两头各装设一个出入孔。在他这头,是把简单的离子枪,在任何电子器材店里都买得到,要价不到五百美元。在另一头,就在出入孔外——两个出入孔皆是长方形,而且只有一本平装书大小——放着一个雾箱①。在两个出入孔间,设有看起来像不透明浴帘的东西,只是那是用铅制的。他的想法是发射离子枪通过一号出入孔,然后绕过去看离子流过二号出入孔的雾箱,用隔在中间的铅幕证实离子确实已被传送。只不过,过去两年来,这过程只成功过两次,而柯伦完全想不透原因何在。

他把离子枪放好,手指滑过枪托——平常是没什么问题,但今早他的

---

① 雾箱（cloud chamber）,物理学上用来观察离子辐射路径的装置。通常是个密闭空间,内有过冷或过度饱和的水或酒精的蒸汽。

臀部同时碰到放在出入孔左侧那块控制板上的套环开关——那机器只发出一声低微的闷响——直到他觉得手指有种震动的感觉。

"那不像是电击。"柯伦在他唯一一篇论文中写道。那篇论文发表在《大众机械》杂志上。为了将跳特保有为他的私人企业,他在万不得已的情况下把论文卖给该杂志,得到七百五十美元稿费,但不久后,他还是得接受政府资助,此后政府便不许他再发表任何论文。"举例来说,这震动并没有一个人触电时的那种不愉快的感觉,倒像是把手放在某种动得很厉害的小机器外壳上感觉到的震动。这种震动快而轻,十分微妙。"

"然后我低头看出入孔,看见我的食指从中间的关节以上呈斜线消失了,而我中指的同一部分也即将消失。更有甚者,我的无名指指甲也有一部分一并不见了。"

柯伦本能地将手缩回,叫喊出声。后来他写道,他以为一定会看到血流出来,因为有一两分钟他真的幻想看到了鲜血。他的手肘碰到离子枪,把枪撞落在地上。

他站在那里,把手指放进嘴里,以证明它们仍旧完整存在。他想到,或许是他最近工作太卖力了,才会产生幻觉。接着第二个想法浮上脑际:说不定是最后一组修正造成了……造成了某种效果。

他没有再把手放进去。事实上,柯伦在其余生里身体跳特的经历仅有一次。

起初,他什么也没做,只是漫无目标地绕着谷仓而行,不断用手搔抓头发,想着该不该打电话到新泽西去给卡森,或打电话到夏洛特给巴芬顿。卡森不会接受付费电话,那个小气巴拉的浑蛋,但巴芬顿也许会。这时他突然有个想法,便快步跑向二号出入孔,想着假如他的指头果真越过谷仓,那么肯定会留下某些痕迹。

当然,他没找到。二号出入孔设在三个堆高的水果木箱上,看起来很像玩具断头台,只差没有刀刃。在它不锈钢外框的一侧设有一个插座,上面插的电线连到传动板上,这传动板不过是个粒子变压器,钩到一条电脑输入线上。

这使他想到了——

柯伦看看表,表上的时间是十一点十五分。他和政府的交易包括了一小笔钱,加上极其宝贵的电脑使用时间。他的电脑使用时间持续到当天下午三点,然后就得等到下星期一才能再次互传,他得快点行动——

"我又一次望向那堆木箱,"柯伦在《大众机械》杂志那篇论文中写道,"接着看看我的手指。没错,证据就在眼前。当时我想,这件事除了我之外,谁也不会相信。然而刚开始时,你需要说服的人就是自己。"

"那是什么呀,爸爸?"瑞奇问道。

"是啊!"帕特里夏也问,"是什么?"

马克微微一笑。现在他们上钩了,就连茉莉也是。他们几乎已忘了自己身在何处。从他的眼角,他看见那几个跳特服务员正悄无声息地推着台子在沙发间穿行,让参与跳特的人一一睡去。他发现,在平民中施行这程序总是没有在部队里快;平民会紧张,要人再对他解释清楚。橡皮面罩和不锈钢管口太容易让人联想到医院的手术室。在手术室里,麻醉师拿着不锈钢管,外科医生就拿着刀子藏在后面。有时不免有人惊慌,歇斯底里,而且总有几个会乱发脾气。马克在对两个孩子讲故事时,就看到两个。两个男人蓦地从沙发上起身,毫不夸张地走到入口,取下别在他们领口上的有效文件,交给入口处的服务员,然后头也不回地走出去。跳特服务员奉有严厉指示,绝不和这些人理论。很多人抱着微乎其微的希望列入候补,有时多到四五十个。那些无法接受遗忘气体的人一离开,候补者立刻别着有效文件进入休息室。

"柯伦在他的食指里找到两块碎木片。"马克对孩子们说,"他取出那两片碎木,放到一旁。其中一片已经遗失,另一片还珍藏在华盛顿的太空科学博物馆内,放在一个密封的玻璃箱里,和人类第一次从月球上带回来的石头并列——"

"爸爸,是我们的月球呢,还是火星的月球?"瑞奇问。

"我们的。"马克淡淡一笑,又说,"只有一架载人的火箭曾在火星上登陆,瑞奇,是法国的,在二〇三〇年的时候。总之,那就是为什么科学馆里会有一片从水果箱上脱落的旧木片。因为那是第一件真的经过电磁传动——跳特——的物品。"

"后来又怎么样了呢?"帕特里夏问。

"呃,据故事说,柯伦跑了起来……"

柯伦跑回一号出入孔,在那里站了一会儿,气喘吁吁,一颗心狂跳不已。镇定下来,他告诉自己。必须好好想想。像你这样慌乱,只会浪费时间而已。

他强自压下对自己尖叫、想要快点行动的心,从口袋里掏出指甲剪,用锉刀尖端挖出嵌在食指中的碎木片,将它们放在巧克力棒的包装纸上。那巧克力棒是他在敲击变压器,想扩充其输入能力时吃的(显然他确实完成了他梦想不到的扩充)。其中一片掉到包装纸外遗失了;另外一片最后被锁在铺了天鹅绒布的玻璃箱里,珍藏在华盛顿的太空科学馆内,日以继夜被一个电脑操纵的摄像头监视着。

拔出碎木片后,柯伦感到镇定了点。一支铅笔。这算是个好的开始吧。他从放在架上的写字板旁拿下一支铅笔,将它轻轻推放进一号出入孔内。那支铅笔一英寸一英寸地消失了,犹如视觉幻象,或是魔术师的把戏。那支黄色铅笔侧面印有黑字:"伊伯哈·纤维二号"。等他把铅笔推进去,直到"伊"字也消失不见后,他便绕到一号出入孔另一侧,往出入孔里看。

他看见铅笔只剩下一截,好像被刀子削断一样。柯伦用手指摸摸原本该有另一截铅笔的部分,却什么也没摸到。他跑过谷仓,到二号出入孔去,看见失踪的那截铅笔就躺在水果箱上。他的心剧烈跳动,似乎震动着整个胸腔。柯伦抓住铅笔的笔芯,将整枝笔拉了出来。

他举起铅笔,瞪着它看。突然间,他握笔在一块谷仓板上写下三个字:**成功了!** 他写得十分用力,因此在写最后一个字时笔芯断了。柯伦开始在空无他人的谷仓里狂笑,笑得非常大声,把梁上的燕子都惊吓得飞了起来。

"成功了,"他大叫,又跑回一号出入孔,双臂高挥,那支断掉的铅笔紧紧抓在手中,"成功了!成功了!你听见了吗,卡森,你这老浑蛋?成功了,我成功了!"

"马克,注意你的用词。"茉莉斥责他。

马克耸耸肩:"他应该是那么说的。"

"那你就不能选择性地修饰一下吗?"

"爸爸?"帕特里夏问,"那支铅笔也在博物馆里吗?"

"熊会在森林里大便吗?"马克反问,随即用手捂嘴。两个孩子都大笑出声——但马克很高兴地注意到,帕特里夏的笑声已没有先前尖锐的音调。茉莉强装严肃,不一会儿后也忍不住笑出声来。

接下来被转换了位置的是他的钥匙圈;柯伦只是将它丢进一号出入孔里。他的脑筋又能如常转动了。在他想来,第一件必须弄清楚的事,就是看看这过程中在另一头出现的东西,是不是和它们原来完全一样,或者这些东西在转换过程中会有所改变。

他看着钥匙圈通过、消失。而在同一刻他听到谷仓另一头的木箱上传来钥匙的叮当声。他跑过去,在半途中停下把那层铅幕推回原来的轨道上。现在他既不需要那层铅幕,也不需要那把离子枪了。正好,因为离子枪刚才掉到地上时摔坏了。

他抓起钥匙圈,走到政府强迫他装上的门锁前,试了那把耶锁鲁钥匙。钥匙如常开了锁。他又试了大门钥匙。同样有效。档案柜钥匙和货车钥匙也都和先前没什么不同。

柯伦将钥匙圈塞进裤袋里,拿出他的表,这是只精工石英表,表面下侧附有计算机——二十四个小按钮,使他可以从加法、减法、算到平方根。一件精密仪器——也是只运行准确的表。柯伦把它放到一号出入孔前,用一支铅笔将表推过去。

他跑过谷仓,抓起手表。当他把表推进去时,表上的时间是十一点三十一分〇七秒,现在表上指着十一点三十一分〇九秒。很好。这下子钱有着落了,他只差没有一个助手在那里为他记下时间永远在前进的事实。不用多久,政府就会派给他一大堆助手。

他又试了表上的计算机。二加二仍然等于四,八除以四仍然得二。十一的平方根仍是三点三一六六二四七……等等。

就在这时,他决定了要用老鼠做实验。

"那些老鼠怎么样了呢,爸爸?"瑞奇问。

马克犹豫片刻。如果他不想在距第一次跳特只有几分钟时把他的孩子(更别说他太太)吓得歇斯底里的话,这段就得当心了。最重要的是要让他们知道,不管当时发生过什么问题,那问题已经解决,因此现在一切都很安全了。

"正如我说过的,出了一点小问题……"

是的。恐惧,疯癫,死亡。那算是一点小问题吧,孩子们?

柯伦把装老鼠的箱子放到架子上,然后看看表。要命,他把表拿反了。他将表倒过来,看清时间是两点差一刻。他只剩一小时又十五分钟的电脑时间了。快乐的时光总是去得快,他想着,一面狂笑了几声。

他打开箱子,把手伸进去,抓起一只吱吱叫的白老鼠的尾巴。他把老鼠放到一号出入孔前说:"去吧,老鼠。"那只老鼠一溜烟由放置出入孔的水果箱侧边跑了下来,很快地爬过地板。

柯伦一边咒骂,一边追着老鼠,好不容易抓到了它,却又被它挣扎脱身,自两片谷仓板之间的缝隙钻了出去,消失不见。

"狗屎!"柯伦大骂一声,跑回放老鼠的箱子前,及时把两只差点没溜掉的老鼠塞回箱子里。他抓出第二只老鼠,谨慎地揪住这只的身子(他是个物理学家,对老鼠并不熟悉),然后用力关上箱盖。

这只被他强塞进出入孔里。老鼠紧抓着柯伦的手掌,却徒劳无功,从尾巴到头到小爪子都消失在一号出入孔后。柯伦立刻听到它落在谷仓另一头的水果箱上。

想到第一只老鼠的飞快逃脱,他急忙奔了过去。他的担心是多余的。这只老鼠只是蹲在水果箱上,眼神呆滞,呼吸微弱。柯伦放慢脚步,小心翼翼地走向它。他并不是个惯于与白老鼠为伍的人,但他用不着是个执业四十年的兽医,也看得出这只老鼠有些不对劲。

("老鼠被传送过去后,觉得不大舒服。"马克对他的子女这样说,并咧嘴而笑。只有他太太看得出这是假笑。)

柯伦碰碰老鼠——那感觉很像碰触无生命的稻草或锯木屑什么的,除了它身体两侧都因呼吸而微微起伏。老鼠并未回头看柯伦,只是直盯着正前方。他丢进的是只蠕动不止、活生生的动物,出来的这只却仿佛是只逼真的蜡制老鼠。

接着柯伦在老鼠的粉红小眼睛前弹了一下手指。那老鼠眨眨眼睛……倒地而死。

"所以柯伦决定再用另一只老鼠试试看。"马克说。

"那第一只老鼠怎么啦?"瑞奇问。

马克又露出那咧嘴的假笑:"它光荣退休了。"

柯伦找到一个纸袋,把死老鼠放了进去。那晚他会把老鼠带到兽医——莫斯柯尼——那里。莫斯柯尼可以将老鼠解剖,告诉他老鼠的内脏是否被重新组合了。政府要是知道的话,一定不会允许他把一个有私交的平民扯进一个被列为最高机密的计划里。柯伦决定让白宫的老大哥越晚知道这件事越好。白宫老大哥又没帮他多少忙,总可以等一等。

这时他又想起莫斯柯尼住在新帕尔茨的另一头,隔了老远一段距离,而他货车里的汽油连走到中途的量都不够……更别说回程了。

现在已是两点零三分——他的电脑时间已剩下不到一个钟头。他待会儿再担心那该死的解剖吧。

柯伦很快做了一个通往一号出入孔的斜槽(马克告诉两个孩子说,这就是第一个跳特斜坡。帕特里夏觉得做个老鼠专用的跳特斜坡实在是件滑稽的事),将一只新老鼠丢进里面。他用一本大书挡在另一头。这只老鼠漫无目的地爬了一会儿,东嗅西嗅一阵,终于钻过出入孔,消失了身影。

柯伦快步跑过谷仓。

老鼠暴毙在水果箱上。

没有血,没有任何伤痕或肿胀可以显示是压力的改变使得老鼠的内脏破裂或什么的。柯伦猜想或许是缺氧使然——

他不耐烦地摇摇头。只费了十亿分之一秒,那只老鼠就通过了。他的表证实了在这过程中时间一直是持续的。

第二只死老鼠和第一只一样,被扔进纸袋里。柯伦又抓出一只老鼠(连那只成功逃脱的幸运老鼠算在内的话,这已是第四只了),第一次想到不知哪样会先用完——他的电脑时间,还是他的白老鼠。

他紧紧揪住这只老鼠的身体,将它倒过来强塞进出入孔。在谷仓另一头,他看见老鼠的身躯出现了……只有身躯而已,四只被切断的小脚正抽动地搔抓着水果箱的木板。

柯伦把老鼠又拉了回来。这回没有紧张症了;这只老鼠狠命地咬了一口他拇指和食指间的肉,鲜血立刻冒了出来。柯伦把老鼠丢回箱子里,急忙从急救箱里拿出一小瓶双氧水倒在伤口上,以防止咬伤发炎。

他在伤口上又贴了一块创可贴后,才到处翻寻,最后找出一副厚厚的工作手套。他能感觉时间正一分一秒消逝。现在已是两点十一分了。

他抓出另一只老鼠,将它屁股往前一路推过出入孔,然后他快步跑向二号出入孔。这只老鼠活了大约两分钟,它甚至还摇摇摆摆爬了几步,爬过水果箱,翻身倒卧,又虚弱地挣扎起身,之后就只是蹲在那里。柯伦在它的头部前方弹了一下手指,那老鼠又踽踽地向前爬了四步,随即又翻倒了。它侧腹的起伏慢了下来……慢慢地……停止了。它死了。

柯伦不觉打了个冷战。

他走回去,又抓出一只老鼠,将它头往前慢慢推过出入孔。他看见老鼠在另一头重现,先是只有头……接着是颈子和前胸。柯伦谨慎地放松揪住老鼠身体的手,准备随时再将它抓回来。可是这只老鼠却待在原处不动,前半身在谷仓另一头,后半身却仍在一号出入孔前。

柯伦跑回二号出入孔。

老鼠是活的,但粉红色的眼睛却呆呆瞪着。它的胡须没有动。柯伦绕到出入孔后头,看到一个惊人的景象;就如他看到铅笔被削掉一半一样,这次他看到的是半只老鼠。他看见它的小脊椎骨猝然截断,露出白色的圆圈;他看见血流过血管;他看见环着小食道四周的肌肉随着生命之波轻轻动着。如果这发明没什么了不起,他心想(后来并写在《大众机械》杂志的那篇论文上),至少这是个很棒的解剖工具吧。

接着他注意到肌肉的波动停止了。这只老鼠也死了。

柯伦揪着老鼠的口鼻部位将它拉了出来,忍着恶心的感觉,把它丢进纸袋里陪它的同伴。白老鼠的实验做够了,他决定,老鼠死了。你把它全身一起放过去,它会死,你只放一半过去,它也会死。把它屁股往前放过去一半,它就还是活蹦乱跳的。

这是什么鬼道理?

感觉输入,他胡乱想着,它们通过时不知看到了什么——听到了什么——触到了什么——老天,或许甚至闻到了什么——因而致死吧。到底是什么呢?

他毫无概念,但他非要查明不可。

在联网的电脑将资料库抽回之前,柯伦还有四十分钟。他把厨房门旁的温度计拔了下来,拿着它走回谷仓,将它放进出入孔。温度计送入之前是华氏八十三度,从另一头出来时仍是华氏八十三度。他跑到小仓库去,在这间仓库里,存放了他用来逗几个孙子玩的玩具。在这里,他找到一包气球。他吹了个气球,将它扎起来,推着它过了出入孔。气球完整无缺地从另一头出现,使他认为在跳特过程中可能造成压力突然改变的推测不攻自破。

离电脑切断时间只有五分钟了。他跑进屋里,抱起金鱼缸(鱼缸里,波西和帕特里克慌乱地游来游去),又冲回谷仓。他把金鱼缸推进一号出入孔内。

他快步跑到二号出入孔前,看见鱼缸好端端摆在水果木箱上。然而,波西腹部朝上浮在水面,帕特里克则像受到惊吓似的在鱼缸底部慢慢游着。不一会儿,它也腹上背下浮了上来。柯伦正想拿起鱼缸时,波西却突然轻摆一下尾部,接着便慢慢游了起来。它似乎逐渐摆脱曾遭受过的某种效应,等到那晚九点柯伦从莫斯柯尼的兽医诊所回来时,它已恢复原来的活泼自在。

但帕特里克却死了。

柯伦喂波西双倍的鱼饲料,并在花园里给帕特里克一个英雄式的葬礼。

等到当天电脑切断后,柯伦决定搭便车到莫斯柯尼那里。据说,他那天下午三点四十五分时站在26号公路旁,穿着牛仔裤和一件色彩鲜明的运动外套,伸出拇指,另一手拿了个纸袋。

终于,一个小伙子开了辆不比沙丁鱼罐头大多少的雪佛兰停下。柯伦上了车:"你那袋子里装了什么呀,朋友?"

"一堆死老鼠。"柯伦说。

后来另一辆车停下。当开车的农夫问柯伦纸袋里装了什么时,柯伦告诉他里面是两个三明治。

莫斯柯尼当场解剖一只老鼠,并同意稍后将其他死老鼠也一一解剖,再打电话给柯伦告知结果。初步结果令人有点灰心,目前就莫斯柯尼所知,他所解剖的这只老鼠,除了已死的事实外,实在是非常健康。

真叫人气馁。

"维克多·柯伦怪虽怪,但一点也不傻。"马克说。跳特服务员已渐渐接近,他必须把故事讲快些才行……否则他只有等到在白头市的苏醒室里才能把它说完。"那天晚上他搭便车回家——一大段路是用步行——他意识到自己可能一举解决了三分之一的能源危机。在那天前,必须靠火车、卡车、船和飞机运输的东西,现在都可以跳特了。你可以写信给在伦敦或罗马或塞内加尔的朋友,而他第二天就可接到信——无需消耗一点汽油。我们现在已经习以为常,但相信我,当时对柯伦来说,这实在是件大事。对其他所有人也是。"

"可是那些老鼠到底怎么回事呢,爸爸?"瑞奇追问。

"那也是柯伦不断自问的。"马克说,"因为他同时也意识到,只要人可以利用跳特,那么几乎所有能源危机都解决了。而且我们也可能因此征服太空。在登载于《大众机械》杂志上的那篇论文里,他说最后连星星都可能成为我们的。而他所用的譬喻是,不必弄湿鞋子便可以过小溪。只要找颗大石头,将它丢到那浅溪里,然后再找颗石头。站在第一颗石头上,把第二颗丢到溪水里,回头再找第三颗石头,接着站在第二颗石头上,把第三颗丢进小溪里,就这样来回丢石头,直到你横过整条溪造成一条石头过道……或者就比例而言,不是小溪,而是太阳系,或者是整个银河系。"

帕特里夏嘟着嘴说:"我完全听不懂。"

瑞奇讥笑她:"那是因为你的脑袋里都是火鸡粪。"

"我才没有!爸爸,瑞奇说——"

"孩子们,别吵。"茉莉柔声说。

"柯伦预见了未来发生的事。"马克又往下说,"无人太空船按程序登陆,先是在月球,然后便是火星,接着是金星和木星的卫星……这些太空船照计划在登陆后只要做一件事——"

"为太空人设置一个跳特站。"瑞奇抢着说。

马克点点头:"现在在整个太阳系里到处都有科学前哨站。也许有一天,在我们死了很久以后,我们甚至会有另一个行星。有四架跳特船现已分别驶往四个不同的星系……但是必须经过很长很长一段时间,他们才能抵达目的地。"

帕特里夏不耐烦地说:"我要知道那些老鼠怎样了。"

"哦,最后政府插手了。"马克说,"柯伦尽力瞒着他们,可是他们终于得到风声，找上门来。直到他死后十年，柯伦一直是跳特计划名义上的领导人，但事实上自政府插手后，他就不再主导了。"

"啊，可怜的家伙！"瑞奇说。

"可是他还是个英雄呀，"帕特里夏说，"他的名字在历史课本上，就像林肯总统和哈特总统一样。"

我相信他因此感到很安慰……不管他在哪里，马克想着，又继续说故事，谨慎地润饰残酷的那一部分。

被能源危机逼得走投无路的政府，确实找上门来。他们希望尽快利用跳特计划赚钱——就像以前一样。二十世纪九十年代，国家面临经济混乱、粮食缺乏和越来越可能呈现的无政府状态，柯伦费尽口舌才说服政府答应延迟宣布跳特，而先行对经历跳特过程的物体进行完整的光谱分析。分析完成，显示经跳特后的物品本质没有改变后，跳特的存在便立刻被宣布，免不了引起一阵国际性骚动。美国政府总算明智（毕竟，需要为发明之母）了一回，立刻调派杨恩和鲁肯二人负责跳特计划。

这也是维克多·柯伦神话的开端——一个奇特的老人，每周大概洗两次澡，而且只有想到时才换衣服。杨恩、鲁肯和他们手下的机构，把柯伦改造成一个爱迪生、工业大亨、牛仔英雄和闪电侠的综合体。最可笑的一点是（马克·欧茨并未对他家人提起这点），当时维克多·柯伦可能已经去世，或发疯了。艺术来源生活，想必柯伦对罗伯特·海因雷恩小说中替代本尊出现在公众视野中的影子人并不陌生。

维克多·柯伦是个问题。一个无法掉以轻心的麻烦问题。他是六十年代的遗物——在那个时代，还有足够的能源允许人慢条斯理。另一方面，又有乱七八糟的八十年代，煤烟污染了天空，且一长段加州海岸更被预测将在六十年后因核子"偏离"而成为不宜居住的荒地。

维克多·柯伦一直是个问题，直到一九九一年——那时他已成为橡皮章：慈祥、面带笑容、沉默无言，在新闻影片里的讲台上挥手致意的人物。一九九三年，在他正式被宣布死亡的前三年，他在玫瑰花车游行中坐在开得极慢的花车上亮相。

令人困惑，也有点说不上来的不祥。

一九八八年十月十九日跳特一经宣布，便造成世界性的兴奋，经济节节复苏。在世界金融市场中,溃败的美元突然如火箭飞涨。曾以八百零六美元一盎司的价格买下黄金的人,突然发现一磅黄金只值一千两百美元。在跳特正式对外宣布到纽约及洛杉矶间第一个正式跳特站设立期间,股票指数爬了一千点以上。石油价格掉到一桶只有七十美元。到了一九九四年,全美已有七十个主要城市设立了跳特站,石油输出国组织已瓦解,石油价格更猛往下跌。一九九八年,自由世界的各大都市皆已设有跳特站,货物已在东京与巴黎、巴黎与伦敦、伦敦与纽约之间进行日常跳特,石油价格跌到十四美元一桶。到了二〇〇六年,当人类终于可以规律地使用跳特时,股票市场已较一九八七年的水准高出五千点,石油只能卖到一桶六美元,而石油公司也纷纷更换名字。"德士古石油公司"变成"德士古石油/水利","自动汽车"变成了"自动氧化氢车"。

到了二〇四五年,水源采勘成为大目标,而石油已回复到一九〇六年的地位:玩具。

"那些老鼠呢,爸爸?"帕特里夏不耐烦地追问,"那些老鼠怎么了?"

马克决定,现在说出来大概没关系了。他先让孩子将注意力转移到跳特服务员身上。这些服务员已走到离他们只有三排的甬道上,继续发橡皮面罩。瑞奇只是点点头,帕特里夏却不安地看着一位衣着入时的女士从橡皮面罩里吸了一口气,随即昏了过去。

"如果你清醒着,就不能跳特了,对不对,爸爸?"瑞奇问。

马克点点头,对帕特里夏鼓励地笑笑。"即使在政府接手前,柯伦就想通了。"他说。

茉莉问道:"政府究竟是怎么插手的,马克?"

马克微微一笑。"电脑时间,"他说,"资料系统。那是柯伦求不到、借不到、也偷不到的唯一一件东西。电脑控制实际的微粒子传动——亿万件资料。你知道,现在我们仍旧依赖电脑确保你在跳特之后不会身首异位。"

茉莉一阵悚栗。

"别怕,"马克说,"这种错误从来没发生过,茉莉。从来没有。"

"任何事都有第一次。"她喃喃说道。

马克望向瑞奇。"他怎么知道的?"他问他儿子,"柯伦怎么知道你得先睡着才行呢,瑞奇?"

"他把老鼠尾巴朝前放时,"瑞奇缓缓说道,"老鼠就没事。至少在他没把整只都塞进去之前。只有当他将老鼠头部往前塞进去时,老鼠才会——呃,出毛病。对吧?"

"对。"马克说。跳特服务员又移向过来,推着无声的遗忘台。他终究没有时间把故事说完了,或许这样倒好。"当然,只要几次实验便可弄清这一切。跳特扼杀了整个卡车业,孩子,但至少它祛除了实验者的压力——"

是的。慢条斯理再度成为奢侈品,这实验进行了二十多年,虽说柯伦第一次以被蒙昏的老鼠做实验时,便已认定昏迷不醒的动物不会受到跳特效果的影响。

他和莫斯柯尼蒙昏了好几只老鼠,将它们塞过一号出入孔,在另一头取得后便焦虑地等着实验品复苏……或死亡。这些老鼠都醒了过来,并在经过短暂恢复期后,便回复它们的老鼠生涯——吃、繁殖、玩、排泄——没有任何病态;它们没有早死,它们的后代并未生下来就有两颗头或长着绿毛,而这些后代也没有显示出任何长期后遗症。

"他们什么时候开始用人做实验呢,爸爸?"瑞奇问,虽说他已经在学校学过这部分。"告诉我们这段吧!"

"我要知道那些老鼠到底怎么样了!"这句话帕特里夏已不知说了多少次。

现在跳特服务员已经走到他们这排甬道前端了(他们几乎在最末端)。马克·欧茨思索了一会儿。他的女儿虽然懂得比较少,却听从了自己的心,问了正确的问题。因此,他选择回答儿子的问题。

第一次的人类跳特者并不是宇航员或试飞员,而是被判刑的自愿囚犯。这些人并未经过任何心理稳定度的测验。事实上,据负责此计划的科学家们(柯伦不是其中之一,他已成为有名无实的"虚位领袖"了)所言,他们越不稳定越好。假使一个心理变态的人可以通过跳特,平安出现——或者至少没有变本加厉——那么这过程对高级行政人员、政治家和世界顶尖时装模特儿便可能是安全的。

六个自愿者被带到佛蒙特州的普洛旺斯去(这地方现在已经变得和北卡罗来纳州的基蒂霍克一样有名了),经过气体麻醉后,便一个个被送进跳特孔内。

马克之所以对他的子女说出这事实,是因为这六名自愿者都平安无事地出现在另一头的跳特孔。他没告诉他们那个所谓的第七个自愿者。这个人物或许是真实的,或许是传言;或者更可能的,是两者的综合体。他甚至有个名字,叫鲁迪·佛吉。佛吉是个被判死刑的谋杀犯,因为杀死四个玩桥牌的老人而在佛罗里达州被判死刑。根据某消息来源,中情局和联邦调查局的联合势力找上佛吉,对他提出这个独特、只有一次、不要就拉倒的实验:清醒地通过跳特。如果你平安出现,我们就赦免你,由瑟古州长签名。你可以自由自在地走出去,是遵从唯一的十字架真神也好,或是再去杀掉四个穿黄裤子、白袜子打牌的老人也好。要是出现时死了或疯了,那是你运气不好。你接不接受?

佛吉明白,佛罗里达州是当真会执行死刑的一州,而且他的律师又跟他说过他很可能就是下一个坐电椅的人,因此他接受了。

在二〇〇七年夏季这天,出席的科学家多得足以组成一个陪审团(还有四五个候补)。但是如果佛吉的故事是真的——马克相信很可能是——他怀疑走漏消息的不是这些科学家。比较可能走漏消息的,是陪佛吉搭机由雷福德到蒙彼利埃,又以武装卡车护送他由蒙彼利埃到普洛旺斯的警卫。

"假如我活着通过实验,"据报载佛吉说,"我要先吃一顿鸡排晚餐,然后把这地方炸掉。"说完他便跨入一号出入孔,并立刻在二号出入孔出现。

他出来时是活的,却没办法吃他的鸡排晚餐了。在跳特两英里的空间(电脑算出费时零点零零零零零零零零零零六七秒)里,佛吉的头发变为全白。他的脸部五官倒没什么明显改变——没有增加皱纹或少块肉——可是他走出二号出入孔时,步履蹒跚,眼睛空茫地突起,嘴部抽搐,两手向前伸直,并开始淌口水。那些聚集现场的科学家急忙避开他。是的,马克真的认为他们不可能走漏消息。毕竟,他们了解老鼠,还有天竺鼠、大颊鼠,事实上,了解任何头脑比昆虫复杂的动物。这时他们一定觉得,自己有点像试着用德国牧羊犬的精子让犹太女人受孕的德国科学家。

"怎么回事?"一个科学家喊道。这是佛吉有机会回答的唯一一个问题。

"在那里面就是永恒。"他说了一句话,随即倒地而死。据诊断其死因为心脏麻痹。

聚在现场的科学家得到的是他的尸体（后来被中情局和联邦调查局处理妥当），还有那奇特的死亡宣告：在那里面就是永恒。

"爸爸，我要知道那些老鼠到底怎么了嘛！"帕特里夏又说了。她之所以有机会再问一次，是因为那个穿着昂贵套装和皮鞋的男人让跳特服务员头痛不已。他不想吸气体，却用虚张声势的话语威胁工作人员。服务员尽可能遵守工作守则——微笑，安慰，劝服——可是他们的工作速度因此慢了下来。

马克叹了口气。开始这个话题的人是他——没错，他原来只是想借这故事排解两个孩子在跳特前的紧张心情，但他毕竟开始了这个话题——现在他只好尽可能真实地结束它，并试着不让他们惊慌或害怕。

例如，他不会告诉他们C.K.苏曼的著作《跳特政治》，其中有一章叫"玫瑰花下的跳特"，概略摘记了关于跳特的一些较可信的说法。鲁迪·佛吉的故事，从他杀死四个打牌老人到那顿未吃的鸡排晚餐，就记在这一章里。另外还记载了在过去三百年来，大约三十个（或多或少，谁知道）自愿者、替身或疯子，醒着通过跳特。大多数人从另一头出现后便死了，其他的则严重发疯。有几个事例，使他们致死的可能就是自己再度出现这一事实。

苏曼的书中还包含了其他尘埃未定的说法：跳特显然曾数度被视为杀人武器运用。最著名的事例发生在仅仅三十年前，一个名为李斯特·麦克森的跳特研究员用他女儿的塑料绳索将他的妻子绑起来，然后把尖叫不止的她推进内华达州银城的跳特孔。但在把他妻子推进去前，麦克森按了跳特板上的"零"按钮，消除了上万个麦克森太太可能出现的跳特孔——自邻近的雷诺市到仍在木星卫星上实验的跳特站。于是麦克森太太便永远在大气中的某处跳特。麦克森的律师，在他被宣告并未失去神智且应为他的行为接受审判后（在法律的狭窄定义下，麦克森或许神智健全，但就事实而言，李斯特·麦克森根本就是疯了），提出一个崭新的辩护论点：他的客户不能因谋杀被审判，因为没有人能证明麦克森太太死了。

这使得那女人可悲的灵魂，虽然失去肉体却仍有知觉，在虚无中嘶喊……永不停止。最后，麦克森被判刑并处决。

此外，苏曼又提出，有不少恶劣的独裁者更利用跳特除去他们的政敌。有些人认为黑手党私设非法跳特站，透过他们渗进中情局的卧底连到中央跳特电脑上。据说黑手党利用跳特的"零"能力处理尸体。由这方面看来，跳特作为黑手党教父的机器，可比掘坟或采石扬要好用多了。

这一切都引向了苏曼的结论和理论。而这，不用说，又带回到帕特里夏不住追究的关于老鼠的问题。

"这个，"马克开口道，注意到妻子用眼神向他打信号要他谨慎，"即使到现在还是没人知道。但是所有用动物做的实验——包括老鼠在内——似乎都导向一个结论，那就是，虽然跳特在生理上几乎是瞬间发生，在心理上它却需要一段很长很长的时间。"

"我不懂，"帕特里夏执拗地说，"我就知道我不会懂。"

但瑞奇却若有所思地望着父亲，说道："所以那些被用来实验的动物，到现在还在不断思考。如果我们不先被麻醉的话，我们也会。"

"对，"马克说，"那正是我们现在相信的。"

瑞奇的眼神闪现光芒。害怕？兴奋？"那不只是电磁传动而已，对不对，爸爸？那是一种时间的弯曲。"

在那里面就是永恒，马克心想。

"可以这样说，"他说，"不过只有漫画里才会这么说——听起来不错，但没什么意义，瑞奇。那看起来像是绕着意识的说法打转，认为意识不会被分解，永远是持续而完整的，并同时保有时间观念。但我们不知道纯意识如何测量时间，或者这个概念对纯粹的心灵有什么意义。我们甚至想象不出纯粹的心灵可能是什么。"

马克静默下来，为儿子突然变得极其明亮且好奇的眼神感到困扰。他了解，可是他不明白，马克心想。心灵是你最好的朋友，当你无书可看、无事可做时，它仍旧让你思考。但是当它太久没有输入时，它也可能消蚀你，消蚀自己，残杀自己，甚至以难以想象的自动肉食行动吃掉自己。以时间来计，那里有多久呢？对跳特的身体而言是零点零零零零零零零零零零六七秒，可是对不可能分解成微粒的意识而言呢？一百年？一千年？一百万年？一亿年？在一片无止境的白茫中，你的思想可以存在多久？然后，当一亿个永恒消逝了，便是光和形式和躯体的回归。谁不会发疯呢？

"瑞奇——"他开口说,但跳特服务员已推着台子来了。

"你们准备好了吗?"一名服务员问道。

马克点点头。

"爸爸,我很怕,"帕特里夏低声说,"痛不痛?"

"不会的,宝贝,当然不痛。"马克说。他声音镇定,心跳却不觉加速——虽然这已是他第二十五次跳特了,每一次他却都不免心跳加速。"我先来,你们就可以看清楚有多容易了。"

那名跳特服务员询问地看着他。马克点点头,强笑了一下。面罩扣下来了。马克双手接过,对着黑暗深吸一口气。

他最先意识到的,是由罩在白头市的圆顶望出去的天空,黑色的火星天空。这里是黑夜,满天的星星闪着在地球上梦想不到的璀璨光芒。

其次他意识到苏醒室有某种骚动——低语、嘶喊,接着是悚然尖叫。啊,上帝呀,那是茉莉! 他心想,便挣扎着自跳特沙发上起身,强抑着阵阵昏眩。

又一声尖叫传来。他看见跳特服务员跑向他们,鲜红色连身装绕着膝盖飞转。茉莉摇摇晃晃地走向他,伸手指着。她又尖叫一声,随即瘫倒在地,勉强抓住沙发的手将沙发拖动了几英寸。

但马克已顺着她所指的方向望去。他看见了。瑞奇的目光并未透着害怕,却充满了兴奋。他早该知道的,因为他了解瑞奇——瑞奇,当他七岁时,从后院最高的一根枝丫上跳下来,摔断了胳臂(只摔断胳臂实在是他运气好);当他乘滑板时,他比附近的任何孩子更敢溜得远溜得快。最勇于冒险犯难的瑞奇。瑞奇天不怕地不怕。

直到现在。

在瑞奇旁边,他妹妹仍安睡着。原是他儿子的那个人体在跳特沙发上跳着、扭着。一个满头白发、眼神无比苍老、角膜发黄的十二岁男孩。这是个比时间化装成的男孩更古老的生物。然而他以一种怪异而骇人的狂喜跳着、扭着,在他那疯狂而嘶哑的笑声下,连跳特服务员也吓得倒退了几步。有几个逃走了,虽然他们都受过训练,知道该如何应付这种难以想象的结局。

他那两条苍老而年轻的腿剧烈地抖动。爪子般的手敲着打着在空中飞舞。那双手猝然落下,接着那原是他儿子的人体开始抓挠自己的脸。

"比你想得还要久,爸爸!"他哑声喊道,"比你想得还要久!他们让我吸气时我屏住呼吸!我要看,我看见了!我看见了!比你想得还要久!"

那人体刺耳地叫着,突然举起手指挖出自己的眼睛。鲜血泉涌。苏醒室已一片混乱,叫声不断。

"比你想得还要久,爸爸!我看见了!我看见了!长跳特!比你想得还要久——"

他不知还说了什么,直到跳特服务员将他带走,任他嘶叫着,掏着他那已见过不可见之永恒的眼睛。他还说了些话,接着便尖叫起来,但马克·欧茨没有听到,因为这时他自己也已尖叫出声。

婚　礼

一九二七年时，我们在伊利诺伊州摩根镇南端的一家地下酒吧演奏爵士乐。摩根镇离芝加哥七十英里，是个名副其实的乡下地方，方圆二十英里内没有别的城镇。不过这里有不少庄稼汉，在田里干了一天活后向往比烈酒更烈的东西，还有不少梦想当爵士歌星的小姑娘，手挽着"药店牛仔"①男友到酒吧来。当然还有些已婚男人（这些人你总看得出来的，朋友，就像他们身上挂了牌子似的）大老远跑到这个没人认得他们的地方来，和不很合法的女友约会。

那时候的爵士乐是真正的爵士乐，而不是乱糟糟的噪音。我们乐队共有五人——鼓、短号、伸缩喇叭、钢琴和小号——而且我们相当不错。但又过了三年我们才灌了第一张唱片，四年后才开始上脱口秀表演。

我们正在演奏《竹子湾》这首曲子时，一个壮汉走了进来。他穿着白色西装，抽着一根比法国号还弯的烟斗。这时整个乐队已奏得有点有气无力了，不过酒吧里的客人都很盲目，仍快活地手舞足蹈。他们心情都很好，一整晚还没人打过架。我们几个都汗如雨下，而酒吧老板汤米·殷格兰，则不住送啤酒上来。殷格兰是个好雇主，而且喜欢我们的音乐。光凭这点就够让我在本子里为他标上星号了。

穿白西装的那个大块头在吧台前坐了下来，不久我就忘了他。我们以《海迦婶蓝调》结束那段演奏，那支当时颇热门的曲子为我们赢得不少掌声。梅尼放下小喇叭时咧嘴而笑，我拍拍他的背，和大伙儿一起下了乐台。有个穿着绿色晚礼服、看来颇寂寞的女郎，对我送了一整晚秋波。她有一头红发，而我一向偏爱红发女郎。她用眼神和一个点头向我示意，因

---

① 药店牛仔（drugstore cowboy），意指终日流连药店外的吸毒者。

此我迈步挤过人群,想看看她要不要喝一杯。

我走到半路时,那个穿白西装的男人却一个跨步挡在我身前。走近时,看得出他可真壮得很。他的头发虽然闻起来像抹过一整瓶草根牌发油,但仍如刚毛般竖立,而且他的眼睛很像一些深海鱼,细小呆板,却闪着怪异的亮光。

"我要跟你到外边谈谈。"他说。

那个红发女郎撅着嘴别开目光。

"等一下吧,"我说,"让我过去。"

"我姓斯科雷。麦克·斯科雷。"

我知道这名字。麦克·斯科雷是夏城的不法商人,用从加拿大偷运私酒进来赚的钱付他喝的啤酒钱。他偷运的烈酒是从苏格兰来的。他的照片上过几次报,上一回是另一个私酒贩想用枪把他放倒的时候。

"你离芝加哥相当远哩,朋友。"我说。

"我带了几个保镖来,"他说,"别担心。到外面。"

那红发女郎又瞄了我一眼。我指指斯科雷,耸耸肩。她哼了一声,转过身去。

"看,"我说,"你把那妞弄走了。"

"在芝加哥,那种妞一分钱就能买上一打。"他说。

"我不要一打。"

"到外面。"

我跟着他走到外面。在酒吧的乌烟瘴气之后,吹在我身上的晚风似乎特别清凉,而且夹着新割苜蓿草的甜味。星星出来了,在夜空中轻轻眨着眼睛。几个保镖也出来了,他们看起来一点也不轻柔,手里的烟闪着几点红光。

"我有件差事给你。"斯科雷说。

"是吗?"

"报酬两百美元。你可以和乐队平分,或是自己先扣下一百。"

"什么差事?"

"婚礼呀,还有什么?! 我妹要结婚了。我要你们在婚宴上演奏。她喜欢迪克西兰爵士乐。我的两个手下说,你们的迪克西兰爵士乐玩得不错。"

我刚才说殷格兰是个好雇主,他每周付我们八十美元。但这家伙给我们的钱超过两倍,却只为了一场婚礼。

"时间是下星期五,五点到八点,"斯科雷说,"格洛弗街的艾林厅。"

"这价码太高了,"我说,"为什么?"

"两个理由。"斯科雷抽着他的烟斗说。在这乡下地方,那烟斗可真和周遭景物不大搭调。他该叼根好彩才对,或是甜烟叶,总之就是那种流氓抽的烟。抽烟斗让他看起来不像流氓,有点滑稽,也有点悲哀。

"两个理由。"他重复道,"也许你听过那个希腊仔想放倒我吧。"

"我在报上看过你的照片,"我说,"你就是想爬上人行道的那个。"

"聪明的小子。"斯科雷对我低声吼道,但并不是真的愤怒,"他见不得我发达。那希腊仔老了,心眼也小了。他该回那个老国家去,喝橄榄油,看看太平洋。"

"我想应该是爱琴海吧。"我说。

"就算是芝加哥旁边的休伦湖我也不管。"他说,"重点是,他不服老,还想扳倒我。这老头根本不知道谁是下个大人物。"

"显然就是你?"

"你他妈说话小心点。"

"换句话说,你付两百块,是因为我们很可能被恩菲尔猎枪打死啰。"

他的脸因发怒而涨红,但还有点别的。当时我不知道那是什么,但现在我知道了。我想那是悲伤。"我说,朋友,我的钱能够买到最好的保护。要是有人敢把鼻子探进来,他绝没机会吸第二口气。"

"另一个理由是什么?"

他低声说:"我妹妹要嫁个意大利人。"

"像你这样的好爱尔兰天主教徒不高兴吗!"我讥讽道。

他气得脸上又是一阵红一阵白,有那么一会儿,我想我大概逼人太甚了。"一个好爱尔兰佬!爱尔兰狠角色,小鬼,你最好别忘了!"说完他又以低得几乎听不到的声音加了句,"虽然我头发快掉光了,但它可还是红的。"

我开口想说话,他却不给我机会。他一把揪住我,一张脸压了下来,直到我们的鼻头几乎相触。我从来没在任何人脸上看过这种愤怒、屈辱和决心。这年头你根本不会在人脸上看到这种表情,这种饱受伤害且被人藐视,总之是爱恨交织的表情。但那晚我在他脸上看到时,立刻明白:我要是再多说几句俏皮话,一定会丢了小命。

"她很胖。"他低声说,我闻得到他呼吸中的鹿蹄草薄荷味,"很多人在我背后笑我。不过我要告诉你,先生,当着我的面他们可不敢。这个意大利佬可能是她唯一的机会。但你别想笑我或她或那意大利佬。任何人都别想。因为你们得大声演奏。没人可以笑我妹妹。"

"我们演奏时从来不笑。一笑就没办法撅嘴吹奏了。"

这句话让紧张气氛松弛下来。他放声大笑——那笑声短促而喧嚣。"你们五点给我准时到场。格洛弗街艾林厅。我也会付你们来回车费。"

他可不是在问我们肯不肯去。我犹豫不决,但他不会给我时间讨价还价。他已跨步走开,他的一个保镖更已开着那辆派克的车门在等他。

他们开车离去。我在外头又待了半晌,抽了根烟。这一夜无比清爽温柔,使得斯科雷的出现越来越像一场梦。我正希望能将舞台搬到外面停车场来演奏时,毕弗拍拍我的肩膀。

"时间到了。"他说。

"好。"

我们回到酒吧里。那个红发女郎已经搭上一个头发半灰的水兵,看样子足足有她两倍年纪。我不知道一个美国海军在内陆的伊利诺伊州干什么,但就我看来,如果她的鉴赏力这么差,那她尽可以和他在一起。我觉得不大舒服,啤酒涌上我的脑袋,而且回到酒吧里,斯科雷的出现就显得真实多了。

"有个听众要我们演奏《康城赛马》。"查理说。

"决不!"我没好气地说,"午夜前我们不玩黑鬼的歌。"

我看得出比利在钢琴前坐下时身体很僵,但不到一会儿他的脸色又放松下来。我真该用力踢我自己的屁股,可是,他妈的,人就是没办法在一夜、一年或十年间为自己换个嘴巴呀。在那段日子,我最恨却又说个不停的两个字就是"黑鬼"。

我走向他:"对不起,比利,我今晚有点心不在焉。"

"没关系。"他说,但目光越过我的肩膀,因此我知道他没接受这个道歉。这真糟糕,但我告诉你,还有更糟的——就是知道他对我很失望。

下一次休息时,我把婚礼演出的事告诉他们,坦白说出报酬的数目,以及斯科雷是个怎样的流氓(但我没告诉他们另一个流氓想放倒他)。我也对他们说了斯科雷的妹妹很胖,而他对这个事实非常敏感。任何人要是敢用内陆驳船说笑,两个鼻孔的上面一点很可能就会多出第三个呼吸孔。

我说话时不住望向比利小子·威廉姆斯,可是从他的表情什么也看不出来。去看核桃壳上的皱纹,并猜那颗核桃在想什么可能还容易点。比利是我们最好的钢琴手,在巡回表演途中,我们都对发生在他身上的一些小摩擦非常过意不去。这种情形在南方最糟,当然——就是黑白不同车,或是电影院里的黑鬼天堂①。这套——但在北方也不见得多好。可是我又能怎么办?呃?你告诉我吧。在那个年头,你也只能和这些异见妥协。

星期五下午四点钟,我们提前一小时出现在艾林厅。我们开卡车上来,那辆卡车是毕弗、梅尼和我一起拼装成的,后面载货区挂了帆布,并装上两张简易床。我们甚至还有个可用电池的炉子,卡车外侧还漆了乐队的名字。

那天天气宜人,阳光明媚,还有小团小团的夏日白云在田野中投下阴影。不过我们一进城里就觉得闷热,城中熙来攘往的景象,是你在摩根那种小地方看不到的。等我们到达艾林厅时,我的衣服已湿答答地黏在身上,让我很想到哪个酒吧坐坐,我需要来杯汤米·殷格兰的啤酒。

艾林厅是栋极宽敞的木造建筑,附属在斯科雷的妹妹举行婚礼的教堂名下。你也知道这种地方——星期二是社区会议,星期三玩宾果,星期六晚上是小鬼们的社交活动。

我们走上走道,各人一手带着自己的乐器,另一手拿着毕弗的鼓组零件。一个毫无胸部可言的瘦女人正在指挥室内交通。两个男人满头大汗地挂着绉纹纸。大厅前方有座舞台,台上挂了彩带和两个很大的粉红色结婚铃铛。彩带上用锡箔纸剪贴了一排字:美丽和李哥,百年好合。

美丽和李哥,要是这样还看不出为什么斯科雷紧张又过敏才怪。美丽和李哥。可真是绝配。

那个瘦女人快步走向我们,好像有很多话要说,但我抢先开口。"我们是乐队。"我说。

---

① 黑鬼天堂(nigger heaven),美国早年南方的种族隔离措施之一,规定黑人在电影院里只能坐最高层的座位。

"乐队?"她不信任地对着我们的乐器眨眼,"噢,我还希望你们是办外烩的呢。"

我笑了笑,仿佛办外烩的本来就该带着鼓和伸缩喇叭盒。

"你们可以——"她话还没说完,有个年约十九、气势汹汹的小伙子走了过来。他嘴角叼了根烟,但在我看来那烟对他的形象并没有帮助,只不过让他的左眼有点泪汪汪的。

"把那玩意儿打开。"他说。

查理和毕弗看看我。我耸耸肩。我们把乐器盒打开,他拿起喇叭瞧了瞧。看清楚这些乐器不可能藏进一支枪并轻易发射后,他走回他的角落,在一张折椅上坐了下来。

"你们可以立刻把乐器架好。"那瘦女人像是没被打过岔一样继续说,"另一个房间有架钢琴。我们这边布置完后,我会叫人推过来。"

毕弗已经拖着他的鼓组走上那个小舞台。

"我还以为你们是办外烩的,"她似乎心有未甘地说,"斯科雷先生订了个结婚蛋糕,还有开胃小点心、烤牛肉和——"

"他们会来的,夫人,"我说,"他们得把货送到才能收钱。"

"——两种烤猪肉和阉鸡。斯科雷先生一定很生气,如果——"说到这里,她看见一个挂绉纹纸的男人丢下一截飘在空中的绉纹纸,取出烟来点上,立刻尖叫一声:"亨利!"那男人像中了枪一样惊跳起来。我乘机溜上舞台。

四点四十五分,我们已经把乐器都架好了。吹伸缩喇叭的查理"叭——叭——"地吹着哑音,而毕弗也在忙着调鼓。办外烩的四点二十分才抵达,吉布森小姐(就是那个瘦女人)只差没扑向他们。

四张长桌已排设妥当,上面铺了白桌布,四个戴小帽、穿围裙的黑女人走来走去地摆餐具。斯科雷订的蛋糕被推进大厅中央,人人看得瞠目结舌。这个蛋糕共有六层,最上面站了一对小小的新人。

我到外面抽烟,才抽到一半,就听到他们来了——人声喧哗,好不热闹。我站在原处,直到看见领头的车辆绕过转角,这才把烟踏熄进屋里去。

"他们来了。"我告诉吉布森小姐。

她脸色立刻变白,脚步也有些摇摇晃晃。这女人实在应该转行才对——做室内设计,也许,或者图书馆管理员。"番茄汁!"她大叫,"快把番茄汁拿进来!"

我回到舞台上,和搭档们准备好开始演奏。我们以前也在婚礼上演奏过——哪个鸟乐队没有?——因此当大门一被推开,我们立刻奏起快活的散拍节奏版的"结婚进行曲",是我编的曲。如果你觉得这听起来像柠檬汁鸡尾酒,我得同意你的看法,不过我们参加过的婚宴都欣赏这首曲子,这次当然也不例外。人人鼓掌叫好,大吹口哨,接着他们便开始瞎聊。但从他们有些人边说话边踏着拍子看来,我看得出我们的表演很上道——我想这会是场成功的婚礼演出。我知道大家都怎么说爱尔兰人,而且这些闲话多半是真的,可是,管他的,只要气氛对,他们不可能不进入状况。

然而,我得承认当新郎和新娘走进来时,我差点没吹走调。穿着礼服和条纹长裤的斯科雷狠狠瞪了我一眼,你别以为我没看见。我强装出正经八百的样子,乐队其他成员也是——没人笨到不会看脸色,算我们运气。参加婚礼的人——看来多半是斯科雷的手下和他们的女人——都很识相。他们既然已去过教堂,自然知道该怎么办。不过你不妨说,我见过的场面不多就是了。

你一定听过杰克·斯普雷和他的丑老婆。我告诉你,这可比那还要糟上一百倍。斯科雷的妹妹有一头他快掉光的红发,又长又卷。但可不是你想象的那种发亮的赭褐色,而是正牌的红色——像胡萝卜一样鲜亮,且像床垫弹簧一样纠结。她的自然肤色应该是乳白色,但因为脸上盖满雀斑,很难看出来。所以斯科雷说过她很胖吧?我的天,那可真是轻描淡写。她根本是头恐龙——起码有三百五十磅重。她的体重都在胸部、臀部、腰和大腿上,就像一般胖女孩一样,这使得本来应该性感迷人的地方全都变得有点骇人。有些胖女孩脸蛋倒还满漂亮,但斯科雷的妹妹一点也不美。她的两眼长得太近,嘴巴太大,一对招风耳,还有雀斑。就算她身材苗条,她也丑得足够让时钟停摆——而且是整个橱窗里的每个时钟!

光是新娘,还不足以让任何人发笑,除非他们够愚蠢或够低级。不过当你在这画面上再加上新郎李哥,你会笑到连眼泪都流出来。他就算再戴顶高礼帽,还是高不过她的半个影子。我看他就算全身浸了水,体重也不会超过九十磅。他瘦得像竹竿,肤色是深橄榄色。当他紧张四顾,咧嘴而笑时,他的牙齿就像贫民窟的篱笆,处处漏风而且参差不齐。

我们继续演奏。

斯科雷吼道："新娘新郎，上帝祝福他们永远快乐！"他龇牙咧嘴的表情其实更像在说：如果上帝不祝福他们，你们在这里的最好让他们快乐——至少今天要是这样！

人人大声叫好，拼命鼓掌。我们夸张地结束了第一支曲子，立刻接着演奏第二支。斯科雷的妹妹美丽露出笑容。天啊，她的嘴可真大。李哥傻傻地笑着。

有段时间，每个人都只在大厅里走动，吃乳酪和饼干，喝斯科雷私运的上等苏格兰威士忌。我自己在换曲之间喝了三杯，这玩意儿让汤米·殷格兰的啤酒相形见绌。

斯科雷看起来好像也快乐了点——至少一点点。

有一次，他来到舞台前说："你们演奏得相当好。"这话出自像他这样的乐迷之口，我认为是相当真诚的赞美。

就在人人坐下用餐前，美丽自己走向舞台。近看时她显得更丑了，那袭白纱衣（裹在她身上的纱绸至少可铺三张床）也无法让她有丝毫改善。她问我们可不可以演奏《皮卡迪里玫瑰》，因为她说，那是她最喜欢的曲子。虽然她又胖又丑，态度却不像某些点歌的人那么轻浮傲慢。我们演奏了《皮卡迪里玫瑰》，但演奏得不怎么好。不过她还是给了我们一个几乎让她变得漂亮的甜美笑容，且在曲子结束后用力鼓掌。

他们在六点十五分左右坐下用餐，吉布森小姐雇了帮手把食物用推车推到每个人面前。他们像一群动物似的大嚼大吃，并且不断举杯干杯。我忍不住看美丽吃东西。我曾试着看向别的地方，但目光却偏偏不断溜回去，似乎想证实它们没有看错。那些食客吃相可观，但她使那些人看起来都像喝下午茶的老太婆。她没时间再微笑或听《皮卡迪里玫瑰》了。你大可在她面前立个"工作中"的牌子。这女人不需要刀叉，她需要的是把铲子和输送带。看她吃东西真叫人觉得悲哀。而李哥（在新娘那桌，你只能看到他的下巴，还有一双羞怯如小熊的棕眼）不断把食物递给她，脸上一直挂着紧张的傻笑。

进行切蛋糕仪式时，我们休息二十分钟，吉布森小姐亲自在厨房里招待我们。由于炉子开着，厨房里热得要命，我们没一个有食欲。婚宴刚开始时，一切似乎都很顺利，但现在好像有些不大对劲了。我在乐队成员脸上看得出来……吉布森小姐的脸色也透出一点端倪。

等我们回到舞台时,每个人都已开始狂喝。这些面貌凶恶的家伙摇摇晃晃满厅乱走,脸上露出痴傻的笑容,要不就站在角落争论。有几个人要求我们奏查尔斯顿舞曲,因此我们奏了《海迦婶蓝调》和《我要跳查尔斯顿舞回到查尔斯顿》之类的曲子。这些流氓在地板上扭动,露出下卷的袜子,手指在脸旁摇动,喊着"呜——嘟——嘀——哦——嘟"。直到今天,我只要想到这句,都会觉得刚吃下的晚餐就要吐出来了。室外天色已渐昏暗,有几扇窗子纱窗掉了,飞蛾飞了进来,绕着电灯团团转飞。我们继续演奏。新郎和新娘站在角落,几乎完全被忽略了,只是他们俩好像都没有提前开溜的意思。似乎连斯科雷也忘了他们,他已喝得烂醉如泥。

将近八点时,那个小个子溜了进来。我立刻注意到他,因为他很清醒,而且看起来有点慌,像只近视眼的猫进了狗窝一样惊惶。他走向正在舞台边和一个妖媚女人说话的斯科雷,拍拍斯科雷的肩膀。斯科雷转过身去,他们接下来的对话,我每个字都听得清清楚楚。但相信我,我宁愿没听见。

"你是什么东西?"斯科雷粗暴地问。

"我叫狄米,"那小个子说,"狄米·卡诺,希腊仔派来的。"

地板上的动作猛然停止。上装的纽扣松开了,一只手伸到衣襟下。我看见梅尼面露不安。妈的,我自己也镇定不下来。不过我们仍旧继续演奏。

"是吗?"斯科雷极其平静地说。

那小个子冲口喊道:"我并不想来呀,斯科雷先生!那希腊仔,他扣住我老婆。说如果我不来传话给你,就把我老婆杀掉!"

"什么话?"斯科雷吼道。他的前额又一次布满积云。

"他说——"那小个子痛苦地顿了一下。他的喉结像是被要说的话掐住似的,困难地骨碌碌移动着。"他说你妹妹是只肥猪。他说……他说……"他的眼珠子狂乱地滚动,斯科雷却面无表情。我瞟了美丽一眼,她看起来像刚挨了一巴掌。"他说她发痒。他说胖女人背痒时,就买根抓背的耙子。他说女人那里发痒时,就买个男人。"

美丽低喊一声,哭着跑出去。地板微微震动。李哥追在她后面,一脸困惑,绞扭着双手。

斯科雷的脸涨成猪肝色。我想他的脑浆大概快从两耳喷出来了。他脸上那痛苦的表情,是我那晚在殷格兰的酒吧外就见过的。也许他只是个下流的黑道,可是我很同情他。换了你,你也会的。

他开口说话时,声音平和得近乎温柔。

"还有别的吗?"

那个小个子希腊人崩溃了,声音痛苦而嘶哑:"求求你别杀我,斯科雷先生!我老婆——那个希腊仔,他扣住我老婆!我并不想说这些话!他扣住了我老婆,我的女人——"

"我不会伤害你,"斯科雷更加平静地说,"你告诉我他还说了什么。"

"他说全镇的人都拿你当笑话。"

我们已经停止演奏,这时全场鸦雀无声。斯科雷仰头注视着天花板,双手抡拳伸出,不停发抖。他的拳头握得之紧,以至于我都能看见他的手筋从衬衫下鼓了出来。

"好!"他大声嘶吼,"好!"

他冲向大门。他的两个手下想阻止他,想告诉他那是自杀,是那希腊仔故意设计的,可是斯科雷却像个疯子。他甩开他们,夺门而出,冲进黑暗的夏夜。

在紧接着的死寂中,我只听见那传话的小个子痛苦的呼吸声,以及大厅后方某处传来新娘的啜泣声。

就在这时,我们刚来时找我们麻烦的那个小伙子低声咒骂,走向大门。他是全场唯一有动作的人。

他还没走到挂在前厅的纸花下,户外便传来汽车轮胎吱吱辗过人行道和引擎噗噗作响的声音——好多的引擎,那声音听起来简直就是国庆日游行。

"天啊!"那小伙子在门口尖叫,"他们来了一整个车队!蹲下,老板!蹲下!蹲下——"

枪响声轰碎了宁静的夜。外头如世界大战般持续了一分钟,或两分钟。子弹飞过大厅敞开的门,其中一颗把天花板的顶灯打碎了。屋外的夜亮得如放烟火。接着一辆辆车怒吼驰去。一个女人忙着刷掉沾在假发上的碎玻璃。

现在危险既已过去,其他流氓便纷纷往外冲。通往厨房的门"砰"一声大开,美丽又跑了出来。她身上的一切都在晃动,一张胖脸比先前更臃肿。李哥像个不知所措的侍从般跟在她身后。他们先后出了大门。

吉布森小姐出现在空洞的大厅里,眼睛惊愕地瞪得老大。惹起这一切麻烦的那个小个子男人已落荒而逃。

"那是枪声。"吉布森小姐喃喃说道,"出了什么事了?"

"我想那希腊仔刚摆平了给我们发钱的老板。"毕弗说。

她迷惑地望向我,但我还未来不及翻译,比利便以他低柔而有礼的声音说:"他的意思是,斯科雷先生刚刚被枪杀了,吉布森小姐。"

吉布森小姐瞅着他,眼睛越瞪越大,随即便昏倒在地。我自己也觉得有点头昏。

就在这时,外头传来我这辈子听过的最痛苦的尖叫声,而且这嘶号声持续不断。你不必看外面就知道是谁哭得像是把整颗心都撕裂了,在警察和新闻记者还没来之前,美丽跪在她哥哥的尸体旁号哭。

"我们走吧,"我低声说,"快。"

我们花了五分钟把乐器收好。有几个流氓已回到厅里,但酒醉和惊恐使他们无暇顾及我们。

我们从后门出去,每个人都带着毕弗的鼓组零件。要是有人看见我们带着乐器在街上走,一定觉得我们颇为壮观。我夹着短号,两手拿着铙钹,领头走在前面。然后我让乐队成员们站在街尾角落等候,自己回去开卡车。警察还没到场。那胖女孩仍蹲在大街中央她哥哥的尸体旁,哭得肝肠寸断,而她那矮小的新郎则在她周围团团转,犹如绕着一颗大行星运转的月球。

我把卡车开到街角,让乐队成员上车后,一行人便呼啸离去。一路上,我们以时速四十五英里直驶回摩根,不管走的是大路还是小路。也许斯科雷的手下没对警方说出我们在场,也许警方根本不管这件事,总之这件事就这么不了了之。

当然,我们也从没拿到那两百块钱报酬。

十天后,她走进汤米·殷格兰的酒店,一个穿着黑色丧服的爱尔兰胖女孩。她穿黑衣的效果与白纱绸没什么两样。

殷格兰一定晓得她是谁(她的照片上了芝加哥各大报,和斯科雷的照片并列),因为他亲自领她到一张桌位,并对坐在吧台旁望着她窃笑的两个酒鬼嘘声示意。

我为她难过,正如有时我为比利难过一样。而且她那晚对我们很好,虽然我和她没说上几句话。外面的世界不是好混的。你不需要混过才知道这点,虽然我得同意,你只有真正混过才能确切明白。

休息时间一到,我便走向她的桌子。

"我为你哥哥的事感到遗憾,"我尴尬地开口说,"我知道他是发自内心关心你,而且——"

她说:"我觉得开枪打死他的好像就是我。"她低头看着双手;我一注意到她的手,便觉得它们是她身上最美好的一部分,娟秀合宜。"那个小个子说的一切都是真的。"

"哦,别傻了。"我答道,这听起来很可笑,但我又能说什么呢?我很后悔过来这里,因为她说话的口吻很奇怪,仿佛发了疯的人在自言自语。

"但我不会跟他离婚,"她又说,"我会先自杀,让我的灵魂下地狱去。"

"不要这么说。"我说。

"你从没想过自杀吗?"她激动地望着我,"当别人恶劣地利用你,然后又取笑你的时候,你没有过这种感觉吗?或者从来没人对你那样?你可以这么说,可是请别怪我不相信。你可知道一直吃、吃、吃,恨自己吃个不停,却又继续吃,是什么样的感觉吗?你知道因为自己胖而害死哥哥又是什么样的感觉吗?"

人们转头看过来,吧台边的醉鬼又吃吃笑了起来。

"对不起。"她低声说。

我想告诉她,说我也很遗憾。我想告诉她……唉,说什么都行,只要能让她好过些。说她错了,说她不该那样想。可是我什么也说不出来。

因此我呆了半晌,只好说:"我得走了。我们还得再演奏一节。"

"当然,"她轻声说,"当然你得走了……不然他们会开始笑你。但我到这里来是为了——请你们演奏《皮卡迪里玫瑰》好吗?我觉得你们在婚礼上演奏得很好。请你们再奏一次好吗?"

"当然。"我说,"我们乐于从命。"

我们奏了那支曲子。但乐曲奏到一半时她就离开了。由于这曲子在殷格兰酒吧这种地方太感伤了些,所以我们也没把它奏完,就换了支快节拍的《大学船》。这曲子每次总能带起高潮。但后来我喝了太多酒,到酒吧关门时,我已经把她忘了。呃,几乎忘了。

离开酒吧后,我便又想起来,我该对她说什么话才对。我该说——日子还是要过。当人们失去所爱时,你就得对他们这么说。不过,再仔细思索一会儿,我倒庆幸自己没这么告诉她。因为也许那就是她害怕的。

当然现在人人都晓得美丽·罗曼和她丈夫李哥。李哥活得比她久,后来被请到伊利诺伊州立监狱去当纳税人的客人。但人人都知道她如何接管斯科雷的组织,把它变成运私酒的帝国。她如何摆平北区两帮的老大,并吞了他们的地盘,她如何叫人把那希腊仔带到她面前跪下,用一根钢琴琴弦插过他的左眼,刺进脑部而死,毫不理会他苦苦求饶。李哥,那不知所措的侍从,成了她的第一副手,有十几场火并还是由他主持的。

我得知美丽的这些功绩时,人已远在西海岸,和乐队灌了几张成功的唱片。可是,其中没有比利。我们离开殷格兰的地下酒吧不久后,他便自组一个乐队,全是黑人,演奏迪克西兰爵士乐和散拍爵士乐。他们在南方相当成功,我很为他们高兴。那样也好。有很多地方根本不给我们试演的机会,只因为我们队里有个黑人。

不过我要说的是美丽。她成为重要的新闻人物,而且不只因为她是个有头脑的黑社会头目。她胖得不得了,也狠得不得了,因此全美从东海岸到西海岸人人对她都有种奇怪的情感。一九三二年她死于心脏病时,有些报纸说她重达五百磅。但我很怀疑。没有人能长到那么胖吧?

总之,她的葬礼上了头版新闻,可比她哥哥风光多了。斯科雷在他一生可悲的事业中,从未上过第四版之前的新闻。她的棺材要十个人才抬得动。在一份小型画报上,登了那些人抬棺的照片。那照片叫人触目惊心,她的棺材就像个肉品冷冻柜一样大——不过话说回来,那也算得上个肉品冷冻柜吧。

李哥没她能干,无法操纵整个王国,第二年他便以蓄意谋杀罪遭到起诉。

我无法将她从记忆中抹除,也总是记得斯科雷在那第一晚谈起她时,那痛苦而凶狠的表情。不过现在回想,我无法太同情她。胖子总可以不吃,但像比利这样,就只能停止呼吸了。我还是看不出我对他们两人能帮上什么忙,但偶尔还是会觉得有点难过。也许只因为我已经老了,再也不像小时候睡得那么安稳了。就这样而已,对不对?

对不对?

偏执狂之歌

我不能再出去了。
门边有个男人
穿着防雨风衣
抽着烟。

但是

我已将他记在日记里
并在隔壁酒吧招牌的红色幽光里
写好了
床上的信封。

他知道如果我死了
（或者失踪）
日记就会公布,人人都会发现
维吉尼亚州的中情局。

从五百家文具店
买到五百个信封
和五百本笔记本
每本都有五百页。

我准备好了。

        *   *   *

我在楼上就能看见他
他的烟就在
雨衣领口上方眨眼
地铁站有个人
坐在广告招牌下想着我的名字。

人们在后侧房间里谈论我。
电话铃响时只会传来死亡的呼吸声。
在对街酒吧的厕所里
一把装了消音器的左轮手枪已经易手
每颗子弹上都有我的名字。
卷宗里和
报纸讣闻上也有我的名字。

我母亲被人调查；
谢天谢地她早就死了。

他们有我的字迹
并检查了 P 的半圈
还有 T 的写法。

我哥哥和他们是一伙的，我告诉过你吗？
他太太是俄国人　而他
不断要我填写资料。
我把这也记在日记里。
听——
    听
       仔细听：
         你一定要听。

在雨中,在公车站,
黑乌鸦撑着黑雨伞
假装看表,可是
根本没下雨。他们的眼睛是银币。
有些是联邦调查局雇用的学者
在我们街上走动的
大多是外国人。我唬了他们
在二十五街与列克星敦大道口下车,
那里有个出租车司机隔着报纸监视我。

我楼上的房间里有个老太婆
在地板上放了个吸电杯,
透过我的灯放出射线。
因此我现在在黑暗中
借着隔壁酒吧招牌的灯光写字
我告诉你,我都知道。

他们送给我一条有斑点的狗
它鼻子上有无线电网
我在水槽里淹死它
然后记在**伽玛**卷宗里。

我不再看信箱了,
问候卡就是炸弹邮件。

(走开!去你的!
走开,我认识大人物!
告诉你我认识了不起的大人物!)

餐厅里铺着会说话的地板
女服务生说那是盐,但我知道是砒霜

用我面前,黄色芥末的味道
掩饰杏仁的苦味。

我在天上看到奇怪的光。
昨晚一个无脸的黑人爬了九英里
下水道,从我的马桶中探出头来,
用铬钢制的耳朵,聆听
隔着廉价木板传来的电话铃响。
告诉你,朋友,我都听到了。

我看见他留在瓷器上
的泥泞手印。

我现在不接电话了。
我告诉过你没?

他们计划用烂泥淹没地球
他们准备突袭。

他们有医生
专门研究奇怪的做爱姿势。
他们在制造强力泻药
以及会燃烧的肛门栓剂。
他们知道怎么用吹箭筒
把太阳打掉。

我坐在冰里——我告诉你了没?
这样他们就看不到我。
我会念咒,也戴了幸运符
你或许以为能够逮住我,但我也能毁灭你,
不管任何时刻。

　　　　任何时刻

　　　　任何时刻

　　你要来点咖啡吗,亲爱的?

我有没有告诉你,我不能再出去了?
　　　门边有个
　　穿着防雨风衣的男人。

木　筏

匹兹堡的霍利克大学与瀑布湖之间相距四十英里。尽管十月的时候那里天黑得早,尽管他们一直到下午六点才出发,但他们到达时,天空还有点亮光。他们开的是戴克的车。戴克清醒时绝不浪费时间,但只要喝下两罐啤酒,他就会放慢车速,开始滔滔不绝地说话。

在停车场和沙滩间的围篱旁,他一停下车子,便立刻跳下来,脱掉衬衫。他的眼睛在水面上搜寻木筏。蓝迪有点勉强地也下了车。没错,这本来是他的主意,可是他没想到戴克会当真。两个女孩在后座动了动身子,准备下车。

戴克的目光在水面上来回扫射(狙击兵的眼神,蓝迪不安地想着),随即定在一点上。

"在那里!"他喊着,拍了一下车篷,"就跟你说的一样,蓝迪!好家伙!最后上去的是臭鸡蛋!"

"戴克——"蓝迪推推鼻梁上的眼镜,没把话说完,因为戴克已经跳过围篱,跑下沙滩,没有回头看蓝迪或瑞秋或黎妮一眼,只看着五十码外湖里的木筏。

蓝迪回过头,似乎想向女孩们为了将她们拉进这档事道歉。但两个女孩都望向戴克——瑞秋看他倒无所谓,她是戴克的女友,可是黎妮也看着戴克,这就让蓝迪一阵妒火中烧,也加入了行动。他脱掉身上的运动衫,丢到戴克的衬衫旁边,也跳过围篱。

"蓝迪!"黎妮叫他。他抬高臂膀,在十月灰色的暮光中比了一下跟上来的手势,但他有点恨自己这么做——她现在不确定,或许想打退堂鼓了。这个十月天里在无人湖中游泳的主意,已不再只是在他和戴克共租的公寓里轻松闲聊的一部分了。他喜欢黎妮,可是戴克比他强,她要是不喜欢戴克才怪,而他要是不因此心烦就更怪了。

戴克边跑边解开牛仔裤纽扣,将长裤拉下劲瘦的臀部。他一步也没停就脱了裤子,这招蓝迪再过一千年也学不会。戴克继续向前跑,只穿着三角内裤,背部和臀部肌肉结实地展示着。蓝迪比平常更觉得自己的两条腿瘦削无肉。他拉掉牛仔裤,笨拙地将长裤从脚上甩掉——戴克像在跳芭蕾舞,他却像在跳低级的脱衣舞。

戴克跳进水里,大喊:"老天!冷死人了!"

蓝迪犹豫了一下,但只是在他心里——那水是华氏四十五度,顶多五十度①,他在心里告诉自己,你的心跳可能会停止的。他是医学院预科学生,因此他知道那是有可能的……但在肉体的世界里,他却一点也不犹豫。他跳进湖水中,有一瞬间,他的心跳真的停了一下,或者好像停了一下,他的呼吸哽在喉间,以致他不得不逼自己深吸一口气。真是疯狂,他心想,可这是你的主意,猪头。他开始跟在戴克后头划水。

两个女孩面面相觑。黎妮耸耸肩,粲然一笑:"他们能,我们也能。"她说着脱下衬衫,露出几乎透明的胸罩,"女生的脂肪不是比男生厚吗?"

说完她也跳过围篱,跑向湖水,一路解开长裤纽扣。一会儿后,瑞秋跟上她,就像蓝迪跟上戴克一样。

两个女孩是中午时到公寓去的——她们星期二下午一点以后就没课了。戴克已经领了他的每月津贴——一个美式足球迷校友(球员都叫这些校友"天使")让他每月能领到两百美元现金——因此冰箱里有一箱啤酒,蓝迪的破音响里也放着一张"夜行者"的新唱片。他们四个聊了一会儿,话题便转到他们正在享受的漫长夏季已近尾声。收音机预测周三会有一场小雪。黎妮更进一步主张,预测十月会下雪的气象人员应该被枪杀才对。没人反驳她的意见。

瑞秋说她小时候总觉得夏天没完没了,但现在她长大了(戴克打趣说她是个"十九岁的老太婆",结果脚踝被她踢了一下),夏天却逐年变短。"以前我觉得好像一天到晚都是在瀑布湖度过夏天。"她说着,走过厨房的破油毡,拉开冰箱门。她看看里面,在一堆蓝色的塑料保鲜盒(其中一个

---

① 约摄氏七到十度。

放了几乎算是史前时代的辣椒酱,现在已经长了厚厚一层霉菌——蓝迪是个好学生,戴克是个好球员,但两人都不善理家)后面找到一罐汽水,很高兴地打开喝了:"我还记得我第一次一口气游到木筏那边,在木筏上待了将近两小时,怕得不敢再游回来。"

她在戴克身旁坐下,戴克顺势揽着她的肩。她面带笑容追忆往事。蓝迪觉得她长得有点像个名人,却想不起来像谁。也许以后在不这么愉快的情境下他会想起来的。

"后来我哥只好游泳过来,用游泳圈把我拖回去。老天,他气死了。你们一定不会相信我那天晒得多黑。"

"那个木筏还在湖里。"蓝迪只是没话找话讲。他注意到黎妮又开始看着戴克。最近她好像常常注意戴克。

这时她却望着他:"快要万圣节了,蓝迪。劳工节之后,瀑布湖的沙滩就关闭了。"

"但木筏很可能还在原地。"蓝迪说,"大约三个星期前,我们到野外上地质学课,就在湖岸另一边,那时候我就看到它还在。好像……"他耸耸肩,"……好像有人忘了把剩下的一点夏天清掉,收在柜子里,等待明年。"

他以为他们会嘲笑他的说法,但没有人笑,连戴克也没有。

黎妮说:"只因为它去年在那儿,不表示它还会在那儿。"

"我跟一个人提过那木筏。"蓝迪说着,喝完他的啤酒,"比利·狄洛,你记得他吧,戴克?"

戴克点点头:"他受伤前是球队的候补队员。"

"是的,我想是吧。总之,他每天都得从那边经过。他说拥有那沙滩的人一直要等到湖水快结冰时,才会把木筏收回去。他只是懒——至少他是这么说的。他还说有几年他们等得太久,木筏就会被冰冻住。"

他停住口,想着那系在湖中的木筏——白色木头在靛蓝的秋水中。他想着木筏下的木桶发出的声音——那愉快的"喀啦喀啦"响——如何从水中传上来。那声音极轻柔,但在宁静的湖区却清晰可闻。那木桶声,再加上乌鸦在某个农夫已收割过的田里啄拾残麦的声音。

"明天会下雪。"瑞秋说着站了起来。戴克搂着她的手顺势滑过她的胸部。她走到窗畔,向外眺望:"真讨厌。"

"这样吧,"蓝迪说,"我们到瀑布湖去。我们游泳到木筏上,向夏天说再见,然后再游回来。"

要不是已经喝得半醉,他不会有这种提议,何况他也没期望有人会把这建议当真。可是戴克却举双手赞成。

"好!太棒了!真是好点子!"黎妮跳起来,手上的啤酒溅了出来。但她嫣然一笑——她的笑让蓝迪微感不安。"我们走!"

"戴克,你疯了。"瑞秋说着,脸上也带着笑——但她的笑看起来有点试探意味,有点担心。

"不,我要去。"戴克起身拿他的外套。在兴奋和恐慌的情绪交织下,蓝迪注意到戴克的笑容——鲁莽无畏,也有点疯狂。他们两人已当了二年室友,因此蓝迪认得这种笑。戴克不是开玩笑,他真的要去。在他的脑袋里,他已经在半路上了。

算了吧,我才不去。这句话溜向他的唇间,可是还来不及说出口,黎妮已站起身,眼神闪着同样快活而疯狂的光芒(也许只是喝了太多啤酒)。"我赞成!"

"那我们走吧!"戴克望着蓝迪,"你怎么样,蓝迪?"

他瞄了瑞秋一眼,看见她的眼神透着一丝狂热——对他来说,戴克和黎妮大可一起到瀑布湖去,在湖里来回游上一整晚。他们两个干柴烈火烧在一起,他是不会高兴,但也不意外。但瑞秋那着魔般的眼神——

"哇哦,戴克!"蓝迪喊道。

"哇哦,蓝迪!"戴克也喊道。

他们相互击掌。

蓝迪游向木筏的途中,看见水面上那黑黑的一片。那团黑色的东西在木筏左后方,很靠近湖心。再过五分钟,光线就会变得太弱,会让他误以为那不过是团阴影……如果他还看得见的话。那是漏油吗?他想着,仍旧卖力划水,微微意识到两个女孩游在他后方。可是在十月里这荒弃无人的湖上,哪有汽油可漏?而且那黑色团块是圆形的,很小,直径不超过五英尺——

"哇!"戴克又叫了一声。蓝迪望向他,看见他已爬上木筏侧边的踏板,并像条狗似的抖掉身上的水:"你怎么样,蓝迪?"

"很好!"他回了一声,更卖力地向前游。其实湖水没有想象中冷,尤其下水之后。他的身体微微发热,心跳急促,不禁开始喘气。他父母在鳕鱼岬有间别墅,在那里,连七月的水都比这里要冷。

"你以为现在算糟的话,蓝迪,等你出来就知道了!"戴克开心地对他喊道。他正上下跳着,揉搓身体,让木筏不停晃动。

蓝迪一时忘了那片漏油,直到他两手抓住木筏的白漆踏板。这时他又看到那团黑。那是湖面上又圆又黑的一团,犹如一颗大黑痣,随着水波载浮载沉,似乎漂近了些。他第一次看到这团黑时,它离木筏大约四十码远,现在距离却只剩一半了。

那怎么可能?怎么——

想到这里时,他已爬出水面。冷空气咬啮着他的皮肤,感觉比他刚跳进湖里时的水还要锐利。"哦——狗屎!"他吼着、笑着,只穿着内裤的身体不住发抖。

"蓝迪,你这臭小子。"戴克快乐地说,把蓝迪拉了上来,"够不够冷?你清醒了没?"

"我清醒了!我清醒了!"他开始像戴克刚才一样跳上跳下,两手交叉环抱在胸口及腹前。他们转身望向两个女孩。

瑞秋已经游到黎妮前面,黎妮则像条狗,凭着本能用狗刨式慢慢往前划。

"两位女士还好吧?"戴克喊道。

"下地狱去吧,臭男人!"黎妮叫道,听得戴克哈哈大笑。

蓝迪眼睛往旁边一瞟,看见那奇怪的黑色团块漂得更近了——现在只有十码远,而且还在继续拉近。它漂在水上,很圆而且形状规则,像面大铁鼓的鼓面,但只见它随水浮沉波动,就知道那不是什么物体的表面。一股无名但猛烈的恐惧突然向他袭来。

"快游!"他对两个女孩吼了一声,随即弯身抓住瑞秋已靠向木梯的手。他用力将她拉上木筏。她的膝盖猛地撞上筏面,他清楚地听到一声闷响。

"哎哟!嘿!你——"

黎妮还在十英尺外。蓝迪再度望向旁边,看见那圆圆的黑团已快接触到木筏另一侧。这片黑影暗如石油,但他肯定那绝不是石油——太黑、太厚、也太平了。

"蓝迪,痛死我了!你在干什么,开玩笑吗——"

"黎妮,快游!"现在他不只是恐惧,而是惊悸了。

黎妮抬头看,或许没听出他声音中的惊惶,却听出了他的急切。她一脸迷惑,但仍加快狗刨式的速度,拉近与木梯之间的距离。

"蓝迪,你怎么啦?"戴克问。

蓝迪再度望向旁边,看见那东西绕住木筏的一个直角。有一会儿看起来很像电视广告里的卡通人物张嘴吃饼干一样,但不到一会儿,那黑团顺着木筏的直角向前滑,它的一侧已经顺着木筏的边变得平直了。

"帮我拉她上来!"蓝迪对戴克低喊,并朝她伸手,"快点!"

戴克好脾气地耸耸肩,拉住黎妮的另一只手。他们将她拉上木筏,不过几秒钟后,那黑色团块已滑到木梯旁,团块边碰着木梯微微漾起涟漪。

"蓝迪,你是不是疯了?"黎妮气喘吁吁,有点受惊。透过胸罩,她的乳头清晰可见。

"那东西,"蓝迪指着,说道,"戴克?那是什么?"

戴克瞄了一眼。那黑色团块已滚到木筏左边角落,微微向一侧漂开,又恢复了圆形。它浮在那里。他们四个都盯着它看。

"漏油吧,我想。"戴克说。

"你把我的膝盖撞破皮了。"瑞秋盯着水上那团黑影说,又望向蓝迪,"你——"

"那不是漏油。"蓝迪说,"你见过圆形的漏油吗?那东西看起来像个棋盘。"

"我从来没见过漏油。"戴克说。他说话的对象是蓝迪,眼睛却瞄向黎妮。

黎妮的内裤几乎和她的胸罩一样透明,那女性的三角洲雕在丝绸布料后隐约可见,臀部是坚挺的两轮半月。"我甚至不信会有什么漏油。我是密苏里人。"

"我会淤血的。"瑞秋说道,声音中却已无怒意。她看见了戴克偷瞄黎妮的神情。

"天,我冷死了。"黎妮全身剧烈颤抖着。

"那东西是朝两个女孩漂过去的。"蓝迪说。

"得了吧,蓝迪。你不是说你已经清醒了?!"

"那东西是漂向两个女孩的。"蓝迪固执地重复一次,这时他突然想到:没人知道我们在这里。没人知道。

"你见过漏油吗,蓝迪?"戴克伸手揽住黎妮的裸肩,仿佛他早先碰触瑞秋的胸部一样漫不经心。他没碰黎妮的胸——至少还没有——但他的手靠得很近。蓝迪发现自己不怎么在乎。随他去碰好了。那漂在水面的黑色团块,他在乎的是那个。

"我在鳕鱼岬见过一次,那是四年前,"他说,"那时候我们都把鸟拉上岸边,试着把油渍清掉——"

"生态保护,蓝迪,"戴克赞许地说,"人人都该注意生态保护。"

蓝迪说:"整个水面都是黑黑、黏黏的一大片。也有一团团,也有一条条的。但不像那样。你知道,不是完整的。"

那次漏油看起来像个意外,他想道,但这东西看起来可不像意外。它看起来带着恶意。

瑞秋说:"我想回去了。"她仍旧看着戴克和黎妮。蓝迪在她脸上看到受伤的神情。他怀疑她知不知道自己脸上的表情。

"那你就走呀。"黎妮说。她的脸上也有表情——胜利者的威风凛凛,蓝迪心想。她的表情倒不完全是针对瑞秋……但也没有隐瞒的意思。

她向戴克靠近一步;他们之间原本也就只有那么一步距离。现在他们的腰轻轻碰在一起。有一刹那,蓝迪的注意力从漂在水上的黑色团块上移开,带着一丝微妙的憎恨集中在黎妮身上。他没打过女孩,但这一刻他却很乐意出手。并不是因为他爱她(他是有点迷恋她,没错,也很被她的肉体吸引,当她在公寓里开始对戴克下功夫时,他也确实很嫉妒。但是,他不会把自己真正所爱的女孩带到戴克所在的方圆十五英里内),而是因为他了解瑞秋的表情——了解她内在的感受。

"我怕。"瑞秋说。

"怕一片漏油?"黎妮难以置信地说着,并哈哈大笑。蓝迪又有打她的冲动了——只要在空中用力捆下一掌,就能抹掉她脸上那讨人厌的傲慢,在她脸上留下指痕。

"那你游回去给我们看吧。"蓝迪说。

黎妮不屑地对他笑笑。"我还不想走呢。"她说,像在对小孩解释事情。她抬头看看天色,又对戴克说:"我要看星星出来。"

瑞秋个子娇小,长得很漂亮,但有种流浪的、没有安全感的气质,这让蓝迪想到纽约的女孩——她们每天早上去上班,穿着剪裁合宜的开叉裙,脸上的神情总是有点神经质。……眼睛经常发出晶亮的光芒,但很难说那晶亮是出于欢欣,还是出于……

戴克平常喜欢的类型是身材高……发再加上睡眼惺忪的女孩,蓝迪看得出来,不管戴克和瑞秋曾经有……,他们之间都已经结束了。对他来说,这件事可能简单又有点无聊……于她而言却是深刻、复杂,甚至痛苦的。那是完了,如此利落而突然……几乎可以听到"啪"的断裂声,像一根干柴在膝上折断的声音。

他生性羞怯,但此刻却转向瑞……手揽住她。她抬头看他一眼,脸上是不快乐但带着感激的表情,他……笑自己为她扭转了一点劣势。他又开始觉得她很像某人了。她的五……是神情——

他先想到电视上的益智节目,然……是饼干或什么食品的广告。接着他想到了——她长得有点像珊蒂·……,那个在百老汇演《小飞侠彼得·潘》舞台剧的女演员。

"那是什么东西?"她问道,"蓝迪……是什么?"

"我不知道。"

他望向戴克,看见戴克正盯着他看,脸上那抹熟悉的笑容中所含的友爱多于轻蔑……但终究带着轻蔑。或许连戴克自己都不知道,可是那表情是轻蔑的,仿佛在说:胆小鬼蓝迪又开始忧心忡忡了。平常蓝迪会因此嘟囔几句——那大概没什么,或是别担心,那会漂开之类的话,但他没说。让戴克笑去吧。那水面上的黑块让他害怕,这是事实。

瑞秋从蓝迪身旁走开,利落地在最靠近那黑色团块的木筏角落跪了下来,这一刻她更清楚地唤起他的联想:广告中的女孩。广告中的珊蒂·邓肯,他在心中修正。她的短发是有点粗糙的金色,湿湿地贴在她形状姣好的头上。在她白色的胸罩肩带上方,他能看见她肩胛骨上的鸡皮疙瘩。

"别掉下去,瑞秋。"黎妮带着恶意说。

"别说了,黎妮。"戴克仍然笑着说道。

他们站在木筏中央,互相揽着对方的腰,臀部轻轻碰在一起。蓝迪不再看他们,而是将目光移向瑞秋。一阵警觉蹿过他的脊柱,如火般烧过神经。那黑色团块与瑞秋所在的木筏一角距离又拉近了。原来它漂在大约六英尺或八英尺外,现在已经相距不到三英尺了。他看见她的眼睛变得很奇怪,那黑色圆形的瞳孔,就像水里那团黑块。

现在是珊蒂·邓肯坐在白色岩石上,假装被纳斯贝克蜂蜜饼干的滋味催眠了,他呆呆地想着,一颗心却跳得猛烈无比,接着他便喊出声来:"走开,瑞秋!"之后的一切发生得极为迅速——以烟火闪灭般的速度进行。然而他清楚地看见也听见了一切。每件事都清楚得似乎自成一体。

黎妮大笑——在晴天午后的校园里,那听起来可能只是任何一个大学女生的笑,但在湖上的暮色中,她的笑声就像正在搅动锅中魔药的女巫。

戴克说:"瑞秋,也许你最好——"可是她打断了他。这大概是空前也确实是绝后的一次。

"它有颜色!"她的声音因为惊喜而有点颤抖。她的眼睛狂喜地瞪着水中那黑块。有一瞬间,蓝迪以为自己看见了她说的——颜色,是的,许多颜色,卷在向内转的漩涡中。但不过一刹那,那些色彩就消失了,只剩下单调无趣的黑黑一团。"月亮的颜色!"

"瑞秋!"

她对那黑色团块伸出手——她那点像鸡皮疙瘩的雪白胳膊,她的手向它伸出,想要碰触。他看见她显然有咬指甲的习惯。

"瑞——"

随着戴克走近,木筏微微倾向水中。这时蓝迪已将手伸向瑞秋,想把她拉回,隐约意识到自己不想要戴克插手。

同时瑞秋的手碰到水面——只有她的食指,碰出一圈细致的涟漪——而那黑色团块立刻向她的手涌来。蓝迪听到瑞秋惊喘一声,她眼中的黑晕突然消失了,取而代之的是痛苦。

那可怖的黑色物质如烂泥般爬上她的手臂……在黑泥下,蓝迪看见她的皮肤被溶蚀。她张嘴尖叫出声,同一刹那,她的身体也向外倾斜。她盲目地对蓝迪挥着另一只手,他立刻伸出手抓它。他们的手指刷过彼此。她的目光与他相触,她看来还是像极了珊蒂·邓肯。然后她跌向前方,掉进湖水中,溅起水花。

那黑色团块涌到她落水的地方。

"怎么回事？"黎妮在他们后方尖叫，"怎么回事？她掉下水了吗？她怎么了？"

蓝迪想跳进水里救她，戴克却用力将他往后拉。"不行！"他的声音充满恐惧，不像平日的戴克。

他们三个看着她在水面上挥打。她的手臂往上伸起、挥动——但只有一只。另一只则盖满层层黑膜，还有纠结的红色卷须，看起来有点像生牛肉。

"救命！"瑞秋嘶叫道。她的眼睛愤怒地瞪着他们，然后移开，又瞪向他们，再移开——她的眼睛如在黑暗中飘摇的灯笼。水面被她打得处处浮沫。"救命，好痛，救命，好痛——"

戴克把他拉回来时，蓝迪跌倒了。这时他从木筏上起身，踉跄地再次往前扑，只因为无法对那叫痛声视而不见。他正想再往水里跳时，戴克又抓住他，两只壮硕的手臂抱住蓝迪瘦削的胸口。

"不要。她死了。"他哑着声说，"老天！你看不出来吗？她已经死了，蓝迪。"

浓腻的黑色团块突然如帘幔般披盖瑞秋的脸，她的尖叫声先转为含糊，然后便完全被掩盖了。现在那黑色物质似乎如绳索般将她交叉捆绑。蓝迪看得见那黑色的东西如酸性物质般蚀进她的肌肤。当她的大动脉被切断、喷出暗色血浆时，他看见那东西伸出一只伪足，追着那喷逃的鲜血。他无法相信自己的眼睛，也难以明了……然而毫无疑问，眼前的一切都是真实的，既非幻觉也不是梦境。

黎妮尖叫不止。蓝迪回头看她，正好看到她戏剧化地用手遮住眼睛，就像默片里的女主角。他以为他会笑出来，把自己的想法告诉她，可是他发现自己完全无法发出声音。

他又转过头来看瑞秋。瑞秋已几乎完全消失了。

她的挣扎已经减弱到只能称为痉挛。那黑色团块盖满她全身——而且现在变大了，蓝迪心想，毫无疑问，它变大了——以肌肉般的力量收缩着。他看见她的手在打它；那只手像被黏蝇纸黏住般难以抬起，而且被黑泥一寸寸溶蚀。这时她所剩的只是个形体，不是在水中，而是被包在那黑色物质中，转着转着，再过不久便难以辨认，只剩白白的一团——骨头，他恶心地想着，把头转开，无奈地在木筏侧边吐了起来。

黎妮还在尖叫。接着"啪!"一声闷响,她停止嘶喊,开始哭泣。

他打了她,蓝迪心想,我本来想打她的,记得吗?

他往后退,抹着嘴,觉得虚弱又疲惫。而且害怕。他的惊恐使他只能作最单纯的思考。再过不久,他也会开始尖叫,然后戴克就只好甩他耳光,戴克是不会惊慌的,哦,他不会,戴克是个当英雄的料。你要当个足球英雄……漂亮女孩都喜欢你,他的心狂乱地唱着。接着他听见戴克在对他说话,他抬头看天,想理清乱七八糟的思绪,想甩开瑞秋被那黑色物质吃掉,变成一团黝黑的模样,他不想让戴克像打黎妮一样打他。

他抬头看天,看见星星已经露脸——北斗七星已明显摆出一个勺子,最后一抹日光已在西方退尽。现在快七点半了。

"哦,戴克,"他费力地说,"我想,这回麻烦可大了。"

"那是什么?"戴克的手落在蓝迪肩上,用力之大,抓得他发疼,"它吃了她,你看见没? 它吃了她,它把她吃掉了! 那是什么东西?"

"我不知道。我刚才不是说了吗?"

"你应该知道的,你他妈聪明得很,每一门科学课程你他妈全选了!"这会儿戴克近乎尖叫,这让蓝迪的自制力增强了些。

"在我读过的科学书上,没有那种东西。"蓝迪告诉他,"上次我见过最接近的东西,是我十二岁在纽约百老汇剧场看的万圣节恐怖秀。"

这时那黑色物质已恢复它的圆形,漂在离木筏十英尺外的水面上。

"它变大了。"黎妮呻吟着。

蓝迪刚开始看到它时,估计它的直径大约五英尺,但现在它的直径已增长到至少八英尺了。

"它变大了,因为它吃了瑞秋!"黎妮喊了一句,又开始尖叫起来。

"别再叫了,不然我打烂你下巴。"戴克说道。她停了下来——她不是突然停止,而是慢慢降低音量,就像台播放唱片的唱机突然被拔掉插头一样。她两眼瞪得老大。

戴克回头望向蓝迪:"你没事吧,蓝迪?"

"我不知道。大概还好。"

"很好。"戴克试着微笑,蓝迪有点警觉地注意到——难道一部分的戴克觉得兴奋吗? "你完全不知道那可能是什么东西吗?"

蓝迪摇摇头。或许那毕竟只是漏油吧……或者曾经是,却发生了某种变化。也许宇宙射线不知怎么击中了它,谁知道?谁会知道这种事?

戴克摇着蓝迪的肩膀,不肯罢休地问:"你觉得我们可以游泳绕过它吗?"

"不!"黎妮惊叫。

"跟你说别叫了,不然我真揍你,黎妮。"戴克再度抬高了声音,"我可不是开玩笑。"

蓝迪说:"你也看见它抓走瑞秋的速度有多快了。"

"说不定它那时候很饿,"戴克说,"也许现在它吃饱了。"

蓝迪回想瑞秋跪在木筏的角落,穿着胸罩和内裤,那么宁静又那么美,一股怒气不由得往上冲。

"你试试看好了。"他对戴克说。

戴克皮笑肉不笑地说:"哦,蓝迪。"

"哦,戴克。"

"我要回家。"黎妮无助地低语道,"好吗?"

他们两人都没搭腔。

"我们只能等它走开,"戴克说,"它既然漂过来,也会再漂开的。"

"也许。"蓝迪说。

戴克注视着他,脸上充满了蛮横的专注:"也许?什么也许?"

"我们来了,它才漂过来的。我看见它过来的——就像它闻到我们的气味一样。如果它饱了,像你说的,它会走开的。我猜。但如果它还想再吃——"他耸耸肩。

戴克垂着头,若有所思。他的短发还在滴水。

"我们等。"他说,"让它吃鱼吧。"

十五分钟过去了。没人说话。天气变得更冷了,气温约华氏五十度,而他们三人都只穿着内衣裤。最初十分钟过去后,蓝迪可以听到自己的牙齿打战的声音。黎妮曾试着靠近戴克,但他把她推开了——动作很轻,但很坚决。

"别烦我。"他说。

因此她坐下来,双臂绕过胸部,两手抱肘,全身发抖。她望向蓝迪,以眼神示意他可以过来伸手揽住她。

然而他却将目光转开,望向水面上那团黑色圆圈。它只是浮在那里,没再漂近,但也没有走开。他望向湖岸,雪白的半月形沙滩似乎也在漂动。沙滩后方的树林在地平线划出黑暗而隆起的阴影。他觉得好像能看见戴克的车,但不敢确定。

"我们说来就来了。"戴克说。

"没错。"蓝迪说。

"没告诉任何人。"

"没有。"

"所以没人知道我们在这里。"

"没有人。"

"闭嘴!"黎妮吼道,"闭嘴,你们吓坏我了!"

"你才闭嘴。"戴克漫不经心地说。蓝迪忍不住笑了。"如果我们得在这里过上一夜,就只能忍耐。明天早上就会有人听到我们的叫声。我们又不是在澳洲内陆,对不对,蓝迪?"

蓝迪没吭声。

"对不对?"

"你知道我们在哪儿,"蓝迪说,"你跟我一样清楚。我们下了41号公路,在小路上开了八英里——"

"每隔五十英尺就有木屋——"

"避暑木屋,现在是十月,木屋是空的,全部都是。我们到了这里之后,你又偏偏绕过大门,每隔五十英尺就有一块'不准入内'的牌子——"

"那又怎样?总有管理员——"戴克的语调有点泄气。有点害怕?今晚第一次,这个月第一次,还是今年,也许是他这辈子第一次感到害怕?这是个可怕的想法——戴克失去胆量了。蓝迪不确定是否真的如此,但他猜有可能是⋯⋯而且还有点不合时宜地幸灾乐祸。

"没什么可偷的,也没什么可破坏的。"他说,"假如真有什么管理员,他可能每两个月才来这里瞧瞧。"

"猎人——"

"下个月,是的。"蓝迪说完便把嘴闭上。他也吓到自己了。

"也许它会放过我们。"黎妮说着,露出可悲的笑容,"也许它会⋯⋯放过我们。"

戴克开口道:"也许猪会——"

"它开始动了。"蓝迪说。

黎妮跳了起来。戴克移到蓝迪所在的地方,有一瞬间,木筏倾斜了,蓝迪的心脏吓得猛跳了一阵,也让黎妮又尖叫出声。戴克连忙退后一步,使木筏稳住,只有左前角稍稍下沉了一点。

那黑色团块以惊人的速度漂近。它移动时,蓝迪看见了瑞秋见到的色彩——美妙的红、黄和蓝在黑色表面上呈漩涡状转动,在水波的起浮中变换颜色,使得每个颜色旋转、交融。蓝迪意识到他正倒向前方,向水面倾斜,倒向那团彩色——

他用最后一股力量抡起右拳击向自己的鼻子——那姿势就像一个人想要止住咳嗽,只是用力了点。他的鼻子一阵疼痛,他感觉到暖暖的鲜血流过脸颊,紧接着,他已经能向后退,喊道:"别看它!戴克!别直视它,那些色彩会把你催眠!"

"它想钻到木筏下面。"戴克绷着脸说,"这是什么鬼东西,蓝迪?"

蓝迪看了——非常仔细地看着。他看见那东西往木筏的一侧推进,形状扁平得就像半个比萨。有一下子,它似乎在木筏边堆叠、增厚,他惊恐地想象着,它会叠高到可以流上木筏的表面。

然后那黑色团块挤到了木筏下面。那一瞬间,他觉得好像听到什么声音——一个粗粝的声响,仿佛一扇窄窗的帆布帘被拉开的声音——但那可能只是他神经过敏。

"它钻到下面了吗?"黎妮的声音中带着一丝奇怪的淡漠,似乎她想尽力加入谈话,但同时也在尖叫,"它钻到木筏下面了?它在我们下面了吗?"

"是的。"戴克说着,抬头看向蓝迪,"我现在要游到岸上去。既然它在下面,这是个好机会。"

"不!"黎妮失声叫喊,"不,不要把我们留在这里,不要——"

"我游得很快。"戴克还是望着蓝迪,对黎妮置之不理,"但我得趁它在下面的时候走。"

蓝迪思绪紊乱——它以一种恶心而油腻的方式感到兴奋,就像在嘉年华会上坐廉价的云霄飞车后,呕吐前的最后几秒。在这几秒内,他仍能听到木筏下的木桩空洞撞击的声响,听到沙滩上的树叶在微风中沙沙作响,他也仍能想着为何它要潜藏到木筏底下。

"是的,"他对戴克说,"但我不认为你能成功。"

"我会的。"戴克说着,朝木筏边缘走去。

他才走两步便停了下来。

他原本加速了呼吸,他的脑子已命令他的心和肺准备游他这一生中最快的五十码冲刺,但此刻他吸气吸了一半却猝然停止。他回过头。蓝迪看见他脖子上突起的青筋。

"蓝迪——"他以极嘶哑的声音喊了一声,紧接着开始尖叫。

他的尖叫声雄浑有力,由男中音直逼向花腔女高音。那叫声大得足以制造出令人胆寒的回音。起初蓝迪以为他只是在嘶吼,然后才意识到他是在重复叫着:"我的脚!"戴克叫道,"我的脚!我的脚!我的脚!"

蓝迪低头看。戴克的一只脚奇怪地沉了下去。原因很明显,但刚开始蓝迪的理智却拒绝接受——这不可能、太怪异了。他看着时,戴克那只脚已经被拖进木筏表面的两块木板之间。

接着,他看见在脚跟和脚趾后的黑色物质,那旋转着色彩、仿佛具有生命的黑色物质。

那东西抓住了戴克的脚("我的脚!"戴克一次又一次地叫喊,"我的脚,哦,我的脚,我的脚!")。刚才他不知怎的,踩到两块木板间的缝隙,而那东西就等在下面。那东西——

"拉!"蓝迪突然吼道,"拉,戴克,他妈的,往后拉呀!"

"怎么了?"黎妮喊道。蓝迪隐约意识到她不只在摇他的肩膀。她的指甲如利爪般掐进他的肉里。她绝对帮不上什么忙的。他用手肘撞向她的腹部。她闷哼一声,屁股猛力往后坐下。他跳向戴克,抓住戴克的一只手臂。

戴克的臂膀硬如大理石,每一丝肌肉都如恐龙化石的肋骨般突出。想拉起戴克,就像想将一棵大树从地上连根拔起。戴克的眼睛仰望上方深紫色的夜空,难以置信地瞪着,同时仍在不断嘶喊。

蓝迪低下头,看见戴克的脚从脚踝以下都已消失在夹缝中。那缝隙大约只有四分之一英寸,顶多半英寸吧,可是他的脚却被拉了下去。血液流过白色的木板。那黑色物质如热塑料黏浆般,在那缝隙中涌上又退下,涌上又退下,就像心跳。

一定要拉他出来,一定要快点拉他出来,不然我们就永远不可能把他拉出来了……坚持下去,戴克,你一定要坚持下去……

黎妮已经站起来,远离在木筏中央尖叫不止的戴克。她木然地摇着头,两臂交叠在刚才被蓝迪撞了一记的腹前。

戴克用力靠向蓝迪,两手笨拙地摸索。蓝迪低下头,看见血从戴克的胫骨喷涌而出。他的胫骨就像削尖的铅笔芯,只是铅笔芯是黑的,他的却是白的,那隐约可见的笔芯就是骨头。

那黑色物质再度涌上来,吸着、吃着。

戴克哀号不止。

他再也不能用那只脚踢足球了,好一只脚,哈,哈。蓝迪费尽全身力气去拉戴克,但感觉却仍像在拔一棵大树。

戴克再度扑向前方,发出锥心刺骨的一声悲号,蓝迪不由得向后倒,两手盖住耳朵,也开始尖叫。血已开始从戴克的小腿毛孔和胫部喷出;他的膝盖肿胀发紫,似乎想吸收因那黑色物质将戴克的腿一寸寸向下拉过缝隙时所造成的巨大压力。

我没法帮他。那东西太强了!现在帮不了他了,我很抱歉,戴克,非常抱歉——

"抱我,蓝迪。"黎妮又在尖叫,抓着他全身各处,把脸埋向他胸前。她的脸烫得简直可以烙印了。"抱我,求你,请你抱着我——"

这次,他听了她的话。

稍后,蓝迪才后悔而惊恐地意识到,在那东西忙着吞噬戴克时,他们两人几乎就可以游上岸了——而黎妮如果拒绝尝试,他尽可以自己游上岸。戴克的车钥匙在他的牛仔裤里,躺在沙滩上。他本来可以做到的……但等他想到这点时,却已经太迟了。

戴克在他的大腿开始消失在缝隙中时就死了,死前几分钟已停止叫喊,只发出低沉的咕噜咕噜声,接着,连那声音也消失了。他昏了过去,倒向前方时,蓝迪听到他的大腿骨啪然碎裂。

一会儿过后,戴克抬起头,无力地东张西望,张开嘴巴,蓝迪以为他又要尖叫,然而从他嘴里喷出的却是一柱鲜血,浓得几乎像是固体。蓝迪和黎妮都被那暖乎乎的鲜血喷溅到,黎妮又开始狂喊,但声音已变得沙哑。

"啊!"她叫着,一张脸半疯狂地扭曲,"啊!血!啊!血!血!"她胡乱擦着身体，结果反而让鲜血抹得到处都是。

血从戴克的眼睛流溢出来，一股股涌流着，让人几乎要开始怀疑那不是真的。受到压力的眼球随即从眼窝里凸了出来。蓝迪心想：说什么生命力！天啊！看看那个！他就像个人体消防栓一样！上帝！上帝！上帝！

血从戴克的两耳汩汩冒出。他的脸涨成可怕的紫红色，在难以置信的压力下肿胀变形。一个人要被大熊，或是某种巨大而未知的力量拥抱时，才会有这样的脸。

就在这时，天可怜见，戴克终于死了。

戴克再度往前垮下，头发垂在木筏染血的表面上，蓝迪惊讶并恶心地看见连戴克的头皮都冒出了血。

木筏底下传来声音，吸吮的声音。

就在这时，蓝迪想到他本来可以游过去，而且大有机会回到岸上的。可是黎妮沉甸甸地赖在他身上。他注视她松垮的脸，一只眼睛翻出眼白，便知道她并未晕厥，只是因受惊过度而失去知觉。

蓝迪看看木筏的板面。当然，他大可放下她，让她躺下，但板面只有一英尺宽。夏天时木筏会连着一个跳水板平台，但那已经被取下收藏在某处了。现在除了木筏本身的表面外，再也没有其他东西了：十四块木板，每块一英尺宽、二十英尺长。他要是放下她，她的躯体必定会横过板面与板面间的缝隙。

只要踏上缝隙，你他妈就死定了。

闭嘴。

接着，他的内心深处低语着：放下她吧。放下她，然后游上岸去。

可是他没有，他做不到。那样想时，他感到一股深重的罪恶感。他抱着她，手臂和背部感觉到她柔软的重量。她的块头可真不小。

戴克被拖下去了。

蓝迪用发痛的手臂抱着黎妮，眼睁睁看着戴克一寸寸被拖下去。他并不想看，而且他一直把脸别开，但他的眼睛却总是溜回去。

戴克一死，那过程似乎又快了些。

他的右腿先消失，左腿伸长在木筏上，让他看起来像个独脚芭蕾舞者。骨盆传来碎裂声后,他的腹部便开始在新的压力下恶毒地肿大,蓝迪将目光移开许久,试着不去听那湿漉漉的声音,试着将注意力集中在手臂的酸痛上。也许他可以把她弄醒,但他想,目前还是让手臂和肩膀一阵阵抽痛更好,因为这样可以让他分心。

在他身后,传来一个声音,仿佛牙齿正嚼着满嘴的硬糖果。他回头看时,戴克的肋骨已经崩解断裂,两手向外平举伸出,就像尼克松用双手做出V字胜利符号的样子。

他两眼睁开,舌头也伸了出来。

蓝迪再次转过头,望向湖面。寻找灯光吧,他告诉自己。他明知道这里不会有什么灯光,却仍这么告诉自己。看看那边有没有灯光,总有人会到别墅待上一夜吧,秋天的红叶,不该错过,带着照相机来,家人亲友会喜欢这些照片的。

他又回头看时,戴克的双臂已经垂直向上,一点也不像尼克松了。现在的他,像个宣布再得一分的美式足球裁判。

戴克的头坐在木筏上。

他的两眼依旧圆睁。

他的舌头仍吊在嘴外。

"哦,戴克。"蓝迪低喃一声,又把目光转开。他的肩膀和手臂都已疼痛不堪,但还是抱着黎妮,望向湖的彼岸。那边的湖岸黑漆漆的。星星在整片黑色的天幕中铺展开来,空中似乎有股冷牛奶的腥味。

又过了几分钟。他现在应该已经消失了。你可以看了。可以了,是的。但是别看。为了安全起见,别看,好吗?好。一定。就这么说定了。

但他还是看了,正好看到戴克的手指被拉下去。它们在动——或许木筏下方的水波被传到那抓住戴克的未知物质,然后那波动又传到戴克的手指上。或许,或许。但在蓝迪看来,却好像戴克在向他挥手告别,这时他首次觉得心里恶心得揪结起来——突兀得就像他们四个站在木筏同一边时,木筏会突然倾斜一样。虽然他立刻恢复正常,但也随即意识到,他离真正的疯狂也许已经不远了。

戴克的一九八一年足球冠军戒指,从他的右手无名指慢慢向上褪出,星光投射在戒指四周,镶成一圈金影。戒指从他的手指上脱落。这戒指因为大了点,无法穿过裂缝,而且它当然也无法被挤压。

它躺在木筏上。现在这就是戴克仅有的遗物。戴克已经消失,再也没有睡眼惺忪的黑发女孩;而蓝迪洗完澡后,也没有人会用湿毛巾抽他屁股;再也没有从球场中央出场的冲刺,没有球迷起身欢呼,以及拉拉队员在边线歇斯底里地翻筋斗了。再没有夜间开快车兜风,听着车上音响的瘦莉西乐队唱着:"男孩回城来了"。再也没有戴克了。

那微微的唰唰声又传来了——帆布帘被慢慢拉开的声音。

蓝迪赤脚站在木筏板面上。他低下头,看见两脚旁的木板间突然充满了那油腻的黑色物质。他鼓着眼睛,想着从戴克嘴里喷出的血柱,以及戴克的两颗眼珠因为压力而跳了出来。

它闻到我了。它知道我在这里。它会上来吗?它会穿过缝隙钻上来吗?会吗?会吗?

他往下瞪,完全忘了黎妮的重量,只是着迷地想着,一旦那东西卷住他的脚,侵蚀他的肌肉,不知会有什么感觉。

那闪亮的黑色物质几乎直钻到缝隙边缘(蓝迪在毫不自觉的情况下踮起脚尖),然后又沉了下去。那唰唰声又来了。蓝迪突然看见它又出现在水面上,深黑的一团,现在它的直径已大约有十五英尺。它随着水波浮沉,浮沉,当蓝迪看见它又出现那鲜明的色彩时,便立刻将目光转开。

他放下黎妮。当肌肉一松开,双臂便开始疯狂地发抖。他任凭它们发抖,在她身边跪了下来。她的头发像一面不规则的黑扇子,散在白色木板上。他跪在那里,望着水面上那颗大黑痣,等它一旦又开始漂动,就立刻再把她抱起来。

他开始轻轻打她,先是左脸颊,然后是右脸颊,来回地打,像个要把拳击手打醒的助手一样。但黎妮不愿醒来,她已经看够了。可是蓝迪不能整晚守着她,等着每次那东西一动,就把她像麻布袋一样抱起来(而且你不能一直看着那东西,这是另一点)。不过他学过一招,这招可不是在学校里学的,而是从他哥哥的一个朋友那里学来的。这个朋友在越南当过军医,知道各种怪招——比如说,如何抓头虱,让它们在箱子里赛跑,如何用泻药排出可卡因,如何用普通针线缝伤口。有天,他们谈到,为了不让喝醉的人被自己的呕吐物呛死,要用什么方法把这些酒鬼弄醒。摇滚乐队 AC/DC 的主唱就是这样死的。

"你要把一个人很快地弄醒吗?"这个懂得许多奇门怪招的朋友说,

"试试这个。"于是他告诉蓝迪这个方法。

蓝迪向前倾身,用力咬黎妮的耳垂。

涩涩的鲜血流进他嘴里。黎妮的眼睑如窗帘般往上一翻。她用嘶哑的声音大叫一声,伸手打他。蓝迪抬起头,看到那东西的一边,它以恐怖、悚然,而且无声的速度移动着,一大半的它又钻进木筏底下了。

他猛力抱起黎妮,他的肌肉立刻嘶吼抗议,想拒绝承受那重量。她打着他的脸,一只手敲到他敏感的鼻子,让他顿时一阵头昏眼花。

"住手!"他大吼着,奋力站起来,"住手,你这泼妇,它又在我们下面了,你住手,不然我就把你丢下去,我对天发誓我会的!"

她的双臂立刻停止挥打,却又变得像溺水的人般紧紧绕过他的脖子。在星空下,她的眼睛看起来是白色的。

"放松!"但她不放手,"放松,黎妮,你要掐死我了!"

她勒得更紧了。他心里一阵惊慌。空木桶的响声现在变得含糊而不清晰——他心想,那是因为那东西在底下。

"我不能呼吸!"

她放松了点。

"现在,听我说。我要把你放下来。只要你——"

只听到"把你放下来"就够了,她的手臂立刻又死命箍紧。他的右手贴着她的背,弯起手指用力抓她。她用力踢腿,害他差点失去平衡。她也感觉到了,于是停止挣扎,但是出于恐惧而非疼痛。

"站到木板上。"

"不!"她呼出的热气如沙漠热风般吹过他的脸颊。

"只要站在木板上,它就抓不到你。"

"不,不要把我放下来,它会抓住我,我知道它会,我知道——"

他又用力抓她的背,她既气又痛又怕地尖叫。"黎妮,你下来。不然我就用力把你甩掉。"

他小心地放下她,两人都微微喘气。她的脚一碰到木板,又立刻猛地缩起来,仿佛那木板是滚烫的一样。

"把脚放下!"他嘶声对她说,"我不是戴克,没办法抱着你一整夜!"

"戴克——"

"死了。"

她的双脚碰到木板。他慢慢放开她,两个人像跳舞一样面对面。他看得出,她在等待那东西的碰触,她的嘴如金鱼嘴般张开喘气。

"蓝迪,"她低声问,"它在哪里?"

"下面。低头看。"

她低下头。他也低下头。他们看见那黑色物质充塞在缝隙间,现在已几乎快涌到筏上来了。蓝迪能感觉到它的饥渴,他觉得,黎妮一定也感觉到了。

"蓝迪,求——"

"嘘!"

他们站立不动。

蓝迪跳下湖水时忘了把表摘下,因此他现在可以计时。八点一刻时,那黑色团块再次滑出木筏底下,漂了大约十五英尺远,然后就像上次一样停在那里。

"我要坐下。"蓝迪说。

"不!"

"我累了。"他说,"我要坐下来,你得看着它。只要记住每隔一会儿就得把目光移开。然后我站起来,换你坐下。我们轮流。拿着。"他把表拿给她,"每十五分钟换班一次。"

"它吃了戴克。"她低声说。

"是的。"

"它是什么东西?"

"我不知道。"

"我好冷。"

"我也是。"

"那么,抱着我吧。"

"我抱你抱够了。"

她退到一旁。

此刻,坐下的滋味如在天堂,不必时时刻刻盯着那东西更是美妙。他转而看着黎妮,确定她会不时把目光移开。

"我们该怎么办,蓝迪?"

他想了想。

"等待。"他说。

十五分钟后,他站起来,让她先坐后躺了三十分钟。然后他叫她起来,让她站十五分钟。他们就这样轮流站岗。将近十点时,一轮冷月升上半空,在水上投射出一条银色路径。十点半时,一声尖锐、孤寂的叫声响起,在水面上回响,黎妮也跟着尖叫出声。

"闭嘴,"蓝迪说,"那只是只潜鸟。"

"我快冻死了,蓝迪——我全身都麻了。"

"我也无能为力。"

"抱着我,"她说,"你一定得抱我。我们可以抱着对方。我们可以一起坐着看守它。"

他迟疑不决,但此时咬啮着肌肉的冰冷已侵袭到骨头里,因此他屈服了:"好吧。"

他们并肩坐着,伸手揽住彼此的肩,此时,一件既自然又反常的事情发生了。他发觉自己勃起了。他一手摸向她的胸部,覆住那湿漉漉的胸罩,用力扣紧。她低叹一声,手也摸向他的内裤。

他的另一只手往下滑,找到她身上仅有的温暖部位。他将她轻轻推倒。

"不。"她说,但伸进他内裤里的手却动得更快了。

"我看得见它。"他说。他的心跳又开始变得剧烈,血流加速,冰冻的皮肤也微微暖了起来。"我可以看着它。"

她低声喃喃自语,他感觉到自己的内裤已被拉到大腿。他看着那黑色的东西,一边滑向她身上,向前,进入她。温暖。天啊,至少她那里面好暖。她的喉间微微出声,手指抓着他湿冷的臀部。

他看着那黑色团块。它没有动。他看着它,很谨慎地看着它。这触感真是美妙,难以形容。他不算很有经验,但也不是个处男。他和三个女孩做过爱,但从来不曾如此销魂。她呻吟着,开始抬高臀部,木筏轻轻摇晃,仿佛这是世上最硬的水床。筏下的木桶发出空洞的碰撞声。

他看着它。色彩开始旋转——慢慢地,炫目地,感觉不带威胁性。他看着它,看着那些颜色,眼睛瞪大。那些色彩映入他眼里。现在他不冷了,他觉得热,就像六月初第一次回到沙滩上那天,当你感觉太阳照在你藏了一整个冬天的皮肤上,摩挲它的苍白,给它一些

（颜色）

颜色，晒红它。第一天在海滩上，夏季的第一天，听着"海滩男孩"唱的老歌，还有雷蒙斯乐队。雷蒙斯乐队对你说：席娜是个庞克摇滚歌手；雷蒙斯乐队告诉你：你可以搭便车到罗克威海滩。沙、海滩、色彩

（动，它开始动了）

和夏天的感觉。学校放假了，我可以在露天看台上看扬基队打棒球，穿着比基尼的女孩在沙滩上，沙滩、沙滩、哦、你爱、你爱

（爱）

你爱沙滩吗

（爱，我爱）

擦着防晒油的坚挺胸部，而且比基尼的下半截如果够小，你还可能看见

（毛发。头发，她的头发，她的头发浸在水里，啊，老天，她的头发）

他猛力向后一仰，想拉她起来，可是那黑色团块快速移动，像黝黑的黏胶抓住她的头发，因此当他拉她起来时，她已尖叫出声，整头发丝都被扯住。那黑色东西从水面翻腾而出，扭曲黏腻，滚着核子燃烧般的色彩——猩红，翠绿，赭黄。

它如浪潮般流向黎妮的脸，盖住了她的脸。

她的脚不停踢动。那黑色物质在原本是她脸部的地方扭曲滚动。她的脖子血流如注。蓝迪不由自主地尖叫跑向她，一脚踩住她的臀部，用力往前拉。她就地一滚，翻向一旁，两腿在月光下如雪花石膏般白皙。在这似乎持续了永恒之久的几秒钟内，湖水翻滚冒泡，涌向木筏四周，仿佛有人把全世界最大的一条鲈鱼钩在筏上，而那条鱼正拼命挣扎不止。

蓝迪尖叫起来。他尖叫着。不叫地尖叫着。

大约半个钟头后，那疯狂四溅的水花和挣扎早已停息之后，潜鸟也回叫了几声。

这一夜似乎永无止境。

将近四点四十五分，东方天际露出鱼肚白，他的精神微微一振。但也只是一刹那而已，就和这黎明一样虚假。他站在木筏上，半闭着眼睛，下

巴压到胸前。直到一个钟头前,他还一直坐着,然后突然被无法形容的帆布唰唰声惊醒过来——最可怕的是,在被惊醒之前,他甚至不知道自己睡着了。他猛然跳起,只比那黑色物质从木板缝隙间涌向并吞噬他快了几秒。他拼命深呼吸,用力咬着下唇,咬得血都流了出来。

睡了,你睡着了,你这个笨蛋!

大约半小时后,那黑色物质又在木筏下蠢蠢欲动,想从缝隙间往上涌,但他没再坐下。他害怕坐下,害怕自己再次睡着而来不及醒来。

他的两脚仍稳稳站在木板上。这时东方已露出曙光,黎明真的来了,第一批晨鸟也开始歌唱。太阳升起,到了六点,天色已经大亮,让他能再度看到沙滩。戴克的车,鲜黄色的,仍停在戴克昨天停车的地方,车头向着围篱。在沙滩上,散着几件衬衫、毛衣和四条扭成一小堆的牛仔裤。他能看见他的牛仔裤,一只裤腿向外反折,露出裤袋。他的牛仔裤看来无比安全地躺在沙上,只等着他过去将裤腿翻到正面,并抓着裤袋以免零钱掉出来。他几乎能感觉到牛仔裤套上他的腿,感觉到他扣上了拉链上方的铜纽扣——

(你爱吗?是的,我爱)

他向左边望去。它还在那里,圆形的、黑黑的一团。色彩开始从它的后侧向前转,因此他又连忙将目光转开。

"走开,"他哑着声说,"回家去,或者到加州参加恐怖片试演吧。"

远处传来一架飞机飞过的嗡嗡声。他开始困倦地胡思乱想:我们被报失踪,我们四个。人们展开地毯式搜索。有个农夫记得曾看见一辆黄色车子驶过,"速度快得像地狱飞出的蝙蝠"。搜索集中在瀑布湖地区。私人飞行员自愿由空中搜寻,其中一人开着他的小飞机掠过湖区,看见一个小伙子裸身站在木筏上,只有一个小伙子,唯一的幸存者,一个——

他从半睡眠状态中惊醒,再度抡拳打向自己的鼻子,痛得喊出声来。

那黑色物质立刻如箭般冲向木筏,挤进木筏底下——它有听觉,也许,或知觉……或某种感觉。

蓝迪等着。

这回它在木筏下徘徊了四十五分钟才出来。

随着越来越亮的天色,他的思绪开始纷乱地飞转。

(你爱吗 是的 我爱 在露天看台上看扬基队 和鲶鱼 你爱鲶鱼吗 是的我爱

(66号公路 记得那辆雪佛兰卡威特跑车 乔治·马哈利开着那辆卡威特跑车 你爱卡威特跑车吗

(是的 我爱卡威特跑车

(我爱 你爱吗

(太阳像燃烧的玻璃一样 好热 太阳在她头发里 那是最美好的亮光 夏季的亮光 光线

(太阳光)

下午。

蓝迪在哭。

他在哭,因为现在又有新发现了——每次他一想坐下,那黑色团块就滑进木筏底下。那么,它并不笨。它要不是感觉到,就是算准了只要他坐下,它就能得到他。

"走开。"蓝迪对着浮在水面上那黑色的一大团哭喊。五十码外,一只松鼠在戴克那辆黄色卡默路的引擎盖上无忧无虑地跳来跳去。"走开,请你走开,到任何地方去,放过我。我不爱你。"

那东西没动。颜色开始在它表面旋转。

(你爱,你爱我的)

蓝迪转开头,望向沙滩,寻找救援,可是沙滩上空空荡荡,一个人也没有。他的牛仔裤还躺在原处,一只裤腿向外翻,露出白色的裤袋。那裤子看来已不再像有人会过去把它捡起来了。它看起来像是遗物。

他想着:如果我有枪,我现在就举枪自杀。

他站在木筏上。

太阳西沉了。

三小时后,月亮升起。

不久后,潜鸟开始鸣叫。

不久后,蓝迪转头,注视水面上那黑色团块。他无法自杀,但或许那东西可以让他死得毫不痛苦。或许那正是那些色彩的目的。

(你你你你爱吗)

他望着那黑色的东西。它在水上漂着,随着水波浮沉。

"跟我一起唱,"蓝迪哑着声说,"我可以在露天看台上看扬基队……我不用担心学校的老师……我很高兴放假了……我要……高声唱。"

色彩开始成形,转动。这回蓝迪没再移开目光。

他轻声问了句:"你爱吗?"

某处,越过空荡的湖面,远远的,一只潜鸟尖声鸣叫。

众神的电脑

乍看之下,这玩意儿很像王安个人电脑——键盘和外框都与王安电脑极其相似。等到仔细端详后,理查德·哈隆看出它的外框是裂开的(而且不只是一点裂缝而已。在他看来,那很像是钢锯的杰作),以便容下较大型的 IBM 阴极管。随机附带的磁碟也不是软的,而是和理查德小时候听的四十五转唱片一样硬邦邦的。

诺荷先生帮着他把机器一点一点地拖到书房去时,莉娜忍不住问:"这到底是什么东西呀?"诺荷先生是理查德·哈隆的哥哥罗杰、贝琳达和他们的孩子乔纳森的邻居。

"乔纳森做的。"理查德说,"说是要送我的。看起来倒像一台个人电脑。"

"哦,是的。"诺荷说。他到底年纪大了,这会儿喘气喘得像头牛一样。"他是那么说的,可怜的孩子……你想我们可以歇歇吗,哈隆先生?我累坏了。"

"当然。"理查德说着,想叫儿子塞兹来帮忙。塞兹在楼下调他的电吉他弦——楼下的房间原本是理查德最初想象中的"家庭室",但现在早已成为他儿子的"排练室"了。

"塞兹!"他吼道,"过来帮忙!"

楼下,塞兹还在继续拨弄那无调的电吉他和弦。理查德看看诺荷先生,耸耸肩,无法隐藏他的羞愧。诺荷也对他耸耸肩,仿佛在说:小孩子!这年头你还能希望他们怎么样?只是他们两人都知道,乔纳森——可怜的乔纳森,他那疯大哥的儿子——比塞兹好多了。

理查德说:"真谢谢你来帮忙。"

诺荷耸耸肩:"像我这样的老头子,还有什么办法可以打发时间呢?

而且这是我仅能为乔纳森做的一点事。他以前常常免费帮我割草,你知道吗?我要付他钱,可那孩子不肯拿。真是个好孩子。"诺荷仍旧气喘吁吁,"我可以喝杯水吗,哈隆先生?"

"当然。"他亲自去倒了水来。他太太却没有动,坐在厨房餐桌旁,一边看着平装罗曼史小说,一边吃饼干。"塞兹!"他又喊道,"上来帮帮忙好吗?"

但塞兹依然装聋作哑地拨着那把现在理查德还在付款的电吉他。

他邀诺荷留下吃晚餐,但诺荷礼貌地回绝了。理查德点点头,再次觉得尴尬,但这回掩饰得比较好。他的朋友柏尼·艾斯坦曾问他:像你这种好人,怎么会有这样一家人?理查德只能摇头以对,感觉到与现在同样的困窘。他是个好人,然而他也不知为何会有这样的回报——一个肥胖、坏脾气的太太,觉得自己运气不佳,失去人生一切应有的报偿(但她绝对不会直截了当地说出来),和一个性情孤僻的十五岁儿子,在理查德任教的学校里功课奇差,每天从早到晚(甚至彻夜)都在拨弄吉他弦,而且似乎认为那好像就能帮助他应付一切。

"那么,喝杯啤酒吧?"理查德问。他不想让诺荷就这样离开——他想多听听乔纳森的事。

诺荷说:"啤酒倒不错。"理查德感激地点点头。

"好。"他说着,走向冰箱拿出两罐啤酒。

他的书房是个小仓库般的建筑,和主屋并不相连——就像那间"家庭室"一样,也是他设计的。但和家庭室不同的是,这是他专属的个人地盘——一个他可以将他所娶的陌生人,以及她所生的陌生人关在门外的地方。

当然,莉娜并不赞成他有自己的地方,但她也无法阻止——这是他少数的几次小小胜利之一。他想,就某方面来说,她的运气是不太好——十六年前他们结婚时,两人都相信他会写出畅销的好小说,他们很快就会开着奔驰车满街跑,然而他出版的唯一一本小说并不畅销,而且书评也很快指出,那本小说的内容也不怎么样。莉娜接受了书评的说法,从那时候起,他们的婚姻就貌合神离了。

于是,原来被他们视为迈向财富与名声的踏脚石的中学教职,在过去十五年来成了他们的主要收入!这真是个超大的踏脚石,有时他会这么想。但他并未完全放弃梦想。他写短篇小说,偶尔也写写散文。"作家指南"上有他的名字,每年他用打字机赚来大约五千美元的外快,因此不管莉娜如何埋怨,他总算保住了他的书房……尤其在她拒绝出去工作的情况下。

诺荷环顾这四壁有着老式印花的小房间说:"你这地方不错。"那台造型奇特的电脑放在书桌上,电线塞在下面。理查德的老打字机暂时被放到档案柜上。

"正合我用。"理查德说着,对着那部电脑点点头,"你想那东西真的可以用吗?乔纳森不过才十四岁。"

"看起来怪怪的,对不对?"

"可不是。"理查德同意道。

诺荷大笑。"你知道的还不够呢!"他说,"我看了映像管后面,有些线路印有 IBM,有些线路是在音响器材店买的。那里面有部西方电器的电话拆下来的零件,而且信不信由你,还有台伊莱克牌①的小马达。"他喝了口啤酒,想了想,"十五岁,车祸前几天他刚满十五岁。"他停住口,看着手上的啤酒罐,又低声说了句,"十五岁。"

"伊莱克牌?"理查德对老人眨眨眼。

"没错。伊莱克牌也出产电器模型,乔纳森从……六岁吧,就有一套了。那是有一年我给他的圣诞礼物。那孩子从小就迷机械,任何机械他都爱,我猜他一定很爱那一小盒马达组。他把那模型保存了将近十年。没几个孩子做得到的。"

"的确。"理查德想到塞兹的玩具箱。这些年来那些玩具不是被丢弃、遗忘,就是坏掉或者破损了。他望向那台电脑:"这么说,那是不能用的了。"

"要等你试了才知道。"诺荷说,"那孩子几乎可以说是个电器天才。"

"我想那样说也没错。我知道他对机械很在行,而且他小学六年级就得过全州科学奖了——"

---

① 伊莱克(Erector),美国著名的玩具模型品牌。

"而且参赛的孩子年龄都比他大得多——有些还是高中生。"诺荷说,"他母亲是那么说的。"

"那倒是真的。我们都以他为荣。"这不尽然是真话。理查德以他为荣,乔纳森的母亲也是,但那孩子的父亲却根本不屑一顾。"可是科学奖计划,和自己制造的拼装电脑——"他耸耸肩。

诺荷放下啤酒。"五十年代的时候,"他说,"有个孩子用两个铁罐头和大约价值五块钱的电器设备制造出核子分裂器。这是乔纳森告诉我的。他还说一九五四年,在新墨西哥州某个小镇,有个孩子发现了超光子——一种可以让时光倒流的反物质。在康涅狄格州沃特伯里,有个十一岁的孩子用扑克牌背面刮下的赛璐珞做出了一个炸弹,他用那炸弹把间空狗屋给炸了。孩子们有时候很难说的,尤其是那些特别聪明的孩子。你可能会很惊讶呢。"

"也许。也许我会的。"

"不管怎么说,他是个好孩子。"

"你算是爱他的,对吧?"

"哈隆先生,"诺荷说,"我非常爱他。他是个了不起的孩子。"

理查德想着,这实在很奇怪——他哥哥,从六岁起就是狗屎一堆,却娶了个好女人,生了个聪明的好儿子。他自己,总是尽量温厚,尽量当个好人(不管"好"在这疯狂的世界里有什么意义),却娶了莉娜,后来变得沉默寡言、好吃懒做的胖莉娜,还得到她生的塞兹。望着诺荷诚实而疲倦的脸孔,他发现自己正纳闷着怎么会有这种事,而这未尝不是他自己的错,他自己沉默而软弱的性格造就的必然结果。

"是的,"理查德说,"他真是个好孩子,不是吗?"

"那玩意儿如果能用,我是不会意外的,"诺荷说,"我一点也不意外。"

诺荷走了以后,理查德·哈隆将那台"电脑"插上,开了开关。一阵嗡嗡声响起,他等着看显示屏上会不会跳出 IBM 字样,但是没有。从黑暗中跳出来的是这些字,令人悚然、宛如从坟中发出的声音般的绿色幽灵:

理查德叔叔,生日快乐!乔

"老天!"理查德低吟一声,重重坐下。两星期前的那场车祸,使他哥哥、嫂嫂和他们的儿子当场死亡——他们正从郊外回家,而罗杰喝醉了。

喝醉酒在罗杰·哈隆的一生中是很平常的事，但是这回他的运气用完了，因此他把那辆风尘仆仆的老货车驶出九十英尺高的悬崖。车子当场撞毁起火。乔纳森才十四岁——不，十五岁。那老人说，车祸前几天他才刚满十五岁。再过三年，他就可以摆脱他那愚蠢、酗酒的父亲了。他的生日……而我的生日也快到了。

下星期的今天。这部个人电脑是乔纳森送他的生日礼物。

这让他更难过了。理查德说不出究竟是怎样难过，又是为了什么，但他就是很难过。他伸手想关掉电脑，却又缩了回来。

有个孩子用两个铁罐和价值五块钱的电器设备做出核子分裂器。

是的，纽约市的下水道系统还爬满鳄鱼，而美国空军在内布拉斯加州某处冰冻了一具外星人的尸体。再多说一点吧。全都是狗屎。但也许那只是我自己不想去查证。

他站起身，绕到电脑后面，透过缝隙往里看。是的，正如诺荷所说，有些电线印有"无线电城，台湾制"，有些电线印有"西方电器"和"伊莱克牌"，还有个小圆圈商标。他又看见另一样东西，这是诺荷没提过或没看到的。那里面有个电动火车变压器，像科学怪人的新娘一样插满电线。

"老天。"他笑着说，可突然差点落下泪来，"老天，乔纳森，你到底在干什么？"

但他知道。他梦想并谈论一台个人电脑已经好几年了，当莉娜的笑声变得太讥诮时，他对乔纳森提起了他的梦想。"这样我可以写得快一点，修改得快一点，生产更多的故事。"他记得，去年夏天他对乔纳森这么说。那孩子正经八百地望着他，眼镜后面那双聪明却总是谨慎的浅蓝色眼眸闪闪发光。"那会很棒……真的很棒。"

"你为什么不买一台呢，理查德叔叔？"

"那玩意儿可不便宜，"理查德笑笑，"无线电城的三千块起跳，最贵的要一万八千块钱。"

"那么，也许我可以做一台给你。"乔纳森说。

"也许这样也好。"理查德说着，拍拍他的背。但直到诺荷打电话来之前，他根本就忘了这回事了。

从电器模型器材店里买到的电线。

一个电动火车变压器。

老天。

他又走回电脑前,想把它关掉,似乎他要是真的试着用它写作却失败了,会亵渎他那真诚、脆弱的

(可悲而不幸的)

侄儿。

然而他却按了键盘上的执行键。当他按键时,感觉一阵寒意窜上脊髓——仔细想想,"执行"这个词实在用得奇怪。这个词不会让他联想到写作,却会想到毒气室、电椅……还有灰扑扑的老车驶出路面。

执行。

CPU 的嗡嗡响比他见过的任何电脑发出的声音都要大。事实上,那声音几近吼叫。那么记忆体里有什么呢,乔纳森?他想着。床垫弹簧?一排电动火车变压器?汤罐头?他又一次想到,乔纳森那张沉静清秀的脸上的眼睛。嫉妒另一个人的儿子,这是不是很不正常?

可是他应该是我的儿子。我知道……我想他也知道。还有罗杰的太太,贝琳达。贝琳达常在阴天戴太阳眼镜,而且是很大的,只因为她眼睛四周的淤血总会漫开来。有时候,他看着她在罗杰喧哗的笑声中安静而警戒地坐在那里时,他也会有同样的想法:她应该是我的。

那是个可怕的想法,因为他们兄弟俩都是在高中时认识贝琳达的,也是同时追求的她。他和罗杰差两岁,而贝琳达正好和他们各差一岁。她比理查德大一岁,比罗杰小一岁。事实上,先追求这日后成为乔纳森母亲的女孩的,是理查德。但后来罗杰介入他们之间。那个个子比较高大、年龄较长的罗杰,总是得到一切的罗杰,如果你挡了他的路,他就伤害你的罗杰。

我害怕了。我怕了,于是我放她离开。就那么简单吗?亲爱的上帝。帮帮我,我想是的。我希望有不同的答案,但对于如此懦弱、如此羞耻的事,也许最好还是别骗自己。

如果那是真的——如果莉娜和塞兹属于他那一无是处的哥哥,而贝琳达和乔纳森属于他,又能证明什么?一个人该如何面对这样错误的组合?你笑得出来吗?你能叫吗?你会为条黄狗举枪自杀吗?

那玩意儿如果能用,我是不会意外的。我一点也不意外。

执行。

他的指头迅速按着字母键。他望着显示屏,看见这些绿字在屏幕上浮了出来:

我哥哥是个没用的酒鬼。

那些字浮在那里。理查德突然想到他小时候曾经有过的一个玩具,那玩具叫神奇八球。你问它一个可以用"是"或"否"回答的问题,然后转那颗神奇八球,看它对那问题有什么答案——那些可笑但也有点神秘的回答包括:"差不多是"、"我不会那么做"和"等会儿再问一次"。

罗杰很嫉妒他那个玩具,有一天,在强迫理查德把那玩具给他后,他用力把它摔向人行道,摔破了它。然后他开始大笑。此刻理查德坐在这里,听着乔纳森制造的电脑发出奇怪的嗡嗡吼声,想起那天他伤心地跪在人行道上哭泣,难以相信哥哥会做出这种事。

"宝贝——球,宝贝——球,看看那个宝贝球,"罗杰这么嘲笑他,"那不过是个便宜的烂玩具,理查德。你看,那里面什么都没有,只有一堆小牌子和一摊水。"

"我要跟妈妈讲!"理查德扯着嗓子叫道。他的头发热,鼻子因为气愤的泪水而塞住。"我告诉你,罗杰!我要跟妈妈讲!"

"你敢说,我就扭断你的手。"罗杰说道。从他的狞笑中,理查德看得出他不只是说空话威胁。于是他没去跟妈妈告状。

我哥哥是个没用的酒鬼。

嗯,不管这电脑的组合有多奇怪,至少它让你打的字在显示屏上出现。不管这CPU会不会储存资料,但乔纳森这个王安电脑的键盘和IBM屏幕的组合,无疑是可行的。虽然它刚好唤起一段颇不愉快的童年往事,但这不算乔纳森的错。

他环顾书房,目光正好落在屋内的一张照片上。这张照片既不是他选的,也不是他喜欢的。那是莉娜在照相馆拍的照片,两年前她送给他的圣诞礼物。她说,我要你挂在书房里。而他自然照做了。根据他的揣测,这是她就算人不在时,也能监视他的方法。别忘了我,理查德。我在这里。也许我骑错了马,但我还在这里。你最好记住这点。

那张光影并不自然的相片,和书房里的一些复制名画一点也不相称。莉娜眼睛半阖,厚厚的唇撇出一个不太像微笑的笑容。还在这里,理查德,她的嘴在对他说,你最好别忘了。

他打上：

我太太的照片挂在书房的西墙上。

他望着那排字，却和厌恶那张照片一样的不喜欢，于是他按了"删除"键。那排字消失了。现在屏幕上什么也没有，只有不断跳动的横线。

他抬头望向那面墙壁，看见他太太的照片也消失无踪了。

他在那里坐了很久——至少感觉很久——呆呆望着墙上原来挂着相片的地方。最后让他从这难以置信的惊愕中清醒过来的，是CPU的气味——一种清晰印在他记忆中的气味，一如他清晰记得罗杰摔破的那个神奇八球。那是电动火车变压器的气味。一闻到那气味，你就知道该把机器关掉，好让它冷却下来。

他会关的。

再过一会儿。

他站起来，迈开麻木的双腿，走向那面墙。他用手指摸摸墙板。那张照片原本是挂在这里的，没错，就在这里。但现在它不见了，连挂着它的钩子也一并消失了，墙板上甚至没留下他钉上钩子的小洞。

都不见了。

他眼前的世界变成灰色，整个人跟跟跄跄地向后退，模糊地想着他快昏倒了。他勉力撑着，直到焦距再度集中。

他看看原来挂着莉娜照片的空白墙面，又望向他已死的侄儿拼装的那台电脑。

你可能会很惊讶。他仿佛听见诺荷这么说，你可能会很惊讶呢，你可能会很惊讶呢，哦，是的，如果在五十年代就有个孩子能够发现可使时光倒流的物质，你可能会很惊讶，你那天才侄子能用一堆被丢弃的电脑零件和一些电线与电器设备做出什么东西来。你可能会非常惊讶，惊讶到以为自己快发疯的程度。

变压器的味道更强更浓了，他看见屏幕后面冒出几缕烟。CPU的嗡嗡声也更大了。该把它关掉了——乔纳森虽然聪明，但显然没时间把这台疯机器里的零件调校好。

但是他知道这台电脑的功能吗？

在想象力的驱使下，理查德又在屏幕前坐了下来，打上：

我太太的照片在那面墙上。

他望着这排字,又望向键盘,按下"执行"键。

莉娜的照片回来了,好端端地挂在原来的地方。

"老天啊!"他低呼道,"耶稣基督!"

他抬手擦着脸颊,再度望向键盘(现在屏幕上又只有跳动的横线了),打上:

我的地板上没有东西。

接着他按了"插入"键,打上:

只有十二个二十元金币装在一个小棉布袋里。

他按下"执行"键。

他望向地板,只见地板上出现了一个带系绳的小棉布袋,袋子上印有一排褪色的字:"富国银行"。

"天啊!"他听见自己用不属于他的声音说,"老天,亲爱的上帝——"

要不是电脑开始发出持续的哔哔声,他可能会继续念救世主的名字,念上几分钟或几小时。此时屏幕上方跳出几个绿字:**过度饱和**。

理查德急忙关掉一切,仿佛有魔鬼在背后追他似的逃出书房。

但在离开前,他捡起那个带系绳的小布袋,塞进他的口袋里。

那晚他打电话给诺荷时,十一月的冷风正在窗外的树上吹着无调的风笛。塞兹和他朋友在楼下弹唱鲍伯·席格的歌,没比牛叫好听,却比牛叫吵上一百倍。莉娜到"悲愁女郎"俱乐部玩宾果去了。

"那机器管用吗?"诺荷问。

"很管用。"理查德说道。他伸手从裤袋里掏出一个金币。这金币沉甸甸的——比一只劳力士表还重,一面印了只老鹰,并印有日期:一八七一。"你不会相信它有什么功用。"

"我也许会相信,"诺荷淡然地说,"他是个非常聪明的孩子,而且他很爱你,哈隆先生。但你千万要小心。孩子毕竟只是孩子,不管他聪不聪明,而且他的爱有可能会被用到歧路。你明白我的意思吗?"

理查德完全不明白。他只觉得全身兴奋得发烫。当天报纸印了目前黄金的市价是一盎司五百一十四美元。他在邮件磅秤上量过,那些金币每个重达四点五盎司。以目前的市价算来,它们总价两万七千七百五十六美元。再加上历史价值,他相信这数字不过是他可能卖到的四分之一而已。

"诺荷先生,你可以到这里来吗?现在?今晚?"

"不行,"诺荷说,"不行,我想我不能去,哈隆先生。我认为这是你和乔纳森两个人的事。"

"可是——"

"只要记住我的话。看在老天分上,千万要小心。""喀嗒"一声,诺荷挂了电话。

半个钟头后,他发现自己又回到书房,盯视着那台电脑。他摸着开关,但没有把它打开。诺荷第二次说起时,理查德听进去了。看在老天分上,千万要小心。是的。他务必要小心。一台可以有这种功能的机器——一部机器怎么会有这种功能呢?

他完全没概念……但从另一方面来说,这能让他较容易接受这整件疯狂的事。他是个英文老师兼职作家,不是机械技师,而且他这辈子一向不了解任何机械运作:电唱机、汽油引擎、电话、电视或抽水马桶的设计。他的一生是一部了解操作程序而非原理的历史。这不只是程度上的差别吗?

他开了电脑。屏幕上出现同一排字:**理查德叔叔,生日快乐!乔**。他按下"执行"键,他侄儿的问候便消失了。

他突然想到:这台机器用不了多久的。他确信乔纳森去世前必定还在进行研究,以为自己还有时间,毕竟理查德叔叔的生日是三个星期后的事情——

然而乔纳森的时间却用完了,因此这台惊人的电脑虽然明显可以在现实世界中插入新事物,或删除旧事物,但在用了几分钟后就会开始冒烟,发出电动火车变压器的烧焦味。乔纳森没有机会让它变得完美。他——

相信有足够的时间?

可是错了。全错了。理查德知道。乔纳森那沉静、谨慎的脸,在厚重镜片后方那双澄澈的眼眸……其中并不包括自信,不相信时间的慰藉。他下午怎么想他的?可悲而不幸,对了,"不幸"正是对乔纳森最好的形容。"不幸"清清楚楚地写在那孩子脸上,这让理查德有许多次想紧紧抱住他,告诉他快乐点,有时候这世上也会有快乐的结局,而且好人并不见得都不长命。

接着他又想到罗杰用尽全身力气,将他的神奇八球摔向人行道。他听到塑料碎裂声,看见八球的神奇液——其实不过是水——流过人行道。这幅影像和罗杰的旧货车混在一起。那辆货车侧身印有"哈隆批发送货",冲过乡间某个碎石处处的断崖,正面摔落,发出轰然声响。他看见——虽然他并不想——贝琳达的脸只剩血和骨头。他看见乔纳森在车里全身燃烧,号叫不止,变得焦黑。

没有自信,没有希望。他常给人一种时间不够的感觉。而事实证明他是对的。

"那是什么意思?"理查德喃喃说着,望向空白的屏幕。

那个神奇八球会怎么回答这个问题?"等会儿再问一次"?"结果不明"?或者"必然如此"?

CPU的响声又开始变大,比下午时还快。他已能闻到乔纳森放在屏幕后机械里的电动火车变压器过热的气味。

神奇的梦幻机。

众神的电脑。

就是这东西吧?那就是乔纳森打算送给叔叔的生日礼物吗?太空时代的神灯或许愿泉?

他听到主屋的后门"砰"地打开,接着便传来塞兹和他的乐队成员的声音。他们的声音很大,很吵,想必不是喝了酒就是抽过大麻。

"你老头呢,塞兹?"他听到有个人问。

"关在他的书房里吧,我想,跟平常一样,"塞兹说,"我想他——"这时风声变大,盖过了塞兹的话,却盖不住他们恶毒的笑声。

理查德坐在书桌前听着他们,脑袋微微偏向一侧,突然打下:

我儿子是塞兹·哈隆。

他的手指在"删除"键上游移。

你在干什么?他的心对他尖叫,你是当真的吗?你打算谋杀自己的儿子吗?

"他一定在那里面做什么事吧?"另一个队员说。

"他是个蠢蛋,"塞兹说,"你问我妈好了。她会告诉你,他——"

我不是要谋杀他?我是要……删除他。

他的手指摸着那按键。

"——什么事也不会做,只会——"

"我儿子是塞兹·哈隆"几个字从屏幕上消失了。

屋外,塞兹的话也随着那排字一起消失。

外头静悄悄的,只有十一月的冷风呼呼吹着,为冬天作预告。

理查德关掉电脑,走到外面。车道上空空如也。乐队的主吉他手,诺姆什么的,开一辆巨大而有点邪恶的老房车,用来载运乐队的设备和音响。现在那辆车已经从车道上消失了。也许那辆车还在世上某处,风驰电掣地飞过公路,或停在什么汉堡店的停车场上,而诺姆也仍在这世上某处。还有贝斯手大卫,那孩子的眼睛惨白得可怕,一边耳垂上还挂了枚安全别针;还有掉了颗门牙的鼓手。他们还在这世上的某个地方,但不在这里。因为塞兹不在这里,塞兹从来不曾出现在这里。

塞兹已被删除。

"我没有儿子。"理查德低声说道。他曾多少次在三流小说里看过这种无聊的句子?一百次?两百次?他以前总觉得那句子听起来很虚假,但现在却是真实的。是的,现在那是真的了。

风阵阵袭来,理查德突然觉得胃部一阵抽痛,痛得他弯腰开始喘气。

等这阵胃痛平息之后,他走回屋里。

他注意到的第一件事是,塞兹穿烂的网球鞋——他共有四双,却拒绝丢掉任何一双——已经从玄关消失了。他走向楼梯,用手指划过一段楼梯扶手。塞兹十岁时(他早该懂事了,可是莉娜却不肯让理查德动塞兹一根汗毛修理他)在扶手栏杆上刻下他的名字,那些栏杆是理查德花了一整个夏天打磨擦亮的。塞兹在上面刻字之后,他又磨又擦,重新上漆,却还是无法把那些字完全抹掉。

现在那几个字全不见了。

楼上。塞兹的房间。里面干干净净,没有任何人住过的痕迹,整洁而缺乏个性,音响喇叭和麦克风都不见了;塞兹每次说他会"修好"的散了一地的录音机零件也不见了(他没有乔纳森的巧手或耐心)。然而这房间里处处可见莉娜的痕迹(也许不见得愉悦)——厚重而华丽的家具,暖色的天鹅绒挂毯(一幅画着"最后晚餐",画上的耶稣长得很像某电视明星;另一幅是阿拉斯加黄昏时的鹿群),如血般鲜红的地毯。没有一点迹象显示曾有一个名叫塞兹·哈隆的男孩住在这房间里。这个房间,或是这栋屋子里的任何一个房间。

理查德仍站在楼梯口,环顾四周时,听到一辆车子驶上车道。

莉娜,他想着,立刻被一股罪恶感所侵袭。是莉娜,玩完宾果回来了。她看到塞兹消失时会说什么呢?什么……什么……

凶手!他仿佛听见她在尖叫,你谋杀了我儿子!

可是他没有谋杀塞兹。

"我只是**删除**了他。"他低喃了一句,便上楼到厨房里去等她。

莉娜变胖了。

他送出去玩宾果的那个女人大约一百八十磅重,但这个进屋来的女人至少重三百磅,或许还不止。她必须微微侧身才进得了后门。大象般的臀部和大腿在绿色尼龙长裤下呈波浪状颤动着。她那身在三小时前只是有点太白的皮肤,现在已变得病态似的苍白。他虽然不是医生,但也能从那皮肤看出严重肝脏受损或初期心脏病的迹象。那双眼睑极厚的眼睛轻蔑地望向理查德。

她的一只肥手上拿了只巨大的冷冻火鸡,那火鸡在塑料包装内怪异地扭曲,像是自杀后的躯体。

"你在瞪什么呀,理查德?"她问。

你,莉娜,我在瞪着你看。因为在一个我们没有生育的世界里,你就会变成这副德行。在一个没有任何东西让你爱的世界里,你就会变成这样,尽管你的爱是有毒的。这就是在一个只进不出的世界里变成的莉娜。你,莉娜。我瞪的就是你。

"那只火鸡,莉娜,"最后他勉强说,"那是我见过最大的火鸡。"

"呃,别光站在那里看呀,白痴!帮我拿呀!"

他接过火鸡,放到桌上,感觉到冷冻肉冒出的冷气。火鸡碰到桌面,听起来像块木头。

"不是那里!"她不耐烦地喊着,指指餐具室,"那里哪放得下!放到冰柜里呀!"

"对不起。"他喃喃说着。在有塞兹的世界里,他们是没有冰柜的。

他拿着火鸡走进餐具室,那里面放了个长型冰柜,在白色的日光灯下看起来像副白色的棺材。他把火鸡连塑料包装一起塞到冰柜里,和其他冷冻的禽类或兽类在一起,然后又走回厨房。这时莉娜已经从柜子里取出一盒巧克力,正津津有味地一个接一个往嘴里塞。

"那是感恩节宾果,"她说,"我们提前一星期玩,因为下星期菲利神父得进医院去拿膀胱结石。我赢了最难的那种。"她得意地微笑,牙齿上沾着溶化的巧克力。

"莉娜,"他问道,"你会不会很遗憾我们没有孩子?"

她看着他的神情,似乎认为他疯了。"我要个烂猴子做什么?"她说着,把剩下半盒的巧克力放回柜子里,"我要睡觉去了。你是跟我一起去呢,还是要再回那里摸你的打字机?"

"我想再到书房去一下,"他的声音出奇镇定,"不会太久的。"

"那玩意儿可以用吗?"

"什么——"但他还没问出口就会意过来,不禁感到一阵歉疚。她知道那台电脑,她当然知道。塞兹的删除并未影响罗杰和他一家人的轨道。"哦,没用,那东西一点用也没有。"

她满意地点点头:"你那个侄儿总是满脑子雾水,就像你一样,理查德。"她粗哑有力地大笑出声——一个年华老去的老鸦的笑声——使他有一刹那几乎要扑向她。但接着,他发觉自己的唇上也浮出微笑——一丝冷酷的笑,就像那个代替了塞兹的冰柜。

"不会太久的,"他说,"我只是要记下几件事。"

"你为什么不写一篇可以拿诺贝尔奖的故事或什么的呢?"她漠然地说,晃着肥胖的躯体走向楼梯,大厅的地板吱嘎作响,"我配的老花眼镜还没付钱,我们的录影机分期付款也已经落了一期。你为什么就不能多赚点该死的钱?"

"这个,"理查德说,"我不知道,莉娜。不过我今晚很有灵感,真的。"

她转身瞄他一眼,似乎想要开口讥讽——说他的灵感到现在还是没能让他们生活宽裕些,但她这辈子只能跟定他了——结果还是闭口没说。也许是他的笑容阻止了她。她上楼去了,理查德站在楼下,听着她如雷的脚步声，觉得前额冒汗，既高兴又恶心。

他转身走回书房。

当他这次打开电脑时，CPU没有嗡嗡作响，却发出不规则的低吼声。那个电动火车变压器几乎立刻传出焦味，而当他按下"执行"键，消去理查德叔叔，生日快乐！这排字时，整部电脑便开始冒烟。

没多少时间了，他心想，不对……这样说不对。是根本没时间了。乔纳森知道，现在我也知道了。

他有两个选择：用插入键让塞兹重现（他确定这是可行的，就像先前创造那些西班牙金币一样简单），或是完成他心里所想的。

焦味更浓了。再过一会儿，屏幕上就会闪现**负荷过重**的字样。

他打下：

我的妻子是亚德莉娜·梅宝·华伦·哈隆。

他按了"删除"键。

他再打上：

我是个独居的人。

这时屏幕右上角不断闪现：**负荷过重、负荷过重、负荷过重**。

拜托，请让我打完，拜托，拜托，拜托……

从屏幕后冒出的烟变得更浓、更灰了。他低头看着尖叫不止的CPU，看见连那里都开始冒烟……在浓烟中还有红色的火花。

神奇八球，我会健康、富裕、有智慧吗？或者我会孤独一生，然后悲哀地自杀身亡？时间还够吗？

现在看不见。等会儿再试一次。

只不过再也没有"等一下"了。

他按下插入键，屏幕登时变成空白，只剩不断急速闪现的**负荷过重**。

他打上：

只有我的妻子贝琳达和我的儿子乔纳森。

拜托，拜托。

他按了执行键。

屏幕整个变成空白，似乎整整过了一个世纪之久，只有**负荷过重**几个字以飞快的速度闪现，在屏幕上留下模糊的鬼影，仿佛电脑接收了重复循环的指令。在CPU里,不知什么零件爆炸而开始冒烟,理查德不禁呻吟起来。

屏幕上浮现绿色的一排字,在黑底的反衬下,显得神秘难测:

我是个独居的人,只有我的妻子贝琳达和我的儿子乔纳森。

他用力按了两次执行键。

现在,他心想,现在我会打:**在诺荷先生把这部电脑送来之前,这机器的所有设计已达完美**。或者我会打:**我有至少写出二十本畅销小说的灵感**。或者我会打:**我的家人将与我快乐地一起生活**。或者我会打——

但他什么也没打。他的指头迟缓地在键盘上方游移,整个脑子的思路似乎都塞住了,犹如纽约曼哈顿区有史以来最严重的交通堵塞。屏幕上突然现出一排又一排的字:

负荷过重负荷过重负荷过重负荷过重负荷过重……

又一个轻微的爆破声传来,接着CPU整个爆炸,冒出一阵火焰,随即熄灭。理查德靠向椅背,甩手遮着脸,以防连屏幕也跟着爆炸。可是没有。只是这下屏幕完全变暗了。

他坐在书桌前,瞪着暗黑的屏幕。

现在无法确定。等会儿再问一次。

"爸爸?"

他猛地转过身,心跳剧烈,觉得一颗心似乎就要跳出胸膛。

乔纳森站在那里。乔纳森·哈隆,同样的一张脸,只是有点不一样——很微妙但看得出来的差异。或许,理查德心想,这差异是来自不同的父亲吧。或者只是因为乔纳森的眼睛已失去了戒备谨慎的神色,隔着厚厚的眼镜稍微放大了些。(他注意到乔纳森现在戴的是金属细框眼镜,而不是罗杰为了能便宜十五块而老是买给那孩子的丑陋的角框眼镜。)

也许原因其实更简单:那孩子的眼眸已不再显得可悲而不幸了。

"乔纳森?"他哑着嗓子叫了一声,想着自己的愿望是否过度奢求了。他想过吗?这似乎很荒谬,但他知道自己想过。人总是不知足的。"乔纳森,是你,对吧?"

"还会是谁呢?"乔纳森说着,对那台电脑点了点头,"那宝贝冲向资讯天堂的时候,你没受伤吧?"

理查德笑了:"没有。我很好。"

乔纳森点点头说:"很抱歉它不能用。我也不晓得怎么会想到用那些乱七八糟的零件,"他摇摇头,"真的,我发誓。好像有人非要我用不可,真是荒唐。"

"嗯。"理查德走向他儿子,伸手搂住他的肩膀,"也许下一次你会成功的。"

"也许,不然我就要转移目标了。"

"那样也好。"

"妈妈说她帮你泡了热巧克力,如果你要的话。"

"我要。"理查德说着,和儿子一起走出书房,往从来没出现过宾果游戏的冷冻火鸡奖品的屋子走去。"我现在正需要一杯热巧克力。"

乔纳森说:"明天我会把那部机器有用的零件留下来,其他的丢到垃圾桶去。"

理查德点点头说:"把它从我们的生活中删除。"他们走进洋溢着热巧克力香味的屋子,两人不约而同欢笑出声。

被诅咒的手

斯蒂文斯送上饮料。在那寒冷冬夜的八点过后不久,我们多数人便随他们退到书房里。有一阵子没人说话,仅有的声响便是壁炉里哔剥作响的炉火、打撞球的轻微碰撞声和室外呼啸怒吼的寒风。然而在东35街249号B栋的这间宅邸里却很暖和。

我记得那晚坐在我右边的大卫·艾德利,我左边则是安林·麦卡隆,有一次他跟我们说过一个女人在不寻常状况下生产的骇人故事。安林的左边坐着约翰森,他膝上放了一份《华尔街日报》。

斯蒂文斯拿着一个白色的小包裹进来,没说半句话便将那包裹交给乔治·格雷森。斯蒂文斯是个完美的侍从,尽管他有点布鲁克林口音(也许这正是他完美的原因),但就我看来,他最棒的一点,就是虽然没人发问,但他总是知道该把东西交给谁。

乔治一言不发地接过包裹,在他的高背椅上坐了一会儿,凝视已足以烧烤一头牛的炉火。我看见他朝刻在楔石上的一排字瞥了一眼:**重点是故事,而非说故事的人**。

他以枯老、颤抖的手指撕开小包,将包裹里的东西丢进炉火中。有一会儿,火焰化为一道彩虹,引起微微的惊叹声。我转过头,看见斯蒂文斯背着手远远站在大门的阴影中,脸上毫无表情。

当乔治沙哑而近乎埋怨的声音打破沉默时,我想我们全都吓得差点跳起来,至少我差点跳了起来。

"我曾见过一个人被杀,就在这房间里,"乔治说,"虽然没有一个陪审员会定那凶手的罪。然而,到后来,他自己定了自己的罪——并为自己执行了死刑!"

他停下来点烟斗。蓝色的烟一阵阵缭绕着他皱纹密布的脸,他慢慢摇熄火柴,那姿势透露了他关节的毛病十分严重。他把火柴往壁炉一丢,落在小包裹烧完剩下的灰烬中,转眼也跟着烧焦了。乔治望着火陷,灰白的乱发下,是双锐利而深思的蓝眼。他的鼻梁高而带钩,嘴唇薄而紧,肩膀几乎高耸到他的后脑壳。

"别吊我们胃口,乔治!"彼得·安德鲁说,"说出来呀。"

"别怕,耐心点。"我们只好耐心等着,直到他的烟斗点燃到他完全满意的程度。等烟斗里的烟草已经火红地燃起,乔治便把他那双微微颤抖的大手叠在一只膝盖上,说道:

"好吧。我今年八十五岁了,而我将要告诉你们的事,发生在我二十岁左右。那是一九一九年,我刚从第一次世界大战中回来。我的未婚妻已在五个月前死于流行性感冒。她才十九岁。于是我借着喝酒和打牌来消愁。你们要了解,她等了我两年,而在这两年间,她忠诚地每星期都寄一封信给我。这样,或许你们就能明白,为何我会如此荒唐地放纵自己。我没有宗教信仰,只因为在战壕里时,基督教义看起来十分可笑,而且我也没有家人支持我。因此我可以坦白地说,这段备受考验的时间里与我相交的朋友,几乎没有离开过我。他们一共是五十三个(多于大多数人的所有朋友数目!):五十二张扑克牌和一瓶顺风威士忌。我就住在我现在住的地方,在布瑞南街。但当时房价可便宜多了,也没有太多药瓶、药片和满架子成药。然而我把大部分时光都消磨在这里,249号B栋,因为这里总有牌局在进行。"

大卫·艾德利打岔了,他虽面带笑容,但我认为他丝毫没有开玩笑的意思:"当时斯蒂文斯就在这里了吗?"

乔治回头望向那个侍从:"那时你在吗,斯蒂文斯?或者那是你父亲?"

斯蒂文斯露出一丝浅得几乎看不出的微笑:"一九一九年已是六十五年前了,先生,我得说,那是我祖父。"

大卫说:"那么,你的职业算是一种家庭行业了。"

"正如您所言,先生。"斯蒂文斯彬彬有礼地答道。

"现在我仔细回想,"乔治说,"你和你……你说祖父是吧,斯蒂文斯?——你们长得像极了。"

"是的,先生,是我祖父。"

"如果你和他并肩站在一起,我大概很难分出谁是谁……不过当时和现在都不可能,对吧。"

"对的,先生。"

"我第一次、也是唯一一次见到亨利·鲍尔时,正在游戏室里玩单人牌——就在那边同一扇小门后的房间里。我们已有四个人准备坐下来玩扑克,只等着第五个人出现。当杰森·戴维森告诉我,平常凑第五家的乔治·欧克里因为摔断腿,正躺在床上,床尾并装了该死的滑轮装置时,似乎我们那晚也别想有什么牌局了。我正想着,恐怕那晚只能用单人牌戏和大量的威士忌酒打发时间时,这个人走过房间,以沉静愉快的声音说:'假如你们两位刚才是在谈扑克,我很乐于凑一脚,只要你们不反对。'

"在那之前,他一直埋首在一张《纽约世界》报后面,因此当我望向他,这才第一次看到他。他是个面孔苍老的年轻人,如果你们明白我的意思的话。我在他脸上看到的某些痕迹,是罗莎莉死后也开始烙印在我自己脸上的痕迹。某些——但不尽然是全部。虽然从他的头发、双手和走路姿态看来,这个人的年龄不可能大于二十八岁,但他的脸却似乎刻划着经验,而他那双黑色的眼眸,更含着深沉的悲哀,像是被鬼魂困扰一般。他长得相当英俊,蓄着整齐的短髭,一头暗色金发。他穿着一套体面的棕色西装,衣领最上面一颗纽扣解开。'我叫亨利·鲍尔。'他说。

"杰森立刻冲过去要和他握手。事实上,他看起来好像要把亨利放在膝上的手抓起来似的。这时一件怪事发生了:亨利扔掉报纸,将两手高举到杰森碰不到的地方,脸上露出惊恐的表情。

"杰森停下脚步,但原因中困惑多于气愤。他不过才二十二岁——天啊,当时我们多么年轻呀!——只不过是个乳臭未干的小伙子。

"'对不起。'亨利极为严肃地说,'可是我绝不握手!'"

"杰森眨眨眼。'绝不?'他说,'真特别。为什么不呢?'呃,我已告诉你他乳臭未干了。亨利很有绅士风度地接受了他的诘问,露出开朗(却困扰)的笑容。

"'我刚从孟买回来,'他说,'那是个奇怪、拥挤而又肮脏的地方,充满了疾病与瘟疫。成千上万只秃鹰在城墙上高视阔步。我因通商贸易被派到那里住了两年,对于我们西方握手的风俗渐渐感到恐惧。我知道我很蠢,也很不礼貌,但我似乎还没法摆脱不握手的习惯。因此务必请诸位见

谅,千万别见怪才好.'

"'只有一个条件.'杰森笑着说。

"'什么条件呢?'

"'我去把贝克、芬奇和杰克找来时,你得到桌子这边来,和乔治喝杯威士忌.'

"亨利对他笑笑,点头同意。杰森匆匆做了个 OK 的手势,便跑开去找其他人了。亨利和我走向铺着绿绒布的牌桌,我要请他喝一杯时,他礼貌地回拒了,自己点了一瓶酒。我怀疑那可能和他的迷信有关,因此没说话。我认识一些和他一样惧怕细菌和疾病的人,甚至犹有过之……我想你们也可能认识这种人吧。"

我们点头同意。

"'我很高兴到这里来.'亨利说,'自从我从孟买回来后,我一直回避任何人的陪伴。一个人太孤独是不好的,你知道。我想,即使对一个最自给自足的人来说,孤立于群体之外必定也是最可怖的一种折磨!'他以奇怪的口气强调着,我点点头。在战壕里,通常是在夜里,我也经历过这样的孤独。在获知罗莎莉的死讯后,这种孤独的经历更是锥心刺骨。我发现自己对他开始有了好感,尽管他有那种自承的怪异。

"'孟买一定是个迷人的地方吧.'我说。

"'迷人……但也恐怖! 那里有些事是在我们的哲学中想也想不到的。他们对汽车的反应很有趣:汽车驶过时,小孩会避开,接着又跟在车子后面跑过好几条街。他们觉得飞机很可怕,而且难以理解。当然,我们美国人对这些发明的反应是完全镇定——甚至十分得意! 但我向你保证,当我初次看到一个街头乞丐吞下一整包针,然后从他手指末端的伤口一根根将针拉出来时,我的反应也和他们对我们的反应一样。然而这却是在世界那个部分的当地人视为稀松平常的事。

"'也许,'他又沉思道,'东西文化绝不可能交融,只能保有各自的奇迹吧。对一个像你或我这样的美国人而言,吞下一包针只会造成慢性而恐怖的死亡。至于汽车……'他没再往下说,脸上浮现了萧瑟的阴影。

"我正想开口说话时,老斯蒂文斯已送来亨利点的那瓶苏格兰威士忌,而杰森和其他人也回来了。

"杰森在为双方介绍前,先说明道:'我已经把你的小习惯告诉他们了,亨利,所以你不必害怕。这位是贝克,那个蓄着大胡子、看起来很怕人的是芬奇,最后这位是杰克。而你已经认识乔治·格雷森了。'

"亨利微笑着,以点头代替握手。扑克牌筹码和三副新牌送来了,把钱换成筹码后,牌局就开始了。

"我们玩了六个多小时,我赢了大约两百块钱。本来就不算玩牌好手的贝克输了大约八百块(这对他来说是小事一桩;他父亲在新英格兰拥有三家最大的皮鞋工厂),其他人和我赢的都差不多。杰森多赢了几块钱,亨利少赢了几块钱,然而亨利只少赢一点已经算很不错了,因为他一整晚没拿到几手好牌。传统的五张梭哈和新式的德州七张梭哈玩法他都很拿手,好几次他用冷静的唬人手法赢钱时,我都不禁想着,换作是我,我大概不敢这么试吧。

"我又注意到一件事:他虽然喝酒喝得很凶——等芬奇准备发最后一手牌时,他的整瓶威士忌也快喝光了——说话却毫不含糊,玩牌也一点都不拖泥带水,而绝不碰手的习惯也还是牢牢遵守。当他赢牌时,绝不会碰别人尚没放出的筹码或零钱。有一次,当杰森把酒杯放得极靠近他的手肘时,他蓦地把手缩回,差点没把自己的酒弄洒了。贝克露出惊讶的神色,但杰森却轻描淡写地一句话就带了过去。

"一开始杰克就声明他早上必须开车到阿尔巴尼去,因此大家再轮流坐一次庄,他就得走了。于是最后轮到芬奇坐庄,他宣布玩七张梭哈。

"虽然我恐怕很难说出昨天午餐吃了些什么,或是和谁一起吃,但我对那最后一手牌,记得就像自己的姓名一样清楚,我想,这就是年龄的神秘吧,不过我想要是当时你们任何人在场,可能也会牢记不忘的。

"我手上有两张未开的红心,一张现牌的红心。杰克和芬奇的牌我不知道,但杰森有张红心A,亨利有张黑桃十。杰森下注两元——我们下注的上限是五元——于是牌又发了下来。我又得到一张红心,凑成四张,亨利则得到一张黑桃J,与他的黑桃十相连。杰森得到一张似乎对他那手牌无济于事的三,然而他却丢了三块钱到牌桌上。'最后一手。'他快活地说,'跟进吧,各位!明晚城里有位女士要和我一同出游呢!'

"要是当时有个算命的告诉我说,这句话以后将时时浮现在我心坎,甚至直到今天,我想我一定不会相信。

"芬奇发了第三张现牌。我拿到的牌凑不成同花,但大输家贝克的牌面却出现一对——好像是K吧。亨利拿到一张方块二,对他的牌似乎毫无帮助。贝克为他那一对下了五元的极限,杰森立刻再加五元。每个人都跟了。接着我们的最后一张现牌发了下来。我拿到一张红心K,凑成同花,贝克凑出三条,杰森又拿到一张A,让他眼睛都亮了起来。亨利拿到一张梅花Q,我怎么也看不出他为什么还在跟牌。照他的牌面看来,他这一手牌并不比他当晚拿到的其他牌好。

"赌注开始加高了。贝克下五元,杰森又加五元,亨利跟进。杰克说:'我想我的一对不够好。'于是退出不跟。我跟进十元,又加了五元,贝克跟进又加五元。

"呃,我也不必多说这些加了又加的场面了。我只要说,每个人有加注三次的限制,而贝克、杰森和我都各加了三次五元。亨利每次都跟,谨慎地等到别人的手都缩回,才把他的钱丢进来。现在桌上已经有一堆钱了——大约两百多一点——芬奇继续为我们发最后一张暗牌。

"我们每人都一言不发地看牌,虽然那张牌对我毫无意义,我已有了五张同花,而从桌上的牌面来看,我的胜算不小。贝克下了五元,杰森又加五元,我们都等着看亨利会怎样。他的脸因喝酒而微红,他已解下领带及领口的第二颗纽扣,但他看起来十分镇定。'我跟进……再加五元。'他说。

"我眨了一下眼睛,因为我以为他一定会退出。然而,我手上的牌告诉我非下不可,所以我又加了五元。我们的规矩是,最后一张牌每一家都可无限制地下注,因此桌上的赌金越堆越高。我最先停止,只因为我越来越认定,某家一定拿了三条一对。贝克接着停止,谨慎地看着杰森的一对A和亨利那神秘的一手烂牌。贝克不是扑克好手,但他也感觉到一定有人拿了好牌。

"杰森和亨利接着又各加了至少十次,也许不止。贝克和我只跟不加,不愿就那样放弃了我们的大投资。我们四个人的筹码都用完了,现在堆得如小山高的筹码旁,全是绿色钞票。

"'呃,'亨利最后一次加注后,杰森说,'我想我只跟不加了。假如你是在唬人,亨利,我得说你很有本事。但我不能再加了,而且杰克明早还有一趟车要开呢。'说完他在那堆钱上丢下一张五元钞票,说,'我跟。'

"我不知道别人怎么样,但我本能地松了口气,不过不是因为我已经投入那么多钱。那局牌逼得人直冒冷汗,贝克和我还输得起,杰森却不然。他那时正好手头紧,只靠一笔信托基金过活——而且只是一小笔,是他阿姨留给他的。而亨利——他又怎么输得起呢?别忘了,各位,现在堆在桌上的赌金,已经超过一千元了。"

说到这里,乔治停了下来。他的烟斗也烧完了。

"后来怎么样了?"大卫·艾德利倾身向前,"别吊胃口,乔治。我们现在全都被你推到椅子边了,你要不就把我们推下去,要不就推我们坐回去吧。"

"耐心点。"乔治泰然自若地说。他又拿出一根火柴,在鞋底一擦点亮,燃起烟斗。我们大气都不敢出,静心等着。窗外,风在屋檐边打转,发出呼呼响声。

等烟斗点燃后,一切似乎都已就绪,乔治才又往下说:

"你们也知道,扑克牌的规矩是,最后加注的人应该先亮牌。可是贝克太急于结束那紧张的气氛,于是他翻开三张暗牌,亮出四张 K。

"'我输了,'我说,'我只有同花。'

"'我赢你。'杰森对贝克说,翻开他的暗牌,两张 A,与他已现牌的一对凑成四张。'真是一局好牌。'他说着,伸手要将那一大笔赌金收进来。

"'慢点!'亨利说。他没有像大多数人会做的那样伸手阻止杰森,但光听他的声音就够了。杰森停下来瞪着他,嘴巴张得老大,仿佛那四周的肌肉都化成水了。亨利把他的三张暗牌翻开,露出一手同花顺,从八到 Q。'我相信这赢得过你的四张 A 吧?'亨利礼貌地问。

"杰森的脸一阵红一阵白。'是的,'他慢吞吞地说,仿佛第一次发现这个事实,'是的,你赢了。'

"接下来发生的事,让我极想知道杰森的动机。他明知亨利极端避讳被碰触,而且那晚亨利也用了至少上百种不同的方式表明这点。也许杰森只是急于向亨利(以及我们大家)表明他也输得起,可以很有运动家风度地承受么大的损失,所以一时忘了。我跟你们说过,他乳臭未干,就像条小狗,因此那举动可能正反映了他的个性。小狗被挑衅时,也是会反咬的。但它们还不是杀手——小狗不会扑咬喉咙,可是许多人都曾用一只拖鞋或一根橡皮骨头过度戏弄小狗,因而付出手指被缝几针的代价。据我记忆所及,那也是杰森的部分个性。

"正如我说过的,我对他的动机非常好奇……不过要紧的应该是结果吧,我想。

"当杰森将双手从那堆赌金上缩回后,亨利便伸手想将钱收为己有。就在这一瞬间,杰森露出老友般的神色,一把将亨利的手拉下赌桌,紧紧握住:'漂亮,亨利,太漂亮了。我不相信我刚才——'

"亨利以女人般的尖叫声打断了他的话,并将手抽回。他的尖叫声在寂静的游戏室里听起来极为恐怖。他几乎将牌桌撞翻,筹码和现钞散得满桌都是。

"急转直下的局面把我们都吓呆了。亨利摇摇摆摆地推开牌桌,那只被碰触的手伸到胸前,就像个男性版的麦克白夫人。他苍白得像僵尸一般,而他那恐惧的神情实在难以形容。我感觉自己正经历一场空前的悚栗,就连我接到罗莎莉去世的电报时也没有那么深切的感受。

"接着他开始呻吟,那声音空洞而可怕,仿佛是从坟墓里发出来的。我记得我当时想着:啊,这人恐怕疯了吧;但他随即说出一句非常奇怪的话:'引擎开关……我忘了关掉汽车引擎的开关了……喔,老天,真对不起!'说完他便奔上楼梯,冲向大门。

"我是第一个采取行动的。我站起身追向他,撇下贝克、杰克和杰森守着亨利赢到的那一大堆钱。他们三个看起来就像守候宝藏的古印加帝国雕像。

"大门还未关上,因此我冲到大街上,立刻看到站在人行道旁找出租车的亨利。他一看见我,立刻倒退三步,使我在同情之余也不禁感到纳闷。

"'嘿!'我说,'等一下!我为杰森的举动向你道歉,我想他不是有意的。不过,假如你必须离开,我也不会见怪。只是你把该得的一大笔钱都留下了。'

"'我根本就不该来的,'他呻吟道,'可是我那么渴望与人接触,所以我……我……'

我不加思索地伸手想碰他——这是一个人对另一个伤心的人最基本的姿态,但亨利急忙畏缩,并喊道:'别碰我!一个还不够吗?哦,上帝,我为什么不死了算了?'

"他的眼睛突然发亮地望向那清晨无人的街道上,一条走在马路对面的流浪狗。那条狗身躯瘦削,皮毛肮脏,垂着舌头,跛着脚慢慢走着。我猜它大概在找垃圾桶,想弄倒它找残羹剩肉吃吧。

"'那条狗可能就是我,'他深思地说着,似乎在自言自语,'人人都躲着它,使它被迫只能在其他生物都安全地锁在门后时,才能独自一个出来探寻。可悲的狗!'

"'别这样。'我有点不耐烦地说,因为他的话未免太戏剧化了。'你受到可怕的惊吓,而且显然因曾发生过某件事而让你的神经状态不佳,但在战场上我看过何止一千件事——'

"'你不相信我,对吧?'他问道,'你以为我是歇斯底里,对吧?'

"'朋友,我真的不知道你可能中了什么魔,但我知道如果我们继续站在这湿冷的大街上,我们两个都会生病的。现在,请你和我一起到里面去——只到玄关就行——然后我会请斯蒂文斯——'

"他的眼睛瞪得老大,让我十分不安。那双眼睛已失去了神智,使我联想到因为战争而精神疲乏的病患。在前线时,我看过一个个这样被载走的人:徒具人的躯壳,空洞的眼睛犹如通向地狱的壶口,口中念念有词。

"'你想看看一个被放逐的人对另一个有何反应吗?'他问道,对我刚才所说的置若未闻,'那么,你仔细看,看看我在奇怪的停靠港学到什么吧!'

"说着,他突然抬高声音,以威严的语气唤了声:'狗!'

"那条流浪狗抬起头,滚着无神的眼珠看着他(它的一只眼露出恐水病的狂野亮光,另一只眼则被白内障遮住),突然改变方向,很不情愿地跛着脚过街,朝亨利所站的地方走来。

"显而易见的,它并不想来。它闷声哼叫,尾巴夹在两条后腿间。可是它仍向亨利走近,直走到亨利脚边,躺了下来,低伏着呻吟、战栗,瘦弱的身体两侧如风箱般剧烈起伏,那只完好的眼睛在眼窝里滚动不止。

"亨利发出一阵绝望而骇人的笑声,至今我还常在梦里听到。然后他蹲下来。'看吧,'他说,'你瞧,它将我视为同类……也知道我会带给它什么!'他伸手要摸那条狗,那狗立即低声咆哮,龇牙咧嘴。

"'不要!'我喝道,'它会咬你的!'

"亨利没理我。在幽暗的街灯下,他脸色灰白,眼睛犹如两个燃烧的黑洞。'胡说,'他低声说,'胡说。我只是要和它握手……就像你的朋友跟我握手一样!'于是他突然握住一只狗脚,用力摇了摇。那条狗发出一阵可怖的号叫声,却不曾作势咬他。

"亨利蓦地站起身。他的眼神似乎清明了些,除了脸色白得吓人外,他差不多又是早先礼貌地提议凑一脚牌局的那位绅士了。

"'我要走了,'他平静地说,'请向你的朋友道歉,告诉他们我不该表现得像个傻子一样。也许我会有机会……补偿这一次。'

"'该道歉的应该是我们,'我说,'而且你忘了那笔钱了?那可是不止一千块钱。'

"'喔,是的!钱!'他说着,露出一个我所见过最苦涩的微笑。

"'你不想进去就算了,'我说,'只要你答应等在这儿,我去把钱拿来给你。好不好?'

"'好吧,'他说,'既然你愿意这么做,我在这里等就是。'他又若有所思地看看那条在他脚边呻吟的狗,'也许它会愿意跟我回家,享受它这可悲一生中唯一一顿像样的饭。'他又绽出同样的苦笑。

"为免他又改变主意,我转身离开他,进屋到楼下去。某个人——或许是杰克吧,他比较成熟——已经把筹码都换成现金,把那笔钱整齐地堆在牌桌中央。我把钱拿起来时,他们都没说话。贝克和杰克默然地抽着烟,杰森低着头,看着他的脚,脸上满是尴尬和羞愧。我往回走时,轻轻拍了一下他的肩,他感激地看了我一眼。

"当我再度走到大街上时,街上空无一人,亨利已经走了。我两手各拿了一沓钞票站在那儿,徒然四顾,却什么也没看到。我试探地叫了声他的名字,以免他万一站在什么阴影中而我没看见,可是没人答应。我低下头,看见那条流浪狗还在那里,可是气数已尽。它死了。跳蚤和扁虱排队离开它的尸体。我恶心地后退一步,同时感到一股莫名的、宛如置身梦中的惊骇。我预感我和亨利之间并不是就这样了结了。我的预感没错,但以后我就再也没见过他了。"

炉架上的火快熄了,寒冷再度自阴影中爬出,可是没人移动或开口,只是静静等着乔治再把烟斗点上。他叹了口气,放下交叉的双腿,使他的一把老骨头吱嘎作响,接着他又往下说:

"不用说,那晚的牌友一致同意我们必须找到亨利,把他赢到的钱交给他。我想或许有人会觉得我们那样是疯了,但那年头,人们是比今天讲求荣誉的。杰森离开时万分沮丧。我也想把他拉到一边,对他说几句宽慰话,但他摇摇头,走开了。我听任他离去。只要他好好睡一觉,醒来后自会有不同的看法,然后我们可以一起去找亨利。杰克要出城,贝克有他的公事待办。那会是让杰森挽回一点自尊的好方法,我想。

"但第二天早上我到他公寓去时,发现他还没起床。我本可以叫醒他,可是他还年轻,所以我决定让他好好睡一上午,自己先去挖掘一些基本事实。

"我到这里来,和斯蒂文斯的——"他转向斯蒂文斯,挑起一道眉毛。

"祖父,先生。"斯蒂文斯说。

"谢谢你。"

"不客气,先生。"

"我和斯蒂文斯的祖父说话;事实上,就在斯蒂文斯现在所站的地方。他说雷蒙·格利尔,一个我的点头之交,曾提过亨利。雷蒙是市贸委员会的人,于是我立刻跑到他在福隆大楼的办公室去。他就在办公室里,而且立刻接见了我。

"当我把前一晚发生的事对他说出后,他脸上露出同情、悲哀与恐惧交织的神情。

"'可怜的亨利!'他说,'我早就知道他会这样,只是没想到这么快。'

"'什么?'我问。

"'精神崩溃,'雷蒙说,'那起源于他待在孟买那年,我想除了亨利以外,也没人知道整个故事,但我会尽量把我知道的告诉你。'

"那天雷蒙在他办公室里对我披露的一切,增加了我的同情与了解。听他说来,亨利·鲍尔曾不幸卷入一场真正的悲剧中。而且,就如舞台上的悲剧一样,那源自一个致命的缺陷——就亨利的例子而言,就是健忘。

"身为贸易委员会驻孟买的一员,他十分享受以车代步,而汽车在那里可是极稀有的。雷蒙说,亨利几乎是稚气地喜欢开车驶过该市狭窄的街道巷弄,吓得鸡飞狗跳,男男女女都跪下向他们的诸神祈祷。他开车到处跑,吸引了大量的注意力,以及一大群穿得破破烂烂的孩子跟在他后面穷追不舍,但当他提议用那神奇的机器载他们一程时,他们就惊惶地跑走。他的车是辆 A 型福特,卡车车身,是早期那种不是转动钥匙,而是按钮便可发动的车辆之一。这点你们必须记住。

"有天,亨利开车到另一区拜访当地的麻绳制造商,讨论寄销麻绳的可能性。他的福特车在街上的咆哮与引擎逆火声,照常吸引了人群的注意力,而且,不用说,孩子又跟在后面追了。

"亨利和那麻绳制造商共进晚餐,这是桩极正式也有许多繁文缛节的事。他们坐在突出于街道的二楼露天阳台上进餐,才上了第二道菜时,楼下突然传来那辆车熟悉的怒吼声,同时伴随着呐喊与尖叫。

"一个最富冒险心的男孩——也是个不知名圣人的孩子——爬上了车子,认定不管铁车篷下藏了条什么样的龙,只要没有那白人坐在方向盘后,是不可能被惊醒的。而亨利专注于眼前的磋商,竟忘了关掉汽车引擎的开关。

"我们能够想象得到,那孩子当着他同伴的面,越来越大胆,摸摸镜子,转转方向盘,模仿汽车喇叭的嘟嘟声。每次他把鼻子转向藏在车篷下的那条龙,别的孩子脸上便露出激增的敬畏。

"当他按下启动钮时,他的一只脚一定是踏住了离合器,或许只是为了撑住自己。引擎还是热的,因此立刻点燃。那孩子在惊恐万分的状态下,必然立刻将踏在离合器上的脚缩回,准备跳到车外。假如那辆车十分破旧或车况不佳,大概就会熄火停止。可是亨利对那辆车照顾得无微不至,因此车子便在吼叫声中向前暴冲。亨利冲出那麻绳制造商的家时,正好看见了这一幕。

"那男孩致命的错误必然纯属于意外。也许在他手舞足蹈地想要跳出车外时,他的手肘正好触到了节汽阀。也许在惊慌中他拉动了节汽阀,只希望那就是白人让惊醒的龙又回去睡觉的方法。但不管那是怎么发生的……它发生了。车速增加到自杀般的速度,冲过拥挤而闹哄哄的街道,撞过一堆堆货物,辗过鸡笼,将一辆鲜花推车撞得粉碎。它直驶向下坡街口,怒吼不止,跳过人行道,撞向一面石墙,整个爆炸而起火燃烧。"

乔治移了移咬在嘴里的石南烟斗。

"雷蒙能告诉我的就这么多,因为亨利对他说的话中能讲得通的也就这些。其余的是一大套长篇大论,混乱地谈着两种文化不可能融合。那死去男孩的父亲显然在被传唤前就找上了亨利,对他扔了只死鸡。那是个诅咒。说到这里,雷蒙对我会意地笑笑,点上一根烟,又说:'像这种事发生时,总免不了有什么诅咒。那些可悲的异教徒必须不计代价地表明

这一切。那是他们的生活必需品。'

"'那诅咒是什么呢?'我好奇地问。

"'我以为你猜得到的。'雷蒙说,'那个印度人对他说,一个对小男孩施魔法的人,应该变成一个贱民,被放逐的人。接着他告诉亨利,说他碰到的任何生物都必死无疑。永远,永远。阿门。'雷蒙笑了起来。

"'亨利相信这诅咒吗?'

"雷蒙认为他相信:'你该记得他受了可怕的惊吓。现在,根据你告诉我的,显然他的迷信是变本加厉了。'

"'你可以把他的住址告诉我吗?'

"雷蒙在他的档案里找了半天,最后终于拿出一张单子。'我不保证你能在那里找到他,'他说,'从那件事起,人们自然不太愿意雇用他。据我所知,他也没什么钱了。'

"他的话让我感到一阵羞愧,但我没说什么。雷蒙这个人有点太装腔作势,不值得我将关于亨利·鲍尔的一点消息告诉他。但我站起身时,却不由自主地说:'昨晚我看见亨利和街上的一条癞皮狗握手。十五分钟后,那条狗死了。'

"'真的? 那可真有趣。'他挑起眉毛,仿佛这个评论与我们讨论过的一切毫无关系。

"我起身告辞,正想和雷蒙握手时,他的秘书开门进来:'对不起,但您就是格雷森先生吧?'

"我告诉她我是的。

"'一个叫贝克的人刚刚打电话来。他要您立刻到19街23号去。'

"她的话让我大吃一惊,因为当天稍早我已经去过一次了——那是杰森的住址。我离开雷蒙的办公室时,他已又咬着烟斗坐回他的皮椅,开始看《华尔街日报》了。此后我未再见过他,那算不上什么损失。我失魂落魄——并不是对某种固定物体的真正惧怕,因为这整件事实在太难相信,太不可思议了。"

我听到这里,不禁打岔问道:"老天,乔治! 你该不会要告诉我们,说杰森死了吧?"

"死了,"乔治接口道,"我和验尸官几乎同时抵达。他的死因被列为心脏冠状动脉栓塞。再过十六天,就是他的二十三岁生日了。

"接下来几天,我试着告诉自己那一切都只是巧合,最好忘了。但即使有威士忌的帮助,我仍然睡得不好。我告诉自己应该把那晚的赌金和贝克、杰克平分,忘了亨利·鲍尔曾出现在我们的生活中,但我不能。反之,我把那笔钱兑成一张银行本票,照雷蒙给我的地址找去;那是在哈勒姆区内。

"但他已经不住那里了。转寄邮件的新地址在东城,一个不怎么富裕的地区。在那里,他一个月前便已离开,而新址又换成了东村,几乎算是贫民窟了。

"大楼管理员是个骨瘦如柴的人,脚边躺了条龇牙咧嘴的大型猛犬;他告诉我亨利在四月三日——我们打牌那天——便已迁出。我问他要转寄邮件的新地址,他却把头缩回,发出一阵尖锐的笑声:

"'朋友,在这地方,人们搬走时留下的转寄地址只有一个,那就是地狱。不过有时候他们到地狱之前,会先到宝利街去转一转。'

"当时的宝利街便是今日外地人相信的那样:是无家可归之人的聚集之处,是只顾喝酒或再打一针白粉的人的最后一站。我到那里去了。那时宝利街有许多家廉价旅社,还有几家收留酒鬼过夜的慈善机构,并有几百条巷弄可以让流浪汉躺在满是虱子的床垫上。我看了几百个人,个个都只剩一副空壳,被酒精和药物啃蚀得不成人形。没人知道或使用他们的名字。当一个人最后沉沦到那种地步——他的肝已被木醇腐蚀,鼻子因经常吸嗅可卡因和碳酸钾而溃烂,指头被冻疮所毁,牙齿蛀到只剩黑色牙龈时——根本就不会再用他的姓名了。我对见到的每个人描述亨利·鲍尔,但得不到任何回答。酒保摇头耸肩,其他人只是低着头,继续前行。

"那天我没找到他,第二天、第三天也都没有。半个月过去了,接着我碰到一个人,那人说三天前的晚上他曾在迪凡尼旅社看到我描述的那么一个人。

"我步行到那里去。那旅社离我连日来搜索的地区只有两条街远。坐在柜台后的是个枯瘦的老头子,发秃齿摇,眼角挂满眼屎。旅社房间面对街道的窗上黏着一堆死苍蝇,上面写着'一角钱一夜'的广告。我向他描述亨利,那老头不住点头,直到我说完后,便开口道:

"'我知道他,先生。我熟得很。但我记不太清楚了……不过要是有一块钱放在我面前,我的记性也许就会好一点。'

"我拿出一块钱,尽管他有关节炎,却立刻手脚利落地把钱收下。

"'他曾住过这里,可是他走了。'

"'你知道他到哪里去了吗?'

"'我记不大清楚,'那柜台职员说,'不过,要是有一块钱放在我面前,我或许想得起来。'

"我又抽出第二张钞票,它与第一张同样迅速消失。他一收下钱,仿佛想到什么万分滑稽的事情似的,爆出一串喘气、害肺炎的咳嗽声。

"'你钱也收了,笑也笑了,'我说,'现在你总该告诉我他在哪里了吧?'

"老人又大笑一阵:'是的——他的新居在波特公墓;他的租期是永久,而且魔鬼就是他的室友。你喜欢买到的这个消息吗,先生? 他大概是昨天早上死的,因为昨天中午我发现他时,他的尸体还是温的,直挺挺地坐在楼梯旁。我是要上楼去跟他要一角钱房租的,不然就叫他走路。结果是这城市让他滚到六英尺深的土地里去了。'说着,他又发出一阵刺耳的笑。

"'有没有什么不寻常的事呢?'我一问出口,便想到又得再投资了,'任何不寻常的事?'

"'我好像记得什么……让我想想……'

"我抽出一块钱帮助他找回记忆,这回钞票虽以同样的速度消失,却没再引发笑声。

"'是的,的确有件奇怪的事。'那老头说,'我已经为不知道多少人打过电话通知市政厅了。老天,可不是嘛! 我发现他们吊死在门钩上,发现他们死在床上,发现他们在一月冻死在防火梯里时,两膝间夹了瓶威士忌,膝盖冻得像大西洋的海水一样蓝。我甚至发现过有个人淹死在洗脸台里,虽说那已经是三十年前的事了。可是这家伙——坐得笔直,穿着棕色西装,像上城来的大亨,头发也梳得十分整齐。他用左手握住他的右手手腕。我见过各种死法,可是只有他一个是握着自己的手而死的。'

"我离开旅社,一路走到码头,脑子里不断浮现那老头子的最后一句话。就像唱片坏了,卡在一条沟纹里,让一句歌词一次又一次播放:只有他一个是握着自己的手而死的。

"我走到一个码头尽头,望着拍打着木桩的灰色脏水,然后掏出那张银行本票,将它撕成几百张碎片,扔进水里。"

乔治换了坐姿,清清喉咙。炉火只剩一点残存的余烬,使得空无一人的游戏室被寒冷侵袭。游戏室里的桌椅如幽灵般不真实,仿如在一场过去与现在重叠的梦中窥视过的家具。火光给刻在壁炉楔石上的一排字围上一层暗红色的光:**重点是故事,而非说故事的人**。

"我只见过他一次,而一次就够了。我永远忘不了。但那件事让我走出自暴自弃的哀伤,因为一个可以和人并肩而行的人,绝对不会完全孤独。

"斯蒂文斯,请你把我的大衣拿来。我想我得回家去了,我的就寝时间已经过了。"

斯蒂文斯把大衣拿来时,乔治微微一笑,指着斯蒂文斯左嘴角下的一颗小黑痣:"你看,你们两人长得真是像——你祖父在同样位置也有颗黑痣。"

斯蒂文斯以微笑作答。乔治离开了。不久后,我们其他人也纷纷离去。

沙丘世界

太空船 ASN/29 从天空坠落撞毁。过了一会儿后,从它如脑壳般裂开的顶舱钻出两个人来。他们走了几步后又站定,头盔夹在腋下,望着太空船坠毁的地方。

这是一片不需要海洋的沙滩——它就是它自己的海洋,一片有波有浪的沙海,一片如黑白底片般的海,永远冻结在起伏的坡地间。

沙丘。

浅的、深的、平的、陡的。刀形的沙丘、锯齿形的沙丘、不规则的沙丘,沙丘叠着沙丘——简直就像沙丘骨牌。

沙丘。但没有海洋。

在沙峰间的沙谷,布成了一条条曲折错综的黑线。一个人若是望着这扭曲的线条太久,会觉得那些黑线似乎拼出了文字——在白色沙丘上盘桓的黑字。

"妈的。"沙皮洛说。

"叫妈也没用。"蓝德说。

沙皮洛准备吐口水,却又临时止住。看着这一望无际的沙,他改变了主意。也许现在不是浪费液体的时候。半埋在沙里的 ASN/29 看起来已不再像是一只垂死的鸟,倒像是个烂掉裂开的瓜。起了一阵火之后,星盘燃料舱便全都爆炸了。

"可怜的格莱。"沙皮洛说。

"是呀。"蓝德仍在眺望沙海,望向地平线,然后又看了回来。

可怜的格莱。格莱死了。格莱现在只是船尾仓库区的一堆肉块。沙皮洛曾望进里面,想着:看起来就像上帝决定要吃格莱,但又觉得他不好吃,于是把他吐了出来。那些尸块,加上格莱散了一地的牙齿,那景象让沙皮洛恶心欲呕。

沙皮洛现在等着蓝德说点明智的话，但蓝德却沉默不语。蓝德的目光在沙丘上来回逡巡，看着沙谷中那些扭曲的黑线。

"嘿！"最后沙皮洛开口说，"我们怎么办？格莱死了，该你指挥了。我们怎么办？"

"怎么办？"蓝德的眼睛看过来看过去，看过去看过来，尽在一动也不动的沙丘上转。一股干风吹拂着"环境保护"套装的橡皮衣。"如果你没有排球，那我也不知道。"

"你在胡说什么呀？"

"在沙滩上不是该玩排球吗？"蓝德反问。

沙皮洛不知在太空中受过多少惊吓，船舱起火时他更恐慌不已；但现在，他望着蓝德，却感到一股难以言喻的恐惧缓缓升起。

"真大呀。"蓝德做梦似的说着。有一刹那，沙皮洛以为蓝德是在形容他的恐惧。"真是个不得了的大沙滩，仿佛可以永恒地持续下去。你可以夹着冲浪板走上一百英里，却还几乎在起点，身后什么也没留下，只有六七个脚印。如果你在同一个地点站上五分钟，连那最后的六七个脚印也会消失不见。"

"我们下来时，你记得拿地形探测仪吗？"沙皮洛确定，蓝德一定是受了惊吓。蓝德虽受了惊，但没发疯。若有必要的话，他可以让蓝德吃药。要是蓝德还继续这么疯言疯语，他可以帮他打一针。"你看见了——"

蓝德瞟他一眼："什么？"

绿洲。这是他想问的。听起来像是从赞美诗上节录出来的，因此他没问出口。风让他嘴里含了一口沙。

"什么？"蓝德又问一次。

"探测仪！探测仪！"沙皮洛吼道，"你听说过探测仪没有，笨蛋？这地方像什么？在这片该死的沙滩尽头，海洋在哪里？湖泊在哪里？最近的绿地在哪里？哪个方向？沙滩的尽头又在什么地方？"

"尽头？你别傻了。它没有尽头。没有绿地，没有冰带，没有海洋。这是找寻海洋的一片沙滩。沙丘和沙丘和沙丘，永不终止。"

"但我们到哪里找水喝呢？"

"无法可想。"

"太空船……根本没办法修复了！"

"没错，天才。"

沙皮洛不再说话。现在只有沉默不语，不然就是变得歇斯底里。他有种感觉——他几乎可以确定——如果他变得歇斯底里，蓝德会像这样一直望着一重又一重沙丘，直到沙皮洛想出办法，或永远想不出办法。

一片没有尽头的沙滩要叫什么呢？没别的，就叫沙漠！宇宙间最大的一片沙漠，对吧？

在他脑海中，他听见蓝德回答：没错，天才。

沙皮洛在蓝德身旁站了半晌，等待蓝德清醒过来，或有所行动。过了一阵子，他没耐性了，开始拖着脚滑下他们爬上观望的那个沙丘。他感觉得到吸舐着他靴子的沙。我要把你吸下来，沙皮洛，他想象沙正在这么说。在他想象中，那是个苍老但仍无比强壮的老妇声音。我要把你吸下来，好好地拥……抱你。

这让他回想起，小时候在沙滩上，他们常常轮流用沙将彼此埋到颈部。那时候沙埋游戏是很好玩的，现在他却觉得恐怖。因此他推拒那个声音——这不是回忆的好时刻，老天——他以踢腾的脚步走过沙地，不自觉地在沙丘对称完美的斜坡和表面上留下痕迹。

"你到哪里去呀？"蓝德的声音第一次含有些微的警醒和关切。

"信号仪，"沙皮洛说，"我要去把它打开。我们还在地图的航线上，会有人接收到无线电信号的，只是迟早问题。我知道可能性很低，但也许有人会经过——"

"信号仪早就撞毁了，"蓝德说，"我们栽下来时，它就撞烂了。"

"说不定可以修复。"沙皮洛回头喊道。他潜身穿过舱口后，就觉得好多了，尽管太空舱里飘着电线烧焦和二氯二氟气的味道。他告诉自己，他是因为想到信号仪才觉得好过些的。但他并不是因为想到信号仪而振作起精神的；蓝德说它摔碎了，那么十之八九它是摔碎了。只是他不能再这么看着沙丘——他不愿再看那片永无止境的大沙滩了。

因此他才觉得进到舱里时舒服多了。

当他气喘吁吁地再度拖着脚爬上第一个沙丘顶上时，他的两侧太阳穴因干热而跳动，蓝德却还在原处，凝望，凝望，凝望。已经过了一小时。

太阳在他们正上方。蓝德的脸都被汗浸湿了,一串汗珠还挂在他的眉毛上。汗珠如泪水般淌过他的脸颊,还有更多汗一颗颗滚进他的套装领口,宛如无色的石油流进机器人的油管里。

我刚刚叫他笨蛋,沙皮洛耸耸肩,想,天,他看上去就是那副德行——不像机器人,而是个笨蛋,脖子上刚被扎了一大针。

而且蓝德弄错了。

"蓝德?"

没有回答。

"信号仪没坏。"蓝德的眼睛亮了一下,但又立即呈现空茫,瞪着叠起的沙丘。沙皮洛原以为这些沙丘是一动也不动的,但现在他想,它们应该是会动的。干燥的风不停吹着。它们会移动。经过几十年、几百年后,它们会……呃,走动。人们不是把沙滩上的沙丘叫作"行走沙丘"吗?他记得小时候曾经听过。在学校里,或别的什么地方,但那又有什么关系呢?

这会儿,他看见一小部分的沙从沙丘的坡上往下滑落。仿佛听见了。

(听见了我心里想的话)

他的后脖颈上冒出新的汗水。没错,他的想法开始变得有点怪了。谁不会呢?他们的处境很恶劣,十分恶劣。而蓝德似乎不知道……或者毫不在意。

"里面进了点沙子,啭鸣器裂了,不过格莱的零件盒里至少还有六十个啭鸣器。"

他到底有没有在听?

"我不知道沙子是怎么进去的——信号仪还在原来的地方,在睡铺后面的仓库区,与外面隔了三层密闭舱,可是——"

"哦,沙会自己走的,什么东西都进得去。沙皮洛,记不记得小时候到沙滩去?回家后妈妈会吼你,因为到处都是沙子?沙发上有沙,厨房桌上有沙,连床底下都有沙?沙滩的沙子是……"他用手微微一比,脸上再次浮现做梦般的笑容,"……无处不在的。"

"——可是它似乎没有受损。"沙皮洛继续说他的,"紧急电力系统开启了,所以我把信号仪插进那里,戴上耳机听了一会儿,请求在一百六十光年范围内做同值测读。那声音听起来很像电锯,比我们希望的好多了。"

"没有人会来的。连海滩男孩乐队也不会。海滩男孩都已经死了八千年了。欢迎到冲浪市来,沙皮洛。没有海浪的冲浪市。"

沙皮洛望向沙丘,不禁想着这片沙究竟已经存在多久了。一兆年?一亿兆年?这里有过生命吗?甚至有智慧的生物?河流?绿地?使它曾经真的是沙滩而非沙漠的海洋?

沙皮洛站在蓝德身旁思考。持续吹来的风拂着他的头发。他突然肯定那一切全都存在过,他甚至可以想象它们是如何结束的。

都市的水道和郊区先沾上沙粒,接着是厚厚一层沙,最后被不断流进的沙所窒息。

他想象着冲积扇的棕色泥土,最初如海豹皮般光滑,渐渐从河口向外扩散,变黑,扩散,直到扩张的泥浆汇成一片。他想象着光滑的海豹皮泥浆变成长满芦草的沼泽区,然后转灰,变成静止的沙砾,最后风化为白色的一片沙地。

他想象山峰如铅笔尖般逐渐扁平,越来越多的沙所带来的暖热使山上的积雪融解。他想象最后的几个山峰指向天空,有如被活埋的人露出手指,他想象山脉全被掩盖,转瞬间便被木然无觉的沙丘所淡忘。

蓝德说沙子怎么样?

无处不在。

你只要想一想,沙皮洛,就知道那有多可怕。

哦,可是不对,沙子并不可怕;沙子是宁静的。沙子静得就像周日下午的午觉。还有什么比沙滩更宁静的呢?

他甩开这些起伏的思绪,回头看向太空船。

"不会有任何骑兵出现的。"蓝德说,"沙子会把我们掩埋,不久后我们会变成沙,沙会变成我们。冲浪市没有海浪——你能感觉到沙浪吗,沙皮洛?"

沙皮洛不觉悚然,因为他感觉得到。看着那层层叠叠的沙丘,是不可能没感觉的。

"该死的笨蛋。"他啐了一句,走回太空船去。

并避开那片沙滩。

太阳终于西下。在沙滩上——在任何真正的沙滩上——这是收起排球,穿上毛衣,拿出香肠和啤酒的时候了。还不到谈情说爱的时刻,但也快了。是盼望谈情说爱的时刻。

但在 ASN/29 太空船里,可没有香肠和啤酒。

沙皮洛花了整个下午的时间,谨慎地将船上每一滴水贮存起来。船上的供给管破裂了,流出的水在地板上形成水滩,须用吸尘器将这水吸起来。在撞毁的水库底部,还剩下一点水,他也小心贮存起来。连循环仓库区的空气净化系统的内部小导管他也没疏忽。

最后,他走进格莱的舱房。

格莱在一个特别为无重力状态建造的圆形水槽里养了金鱼。水槽用防震透明聚合塑料制成,因此轻易逃过了撞毁的厄运。然而,槽里的金鱼却和它们的主人一样没有防震系统。它们碎成金黄色的团块,漂在滚到格莱床底下的鱼缸上方,和三条很脏的内裤在一起。

沙皮洛捧起球状鱼缸,凝视了好一会儿。"天啊,可怜的小约里克,我跟它很熟。"他突然说了一句,随即大笑一阵。然后他把格莱收在柜子里的小网取出,从鱼缸里捞出金鱼的尸体,想着该如何处置才好。过了一会儿,他网着鱼尸走向格莱的床位,掀开枕头。

枕头下有沙子。

他不予理会地将鱼埋在枕头下,接着把缸里的水倒进他准备好的五加仑装油筒里。这水必须经过净化,但即使净化器坏了,他猜想过两天他就不会介意喝鱼缸里的水,也不在乎里面或许有几片鱼鳞和几团金鱼屎。

他将水净化过后,分开存好,把蓝德的一份带上沙丘。蓝德仍呆立在原处,似乎一直不曾移动过。

"蓝德,我把你的水带来了。"沙皮洛说着,拉开蓝德前胸小袋的拉链,把一小包装在塑料袋里的水塞了进去。他正想用拇指把拉链头扣紧时,蓝德却挥开他的手,取出塑料袋。袋子上印了:**ASN 级太空船贮存袋,袋号:23196755,封口未拆开时无菌**。现在封口当然已经拆开,沙皮洛必须用它们装水。

"我净化了——"

蓝德将袋子丢到沙地上,发出"噗"一声微响。"我不要。"

"不要……蓝德,你怎么回事?老天,你不要这样行不行?"

蓝德没吭声。

沙皮洛弯腰捡起编号 23196755 的贮存袋,小心刷掉黏在袋子上的沙粒,仿佛那些沙粒是超大号的细菌。

"你怎么回事?"沙皮洛重复说道,"是不是惊吓过度了?你想是不是?因为我可以让你吃药……或者帮你打一针。不过我要告诉你,我的耐性是有限的。你这样站在这里望着绵延四十英里的空茫!那是沙!只是沙!"

"那是沙滩。"蓝德如梦似幻地说,"要不要盖一栋沙堡?"

"好,很好。"沙皮洛说,"我要进去拿针筒和一安培黄蜂油。你既然要说这些疯言疯语,我只好拿你当疯子对待。"

"要是你想为我注射什么东西,你偷偷摸摸靠近我时,最好别发出声音。"蓝德淡淡地说,"否则我会折断你的手。"

他是有那股蛮力。身为星际飞航员的沙皮洛重一百四十磅,五英尺五英寸高,格斗不是他的专长。他低声咒骂,转身走开,拿着蓝德的塑料袋回太空船去。

"我想它是活的,"蓝德说,"而且十分确信。"

沙皮洛回头看他,又望向无垠的沙丘,夕阳在沙丘平滑的坡上披上一层金纱,极其巧妙地覆在黑色的线条上;在较远的沙谷间,那黑色线条俱已化为金色。金色又化为黑色,黑色又化为金色。金色化为黑色,黑色化为金色,金色化为——

沙皮洛急速眨眨眼,再用一只手揉揉眼睛。

"有好几次,我感觉这个沙丘在我脚下移动。"蓝德告诉沙皮洛,"它动得非常优雅,就像潮水一样,我可以在空中嗅到它咸咸的气味。"

沙皮洛说:"你疯了。"他惊悚至极,觉得自己的脑子已经变成玻璃了。

蓝德没有搭腔。他的眼睛在金色化为黑色、黑色化为金色的沙丘间搜寻。

沙皮洛大步走回太空船去。

蓝德在那个沙丘上待了一整夜,还有次日一整天。

沙皮洛一往外望就会看见他。蓝德已脱下他的环境保护套装。那身制服已经快被沙子掩埋了,只有一只衣袖突出沙堆,孤独地苦苦求饶。衣袖上面及下面的沙使沙皮洛联想到两片没有牙齿的唇,贪噬着一口美食。他有种疯狂的渴望,想爬上沙丘去拯救蓝德的衣服。

但他没去。

他坐在他的舱房里,等待救援的太空船。二氯二氟的气味已经消失,取而代之的是更令人作呕的腐尸味。

那一天和那一夜,救援船都没有出现,第三天也没有。

沙子不知怎的出现在沙皮洛的舱房里,虽然舱口是紧闭的。他用吸尘器把一小堆一小堆沙子吸起来,就像他第一天将流在地上的水吸起来一样。

他不时口渴。他的水已快喝完了。

他觉得开始嗅到空气中的咸味,当他睡觉时,会梦见海鸥的声音。

而且他可以听到沙子。

不断刮着的风把那第一座沙丘吹向太空船。他的舱房还好——多亏了吸尘器——但其余各处皆已被沙子侵占。小沙丘从锁孔间渗进来,接管了 ASN/29 号。沙子成丝、成缕地透过各种缝隙钻进来。

沙皮洛的脸随着变长的胡子越来越粗糙,也越来越憔悴。

第三天太阳快下山时,他爬上沙丘去探望蓝德。他想过带针筒上来为蓝德注射。现在他知道,那绝对不只是惊吓过度。蓝德发疯了。让他快点死是最好的,而那似乎是必然的。

沙皮洛是憔悴,蓝德却是枯槁。他的躯体已骨瘦如柴。他那双原来肌肉结实的腿现在已松弛无力,腿上的皮肤像松掉的袜子挂在那里,而且继续往下滑。他只穿着红色尼龙内裤,松垮垮地像是大了几号,看起来颇为荒谬。他脸上也长出胡子,像绒毛般贴在瘦得下陷的脸颊和下巴上。他的胡子是沙色的,而他原先较接近棕色的头发,也已晒成近似沙金色,垂在额头前方。只有他的眼睛仍是鲜活的,透过垂发发梢,闪着鲜明的深蓝,注视着沙滩,

(沙丘,该死的!是**沙丘**)

专注而热切。

现在沙皮洛注意到一件事,一件很骇人的事。他看出蓝德的脸渐渐转变成一个沙丘了,他的胡子和头发几乎将皮肤都遮住了。

"你,"沙皮洛说,"你会死的。如果你再不到船里来喝点水,你会死的。"

蓝德一语不发。

"这就是你要的吗?"

他仍闷不吭声。风传来空洞的呼呼声,但瞬间即逝。沙皮洛注意到蓝德脖子上的皱纹已被沙填满了。

"我要的唯一一样东西,"蓝德的声音含糊而遥远,就像刚才吹的风一般,"是我的海滩男孩乐队录音带。那些录音带在我的舱房里。"

"去你的!"沙皮洛愤怒地说,"你知道我希望什么吗?我希望一艘太空船在你死以前降落。我要看到你大嚷大叫,不肯让他们将你拖离这宝贵的臭沙滩。我要看到时候会有什么情况发生!"

"沙滩也会找上你的。"蓝德的声音空洞而嘶哑,"你好好听,沙皮洛,听那浪声。"

蓝德歪着头。他的嘴半开,露出皱缩如干海绵般的舌头。

沙皮洛听到了声音。

他听到了沙丘的声音。它们唱着周日下午在海滩上的歌曲——在海滩午睡而不做梦。漫长的午睡。无牵无挂的宁静。海鸥嘶叫的声音。不断改变形状。没有思想的物质。行走的沙丘。他听到了……也被吸引了。被那些沙丘吸引。

"你听见了。"蓝德说。

沙皮洛举起手,用两只手指用力挖鼻孔,直到流出鼻血。他这才能闭上眼睛,思绪又慢慢澄清了。他的心跳得飞快。

我差点就变得像蓝德一样了。上帝!……它差点就抓住了我!

他又睁开眼睛,看见蓝德已变成一个贝壳,在一片荒凉无人的沙滩上,挣扎地奔向神秘难测的海洋,眺望层层沙丘,重重沙丘,叠叠沙丘。

不可以再想了,沙皮洛的心在呻吟。

啊,可是听听这浪声吧,沙丘对他低语。

沙皮洛没有理会内心的警告,他侧耳聆听。

于是内心的警告声消失了。

沙皮洛想着:我坐下来的话,就能听得更清楚些。

他在蓝德脚边坐下,盘起双腿,仔细倾听。

他听见海滩男孩乐队的歌声,他们在唱着乐趣、乐趣、乐趣。他听见他们在唱沙滩上到处是性感女郎。他听见——

——风的一声空叹,不在他耳里,而在他右脑与左脑之间的峡谷——

在联系意识与永恒的黑暗之桥上,传来了叹息声。他不再感到饥饿、口渴、燥热、惧怕。他所听见的就是真空里的声音。

这时一艘太空船来了。

这艘船由空中俯冲而下,喷射引擎的再燃装置由右至左划出一道长长的橘红色火焰。隆隆的如雷响声在这三角波地带回响着,好几座沙丘都给震平了。这隆隆声将沙皮洛摇醒,有一下子,他的意识裂成两半,从中裂成两路思绪——

接着他跳起来。

"船!"他大叫,"老天!船!船!船!"

这是一艘空中贸易船,至少已有五百——或五千年——不曾清洗了,因此外表肮脏破旧。它在空中滑了一段距离,然后"砰"的一声,笔直降落。舰长以喷射引擎将沙子溶成黑色玻璃。沙皮洛为此暗暗喝彩。

蓝德像是从一场深沉的睡梦中醒来似的,环顾四周。

"叫它走开,沙皮洛。"

"你不明白,"沙皮洛摇摇晃晃地站着,两手握拳在空中挥动,"你很快就会没事了——"

他迈开大步朝那艘脏贸易船走去,像只逃离火场的袋鼠。沙子吸擒着他。沙皮洛用力将沙子踢开。去你的,沙。我在汉维城有个甜心。沙永远没有甜心,沙滩永远不能勃起。

贸易船的舱口开了。一块跳板如舌头般伸了出来。一个男人和三个机器人领头走出,后面跟着一个人,看来像是舰长,头上斜戴了顶贝雷帽,帽上印有某党派的标帜。

一个机器人对他挥动棍棒,沙皮洛挡开了。他在舰长身前跪了下来,拥抱舰长替代真腿的机器腿。

"沙丘……蓝德……没有水……活着……催眠了他……沙丘世界……我……谢天谢地……"

一条钢臂挥向沙皮洛,将他抽身抱开。干沙在他下方沙沙作响,仿佛在嘲笑他。

"放下他,"舰长说,"贝阿须!密!密!嘎特!"

那个机器人丢下沙皮洛,退了开来,有点困惑地喀喀作响。

"妈的,大老远跑来就为了一个联邦佬!"舰长悻悻地说。

沙皮洛哭了。不只因为那话很伤人，也因为他的肝脏感到疼痛。

"达德！几亚！嘎特！去拿水来给他——哭！"

那个领头的男人丢给他一个奶瓶。沙皮洛捡起瓶子，贪婪地吸吮，将干净的冷水吸进嘴里，流过下巴，变成黑色的脏水流到他的衣服上。他呛到了，吐了几下，再次喝水。

达德和舰长观察着他。机器人仍旧喀喀作响。

最后沙皮洛抹抹嘴，站起身来，觉得既恶心又满足。

"你叫沙皮洛？"舰长问。

沙皮洛点点头。

"党派。"

"没有。"

"ASN 号码？"

"29。"

"船员？"

"三名。一名已死。另一名——蓝德——在那上面。"他用手指了指，却没转头看。

舰长的脸色没变，达德的脸色却为之一变。

"他被沙滩迷住了。"沙皮洛说，他看见他们脸上的困惑与疑问，"惊吓过度……也许。他好像被催眠了，不停地说着……海滩男孩乐队……算了，你们不会明白的。他不肯喝也不肯吃，身体已经快虚脱了。"

"达德，带个机器人上去把他带下来。"他摇摇头，"老天，联邦船，一点甜头也没有。"

达德点点头。一会儿后，他和一个机器人慢慢爬上沙丘。那个机器人看起来很像个二十岁的冲浪客，可以靠娱乐无聊的寡妇赚钱，不过它的步伐比它的钢臂更容易让人看出它的身份。它的步伐和一般机器人相同，慢吞吞地，若有所思，仿佛一个长痔疮的英国老仆。

舰长的仪表板传来一阵哔哔声。

"我是高梅兹，舰长。我们已探到这里的大略情况。经探测仪和表面遥感勘测，显示这里的地表非常不稳定。到目前为止，我们还未采查到任何床岩。我们是停在被我们烧黑的沙地上，目前那可能是整个星球最坚硬的部分。问题是，连烧黑的沙地也开始流失了。"

"有什么建议吗?"

"我们应该离开这里。"

"什么时候?"

"五分钟前。"

"去你的,高梅兹。"

舰长按下按钮,关掉通讯器。

沙皮洛滚着眼珠:"听我说,别管蓝德吧。他已经没救了。"

"我要把你们两个都带回去。"舰长说,"我不是趁火打劫,不过联邦应该会为你们两个付点酬劳……虽然就我看来,你们两个都不值什么钱。他疯了,而你是坨鸡屎。"

"不……你不明白。你——"

舰长狡猾的黄眼珠闪了闪。

"你有任何意见吗?"

"舰长……听我说……求求你——"

"因为要是你有意见,我们就不该这样离开。你告诉我有什么东西、在哪里,我们可以三七分账,这是标准的救难费用。没有比这更划算的吧,嘿? 你——"

他们脚下焦黑的沙地突然倾斜,明显倾斜了。在贸易船内某处,警报声突然响起,模糊而持续不断。舰长仪表板上的通讯器又亮了。

"你看!"沙皮洛尖叫,"你看,现在你知道你的处境了吧? 你现在还要谈交易吗? **我们必须离开这里!**"

"闭嘴,小子,不然我就下令叫个机器人让你安静下来。"舰长的声音虽然依旧镇定,眼神却已变了。他敲敲通讯器。

"舰长,我查出十度倾斜,而且我们仍在继续倾斜。升降机在下降,却呈现某个角度。我们还有时间,但不多了。船会翻覆的。"

"支柱总可以撑住船身吧。"

"不,舰长。很对不起,它们撑不住。"

"启动喷射程序,高梅兹。"

"谢谢你,舰长。"高梅兹如释重负地说。

达德和那个机器人已回头爬下沙丘。蓝德没和他们在一起。机器人越来越落后了,接着发生了一件奇怪的事。那机器人脸朝下摔倒了。它的摔倒不像一般机器人——即或多或少像人类——的摔倒法。那很像有人在百货公司里把一个木制模特儿推倒一样。"砰"地倒地,在它四周撞出卷卷的沙尘。

达德走回去,在它身旁跪下。机器人的腿仍做梦似的动着、走着,但那行走的动作渐渐变得迟缓,最后终于停止。它的四肢在沙中抽搐,它的气孔也开始冒烟。那情景就与看着一个人死去同样恐怖。从它体内发出剧烈的摩擦声:嘎啦……

"到处是沙子,"沙皮洛低语道,"这是海滩男孩的宗教。"

舰长不耐烦地瞅他一眼:"别荒谬了,朋友。那玩意儿可以走过沙暴,而不会吃进一粒沙。"

"在这个世界可不一定。"

焦黑的沙地继续流失。贸易船更加倾斜。由于承受更多重量,贸易船的支柱开始低声作响。

"丢下它!"舰长对达德吼道,"丢下它,丢下它!几亚!听令回来!"

达德转身走回,丢下了那个陷在沙中的机器人。

"真他妈的。"舰长低咒了一句。

他和达德以快速的星球方言交谈,沙皮洛有几句没有听懂。达德告诉舰长,蓝德拒绝跟他们来。机器人试着揪住蓝德,但没用上力。即使在当时,它的动作已显得笨拙,且有奇怪的摩擦声从它体内传出。而且,它开始复诵银河的矿位数,夹杂着舰长的民谣音乐带。达德只好亲自动手,和蓝德纠缠了一会儿。舰长告诉达德,如果一个在大太阳下站了三天的人都能胜过达德,也许他该另找一个助手才对。

达德的脸困窘地变得阴沉,但他的表情依然严肃而充满关切。他慢慢转过头,显示他脸颊上逐渐肿起的抓痕。

"他有大英地,"达德说,"大可叫。他温比。"

"他温比?"舰长脸色肃穆。

达德点点头:"温比。贝昔。温比叫。"

沙皮洛一直皱眉倾听。温比,那表示发疯。达德说的是:他很强壮,因为他疯了。他的力气很大,不准别人碰他。因为他疯了。

达德似乎还说了什么大浪。他不确定。反正结论是一样的。

温比。

他们脚下的地面又变动了,沙子滑过沙皮洛的靴子。

在他们后方,呼吸管口传来空洞的"喀嗒喀嗒"声。沙皮洛觉得这是他这辈子听过的最可爱的声音。

深思半响后,舰长抬起头,敲敲通讯器。

"高梅兹,派蒙脱亚带镇静枪到这里来。"

"遵命。"

船长望向沙皮洛:"现在,最重要的一件事。我失去了一个机器人,它的价值足够抵你十年的薪水。我不甘心,所以我一定要把你的伙伴抓来。"

"舰长。"沙皮洛忍不住舔舔嘴唇。他知道这不是明智之举。他不想表现得发狂、歇斯底里或怯懦,而舰长显然已经认定他三者兼有。舔嘴唇只会加深那样的印象……可是他忍不住。"舰长,我无法向你强调尽快离开这个世界——"

"得了,笨头。"舰长淡然说道。

一声尖叫从最近的沙丘顶上传来。

"别碰我!别靠近我!别理我!你们全都走开!"

"大英地格温比。"达德严肃地说。

"马他,是木。"舰长回了一句,又转向沙皮洛,"他的确是不可救药了,是不是?"

沙皮洛一阵战栗:"你不明白。你只——"

焦黑的地面又下陷了。支柱的嘎吱声越来越大。通讯器也响了起来。高梅兹的声音细小而且不稳定。

"我们必须立刻离开这里,舰长!"

"好吧。"一个肤色棕黑的人出现在跳板上。他戴着手套,手中握了把枪。舰长指向蓝德:"马他,为叫。能吗?"

蒙脱亚不为倾斜的玻璃沙地(沙皮洛注意到,现在这片焦土已经出现裂缝了)困扰,也不理会支柱的响声或那看来像在沙地上自掘坟墓的机器人,盯着蓝德瘦削的身躯,研究了一会儿。

"能。"他说。

"嘎特!嘎特可叫!"舰长吐了口口水,"把他打得头破血流吧,我不管,"他说,"只要他上船时还会呼吸就成。"

蒙脱亚举起手枪。他的姿态显然可见三分之二的随意和三分之一的不小心,但是沙皮洛纵使在近乎惊慌的状态下,也注意到蒙脱亚瞄准时头倾向一侧。就如许多党人一样,枪是他身体的一部分,就像他的手指。

他扣动扳机,发出"呼"的一响,镇静剂随着飞出枪膛。

一只手从沙丘里伸出,把那颗镇静剂抓了下来。

那是只棕色的大手,摇摇摆摆的,全是沙子。那只沙手高高举起,不受风吹影响,挡住了蓝德。接着那沙团又落了下来,发出"啪"的一声。没有手了。很难让人相信它曾经存在过,但他们全都看见了。

"吉地吭。"舰长以近乎平板的声音说。

蒙脱亚双膝落地,跪了下来:"安地梅可笑,比嘎特康,俊和可贝利嘎特叫!——"

沙皮洛迷糊地意识到蒙脱亚是在以星球方言祷告。

在沙丘上,蓝德跳上跳下,对着天际挥动拳头,发出胜利的欢呼声。

一只手。那是一只手。他是对的;沙滩是活的,活的,活的——

"英地!"舰长对蒙脱亚喝道,"康尼!嘎特!"

蒙脱亚闭上嘴。他的目光移向蓝德跳动的身影,随即又移开。他的脸上充满中世纪时那种迷信的恐惧。

"好,"舰长说,"我受够了。我放弃。我们走。"

他按下仪表板上的两个按钮,但应该使他转身面对跳板的马达没有发出嗡嗡声,却发出刷刷的沙响声。舰长咒骂一声。地面再度倾斜。

"舰长!"高梅兹慌了。

舰长又用力按另一个钮,开始背对着跳板往后退。

"你引导我,"舰长对沙皮洛说,"我他妈的没有后视镜。那是一只手,对吧?"

"是的。"

"我要离开这里,"舰长说,"我当舰长已经十四年了,这是我第一次觉得邪门。"

"刷啦"一声,在跳板后方,一个沙丘突然倒了,只不过那并不是沙丘,而是一只手。

"他妈的,哦,该死。"舰长咒道。

蓝德在他的沙丘上不住欢声高叫,手舞足蹈。

这会儿舰长的假腿开始摩擦作响,而且移动不稳。

"这是怎么——"

两条机器腿都卡住了。沙子从它们之间涌了出来。

"把我抱起来!"舰长对剩下的两个机器人咆哮道,"现在!马上!"

机器人伸出钢臂抱住舰长的假腿。舰长拼命敲着通讯器。

"高梅兹!最后喷射程序!现在!现在!"

跳板末端的沙丘移动了,变成一只手,一只棕色的大手,慢慢爬上跳板。

沙皮洛尖叫出声,从那只沙手上跳开。

舰长在叫骂声中被机器人扛开了。

跳板往回缩。那只手瓦解了,落地后又变回沙子。舱门关上,引擎轰隆作响。没时间去找座椅或进行其他起飞准备了,沙皮洛身子一弓,双臂抱头,随即被加速器震倒在地。在他完全失去知觉前,他似乎感觉到沙子用棕色的臂膀用力抓着那艘贸易船,想制止它离去——

接着那艘船摆脱了纠缠,腾空飞走。

蓝德目送太空船飞走。他坐在沙丘上。当喷射器的橘红色火焰终于消失在空中后,他回过头,望向那无边无际、重重叠叠的沙丘。

"我们有辆三四年的房车,我们叫它宝贝。"他对着空茫、移动的沙地,嘶声唱道,"这车并不新颖,可是又旧又好。"

接着,他开始掬起一捧一捧的沙,慢慢往嘴里塞。他吞咽……吞咽……吞咽。不久,他的腹部肿大如汽油桶,沙子也开始漫过他的两腿。

收割者的影像

"去年我们把它搬走了,而且费了不少工夫。"卡林先生在他们上楼梯时说道,"必须用手搬运,当然。没别的法子。我们将它从展示间的箱子取出前,便向劳埃德保险公司保了意外险。只有劳埃德肯保我们所提出的数目。"

斯潘格勒没有吭声。这人是个傻子。很久以前,约翰逊·斯潘格勒便已学会,和傻子说话的唯一方法就是置之不理。

"保了二十五万美元。"卡林先生又说。他们已经走到二楼。他的嘴往下撇,看起来既埋怨又得意。"那可花了我们不少钱呢。"他身材矮小,不算胖,戴了副无框眼镜,一颗秃头像擦亮的排球般那么亮。一套盔甲伫立在二楼长廊桃花心木的阴影中,不动声色地注视着他们。

这条走廊相当长。斯潘格勒以冷静的专业眼光打量着墙壁和挂在墙上的东西。塞缪尔·柯拉格买进大量的物品,但品质就不怎么样了。就像十九世纪末许多白手起家的工业家一样,他跟个开当铺的没什么差别,却披挂着收藏家的衣着,把二流油画、滥竽充数的古玩和以数量取胜的雕刻品都当成艺术品。

在二楼的墙上,挂着——不如说是"点缀"着——仿摩洛哥挂毡,无数个圣母抱着无数个圣婴,还有无数个天使在背景中飞来飞去;大型烛台,还有一盏华丽而庸俗的大吊灯,被一个笑得春意荡漾的半神少女高高举起。

当然这个老海盗也买到了几样有趣的东西,这是平均法则使然。如果说塞缪尔·柯拉格私人博物馆(每小时皆有向导介绍,门票是大人一元,小孩五角——令人作呕)里有百分之九十八是垃圾,那也总有百分之二值得一看,例如厨房壁炉架上的库姆斯长枪,中庭里那个奇特的小"变形相机",当然,还有——

"获福镜在一次相当不幸的……事件后,被移到楼下。"卡林先生突然说,显然是被一幅挂在下一个楼梯口的不知名画像骇人的瞪视刺激了,"各种流言和揣测纷纷传出,不过这其实是一次尝试毁坏那面镜子的举动。那个女人,桑德拉·贝茨小姐,进入博物馆内,口袋里藏了块石头。幸好她没瞄准,只打破了箱子一角。镜子安然无损。那个贝茨小姐有个弟弟——"

"你不必为我做导览,"斯潘格勒漠然地说,"我很熟悉获福镜的历史。"

"很迷人,是不是?"卡林怪异地瞟了他一眼,"先是一七〇九年的英国公爵夫人……接着是一七四六年那个宾州地毯商人……不用说——"

"我对它的历史很熟悉,"斯潘格勒冷冷地重复道,"我感兴趣的是作品本身。当然,还有它是否为真品——"

"真品!"卡林先生沙哑地叫出声来,"它可是经过许多专家鉴定的,斯潘格勒先生。"

"斯特拉底瓦里斯小提琴还不是有许多人鉴定过。"

"没错,"卡林先生轻叹一声,"可是没有一把斯特拉底瓦里斯小提琴能有获福镜那种……不稳定的效果。"

"是的,不错。"斯潘格勒以略带轻蔑的口吻说。他已明白要阻止卡林说话是不可能的。卡林已经到了唠叨不休的年纪。"不错。"

他们默默无语地爬上三楼和四楼。越靠近这栋古宅的屋顶,阴暗的画廊里就越是闷热。随着闷热,一股臭味也如游丝般浮现。这气味是斯潘格勒熟悉的,因为他成年后在这种气味中工作了一辈子——死在昏暗角落里很久的苍蝇,湿烂,腐朽,还有爬在嵌木板后的木虱。古老的气味。只有在博物馆和陵墓里才有这种气味。他想象着一个死了四十年的处女,坟墓里也大概也会有同样的气味。

在这上面的东西,都像廉价商店里一样随意堆放。卡林先生领着斯潘格勒走过散乱的雕像、画框破裂的肖像、金漆鸟笼和一辆已不完整的老式双座脚踏车。他带他走到尽头;在尽头的墙上架了一把折梯,通往天花板的活板门。活板门上挂了一把满是灰尘的挂锁。

左侧,一座阿多尼斯的雕像以没有瞳孔的空白眼睛冷然注视着他们。

在雕像伸长的一只手臂上,挂了一面黄色的牌子,写着"严禁擅入"。

卡林先生从上衣口袋掏出钥匙圈,选出一把钥匙,然后爬上折梯。他在第三阶停住,秃头在幽暗中闪着微光。"我不喜欢那面镜子,"他说,"我从来就不喜欢。我怕看那面镜子。我怕也许有一天我一看镜子,会看到……其他人看到的。"

"他们看到的不过是他们自己。"斯潘格勒说。

卡林先生张口欲言,却又止住,他摇摇头,仰头在天花板上摸索,想把钥匙插进锁孔内。"该换了,"他喃喃说,"这锁——该死!"那把挂锁突然一震,滑出了铁扣。卡林先生想抓住它,却差点摔下折梯。斯潘格勒敏捷地接住锁,抬头望去。卡林先生巍巍颤颤地站在折梯顶端,在半明半暗中可以看出他一张脸吓得惨白。

"你很紧张,是不是?"斯潘格勒以有些好奇的口吻问道。

卡林先生没搭腔,仿佛已经瘫痪了。

"下来吧,"斯潘格勒说,"请下来,免得你跌倒。"

卡林慢条斯理地爬下折梯,紧紧抓住每一段横木。等他的脚一碰到地板,他又开始唠叨了,似乎地板藏着什么电流,可以像开灯似的将他开启。

"二十五万美元,"他说,"投保二十五万美元,只为了把那……东西从楼下搬到这上面来。那天杀的东西。他们还得装一个特制滑车,把它推进上面贮藏室的山形墙里。我还希望——几乎是祈祷——有人的手指一滑……或者绳索突然断了……让那东西掉下来,碎成几万片——"

"事实,"斯潘格勒说,"事实,卡林。不要廉价的平装小说,不要廉价的画报故事或同样廉价的恐怖电影。事实。第一:约翰·荻福是个诺曼人后裔的英国工匠,在我们于英国史上称为伊丽莎白时期之时以制造镜子为业。他平静地过了一生,没有在地板上画必须让管家刷洗掉的驱魔五芒星,也没有留下沾有血迹且有硫磺味的文件。第二:他制造的镜子之所以成为收藏家的爱好,主要是因为他手艺精致,以及他使用一种水晶体,使照镜子的人眼睛会有略微放大扭曲的效果——这是个很明显的注册商标。第三:据我们所知,当今世上仅存有五面荻福镜——其中两面在美国,它们都是无价之宝。第四:这面荻福镜和另一面在伦敦大轰炸中被毁的荻福镜,都有不真实的名声,主要来自绘声绘色的谣传、夸张的叙述和巧合——"

"第五项事实,"卡林先生接口道,"你是个妄自尊大的浑蛋,对不对?"

斯潘格勒略微嫌恶地望向那无眼的阿多尼斯。

"桑德拉·贝茨的弟弟参观博物馆,望进你那面珍贵的荻福镜里时,我就是导游,斯潘格勒。他大概才十六岁,和学校同学一起来的。我正在说明镜子的历史,讲到你会喜欢的一部分时——极力称赞工匠无瑕的技艺和镜子本身的完美——那孩子举手发问。'可是左上角那团黑影怎么说呢?'他问道,'那看来像是个错误。'

"他的一个同学问他指的是什么。他正要开口却又停住,非常仔细地注视那面镜子,全身靠向围绕在镜箱四周的红色天鹅绒护卫索。接着他转头看身后,似乎他在镜子里看到了一个人的影像——一个穿黑衣服的人——站在他正后方。'我看到一个男人,'他说,'可是我看不清楚他的脸。现在又不见了。'就是这样。"

"继续说吧。"斯潘格勒说,"你急着要告诉我那就是那个收割者——我相信这是一般的解释,对吧?那些偶尔中选的人,在镜子里看到收割者的影像?你要说就说吧。《国家询问报》这种八卦报会很喜欢的!告诉我那可怕的后果,并污蔑我的解释吧。后来他被车撞了吗?他从窗口跳出去了吗?还是什么呢?"

卡林冷笑了几声:"你该知道的,斯潘格勒。你不是跟我说了两次吗?说你……呃……熟悉荻福镜的历史。没有什么可怕的后果,从来就没有。那也是为何荻福镜不像英国女王皇冠上的'光之山'钻石或图坦卡门王陵墓的诅咒那样,被编到周日特刊上。比起那些,它平凡多了。你以为我是个傻子,对吧?"

"是的。"斯潘格勒说,"我们现在可以上去了吗?"

"当然。"卡林先生激动地说。他爬上折梯,推开活板门。门被推向上方的阴暗中时,发出"喀啦——砰"的响声,接着卡林先生没入黑暗中。斯潘格勒紧随其后。瞎眼的阿多尼斯面无表情地望着他们。

山形室里其热无比,只有一面挂满蜘蛛丝的多角形窗子,将室外的阳光筛成阴暗、灰白的光线,照进室内。镜子靠放的角度正好对着光线,由镜内反射出来的光线,在另一头的墙面上映出乳白色的一块。镜子被安全地镶在一个木框里。卡林先生没有看它,他非常明显地将目光避开。

"你们甚至没在上面罩块防尘布。"斯潘格勒的声音中第一次透出怒气。

"我把它想成一只眼睛。"卡林先生的声音空洞乏力,"如果让它一直睁开,总是睁开,也许它就会变瞎。"

斯潘格勒不理他。他脱掉外套,谨慎地折好衣角,无比轻柔地把镜子上的灰尘擦掉。接着他退后一步,望向镜子。

这是真品,毫无疑问。获福的特殊天分在这面镜子上展露无遗。这间晦暗的房间,他自己的影像,卡林的侧影——全都清晰、醒目,几乎呈现出三维空间效果。镜子的轻微放大效果,使每样东西都呈现出一点曲线,增加了近乎第四维空间的扭曲。这是——

他的思绪中断了,另一股怒火勃然而起。

"卡林。"

卡林没有搭腔。

"卡林,你这个笨蛋!我以为你说那女孩没有弄坏镜子!"

没有回答。

斯潘格勒冷冷瞪着镜子里的他:"左上角贴了块胶布。她打破镜子了吗?老天,你说话呀!"

"你看见的是收割者。"卡林的声音平板而无表情,"镜子上没有什么胶布。你用手摸摸看吧……老天。"

斯潘格勒用外套衣袖慎重地把手包住,往前伸出,轻轻碰触镜面。"你看,没什么好迷信的。不见了。我的手把它盖住了。"

"盖住了?你摸得到胶带吗?你何不把它撕下来?"

斯潘格勒小心翼翼地把手移开,望向镜子。每样东西都有点扭曲,房间奇怪的角度似乎在疯狂地摇动,仿佛快要滑进永恒之境。镜子上没有什么黑团,而是完美无瑕。一股不健康的恐惧向他袭来,使他开始蔑视自己竟有这种感觉。

"看起来很像他,对不对?"卡林先生问道。他脸色苍白,眼睛直视地板,脖子上有块肌肉正不住扭动。"承认吧,斯潘格勒。那看起来像个人,头戴兜帽,站在你后面,对不对?"

"那看起来像块贴住裂缝的胶布,"斯潘格勒固执地说,"没别的了——"

"贝茨家的男孩块头很大,"卡林的说话声在这闷热、静止的空气中,犹如丢进黑水中的石头,"像个足球队员。他穿着一件写了字母的毛衣和一条暗绿色长裤。我们正往楼上走时——"

"这里热得叫人受不了。"斯潘格勒有点情绪不稳地说。他抽出一条手帕擦汗,瞪大眼睛在镜面上搜寻。

"——他说他要喝水……喝水,老天!"

卡林转身直视斯潘格勒:"我怎么会知道?我怎么会知道?"

"这里有盥洗室吗?我想我要——"

"他的毛衣……我只瞥见他的毛衣下了楼梯……然后……"

"——吐。"

卡林摇摇头,似乎想澄清思绪,接着他又望向地板。"当然。二楼,左边第三个门。"他茫然地抬起头,"我怎么会知道呢?"

可是斯潘格勒已爬下折梯。折梯承受着他的体重,有点摇晃。有一会儿,卡林以为——或希望——他会摔下去。但他没有。透过地板上的活门,卡林望着他下楼,一手微微按住嘴巴。

"斯潘格勒——?"

但他已经走了。

卡林听着他渐渐远去、消失的脚步声,等脚步声完全消失后,他不由自主地剧烈颤抖起来。他试着移动脚步,走向活板门,可是他的脚冻住了。只是最后那仓促的一瞥,瞥见那男孩的毛衣……天啊!……

仿佛有只隐形的大手在拉他的头,强迫他把头抬起。卡林虽然满心不愿,却仍瞪向那面深不可测的荻福镜。

镜子上什么也没有。

这房间忠实地反映在上面,灰扑扑的局限化为灿亮的永恒。他突然模糊地记起一句丁尼生的诗,便大声朗诵出来:"'我已厌倦了阴影。'夏洛特夫人说……"

他仍旧无法移开目光,并感受到那紧迫的寂静。在镜子一角,有颗被蠹虫蚀蛀的水牛头正睁眼望着他。

那男孩想要喝水,而饮水机在楼下。他下了楼,然后——

然后再也没回来过。

再也不曾出现。

在任何地方。

就像参加晚宴前揽镜整装的公爵夫人,决定回起居室去拿她的珍珠。就像那个驾马车出游的地毯商人,只留下一辆空马车和两匹哑口无言的马。

这面获福镜从一八九七年至一九二〇年间都在纽约,那时柯雷特法官①——

卡林仿佛被催眠似的瞪着那面镜子。活板门下,瞎眼的阿多尼斯仍守在那里。

他等待斯潘格勒,一如贝茨一家等待那个儿子,一如公爵等待他的妻子从起居室回来。他凝望镜子,等待。

等待。

等待。

---

① 约瑟夫·柯雷特(Joseph Crater)为美国纽约市法官,于一九三〇年八月六日神秘失踪,至今仍为美国史上著名悬案。

娜　娜

你爱吗？
我听见她的声音这么说——有时在我梦里，我仍会听见。
你爱吗？
是的，我回答，是的——而且真爱永远不死。
然后我便尖叫着醒来。

我不知道该怎么解释，即使事到如今。我无法告诉你，为何我会这么做。在审判时我也说不出口。这里也有很多人问我。有个心理医生问我。可是我默然不语，双唇紧闭。除了在我这牢房里，我在这里就不沉默了。我会尖叫着醒来。

在梦里，我看见她走向我。她穿着一件几乎透明的白袍，表情混合着欲望与胜利。她在一个有石地板的黑暗房间里走向我，而我可以闻到干枯的十月玫瑰。她张开双臂，我也张开双臂迎向她，想要拥她入怀。

我感到恐惧、厌恶和难以言喻的渴望。恐惧与厌恶起因于我知道这是什么地方，渴望则是因为我爱她。我会永远爱她。有许多次，我希望本州还有死刑的刑罚。走过一条阴暗的走廊，一张有钢制头箍的直背椅，夹紧……然后快速一震，我就能和她在一起了。

当我们在梦里拥抱时，我的恐惧不断升高，却不可能抽身退开。我的双手紧紧压着她光滑的背部和她丝袍下的肌肤。她那双深邃的黑眼露出笑意。她抬起头，双唇微微分开，等待着被亲吻。

这时她开始变化，变得干枯。她的头发变得粗糙，光泽褪尽，由乌黑褪为丑陋的灰棕色，披散在她雪白的两颊旁。那双眼睛缩小，变得像珠子，眼白消失了，接着她用像两点乌玉般的小眼睛怒视着我。那小嘴变成血盆大口,还有两排暴突的黄牙。

我想叫。我想醒来。

我不断尖叫。我又被抓住了。我总是被抓住。

抓住我的是只吱吱叫的巨大的墓园老鼠。光线在我眼前晃动。十月的玫瑰。某处传来死亡的铃声。

"你爱吗?"这怪物低语着,"你爱吗?"玫瑰的气味是它俯向我时的气息,是藏骸所里枯死的花。

"是的。"我告诉那只老鼠般的怪物,"是的——而且真爱永远不死。"然后我尖叫出声,醒了过来。

他们认为是我们一起做的那些事让我疯狂。但我的神智就某方面来说是清醒的,而且我从未停止寻找答案。我还是想知道为什么,是什么。

他们给我纸笔。我会把这一切写下来。也许我会回答他们一些问题,也许我在写时会回答自己一些问题。但等我写完后,还有另一件事。他们不知道我有一样东西,那我是偷拿的,现在藏在床垫下。一把从监狱餐厅里偷来的餐刀。

我得从奥古斯塔开始说起。

当我写着这些事情时已经入夜,八月美好的一夜,天上繁星闪烁。透过铁窗,我能看到星星。我的铁窗俯瞰运动场和一小片用两只手指就能遮住的天空。这房间闷热得很,不过我打赤膊,只穿内裤。我可以听见蛙鸣和蟋蟀的唧唧声,这些属于夏季的声音。但只要闭上眼,我就能把冬天带回。那晚啮人的寒冷、黑暗,以及那不再属于我的城市的、赤裸而不友善的灯光。那天是二月十四日。

瞧,我什么都记得。

看我的手臂——全是汗水,凝成了鸡皮疙瘩。

奥古斯塔……

我到奥古斯塔时,已经差不多快冻死了。我特别挑了个晴朗的日子告别大学校区,准备搭便车到西部去。不过看起来,我还没出本州就会先冻死了。

有个警察把我从州际公路旁踢了下来,并威胁我说,要是他又逮到我在高速公路上竖拇指想搭便车,他就会逮捕我。我差点就想回嘴要他直接逮捕我。州际公路平坦的四线道很像机场跑道,风呼呼作响,吹着水泥路面上的雪花向前滚。对坐在挡风玻璃后的人来说,黑夜中每个站在公路旁招手的人都像强奸犯或杀人凶手,假如他还有一头长发,你更可把他当成同性恋或有恋童癖的人。

我在路上试了一会儿,可是没用。大约七点四十五分时,我意识到要是再不快点到个温暖的地方,我就要被冻死了。

我走了一英里半的路,才在 202 号公路旁,正好进入奥古斯塔市界内的地方找到一家兼营餐馆的加油站,霓虹招牌写着:**乔伊小吃**。碎石停车场上停了三辆大卡车和一辆新轿车。餐馆门上挂了个没人想过要拿下的圣诞花圈,门边有个温度计,显示当时气温是零下五度。我的耳朵除了头发外,没有任何遮蔽,而我的羊皮手套又有点裂开了,指尖就像木头一样,没什么感觉。

我开门进去。

我最先感觉到的是暖气,又暖又舒服。其次我听到自动点唱机播着梅尔·海格的一首民谣:"我们不像旧金山的嬉皮,留着又脏又乱的长发。"

我第三件感觉到的是"眼光"。那种一旦你让头发长过耳垂,就会感受到的眼光。那时人们一望就知道你不是狮子会、麋鹿会①或海外退伍军人协会的会员。你知道这种眼光,但永远习惯不了。

那时给我这种眼光的,是四个坐在卡座里的卡车司机,吧台还有两个司机,再加上两个穿着廉价皮大衣的老太太,站在吧台后的厨子,跟个手上沾满肥皂泡的瘦高小子。有个女孩坐在吧台远端,但她只看着她的咖啡杯。

她是我察觉到的第四件事物。

我的年纪已经够大,知道没有一见钟情这回事,那不过是流行歌词作者为了配合月亮与六月的韵脚而想出来的。那是为了让少男少女在舞会里牵手用的,对吧?

可是看到她时,我却有了这种感觉。你大可笑我,但要是换成你看到她,也一样笑不出来。她美得逼人。我毫无疑问地知道,那家餐馆里的其他人也都有同感。就如我知道的,在我进来前,她也已接受过了注目礼。

---

① 北美地区的慈善俱乐部。

她的头发乌黑,黑得在日光灯下几乎转蓝,自然地披在茶色旧大衣的肩上。她的肌肤雪白,微微透着点血色——她先前一定也冻僵了。长而黑的睫毛,清亮的眼睛,眼角微微上翘。在挺直贵气的鼻梁下,是饱满迷人的双唇。我看不出她身材如何。我不在乎,我想你也不会。她只需要那张脸,那头黑发,那副神情。她优雅绝伦。这是我能想到的唯一一个形容词。

娜娜。

我挑了和她相隔两张凳子的座位坐下,厨子立刻走过来望着我:"要什么?"

"黑咖啡,谢谢。"

他走开了。在我后方,有人说:"呃,我猜是耶稣基督回来了,我老妈老说他一定会回来的。"

那个洗碗的瘦小子"呀呀"地像鸭子一样大笑。吧台边的两个卡车司机也大笑起来。

厨子把我的咖啡端来,用力一放,有些咖啡溅到我手上。我猛地把手缩回。

"抱歉。"他漠然地说。

一个坐在卡座里的卡车司机对这边叫道:"别担心,会自己痊愈的。"

两个老太太付了账,快步走出餐馆。一个卡车司机大剌剌地走向点唱机,投下另一枚一角硬币。约翰尼·凯许开始唱《一个名叫苏的男孩》。我吹着咖啡。

有人拉拉我的衣袖。我转过头,看见了她——她已经移到我旁边的空凳子上。近看之下,那张脸几乎可说炫目,我又洒了些咖啡出来。

"对不起。"她的声音很低,几乎听不到。

"是我的错。我冻得不知道自己在干什么。"

"我——"

她话说到一半,显得很茫然。我突然意识到她很害怕。我对她的第一个反应再度涌了上来——保护她,照顾她,让她不再害怕。"我需要有人载我一程。"她急促地把话说完,"我不敢问他们任何一个。"她微微指了一下卡座里的司机。

我要如何才能让你了解,我愿付出任何代价,只要能告诉她:当然!

把你的咖啡喝完吧,我的车就在外面。才不过和她说上两句话,就有了这种感觉,这实在很疯狂,可是我的确那么想。看看她,就像看着复活的蒙娜丽莎,或爱神维纳斯。但还有另一种感觉:仿佛在我迷惘而黑暗的心灵中,突然出现一道强光。如果我能说,她是个随便的女孩,而我风趣又能言善道,最擅长把马子,一切就简单多了,然而她不是那种人,我也不是。我只知道,她需要的东西我没有,而这个事实让我心碎。

"我沿途搭便车来的,"我告诉她,"有个警察把我踢下州际公路,我是为了避寒才到这儿来的。真抱歉。"

"你是大学生吗?"

"曾经是。在他们开除我之前,我主动退学了。"

"你要回家去吗?"

"无家可归。我受州政府监护。我上大学是因为有奖学金,现在我搞砸了,不知该上哪儿去。"只要五个句子,就能说完我一生的故事,这真让人气馁。

她笑了——她的笑声让我一阵热一阵冷:"那我们算是一个袋子里跳出来的猫——同病相怜了。"

我想她说的是猫。当时我真的那么想。可是在这里,我有更多时间回想,我越来越相信她说的是老鼠①,同一个袋子里跳出的老鼠。是的。还是不一样的,对吧?

我正想好好和她搭讪——说句"是吗?"之类的——时,一只手落到我肩上。

我转过头。是刚才坐在卡座里的其中一个司机。他的下巴有金色胡茬,嘴里咬着根火柴。他全身都是机油味,看来就像从史蒂夫·戴科的画里走出来的人物。

"我想你喝完咖啡了。"他说着,嘴唇一撇,露出狞笑。他的牙齿又多又白。

"什么?"

"你把这地方弄臭了,小子。你是个小子吧?有点看不出来。"

"我看你也不是什么玫瑰花,"我说,"你用什么须后水,帅哥?曲轴箱

---

① 猫(cats)与老鼠(rats)发音相近。

润滑油吗?"

他用力甩了我一巴掌,打得我满眼金星。

"别在这里打架,"厨子说,"想揍他的话,到外面去。"

"来呀,你这该死的布尔什维克。"卡车司机说。

该是那女孩出面说话的时候了,说句"放开他"或"你这个坏蛋"之类的。但她什么也没说,只专注地望着我们两个。那真有点可怕。我想那是我第一次注意到她的眼睛有多大。

"你要我再赏你一巴掌吗?"

"不用。走吧,猪头。"

我不知道那句话是怎么跳出来的。我不喜欢打架,也不是打架高手,骂人更不在行。但我当时实在气不过,那句话自然地就冒了出来,而且我想杀他。

也许那话正击中了他的弱点,因为有一刹那,他脸上闪过犹豫的神色,不自觉地想着自己会不会挑错嬉皮来修理了。但那丝犹豫一闪即逝。他绝对不会向个用国旗擦屁股的长发臭嬉皮屈服——至少不能在同伴面前,尤其像他那么一个虎背熊腰的卡车司机。

我的怒火又冒了上来。留点长发就是同性恋了吗?我觉得自己失控了,但那感觉其实很好。我的舌头发麻,胃也揪成一团。

我们走向门口。那个卡车司机的同伴们争先恐后地起身准备看笑话。

娜娜?我想到她,但这时有点心不在焉。我知道娜娜会在那里。娜娜会照顾我。我知道,正如我知道外头会很冷。觉得自己了解一个五分钟前才遇上的女孩,是件很奇怪的事。奇怪,但我直到后来才想起这点。我的心被愤怒盘踞——不,不该说是盘踞,而是遮蔽。我很想杀人。

那冻人的冷分外清明,感觉就像我们的身子如利刃般划过它。停车场结霜的碎石子路在他的靴子和我的鞋子下刺耳地吱嘎作响。天上挂着一轮满月,懒懒地俯瞰我们。月亮外围有圈模糊的光晕,预告着接下来的坏天气。天色漆黑得如在地狱。停车场上的一盏孤灯,在我们的脚后照出矮小的黑影。我们短促的呼气在空中化成雾气。那个卡车司机转向我,戴着手套的手抡起拳头。

"好啊,你这狗儿子。"他说。

我全身好像肿胀了起来。在麻木感中,我微微意识到体内有股从未察觉过的力量,那将会侵蚀我的理智。这感觉十分骇人,但同时我也很欢迎它、期望它、渴求它。在那一瞬间,我的身体似乎变成一个石三角锥或圆柱,可以扫荡眼前的任何东西。那个卡车司机显得渺小、可笑、毫无意义。我对着他大笑。我大笑,笑声如头上的天空一般黑暗、冷涩。

他对我挥出拳头,我躲过他的右拳,毫无感觉地用脸接下他的左拳,接着便一脚踢向他的小腹。他喘了一大口气,在空中化为一团白雾。他抱着肚子咳嗽,想要退开。

我跑到他身后,仍然笑得像某个农夫的吠月之犬,在他转身前狠狠揍了他三拳——颈部、肩膀和一只红耳朵。

他号叫一声,乱挥乱舞的手刷过我的鼻子。我怒不可遏,再次踢他,脚抬得又高又用力,就像撑篙的船夫。他对着夜空尖叫,我听到一声肋骨断裂的声音。他痛得弯下身子,我立刻扑跳上去。

后来在审判中,一名卡车司机作证说我当时像头野兽。的确,详细情形我记不大清楚了,但我记得我是像条疯狗般对着他咆哮。

我跨骑在他身上,两手揪住他油腻腻的头发,把他的脸压向碎石子。在停车场那盏钠汽灯的照射下,他的血像是黑色的,像甲虫的血。

"天啊,住手!"有人喊道。

许多只手揪住我的肩膀,把我拉开。我看到几张晃动的脸,便握拳挥向它们。

那个卡车司机想要爬开。他的脸是张染血的面具,只看得出一双圆瞪的眼睛。我开始踢他,同时闪躲其他人,每踢到一次便满足地发出哼声。

他根本无力还手,只能想方设法逃开。我每次踢到他,他就紧闭眼睛,像乌龟一般,并暂时停下。然后他又会开始爬。他看起来很蠢。我决定杀了他。我要踢到他死为止,然后再把其他人也统统杀掉——除了娜娜。

我又踢他,这回他一翻身,仰面躺着,茫然地望向我。

"叔叔,"他哑着声说,"我叫你叔叔。求你,求你——"

我在他身旁跪下,觉得碎石子隔着牛仔裤刺进膝盖。

"好,帅哥,"我低声说,"你叔叔在这里。"

我伸手掐住他的脖子。

三个人一起跳向我,将我从他身上拉开。我站起来,依然狞笑着朝他们逼近。他们齐步后退,三个大男人全吓得脸色发青。

这时,我的怒气消退了。

就这样,所有怒火都熄了,我又变回了自己,站在"乔伊小吃"的停车场上,气喘吁吁,觉得恶心而惊恐。

我转身望向餐馆。女孩还在那里,美丽的脸庞焕发着胜利的光彩。她一手举拳,与肩膀同高,就像那些黑人在那次奥运会上的动作,向我致敬。

我又回头注视躺在地上的那个男人。他仍然试着爬开。当我走近他时,他的眼球恐惧地转动。

"你别碰他!"他的一个朋友叫道。

我迷惑地望着他们:"对不起……我不是故意……要伤得他那么重。让我帮忙——"

"你滚吧,这就是你该做的。"厨子说。他站在娜娜前面,门前的台阶下方,手里抓了根木匙。"我要叫警察了。"

"嘿,挑衅的人是他呀!"

"你少跟我耍嘴皮,你这臭杂种。"他边说边向后退,"我只知道你差点杀了那家伙。我要报警了!"他冲回餐馆里。

"好,"我不对特定的某人说,"好,很好,好。"

我把我的羊皮手套留在餐馆里了,但走进去拿似乎不是什么好主意。我两手插进裤袋,迈步往高速公路入口走去。我估计在警察逮捕我之前,我搭上便车的几率大概是一成。我的耳朵快冻僵了,而且胃部阵阵作呕。真是多事的一夜。

"等等!嘿,等一下!"

我回过头。是她,跑着向我追来,黑发在脑后翻飞。

"你真棒!"她说,"真棒!"

"我伤得他很重,"我说,"我以前从来没有这样伤过人。"

"我倒希望你杀了他。"

我在昏暗的光线中对她眨眨眼。

"你该听听在你进来前,他们都对我说些什么。下流、恶心的大笑——呵呵,看那小女孩,晚上一个人坐在那儿。你要上哪儿去,甜心?要搭便车吗?我可以让你上车,只要你也让我上。下流!"

她愤怒地回过头,仿佛想从那双黑色眼中打出一道闪电,把他们全都电死。接着她的目光转向我,我的心似乎再次打开探照灯。"我叫娜娜,我要跟你一起走。"

"去哪里?去监狱吗?"我用双手拉拉头发,"有这头长发,第一个让我们搭便车的人很可能会是警察。那个厨师说要报警不是唬人的。"

"我来找车,你站在我后面。他们会为我停车的。他们看到女孩会停车的,只要她够漂亮。"

这点我无法和她争辩,也不想和她争辩。一见钟情?也许不是。但那是种感觉。你了解那种震动吗?

"拿着,"她说,"你忘了这个。"她把我的手套递给我。

她没有回餐馆去。那表示她一直拿着我的手套。她早就知道会跟我一起走,这让我有点悚然。我戴上手套,和她一起走向公路。

关于搭便车,她说得没错。第一辆开过的车便为她停了下来。

我们在等待时,一句话都没说,但感觉却像说了很多话。我不会说是什么心灵感应之类的狗屁,你知道我的意思。只要你曾经与某人极度亲密,你一定也有过同样的感觉。谈话是多余的,交流似乎是以一种高频率的情感电波进行,只要手指的一个动作就够了。我们对彼此完全陌生。我只知道她的名字,而此刻我回想起来,我根本还没把名字告诉她。但我们仍在沉默中交流。那并不是爱。我真痛恨得一直重复这点,可是我觉得非说不可。我不愿以我们当时的感受污染那个字——直到我们做了那些事,直到回到城堡岩,直到做了那些梦以后。

一阵凄厉尖锐、时起时落的鸣叫声划破当夜的冷寂。

"我想那是救护车。"我说。

"是的。"

我们再次恢复沉默。月光被厚厚的云层遮掩。我想那圈淡淡的月晕不会骗人,天亮前一定会再下雪。

有辆车的灯光爬上了弯道。

我照她说的站在她身后。她把头发往后梳,抬起那张美丽的脸。当我注视那辆车驶上入口弯道时,一种不真实的感觉向我袭来——这美丽的女孩选择与我同行是如此不真实;我把一个人打到得叫救护车是如此不真实;想到天亮前我可能就会入狱是如此不真实。不真实。我好像被蜘蛛网黏住了。但谁是蜘蛛呢?

娜娜竖起拇指。那辆车,一辆雪佛兰,从我们身边驶过,我以为它大概不会停了。想不到它的刹车灯开始闪烁,娜娜立刻抓住我的手。"走吧,我们找到便车了!"她以孩子气的欢欣对我露出笑容,我也咧嘴而笑。

那男人很热心地探身倾过乘客座为她开门。车内的顶灯亮起时,我看见了他——一个身材颇高大的男人,穿着一件名贵的驼毛外套,帽子下露出渐灰的头发,清晰的五官因为多年的美食而显得线条柔和。一个生意人,或是推销员,单独一人。他看到我时吃了一惊,却已来不及将车子换挡开走。或许这样对他也好。以后他可以骗自己说是看到我们两个,他是真的好心想帮一对年轻人。

娜娜坐进他旁边,我跟在她后面上车时,那人说:"今晚好冷。"

"的确是。"娜娜甜甜地说,"谢谢你!"

"是的。"我说,"谢谢。"

"不客气。"于是我们离开,把救护车、卡车司机和"乔伊小吃"抛在身后。

我在七点半时被踢下高速公路,这时才不过八点半。一个人在这么短的时间内能做或可能遭遇的事,实在是很惊人。

我们正朝奥古斯塔收费站的黄色闪光标志驶近。

"你们要到多远呢?"那驾驶人问道。

我们俩一时都没开口。我原本希望可以搭便车到吉特里,去找个在那里教书的熟人。想来这是个很好的答案,可我正想这样答复时,娜娜却说:

"我们要到城堡岩。那是南边的一个小镇,就在刘易斯顿西边。"

城堡岩。那让我觉得怪怪的。我曾是城堡岩的常客,直到艾斯·马瑞尔把我的生活搞烂为止。

那人停下车,取了付费票根,然后我们又上路了。

"我只到加德纳镇,"他扯谎,"就在下个出口。不过这对你们也算有点帮助。"

"是的,"娜娜仍旧甜甜地说,"真谢谢你在这么冷的夜里停车。"她说话时,我可以从那情绪的高波段听出她的怒意,赤裸而恶毒,让我不寒而栗,就像包裹中传出嘀嗒声一般吓人。

"我姓布兰奇,"那男人说,"诺曼·布兰奇。"他对我们伸出手。

"我叫谢丽尔·格雷。"娜娜泰然自若地说。

我明白了她的暗示,也报了个假名。"幸会。"我喃喃说了一句。

他的手又厚又软,像个手掌型的热水壶。这感觉让我觉得恶心。想到我们不得不求这自以为施恩的男人载上一程,而他原以为自己有机会载到一个独自搭便车的漂亮女孩,她可能会同意和他睡一晚,以回报为她省下的巴士车费,我觉得恶心。我想到,如果我单独一人,这个此时对我伸出胖手的男人就会直驶而去,根本不会停车,我觉得恶心。想到他会在加德纳镇出口抛下我们,又直接驶回高速公路,看也不看我们一眼地往前冲,暗自庆幸圆满地解除了一个令他困扰的局面,我觉得恶心。他所有的一切都让我恶心。他的双下巴,他那向后梳齐的头发,他的古龙水香味。

而他有什么权利?什么权利?

恶心的感觉开始凝固,怒火又逐渐增长。雪佛兰车灯平顺地冲过黑夜,我的怒火急于发泄,勒杀与他有关的一切——当他靠向躺椅、热水壶似的胖手拿起晚报时听的音乐,他太太用的发网,她穿的内衣,孩子总是被打发去看电影、上学、到夏令营——只要他们能被打发到任何地方都行——还有他那些高傲的朋友,和他们参加的不醉不归的派对。

但他的古龙水——这是最糟的。他的车里因此充满恶心的甜香味,闻起来很像屠宰场用的除臭剂。

诺曼·布兰奇用他的胖手握着方向盘,开车冲过黑夜。他那修剪整齐的指甲映着仪表板的亮光。我很想打开一扇车窗,逃离那古龙水的气味。不,这不够——我要把车窗整个打开,把头伸到外面的冷空气中,品尝冻人的清新——但我冻僵了,在我沉默无言而难以形容的憎恨中冻僵了。

就在这时,娜娜把一把指甲锉刀塞进我手里。

我三岁时,得了重感冒,被送进医院。在我住院期间,父亲在床上抽烟时睡着,于是整个家被烧毁,我父母和哥哥德瑞都葬身火窟。我有他们的照片。他们看起来就像某部一九五八年联美出品的恐怖电影中的演员,不是爱莉莎·库克或莫拉·柯戴等容易记得的大明星,而是某个你记不大住的小演员或童星——例如布兰·迪怀德之类的。

我没有亲戚可以投靠,因此我被送到波特兰一家孤儿院待了五年。接着我成了州政府的被监护人。那表示有个家庭接受了你,而州政府每个月会为你付给他们三十美元。我想这种被监护人大概没机会养成嗜吃龙虾的习惯。通常一对夫妻会接受两至三个被监护人——不是因为他们的血管里流着仁慈之奶,而是他们把这视为一种生意投资。他们喂你,就能从州政府那里得到三十美元,所以他们喂你。把一个孩子喂饱,他就可以靠在附近打零工赚钱。于是那三十美元就变成四十、五十,甚至六十五。把资本主义运用在无家可归的孤儿身上。世上最伟大的国家,对吧?

我的养父母姓霍利,住在哈洛镇,和城堡岩隔着一条河。他们有栋三层楼的农舍,一共十四个房间。厨房里的煤炭热气可以勉强传到楼上。一月时你抱着三条棉被上床,但早上醒来时,你得把脚放到地板上看看清楚,才能确定你的脚是不是还在。霍利太太很胖。霍利先生瘦巴巴的,沉默寡言,整年戴着一顶红黑相间的猎帽。那栋屋子里到处堆放着大型白色家具,清仓拍卖买来的旧货,发霉的垫子,狗、猫和放在报纸上的汽车零件。我有三个"兄弟",全是被监护人。我们只是点头之交,就像一起参加三天巴士旅游的游客。

我在学校里功课很好,高中时还参加了棒球队。霍利夫妇一直要我退出,但我坚持参加,直到艾斯·马瑞尔事件发生为止。从那以后,我就哪里也不想去,因为我的脸肿了起来,全身是伤,更不用说贝西·麦勒芬还到处跟人乱说。因此我退出球队,霍利夫妇立刻为我找到一份工作:在一家杂货店搬汽水。

我高三那年二月,参加了学力测验,用我偷藏在床垫里的十二美元支付测验费。缅因大学接受了我,并给我一小笔奖学金和一份在图书馆的工读。当我把奖学金文件拿给霍利夫妇看时,他们脸上的表情是我一生的最佳回忆。

我"兄弟"中的一个,科特,选择了离家出走。但我不能那么做。我太被动,不可能采取这种行动。我大概出去逛个两小时就又回来了。学校是我唯一的出路,所以我选择了大学。

我离家前,霍利太太说的最后一句话是:"可以的话就寄点什么回来给我们吧。"从那以后我再也没见过他们。我大一时成绩很好,那年夏天在图书馆全天工作。第一年我寄了张圣诞卡给他们,但就那么一张。

我在大二上学期恋爱了。那是当时我一生中最重要的事。她漂亮吗?她漂亮得能让你倒退两步。直到今天我还是不知道她看中了我哪一点。我甚至不知道她爱不爱我。也许一开始她爱吧,但之后我就只是个很难戒掉的习惯,就像抽烟,或者开车时手肘探出窗外。她跟了我一段时间,也许只是不想戒掉这习惯。也许她只是好奇,或是虚荣心作祟。好孩子,翻身,坐,去捡报纸。亲吻道晚安。那无关紧要。有一阵子是爱,然后好像是爱,然后就结束了。

我跟她睡过两次,两次都不是为了爱。这使那习惯又维持了一阵子。接着她从感恩节假期返校后,说她爱上一个住在同一个小镇的兄弟会男孩。我试着让她回心转意,有一次还差点成功,可是她已经有了以前没有的——远景。

不管我从家人葬身火窟后的这些年来成就了什么,但当她的胸前别上那家伙的别针时,这一切全都崩溃了。

从那以后,我跟三四个愿意和我睡觉的女孩冷一阵热一阵。我可以把这归咎于我的童年,说我从来没有过性爱上的好榜样,但事实并非如此。直到那女孩弃我而去前,我从来不曾为女孩烦恼。

我开始有点害怕女孩,而且能撩拨起我性欲的比无法撩拨我的更让我害怕。她们让我不安。我不断自问,她们把斧头藏在哪里,她们何时会让我尝尝斧头的滋味。那并不新奇。你给我一个已婚男人或有固定女友的男人,我就让你看一个不停自问(也许只在清晨或周五下午她去购物时)我不在时她在干什么?她是怎么想我的?或者还有,她有多了解我?她有多不了解我?的男人。一旦我开始想这些事,我就每时每刻都在想着。

我开始酗酒,成绩跟着一落千丈。寒假前我接到一封信,说如果我的成绩在六个星期内没有进步,下学期我的奖学金支票就会被扣。而我和一票朋友整个寒假都醉醺醺的。最后一天我们上了一家妓院,我的表现良好,虽然那里面暗得连脸都看不清楚。

我的成绩没什么进步。我打过一次电话给那女孩,在电话上哭了。她也哭了,但我想她其实很得意。当时我不恨她,现在也是。可是她吓坏了我。她真的吓坏了我。

二月九日,文理学院的院长寄来一封信,说我当掉了三分之二的主修学分。二月十三日,我接到那女孩一封有点迟疑的信。她计划在七月或八月时和那兄弟会男孩结婚,她希望我们之间的事不伤感情,因此我要是想参加婚礼,可以得到邀请。这实在有点好笑。我能给她什么结婚礼物呢?把我的心扎上红丝带?我的头?我的阴茎?

十四日,情人节那天,我决定该是另谋发展的时候了。接下来出现了娜娜,这你们已经晓得了。

你们必须明白我眼里的她是什么样子,这也许会有点帮助。她比那女孩还美,但这并不重要。在一个有钱的国家里,漂亮的脸孔是廉价的,重要的是内涵。她很性感,可是她散发的性感有点像植物——盲目的性,一种依附的、不容被否定的性,出自直觉和光合作用。不像动物,而像植物。你懂吗?我知道我们将会做爱,就像男人和女人那样做爱,然而我们的结合会是空渺、遥远、毫无意义的,一如藤蔓在八月的太阳下攀上格篱。

性是重要的,只因为它并不重要。

我想——不,我确信——暴力才是真正的动力。暴力是真实的,不只是一场梦。它又大又快又硬,就像艾斯·马瑞尔那辆一九五二年福特。乔伊小吃店的暴力,诺曼·布兰奇的暴力。就连这个也带有一点盲目和木然。或许她终究只是棵攀附的藤蔓,因为捕蝇草是藤蔓科,但这种植物是食肉的,而且把苍蝇或一点生肉放到它的叶片上时,它还会出现动物的动作。这些全是真实的。芽孢藤蔓或许只会梦见自己通奸,但我确信捕蝇草合上叶片时,能品尝到苍蝇的滋味。

最后一部分只是我的被动性,我无法填补这个漏洞。我指的不是那女孩说再见时留下的洞——我不愿让她觉得有深重的罪恶感——而是一个一直存在的洞,这个黑暗、困惑的漩涡,在我心里转动不休。娜娜填补了这个洞。她让我采取行动。

她让我变得高贵。

现在你也许有点明白了,为什么我会梦到她。为什么尽管有些厌恶与懊悔,但我依然对她着迷。为什么我恨她,为什么我怕她,以及为什么我到现在依然爱她。

从奥古斯塔的高速公路入口弯道到加德纳镇只有八英里路,所以我们在短短几分钟内就下手了。我木然地将那把锉刀握在身边,望着窗外在夜色中眨眼的绿色反光标志——**十四号出口靠右行**。月亮已经消逝,雪花絮絮卷落。

"可惜我只到这里。"布兰奇说。

"没关系,"娜娜温和地说。我能感觉到她的怒意滋长,像电钻般钻进我的脑壳。"只要在弯道上让我们下车就行了。"

他开上出口,谨慎地在弯道上将时速减为三十英里。我知道该怎么做。我的双腿似乎变成暖暖的铅块。

弯道上有盏顶灯。往左边,我看得见加德纳镇的灯火,背景衬着浓浓的乌云。右边,什么也没有,只有一片漆黑。在出入口的公路上,两方都无来车。

我下了车。娜娜滑出座位,给诺曼·布兰奇最后一个甜美的笑容。我并不担心。她是在指挥这出戏。

布兰奇露出令人冒火的蠢笑,因为摆脱了我们而感到放松:"呃,再——"

"哦,我的皮包!我的皮包在车里!"

"我去拿。"我告诉她。我弯身探进车里。布兰奇看见我拿在手上的东西,脸上的蠢笑僵住了。

坡上有车灯照过来,但现在要停已经太迟了。任何事物都不能阻止我。我左手拿起娜娜的钱包,右手用那把指甲锉刀刺向布兰奇的喉咙。他大叫一声。

我下了车。娜娜正挥手要那辆来车停止。在黑暗和飘雪中,我看不清那是辆什么车,只能看见两圈明亮的车头灯。我在布兰奇的车后蹲下,透过后车窗窥视。

他们的说话声几乎被夹雪的风声掩住。

"……困难吗,小姐?"

"……父亲……风……心脏病突发!请你……"

我绕过雪佛兰车的后备箱,弯身隐伏。现在我看得见他们了:娜娜苗条的身影和一个较高的人形。他们站在一辆货车旁。他们转身朝雪佛兰车的驾驶座走来。诺曼·布兰奇就趴在方向盘上,喉咙上插着娜娜的锉刀。那个货车驾驶员是个年轻人,穿了一件像是空军的防风外套。他弯身探进车内。我立刻蹿到他身后。

"天啊,小姐!"他说,"这人身上有血!怎么——"

我右手一勾,绕过他的脖子,用左手握住右手腕。我用力勒他。他的头撞到车门顶,发出一声空响,接着便瘫软过去。

我本来可以在这时停手的:他并没有看清楚娜娜,也根本没有看到我。我本来可以停手的,但是他爱插手,爱管闲事,是另一个挡住我们去路、想要伤害我们的人。我已经厌倦受伤。我勒死了他。

完事之后,我抬起头来,看见娜娜站在雪佛兰和货车交错的灯光中,脸上交织着爱、恨、胜利与喜悦的表情。她对我伸开双臂,我立刻投入她的怀抱。我们接吻。她的嘴唇冰冷,舌头却又暖又热。我两手插入她的发间,风在我们四周呼啸。

"现在趁别人来之前,"她说,"快点处理好。"

我处理了。那是件烦人的工作,但我知道我们非做不可。我们需要一点时间。在那之后,一切就不重要了。我们会没事的。

那年轻人的尸体很轻。我用两手将他抬起,扛着他走过马路,将他丢向防护栏外的山谷中。他的尸体一路碰撞,直滚到谷底,就像霍利先生每年七月要我放到玉米田里的稻草人。我又走回去搬布兰奇。

他比较重,而且像刚宰的猪一样血流不止。我用力把他抬起来,摇摇晃晃后退了三步。他从我手中滑落,掉到地上。我把他翻过来。新下的雪扑到他脸上,让他的脸变成了滑雪面具。

我弯身抓住他的腋下,拖着他走向山谷。他的脚在雪地上划出痕迹。我将他抛下去,望着他高举两手过头,仰身滑向谷底。他双眼睁开,着迷地瞪视扑落的雪花。如果雪继续下,等铲雪车开到时,他们就只是隐约隆起的两团白雪。

我穿过马路走回。不必讨论要开哪辆车,娜娜已经坐上那辆货车。我能看见她白皙的脸和漆黑如珠的双眼,但仅此而已。我钻进布兰奇的车,坐在积着鲜血的驾驶座上,把车驶向路肩。我熄了车头灯,打开车前与车后的警示灯,然后下了车。对任何经过这里的人来说,这看起来只会像是个驾驶员发现引擎出了毛病,所以下车走到镇上去找救兵。我为自己的即兴创作深感得意,好像我已经杀了一辈子的人一样。我走向那辆货车,坐上驾驶座,将它转向高速公路的入口。

她坐在我身边,身体没有接触,但靠得很近。当她移动时,她的头发有时会掠过我的脖子,那感觉就像触电一样。有一次我伸手摸她的腿,以确定她是真实的。她轻声笑了起来。这一切都是真的。风绕着车窗咆哮,将雪一阵阵打来。

我们往南方行驶。

从哈洛镇过了桥,就是通往城堡高地的126号公路。路旁有栋重新装修过的大农舍,上面挂了块可笑的招牌:"城堡岩少年联盟"。这里有十二道保龄球球道,自动球瓶装置一星期总有三天不能动,另外还有几台古老的弹球机,一台播放一九五七年流行热门歌曲的唱片点唱机,三张桌球台,和一个卖可乐和马铃薯片的柜台,同时也出租看起来像刚从死酒鬼脚上脱下的保龄球鞋。这地方的名字之可笑,是因为现在城堡岩的青少年夜里喜欢到杰伊山的露天汽车电影院,或到牛津平原飙改装房车。以前常到这里的,多半是来自格雷纳、哈洛和城堡岩三镇的"不良"少年,每晚在停车场上至少会发生一起斗殴事件。

我从高二开始到那里晃荡。我有个朋友,比尔·肯尼迪,每周有三天晚上在那里打工。客人不多时,他会让我免费打桌球。那没什么了不起,但总比回霍利家好。

我就是在那里遇见艾斯·马瑞尔的。没人会怀疑他是这三个镇上最凶狠的家伙。他开着一辆伤痕累累的一九五二年福特,根据传言,他必要时可以把它飙到时速一百三十英里。他进门时像个国王,飞机头后梳,油腻腻地闪着亮光,用一球一毛钱赌几盘桌球(他厉害吗?你猜猜看)。贝西来时为她买瓶可乐,然后他们便一起离开。当那斑痕累累的前门关上时,你几乎可以听到在场的人松了口气的叹息声。从来没有人跟艾斯·马瑞尔到过停车场。

从来没有人,除了我。

贝西·麦勒芬是他的女友,我想她是全城堡岩最漂亮的女孩。我不觉得她有多聪明,但你要是有她那长相,聪不聪明并不重要。她的五官是我见过最完美无瑕的,而且是自然天成,没有任何人工修饰。她的头发漆黑如炭,黑眼,阔嘴,还有一副可以迷死人的身材——而她也毫不吝惜展示。有艾斯在她身边,谁敢把她拉到后巷动她手脚?除非那人疯了。

我为她痴狂。这和那女孩不同,也和娜娜不同——虽说她和娜娜不无几分相像——只是种迫切而执著的饥渴。如果你也有过最荒谬的情窦初开的时期,你就能明白我的感受。那年她十七岁,比我大两岁。

即使是比尔不工作的晚上,我也开始越来越常到那里去,就为了看她一眼。我觉得自己像个赏鸟人,只不过对我来说,这是场近乎绝望的游戏。我会回家,向霍利夫妇谎称我在另一个地方,然后上楼回到我房间。我会写热情的长信给她,告诉她我想和她一起做的事,然后把信撕毁。我会在学校的图书室里幻想向她求婚,然后我们两人一起逃到墨西哥去。

她一定察觉到了我的情愫,而且为此有点得意,因为艾斯不在时,她就会对我很好。她会过来跟我说话,让我为她买瓶可乐,坐在凳子上,用她的腿在我的腿上轻轻磨蹭。那真快把我逗疯了。

十一月初的某个晚上,我又到那里晃荡,和比尔打了几盘桌球,等着她出现。由于还不到八点,那里没什么人,一股寂寞的风在外面噪响,预告着冬天的到来。

"你最好放手。"比尔说着,把九号球撞入底袋。

"放什么手?"

"你知道的。"

"不,我不知道。"我把母球撞入袋里,因此比尔在桌上又放了颗球。他在瞄六号球。趁他瞄准时,我在点唱机里投下一毛钱。

"贝西·麦勒芬。"他仔细瞄准后,将六号球撞出,沿着桌边往前滚,"查理·霍根跟艾斯说你对她有意思。查理觉得那很可笑,因为她比你大什么的,但艾斯可没笑。"

"她对我不算什么。"我透过纸杯的边缘说。

"最好是这样。"比尔说。这时有两个人进来了,他立刻到柜台去拿母球给他们。

艾斯九点左右进来,单独一人。以前他从没注意过我,而我已经差不多把比尔的话全忘了。当别人看不见你时,你就会以为自己安然无恙。我正全神贯注地玩着弹球机,甚至没注意到人们停止打保龄球或桌球,整个地方都静了下来。我知道的下一件事,就是有人把我从弹球机边拖开。我"砰"的一声跌在地上。我站起来,觉得恐惧而恶心。他把弹球机拉歪了,让我的三颗球无端消失。他站在那里瞪着我,头发一丝不苟,军用夹克拉链半开。

"你少动歪脑筋,"他低沉地说,"不然我就帮你换张脸。"

他走了出去。人人都盯着我看,我恨不得找个地洞往下钻,直到我发现大多数人的脸上露出的是嫉妒的赞叹。因此我若无其事地拍拍身子,在弹球机里又投下一个硬币。灯亮了。有两个人出门前过来拍拍我的背,没说什么。

十一点,店铺关门时,比尔提议要我搭他的便车回家。

"你不小心点的话,会吃不完兜着走的。"

"不用担心我。"我说。

他没搭腔。

两三晚后,贝西在七点左右一个人进来。店里还有个小子,一个叫韦恩·泰修的四眼田鸡,两年前就已退学,是个比我还不起眼的家伙。我根本没注意到他。

她直接走向我的球台,近到我能闻到她皮肤上干净的肥皂味。那味道让我有点头晕。

"我听说艾斯对你做什么了,"她说,"我不该再跟你说话,以后也不会了,可是我一定要给你这个。"她吻了我。然后在我还来不及把舌头完全缩回来之前,她就走了出去。我晕眩地回头打我的桌球,甚至没看见韦恩跑出去传话。我什么也看不见,只想着她那双乌黑的眼睛。

因此当晚稍后,我和艾斯·马瑞尔在停车场正面相对,而他把我揍得死去活来。那晚很冷,冷到了骨子里。到了最后我哭了起来,不管有谁在看、在听——事实上每个人都在。停车场的钠汽灯毫不怜悯地俯瞰我。我连一拳都没碰到他。

"好。"他说着,在我身旁蹲下,连呼吸都依旧平顺。他从口袋里掏出一把弹簧刀,按了铜钮,七英寸长的银色刀刃跳出来。"再有下次,你就会试试这个。我要把我的名字刻在你的鸟蛋上。"说完他站起来,给我最后一踢,转身离开。我在地上躺了大约十分钟,全身发抖。没人过来扶我或拍我的背,连比尔也没有。贝西也没露面。

最后我自己站起来,搭了陌生人的便车回家。我告诉霍利太太,说我搭上一个酒鬼的便车,结果他把车开出路面。从此以后,我再也没回过那家店。

据我所知,不久后艾斯就甩了贝西,从那时起,她便以加速度直走下坡。她染上几次淋病。比尔说有一晚看到她在刘易斯顿的酒吧外要几个男人请她喝酒。她的牙齿差不多全掉光了,他说,连鼻子也烂了。他说我要是看到她,一定会认不出来。不过那时候我反正已经不在乎了。

这辆车没装雪链,因此在我们到达刘易斯顿的出口前,我已经开始在新下的雪上打滑。才二十二英里路,我们却开了四十五分钟。

刘易斯顿出口站的收费员接过我的付费卡和六毛钱,问道:"路很滑吧?"我们俩都没吭声。我们已经快到目的地了。就算此时我和她没有那种怪异而沉默的交流,光是看着她坐在货车乘客座上的姿势,她紧紧交握在皮包上的双手,和那双热烈而专注、直视前方的眼睛,我也看得出我们已接近目的地。我觉得不寒而栗。

我们转上136号公路。路上没几辆车。风让人保持清醒,雪下得更大了。在哈洛镇的另一头,我们经过一辆滑到路旁的大型别克车。车子的警示灯开着,使我仿佛看到诺曼·布兰奇的那辆雪佛兰。现在那辆车应该已经被雪盖住,只是在黑暗中隆起的一块惨白。

那辆别克车的驾驶人挥手向我求助,但我毫不减速地飞驶而过,溅了他一身雪泥。挡风玻璃的雨刷上沾了一层厚重的雪,因此我伸出手,把我这边那根挥打几下,一些雪块掉了下来,对我的视线不无帮助。

哈洛是个鬼镇,店都关了,到处都是一片黑。我向右转,以便过桥到城堡岩去。

后轮几乎滑出车体,但我勉力控制住车身。前面,在河流对岸,我能看见"城堡岩少年联盟"那幢建筑的轮廓。那里似乎已经倒闭,看起来冷清无比。我突然为了今晚的所有痛苦和死亡感到万分难过。就在这时,从我们驶出加德纳镇的出口后,娜娜第一次开口说话:

"后面有个警察。"

"他是不是——?"

"不是。他的警示灯熄了。"

但我依然紧张,也许是因为那样才出了事。136号公路在哈洛镇这边的河岸有个九十度的急转弯,然后才笔直过桥进入城堡岩。我转过第一个弯,但城堡岩那边的路面上却结了冰。

"该死——"

货车后端飞了起来,在我来得及掌稳方向盘之前,它已经撞上了一根巨大的钢制桥柱。我们一路滑行,接下来我看到的就是从我们后方投射过来的警车车头灯。他踩着刹车——我可以从飘雪中的红色反光看出来——但他照样在冰上打滑并直撞向我们。惊慌中,我们再次撞到桥柱。我被震得扑倒在娜娜膝上,但即使在那惶惑的一瞬间,我还是意识到她大腿的光滑结实。接着一切都停止了。现在那个警察打开车顶的警用灯,照在哈洛镇与城堡岩间的铁桥与货车的车顶上,制造出转个不停的蓝色阴影。警察打开车门走出来时,车内的顶灯亮了。

如果他没跟在我们后面,我们的货车就不会出事。这想法不断在我脑际浮现,有如唱针卡在有点瑕疵的唱片凹痕里。我在黑暗中咧嘴而笑,并弯身在货车地板上摸索可以敲击他的工具。

货车上有个打开的工具箱。我摸出一把螺丝扳手,放在娜娜和我之间。警察弯身探进车窗,一张脸在警车的闪光灯映照下,像魔鬼般不停变幻。

"这种天气,你开得快了点吧,小伙子?"

"你跟得也太近了点吧?"我问道,"在这种状况下?"

他大概脸红了,只是在闪动的灯光中实在看不清楚。

"你在耍嘴皮吗,小子?"

"是的,如果你想把警车上的凹痕怪到我们头上的话。"

"让我看看你的驾照和登记证。"

我掏出皮夹,把驾照拿给他。

"登记证呢?"

"这是我哥的车,登记证在他皮夹里。"

"是吗?"他用严厉的眼光瞪着想吓我。当他看到吓不倒我时,便把目光转向娜娜。他的眼神让我很想当场把他的眼珠挖掉。"你叫什么名字?"

"谢丽尔·格雷,警官。"

"你在暴风雪中,跟他开着他哥哥的货车干吗,谢丽尔?"

"我们要去看我叔叔。"

"在城堡岩。"

"是的,警官。"

"我没听过城堡岩有姓格雷的。"

"他姓艾蒙,住在鲍温丘。"

"是吗?"他走到卡车后面去看车牌,并记下车牌号码。他走回来时,我的身子仍旧探在车外,因而上半身在他的车头灯照射下一览无遗。"我要……你身上沾了什么呀,小子?"

我不用低头看也知道我全身上下沾了什么。我以前总会想,当时我那样把身子探出车外,实在是太不小心,但在我写下这件事时,却改变了想法。我想我完全不是不小心。我想,我是故意要他看见的。我的手上紧握着那把螺丝扳手。

"你说什么?"

他上前两步:"你受伤了,像是割伤,最好——"

我对他挥出扳手。刚才撞车时,他的帽子掉了,因此他头上什么都没有。我对准他额头上方挥出致命一击。我永远忘不了那声闷响,就像一磅牛油掉在硬木地板上一样。

娜娜说:"快点。"她沉着地伸手摸着我的脖子。她的手冰凉,就像冷藏地窖里的空气。我养父母家里就有这样一个地窖。

奇怪的是,我竟然会想起地窖。冬天时,霍利太太会派我下去拿蔬菜。她会亲自将蔬菜装罐封存。当然,不是装在真正的罐头里,而是厚玻璃罐,罐盖上还有橡胶封条。

有天,我到地窖去拿罐豆子让霍利太太做晚餐。所有罐子都放在纸箱里,每一箱都由霍利太太亲手标记。我记得她总是把覆盆子写错,那让我有种说不出的优越感。

这天我走过标明"覆盆子"的纸箱,走到她放豆子的角落。地窖里阴冷而黑暗。黑土墙在雨天会释发出湿气,还有涓涓滴落的雨水。生物、泥土味和罐装蔬菜混合的气味,秘密而阴暗,像极了女人那里的气味。在地窖的某个角落,有台古旧而破烂的印刷机,从我到这里来时就在了。我小时候喜欢玩那印刷机,假装它还能用。我喜欢冷藏地窖。在我九岁到十岁的那段日子里,地窖是我最喜欢的地方。霍利太太拒绝到那里去,而让她丈夫下去拿蔬菜又有损他的尊严。因此最常下去的就是我,在那里闻泥土味,享受仿佛藏身子宫里的隐私。地窖里只有一盏赤裸的灯泡,可能是霍利先生在布尔战争前就挂上去的。有时候我会扭动双手,在墙上制造出巨大而拉长的兔影。

我拿了豆子,正想往回走时,听到一个旧箱子下有窸窸窣窣的声音。我走过去,把箱子掀起来。

箱子下有只棕色的老鼠,侧身躺着,它抬起头瞪着我。它的腹部剧烈起伏,凶狠地露出牙齿。那是我见过的最大的一只老鼠。我倾身向前,看到它正在生产。有两只刚生出来、无毛而瞎眼的小老鼠已经靠着它的腹部,第三只刚有半个身子进入这世界。

母老鼠无可奈何地怒目瞪我,准备咬人。我很想杀掉它,杀掉它们,把它们全都踩扁,可是我办不到。我从来没看过那么可怕的景象。就在我看着时,一只小蜘蛛快速爬过地板。母老鼠一爪抓过它,把它吃掉了。

我转身就逃。爬到楼梯的一半时,我摔了一跤,把那罐豆子摔破了。霍利太太揍了我一顿。从此以后,除非必要,我再也不到地窖去了。

我站在那里,呆望着瘫倒在地的警察,陷入回忆中。

"快点,"娜娜又说。

感觉起来,他比诺曼·布兰奇轻得多,也或者是因为我的肾上腺素分泌得更快更多了。我用双手抱起他,走到桥边。我看不见下游的瀑布,而上游的铁路支架只是一团影子,很像绞刑台。那晚风声萧萧,雪不断打在我脸上。有一会儿,我像抱着新生婴儿一样把那警察抱在胸前,接下来,我想起了他的真实面貌,于是将他扔下桥,让他落入黑暗中。

我们走回货车,先后上了车,可是车子却不肯发动。我拼命转动钥匙,直到一股汽油味传来,才不得不停止。

"走吧。"我说。

我们走向警车。前座上散放着罚单存根、文件和两块写字板。仪表板下的短波对讲机咔嚓作响,接着便吐出话来:

"四号,回答。四号,你听见了吗?"

我伸手把它关掉。在搜寻右侧的开关时，我的指关节撞上某样东西。那是一把散弹猎枪，大概是那警察个人的私枪。我拉出猎枪，把它交给娜娜。她把枪放在膝上。我把警车倒向后方。车子虽然有撞痕，但其他部分完好无伤。由于车子装有雪链，因此驶过结冰的桥面时一路顺畅。

我们进入城堡岩。屋宇都被纷飞的大雪掩盖。未经铲雪的路面洁白而毫无痕迹，只有我们辗过后留下的辙痕。一排又一排枞树，覆着沉甸甸的雪，耸立在我们四周，让我觉得自己渺小而无意义，只是这黑夜中的一个小点。现在已经十点多了。

我在大学一年级时，没参加什么社交活动。我用功读书，又在图书馆里归档、装订破损书册，并学习如何编目。到春天，我又忙着看棒球赛。

学年就要结束时，在期末考前，体育馆里有场舞会。我的头两科考试已经复习得差不多了，因此可以放松一下。我散步到体育馆去，身上正好有一块钱入场费，所以我进去了。

体育馆里黑漆漆的，十分拥挤，汗味极浓，而且情绪热烈，正是只有在大考前的舞会里才有的情形。空中飘着性的气味。不用闻，几乎伸手就摸得到，就像一块厚厚的湿布。你知道不久后会有人做爱，或是以爱为借口采取行动。人们会在露天看台、停车场，以及公寓和学生宿舍里亲热。或许还只能被称为男孩的男人们很快就会接到征召令，女孩则要退学回家组织家庭。他们会做爱，或哭或笑，或醉或醒，僵硬或者放荡，但绝大多数很快就会结束。

有几个男生没舞伴，但只有几个。今晚，没有女友的人大可来这里碰运气。我向前挤到舞台边。我越靠近那声音，那节奏，就越觉得音乐是可以触摸的。乐队后面放了半圈五英尺高的音箱，因而随着贝斯手的弹奏，你可以感觉到耳膜上下震动。

我靠着墙壁观望。跳舞的人照着既定的舞步律动（仿佛是三人，而非两人共舞，第三人是夹在两人中间的隐形人，身体前后都被包夹着），脚在撒满锯木屑的地板上动来动去。我没看到认识的人，开始觉得有点寂寞，但也乐在其中。我幻想着人人都在看着我，浪漫的陌生人，用眼角偷偷看过来。

大约半小时后，我走出来在大厅里买了罐可乐。我又走进去时，有人开始围着圈跳群舞,把我也拉了进去。我的手臂绕着两个陌生女孩的臂膀。我们绕圈跳着,圈子里大概有两百人,占据了半个体育馆。接着一部分的圆圈断了,有二三十个人在第一个圈里自成一个小圈,往另一个方向转动,这交错的圆圈让我头昏。我看到一个长得很像贝西·麦勒芬的女孩,但我知道那只是幻想。当我再次寻找她时,没看到她,也没看到任何长得像她的人。

等群舞终于跳完后,我觉得虚弱而难过。我勉强走回没女伴的男生那里,坐了下来。音乐声太吵,空气太污浊。我的心思不断飘散,脑子里听得见心跳声;当你有过最严重的醉酒经验后,也会有这种感觉。

以前我总以为接下来的事之所以会发生,是因为我累了,加上转来转去而有点恶心,但就像我说过的,这篇记录让我能更清楚地看清这一切。我不再相信以前的想法了。

我抬头注视那些半明半暗中美丽而匆忙的人。我觉得所有男人看起来都很可怕,他们的脸拉长了,变成了以慢动作行进的丑恶面具,但这我能理解。女人——穿着毛衣、短裙的女生——全都变成老鼠。刚开始我并不害怕,甚至笑了起来。我知道自己看见的只是种幻觉,又过一会儿,我甚至以研究的眼光看着他们。

接着有个女孩踮脚亲吻她的男伴,我就看不下去了。毛茸茸、扭曲的脸,黑色凸起的眼珠,嘴唇向后掀,露出牙齿……

我离开了。

我在大厅里站了一会儿,精神涣散。走廊尽头有间盥洗室,但我走过那里,上楼去。

更衣室在三楼,最后一段楼梯我是跑着上去的。我推开门,冲向洗手间。在外敷药剂、汗臭制服、上过油的皮革等种种气味冲击下,我吐了。音乐声从楼下远远传来,这里的宁静纯洁无垢。我开始觉得安慰。

我们在西南弯道上看到一个停车标志。舞会的回忆使我莫名兴奋。我开始发抖。

她望着我,黑眼中透着一抹笑意:"现在?"

我无法回答,因为我抖得太厉害了。她代替我缓缓点头。

我把车开向7号公路的一条支路。夏天时,这大概是运木材的道路。

我没有开得太远，因为怕被雪困住。我熄掉车头灯，一片片雪花开始无声地在挡风玻璃上聚集。

"你爱吗？"她低柔地问。

我不断发出某种声音。我想那大概就像兔子落入陷阱时会发出的声音。

"这里，"她说，"在这里。"

那是一次销魂的体验。

我们差点就回不了主路。铲雪车驶过，橘红色的灯光在夜里一闪一灭，在我们的路上堆起很高的积雪。

在警车后备箱里有把铲子。我花了半小时把雪铲开，那时已近午夜。我在铲雪时，她把警方的无线电打开，那让我们知道了必须知道的事。布兰奇和那开货车的小子，两具尸体都被发现了。他们怀疑我们抢了那辆警车。那个警察姓艾斯金，这是个奇怪的姓。有个职棒球员也姓艾斯金，我想是道奇队的球员。我也许杀的是他的亲戚。知道那警察的姓名并没有让我觉得懊恼。谁要他跟得么近，挡住我们的路？

我们驶回主路。

我感觉得出她的兴奋，高昂、热烈、燃烧。我停车用手臂清掉挡风玻璃上的雪，然后我们又上了路。

我们驶过城堡岩西区。不用她告诉我，我就知道哪里该转弯。一个被雪侵蚀的标示指明了那是斯塔波路。

铲雪车还没开到这里，但有辆车已经在我们之前驶过，车胎印清晰地划过无瑕但飘动不止的雪地。

只剩一英里，接下来不到一英里。她的渴望和迫切感染了我，让我也迫不及待。我们绕过一个弯道，看见那辆电力公司的卡车，鲜明的橘红色车身和血色的警告灯。它挡在路上。

你无法想象她的愤怒——应该说是我们的愤怒。因为，在发生过那一切之后，我们已合而为一。那种你无法想象的严重妄想症引发的感觉，让你深信现在每一只手都在对抗我们。

他们有两个人。一个在前方的黑暗中是弯腰的黑影，另一个握着手电筒。他朝我们走来，手电筒的光上下飘动，有如一只可怕的眼睛。他引发的不只是憎恨,还有恐惧——怕他会在最后一刻将我们的一切夺走。

他在大吼,因此我把头探出窗外。

"你们不能从这里走!走鲍温路回去!这里有段电线脱落了!你们不能——"

我下了车,举起猎枪,给了他两枪。他往后退,倒在橘红色卡车上,我踉跄地后退靠向警车。他一英寸一英寸往下溜,难以置信地瞪着我,随即倒在雪地上。

"还有子弹吗?"我问娜娜。

"有。"她把弹匣递给我。我打开猎枪,把空弹壳拉出,装进新的。

那人的伙伴已挺起腰,正无法置信地看着。他对我吼着,但声音被风盖过了。听起来像是在问问题,但那并不重要。我要杀了他。我走向他,而他只是愣在原地,瞪着我。甚至当我举起猎枪时,他还是没动。我想他根本猜不透发生了什么事。我想他以为这一切只是一场梦。

我的第一枪打低了,使得地上的雪向四处飞溅,落在他身上。这时他发出一声骇人的尖叫,开始逃跑,跳过掉在地上的电线。我又开了一枪,还是没打中。接着他跑进黑夜中,我只好算了,反正他已经不挡路了。我走回警车。

"我想我们接下来得走路了。"我说。

我们走过倒在雪地上的尸体,跨过在地上闪着火花的电线,又走上公路,跟着那个逃跑的人留下的足迹。有些地方积雪高过她的膝盖,可是她总是领头走在我前面。我们两人都在喘息。

我们过了一个山丘,滑下坡地。坡地另一边有间倾斜的小草屋,荒弃无人,窗上也没有玻璃。她停下脚步,抓住我的手臂。

"那里。"她说着,伸手指向另一边。她抓得非常用力,使我就算隔着外套也觉得痛。她的脸上燃烧着美艳而胜利的光彩。"那里!那里!"

那是一片墓地。

我们滑下坡,蹒跚地走向墓园,爬过一道覆雪的石墙。我以前也到过这里,当然。我的亲生母亲就是城堡岩人,她和我父亲虽然从未在这镇上住过,但他们的墓地都在这里。这是我外公外婆给我母亲的礼物,他们都在城堡岩成长、去世。在迷恋贝西的那段时间,我常跑到这里来,念济慈和雪莱的诗。我想你大概会认为那很傻气,只有高中生才会那么做,我却不这么想,即使到现在。我还是觉得和他们很接近,觉得十分安慰。在艾斯·马瑞尔痛揍我一顿后,我就再没来过这里。直到娜娜再次领我前来。

我脚一滑,在雪地上摔了一跤,扭伤了脚踝。我爬起来继续走,用猎枪当拐杖。四周的宁静深浓地让人难以置信。雪不停地下,堆在墓碑和十字架上,掩埋了一切,只有退伍军人纪念日时才挂上国旗的旗杆还露出一截。这里的寂静有种让人无法喘息的压迫感。这是我第一次感到害怕。

她带着我走向墓园后方建在小山丘上的一栋石屋——藏骸所。雪白的坟墓。她有钥匙。我知道她会有钥匙,她也真的有。

她把雪从门边吹开,找到锁孔。转动制栓的嘎嘎声在黑暗中回响。她往门上一靠,门就向内打开。

迎面扑来的气息凉如秋季,凉如霍利的冷藏地窖。我只能看到前方一点去路。石板地上有干枯的叶子。她走进去,停下脚步,回头看我。

"不。"我说。

"你爱吗?"她问我,然后大笑。

我站在黑暗中,觉得所有事都交织在一起——过去,现在,未来。我想跑,边叫边跑,飞快逃跑以收回我所做的一切。

娜娜站在那里看着我,世上最美的女孩,唯一一样曾经属于我的东西。她用手在身上比了个姿势。我不告诉你那是什么姿势。你若看了自会明白。

我进去了。她关上门。

藏骸所里黑漆漆的,但我的视线却很清楚。一盏缓缓飘动的绿火照亮了这地方。那火飘过墙面,潜过铺着落叶的地板。房间中央放了一副空的棺架,上面撒满枯萎的玫瑰花瓣,有如古代新娘的献礼。她向我招手,指指后方的小门。一扇不明显的小门。我开始感到惊恐。我想当时我意会过来了。她利用我、嘲笑我,现在她要毁了我。

但我无法停止,我走向那扇门,因为我必须这么做。在一种难言的心情下,我感到恐怖而疯狂的喜悦和胜利。我的手颤抖着伸向那扇门。门上全是绿色的火焰。

我打开门,看见放在门里的东西。

是那个女孩，我的女孩。她的眼睛空洞地瞪着那间十月的藏骸所，瞪向我的眼睛。她的气味有如偷来的吻。她全身赤裸，白皙的喉咙到大腿分岔处都被割开，整个身体变成了一个子宫，而且里面似乎住了某种东西。老鼠。我看不见它们，但我能听见它们在她身体内搔抓的声音。那一刹那，我知道她干瘪的嘴会张开，她会问我爱吗？我向后退，全身麻木，脑子飘在一朵乌云上。

我转向娜娜。她在笑，对我张开双臂。在那电光石火的一瞬间，我明白了，我明白了，我明白了。最后的试验。最后最后的。我已经通过，我自由了！

我转向门口。当然那里什么都没有，只有空的棺架和地板上的枯叶。

我奔向娜娜，奔向我的生命。

她双手攀住我的颈项，我将她拉近。就在这时她开始变化，如软蜡般起伏、流动。那双黑色的大眼变得小而凸出，黑发变得粗糙，淡成棕色。鼻子变短了，鼻孔扩大。她的身体瘫软无力，向我靠来。

我被一只老鼠抱住。

"你爱吗？"那老鼠吱吱问道，"你爱吗？你爱吗？"

她那无唇的嘴向上仰，搜寻我的唇。

我没有叫。我已没有声音可叫。我怀疑这辈子自己是否还能尖叫。

这里真热。

其实，我并不在乎热。只要可以洗澡，我倒喜欢流点汗。我一直认为汗是好东西，一种"男性"的东西。但有时候，热会招来咬人的虫——例如蜘蛛。你知道雌蜘蛛会叮咬并把它们的伴侣吃掉吗？它们会的，而且就在交媾之后。

还有，我听过在墙壁里搔爬的声音。我一点也不喜欢。

我写得够多了，这支笔的笔尖变得软糊糊的。但我已经写完了。我对许多事情的看法改变了，和原先完全不同了。

你知不知道，有一阵子他们几乎让我相信，那些可怕的事全是我一个人做的？那些卡车司机，那个从电力公司卡车旁跑掉的人。他们说我只有一个人。他们找到我时，我是只有一个人。在墓园里，刻有我父亲、母亲和哥哥德瑞的那些墓碑旁,差点没冻死。但那只表示她离开了,你们要明白,任何傻子都明白。不过我很高兴她离开了。我真的很高兴。只是你一定要了解,在那一路上的每一个步骤,她都和我在一起。

现在我要自杀了。这样会好得多。我已经对愧疚、痛苦和噩梦感到厌倦,而且我不喜欢墙壁里的那些声音。那里面可能藏有任何人或任何声音。

我没疯。我知道,我相信你也知道。他们说,如果一个人说自己没疯,那就表示他疯了。但我已经超越这些小把戏。她曾和我在一起,她是真实的。我爱她。真爱永远不死。我在写给贝西的那些信上,末尾总会附上这么一句。那些被我撕掉的信。

可是我真正爱过的,只有娜娜一个。

这里真热得要命。而且我不喜欢墙壁里的声音。

你爱吗?

是的,我爱。

而真爱永远不死。

给欧文

走路上学时你问我,
还有什么学校有年级。

我走到水果街时,你的眼光溜开了。

我们从这些黄叶树下走过,
你的军用午餐盒夹在腋下,你
穿着军用工作裤的短腿,
让你的影子变成一把剪刀,
剪不断在人行道上的任何东西。

你突然告诉我,所有同学都是水果。

人人都欺负蓝莓,因为它们很小。
香蕉,你说,是纠察队员。
在你眼里,我看见一整班的橘子,
和好几个教室的苹果。

全都有脚和手,你说。

西瓜常常慢吞吞的,
走路摇摇摆摆,而且很胖,
你说:"就像我。"

我可以说点别的,但最好还是不要。

  西瓜小孩没办法自己系鞋带,
   李子只好为他们代劳。
  或者我怎么偷你的脸——
    偷来自己用,
    很快就用完了。

   只因为拉长作用。
  我可以告诉你死是种艺术,
   而我正在快速学习。
  在学校里,我想你已经,
    拿起铅笔,
   开始写自己的名字。

  我想有一天你可以翘课,
   我们开车驶过水果街,
 我会把车停在十月的落叶雨中,
   我们可以看着一根香蕉,
  护送一个胖西瓜走出校门。

适者生存

每个医学院的学生,迟早都会想到一个问题:病人可以承受什么程度的冲击休克?不同的指导教授会以不同的方式回答这个问题,但归根结底,回答总是另一个问题:病人的求生欲有多强?

一月二十六日

暴风雨把我冲到这里来已经两天了。今早我在岛上绕了一圈。好一个岛!最宽的地方不过一百九十步宽,由一头到另一头不过二百六十七步长。

到目前为止,我还没看到什么可吃的东西。

我的名字是理查德·派恩,这是我的日记。如果我被寻获(什么时候呢?),我可以轻易将这日记毁了,我不缺火柴。火柴和海洛因,两样都多得很,在这里却都不值半毛钱,哈哈。所以我会写,至少可以借此消磨时间。

假如我要说出全部事实——有何不可?我有的是时间!——我该从头说起。我出生于纽约市的小意大利区,出生时名叫理查德·皮查提。我爸是意大利人。我小时候想当外科医生。我爸大笑,说我疯了,叫我再去帮他倒杯酒。他四十六岁时死于癌症。我很高兴。

我在中学时打美式足球。我是我们学校有史以来最好的球员。四分卫。后两年我缔造了全胜的辉煌纪录。我恨足球,但如果你是个意大利移民,而你又想上大学,就只能靠运动了。因此我打美式足球,最后拿到运动奖学金。

在大学里我也打球,直到我的成绩好到可以领全额学术奖学金。医学预科。我爸在毕业典礼六周前死了。幸好。你以为我想走过讲台拿文凭时，低头看见那肥老头坐在下面吗？母鸡会想要国旗吗？我也加入一个兄弟会。虽然那没什么了不起，否则他们也不会接受意大利佬，但毕竟是个兄弟会。

我为什么要写这个？这好像很有趣。不对，我收回上面那句话。这是很有趣。伟大的派恩大夫，穿着睡裤和T-恤衫坐在一块岩石上，坐在一个小得不能再小的岛上，写他一生的故事。我饿死了！算了，我若想写一生的故事，自然可以写，至少这能让我比较少想到肚皮。

我在进医学院前，把姓改为派恩。我妈说我让她心碎。什么心？我老头下葬那天，她就跑出去找街口那个犹太杂货商。对一个这么爱这个姓氏的人来说，她把自己的姓改成斯坦布纳的速度可真快。

我从中学时开始，就一直向往外科。就算在那时候，每场球赛前我都会把两手裹好，球赛后再泡热水。想当外科医生，就得好好照顾双手。有些同学会为这笑我，骂我是胆小鬼。我从不和他们打架，玩足球已经够冒险了。但还有办法解决问题。最爱找我碴的是霍威·普洛斯基，一个东欧笨猪，脸上长满青春痘。我送报，并在派报路上打听消息。我有很多方法赚钱，你得有人脉，你要聆听，建立关系网。想在街上混就得如此。任何笨蛋都知道怎么死，该学的是怎么活下去，你明白我的意思吧？因此我付了十块钱给全校块头最大的李奇·贝兹，叫他让霍威·普洛斯基的嘴巴消失。我说，让它消失，你带给我一颗牙齿我就给你一块钱。李奇带给我三颗牙齿，用纸巾包着。为了这差事，他的两个指关节还脱臼了。这样你就能了解，有时候我会卷入什么样的麻烦。

在医学院里，当别人忙着趁当服务生或卖领带或擦地板的空当死背书时，我以打赌维生。足球场，棒球场，加上一点策略。我和老邻居们保持着良好情谊，而且一路顺风地毕了业。

直到当住院医师，我才开始卖"药"。我在纽约市最大的医院工作。起初我从空白处方笺开始。我将一本一百张的空白处方笺和开药方的格式卖给一个老邻居，而他会捏造出四五十位医生的名字签在上面。他在街上卖空白处方笺，每张十元到二十元。有毒瘾的都爱极了这种可以自己开药方购买的方式。

过了不久，我发现医院的药剂室里非常混乱，没人知道药品进出的状况。有很多人堂而皇之地私下把药品带走，我可没有那样。我总是小心翼翼。我一直没惹上什么麻烦,直到因为疏忽——而且运气不好。但我会安全着陆,我一向都会。

不能再写了。我的手腕酸痛,铅笔的笔芯也钝了。其实,我真不明白我在这里穷写个什么劲,也许很快就会有人来救我了。

一月二十七日

昨晚船漂走了,在离小岛北岸约十英尺的地方沉入水底。谁在乎?反正触礁以后,船底已经破烂得就像瑞士乳酪,而且我已经把所有值得拿的东西都拿下船了:四加仑的淡水,缝衣服的针线包,急救包。还有我正在上面写字的这个本子,照说应该是救生艇的航海日志。这是个笑话。谁听过救生艇上没有食物的?这本日志上的最后一篇报告写于一九七〇年八月八日。噢,对了,别忘了两把刀,一把钝的,一把相当锐利,还有一副刀叉。我今晚吃晚餐时可以用。烤石头,哈哈。呃,至少我把铅笔削尖了。

等我离开这堆鸟不生蛋的岩石后,我要控告天堂船运公司,叫他们吃不了兜着走。光是这点就值得我活下去。而且我会活下去,我会离开这里。不会错的,我会离开这里。

(稍后)

我在记载我的所有物时,忘了一样东西:两公斤的纯海洛因,价值约三十五万美元,纽约街头市价。在这里却一文不值。有点可笑吧?哈!哈!

一月二十八日

呃,我吃饭了——如果你认为那算吃的话。有只海鸥飞到岛中央的一块岩石上。那里的岩石堆成一座小山,上面全是鸟粪。我找到一块正好合手的石头,尽我所能地爬近那只海鸥。它就站在岩石上,睁着明亮的黑眼看着我。我的胃肠咕咕叫声竟没把它吓走,实在让我惊讶。

我用力丢出那块石头,打中了它的侧身。它呱地叫一声,试着飞走,但我已经打断了它的右翅。我爬向它,它却跳开了。我看见血流过它白色的羽毛。那只臭鸟害我穷追了一阵。有一次,在那中央石堆的另一边,我的脚卡到两块岩石中间,差点没折断脚踝。

最后它累了,我终于在岛的东岸抓住了它。它竟还想跳进水里游走。我一把揪住它的尾羽时,它转头啄我。于是我一手抓住它的脚,另一手握住它可怜的脖子,一把扭断。那断折声带给我极大的满足。要上午餐了,你知道吗？哈！哈！

我把鸟带回"营地",但在我拔它的毛并清除肠胃前,我先用碘酒擦拭了被鸟喙啄破的地方。鸟身上带有各种细菌,而现在我最不需要的就是受到感染。

清除内脏的手术进行顺利。可惜我无法把它煮熟,这个岛上既没花草也没树木,而船又已经沉了。因此我将海鸥生吃。我的胃立刻想要反刍。我虽然同情,但不允许。我倒着往回数数,直到作呕的感觉消失。这招几乎每次都有效。

你能想象那只差点害我扭了脚踝,又用力啄我的鸟吗？假如我明天能逮到另一只,我要狠狠折磨它。我让这只死得太容易了。就在我这么写的时候,我仍能清楚地看到它躺在沙上,断了颈子,两颗死不瞑目的黑眼珠仿佛还在嘲笑我。

海鸥有没有一点脑袋呢？

海鸥可以吃吗？

一月二十九日

今天没食物。一只海鸥飞到中央石堆顶端,但在我近得可以"传球"给它前,它就飞走了,哈哈！我的胡子长出来了,奇痒无比。假如那只海鸥又飞回来,让我抓到它的话,我要先把它的眼睛挖出来再杀了它。

我是个杰出的外科医生,我相信先前已经说过。他们开除了我。那真是个笑话。所有人都在那么做,却在有人被逮住时装得比谁都圣洁。滚你的蛋吧！我自有对策。这是医师和伪善者宣誓文的第二条。

我在当实习医师和住院医师期间(照《希波克拉底誓言》说,他们可比军官与绅士,但你别信这套),已经从各个门路赚到了够多的钱,足够在公园路开家诊所。这对我来说是个了不得的成就,因为我不像我大部分的"同仁"那样有富裕的父亲或监护人。我开业时,我爸在他的贫民墓地里已经躺了九年。我妈在我的行医执照被撤销前一年死了。

我赚的是回扣。我的生意涉及东区六个药剂师、两家麻醉药厂和至少另外二十个医生。病人被送来给我,我也把病人送走。我操刀动手术,并开正确的术后药方。虽然不是所有手术都是必须做的,但只有在病人同意下我才会动手。而且从来没有一个病人会在看过我写的药方后说:"我不要这个。"你瞧,他们在一九六五年动过子宫切除术,或一九七〇年切除部分扁桃腺,但只要你让他们服药,五到十年后他们还在服止痛剂。有时候我会开这种药,而且我不是唯一一个让病人长期服止痛剂的医生。他们负担得起这个习惯。有时候病人在小手术后难以入睡,有时候没办法买到减肥药或利眠宁,这些都是可以安排的。哈!没错!他们若不能从我这里买到,也会在别人那里买到。

接着税务局的人逮到洛文。那个出卖朋友的黑羊。他们用五年徒刑在他面前晃,他就供出六七个名字,其中一个是我。他们监视了我一阵子,等他们出面逮捕我时,我的身价已经超过五年。还有其他几项指控,包括我尚未放弃的空白处方笺。真可笑,我其实已经不需要干那个了,但那是种习惯,多余的甜头实在很难放弃。

呃,我认识一些人,我从中拉线,也把几个人丢给狼吃。但他们都是我不喜欢的人。我丢给狼吃的都是真正的浑蛋。

上帝,我好饿。

一月三十日

今天没有海鸥。我想到在旧社区里,有时可以在推车后面看到牌子:今天没有番茄。我走到及腰的水里,手拿那把锋利的刀子。我一动不动地站在那里,整整四个小时任太阳毒晒。有两次我想我快昏过去了,但我倒着数数,直到昏眩的感觉消失。我没看到鱼。一条也没有。

一月三十一日

又杀了只海鸥,跟我杀第一只的方式相同。我太饿了,没法照我原先计划的那样折磨它。我清掉它的肠胃后把它吃了,然后把它的肠胃搓揉干净,一起吞了下去。我觉得生命力再次恢复,这实在是种奇怪的感觉。这时我开始害怕了。有一阵子,躺在中央石堆的阴影中,我以为我会听到人声。我爸,我妈,我的前妻。最糟的是,在西贡卖我海洛因的中国佬。

他口齿不清,可能与他有点兔唇有关。

"去呀。"他的声音不知从哪里传来,"去吸一点,你就不会注意到你有多饿了。那是美丽的体验……"

但我从未试过任何毒品,连安眠药我都不吃。

洛文后来自杀了,我有没有提过?那个出卖朋友的黑羊。他在他以前的办公室里上吊自杀。我对这件事的看法是,他为这世界除了一害。

我要取回我的开业执照。和我谈过话的某些人说那是办得到的——只是要花一大笔钱,比我能想象的还要多。我在银行里有四万美元存款。我决定必须冒个险用钱滚钱。滚上两倍或三倍。

因此我去找罗尼·海利。罗尼和我在大学里一起玩过足球。当他弟弟决定当内科医师时,我帮他找到住院医师的职位。罗尼自己是法律预科,有趣吧?在我们长大的那条街,我们叫他"执法者罗尼",因为不管什么球赛,他总是当裁判。如果你不喜欢他的判决,你有两个选择——闭嘴,或者吃拳头。波多黎各人叫他为罗尼儿,就那么一个词,把他笑个半死。这家伙却上了大学,进了法学院,而且第一次参加律师考试就通过了,接着回到旧社区开业,事务所就设在"鱼缸酒吧"楼上。我闭上眼就能想象他开着那辆白色宾利大陆奔驰过街口。

我知道罗尼会有门路。"那很危险,"他说,"但我知道你有办法照顾自己。只要你把那东西带回来,我会介绍你认识两个人,其中一个是州议员。"

他给了我那边两个人的名字。一个是中国佬,全名是李亨利;另一个是越南人,叫阮梭龙,是个药剂师,只要给他钱,他会检验中国佬的货。据说中国佬喜欢偶尔"开开玩笑"。他的玩笑是在塑料袋里装满滑石粉,或水管清洁剂,或漂白粉。罗尼说,总有一天中国佬会因为他的玩笑把命送掉。

二月一日

有架飞机从岛的上方飞过。我试着爬到中央石堆上向它挥手,结果脚踩进一个洞里。我想,那是我头一天杀海鸥时不小心踩进去的同一个洞。我扭伤了脚踝,有创骨折。就像中了一枪,痛得我锥心刺骨。我尖叫一声,失去平衡,两手如风车般乱转,但还是摔下了石堆,撞到头昏了过去。一直到天快黑时我才醒来。头部撞伤处失了点血。我的脚踝肿得像轮胎一样,而且我被晒伤了。我想,假如再多晒一个小时,我身上一定会起水泡。

我爬回这里,昨天一整晚在发抖和绝望的哭泣中度过。我的头部伤口在右侧太阳穴上方,我把它消过毒后,尽我所能用绷带包扎起来。只是表面的脑壳受伤加上轻微脑震荡吧,我想。但我的脚踝……这骨折可严重了,伤势涉及两个部位,也可能三个。

现在叫我怎么追鸟呢?

那飞机一定是在搜寻凯拉号的幸存者。在黑暗和风暴中,救生艇必然会从它的沉没处漂出几英里外。他们也许不会再飞回这边来了。

天啊,我的脚踝痛死人了。

二月二日

我在小岛南端的碎石海滩上摆出求救信号。这事费了我一整天,偶尔得到阴影中休息休息。即使如此,我还是昏倒了两次。我猜我大概已经瘦了二十五磅,主要是因为缺水。但是此刻,从我所坐之处,我可以看见那两个我花了一整天用黑石头排出的大字:"救命",每个字有四英尺高。再有一架飞机飞过,就不会漏掉我了。

如果再有一架飞机的话。

我的脚不断抽痛。骨折处不但继续肿胀,而且严重变色。我用 T-恤衫用力绑在伤处,稍稍减轻疼痛,可是疼痛依旧严重,使我时常昏迷,那不能叫做睡眠。

我开始在想,也许我得自己将这只脚截肢。

二月三日

肿胀和变色更厉害了。我会等到明天。假如有必要动手术,我相信我可以自己施行。我有火柴可以为那把利刃消毒,也有缝纫包里的针线。我的 T-恤衫可以当绷带。

我甚至还有两公斤的"止痛剂",虽然不是我平常开给病人的那种。但病人要是拿得到,也会照用不误。那些染蓝发的老太婆,就算叫她们嗅空气芳香剂她们也会肯,只要她们认为那可以让她们感觉舒服。信不信由你！

二月四日

我决定切除我的脚。已经四天没有食物了。再等下去，我可能会在手术进行中因为惊吓和饥饿而晕倒，结果失血而死。虽然我憔悴虚弱，但我还想活下去。我记得在基础解剖学时，莫瑞是怎么说的。我们叫他"老莫鸡"。他说，每个医学院的学生，迟早都会想到一个问题：病人可以承受什么程度的冲击休克。他会把棍子挥向人体图表，敲着肝脏、肾脏、心脏、脾脏和肠胃。归根结底，各位，他会说，答案总是另一个问题：病人的求生欲有多强？

我想我承受得了。

真的。

我在这里写着，或许只是为了拖延无可避免的一刻，但我确实想到我还没把如何会到这岛上的经过说完。也许我该把话说完，以防万一手术失败。这只要花几分钟，而且我相信还会有足够的日光可以让我开刀，因为根据我的电子表，现在不过是早上九点零九分而已。哈！

我以观光客身份搭机飞到西贡。这听起来奇怪吗？不会吧。尽管有尼克松的战争，每年还是有数以千计的人到那里观光。人们到那里去看撞车和斗鸡。

我的中国朋友有货。我把货拿给阮检验，阮说这批货品质极高。他告诉我四个月前中国佬又开了一次玩笑，结果他太太一发动那辆欧宝车的引擎，便连人带车被炸成碎片。从那以后，中国佬就不开玩笑了。

我在西贡停留了三个星期后，订了一艘客轮的船位，准备把货带回旧金山。客轮的名字是凯拉号。头等舱。带货上船没出问题。付了笔钱后，阮便安排让那两位海关人员只是胡乱翻了一下我的行李箱，便挥手叫我过去。货装在一个航空公司旅行袋里，他们连看也没看一眼。

"通过美国海关就困难得多。"阮告诉我，"不过，那是你的问题。"

我无意带货闯美国海关。罗尼·海利已事先安排了一个愿为三千美元做某种工作的潜水员。我预定（想起来该是两天前了）在旧金山的一家廉价旅社——圣瑞吉旅社——和他碰头。按照计划，货将被装入一个防水铁罐里，罐顶上安放计时器和一包红色染料。在轮船靠岸前，那铁罐将被扔到海里——但不是由我动手,当然。

当凯拉号沉没时,我还在寻找一个需要一点现金,而且事后聪明得——或笨得——知道闭紧嘴巴的厨子或侍者。

我不明白为什么船会沉。是有暴风雨没错,但那艘轮船似乎挺得过来。二十三日晚上大约八点左右,下舱某处传来爆炸声。那时我在大厅里,而凯拉号几乎立刻倾斜。斜向左侧……他们叫作左舷吧?

人们尖叫、乱跑。酒瓶从吧台后滚下,落地撞碎。一个男人摇摇晃晃从下舱爬了上来,衬衫烧焦了,皮肤像烤肉一样。广播系统告诉人们到开船时的训练中事先指定好的救生艇位置去。乘客还是到处乱跑。在救生艇训练时,根本没几个人出现,而我不只出现,而且还早到——我要排在前排,你瞧,这样我才可以一览无遗。只要事关我的利益,我一定全神贯注。

我回到舱房,取出装海洛因的塑料袋,一边一个放进我的口袋里。然后我到救生艇八号站。我爬楼梯到甲板时,船上发生了两起爆炸,船身也斜得更厉害了。

甲板上,一切都乱成一团。我看见一个女人手抱婴儿尖叫着从我身边跑过,在滑溜又倾斜的甲板上速度越来越快。她的大腿撞到栏杆,整个人翻出船外。我看见她在半空中翻了两个筋斗,第三个还没翻完,就消失在海里了。有个中年男人坐在沙狐球游戏场里,拼命拉扯头发。另一个穿着厨师白制服的人,脸和双手严重烧伤,从一个地方撞到另一个地方,一面嘶喊着:"帮我!我看不到!帮我!我看不到!"

人人都惊慌失措,从乘客到船员,谁也不例外。你必须记住,从第一声爆炸声传来,到凯拉号沉没,这段时间不过才二十分钟。有些救生艇站挤满了号叫的乘客,另一些却空无一人。我这第八站在轮船倾斜的一边,因此没人敢过来。除了我之外,只有一个脸色灰白的水手。

"我们把这个老婊子放下水吧,"他说,眼珠在眼窝里狂乱翻转,"这个臭澡盆会沉到海底去的。"

救生艇装置很容易操作,但他紧张地摸索时,却让他那边的船台和滑车装置卡住了。救生艇落下六英尺后,悬在半空,船头比船尾低两英尺。

我正要绕过去帮他时,他突然发出猪叫声。他解开了卡住的地方,自己的手却又被卡住了。滑溜的绳索在他手掌上磨得冒烟,磨破他的皮肤,他痛得弯向另一边。

我把绳梯抛过船身,很快地爬下去,把救生艇从降低的绳索中解开。然后我开始划。划船本来是我到朋友的避暑别墅时偶尔的消遣,现在我却为了逃生而划。我知道如果我不在垂死的凯拉号沉没前划到远方,那艘沉船会把我一起卷下去的。

不过五分钟后,凯拉号沉了。我并未完全逃离往下吸的漩涡,得拼死命地划才得以待在原处。船沉得非常快,船头栏杆上还挂着不少哀号的人,看起来就像一群猴子。

暴风雨变本加厉了。我失去了一支桨,但勉力保住另一支。那一整夜我像在梦中度过,先忙着汲水出艇,接着握紧那支桨拼命划,让小艇得以安然挺过下一个巨浪。

二十四日黎明前不久,海浪在我后方增强了。救生艇直向前冲,很骇人,但也很刺激。突然间我脚下的船板都被卷走了,幸好在救生艇还没下沉时,它就被抛到这堆鸟不拉屎的岩石上。我甚至不知道自己身在何处,一点概念也没有。航海不是我的专长,哈,哈。

可是我知道我得做什么。这也许是最后一次记录了,但我总觉得我会挨过来的。我不是一直挨到现在吗?而且这年头的义肢几可乱真。只有一只脚,我照样可以活得很好。

现在该看看我是不是有自己想得那么厉害了。祝我好运。

二月五日

我挨过来了。

疼痛是我最担心的部分。我受得了疼痛,但我以为在如此虚弱的情况下,疼痛加上饥饿可能会让我在动完手术前就昏死过去。

然而海洛因圆满地解决了这个问题。

我开了一袋,放了两小撮在岩石表面上吸——先用右鼻孔,再用左鼻孔。那很像吸某种可以令人麻木的冰,从身体底部扩散到整个脑袋。我昨天一写完日记,便吸了海洛因——那是早上九点四十五分。下一次我看表时,日影已经移开,使我半身暴露在太阳下,那时是中午十二点四十一分。我打了一下瞌睡。我从来没想过那体验竟是如此美妙,让我不明白以前为什么会那么鄙视它。痛楚、恐惧、悲哀……全都消失了,只留下平和的陶醉。

我就在这种状态下操刀动手术。

事实上,剧烈的疼痛仍旧免不了,但那多半是在手术刚开始的时候。疼痛似乎与我并不相干,仿佛痛的是另一个人。这让我困惑,但也颇有趣。你能了解吗?假如你服过掺有强烈吗啡的药剂,也许你能了解。它的功效不只是止痛而已。它会导致一种心灵状态,一种平静。我现在可以了解为何人们会对麻醉药上瘾,虽然"上瘾"似乎是个太强烈的词汇,而且不用说,这都是出自那些从未试过的人之口。

手术进行到一半时,疼痛开始变得越来越具体。一阵阵昏眩向我袭来。我饥渴地望向已开的那袋白粉,却又强迫自己移开视线。假如我再打瞌睡,我一定会和昏倒一样因为失血而死。于是我从一百开始倒数。

失血是最致命的因素。身为一个外科医生,我非常明白这点。在必要的情况下,一滴血都不能浪费。如果在医院里,病人在手术进行时大量失血,你可以为他输血。但这里却无血可输。我失去的血就失去了——而在我动完手术后,我腿下的沙全都变成了暗红色——直到我体内的工厂能再制造、补充为止。我没有钳子,没有止血剂,没有外科手术用的缝线。

我在十二点四十五分整开始动手术,在一点五十分时完成,接着立刻给自己一剂海洛因,比第一次的分量多一点。我渐渐沉入灰色、无痛苦的世界,在那世界里盘桓,直到将近五点。当我从那世界走出来时,太阳已经西斜,在蓝色的太平洋上划出一道金色的轨迹。我从没看过如此迷人的景色……在那一刹那,所有疼痛都得到了报偿。一小时后,我又吸了一点,以便全心享受并欣赏日落。

天黑不久后,我——

我——

慢着。我不是说过我已经四天完全没进食了吗?而我失去的活力得到的补充只能来自自己的身体?最重要的,我不是一再重复说过,求生的关键在于心灵?优越的心灵?我不会说你也能做出同样的事来为自己平反。首先,你大概就不是个外科医生。就算你知道切除肢体的步骤吧,你可能也会笨手笨脚地弄砸,让自己失血而死。就算你挨过这次手术好了,你那已被定型的脑袋八成也不会想到这件事。算了,那都不重要了。没有人必须知道。我在离开这小岛前的最后一件事,就是把这本日志烧毁。

我非常谨慎。

我将它彻底洗干净后才把它吃掉。

二月七日

断肢处疼痛异常——常常痛得令人难以忍受。但愈合过程开始时引起的闷痒更叫人难受。今天下午我一直想着那些对我发牢骚的人,说他们受不了肌肉愈合引起的痒,不但奇痒无比,而且抓也不能抓。我总是面带笑容地告诉他们明天就会好一点了,心里却想着这些人真爱抱怨,真软弱,也真不知感激。现在我了解了。有好几次我想要撕下用T-恤衫充当的绷带,用力抓伤口,把手指挖进柔软的生肉里,拉掉粗糙的缝线,任血喷流到沙滩上。怎样都行,只要能止住那可怕而令人发狂的痒。

那些时候我会从一百开始倒数,再吸点海洛因。

我不知道我已经吸了多少海洛因,但我知道自从开刀后,我几乎是持续地"石化"。这让我忘了饥饿,你知道。我差不多已不再意识到饥饿,只是腹部有种模糊而遥远的咬啮感而已,很容易就可以置之不理。不过我还是需要食物;海洛因没有任何热量。我一直在测试自己,从一个地方爬到另一个地方,测量我的精力。我已经越来越没力气了。

上帝啊,我希望不会,可是……再动一次手术可能是必需的。

(稍后)

又有一架飞机飞过了。飞得太高,对我没有帮助;我只看见划过天空的飞行云。不过我照旧挥手。挥手,并喊叫。等飞机消失后,我哭了。

天色已黑,看不清楚了。食物。我想着各种各样的食物。我母亲的通心面、大蒜面包、蜗牛、龙虾、牛排、水蜜桃、蔬菜汤,在第一街名仕餐厅为你送上蛋糕和自制冰淇淋作为甜点,烤鲑鱼烤火腿和凤梨,洋葱圈、马铃薯片加一大口一大口喝下的冰茶。

一百、九十九、九十八、九十七、九十六、九十五、九十四……

上帝上帝上帝

二月八日

今早又有一只海鸥飞到石堆上了。又肥又大的一只。我坐在营地的岩石阴影中,将包着绷带的断肢跷高。那只海鸥一飞下来,我就开始淌口水,就像条饿狗。无助地淌口水,像个婴儿。像个婴儿。

我捡起一块正好拿得动的大石头,开始爬向它。我并不抱什么希望,心想它一定会飞走的。但我总得试试看。如果我能得到它,像那么一只又胖又大的鸟,我就可以将第二次手术无限期延迟。我爬向它,断肢不时碰到石头,让我痛得全身发麻,只等着它飞走。

它没有飞走,只是来回高视阔步,挺着多肉的胸,像检阅部队的空军上将。它偶尔会用那双黑色小眼注视我,而我会像块石头僵住不动,并从一百倒着数数,直到它又开始来回踱步。每次它扑振翅膀,我的胃就会像凝结的冰块。我继续流口水。我忍不住。我像个婴儿般流着口水。

我不知道这样爬近它用了多少时间。一小时?两小时?我越靠近,心就跳得越厉害,那海鸥也越显得美味可口。它似乎在嘲笑我,而且我越来越相信,一等我爬到可以丢石头的距离,它就会立刻飞走。我的四肢开始颤抖,嘴里干涩,断肢不住抽搐。我想我一定有收缩痛。但这么快吗?我开始吸海洛因还不到一星期呀!

算了。我需要那玩意儿。我还有很多,很多。我开始疯狂想着我一定会在最后一刹那错失那只鸟。我必须爬近一点。因此我必须往石堆上爬,仰着头,任汗水流下骨瘦如柴的身体。我的牙齿已经开始烂了,我写过这点了没?如果我是个迷信的人,我会说那是因为我吃了——

哈,我们没那么迷信,对吧?

我又停下来。我和它距离之近,胜过我和以前的任何一只海鸥。我还是没办法丢。我紧抓石头,直到手指发痛,还是没法将它丢出,因为我知道如果没打中它,结果会是什么。

我把所有的货都用完也不在乎!我要告得他们头破血流!我这一辈子都会过着奢华的生活!漫长的一辈子!

若非那海鸥终于振翅欲飞,我想我会一直爬到它跟前也不丢出石头。但它张开双翅飞了起来。我对它喝叫一声,双膝跪起,用尽全身力气扔出石头。我击中了它!

那鸟呱的一声摔落到石堆另一边。我高兴地大笑,胡言乱语,也不管伤口可能撞裂或撞伤,忙爬过石堆顶端到另一边去。我失去平衡,又摔到了头,当时却不加理会,虽说现在头上隆起一个大包。但我想到的只是那只鸟,我击中了它,多幸运啊,就在它起飞时我击中了它!

它扑着翅膀跳向另一边海滩,折了一只翅膀,下腹部染着鲜血。我尽快向它爬去,可是它爬得比我更快。跛子赛跑!哈!哈!我本来可以抓到它的——我已经拉近距离——只是我得为我的双手着想。我必须好好照料我的手。我也许还需要它们。尽管我很小心,但等我爬到狭窄的海滩时,我的掌心划破了,手表的表盘也因为撞到一块尖起的岩石而破碎。

那只海鸥扑进水里。我甚至试着游泳追它。断肢上的绷带松脱了。我开始下沉。好不容易挣扎着回到海滩,全身累得发抖,疼痛难忍。我哭着,喊着,诅咒那只海鸥。它在海上漂了很久,越来越远。我记得有一会儿我甚至哀求它回来,但等它漂过礁石之后,我想它死了。

这太不公平了。

我又花了将近一个钟头爬回营地。我吸了大量的海洛因,但心里仍对那只海鸥满怀怨恨。如果我得不到它,为什么它要那样嘲弄我?为什么它不干脆飞走算了?

二月九日

我切下我的左脚,用长裤将伤口包扎起来。奇怪!在开刀时我竟不住流着口水。流口水。就像我看到那只海鸥时一样,无助地流口水。但我强迫自己等到天黑。我从一百倒着数数,一共二三十次!哈哈!

然后……

我不断地告诉自己:冷牛肉,冷牛肉,冷牛肉。

二月十一日(?)

这两天都下雨,风也很大。我设法从中央石堆搬下几块岩石,弄成一个可以爬进去的洞。找到一只小蜘蛛,在它逃走前用两根手指捏死它,然后把它吃掉。很好吃。我想着遮在我上方的岩石很可能坍塌,把我活埋。我不在乎。

暴风雨期间,我一直在吸海洛因,或许雨已经下了三天而不是两天,也许只下了一天,但我想天黑了两次。我喜欢打瞌睡。那时便没有疼痛或瘙痒。我知道我会活下去的。一个人既然已挨过这一切痛苦,总该有报偿吧。

我小时候,教堂里有位神父,一个身材矮小的家伙,他最喜欢谈论地狱和罪恶,那简直是他的嗜好。犯下重罪就无法回头了,这是他的论调。我昨晚梦到他,何理神父穿着黑色浴袍,对我摇着指头说:"你真可耻理查德·皮查提……重罪……注定要下地狱……注定要下地狱……"

我对他大笑。如果这地方不是地狱,哪里才是地狱?而唯一的重罪就是放弃。有一半时间我在昏迷状态中;另一半时间,我的断肢发痒,潮湿更让它们奇痛无比。

可是我绝不放弃。我发誓,绝不就此罢手。在我受过这万般苦痛后,我绝不放弃。

二月十二日

太阳又出来了,晴朗的一天。我希望老家的人都被冰雪冻个半死。

对我来说,这是好的一天,和岛上的任何一天一样好。暴风雨来时我的高烧似乎退了,我爬出洞穴时虚弱而颤抖,但在太阳下的热沙上躺了两三个小时后,我又开始觉得自己有点像人了。

我爬到岛的南端,找到好几块被风暴打上岸的浮木,包括从我的救生艇上脱落的几块木板。木板上有海草,我抓起来就吃了。味道真差,就像吃塑料浴帘一样。可是今天下午我觉得强壮了许多。

我把木板拉上来,把它们晒干。我还有一包防水火柴。若有人靠近,木柴就可以制造信号烟。若是没有人来,我至少可以用它来当柴火。现在我要再吸点海洛因了。

二月十三日

找到一只螃蟹。杀了以后在小火上烤熟。今晚我几乎又可以相信上帝了。

二月十四日

今早我才注意到暴风雨把我用石头堆起的"救命"信号冲掉了一大半。可是暴风雨已经过去……在三天前吧?我真的那么昏沉吗?我得当心,减少剂量。万一有艘船驶过,而我正在昏睡怎么办?

我又一次把字堆好,但这费了我一整天,现在我累得要命。在我上次找到螃蟹的地方找找看还有没有螃蟹,结果一无所获。在搬石头做求救信号时,我把手割伤了,但尽管我十分虚弱,还是立刻用碘酒制止伤口发炎。无论如何,我得照料我的手。

二月十五日

今天一只海鸥飞到石堆上。我还没爬近它就飞走了。我希望它下地狱,到那里去,永远地啄着何理神父充血的小眼睛。

哈!哈!

哈!哈!

哈!

二月十七日(?)

从右膝处切下小腿,但失血不少。尽管吸了海洛因,还是痛彻心扉。冲击休克会使另一个意志较弱的人死亡。让我用一个问题回答:病人的求生欲有多强?病人的求生欲有多强?

两手在发抖。如果它们背叛我,我就完了。它们没有权利背叛我,毫无权利。我照顾了它们一辈子。骄纵它们。它们最好不要,不然它们会后悔莫及。

至少我不饿。

从救生艇脱落的一片木板从中裂开,有一端较尖。我用了那一半。我一直在流口水,但仍强迫自己等待。接着我想到了……喔,我们以前常吃的烤肉。威尔·汉默在长岛上的别墅有个大得足够烤一整只猪的烤肉架。我们会在黄昏时坐在阳台上,手里拿着大杯饮料,谈论外科技术或高尔夫球杆数或别的。晚风迎面拂来,会让阵阵烤肉香飘向我们。天啊,烤猪排的香味。

二月?

又从膝盖处切下另一条小腿。整天昏昏沉沉。"大夫,这个手术有必要吗?"哈哈。颤抖不休的手,像老人一样。我恨它们。指甲下有血。疥癣。记得在医学院里有玻璃肚子的那具模型吗?我觉得我就像那个模型。只是我不要看。我怎么晓得。我记得唐姆常这么说。他穿着公路叛徒飞车党夹克,跳华尔兹般走向站在街角的你。你会说:唐姆,你怎么把得上那马子？唐姆会说，他妈的我怎么晓得。嘘。老唐姆。我真希望我待在旧社区里。唐姆会说，这真他妈痛死人。哈哈。

可是我知道，只要有适当的治疗和义肢，我会完好如初的。我可以回到这里来，对人们说："这里。一切就是在这里发生的。"

哈哈哈！

二月二十三日(？)

找到一条死鱼。又臭又烂。我还是把它吃了。想吐，却强迫自己忍着。我会活下去的。海洛因真好，美丽的日落。

二月

不敢但是必须。可是我要怎么绑住那么高的大腿动脉呢？它粗得像条高速公路一样。

必须。我在大腿上部做了记号，那里还有肉。我用这支铅笔做了记号。

我希望我能不再流口水。

二

你……今天……该休息……所以……起来……到麦当劳……两个汉堡……特殊调味料……生菜……小黄瓜……洋葱……要有芝麻的……面包……

的……的的……当的的……

二二

今天看了映在水里的脸。只是一个有皮肤的骷髅头。我疯了没？我一定疯了。现在我是个魔鬼，怪物。我已经没有下肢了。只是个怪物。一个头连着一个躯干，用手肘在沙上拖行。一只螃蟹。一只染上毒瘾的螃蟹。现在他们不都这么叫自己吗？嘿，朋友，我只是只上了瘾的可怜螃蟹，施舍一毛钱吧。

哈哈哈哈

他们说，你吃什么就像什么，这么说来我一点也没变！亲爱的上帝，冲击休克,冲击休克,根本没有冲击休克这回事。
　　哈

二/四十?
　　梦见我父亲。他喝醉时什么英文都忘了。反正他是狗嘴里吐不出象牙。笨猪。我真高兴离开你的房子,爸爸,你这一无是处、又肥又蠢的笨猪。我知道我办得到。我离开了你,对吧? 我凭我的双手走开了。
　　可是现在已经没有可以让它们割除的部分了。昨天我割下两只耳朵。
　　左手洗右手别让你的左手知道右手在干什么一个马铃薯两个马铃薯三个马铃薯四个我们有个大冰箱。
　　哈哈哈
　　谁在乎。这只手或那只手。好食物好肉好上帝我们吃吧。

　　饼干,它们的味道就像饼干

奥图伯伯的卡车

把这一切写下让我如释重负。

自从发现奥图伯伯死了以后,我一直睡不好,有时我还会想,我是不是疯了——或者快要疯了。说起来,如果在我这书房里没有那东西,那个我可以看到、拿起来,或将它举起的东西,或许会好得多。我才不要碰那东西,但有时候还是会想。

如果我在逃出他那只有一个房间的小屋时,没有把那东西顺手带来,就可以告诉自己,这一切不过都是幻觉——是工作过度或过度刺激脑神经的结果。可是它就在那里。它有重量,可以用手举起来。

所以你瞧,那一切全都是真的。

在看这份记录的你,大概不会相信,除非亲身经历过这样的事。反正你相不相信,与我是否如释重负没有关系。不过我还是乐于把这件事告诉你,至于你爱信什么,随你的便。

任何恐怖故事都该有个源头或秘密。我的故事两者都有。让我从源头说起——告诉你我的奥图伯伯何以会在一个小镇的荒僻地带,一栋只有一个房间却没水管的屋子里生活了二十年。但事实上以城堡岩的标准来说,他相当有钱。

奥图伯伯生于一九〇五年,是善克家五个孩子中最年长的。我父亲,生于一九二〇年,则是最小的。我生于一九五五年,是我父亲的孩子中最年幼的,因此我总是觉得奥图伯伯似乎很老。

就像许多勤劳的德国人一样,我的祖父母带了点钱到美国来。我祖父在德里定居,是因为他熟知木材工业。他的生意做得很成功,所以他的子女从小就在极安适的环境中生长。

我祖父于一九二五年逝世。当时二十岁的奥图伯伯,是唯一一个可以继承全部遗产的孩子。他搬到城堡岩,开始搞房地产。其后五年,他靠着转手林地和土地赚了很多钱。他在城堡岩买了栋宅邸,雇了仆人,变成一个年轻、相对英俊(套上"相对"两字,是因为他戴眼镜),而且很有身价的单身汉。没人觉得他奇怪。那是以后的事。

他在一九二九年的经济大萧条中元气大伤——情况没有某些人严重,但毕竟受伤了。他在城堡岩的大宅住到一九三三年,因为很想买一片以极低价格出售的林地才把那房子卖了。那片林地属于新英格兰纸业公司所有。

新英格兰纸业公司至今依旧存在,而且你若想买该公司的股票,我会说尽管买吧。但在一九三三年时该公司在勉力维持下去的最后一丝努力下,将许多块林地以极低的拍卖价出售。

奥图伯伯想买的那块林地究竟有多大呢?那份经过签名盖章的契约原件已经遗失,而许多测量的结果又不尽相同……但不管怎么测量,那块地绝对大于四千英亩,大部分在城堡岩,但也有一小部分在哈洛镇和水堡镇。林地出售时,新英格兰纸业公司要求每英亩的价格是两块五……如果购买者愿意全部承购的话。

照那样算来,总价大约是一万美元。奥图伯凑不出那笔钱,所以找了个合伙人——一个叫乔治·麦库强的北佬。如果你住在新英格兰,你大概听过"善克与麦库强公司"吧?公司很久以前就卖掉了,但如今在新英格兰地区的四十个城市里,还是有善克与麦库强五金行,而从中央瀑布到德里,到处都可看到善克与麦库强林场。

麦库强粗壮结实,蓄着黑色大胡子。他和奥图伯伯一样也戴眼镜。和奥图伯伯一样,也继承了一笔遗产。那笔遗产必然不是小数目,因为他和奥图伯伯一合伙便凑齐了购买林地的钱,不再有任何困难。他们两人骨子里都是海盗,相处得还算融洽。他们的合伙关系持续了二十二年——事实上,直到我出生那年——生意一直兴旺。

然而,一切都始于购买那块四千英亩的林地。他们两人开着麦库强的卡车一起探索,驶过林间小路,多数时候都以一挡前进,辗过崎岖的路径和土壤流失的山区。麦库强和奥图伯伯轮流驾驶,两个年轻人在经济大萧条的黑暗时期,成为新英格兰的大地主。

我不知道麦库强从哪里弄来那辆卡车。那是辆克斯威尔——现在已经消失的车型。它有个巨大的驾驶座,漆成鲜红色,极宽的踏板,还有个电动启动装置,但假如那启动装置坏了,也可以用钥匙发动引擎,只不过这样发动常会有很强的反震,一不小心肩膀会被震得脱臼。加上防撞杆,车身长二十英尺。但那辆卡车让我印象最深的,是它的车头。和驾驶座一样,车头也是血红色的。要检查引擎,必须抬起两片铁板,左右各一。冷却器和一个成年人的胸口同高。那是件丑陋、有如恶魔般的东西。

麦库强的卡车坏过又被修好,又坏了又被修好。那辆克斯威尔最终寿终正寝,它撒手得非常漂亮,就像如霍姆斯诗中的那辆双轮马车。

一九五三年某日,麦库强和奥图伯伯驶上黑亨利路。奥图伯伯承认,当时他们俩都喝得"酩酊大醉"。奥图伯伯将车子换到一挡,以便爬上三一丘。上坡时一路都很顺利,但是,由于他喝醉了,下坡时便没想到再把挡数调高。克斯威尔的老引擎过热了。奥图伯伯和麦库强两人都没看到仪表上的指针已跳过标示着"H"的红色记号,直逼最右边。到了坡下,卡车发出一声爆响,车头两侧如红色翅膀般张开。冷却器的盖子像火箭般喷向天空,从车头冒出的烟足可遮蔽半条路。机油涌了出来,溅湿挡风玻璃。奥图伯伯用力踩刹车,但在过去一年来,那辆克斯威尔已经养成把刹车油到处乱喷的习惯,因此刹车板直沉到底。他看不清前面的方向,于是把车驶出路面,先撞进一道山沟里,又撞了出来。假如那辆克斯威尔就此失速停止,那到目前为止还算无恙。可是引擎继续动着,把火星塞一个接一个喷开,就像国庆日的鞭炮。奥图伯伯说,有个火星塞直飞过早已被震开的车门,在门上留下一个拳头大的洞。他们终于在一个长满八月秋麒麟草的田野上停住。要不是挡风玻璃上满是钻石牌机油,他们还可以欣赏白头山的景色。

那是麦库强那辆克斯威尔的最后一趟旅程,此后它再也没有离开过那片田野。地主没有找上门来争吵,因为他们两个就是地主。这次惊险的经验使他们俩都清醒了不少,下车检查损害。他们都不是技师,但谁都看得出车子伤得非常厉害。奥图伯伯很难过——至少他是这么告诉我父亲的——提议赔偿那辆卡车。麦库强告诉他别傻了。事实上,麦库强有点兴奋过度。他看了那田野一眼,瞄瞄白头山,便决定将在那里盖他的退休住所。他以极虔诚的口吻,把他的决定告诉奥图伯伯。他们一起走回路上,不久库许曼面包店的车刚好经过,他们便搭便车回城堡岩。麦库强跟我父亲说,那场车祸是上帝的安排——他一直在寻找完美的地点,而那片田野他们每个星期会经过三四次,他却从来没有瞥过一眼。上帝的安排,他重复说道,却没想到两年后他会死在那片田野上,被他自己的卡车头压得粉碎。他死了以后,那辆卡车就成了奥图伯伯的财产。

麦库强找比利·杜德把他抛锚的卡车拖上路边,正对着小路。他说这样他每次经过时就可以看到它,也好想着等杜德把卡车永远拖走后,盖房子的人就可以来帮他挖地基了。麦库强是个颇重感情的人,但谈到赚钱,他绝对不会受感情影响。一年后,当一个以制纸浆为业,名叫贝克的人找上他,说要买那辆克斯威尔的四个轮胎,因他的机器正好合用时,麦库强抢劫似的接过那人的二十块钱。别忘了,当时他已经是个百万富翁。他也要贝克把那没有轮胎的卡车架高。他说他不想经过时,看见它被埋在牧草和秋麒麟草之间,像没人要的废物。贝克接受了他的要求。一年后,那辆克斯威尔从架高的木台上滚下来,把麦库强压死了。喜欢说这故事的老一辈人,最后总会加上一句,说他们希望老乔治·麦库强把卖那四个轮胎的二十块钱给好好花了。

我在城堡岩长大。我出生时,我父亲已在善克与麦库强公司做了十年的事,而那辆与麦库强的其他一切同时被奥图伯伯接收的卡车,在我的生活中成了一个地标。我母亲总是上桥墩镇的华仑市场买菜,总是走黑亨利路。因此每次我们去买菜时,就会看到那辆卡车伫立在田野中,背衬着白头山。它已经没有木头平台了——奥图伯伯说,一次意外就够了——但光想着曾经发生过的事,就够让一个小男孩吓得两膝发抖。

夏天时它在那里,秋天时有在田野中艳红如火炬的橡树叶和榆树叶伴着它,冬天时的大雪有时会将它直埋到凸出的车头灯那么深,让它看起来犹如一头在白色流沙里挣扎的乳齿象。春天里当田野满是三月的烂泥时,你会奇怪为何它不会沉到泥浆里去。若不是缅因州的地表铺满坚硬的岩石,只怕它早已沉到地心去了。反正,一年到头,它总是在那里。

有一次,我甚至爬到车里去。有天,我们要去弗赖堡市集时,我父亲把车停到路边,拉着我的手走向田野。那大概是一九六〇年或一九六一年吧。我怕极了那辆卡车。我听说过它如何翻身滚落,把我伯父的合伙人压死的故事。在理发厅里,我像只小老鼠一样坐着,气也不敢喘一下,手里拿着一本根本看不下去的《生活杂志》,听大人谈论他是怎么被压死的,以及他们希望老乔治好好享用了那卖掉四个轮胎赚到的二十美元。其中一人——可能是疯子弗兰克的爸爸比利·杜德——说麦库强看起来"像个被曳引机辗碎的南瓜"。那影像在我脑中盘据了好几个月……但我父亲完全不知道这件事。

我父亲只是以为我或许会想到那辆老卡车上的驾驶座上坐一坐。每次我们经过时,他都注意到我目不转睛地瞪着卡车,将我的恐惧误以为是想望。

我记得秋麒麟草,漂亮的鲜黄色已被十月的微寒转为暗黄。我记得天空灰灰的,空气中有股冷涩萧索,还有银灰的枯草。我记得我们窸窣的脚步声。可是我记得最清楚的是那辆耸立在前方的卡车,越变越大——它的冷却器咧齿狞笑,车头是血红色的,挡风玻璃模糊地凝视。我记得恐惧一波波向我涌来。当我父亲伸手放到我腋下,将我放进驾驶座,说"开着它到波特兰,昆汀……开吧!"的时候,那袭向我的恐惧比空气的感觉更晦暗。我记得随着身子的举高,空气拂过我的脸,接着那股清新换成了机油、破皮革、老鼠屎和……我发誓……血……的气味。我记得当父亲以为他让我觉得受宠若惊(我的确是受了惊,只是和他想的不同),站在一旁对我微笑时,我是多么努力压住哭叫声。那时我确信他会离开我,或至少转过身去,然后那辆卡车就会吃掉我——活活将我吃掉。而它会把咀嚼过的、碎烂的,以及……类似爆炸后的东西吐出来。像个被曳引机车轮撞烂的南瓜。

我忍不住哭了,因此父亲把我抱下来,安慰我,带着我回到他的车上。

他把我抱高,坐到他肩上。我回头看着那辆浮现在田野中的卡车,那龇牙咧嘴的冷却器,以及那原本应该有引擎,现在看来却如空洞眼窝的大黑洞。我很想告诉他,说我闻到了血,所以才会哭出来。但我不知该怎么说。我想,就算我说了,他也不会相信的。

虽然我是个依然相信圣诞老人、牙仙以及阿里巴巴与四十大盗的五岁小孩,我也相信当我父亲将我抱进卡车驾驶座时,我所感受到的那股恐怖、骇人的感觉,是来自那辆卡车,但直到二十二年后,我才确定,杀害了乔治·麦库强的并不是那辆克斯威尔,而是我的奥图伯伯。

那辆克斯威尔是我生命中的地标,但它也在整个地区所有人的意识中。如果你指示某个问路的人如何从桥墩镇到城堡岩,你告诉他,只要他转下11号公路,走大约二英里后,看见左手边的田野中有辆红色的大型旧卡车,那就是走对路了。常有游客会把车停到泥土地或路肩上(有时他们的车会陷在泥中无法开动,那总会让我们大笑一场),以奥图伯伯的卡车为前景,拍摄白头山的风景照——有很长一段时间,我父亲把那辆克斯威尔叫作"三一丘的观光纪念卡车",但后来他不再这么说了。因为奥图伯伯对那辆车着魔已深,让这不再是件有趣的事。

我已经说了源头,现在该说秘密了。

他杀了麦库强,这是我十分确定的。"像个撞烂的南瓜。"理发店里的大人说。其中一个接口道:"我猜他正跪在那辆卡车前面,像那些暴发户阿拉伯人对安拉祈祷一样。我能想象他那个样子。他们都发疯了,你知道,他们两个。你要是不信,看看奥图·善克的下场吧。就在那条路对面的小屋里,他以为镇上的人会把他的房子收去办学校,简直疯得像只粪坑里的耗子。"

这番评论得到大家的点头和会心的眼神,因为那时他们都已认为奥图伯伯很奇怪——喔,是的!——但理发店那些哲学家没有一个认为麦库强跪在卡车前面"像那些暴发户阿拉伯人对安拉祈祷一样"的景象不但疯狂,而且可疑。

在小镇上,说长道短是生活方式之一;最微不足道的证据加上最大胆的推论,就会让人被冠上小偷、通奸、盗猎和欺骗等等罪名。我想,大部分的流言都来自某些无聊的原因。而使这些流言免于恶毒的,是因为杂货店、理发店里的闲聊都只是天真可笑的闲话——这些人期待着恶意和肤浅,但真正的或思想上的邪恶却超出他们的认知,即使那邪恶就像那些暴发户阿拉伯人神话里的魔毯一般飘浮在他们眼前。

我怎么知道是他干的?你问。只因为那天他和麦库强在一起吗?不是的。因为那辆卡车。那辆克斯威尔。他着魔之后,就搬到路对面那栋小屋里去住……虽然在他去世前的最后几年,他怕极了那辆卡车会冲到对街来。

我想奥图伯伯是借着要和麦库强谈谈他对房子的计划,而让麦库强到那片停放克斯威尔的田野上的。麦库强总是热切地谈论他的房子和退休计划。有家很大的公司已经向这对合伙人出价收购——我不说这家公司的名字——麦库强想接受,奥图伯伯却不肯。自从春天以来,他们两人就为了这件事冷战不休。我想,这次意见分歧就是奥图伯伯决定除去他的伙伴的原因。

依我想,我的伯父以进行两件事来等待时机成熟的一刻:第一,逐渐损坏架高卡车的木台;第二,在卡车正前方的地面或卡车头上,反正是麦库强可以看见的地方,放置某件东西。

什么东西呢?我不知道。必须是明亮的。钻石?只是块碎玻璃?那无所谓,只要它能在太阳下眨眼、闪光。也许麦库强看到了。他要是没看到,奥图伯伯也一定会指给他看。那是什么?他指着问。不晓得,麦库强说着,便立刻跑过去看个究竟。

麦库强在卡车前跪了下来,就像个暴发户阿拉伯人在对安拉祈祷一样,想把那东西从地上挖出来,同时奥图伯伯若无其事地绕到卡车后面,用力一推,卡车便翻滚落地,把麦库强撞得粉碎,像个被撞烂的南瓜。

我怀疑他的海盗本质让他没那么容易死去。在我想象中,我看见他倒卧在克斯威尔倾斜的车头下,鲜血从他的鼻、口、耳中涌出,他的脸色像纸一样白,眼睛乌黑,求我伯父快来帮他的忙。恳求……然后哀求……最后诅咒我伯父,发誓要报复他,了结他,杀了他……而我伯父就站在那里旁观,两手插在口袋里,直到麦库强断了气。

麦库强死后不久,我伯父的行径便开始变得——根据理发店里那些哲学家的描述——先是"奇怪"……接着是"怪异"……然后是"他妈的怪透了"。而终于让他被认为是"疯得像只粪坑里的耗子",还是在过了一段相当长的时间后。然而,他从麦库强死后不久开始变得怪异的事实,似乎并未引起任何争论。

一九六五年,奥图伯伯请人在卡车对面盖了栋只有一个房间的小屋。人们对于老奥图·善克在往三一丘的黑亨利路上的这个举动议论纷纷,但是当奥图伯伯最后请恰克·巴格为房子漆上一层血红的油漆,接着宣布那是一样送给镇上的礼物——一栋新的校舍,他说,他只要求他们以他过世的伙伴为名时,没有人不大吃一惊。

城堡岩的镇务委员大惊失色,其他人也是。镇上大部分人都上过这种只有一间教室的小学,但是这些一间教室的学校在一九六五年前,便都已从城堡岩消失了。最后一所,城堡脊小学,已在一年前关闭,现在成了117号公路上的史蒂夫比萨店。那时本镇已有一所现代化建筑的小学,在卡宾街上也有一所极新的中学了。由于这慷慨的赠与,使奥图伯伯从"奇怪"一跃而为"他妈的怪透了"。

镇务委员寄给他一封信(没有人敢亲自登门去找他),谢谢他的好意,并希望他以后能继续关心本镇,却以本镇儿童的教育需要已不虞匮乏为由,婉转地拒绝了那栋小屋。奥图伯伯怒不可遏。以后继续关心本镇?他对我父亲大吼。他会记得的,没错,但不会是他们想要的方式。他昨天可没从一辆载干草的卡车上掉下来;他分得出锯子和猎鹰。要是他们想跟他比赛小便的话,他说,他们会发现他就像只刚灌了一桶啤酒的野猫一样。

"那现在怎么办呢?"我父亲问他。他们坐在我家的厨房餐桌旁。我母亲带着缝了一半的衣服上楼去了。她说她不喜欢奥图伯伯。她说他闻起来像一个月才洗一次澡的人,不管他需不需要——"而他还是个有钱人。"最后她总会轻蔑地加上一句。我想他的气味的确让她不舒服,但我也认为她很怕他。到了一九六五年,奥图伯不只行径怪异,连外表也变得怪异。他会穿着加了吊带的绿色工人裤、一件保暖内衣和一双黄色大号工作鞋到处乱走。他说话时,眼珠也开始会四处乱转。

"呃?"

"那地方,你现在打算怎么办?"

"我搬到那里住。"奥图伯伯啐了一句,而且他说到做到。

他逝世前那几年倒没什么好说的。就像在廉价八卦小报上常看到的杜撰故事一样,他被一种迫切的疯狂所苦。百万富翁在天南公寓里死于营养不良。乞丐婆原来是个富婆,存款高达百万。被遗忘的银行大亨,在隐秘的住所去世。

过了一星期,他便搬进那栋小红屋——后来那红色褪成风吹雨打后的暗粉红色。不管我父亲怎么说都劝不动他。一年后,他卖掉他为了保有而杀人的事业。他的怪异行径变本加厉,可是他的精明没有离弃他,他对于当时脱手可获得多么惊人的利润可是明白得很。

于是,财产至少高达七百万的奥图伯伯,就住在黑亨利路那栋小小的房子里。他把镇上那栋房子锁起来,窗帘拉上。那时他已经从"他妈的疯透了"进步到"疯得像只粪坑里的耗子"。至于下一步,是句比较平淡,却更让人悚然的描述:"可能有危险。"说这话的人通常都会再多加评论一番。

奥图伯伯就这样成了一种"传奇",和路对面的那辆卡车一样,尽管我怀疑会有任何观光客想拍他的照片。他蓄了胡子,黄多于白,仿佛是被他香烟里的尼古丁染黄的。他变得很胖,下垂的双下巴褶皱里藏着污垢。人们常看到他站在那栋小屋的门口,就那样一动不动地站着,望向路面,和路的对面。

望向那辆卡车——他的卡车。

奥图伯伯不再进城后,照顾他使他不致饿死的是我父亲。我父亲每个星期会送食物给他,并自掏腰包付钱,因为奥图伯伯从来没有还他钱——我想他根本没想过这点。我父亲比奥图伯伯早两年去世,而奥图伯伯的钱最后都投入了缅因大学森林系。据我所知,他们非常高兴。当然,那么一大笔金额,他们是该高兴。

我在一九七二年拿到驾照后,就换我经常把每周的食物送去。起初奥图伯伯对我疑神疑鬼的,过了一阵子后,他就越来越放心了。三年后,也就是一九七五年时,他第一次告诉我那辆卡车正偷偷地往房子这里爬过来。

当时我是缅因大学的学生,正回家过暑假,恢复了送货给奥图伯伯的老习惯。他坐在桌边,抽着烟,看着我把罐头收起来,听我说话。我以为他大概忘了我是谁了。有时候他会这样……或是假装自己忘了。有一次我走向房子时,他站在窗口闷声说:"乔治,是你吗?"把我吓得全身发冷。

一九七五年七月的那天,他打断了我无聊的话题,猝然问道:"你对那辆卡车有什么想法,昆汀?"

这问题来得太突然,于是我诚实地回答他:"我五岁那年坐进那辆卡车的时候尿湿了裤子。我想,要是现在再坐进去,一样会再尿湿裤子。"

奥图伯大笑了半天。我好奇地转头看他。我不记得以前听过他笑。最后他的笑转成咳嗽,咳得他两颊都涨红了。然后他望向我,眼睛闪闪发光。

"越来越近了,昆汀。"他说。

"什么,奥图伯伯?"我问道。我以为他突然改变了话题——也许他是说圣诞节快到了,或是耶稣基督就要重返人间了。

"那辆烂卡车,"他说着,镇定而自信地看着我,"一年比一年靠近。"

"是吗?"我谨慎地问,心想他又有让人头皮发麻的新点子了。我望向窗外立在路对面的野花丛中、背衬白头山的克斯威尔……在那疯狂的一瞬间,它的确像是靠近了点。接着我眨眨眼,那幻觉消失了。卡车还在原来的地方,当然。

"哦,是的,"他说,"每年都靠近一点。"

"呃,也许您需要配副眼镜了。我看不出有什么不同,奥图伯伯。"

"你当然看不出来!"他啐道,"你也看不出手表上时针的移动吧,对不对? 那烂东西动得很慢,谁也看不出来……除非你一直看着它。就像我一样。"他对我眨眨眼,我不禁打了个寒战。

"它为什么会动呢?"我问。

"它要我,"他说,"它一直想着我,那辆卡车。有天它会冲进这里,那时候一切就完了。它会压死我,像它压死麦库强那样,然后一切都完了。"

他的话吓得我冷汗直冒——尤其是他那理智的口气。而年轻人面对害怕的反应,便是说些自以为聪明的话,或者变得无礼。我说:"如果您为这件事心烦,奥图伯伯,那您应该搬回镇上那栋屋子去。"从我说话的语气,你绝对猜不到我当时背上全是鸡皮疙瘩。

他看看我……接着望向路对面的那辆卡车。"我不能,昆汀。"他说,"有时候一个人得待在同一个地方,等待它的来临。"

"等待什么呢,奥图伯伯?"我问道,虽然我以为他指的一定是那辆卡车。

"命运。"他说着,又眨了眨眼……但他露出惧怕的神色。

我父亲在一九七九年得了肾脏病。在他终于因此过世的前几天,他的病情似乎渐有起色。我在那年秋天几次到医院去时,父亲和我谈到了奥图伯伯。我父亲对一九五五年发生的事有点疑心——只是一点点,但后来演变成我对此事的严重怀疑。我父亲并不知道奥图伯伯对那辆卡车着魔着得多深。但我知道。他几乎一整天都站在门口,望着那辆车。望着它,像一个人凝视手表好看出时针的移动一样。

一九八一年,奥图伯伯愈发神智不清。要是穷一点的人,在几年前就会被送到精神病院去了,但银行的数百万美元存款,可以让一个小镇的居民原谅种种疯狂行径——尤其是,当不少人以为在那疯子的遗嘱里可能有什么有利本镇的条款时。尽管如此,到了一九八一年,人们还是开始认真谈论,为了奥图伯伯好,应该把他送到精神病院去。那平淡而可怕的句子"可能有危险",已经开始取代"疯得像只粪坑里的耗子"。有人看过他走到外面路边小便,而不回他的私有林地去。有时他会边小便边对着克斯威尔挥拳,而不止一个人开车经过时,以为奥图伯伯是在对他们挥拳。

以白头山的美景当衬底的卡车是一回事,但奥图伯伯任裤子吊带垂在膝边而在路边小便,却完全是另一回事。这可无法吸引观光客。

当时我穿的已多半是整套西装,取代了大学时送货给奥图伯伯时穿的牛仔裤——但我仍继续送食品杂货给他。我也试着劝他不要在路边小便,至少在夏天,当来自密歇根、密苏里或佛罗里达州的游客可能正好经过看见的时候。

但我从未说动他。他有卡车让他担心,哪有空管这种小事。他对克斯威尔的关注已达到疯狂的地步。现在他说那辆卡车已经移到路的这边——事实上,就在他的院子里。

"昨晚我三点左右醒来,它就在那里,就在窗外,昆汀,"他说,"我看见它在那儿,月光照在挡风玻璃上,离我不到六英尺远。我的心跳差点没停了。差点没停了,昆汀。"

我带他到外面,指出克斯威尔还在原处,在路对面那片麦库强曾计划盖退休住所的田野中。可是没用。

"那是你看到的,孩子。"他以无限轻蔑的口吻说,摇摇手中的烟,眼珠转了转。"那只是你看到的。"

"奥图伯伯,"我试着卖弄聪明,"你看到什么,那就是什么。"

但他恍若未闻。

"那烂东西差点逮住我了。"他低语道。我觉得全身一阵冰冷。他看起来不像疯了。可悲,是的,惊骇,当然……可是并不疯狂。有一会儿,我想起当我父亲把我抱上那辆卡车时。我记得我闻到机油和皮革味,还有……血。"它差点逮住我了。"他重复了一句。

三个星期后,果真出事了。

发现他的人是我。那是星期三晚上,我把两袋食品放到汽车后座,开车出门,就像每周三晚上一样。那晚天气闷热,偶尔从远方传来隆隆的雷声。我记得当我开着庞蒂克转上黑亨利路时,突然觉得一阵不安,觉得有什么事快发生了,但我试着说服自己,那只是低气压带来的影响。

我绕过最后一个弯,当我伯父的小屋远远在望时,我有了个最怪异的幻觉——有一刹那,我以为那辆卡车,那漆着红漆、两侧已开始发烂的庞然大物真的在他门口。我想踩刹车,但在我的脚碰到刹车板前,我眨眨眼,那幻觉便消失了。然而我知道奥图伯伯死了。我没按喇叭,没打闪灯。就这么简单明了,就像在一个熟悉的房间里知道家具摆在什么地方。

我飞快地把车开到他门前,下了车,连食品也没拿便冲进屋里。

大门开着——他从没上过锁。我为此问过他一次,他耐心地对我解释,像在对个白痴解释一件明显至极的事实一样,说锁门并不能将克斯威尔挡在外面。

他躺在床上——床摆在房间左边,厨房区在右边。他躺在那里,穿着绿色工作裤和内衣,两眼睁开而且发亮。我相信他死去还不到两小时。虽然那天闷热异常,屋里却没有苍蝇,也无异味。

"奥图伯伯?"我试探地叫唤,并未期待听到回答——没人会无聊到那样睁着眼睛躺在床上。如果当时我有任何感觉,那就是放松。一切都过去了。

"奥图伯伯?"我向他走近,"奥图——"

我停下脚步,第一次注意到他的脸下半部奇怪的变形——肿胀而扭曲。第一次看到他的眼睛不只睁着,而是怒目瞪视。但并非望向门口或天花板,而是转向他床铺上方那扇小窗。

昨晚我在三点左右醒来,它就在那里,就在窗外,昆汀。它几乎逮住我了。

把他像个南瓜一样撞烂。我听见理发店里的一个哲学家说,而我坐在那里假装在读《生活杂志》,闻着刺鼻的发油味。

几乎逮住我了,昆汀。

这里有种气味——不像理发厅的味道,也不只是个肮脏老人的臭味。这气味闻起来像机油,像在修车厂里。

"奥图伯伯?"我低唤一声。当我朝他躺的床走去时,我觉得自己似乎在缩小,不只是身体,也是年龄……变回了二十岁,十五岁,十岁,八岁,六岁……最后只有五岁。我看见我颤抖的小手伸向他肿胀的脸。当我的手碰到他、盖住他的脸时,我抬起头来,看见窗外便是克斯威尔那发亮的挡风玻璃——虽然只是一刹那,但我敢对圣经发誓那不是幻觉。那辆克斯威尔确实在那里,就在窗口,离我不到六英尺远。

我把手指放到奥图伯伯的脸颊上,想要研究那奇怪的肿胀。可一看到出现在窗口的卡车,便忘了我的手正按在那死尸的下半张脸上,只想把手紧握成拳。

在卡车像烟雾——或者该说像鬼魂——般消失在窗口的刹那,我听见一声可怖的喷溅声。温热的液体喷到我手上。我的手并未碰到任何肌肉或湿气,只摸到坚硬与棱角。液体喷出时,我低下头。我低下头,看见了——就在这时,我尖叫出声。我看见机油从奥图伯伯的嘴和鼻子涌出。机油从他的眼角流出,一如眼泪。钻石牌机油——你可以买到五加仑一塑料桶的廉价再制机油,也是麦库强喂那辆克斯威尔的机油。

可是不只是机油,还有什么东西插在他嘴里。

我不断尖叫,一时间,我无法动弹,无法将目光从插在他嘴里的那油腻的东西上移开——就是那东西让他的脸扭曲变形的。

最后我摆脱了瘫痪状态,逃出那栋小屋,依然尖叫不止。我跑出门,奔向我的庞蒂克,冲进车里,在尖叫声中驾车离开。原本要带给奥图伯伯的食品由座位上被震落到车厢底板上,蛋都摔破了。

我没在一开始的两英里路上出车祸真是奇迹——我低头看时速表时,才发现我以时速七十多英里飞驰过黑亨利路。于是我停车,深呼吸,直到我终于控制住自己。我开始意识到我不能让奥图伯伯维持在我发现他时的样子,那会惹人议论的。我得再回去。

而且，我得承认，一股强烈的好奇自我心底涌出。现在我真希望我没那么好奇，或者当初压抑了我的好奇。事实上，我希望自己不要想那么多，尽管让人议论，可是我却掉头回去了。我在他的门口足足站了五分钟——就像他经常伫立观望那辆卡车一样，我站在同一地点，也和他观望的姿态相同。我站着，最后得到一个结论：路对面的那辆卡车已经换了位置，虽然只有一点点。

然后我走进屋里。

几只苍蝇飞了进来，在他脸上盘旋。我看得见他双颊上印着油腻的指纹，拇指在左脸，三根手指在右脸。我不安地望向曾经看到卡车浮现的那扇窗子……接着我走向他的床铺。我掏出手帕，把我的指纹擦掉。然后我伸手扳开奥图伯伯的嘴。

从他嘴里掉出的是个老式冠军牌火星塞，大得就像马戏团里特技演员的拳头。

我把它带了回来。现在我真希望自己没那么做，当然，我当时是在极度恐慌的状态下。假如我这书房里没有那东西，那个我可以看到、拿起来，或将它举起的东西，或许会好得多——那个从奥图伯伯嘴里掉出的一九二○年冠军牌火星塞。

假如它不在那里，假如我在第二次逃出他那只有一个房间的小屋时没有把它顺手带出来，我就可以告诉自己说那一切——不只是转过弯看见那辆克斯威尔像条特大号猎犬般压向小屋，而是这一切——都不过是幻觉。可是那火星塞就在那里，映着灯光闪亮。它是真实的。它有重量。他说过，那卡车每年都靠近一点，现在看来他说得一点也没错……但就连奥图伯伯也没想到那卡车可以靠得有多近。

镇上的验尸官判定奥图伯伯是吞食机油自杀，这件事在城堡岩引起相当的震惊。承办葬礼且口风不严的卡尔·戴金说当医生把奥图伯伯开膛剖肚验尸时，在他体内发现多于三夸脱的机油……而且不只在他的肠胃里。机油流灌了他的整个身体系统。镇上的每个人想知道的是：他把装油的塑料桶丢哪儿去了，因为没有人找到任何容器。

正如我之前说过，在看这份记录的你，大概是不会相信的……除非你亲身经历过类似的事情。可是那辆卡车仍旧安然立在那片田野中……而不管它价值多少，这一切真的全发生过。

晨间运送（牛奶工人——之一）

黎明慢慢降临在库弗街。

对屋里每个清醒的人来说，夜仍是漆黑的，但事实上，黎明已蹑手蹑脚地盘桓了约有半个小时了。在库弗街和巴福路交会口的那棵大枫树上，有只红色松鼠眨眨眼睛，将它那不眠的凝视转向仍在酣睡的房屋。半条街外，一只麻雀飞到梅肯家的鸟浴池里，往身上扑了几滴水。一只蚂蚁爬出排水沟，停在一张被丢弃的糖果纸上，舐着一点残余的巧克力糖。

轻拂树叶、飘起窗幔的晚风已经敛翼。街角那棵枫树在最后一阵哗然颤抖后，静静站立，等着在这沉默的序曲后将出现的乐章。

东方的天际出现一束微光。黑色的夜鹰卸下了职责，红毛栗鼠试探地探出头，仍踌躇不定，仿佛害怕独自迎接天明。

松鼠消失在枫树上一个突起的树洞中。

麻雀飞到鸟浴池顶端，停在那里。

蚂蚁也停在它的宝藏上，像一个正在欣赏一本古书的图书馆管理员。

库弗街在天文学家称之为"明暗界限"的旭日下沉默地颤抖。

一个声音远远地自沉静中浮出，越来越大，直到它仿佛始终存在，只是被刚刚才消退的黑夜之声掩盖。这声音越来越清晰，最后变成一辆牛奶卡车模糊的引擎声。

卡车从巴福路转进库弗街。这是辆淡褐色的卡车，两侧漆有红字。松鼠像条舌头般从树洞中探出头，看看那辆卡车，接着便东张西望地找寻筑巢的材料。它很快地头朝下爬下树干。麻雀振翅飞起。蚂蚁搬了它所能搬动的巧克力，爬回它的蚁丘。

红毛栗鼠开始大声歌唱。

在下一条街，有条狗开始吠叫。

牛奶卡车侧身的红字写的是：克莱乳品场。上面画了瓶牛奶，画下又有一行字：晨间特别运送！

送牛奶的人穿着灰蓝色制服，斜戴着一顶帽子。在他的衣服口袋上用金线绣了名字：斯派克。他伴随着卡车后面冰牛奶瓶的撞击声吹着口哨。

他把卡车开到麦肯锡家门前的路边停住，从身边的车厢底板上拿起一箱牛奶，放到人行道上。他在人行道上站了一下，深吸一口清新、干净且无比神秘的空气，然后才迈步走向大门。

在信箱上，有张用番茄形磁铁压住的方形纸条。斯派克仔细谨慎地看着写在上面的字，如同一个人读着一张在一个粘着盐的旧瓶子里找到的纸条。

一夸脱牛奶

一桶冰淇淋

一桶鲜橙汁

谢谢

妮拉·麦肯锡

送牛奶的斯派克若有所思地看看手里的箱子，把它放到地上，从里面拿出牛奶和冰淇淋。他再次检查单子，拿起那个番茄形磁铁，以确定他没有漏掉任何句号、逗点，或可能改变句法的破折号什么的，点点头，放好磁铁，拿起箱子，回到卡车上。

牛奶卡车后方潮湿、黑暗，而且冰冷，有股特殊的味道。鲜橙汁放在遮阳帘后。他从冰柜里拿出一桶，再次点点头，走回大门口。他把鲜橙汁放下，和牛奶与冰淇淋放在一起，这才又回到卡车上。

距离不太远的地方，工业洗衣厂五点的号声响起。斯派克的老朋友洛奇就在这里工作。他想到洛奇在满是烟雾的热气中启动了洗衣轮，便不觉微笑。也许晚点他会见到洛奇。也许今晚……等运送工作结束后。

斯派克发动卡车，继续向前行驶。在驾驶座上方一个染血的肉钩上，挂了一个附有塑胶假皮带的小型电晶体收音机。他扭开收音机，低柔的音乐声立刻传出，与卡车隆隆的引擎声恰成对比。他听着音乐，往马卡西家驶去。

马卡西太太的纸条仍在老地方，塞在信箱那道送信的开口，简短扼要：

巧克力

斯派克掏出笔,在纸上写了"已运送"三个字后,把纸塞进信箱开口。然后回到卡车上。巧克力牛奶放在最后面的两个冷藏柜里,一开后门就拿得到,因为六月时销路很好。斯派克看看冷藏柜,接着伸手越过它们,取出那个放在最角落的空巧克力牛奶盒。这纸盒自然是棕色的,上面印着一个快乐的年轻人,下面加上几排告知消费者的文字:克莱乳品饮料 新鲜美味 营养丰富 冷热皆宜 儿童佳品!

他把空纸盒放到一箱牛奶上,接着把碎冰刷到一边,直到他看到那个蛋黄酱罐子。他抓出罐子,看看罐子里。罐里的毒蜘蛛懒懒地动了一下,由于冰块的冷气,它变得有些迟缓。斯派克转开蛋黄酱罐的盖子,将罐口斜向空巧克力牛奶纸盒的盒口。蜘蛛想要爬回玻璃罐光滑的底部,却徒劳无功。它掉进空纸盒里,发出"啪"的一声。斯派克谨慎地把纸盒口合拢,把纸盒放进他的携带箱里,又快步走上马卡西家的车道。蜘蛛是他最喜欢的动物,同时也是他最拿手的,就连他自己也得承认。能运送一只蜘蛛的一天,对他来说就是快乐的一天。

他慢慢驶过库弗街时,黎明的交响乐继续不断。东方天际的一点珍珠白,已被越来越深的粉红色遮掩,刚开始很难看得出来,接着快速转为绯红,又几乎立刻褪为夏日的天蓝色。第一道阳光,漂亮得就像孩子在主日学作业簿上的画,展现在天空中。

在韦伯家,斯派克留了一罐奶油。在简宁家他留下五夸脱牛奶;他们家有些成长中的男孩,他从来没见过他们,但后院有个树屋,而且有时前院里会停着脚踏车和球。在柯林斯家是两夸脱牛奶和一盒酸奶。在奥威小姐家,是盒掺了颠茄的蛋酒。

在街尾,一扇门"砰"地响起。必须进城工作的韦伯先生打开了车库的金属板门,甩着手里的公事手提箱走进里面。斯派克等着韦伯先生发动他的小萨博轿车,一等嗡嗡的引擎声传来,他便不觉微笑。变化是人生的香料,斯派克的母亲——上帝祝她的灵魂安息!——以前总喜欢说,但我们是爱尔兰人,爱尔兰人喜欢在平淡中品尝人生,做什么事都有规律,斯派克,那样你就会得到快乐。他驾驶着干净的棕色牛奶车走过人生之路,发现母亲的话果真没错。

现在只剩三家了。

在金凯家,他发现一张写着"今天什么都不要,谢谢"的纸条,便留下一个看来是空的,实际上装了致命氰气的加盖牛奶瓶。在沃克家,他留下两夸脱牛奶和一品脱鲜奶油。

等他到了街头的莫敦家时,阳光已穿过枝丫,形成一条条斑纹似的黑影,投射到人行道上褪色的跳房子游戏格子上。

斯派克弯身捡起一颗看来很好踢的石子——一头是扁的——将它丢进格子里。那颗石子落地压线。他摇摇头,咧嘴一笑,吹着口哨走上莫敦家门前的小径。

微风吹来,飘送着一股工业洗衣肥皂的气味,使他又一次想到洛奇。他确信他会看到洛奇的。今晚。

这里,纸条钉在莫敦家的报纸架上。

取消

斯派克开门入内。

屋里阴冷而且没有家具,墙上都光秃秃的。就连厨房里的炉子也不见了,在油毡上留下颜色较鲜明的一个方块。

客厅里,墙上没有留下一英寸壁纸。顶灯的灯罩也消失了,灯泡都烧黑了。一面墙上印有一大块干血,看来很像心理医生的墨渍测验。在血块中央,墙壁陷下一个凹口,凹口内粘了一绺头发和几片碎骨头。

斯派克点点头,退出屋子,在阳台上站了一会儿。这会是个晴天。天色已经比婴儿的眼睛还蓝,中间点缀着几片无瑕的白云……棒球队员称为"天使"的云。

他从报纸架上拉下那张纸条,把它揉成一团纸球,塞进白色的牛奶工人制服裤袋里。

他回到卡车上,把压在跳房子格线上的那颗石子踢进下水道。牛奶卡车隆隆转过街角,消失不见。

天色已变得明亮。

一个男孩从一栋屋里跑了出来,抬头对晴空粲然一笑,把牛奶拿进屋里。

大轮子:洗衣厂的故事(牛奶工人——之二)

洛奇和李奥,两人都烂醉如泥,开车慢慢驶过库弗街,转上巴福路,朝新月镇驶去。他们坐在洛奇的一九五七年克莱斯勒上,在他们中间,在克莱斯勒隆起的排挡座上,放了一箱钢城牌啤酒。这是他们今晚的第二箱啤酒——他们的晚上其实从下午四点,也就是洗衣厂的下班时间就开始了。

"他妈的!"洛奇咒了一声,在巴福路与99号公路交会口的闪光红灯下停车。他并未注意双向车流,却不时狡猾地瞟向后方。在他膝上,放了罐喝了一半的钢城牌啤酒。他灌了一大口啤酒,然后把车转向99号公路。由于他们用二挡启动,车子发出一阵低沉的隆隆声。这辆克莱斯勒在两个多月前就已失去了第一挡。

"几点了?"洛奇问。

李奥把表举到几乎碰到他的烟头,接着猛吸了几口烟,直到看清表面:"快八点了。"

"妈的!"他们经过一个写着"距匹兹堡四十四英里"的牌子。

"没人会检查这个底特律宝贝,"李奥说,"至少,神经正常的人不会。"

洛奇换到第三挡。车子呻吟了几声,开始痉挛,好不容易才停了下来。时速表上的指针疲倦地爬到四十,摇摇晃晃地悬在那里。

他们驶到99号公路和狄凡路(狄凡路长达八英里,是新月镇与狄凡镇的镇界)的交会口时,洛奇心血来潮地把车转向狄凡路——也许是关于那"臭袜"的古老记忆搅动了洛奇的下意识。

自从下班后,他和李奥便漫无目的地开车乱走。这是六月的最后一天,洛奇这辆克莱斯勒的检验贴纸到明天凌晨十二点零一分时就失效了,也就是从现在算起四小时后。从现在算起,还不到四小时。洛奇觉得这最后期限让人想到就痛苦，李奥却不在乎。这又不是他的车。而且，够多的钢城啤酒已经让他达到一种脑部严重麻痹的状态。

狄凡路弯向新月镇唯一的林区。道路两侧挤满高大的榆树和橡树，茂盛丰沛，随着夜色侵入宾州西南部而投下移动不止的阴影。事实上，这区被称为狄凡树林。自从一个少女和她男友在一九六八年被恐怖地谋杀后，狄凡树林便享有相当的知名度。这对情侣把车停在这里，后来两人都陈尸在那男孩的一九五九年福特水星轿车里。那辆水星有真皮座椅和引擎盖上的铬钢饰物。他们两人陈尸在后座。还有前座、行李箱和车前的置物箱里。凶手一直没被找到。

"条子最好别躲在这里，"洛奇说，"我们现在时速九十英里。"

"棒。"最近这个字升格为李奥最喜欢的四十个单字之一，"新月镇到了，就在那里。"

洛奇叹了口气，又灌了口啤酒。前面的灯光并非镇中心，但跟脑筋已呈麻痹状态的李奥争辩是没用的。那是新的购物中心。那些高亮度的钠汽灯可真够亮的。洛奇往那里注视的时候，把车开上了左侧对向车道，又立刻弯回右边，差点没撞进右侧的山沟，好不容易才驶回右线道上。

"嘘！"他说。

李奥心满意足地打了几个酒嗝。

自从九月李奥被聘为洛奇的洗衣室助手后，他们就在新亚当洗衣厂一起工作。李奥是个二十二岁的年轻人，长得獐头鼠目，看起来他的未来岁月中，似乎会有一段颇漫长的监狱生活。他说他每周从薪水里存下二十块钱，要用来买辆二手川崎摩托车。他说等到冬天，他要骑着这辆摩托车到西部去。李奥自从十六岁那年告别学校生涯以来，已经换过十二个工作了。对于洗衣厂这份差事，他还不讨厌。洛奇正在教他各种不同的洗衣循环，因此李奥相信他终于算是在学一技之长了，等他日后抵达西部时，这会对他非常有用。

洛奇算是个老手，他在新亚当洗衣厂已经待了十四年。这从他握着方向盘的那双漂白如鬼的双手就足以证明。他在一九七〇年因为私藏武器被判刑四个月。当时正怀着他们第三个孩子的妻子宣称：一，那孩子并不是他洛奇的，而是送牛奶工人的；二，她要以精神虐待为由请求离婚。

从他的立场来看，有两件事促使洛奇私藏武器：一，他戴了绿帽；二，让他戴绿帽的是个牛奶工人,一个留长发、死鱼眼的家伙,名叫斯派克·米利根。为克莱乳品场开卡车的斯派克。

牛奶工人,我的老天!牛奶工人,你不如死了算了!你不如摔到下水沟里淹死算了!就算对阅读范围从来不超过口香糖包装上的笑话的洛奇来说,这情况也未免太经典、太滑稽了。

结果,他适当地告诉他太太两点事实:一,不离婚;二,他要让大量的阳光照进斯派克·米利根体内。大约十年前,他买了把点三二口径的手枪,偶尔拿来射射瓶子、锡罐和小狗。那天早上他离开坐落在橡树街的家,朝乳品场走去,希望能碰上完成晨间运送工作的斯派克。

洛奇在途中的四角酒店停下来喝几杯啤酒——四杯、八杯,也许二十杯。记不得了。他在喝酒的时候,他太太打电话报了警。他们就在橡树街和巴福路的交会口等着他。洛奇被搜身,一名警察从他的腰带里掏出那把点三二口径手枪。

那个找到枪的警察对他说:"朋友,我想你得离家一段时间了。"果不其然。接下来四个月,他为宾州政府洗床单和枕头套。在这段期间,他太太拿到内华达州的离婚证书。等洛奇刑满出狱时,她已经和斯派克·米利根在德金街一家前院立有一只塑料红鹤的公寓房子同居。除了他的两个孩子外(洛奇仍旧相信这两个孩子是他的),这对奸夫淫妇现在拥有一个与他老爸一样有双死鱼眼的婴儿,外带每周十五美元的赡养费。

"洛奇,我觉得有点晕车,"李奥说,"我们可不可以把车停到路边喝点酒?"

"我得给我的车弄张新的检验贴纸,"洛奇说,"这很重要。一个人没车就没得混了。"

"没有一个神经正常的人会检查这——我跟你说过了。这车没有方向灯。"

"我同时踩刹车的话就有,任何转弯时不踩刹车的人一定会翻到车外去。"

"这边的车窗裂了。"

"我会把它摇下来。"

"万一检验人员要你把车窗摇上来让他检查呢?"

"桥到船头自然直。"洛奇冷静地说。他把空啤酒罐丢到车外,又换了一罐新的。他拉开罐口,啤酒立刻冒了出来。

李奥望着车窗外的黑暗说:"真希望我有个女人。"他诡异地笑了笑。

"要是你有个女人,你就绝对不会到西部去了。女人能让一个男人不会往西走。那就是她们的功用,也是她们的任务。你不是跟我说你要到西部去吗?"

"是呀,而且我真的要去。"

"你绝对不会去的。"洛奇说,"再过不久,你就会有个女人。接着你会有赡养费。你知道,女人总会要我们付赡养费。还是车子更好。要车子,不要女人。"

"和车子亲热可难了。"

"那可不见得。"洛奇说完后咯咯直笑。

树木变得稀疏,住宅区又出现了。灯光在左边眨动,洛奇突然猛踩刹车。刹车灯和方向灯同时亮起。李奥一下子扑向前方,手中的啤酒溅到座位上。"怎么?怎么了?"

"看,"洛奇说,"我想我认识那家伙。"

道路左边,有家破破烂烂的修车厂兼加油站,立在店前的招牌写着:

鲍勃汽油及修车服务
鲍勃·戴斯科　经营
修车是我们的专长
请把你的车交给我们!

招牌底部另有一行小字:

州检验站　第七十二号

李奥开口说:"没有一个神经正常——"

"是鲍勃·戴斯科!"洛奇叫道,"我跟鲍勃·戴斯科是中学同学!这下可好,真够运气的!"

他把车歪歪扭扭地驶入,车头灯照亮了修车厂敞开的门。他用力踩下离合器,使车子发出一阵怒吼。一个弯腰驼背、穿着绿色连身工作服的人跑了出来,狂乱地示意洛奇停车。

"那就是鲍勃!"洛奇兴奋地喊道,"嘿,臭袜!"

他们撞上修车厂的边墙。克莱斯勒又一阵剧烈地痉挛,低垂的排气管冒出小小的黄色火焰,接着是一团蓝色烟雾,然后终于感激地失速停止。李奥向前一个倾身,溅出更多啤酒。洛奇转动引擎钥匙,一次又一次想再次发动车子。

鲍勃·戴斯科跑了过来,挥舞着双臂,一连串咒骂从他嘴里生动地吐出:"——搞什么,你以为你在干什么,这天杀狗娘——"

"鲍勃!"洛奇狂喜到近乎忘形,"嘿,臭袜!你怎么样,老朋友?"

鲍勃透过洛奇的车窗往内看。他的脸扭曲而疲惫,一大半藏在工作帽檐投下的阴影中。"是谁叫我臭袜?"

"是我!"洛奇尖叫道,"是我,你这老浑蛋!是你的老朋友!"

"哪个见鬼的——"

"我是约翰尼·洛克威尔啊!你是不是笨得瞎了眼了?"

他小心地说:"洛奇?"

"对,你这狗娘养的!"

"老天,"勉强的欢愉表情慢慢爬上鲍勃的脸,"我多久没见到你了,自从……呃……自从卡特蒙那场球赛以后,总之——"

"是呀!那真是场好球赛对吧?"洛奇用力拍了一下大腿,让钢城啤酒又溅出一点。李奥打了个酒嗝。

"可不是。我们班就赢过那么一场,虽然那时候我们已经跟冠军绝缘了。我说,洛奇,你可把我车厂的边墙撞烂了。你——"

"没错,同样的老臭袜,同一个老家伙。你连根头发也没变。"洛奇努力望着被工作帽遮住一半的那张脸,希望他没说错。不过,看起来老臭袜的头不是秃了一点就是全秃了。"天啊!可真巧,这样碰到你!你后来娶了梅西·德鲁了吧?"

"是呀,一九七〇年的时候。那时候你在哪里?"

"在牢里,那是最有可能的地方。听着,老朋友,你可不可以验验这宝贝?"

又是谨慎的语气:"你是说,你的车?"

洛奇咯咯笑道:"不是——是我的老猪腿,当然啦,我的车!行吗?"

鲍勃张嘴想说不。

"这是我的一个老朋友,李奥·爱德华。李奥,我要你见见新月中学唯一一个四年里没换过一次袜子的棒球队员。"

"幸会。"李奥说。这句话是他妈在一次偶尔不曾喝醉的状态下教他的。洛奇又咯咯直笑,"来罐啤酒吧,臭袜?"

鲍勃张口想说不。

"这是抓螃蟹的秘密武器!"洛奇说着,拉开罐口。已在车上颠了半天的啤酒从罐口涌了出来,流到洛奇的手腕上。洛奇硬把它塞进鲍勃手里。鲍勃急忙喝一口,以免他的手也被啤酒侵袭。

"洛奇,我们已经关门——"

"等一下,等一下,让我倒车。这家伙有点疯狂。"

洛奇把排挡打到倒车挡,踩下离合器,加了点油门,接着便把克莱斯勒摇摇晃晃地驶进修车厂。他下了车,像个政客一样和鲍勃猛握了一阵手。鲍勃目瞪口呆。李奥坐在车里,正在喝一罐新开的啤酒,而且连连放屁。他每喝多了啤酒总会放屁。

"嘿!"洛奇蹒跚地绕过一堆生锈的车轮盖说,"你记得黛安娜·雷可豪斯吗?"

"记得呀,"鲍勃说着,嘴角浮现一丝笑意,"她就是那个——"他用两手罩在胸前比画了一下。

洛奇吼道:"就是她!你说对了,老朋友!她还在镇上吗?"

"我想她搬到——"

"我猜也是,"洛奇接口道,"留不住的总会搬走。你可以在这只猪身上贴张检验贴纸吧?"

"呃,我太太说她会等我吃晚餐,而且我们已经关——"

"老天,你要是能为它贴张检验贴纸,可真帮了我大忙了。我会很感激的。我可以帮你太太洗点衣服。那是我的工作,洗衣服,在新亚当洗衣厂。"

"我正在学。"李奥插嘴说道,又放了个屁。

"洗她的好洋装,或者随便你想洗什么。你说怎么样,鲍勃?"

"这个,我想我们可以看看这辆车。"

"当然。"洛奇说着,在鲍勃的背上用力一拍,又对李奥眨眨眼,"同一个老臭袜。好家伙!"

"是呀,"鲍勃叹了口气,喝了一口啤酒,"你的挡泥板撞得稀烂了,洛奇。"

"这辆车是要下点工夫,没错,下点工夫。不过这可是辆了不得的大车,你明白我的意思吧?"

"是的,我猜——"

"嘿! 见见我的同事吧! 李奥,这是新月中学唯一一个——"

"你已经为我们介绍过了。"鲍勃无可奈何地笑笑。

"你好,"李奥又笨拙地摸起一罐啤酒。像铁轨般闪亮的银线已经一道道划过他的视野。

"——四年里没换过一双——"

鲍勃问:"让我看看你的车头灯吧,洛奇?"

"当然。好灯。卤素,氮气,还是什么鬼的。很有水准的好灯。李奥,把车头灯打开。"

李奥开了雨刷。

"那很好,"鲍勃耐心地说,又灌了一大口啤酒,"现在请开灯吧?"

李奥开了车头灯。

"远灯?"

李奥用左脚摸索开关。他肯定开关一定在下面某处,最后他终于踩到了。远灯一亮,洛奇和鲍勃不约而同松了口气。

"很有水准的氮气灯,我不是告诉你了吗?"洛奇高兴地笑道,"老天,鲍勃! 看到你比收到一张支票更让人高兴!"

"方向灯怎么样?"鲍勃问。

李奥暧昧地对鲍勃笑笑,没有行动。

"让我来吧,"洛奇说。他坐进驾驶座时,猛撞了一下头。"这小子大概不大舒服,我想。"他踩下刹车,同时打开方向灯。

"好,"鲍勃说,"但是不踩刹车也能亮吗?"

"汽车检验手册上有提到你转弯时不能踩刹车吗?"洛奇狡猾地问。

鲍勃叹了口气。他太太已经做好晚餐。他太太有对丰满的胸脯和发根是黑色的一头金发。他太太喜欢买巨鹰食品店的甜甜圈,而且是成打成打地买。当他太太星期四晚上到修车厂来拿玩宾果游戏的钱时,她的头发总是上了绿色的大号发卷,包在一条绿色丝巾下。这让她的头看起来很像一个未来的收音机。有一次,清晨快三点时,他醒了过来,就着卧室窗外的街灯投下的死白灯光,注视她那肌肉松弛的脸。他曾想到那有多容易——只要用小刀在她脖子上一划,只要用膝盖抵住她的肺,让她吸不到空气又叫不出声,只要用两手掐住她的脖子。然后只要把她丢到澡盆里,切成几大块,邮寄到某处去给鲍勃·戴斯科。任何一个老地方。印地安纳州利马市、新罕布什尔州北极镇、宾州交际镇、爱荷华州昆科市。任何一个老地方。那是有可能的。天晓得,以前也发生过这种事。

"没有,"他对洛奇说,"我想手册上是没提到必须单独操作信号灯。没错。"他举起啤酒罐,把剩下的啤酒灌进喉咙。啤酒在修车厂内已变得温热,而他又还没吃晚餐。他可以感觉到啤酒立刻涌上他的脑际。

"嘿,臭袜的啤酒喝光了!"洛奇说,"再来一罐,李奥。"

"不,洛奇,我真的……"

视线已模糊不清的李奥,终于摸到一罐啤酒,把它递给洛奇。洛奇把酒交给鲍勃。鲍勃的手一触到冰凉的啤酒罐,嘴便忘了抗议。他打开啤酒。李奥放了个响屁,结束了这场交易。

他们三人都仰头灌啤酒。

过了一会儿,鲍勃歉然地打破沉默,问道:"喇叭会响吧?"

"当然。"洛奇用手肘敲敲方向盘,喇叭发出微弱的吱吱声,"不过电池有点没力了。"

他们又在静默中灌着酒。

"那只老鼠跟只长毛狗一样大!"李奥叫道。

"这小子喝多了,"洛奇解释道。

鲍勃想了想。"是呀。"他说。

这触动了洛奇的笑神经,让他含着一大口酒却忍不住大笑。一点酒从他的鼻孔流了出来,这让鲍勃笑了出来。听到鲍勃笑,洛奇觉得轻松多了,因为他们刚把车开进来时,鲍勃看起来一副忧愁的样子。

他们又在沉默中喝了一会儿酒。

"黛安娜·雷可豪斯,"鲍勃若有所思地说。

洛奇扑哧笑了起来。

鲍勃也咯咯笑着,伸出两手覆在前胸。

洛奇大笑，把他的手伸到更突出的地方。

鲍勃捧腹大笑："你记不记得丁克·约翰逊贴在费曼多老太婆布告板上的那张邦德女郎厄休拉·安德丝的照片？"

洛奇大笑："而且他还加画了两个大奶——"

"——那老太婆差点心脏麻痹——"

"你们两个尽管笑好了，"李奥愁眉苦脸地说着，又放了个屁。

鲍勃对他眨眨眼："呃？"

"笑，"李奥说，"我说你们两个尽管笑吧。你们的背上都没有洞。"

"别听他的，"洛奇有点不安地说，"这小子喝太多了。"

"你背上有洞吗？"鲍勃问李奥。

"洗衣厂，"李奥笑笑地说，"我们有大型洗衣机，对吧？只是我们管它们叫轮子。它们是洗衣轮，所以我们管它们叫轮子。我装进衣服，拿出衣服，又装进衣服。把脏衣服装进去，拿出干净的衣服来。那就是我的工作，而且我做得很有水准。"他无比自信地望着鲍勃，"不过，我背后有个洞阻止我做。"

"是吗？"鲍勃入神地看着李奥。洛奇却不安地动了动。

"屋顶上有个洞，"李奥说，"就在第三轮上面。它们是圆的，你瞧，所以我们管它们叫轮子。下雨时，水会滴下来。滴，滴，滴。每一滴都会滴到我背上——噗。现在我背上有个洞。像这样。"他用一手比出一个浅浅的凹洞，"要看吗？"

"他才不要看那么畸形的洞！"洛奇吼道，"我们在谈以前的好日子，再说你背上也没什么洞！"

"我要看。"鲍勃说。

"它们是圆的，所以我们管它们叫洗衣轮。"李奥说。

洛奇微微一笑，拍拍李奥的肩："别再乱说话，我的小朋友，不然你就得走路回家了。现在，如果我们还有啤酒的话，你何不再拿一罐给我？"

李奥眯眼回望那箱啤酒，不久后他摸出一罐递给洛奇。

"干杯！"洛奇转怒为喜。

一小时后，整箱啤酒都喝完了，因此洛奇叫步履不稳的李奥到街口的宝林超市再去买一箱来。这时李奥的两眼已经布满血丝了，衬衫也已拉出裤子。他极力试着从卷起的衣袖里抽出他的骆驼牌香烟。鲍勃跑到厕所小解,一边高唱校歌。

"我不要走路去那里。"李奥喃喃说道。

"我知道,可是你他妈喝得太醉,不能开车。"

李奥醉醺醺地绕着圈子走,仍在试着把香烟从衣袖里拉出来:"天黑了,而且很冷。"

"你到底要不要让那辆车拿到检验贴纸?"洛奇对他嘶吼。他的视线边缘已开始出现奇怪的东西。最常出现的是角落里一只被蜘蛛丝缠住的飞虫。

李奥睁着红眼睛瞪着他说:"又不是我的车。"

"而且你以后也别想搭了,如果你不去买啤酒的话。"洛奇说着,害怕地望向角落那只死虫,"你倒试试看我是不是当真的。"

"好,"李奥呻吟道,"好。你用不着生气呀。"

他走路到街口去时,两次走出了路面,回来时也犯了一次同样的错。当他终于再度抵达温暖明亮的修车厂时,那两人正在高声大唱校歌。鲍勃设法用钩子把那辆克莱斯勒吊高。他在车子下面转来转去,检查生锈的排气装置。

"你的排气管上有几个破洞。"他说。

"那下面根本没什么排气管。"洛奇答道。他和鲍勃都觉得这句话非常好笑。

李奥宣布:"啤酒来了!"他放下啤酒,在一个轮胎钢圈上坐下,立刻打起盹来。他在回程中已经自己喝掉了三罐。

洛奇递了一罐给鲍勃,自己也拿了一罐。

"比赛?跟以前一样?"

"当然。"鲍勃说。他微微一笑。在他脑海里,他看见自己坐在一辆底盘低矮的流线型一级方程式赛车里,一手斜斜按在方向盘上,等待裁判挥旗,另一手碰着他的幸运符——一九五九年福特水星的车盖装饰。他已忘了洛奇的排气管和他满头发卷的邋遢妻子。

他们打开啤酒,一口灌下。一阵火热传来,让两人都丢下啤酒,同时竖起两手的中指。他们的打嗝声从墙壁反射回来,就像步枪的响声一样。

"就像以前一样,"鲍勃可悲地说,"一切都跟以前不一样了,洛奇。"

"我知道。"洛奇同意道。他想了半天,终于想到该说什么,"我们一天比一天老了,臭袜。"

鲍勃叹了口气,又打了个嗝。李奥在角落里放屁,并哼起滚石乐队的《滚出我的云》。

"再试一次?"洛奇说着,拿起另一罐啤酒递给鲍勃。

"有何不可?"鲍勃说,"有何不可呢?洛奇,老朋友。"

李奥买回来的那箱啤酒,在午夜前便喝完了,而一张新的检验贴纸也以有点疯狂的角度贴在洛奇那辆克莱斯勒的挡风玻璃左侧。在贴上贴纸前,洛奇亲自把个人及车子的资料填写清楚,仔细抄写着好不容易从置物箱里找到的行驶证号码。他必须非常专心,因为他看到的是三重影像。鲍勃像个瑜伽大师,交叠双腿放在膝上,面前放了罐空的钢城啤酒,两眼空茫地瞪着前方。

洛奇说:"呃,你真救了我一命,鲍勃。"他踢踢李奥的肋骨,想把他踢醒。

李奥哼了一声,咕哝几句,眼皮翻了几下又合上,等洛奇再踢一脚时又蓦地睁开。

"我们到家了吗,洛奇?我们——"

"我们会好好开车的,鲍勃,"洛奇愉快地喊道。他用手指往李奥的腋下一勾,用力一拉。李奥尖叫着站起来。洛奇半扶着他绕到克莱斯勒旁,把他推进副驾驶座。"我们会再回来让你好好检查它。"

"甜蜜的旧时光,"鲍勃的眼睛湿了,"从那以后,一切都越来越糟了,你知道吗?"

"我知道,"洛奇说,"一切都不比从前了。可是你好好过下去,别做任何我不会做的——"

"我太太已经一年半没跟我睡觉了,"鲍勃说,但他的话却被克莱斯勒的引擎声盖过。鲍勃站起来,望着那辆车倒出修车厂,撞擦到门的左边。

李奥从车窗探出身子,像个白痴一样笑着:"有空到洗衣厂来吧,瘦子。我让你看我背上的洞。我让你看我的轮子!我让你——"洛奇的手臂突然像钩子般伸过来,把李奥又拉回黑暗的车里。

"再见,老朋友!"洛奇喊了声。

克莱斯勒像醉鬼般绕过三个加油泵,然后便隆隆驶入夜色中。鲍勃一直看到尾灯消失后,才慎重地走回修车厂。在他的工作台上,放了一个从一辆旧车引擎盖上取得的铬钢饰物。他拿起那东西摸了半响,为了怀念旧时光而掉下眼泪。稍后,凌晨三点多时,他勒死他太太,然后烧掉房子,让她看起来像是来不及逃出火场而被烧死。

"老天,"当鲍勃的修车厂变成他们后方的一点亮光时,洛奇对李奥说,"真想不到,老臭袜。"洛奇已经醉到全身的每个部分似乎都已飘散,只剩一点清明像炭火般在内心深处燃烧。

李奥没有搭腔。在仪表板淡绿色的灯光下,他看起来活像《爱丽丝梦游仙境》里茶会上的睡鼠。

"他可真凄惨,"洛奇继续说。他把车开到对向车道,一会儿后才又弯回右线道。"还好,他大概不会记得你说的话。换了其他时候可就不一样了。我得跟你说了多少次?不可以跟别人说你背上有个洞的事。"

"你知道我背上有个洞。"

"呃,那又怎样?"

"那是我的洞,怎样。只要我高兴,我就可以谈我的洞——"

他突然回过头。

"有辆卡车跟在我们后面。刚从那条小路开出来。没有车灯。"

洛奇抬头看后视镜。没错,是有辆卡车,而且它的外形清晰可辨。那是一辆牛奶卡车,而且他不必看车身的"克莱乳品场"就知道开车的人是谁。

"那是斯派克,"洛奇惊恐地说,"是斯派克·米利根!老天,我以为他只负责晨间运送!"

"谁呀?"

洛奇没有回答,脸上浮现出因酒醉而紧张的笑,但那笑意却没扩散到他那双又大又红的眼睛。

他突然猛踩克莱斯勒的油门,车子冒出一阵浓烟,随即不情愿地将时速增加到六十英里。

"嘿!你喝醉酒,不该开这么快!你……"李奥含糊地住口,似乎忘了他要说什么。树木和房屋从他们两侧飞逝,仿佛墓园的鬼影。他们冲过一个停车标志,飞过一块隆起的地面,结果驶离路面好一会儿。等他们驶过上坡路时,低垂的消音器敲在柏油路面上,冒出一点火花。在车后,啤酒罐互相碰撞,铿锵作响。

"我开玩笑的!"李奥尖叫,"后面没有卡车!"

"是他,而且他杀人!"洛奇吼道,"我在修车厂里看到了他的虫子!老天爷!"

他们从左线道驶上南山。一辆对向开来的房车急忙开到碎石路肩上,陷进山沟里,不再挡住他们的去路。李奥向后看。路上空无一人。

"洛奇——"

"你来杀我好了,斯派克!"洛奇嘶喊道,"你来杀我好了!"

克莱斯勒已经加速到八十英里,这速度是洛奇在清醒状态下不可能相信的。他们绕过转上约翰逊路的弯道,四个老旧的轮胎吱吱直冒白烟。克莱斯勒如鬼般尖叫着驶入黑夜,车灯搜寻着前方的路面。

突然间,一辆一九五九年福特水星从黑暗中浮现,跨驶在中央双黄线上。洛奇尖叫一声,举起双手遮脸。在撞车前,李奥正好看见那辆水星的车盖上少了铬钢饰物。

半英里路后,在一个十字路口有车灯闪动,接着一辆印有"克莱乳品场"的卡车驶来,朝路中央那熊熊燃烧的车体开去。卡车以平稳的速度前行,吊在肉钩上的电晶体收音机正在播送节奏蓝调歌曲。

"成了,"斯派克说,"现在我们到鲍勃·戴斯科家去。他以为他把汽油抬出车库了,但我不那么确定。这真是漫长的一天,你说是吧?"但是当他将卡车掉头时,卡车后面是空的,就连那只虫也不见了。

外 婆

乔治的妈妈走到门口,又回过头,不放心地摸摸乔治的头发:"别担心,没事的。外婆也一样。"

"当然,我知道。叫巴迪凉快地躺着吧。"

"什么?"

乔治笑笑:"叫他舒舒服服地待在医院养病吧。"

"喔,好有趣,"妈妈心不在焉地一笑,"乔治,你真的——"

"没事的。"

(你真的什么?你真的不怕单独跟外婆在一起?她要问的可是这句话?)

如果真是问这句话,答案是不怕。毕竟他现在已经不是六岁小孩,不再是当年刚来缅因州看外婆时的光景。那时候,只要外婆从她那张白色的合成纤维座椅上伸出手臂抱他,他就会吓得大哭大叫。外婆的手臂总是混着水煮蛋和妈妈替她擦上的香粉味,白塌塌的,又粗又大。外婆就爱伸出这两截白象腿似的粗臂来搂他,搂他贴紧她那座大白象似的身体。巴迪试过,他整个人埋进外婆可怕的怀抱中,居然还能活着出来……但那不一样,当时巴迪比他足足大了两岁。

这会儿,巴迪摔断了腿,正躺在刘易斯顿的一家医院里。

"万一有事,你知道医生的电话。不过,不会有事,对不对?"

"当然。"他的喉咙突然像卡了块东西,干得发痛。他面露微笑。当然,他不再怕外婆,毕竟他已不是六岁的小毛头了。妈妈要去医院看巴迪,他要留在家里,只要单独跟外婆待一会儿时间。那有什么问题。

妈妈再次走到门口,又回过头,不放心地、恍惚地笑着:"假如她醒了,要喝茶——"

"我知道。"乔治看出妈妈那副恍惚的笑容底下藏着很大的恐惧和牵挂。她挂念着巴迪。小马少棒联盟的教练来电说,巴迪在跑垒时受伤了。乔治(刚放学回家,正在餐桌旁啃饼干、喝雀巢即溶奶粉)听见妈妈滑稽地喘半口气,追着问:受伤了?巴迪吗?伤得多重?

"我都知道啦,妈,我不怕,这又不怎么辛苦。你放心走吧。"

"好孩子,真的不用怕。乔治,你真的不怕外婆了,对不对?"

"当然,"他又笑了。笑得坦然,笑得天不怕地不怕,笑得像个男子汉大丈夫。他咽一口口水。这个笑容真是伟大,可是在这伟大的笑容背后,却是个干得要命的喉咙。"替我向巴迪说一声,我为他的腿伤感到难过。"

"会的,"妈妈终于走近门口,下午四点的阳光从窗口斜射进来,"幸亏保了运动意外险,不然真不晓得该怎么办才好。"

这位年过五十的妇人,带着两个迟来的儿子,一个十三岁,一个十一岁,丈夫早已过世。她仍带着一副恍惚的笑容,开了大门。十月的凉意立刻飕飕地涌进来。

"别忘了,阿林德医生——"

"不会忘,妈,你快去吧,不然他的腿都上好石膏啦。"

"外婆可能会一直睡着。我爱你,乔治。你是好孩子。"她关上了门。

乔治转到窗口,望见她快步走向那辆六九年的道奇老爷车,从皮包里掏出车钥匙。她不晓得乔治在看她,恍惚的笑容虽然不见了,可她整个人好像都魂不守舍——为了巴迪。乔治心里很不是滋味,他才不会对巴迪有这种感觉。巴迪经常捉弄他,把他压在地上,用膝盖顶他的肩膀,拿汤匙不停敲他的额头。(巴迪把这叫做汤匙虐待法,一面敲他,一面笑得像个疯子,非要整到乔治大哭为止。)有时候又用印第安绳套勒他的手臂,勒到滴出血来。有天晚上,巴迪很好心地听乔治说他如何喜欢海瑟·麦亚道。结果第二天一早,巴迪像辆消防车一样满校园到处嚷嚷:"乔治和海瑟躲在树上玩亲亲!谈完恋爱又结婚,哇塞,快来看!这边来了一辆娃娃车,推车的原来就是海瑟小妈咪!"这次摔断腿对巴迪来说根本不碍事,要不是妈妈太紧张,乔治真希望他老哥一直住在医院里。

老爷车退出车道,暂停一会儿,妈妈仔细往两边望望,其实大可不必,从来也没什么车子出现过。现在妈妈要正式上路了,全程十九英里。

她开走了。亮丽的十月午后,路面扬起一阵尘土,不久一切又归于沉寂。

乔治一个人留在屋子里。

跟外婆在一起。

他咽了口口水。

嘿！不辛苦，凉快地躺着，对不对？

"对。"乔治低声吐出一个字，然后穿过小小的、盛满阳光的厨房。他是个挺好看的小男孩，一头蓬蓬的黄发，脸颊和鼻梁上横过一道可爱的雀斑，深灰色的眼珠喜感十足。

墙上有部电话，紧靠着它的是块留言板，留言板边上还挂着一支笔。板子上方一个角落画着一位快乐的农家老奶奶：红红的脸蛋，一头白发梳向脑后束成一个髻。她嘴里吹出好大一个气球，气球里框着她说的话："别忘啦，孩子。"妈妈在板上留了字：阿林德医生，6814330。这几个字早在三个星期前就写下了，因为外婆又犯"恶咒"的老毛病了。

乔治拎起话筒，"——所以我对梅宝说，如果他对你那样——"

乔治放下话筒。他们的电话是几户人家共用一条线路的装置。平常他们最受不了汉妮·杜德的爱说话。这简直就是她每天下午的例行公事。妈妈说汉妮只要话匣子一开，五脏六腑全出来了。他们母子三个坐在饭桌上，为这句话笑得前俯后仰。直到外婆一声接一声的露丝！露丝！露——丝——妈妈才收住笑容，赶到外婆的房间里。

今天不同，汉妮的声音让他大为镇定。这证明电话线路畅通，一点问题都没有。两个星期前下过一场暴风雨，从那以后，电话曾经坏过几次。

乔治发现自己老盯着留言板上那位快活的漫画奶奶瞧。不晓得有这样一位和蔼可亲的奶奶是什么感觉。他的外婆又高又胖又瞎。高血压是造成她迟钝衰弱的一个原因。有时候，她的"恶咒"一来，就乱喊乱骂，那副样子就像妈妈说的"像个穷凶极恶的鞑靼人"。有一次妈妈忍无可忍地冲进去，叫外婆闭嘴，闭嘴！乔治特别记得这件事，倒不是因为这是妈妈头一次对外婆吼，主要是这件事发生的第二天，有人发现枫糖路那边的伯契墓园整个被人破坏了——墓碑全翻了过来，从十九世纪保存下来的大铁门也给拆了，有两个坟墓根本就挖开了。校长为这件事，很痛心地对全校同学演讲，还特地用了"亵渎"两个字。乔治听不懂，去问巴迪这是什么意思。巴迪说意思就是把坟墓挖开，朝棺材上撒尿，乔治不信……除非天很晚,又很黑。

外婆在"恶咒"来的时候很吵,不过多半时间她都躺在床上。那张床她已经躺了三年,穿件睡袍,像小小孩似的包尿片,穿橡皮裤。脸上尽是皱皮,眼珠钝钝的什么也看不见,就像两朵枯萎的蓝色鸢尾花飘浮在黄兮兮的角膜上。

起先外婆的眼睛还没全瞎,只是必须有人一边一个把她从椅子上撑起来,搀扶着走到卧房或浴室。在那时候,也就是五年前,外婆的体重足足有两百磅。就在那时候,她伸出两只肥手,八岁的巴迪勇敢地迎上去,乔治拼命往后退,吓得大哭。

我现在才不怕,乔治告诉自己,一点都不怕。她不过是个老太婆,有时候会发发"恶咒"罢了。

他装了一壶水,搁在炉子上,再拿出一只茶杯,往里头放一包外婆专用的草茶包:万一她醒来想喝一杯——天哪,最好不会,否则,他就得爬上那张高脚床,坐在外婆身边,一口一口喂着她喝,看着她没牙的嘴凑在杯沿上一撇一撇,还得听着她咕嘟咕嘟吞茶水的声音,而她的瞎眼就这样直勾勾地瞪着你……

乔治舔了舔嘴唇,再走回餐桌。他吃剩的饼干和半杯即溶牛奶还在那儿,可他已经没胃口了。他看看课本,千篇一律的封面,乏味。

他应该进去瞧瞧她。

他不想。

他吞口水,但喉头还是干得发痛。

我不怕外婆,他在心里想,要是她伸出手,我就投进她的怀里,反正她只是个老太婆嘛。她太老了,所以会有"恶咒",就这样而已嘛。让她抱我好了,就像巴迪一样。

他穿过走廊,到外婆的房间。他苦着一张脸,嘴唇抿得泛白;他往里看,外婆躺着,花白的头发散开来,两眼闭着,还在睡,没牙的嘴开着,被单底下几乎看不出胸口有起伏的感觉。

上帝啊,要是妈妈还没回来,她就死了呢?

不会的,不会的。

可、可是万一会呢?

不会的,别像个胆小鬼一样。

外婆的一只手在被单上很慢很慢地动着,长指甲挨着被子发出一点声音。乔治连忙往后一退,心跳得厉害。

他退回厨房,看看妈妈是不是已经去了一小时,或者一个半小时——假如是后者,他可以放心大胆地等她回来。一看钟,想不到居然只过了二十分钟。妈妈连城都还没进,更别提回家了!他一动不动地站着,专心地听着一屋子的沉默。很轻很轻的冰箱马达声,电时钟的嗒嗒声,微微的风声,还有——皮肤跟衣服的摩擦声……是外婆那只满是皱纹的手在被单上很慢很慢地磨蹭着。

他双手合十,屏住呼吸,一口气在心里把祷告词全部念完:

上帝保佑在妈妈回来前千万别让她醒过来阿门。

祷告完毕他才坐下来,安心地把饼干吃了,牛奶也喝了。他想打开电视看看节目,又怕吵醒外婆,更怕听那一声比一声高的**露丝!露丝!拿茶来!茶啊!露——丝!**

他用发干的舌头舔舔更干的嘴唇,一面对自己说别那么胆小,躺在床上的不过是个老太婆,又不能起来伤害他,她都八十三岁了,今天下午她不会死。乔治走过去,再次拿起话筒。

"——同一天!而且她还知道他是结过婚的!天哪,我真恨这些贱货!所以我就说嘛——"

汉妮一定在跟蔻拉通电话。汉妮差不多每天下午一点到六点都霸着电话,先是天南地北瞎扯,再是东家长西家短地管闲事,蔻拉是她最忠实的听众之一。他把话筒搁回去。和镇上别的孩子一样,他和巴迪最喜欢嘲弄又胖又啰嗦的蔻拉,每次经过她家,他们兄弟俩就拉开嗓门唱,"蔻拉蔻拉来自波拉波拉,吃了狗屎还说好啊好啊!"这要是让妈妈知道,不宰了他们才怪。可是现在,乔治很高兴听见汉妮和她在电话里聊个没完,最好聊它一整个下午。其实,蔻拉人很好,有一次巴迪追他,他一跤摔在蔻拉门口,刮破了膝盖,蔻拉好心地替他贴上创可贴,还请他们一人吃了一块蛋糕。乔治想到自己唱那种狗屎歌,还有一些其他的恶作剧,心里真是怪不好意思的。

他拿起一本课本,看了一会儿就收起来,学校开学不过一个月,这些书早看过好多遍了。读书他在行,运动是巴迪强。算了吧,他得意地想,腿都摔断了,强不了多久啦。

他把历史课本拿出来,才坐下,又心神不定地站起身,穿过走廊,探头进房里看,那只蜡黄的手动也不动,外婆还在睡着。她的脸衬着枕头,像个灰色凹陷的大圆圈。在乔治眼里,她不像别的老人家在垂死前应该有的模样。她看起来一点都不祥和,反而很疯狂,很——

(很危险!)

……对对对,很危险——像头老母熊,随时还会张牙舞爪发出最后一记狠招。

乔治记得很清楚,那年外公过世,他们随妈妈一起来城堡岩照顾外婆。以前妈妈都在斯特拉特福镇的斯特拉特福洗衣店做事。外公比外婆小三四岁,是个木匠,敲敲打打一直做到他死的那天为止。心脏病。

从那时候起,外婆渐渐变得糊涂,并不时出现"恶咒"。外婆脾气火爆,她教过十五年书,在这中间,她生过九次孩子,也跟常去做礼拜的教堂吵过无数次。据妈妈说,在外婆辞掉教书工作的同时,她和外公退出了斯卡布罗的公理教会。可是,大约一年前,芙洛姨妈从盐湖城来看他们,那天晚上妈妈和芙洛姨妈聊得很晚,乔治和巴迪躲在冰箱后面偷听,结果听到一个完全不同的故事。原来外公和外婆是被教会赶出去的,连外婆的教书工作也是被学校开除的,因为她犯了错。好像是跟书有关系的错事。奇怪,怎么会有人因为书的关系,同时被教会和学校一起开除?乔治搞不懂,兄弟俩爬上床以后,乔治问了哥哥。

书有好多种,笨蛋。巴迪小声地说。

我知道,可是哪一种呢?

我怎么知道,快睡!

一阵沉默。乔治在想。

巴迪?

干吗?很不耐烦的口气。

妈妈为什么跟我们说是外婆自己要离开教会跟学校呢?

因为这是柜子里的骷髅,懂了吧!快给我睡觉!

他睡不着,两只眼睛紧盯着衣柜的门,掩映的月光下,只现出模糊的轮廓。他不断在想,万一门打开了,露出一个骷髅,墓碑似的牙齿,窟窿般的眼窝,鸟笼一样的肋骨,他会不会惨叫?巴迪的话是什么意思,柜子里的骷髅?骷髅跟书有什么关系?想着想着,他睡着了。梦里他又回到六岁,外婆向他伸出手臂,一对瞎眼不停在找他。尖细的声音说着:小的那个呢?露丝,他为什么哭啊?我只是想把他放进柜子里……跟骷髅放在一起。

这件事乔治始终想不通。一个月后,芙洛姨妈走了,乔治迫不及待把那晚偷听说话的事告诉妈妈。当时他已经懂得柜子里的骷髅是什么意思了,他问过班上的老师瑞登巴赫太太,老师说那是家丑的意思,家丑,指的就是一些会被很多人议论的坏事。

他把这件事告诉妈妈,妈妈的脸色马上凝重起来,手停在她正在打的单人扑克牌上。

乔治,你觉得这件事这样做对吗?你跟哥哥两个经常躲在冰箱后面偷听人说话吗?

我们喜欢芙洛姨妈,我们想多听她说点话。

这是实话。

是巴迪的主意?

的确是,可是乔治决定不说,他怕要是巴迪发现是他打的小报告,不知道会对他怎么样。

不是,是我。

妈妈静静坐了好久,才又开始玩牌。唉,也许现在是时候了。她说,说谎大概比偷听更坏吧。长久以来,关于外婆的事,我们一直在对小孩撒谎,也许也是对自己撒谎。紧接着她既痛苦又激动,整张脸为之扭曲,仿佛将要说出的话是强酸或高热,让她无法忍受。可是我得跟她住在一起,我再也承受不了这些谎言了。

下面就是妈妈告诉他的故事。外公和外婆结婚以后,有了一个孩子,生下来就死了,一年后,他们又有了一个孩子,生下来也死了。医生对外婆说她不可能正常地生下小孩,她只能不停怀孕,可是胎儿不是死在肚子里就是一生下来就死掉。除非哪天那个死胎留在她肚子里太久,烂了,结果连她也一起送命。

这是医生亲口说的。

不久后,那些书来了。

是关于怎么生孩子的书吗?

妈妈没说——也许不愿说。她也不说外婆从哪里弄来这些书,或是怎么知道有这些书。外婆又怀孕了。这次,孩子刚生下来之后没死,呼吸了一段时间还是没死,那就是他们的拉森舅舅。往后,外婆不停怀孕,不停生产。有一次,妈妈说,外公想叫她丢掉那些书,看看能不能靠自己做到,外婆不肯。乔治问为什么,妈妈说:"我想那时候,外婆已经把这些书看得跟生小孩一样重要了。"

"我不懂。"

"我也不大懂……那时候我还很小。我只知道那些书控制了她。她也不许别人再提这件事。因为家里的一切都由外婆决定。"

乔治合上历史课本,抬头看钟,快五点了。他觉得有点饿。他突然吓得跳起来,万一到六点妈妈还不回来,外婆一定会醒,她会吵着要吃晚餐。妈妈忘了跟他提这件重要的事,可能她太担心巴迪的腿伤了。不过他大概会做一顿外婆的特别冷冻餐。所谓特别是指外婆不能吃盐。另外她还要吃一千多种不同的药片。

至于他自己,只要把昨晚吃剩的通心粉热一热,再浇点番茄酱就行了。

他从冰箱取出通心粉和奶酪,舀在平底锅里,炉灶上的茶壶还在待命,只等外婆醒来,说:"来杯快活茶。"乔治的牛奶正倒到一半,他停下来,又拿起电话。

"——我简直不敢相信自己的眼睛,就在……"汉妮突然收住话头,一个劲地尖声大吼,"谁一直在偷听电话,我倒要看看是哪个家伙!"

乔治飞快地搁下电话,脸上一阵燥热。

她才不知道是你,笨蛋。这条电话线一共有六户人家呢!

偷听总是不对的,就算只有你一个人,一个人跟外婆待在家里,就算你妈妈进城去了,天也要黑了,而外婆在那个房间里躺着,像头——

像头大母熊,随时准备张牙舞爪,发出最后一记狠招的大母熊,你好想听见另一个属于人类的声音,可是,偷听总是不对的。

乔治只好去喝牛奶。

妈妈生于一九三〇年,接下来是芙洛姨妈,一九三二年,再来是富兰克林小舅,一九三四年。小舅一九四八年就死了,急性盲肠炎。妈妈每次提起这件事都会流泪,在兄弟姊妹中,她最喜欢小舅,她说,这么好的人,不该那么短命,她说上帝实在太不公平。

乔治望向窗外。夕阳余下的一片金光已经落得比小山头还低了。要不是巴迪那条该死的腿,妈妈早就回家来做晚餐(包括外婆的无盐特餐),然后大家一块儿有说有笑度过愉快的一晚,说不定还可以玩一会儿扑克牌。

天还没完全黑,乔治已经打开厨房的灯,再打开小火热他的通心粉。他脑子里仍旧装满外婆像条大胖虫似的身体蜷在白色塑料椅上,穿着粉红色睡袍,伸出两只粗胖的手臂等着他的影像。

带他过来呀,露丝,我要抱他。

他有点害怕,妈妈,他慢慢会过来的。他妈妈也在怕。

害怕?妈妈?

乔治停下回忆,想了想。真的是那样吗?巴迪说过有时记忆是不可靠的。她听上去真的害怕吗?

是的。她也在怕。

外婆的声音抬高了:别太宠孩子,露丝!带他过来,我要好好地抱抱他。

不要。他在哭。

外婆放下手臂,脸上浮起痴呆的笑:他真的像富兰克林吗,露丝?我记得你说他很像的。

乔治慢慢搅着那锅掺了奶酪和番茄酱的通心粉。他怎么会想起这些呢?是太安静吧,还有就是单独跟外婆留在家里的关系。

后来,外婆生了好多孩子,又开始教书,所有医生都吓傻了。外公的木匠工作也越做越顺利,甚至在经济最低迷的时候,他都不会失业,终于人家开始议论了。

"他们说什么?"乔治问。

"没什么了不起的,"妈妈说,"他们只是说你外公外婆运气实在太好了。"再后来,好像校董发现了什么,还有一个雇来的人也发现了些什么。于是谣言四起。外公和外婆就搬到巴克斯登去住。

孩子们一个个长大，然后也有了自己的孩子。妈妈结婚后，随爸爸迁居纽约，巴迪出世，他们又搬到斯特拉特福，一九六九年生下乔治，一九七一年，爸爸被一个酒后驾驶的人撞上而死亡。

外公心脏病发的时候，几位姨妈、舅舅之间的书信往来多得像雪片一样。大家都不想把这位老太太送到养老院，她也不想住在任何养老院。外婆不愿意的事，最好依着她。她只想跟定其中一个孩子安度余年。问题是，他们大都已经成家，不管哪个都不愿意让这么一个痴傻又不讨人喜欢的老太太进家门。除了露丝，她丈夫死了，只剩两个孩子。

又是书信来来往往好一段时间，最后乔治的妈妈认输。她辞了工作，带着两个年幼的儿子到缅因州来照顾这位老太太。兄弟姊妹合资在城堡岩镇外买了一栋小屋，那里地价最便宜。每个月大家会寄张支票过来，让她可以无后顾之忧地照顾外婆和她自己的两个孩子。

结果是，我那些兄弟姊妹让我成了佃农。妈妈说这话的语气好苦涩，不过乔治实在听不懂这句话的意思。乔治知道妈妈为什么最后会让步（是巴迪告诉他的），因为每个人都向她拍胸脯保证，外婆不可能活得太久。外婆一身都是毛病——高血压、尿毒、肥胖、心悸亢进。连芙洛姨妈在内，大家都说了不起八个月，最多最多一年。可是到今天，整整五年，乔治说这个"不太久"还真久。

的确，真久，她像一头大母熊在等待……等什么呢？

（露丝，你知道怎么对付她，你知道怎么叫她闭嘴。）

乔治正要查看冰箱上贴的无盐食谱说明书，但突然停住，全身冰冷地僵在当场。这句话从哪来的？

他的肚子到胸口间突然冒起一排鸡皮疙瘩。

乔治舅舅。乔治就是依他的名字取的。这是他的声音。是他在两年——不，三年前，带着全家来过圣诞节时说的话。

她现在痴呆以后，变得更危险了。

乔治，小声点。孩子们都在。

乔治笔直地站在冰箱旁边，一手搭在冰冰的铬钢把手上，想着，回忆着，专注地凝望越来越重的夜色。那天，巴迪不在场，巴迪早就到外面滑雪了，所以只有他在走廊上找一双成对的厚袜子，碰巧听见妈妈和乔治舅舅的对话。这能怪他吗？他不这么认为。上帝没让他耳聋也能怪他吗？当然不能。

"你懂我的意思。"乔治舅舅又说。

他太太带着三个女儿到盖兹瀑布做圣诞节前的最后采购。乔治舅舅十分笃定，就像那个撞死爸爸的醉鬼一定会坐牢一样笃定。

你忘了富兰克林碍着她的结果啦？

乔治，好啦，再说我就把剩下的啤酒统统倒掉！

她也不是故意的，只是一时管不住舌头。腹膜炎——

乔治，闭嘴！

也许，乔治心想，不是只有上帝才会作怪。

他打断思绪，从冷冻库取出外婆的晚餐：小牛肉，边上配了些青豆。先把烤箱加热，设定在三百度，烘烤四十分钟，这个简单。茶也有了，晚餐也有了，只等外婆的叫唤。阿林德医生的电话就在留言板上，一有情况就拨电话。一切妥当，还怕什么？

他从来没有单独跟外婆相处过，这就是他怕的事。

带他过来，带他到我这里来。

不要，他在哭。

她现在更危险了……你懂我的意思。

关于外婆的事，我们都骗了这些孩子。

他和巴迪都没有单独跟外婆留在家里过。直到现在。

乔治忽然唇干舌燥，他赶紧喝杯水，他觉得……很滑稽。这些念头，这些记忆。干吗要想起这些乱七八糟的事呢？

他感觉像是有人把这些记忆的碎片倒在他面前，他却无法拼出完整的图案。也许这样倒好，因为完成的图案有可能、有可能很吓人。也许——

外婆的房间里突然传出一种噎到打嗝的声音。

他转身准备举步，鞋子却像钉在地板上般动弹不得。他的心就像块烙铁，两眼凸出。快去啊！他的脑袋在叫他的脚，他的脚却立正说：办不到!

外婆从来没发过这种怪声。

外婆从来没发过这种怪声。

又来了,噎到的声音,低低的,然后越来越弱,就像蚊子嗡嗡飞过。乔治总算能够抬脚走出去。他穿过走廊,往外婆房间里看,心扑通扑通地跳,喉咙卡得死紧,连口水都过不去。

他的第一个想法是,还好,外婆还在睡,只是出了点怪声而已,可能平常也有,只是他在上学没听过。外婆很好,睡得很沉。

然后,他注意到露在被单外面的那只蜡黄的手,垂挂在床沿上,长长的指甲几乎碰到地板。她的嘴张着,皱皱圆圆的,像烂掉水果上蛀出的一个洞。

乔治怯怯地、犹疑地,一步步上前。

他在她旁边站了好久,只是看着她,但不敢碰。本来被单底下那一丝丝微弱的起伏好像都已经停止。

好像。

这可是关键字。好像。

那是因为你自己疑神疑鬼,笨蛋,就像巴迪说的——这只是个游戏,是你的脑袋对你的眼睛玩的把戏,她呼吸得好好的,她——

"外婆?"话一出口,他又赶紧跳开。这次他的声音稍微大了点,"外婆?你要不要喝茶?外婆?"

没有回音。

眼睛闭着。

嘴巴张着。

手垂着。

外面,树枝缝隙间透出几线泛红的余晖。

他看着外婆。他看到的不是躺在床上的外婆;他看见她坐在椅子上,念着一连串像外国话似的"恶咒"——加金!加金!哈司德赖恩,哟索喔!——每逢这时候,妈妈就会声色俱厉地把他们赶出去,兄弟俩一言不发站在车道上,两手插在裤袋里,想不通这到底是怎么一回事。

过了一会儿,妈妈又像没事一样,再叫他们进来吃晚餐。

(你知道怎么对付她,你知道怎么叫她闭嘴。)

好久没想起这几句"恶咒"了。

外婆的"恶咒"。

女巫都会念咒语。白雪公主吃的毒苹果、王子变成癞蛤蟆、糖果屋、驱病符、快快变……都是咒语。

这些无解之谜在乔治的脑中盘旋,感觉就像魔法。

魔法,乔治喃喃念道。

拼出的图案是什么呢？是外婆,当然是外婆和她那些书。外婆被逐出小镇,外婆先是没办法生孩子,后来生了一大堆,外婆又被逐出教会。是外婆,她没牙的嘴含着一丝狞笑,她空洞的瞎眼藏着狡猾,她头上还戴了闪着星月光辉的圆锥形黑帽,她脚边蹲伏着几只大黑猫,眼珠黄得像尿液。还有黑色的蜡烛、黑色的星星……

外婆以前一定是女巫,就像《绿野仙踪》里的坏巫婆。现在她死了。那种噎到的声音,乔治越想越怕,那一定是……是……是"死亡的讯号"。

"外婆？"他小声叫着,疯狂地想着,哇噢,坏巫婆死啦。

没有反应,他圈起手放在外婆的嘴上。没有气息喷上来。他的恐惧稍微减退了一部分,他记起弗雷德舅舅教他如何沾湿手指测风向。现在他把整只手掌全舔湿了,伸到外婆的嘴巴前面。

还是没有半点气息。

他准备拨电话通知阿林德医生,但转念一想又打消了。假如他拨了电话,外婆又没死呢？他要弄个清楚。

把她的脉。

他停在走廊上,怀疑地看着那只垂下的手。睡袍的袖子被扯上去,露出一截手腕。他以前曾经学过护士把手指按在自己的脉搏上试过,什么也感觉不出来,要是照他的技术来把脉,那他自己也早就是死人了。

再说,他实在不想……不想去碰外婆,就算她已经死了。特别是她死了。

他一时拿不定主意,到底要不要拨电话。他应该——

——拿面镜子！

对呀！对着镜子呼吸,镜面上一定有雾气。有一次在电影上,他看过一个医生用这个方法检查一个失去知觉的人。外婆的房间和浴室相连,乔治连忙进去取出外婆的双面镜。一边是正常的,一边是放大的。

乔治回到床边,把镜子举到几乎贴上外婆咧开的嘴上。他一面从一数到六十,一面注意外婆。毫无变化。镜面上完全没有雾气。

外婆死了。

乔治的心情开始放松,同时对于自己竟有些难过感到惊讶。也许她以前是女巫,也许不是。也许她只是以为自己是个女巫。不管是或不是,她现在已经死了。他像个成人似的意识到,面对亡者沉默而空白的脸庞,对于事实的询问并非变得没有意义,而是不那么重要了。他如成人般意识到这一点,并以成人般的伤感接受了它。在他的脑海里,它就像路过的一个脚印,一只鞋的形状。孩子们所有早熟的体验均是如此,只有在以后的岁月里,他们才会意识到他是由类似这样的偶然经验制造和塑型出来的;而看到脚印的一瞬间,感受到的只有苦涩刺鼻的火药味,说明在某处,一个他尚不能理解的想法已被点燃。

他把镜子放回浴室里再出来,经过她的床前,忍不住又瞥向外婆的身体。落日为这死亡的脸孔抹上一层野性的橘红色彩,乔治立刻转开视线。

他回到厨房,到电话机前,决定把每件事情都做到正确无误。他心底已经勾勒出一幅很美的远景:以后不论什么时候,如果巴迪再取笑他,他只要撂下一句:外婆死的时候,就我一个人在家里,我把每件事情都做对了。

拨电话给阿林德医生,这是第一件。对医生说:"我外婆刚刚死了。你可不可以告诉我应该怎么办?先盖起来,还是怎么样?"

不对。

"我想我外婆大概刚刚死掉了。"

对,这样比较好。没人会相信一个小孩能确定这么大的一件事,对,这个说法比较好。

或者:

"我确定我外婆一定是死了——"

棒!这个讲法最好。

然后,说出镜子和"死亡讯号"等等一切细节。然后,医生很快会来,等他检查完毕,就一定会说:"我宣布外婆已经死亡。"然后,他又会对乔治说,"乔治,这么严重的情况,你应付得又冷静又好,真难得,恭喜你。"再然后,轮到乔治说些谦虚的客套话。

乔治注视着医生的号码,在抓起话筒前,他先做两三次深呼吸。他的心跳加速,不过胸口倒是没有烙铁灼烧的感觉。外婆死啦。最坏的事已经发生,这总比等她开口大叫妈妈端茶进去好得多。

电话断了。

他无法置信地听着无声的话筒,他的嘴张着,刚要开口说:对不起,杜德太太,我是乔治·布克纳,我要打电话给医生说我外婆的事。没有声音,连嘟嘟声也没有。就像床上那个人,死静、死静的。

外婆她——

——她——

(哦,她——)

躺在那里,浑身冰凉。

鸡皮疙瘩又爬上他的身子。茶壶在炉子上,放着草药茶包的杯子还在料理台上。不必再倒茶给外婆,永远都不必了。

(躺在那里,浑身冰凉!)

乔治打了个寒战。

他的手指不停上下上下按着切线钮,电话真的坏了,就像——

(就像她死静地)

他狠狠甩下话筒,听见微微一声铃响,连忙提起话筒再听,希望奇迹出现,可是没有,这次他好好地、慢慢地把话筒放回原位。

他的心又开始隐隐作痛。

我一个人跟她的尸体待在这幢屋子里。

他穿过厨房,在餐桌前站了一会儿。

等吧。现在只有等妈妈回来。还是这样更好,真的。电话坏了,外婆如果没死,而是病情发作,或者口吐白沫,再不然滚下床来——

啊,那才糟糕。他本来可以把一切都做得很好,都是那种鬼念头。

就像一个人坐在黑暗里,胡思乱想——看着墙上的暗影,想到死亡,想到死人,想到他们会在暗中摸近你身边,想这,想那——

反正在黑暗里,思想就像个圆圈。不管你强迫自己去想——花、耶稣、棒球,或是奥运会上得金牌——结果总是兜回原位,只看到黑影中的一只只利爪和一双双眨也不眨的眼睛。

"搞什么啊!"他暗骂一句,捆了自己一巴掌。他不再是六岁的小男孩。外婆死了,如此而已。

他心底响起一个严厉的声音:够啦! 乔治,快去办你的正事吧!

我知道,知道,可是——

他回到她的房门口。

外婆还是老样子,垂着手,张着嘴。现在她已经成为家具的一部分。你可以把她的手放回床上,你可以扯她的头发,你可以替她戴上耳机,随你怎么整都行,就像巴迪常说的,玩完了,外婆已经玩完了。

突然,离乔治左边不远处,响起一种低沉的、很有节奏的拍击声。他克制住大叫的冲动,过去查看。原来是挡风门,上星期巴迪才刚装上的。是挡风门的插销没拴紧,在风中拍来拍去。

乔治探出身子,拉住挡风门。一阵风——不是微风,是大风——把他的头发都吹得竖了起来。他把门拴牢,一面奇怪哪来的这阵怪风。妈妈走的时候天气还好好的。不过妈妈走的时候是阳光充足的下午,现在已经是黄昏。

乔治再瞄一眼外婆,走回厨房去试电话。还是没声音。他坐下,又站起来,在厨房里来回踱步,思考着。

一小时后,天完全黑了。

电话还是无声。乔治猜可能是风把线路又吹坏了。外面的风吹得廊檐呼啦呼啦响。乔治想道,下次童子军大露营的时候,他可有故事好讲了,对……他独自一人跟死了的外婆留在屋子里,电话坏了,外面风声呼号,刮得满天的乌云快速向前移动,乌云夹带着凄惨的白色,就像外婆鸡爪般的两只手的颜色。

简直就像巴迪说的,经典。

他真希望现在就是讲这段故事的时候,所有一切已经安全地抛在脑后。他坐在餐桌边上,历史课本摊在面前……风更大了,房子里什么怪声都有,仿佛这房中有无数久被遗忘、有待上油的零件。

妈妈就快回来了,她一回来,一切就会平安无事了。一切

(你没盖上她的脸!)

平安无

（你没盖上她的脸!）

乔治吓得跳了起来，瞪大眼睛望着电话机。应该把被单拉上来盖住死人的脸，电影上都是这么演的。

去它的！我才不要进去！

不用！没道理嘛！等妈妈回来她自己会去盖的！阿林德医生也会！任何人，任何人都可以，除了他以外。

没理由要他做这件事。

巴迪的声音在耳边响起：

你要是不怕，为什么不敢做？

不关我的事。

胆小鬼！

也不关外婆的事。

胆——小——鬼！

乔治认真地考虑着，如果他没把被单拉上来遮住外婆的脸，那就不能说每件事都做得完美齐全，到时候，巴迪又有话好说了。

乔治站起来，不断提醒自己外婆已经玩完了。他可以把她的手放回床上，把茶包搁在她鼻子上，随便他怎么整，死人是一了百了，什么都不知道，其他的全是幻想，幻想柜门打开，幻想骷髅在月下滑舞，幻想——

他低呼出声："停，别想了行不行？别那么——"

（没知识！）

他鼓足勇气，决定进房间去，替她拉上被单，让巴迪连一句话都没得说。除了这一件，他还要把茶包和茶杯都收好。这些也算是外婆死后的几项简单的仪式。要做，就要做得齐全。

他走进去，每一步都小心翼翼。外婆的房间漆黑。她的身体像床上鼓起的一大块肿瘤，他焦急地到处摸索电灯开关，最后总算把灯打开，黄黄的灯光洒满一室。

外婆躺在那里，手垂着，口张着。乔治端详着她，感觉到自己额头上沁出一颗颗冷汗。他不知道他的责任是不是还包括拉起那只冰冷的手，放回床上。不能。这太过分。什么事情都能，就是不能碰她。

很慢很慢，仿佛走过一堆奇厚无比的黏液，他逐渐靠近外婆。他站在她身边,低头看,外婆黄黄的,一半是因为灯光,一半不是。

他的喘息声清晰可闻,他一把抓起被单,盖过外婆的脸。被单稍微滑开了点,露出了她的头发和黄黄的额头。他再鼓足勇气,抓起被单,尽量别让自己的手碰到她,即使隔着布也不要。他又拉一次,这次非常满意。乔治的恐惧感消退了些。他已经埋葬她了。没错,这就是要盖住死人的原因,象征着把他们"埋"了。他看看那只还没被"埋葬"的手,现在他敢碰它了,他可以把它塞进被单底下,跟她身体的其他部分收在一起。

他弯下腰,抓住那只冰凉的手,抬起来。

那只手在他手里一扭,扣住他的手腕。

乔治尖叫起来。他踉跄地向后退,尖叫声划破空荡荡的屋子,划破呼呼的风声,划破屋子里各种稀奇古怪的响声。他退开了,外婆的身子被他拉得斜在一边,那只手"砰"的一声落下来,扭着、转着、对空抓着……然后恢复原来的姿势,垂着。

没事!没事!这只是种反射作用。

乔治没事人似的点着头,可是他马上想起她的手刚才是怎么转过来、扣住他的手的。他再次尖叫。他瞪大眼睛,头发根根直竖,心跳得快冲出胸腔。世界似乎在疯狂地晃动倾斜。每一次理智刚要苏醒,惊慌又急速漫涌上来。他急转身,只想冲出房间,到别的屋子——甚至跑三四英里路也在所不惜,只要他能控制住眼前的情况。于是,他没命地往前冲,歪歪斜斜地一头撞到墙上,离房门口还有足足两英尺。

他一个反弹,蹲在地上,脑袋一阵剧痛。他摸摸鼻子,手上沾得都是血。鲜红的血滴落在绿衬衫上。他挣扎着爬起来,发狂地四下张望。

那只手还是像先前那样垂着,可是外婆的身体不斜了;它也恢复了原来的位置。

这全是他的幻想。他只是踏进房间,其他的全是幻觉。

不对。

痛楚让他清醒。死人不会扣住你的手腕。死了就是死了。死人可以受人摆布,可是死人不会摆布人。

除非你是女巫。除非你选定了死亡的时辰,只有一个小孩看家的时辰,因为这是最好的机会,你能够……能够……

能够怎样?

没怎样。蠢啊,都是害怕造成的,统统是幻想,假的。他用手臂擦擦鼻子,整个人痛得一缩。手臂上也是血。

他不要再靠近她。管它是真的还是幻想,他再也不要理她。惊恐消退了,害怕依旧。他怕得直想哭,看着自己的血抖个不停,希望妈妈快点回家料理一切。

乔治走出房间,穿过走廊,进入厨房,呼出一大口气,准备弄块湿布擦鼻子。他突然感觉想吐,忙快步走向水槽,打开冷水,弯下身,从水槽下的盆子里抽出一块布——是外婆的旧尿片——对着水龙头猛冲,一面猛吸着鼻血。直到握尿布的手都麻了,他才关起水龙头,拧干它。

就在他把湿布放在鼻上时,那间房里传出她的声音。

"孩子,过来,过来——外婆要抱你。"

乔治想大叫,却叫出不声。从那间房里传出的声音,和平常妈妈在里面帮外婆洗澡一样,一会儿撑起,一会儿放下,一会儿转身,一会儿摆平。

只是现在听起来很怪——好像外婆正在……正在下床。

"孩子!来啊!快来啊!一步步走过来!"

他惊恐万分地看着自己两只听命行事的脚。他不断对它们说停下,它们却一步步往前走,左脚、右脚、左脚、右脚。他的脑子成了身体的囚犯——一座塔里的人质。

她的的确确是女巫,她是女巫,她会"恶咒",很恶很毒的咒,上帝,耶稣,快求你救我,救命救命救命——

乔治已经走出厨房,穿过走廊,踏进外婆的房间。天哪!真的,她不但试着下床,而且真的下来了,现在,正好端端坐在那把白色塑料椅上。

现在外婆一点都不痴呆了。

她的脸依旧惨淡皱垮,可是痴呆相已经消失——谁知道她是不是真的痴呆过,还是把那当作迷惑小男孩和丧夫的疲惫妇女的面具。现在,她的脸上发出狡黠的光芒——像根点着的、发臭的蜡烛。一双死鱼眼呆滞混浊,胸口看不出一丝起伏。睡袍掀了上去,露出两截象腿。床上的被单早已拉到一边。

外婆向他展开双臂。

"我要抱你,小乔治,"平板的死人声音开腔了,"别像个胆小爱哭的孩子,来,让外婆抱抱。"

乔治拼命想往后退。外面,风声狂啸,乔治的脸怕得变了形。

他更靠近她了,不由自主地,一步一步,把自己拖向那个展臂欢迎的怀抱。他要证明给巴迪看,他不是爱哭的胆小鬼,他要到外婆身边去。

就在他几乎碰到外婆的手臂时,左边的窗户突然被风吹开,一根断裂的树枝刮了进来,上面还挂着秋天的黄叶。房间里顿时狂风滚滚,吹向外婆,吹起她的睡袍和头发。

这时,乔治能叫出声了。他猛然往后一退,脱离她的掌控。外婆发出一声嘶吼,嘴唇一撇,肥厚多皱的双手一抓之下落了空,交叉在一起。

乔治两腿一绊,摔倒在地。外婆慢慢从白色塑料椅上站起来,蹒跚地走向他。乔治发现自己站不起来,他的两条腿完全使不出力。他一面哭,一面退着往后爬。死了却仍会活动的外婆继续向他走来,很慢,很残忍。也就在这一刻,乔治恍然大悟那一抱意味的是什么了。谜底已经揭开。当外婆的手搭上他的衬衫时,他站了起来。外婆抓偏了方向,但他已经感受到她冰冷的肉触着皮肤时的可怕感觉。

他宁愿投入外面的黑暗。只要不让这个女巫、他的外婆抱住。因为等妈妈一回来,她就会发现外婆死了,他还活着……哦,是的,只是乔治突然有了喝药草茶的习惯。

他回头,看见她穿过走廊时,投射在墙上的那个诡异身影。

这时,电话铃声大作。

乔治想都不想便抓起话筒,对着它尖叫,大叫救命。但他的尖叫却没有声音,喉咙仿佛被锁住,发不出一点声音。

外婆摇摇摆摆地走进厨房。花白的头发披散在脸上,脖子上还斜斜钩着一柄梳子。

外婆在笑。

"露丝?"电话里传来模糊的声音,是芙洛姨妈,"露丝,是你吗?"芙洛姨妈从两千英里之外的明尼苏达打来长途电话。

"救命啊!"乔治再次尖叫,但喊出来的只是气若游丝的嘘声。

外婆摇摇摆摆走过油布毡,向他伸出手臂。她的两只肥手不断一开一合,一开一合。外婆想死了这个拥抱,为了这一抱,她已经等了五年。

"露丝,你听得见我说话吗?这里有暴风雨,刚开始哪,我……我很怕。露丝,我听不见你——"

"外婆……"乔治贴着话筒哀号。外婆马上就要碰到他了。

"乔治?"芙洛姨妈的声音骤然高起,变成尖叫,"乔治,是不是你?"

他开始后退,离开外婆,可是他猛然惊觉,自己竟然退到水槽和碗橱的死角。恐怖已经到了极限。当外婆的影子笼罩着他,喉头的麻痹冲开了,他对着话筒狂喊,一遍接一遍狂喊:"外婆!外婆!外婆!"

外婆的冰手摸到他的喉咙,她混浊的死鱼眼锁住他的眼睛,吸走了他的意志力。

昏昏沉沉、迷迷糊糊,仿佛过了许多许多年,也好像走了好多好多里路,他又听见芙洛姨妈的声音:"叫她躺下,乔治,叫她躺下别动。叫她依你的名,依她父亲的名,一定要照做。她的巫父是哈斯塔。他的名字对她就是权威,乔治——快叫她依哈斯塔之名躺下——快告诉她——"

一只老皱的手把电话夺走。电话线也整个拔断。乔治瘫倒在墙角,外婆弯下腰,一块巨大的肉团像山似的罩下来,挡住了灯光。

乔治没命地叫喊:"躺下!别动!哈斯塔的名!哈斯塔!躺下!别动!"

她的手环住他的脖子——

"你一定要照做!芙洛姨妈说的!依我的名!依你父亲的名!躺下!别——"

——然后扼紧。

一小时后,车道上终于亮起两道灯光。乔治稳坐在餐桌旁,面对不曾读过一页的历史课本。他看见车灯,便站起来,把后门打开。在他左手边,电话机端正地摆在那里,已经失效的电话线缠绕在机座上。

他母亲走进来,外套衣领上还挂着一片落叶。"风真大。家里没事吧——乔治?乔治,怎么了,出了什么事?"

刹那间,妈妈的脸上血色全无。

"外婆,"他说,"外婆死了,外婆死了,妈妈!"他开始哭。

她把他拉到身边,搂住他,忽然又踉跄地往后退,靠在墙上,好像这一抱把她剩余的力量全夺走了。"有没有?有没有发生什么事?"她追问道,"乔治,有没有发生什么事?"

"风把一根断掉的树枝刮进外婆的窗子。"

她推开他，盯着他呆滞受惊的小脸看了一会儿，便东倒西歪地冲进外婆的房间。她在房里逗留了四分钟。出来时，握着一块沾着红色污渍的破布。是乔治的衬衫。

"我从她手里抽出来的。"妈妈小声说。

"我不想谈这件事，想知道就去问芙洛姨妈，我好累，想睡觉了。"

她想阻止他，但又作罢。乔治上楼，到他和巴迪共同的房间里，打开调节空气的送风口，好听见妈妈下一步的行动。她现在不可能打电话给芙洛姨妈，今晚不行，因为电话线被拔了。明天也不行，因为，就在妈妈回家前不久，乔治念了一串短短的话，一半引用拉丁文，一半只是支支吾吾的呢喃声，于是远在两千英里外的芙洛姨妈当场脑溢血死亡。这些咒语重新恢复了它们的魔力。所有魔力又都恢复了。

乔治脱光衣服，躺在床上，两手托住脑后，定定凝视着一室黑暗。慢慢地，慢慢地，一抹恐怖的笑容爬上他的脸庞。

从今以后所有事情都会不同了。

大不相同。

譬如说，巴迪。乔治几乎等不及巴迪赶快出院，再开始他的汤匙虐待、绳套勒人之类的把戏。乔治会尽量让巴迪得逞——至少在白天，大家都看得见的时候，让着他——可是，等到夜里，他们俩单独在房间里，一片漆黑，锁上房门……

乔治忍不住无声地笑了起来。

就像巴迪常说的，这一定会是，经典。

变形子弹之歌

烤肉派对结束了。这是一次成功的餐会:各种饮料,炭烤丁骨牛排,生菜沙拉加梅格牌特佳调味料。他们五点就开始烤肉,现在已八点半,天快黑了——正是大型晚宴要进入高潮的时候。但这只是个小型派对,一共只有五个人参加:经纪人和他的太太,年轻名作家和他的太太,以及年纪六十出头,但容貌更显苍老的杂志编辑。编辑从头到尾都喝汽水。经纪人在编辑抵达前已对他年轻的妻子透露,编辑有过酗酒的毛病。他戒了这毛病,但妻子也死了……这也是今天参加的只有五个、而非六个人的原因。

派对地点在年轻作家面湖的后院里,随着暮色降临,他们非但没有愈加喧闹,反而静默下来,似乎各怀心事。作家的第一本小说受到好评,屡次再版。他是个幸运的年轻人,而他也自知比别人幸运。

有趣的是,话题竟从这个青年作家的少年得意转到其他也很早成名,却以自杀终场的作家。提到了罗斯·洛克里奇,还有汤姆·哈根。经纪人的太太提到西尔维娅·普莱斯和安妮·塞克斯顿。但年轻作家认为,普莱斯不够格被称为名作家。她不是因为成名而自杀,他说;她是因为自杀而成名的。经纪人微微一笑。

"拜托,我们能不能谈点别的?"作家的妻子有点不安地说。

经纪人没有理会她的请求,说道:"还有发疯。也有作家因为成名而发疯的。"经纪人的声音有点舞台演员的卷舌音。

作家的妻子知道丈夫之所以喜欢谈这些事,是因为他可以对此谈笑打趣,而他之所以想对此谈笑打趣,是因为他太常想到这些事。但在她还来不及再次开口抗议前,杂志编辑却先开口了。他说的话十分不寻常,让她连抗议都忘了。

"发疯是颗变形的子弹。"

经纪人的太太面露惊愕,作家则询问似的倾身说:"这句话听起来很熟——"

"当然,"编辑说,"这句子,这影像,'变形子弹'是诗人玛莉安·摩尔用来形容汽车的词汇。我一直认为用它来形容发疯也十分贴切。发疯是种心灵自杀。现在的医生不是说,唯一能真正测出死亡的方法,是以脑死亡测定吗?发疯是射进脑部的一颗变形子弹。"

作家的妻子跳了起来:"有没有人想再喝点饮料?"

没人回应。

"呃,我要,如果我们要继续谈这话题的话。"她说着便走开了。

编辑说:"我在罗根杂志社当编辑时,曾接过一篇稿子。当然,《罗根》现在没有《柯利尔》杂志和《周六晚邮》那么有名了,不过在我们那时候,《罗根》的销售量可是高高在上的。"他的语气透着几分得意,"我们每年出版三十六篇短篇故事,至少,而且每年总有四五篇会被选入全国年度短篇小说选集里。很多人看的。总之,这篇稿子的标题是《变形子弹之歌》,作者是雷格·索普。一个年轻人,年纪和我们这位大作家相当,知名度也不相上下。"

经纪人的太太问:"他写了《地底人》不是吗?"

"是的。那是他的第一部长篇,创下了惊人的销售量,平装和精装都卖了很多,而且佳评如潮。甚至根据小说改拍的电影也很不错,虽然比不上原著,远远比不上。"

"我喜欢那本书,"作家的妻子说,她已经被诱回这场谈话中了,"后来他又写了别的故事吧?《地底人》是我念大学时看的……呃,已经很久以前了。"

"但你看起来还是像大学生一样年轻漂亮。"经纪人的太太热切地说,其实她对作家太太的紧身露脐装和热裤颇不以为然。

"没有。自从那部小说后,他没有再写任何东西,"编辑说,"除了我现在告诉你们的这个短篇。他自杀了。先发疯,然后自杀了。"

"哦。"年轻作家的妻子无力地呻吟一声。又回到这个话题了。

作家开口问道:"那个短篇出版了吗?"

"没有,但不是因为作者发疯或自杀。它之所以没有出版,是因为编辑发了疯,而且差点自杀。"

经纪人突然站起来为自己添酒,虽然他的酒杯还是满满的。他知道这个编辑在一九六九年夏天曾经精神崩溃,不久后《罗根》杂志便一蹶不振了。

"我就是那个编辑。"编辑又往下说,"可以这么说,雷格·索普是和我一起发疯的,尽管我人在纽约,他人在奥马哈,而且我们从未碰面。他的书出版半年后,他就搬到那里去——套个时髦用语,就是'充电'。我所以知道这件事,是因为当他的太太到纽约时,我偶尔会和她见面。她画画,画得相当好。她是个幸运的女孩。他差点就把她一起带走。"

经纪人走回来坐下。"我有点记得这件事了,"他说,"不只是他的妻子,对吧?他开枪射杀另外两个人,其中一个只是个孩子。"

"没错,"编辑说,"就是那孩子为他送了终。"

"那孩子为他送了终?"经纪人的太太有点悚然地问,"我不明白你的意思。"

然而编辑的脸色明白表示了他得暂时卖个关子。

"我知道故事的内幕,因为是我亲身经历的,"编辑说,"我也很幸运,非常幸运。用枪射击头部自杀,说来是件有趣的事。你会认为这一定是个万无一失的方法,比吞安眠药或割腕更可靠,事实上却不然。当你举枪射击自己的头部时,你根本不知道会发生什么事。子弹说不定会冲出脑壳变成跳弹,因此杀死另一个人;也可能顺着整个脑壳的曲线绕行,从一边进去,从另一边出来;更可能卡在你的脑子里,让你眼睛瞎了,却保住性命。一个人可能用一把点三八口径的手枪射击自己的额头,醒来时却在医院里。另一个可能以一把点二二口径的手枪射击额头,醒来却在地狱里……假如地狱真的存在的话。我倒相信地狱就在这地球上,也许就在新泽西。"

作家的妻子不自然地笑了几声。

"唯一万无一失的自杀方法,是从很高的楼顶上跳下来,但这法子只有已经下定万分决心要死的人才会采用。死状太惨,不是吗?

"不过我的重点是:当你用一颗变形子弹射击自己时,你确实不知道结果会是如何。我的遭遇是,我从一座桥上掉下河去,醒来时躺在四处都是垃圾的堤防上,身旁是个卡车司机,拼命打我的背,把我的手拉上推下,仿佛他只有二十四小时可以锻炼身体,又误把我当作一部健身机。对雷格来说,子弹要了他的命……但我要告诉你们一个故事,只是不知道你们有没有兴趣听。"

在渐深的暮色中,他以询问的表情环顾他们。经纪人和经纪人的妻子不肯定地面面相觑,作家的妻子正想说她认为这可怕的话题应该适可而止时,她丈夫却开口说:"我想听,只要你不介意说出来。"

"我从来没跟任何人提过,"编辑说,"但不是基于什么私人理由。也许是因为我从来没遇见对的听众吧。"

"那么请说吧,"作家说。

"保罗——"他的妻子伸手按住他的肩,"你不认为——"

"不要打岔,梅格。"

编辑说道:"这篇稿子是下班后从门底塞进办公室的,当时《罗根》杂志已不接受自由投稿。有这样的稿子进来时,会有个女孩把原稿塞进回邮信封里,并附张纸条写着:'由于费用增高,加上编辑人员无力应付持续增加的稿子,本刊已不接受自由投稿。兹将原稿退回,俾便阁下另投他处。祝好运。'这篇官样文章说得很漂亮吧?在一个句子里连续用'增高'、'加上'、'增加'可不容易。"

"如果投稿人没附回邮信封,那篇稿子就会被丢进垃圾桶里了,"作家说,"对吧?"

"噢,一点也不错。在大都市里是不存在同情心的。"

一抹奇特不安的表情闪过作家的脸上。一个人掉进老虎坑,看见已有几十上百个能力更强的人都被杀害时,也会有类似的表情。到目前为止,这个作家还没见过半只老虎。然而他感觉得到老虎的存在,而且它们的爪子非常锐利。

"总之,"编辑说着,取出烟盒,"这篇稿子送来后,收发室的小姐把稿子从信封内取出,把退稿便条订在第一页稿纸上,正想将稿子放进回邮信封时,瞥见了作者的名字。正巧,她看过《地底人》。那年秋天,人人争相传阅这部小说,不是看过了就是正在看,或是在图书馆的等待名单上,或是到杂货店去看有没有平装本。"

作家的妻子这时才注意到丈夫的脸色,牵起他的手。他对她笑笑。编辑掏出一只金质打火机点烟。在暮色中,他们都看见他的形容有多枯稿——两眼下方如鳄鱼皮般松弛的眼袋,瘦削的两颊,还有突出在那张壮年脸孔上的老年下巴,就像船头一样。那艘船,作家心想,名叫老年。没有人想搭这艘船兜风,可是特等舱房已经满了。连仓库区也满了。

打火机闪了闪后熄灭了,编辑深思地吸了一口烟。

"那位当年在收发室工作,看过那篇稿子后没将原稿寄回,却转交给编辑的小姐,现在在普特南出版公司当编辑。她的名字并不重要,重要的是,在人生的大坐标图中,这位小姐的向量在《罗根》杂志的收发室里,与雷格·索普的向量交错。她的向上,他的却是向下。她把那篇稿子交给上司,她的上司又把那篇稿子交给我。我看了,觉得非常喜欢。那故事写得有些冗长,不过我看得出哪段情节可以毫不费力地删掉五百字,这样的话就够了。"

作家问:"那是个什么样的故事呢?"

"你应该想得到的,"编辑说,"那故事和我们的话题刚好吻合。"

"关于发疯?"

"是的,不错。在大学的创意写作课第一堂课里,他们教你的第一件事是什么?写你知道的事。雷格·索普知道发疯是怎么回事,因为他自己疯了。那故事之所以吸引我,或许因为我自己也快疯了。假如你是个编辑,你大可说美国的读者最不需要的就是另一个硬塞给他们的故事,关于'如何在美国有格调地发疯',副标题:'人们再也不和彼此交谈'。这是二十世纪文学的流行主题。每个大作家都在这上面做过文章,而每篇这样的文章都不免遭受贬抑。但这个故事却十分有趣,非常非常有趣。

"在那之前,我没看过类似的小说,在那之后也没有。最接近的,应该是菲茨杰拉德的几个短篇……和《了不起的盖茨比》。在索普的故事里,男主角发疯了,却疯得极有意思。看这篇故事会忍不住一直微笑,有几个地方甚至会让你喷饭——尤其是男主角把柠檬果冻倒到胖女孩头上那段。不过却是让你笑得战战兢兢。笑完之后,你会回头看有没有什么东西听见你的笑声。故事里相对的紧张气氛安排得着实高妙。你越忍不住笑,就越感到不安。而你越感到不安,就越想笑……直到男主角从为他举行的派对回到家里,杀死他的妻子和他还是婴孩的女儿。"

"主要情节是什么?"经纪人问。

"那无关紧要,"编辑说,"只是关于一个年轻人逐渐无力应付成功的故事。不说清楚反而好,详细的情节大意其实很无聊,一般都是这样。

"总之,我写了封信给他。我说:'亲爱的雷格·索普,我刚拜读过《变形子弹之歌》,深觉是篇佳作。我想将该稿刊登在明年初的《罗根》杂志上,不知你意下如何?你认为八百元的稿酬是否合理?只要一得到你的首肯,我们便将稿费如数寄出。'另段起。"

编辑对着夜空喷了口烟。

"'唯来稿似嫌稍长,若你能将其缩减大约五百字最好。如或不然,至少得缩减两百字,也许我们可以相互妥协。'另段起。'请随时以电话联系。'我的签名。然后这封信就被发到奥马哈去了。"

作家的妻子问:"你竟然一字不漏记得那么清楚?"

"我的收发信件都有存档,"编辑说,"他的信,以及我的回信影印复本。到后来积成厚厚一沓,包括三四封由他太太珍妮·索普写来的信。我经常翻阅这些信件。没有用,当然。想了解变形子弹,就像想了解数学上的莫比乌斯环为何只有一个平面。事实就是那样。是的,我几乎一字不漏全记得。有些人还会背独立宣言呢。"

"我猜他隔天就打电话给你了,"经纪人咧嘴一笑,说,"没错吧?"

"不,他没有打电话。在《地底人》发表不久后,索普就完全不用电话了。这是他妻子告诉我的。他们从纽约搬到奥马哈去时,新家里甚至没装电话。因为他认为电话系统并非靠电力操作,而是靠放射线——镭。他认为这是现代世界史上最大的秘密之一。他对他太太说,癌症的增加,就是镭的罪过,与香烟、汽车废气或工业污染无关。每部电话机的话筒里都有个很小的镭晶体,每次你用电话时,脑子里就会充满放射线。"

作家说:"他是疯了没错。"大家都笑了起来。

"他回了信,"编辑说着,对着湖的方向弹弹烟灰,"他的信是这样写的:'亲爱的亨利·威尔森(请容我只叫你亨利吧),你的来信使我十分欢欣。事实上,我太太比我还要高兴。稿酬很合理……虽然我得说,该稿将刊登于《罗根》杂志上的事实,倒似乎是更合理的补偿(但我接受这稿费就是)。我同意你要求的缩减,觉得没什么问题,我认为这故事有了留白后改善了不少。祝一切都好。雷格·索普。'

"在他的签名下,画了一个奇怪的小图……很像是胡乱涂鸦。在一个和一美元钞票背面的金字塔相似的图案里有只眼睛。在那小图下还有几个字：福灵，福纳。"

"不是拉丁文就是瞎编的。"经纪人的妻子说。

"那只是雷格·索普发疯的征兆之一，"编辑说，"他太太告诉我，雷格相信有小精灵或小仙人那样的'小人'存在，叫做'福灵'。他们是幸运精灵。他更相信有个福灵就住在他的打字机里。"

"天啊。"作家的妻子叹了一声。

"根据雷格所说，每个福灵都有一把像猎枪之类的东西，装满了……幸运尘——我想大概可以这样说吧。而幸运尘——"

"——就叫做福纳。"作家接口说，并得意地绽颜一笑。

"是的。他太太也觉得很可笑。起初。事实上，前两年雷格在写《地底人》时，就开始想象福灵的存在了，当时她以为那是雷格故意逗她开心。也许最初真的是吧，只是这想法渐渐地从玩笑变成迷信，更继而变成信仰。这是个……变形的幻想。到了后来情况变得很严重，非常严重。"

没有人说话。大家的笑容都消失了。

"福灵自有有趣的一面，"编辑说，"他们还住在纽约时，雷格的打字机便常被送去店里修理，等他们搬到奥马哈后，打字机送修就更频繁了。在奥马哈，他第一次把打字机送修时，该公司借给他一台代用打字机。雷格将他的打字机拿回几天后，该公司的经理打电话请人转告他，说除了修打字机的费用外，还要另外索取代用打字机的清理费。"

"为什么呢？"经纪人的太太问。

"我想我知道。"作家的妻子说。

"打字机里到处是食物，"编辑往下说，"有蛋糕屑和饼干屑。键盘上也沾了花生酱。雷格喂食住在他打字机里的那个福灵。代用打字机送来后，他认为福灵也暂时搬了家，因此照喂不误。"

"不可思议。"作家说。

"当时，我对这些都还一无所知。我只是回信告诉他，我觉得很高兴。我的秘书为我打了信后，拿来给我签名，但还没等我签完，她就得先出去接个电话。等我签完名，她还没回来，于是——没什么特别的原因——我在我的名字下也画了一个同样的小图。金字塔，眼睛，并写了'福灵，福纳'。真疯狂。秘书看到了，问我是不是要把那封信照发。我耸耸肩叫她发了。

"两天后,珍妮·索普打电话给我。她告诉我,雷格接到我的信后十分兴奋。雷格以为他终于找到了同伴……另一个也知道福灵的人。你们都看出情况变得有多疯狂了吧?当时据我所知(或不知),'福灵'可能是任何东西,也许是左撇子用的扳手,也许是把波兰牛排刀。'福纳'也一样。我对珍妮解释,我不过是照抄雷格所画的小图而已。她想知道为什么。我顾左右而言他,但答案其实是当我签发那封信时,我已经醉得厉害了。"

他暂时停住,后院里登时被一种让人不舒服的沉默笼罩。与会的人眺望夜空、湖面和森林,但他们对风景已经失去了兴趣。

"我从成年后开始喝酒,所以我也说不上来究竟从什么时候开始,我喝得失去了控制。用职业性的说法,就是我曾爬到酒瓶的顶端,差点把命送了。我午餐时就开始喝酒,回到办公室时已经烂醉如泥。不过下午的工作我还是能照常进行。让我失去控制的,是下班后的酗酒——先是在列车上,然后在家里继续。

"我太太和我一直有着喝酒之外的其他问题,只是我的酗酒让这些问题更加严重。有很长一段时间,她一直想离开我。而在雷格的稿子寄到的一星期前,她真的走了。

"雷格的稿子送来时,我正为了她的离家而苦恼,因此喝得比平常还凶。更严重的是,当时我正处于——呃,套句时髦用语就是中年危机。我所知道的就是,我对我的职业及私人生活都感到万分沮丧。我越来越觉得,编辑大众小说,吸引例如紧张的牙科病人、吃午餐的家庭主妇和偶尔感觉无聊的大学生之类的读者,实在不算什么高尚的职业。我也想到——当时在《罗根》工作的人或许也都想到——再过半年、一年,或许《罗根杂志》就不存在了。

"在这个中年的沉闷萧条时期,突然接到一篇由知名作家写出的好稿子,那简直就像一道璀璨的阳光。我知道,用阳光形容一个男主角最后杀妻杀子的故事听起来很奇怪,但只要你问任何一个编辑,最能让他快乐的是什么事情,他会告诉你,就是一篇意料之外的佳作,如圣诞礼物般出现在桌上。比如你们都知道小说家雪莉·杰克逊的《摸彩》这个故事吧。那故事结尾之悲惨,简直令人难以想象。我是说,他们把一个好女人拖出去,用石头丢她,直到她断气。连她的儿女也参与这场凶杀,真是天可怜见。但无可否认,这是篇不可多得的佳作……我敢打赌,第一个读这篇稿子的《纽约客》杂志的编辑,当晚一定是吹着口哨回家的。

"我要说的是,在那节骨眼上,雷格的故事是发生在我生活中最好的一件事,也是唯一一件好事。根据他太太那天在电话里说的,我接受他的稿子也是他最近遇到的唯一一件好事。作家与编辑的关系总是互利共生,但在雷格和我的例子来说,这种共生的程度被提高到了极不自然的程度。"

作家的妻子说:"让我们再听听珍妮·索普吧。"

"是的,我的确把她撇到一边去了,对吧? 最初她对'福灵'这回事非常生气。我告诉她,我在签名下胡乱画下眼睛和金字塔的记号,但不晓得那有什么意义,我为我所做的事向她道歉。

"她气消后,开始把整件事一五一十说给我听。她越来越担心,而且没人可以分担她的心事。她的家人都去世了,她的所有朋友都在纽约。雷格不准任何人到他们家里。他说他们是税务员,或是联邦调查局探员,或中央情报局的间谍。他们搬到奥马哈后不久,有个小女孩上门来卖女童子军饼干。雷格对她大吼,叫她滚开,说知道她为什么找上门来等等。珍妮试着对他讲理,雷格却告诉她税务员都没有灵魂,没有良心。而且他说,那小女孩可能是个机器人。机器人才不受童工法的限制。他不能忍受税务局的人派个装满镭晶体的机器女童子军来调查他有没有什么秘密……同时将癌症放射线投射到他全身。"

经纪人的妻子低喊一声:"老天。"

"她一直在等待一个友善的声音,而我就是第一个。我知道了那女童子军的事,我发现喂食福灵的事实,还有福纳,以及雷格如何拒绝使用电话。她是在五条街外一家药店里打公用电话给我的。她告诉我,她怕雷格担心的并不是税务局或联邦调查局或中央情报局。她认为他担心的是'他们'——一群潜藏而不知名,憎恨雷格、嫉妒雷格、会不计代价陷害雷格的人——已经发现福灵,并想将他杀掉。如果那个福灵死了,就再也没有小说,没有故事,什么都没有了。你们明白吗? 疯狂的本质。他们要出来害他。最后,连为了《地底人》的版税曾不断找他麻烦的国税局,也不能再插手。最后就只有他们。完全是臆测出来的幻想。他们要杀害他的福灵。"

"老天,你怎么对她说呢?"经纪人问道。

"我试着安慰她。"编辑说,"我,午餐时刚喝了五杯马蒂尼的我,对这个站在奥马哈一家药店的公用电话前万分惊恐的女人说话,试着告诉她,一切都会好转的,不要担心她丈夫相信电话里充满了镭晶体,以及有一群不知名的人派一个机器女童子军去刺探他,不必担心她丈夫的心智丧失到相信有个精灵住在他打字机里的地步。

"但我不相信她把我的话听了进去。

"她请我——不,求我——和雷格将那篇稿子改好,务必要让它刊出。她什么都说了,只差没有直说《变形子弹之歌》是雷格与我们所谓'现实世界'的最后联系。

"我问她,万一雷格再度提起福灵,我该怎么办。'顺他的意吧。'她说。她正是这么说的——顺他的意。然后她挂断电话。

"隔天,邮件里有封雷格的来信——用打字机打的,单行间隔,长达五页。第一段是关于那篇稿子。他说,他已着手删减,进行得很顺利。他认为他可以从原稿的一万零五百字删掉七百字,使该故事以九千八百字定稿。

"从第三段后,整封信都在谈福灵和福纳。他自己的观察,和问题……几十个问题。"

"观察?"作家倾身向前,"那么,他真的看见他们了?"

"没有,"编辑说,"没有真的看见,但……我想从另一个角度来说,他是看见了。举例来说,早在天文学家有超高倍数望远镜之前,人们就已知道冥王星的存在。借着研究海王星的轨道,他们推出冥王星的存在。雷格就是用这种方式观察福灵。他说,他们喜欢在夜晚进食,不知我注意到没?他整天不断地喂他们,但他注意到大部分食物都是在晚上八点以后消失的。"

"幻觉吗?"作家问。

"不是,"编辑答道,"每当雷格晚上出去散步时,他太太便把打字机里的食物尽可能清理掉。而他每晚都在九点左右出门。"

"我要说,她向你诉苦实在有点没道理,"经纪人咕哝一句,在椅子上移动一下敦实的身子,"她那么做无疑是在鼓励他乱想。"

"你不明白她为什么要打电话,以及她为什么心烦,"编辑平静地说,望向作家的妻子,"不过我相信你明白,梅格。"

"也许,"她瞥了丈夫一眼,然后说道,"她生气不是因为你鼓励了他的幻想,而是她怕你会扰乱那个幻想。"

"对极了!"编辑又点了支烟,"她把食物清掉,也是基于同样的理由。如果食物在打字机里继续累积,雷格一定会做合理的假设,直接出自他自定的不合逻辑的前提。也就是,他的福灵要不是死了,就是离开了。这样一来,就没有福纳了。没有福纳,他也不必再写稿了……"

编辑望着蓝色的烟飘向夜空,过了半晌才又继续往下说:

"他认为福灵很可能在夜间行动。他们不喜欢热闹——他注意到在热闹的宴会之后,隔天早上他往往无法写作—— 他们讨厌电视,讨厌电力,讨厌放射线。雷格早就把他们家的电视卖掉了,卖了二十美元,他说,而且他那只有荧光指针的手表也早就丢了。接下来问题就来了。我怎么知道福灵的?我家里是不是也住了一个?如果是的话,我对这个有什么想法?我想我也不必说得更清楚。假如你们养过纯种狗,而且记得你们问过的关于照顾和喂食的一切问题,大概就能知道雷格问我的问题多半是些什么。我只是在签名下乱画,没想到便打开了潘多拉的盒子。"

"你怎么回他的信呢?"经纪人问。

编辑慢条斯理地说:"真正的麻烦就从这里开始。对我们两个都一样。珍妮说过:'顺他的意吧。'所以我照做了。但很不幸的,我做得有点过火。我在家回他这封信时,已经喝得烂醉。公寓里似乎空洞无比,而且有种闷酸味——烟味,通风不足。桑德拉一走,家里的东西都快发霉了。沙发套皱巴巴的,厨房水槽里浸满了脏碗盘,诸如此类。我是一个不善理家的中年男子。

"我坐在桌前,打字机里卷进一张我个人的专用信纸。我心想:我需要一个福灵。事实上,我需要一打福灵,用福纳把这寂寞无比的房子彻底打扫一番。在那一刻,我醉得开始嫉妒雷格·索普的幻想。

"我告诉他我也有个福灵。我说,就特征上来说,我的福灵和他的极为相似:夜间行动,讨厌吵闹声,但似乎喜欢听巴赫和勃拉姆斯的音乐……我说,在听过一晚他们的音乐后,我的工作效率往往最高。我发现我的福灵非常喜欢吃客喜牌香肠……不知雷格试过没有?我把一点香肠屑留在我常带在身上的写字板上,第二天早上就差不多都被吃光了。除非,正如雷格所说,前一天晚上很吵。我告诉他,我很高兴得知放射线的事,虽然我没有夜光表。我告诉他,我的福灵自从我上大学时就跟我在一起了。我写得不亦乐乎,整整写了六页。最后我又加了一段,敷衍地谈了一下他的稿子,然后才签名。"

"在你的签名下面——?"经纪人的太太问。

"不用说,福灵和福纳,"他顿了一下,"天黑了,你们看不见我脸红。当时我醉了,醉醺醺的……在黎明的曙光下,我或许重新考虑过,可惜已经太迟了。"

"你前一夜就把信寄了吗?"作家低问。

"是的。接下来的十天,我屏息以待。有天,改过的稿子寄来了,收件人写我,未另附信件。他删减的都是我们讨论过的部分,我觉得那故事已经相当完美,可是稿纸……呃,我把稿子带回家,重打了一遍。因为在他的稿纸上,有一条条黄色污痕,我以为……"

"尿?"经纪人太太问。

"是的,我以为那是尿。其实并不是。我到家时,信箱里躺了一封雷格的来信,这回长达十页。在信里,他解释了那些黄色污痕,他没买到客喜牌香肠,所以他试了卓腾牌的。

"他说他们很喜欢,尤其是加了芥末酱后。"

"那天我相当清醒。但是他的信,加上那些粘在手稿上的芥末污痕,立刻又把我推向酒柜,不久后我又醉醺醺的了。"

经纪人太太问:"那封信上还写了些什么呢?"她对这故事越听越入迷了,这会儿她挺着肥胖的腰部往前倾身,那姿势让作家太太想起漫画里的史努比站在狗屋上,假装自己是只秃鹰的样子。

"这回只有两行谈到他的稿子,其他全在谈福灵。香肠是个绝妙的主意。雷尼很喜欢,结果——"

"雷尼?"作家问。

"就是那个福灵的名字,"编辑说,"雷尼。由于香肠的功效,雷尼尽力帮助他的改写。此外,那封信上尽是些偏执的幻想。你们这辈子绝对没看过那样的信。"

"雷格和雷尼……天造地设的一对。"作家的妻子说着,忐忑地笑了笑。

"哦,不尽然,"编辑说,"他们的关系仅止于工作,而且雷尼是男的。"

"那么,请再多说点那封信的内容吧。"

"那封信我没背下来。这说不定对你们反而是好事。即使是疯言疯语,听多了也没什么意思。邮差是情报员,报童是联邦调查局探员。雷格曾在他的早报里发现一把消音手枪。隔壁邻居是间谍,他们的货车里有侦查设备。他不敢再到转角杂货店买东西,因为店老板是个机器人。以前他就怀疑过了,他说,现在他很肯定。在那人光秃秃的脑袋下,他看见纠结的电线。而且他家里的放射线指数增高了,到了晚上,他还能看见房间里有种暗淡的绿色光芒。

"他的信是这样结束的:'我希望你回信告知你(和你的福灵)应付敌人的情况,亨利。我相信碰到你不只是纯属巧合,我想这是在最后一刻由(上帝?命运?天神?随你说)安排的生死之交。

"'一个人不可能长期独自对抗上千个敌人。当他终于发现,他并不孤独……说我们相同的经验是隔在我和完全毁灭之间的墙垣,会太过分吗?也许不会。我必须知道:敌人是不是也想害你的福灵,就像他们想害我的雷尼一样?如果是的话,你如何对抗?如果不是,你又知道是为什么吗?我重复:我必须知道。'

"那封信下面又画了同样的圆,签了同样的字,最后还有条附注,简简单单的一句:'有时候我也怀疑我太太。'

"那封信我仔细看了三遍,同时喝掉一整瓶威士忌。我开始考虑该用什么口吻回他的信。十分明显,这是个快淹死的人在出声求救。那篇稿子让他支撑了一会儿,但现在稿子已经写完。现在他依赖我让他支撑下去。这也很合理,因为这麻烦完全是我自找的。

"我在屋里走来走去,从一个空房间走到另一个空房间,把所有的插头都拔下来。我喝得很醉,别忘了,喝醉酒会使你的暗示感受性特别强烈。这也就是编辑和律师何以在午餐谈合约之前先喝上三杯。"

经纪人大笑,但整个气氛仍旧凝重而沉闷。

"也请你们牢牢记住,雷格·索普是个不折不扣的作家。他完全相信自己所说的一切。联邦调查局、中央情报局、国税局、他们、敌人。有些作家拥有一种极稀有的天分,那就是对主题越有感触,词句便越冷静。斯坦贝克有这种天分,海明威也有,雷格·索普也是。你一进入他的世界,就会觉得每件事物都很合理。一旦你接受福灵理论这个前提,你就会开始想,很可能那报童真的在报纸里藏了一把点三八口径的消音手枪。隔壁有辆货车的大学生说不定真的是克格勃间谍,假臼齿里藏有一颗含毒药的胶囊,奉命来杀害或捕捉雷尼,不成功便成仁。

"当然,我没有接受这个基本前提,可是我脑子里一片空白,难以思考。而且我拔掉了所有插头。先是彩色电视机,因为人人都知道彩色电视机会放出辐射线。在《罗根》杂志上,我们登过一篇知名科学家的文章,说家用电视机放出的放射线足以扰乱人的脑波,造成细微但永久的改变。这位科学家又说,大学入学考试成绩、读写能力测验,以及小学算术能力发展的逐年降低,都可能是基于这个原因。毕竟,看电视时谁会比小孩坐得更近呢?

"所以我拔掉电视机插头,觉得我的思绪似乎真的清明了些。事实上,我一觉得思路清楚多了,便进一步拔掉收音机、烤面包机、洗衣机和烘干机的插头。然后我想起微波炉,便把它的插头也拔了。等所有的插头都拔掉后,我感到无比轻松。那个微波炉是最早出厂的型号,可能真的很危险吧。新型的防护措施应该比较好吧。

"我想到,在一个普通的中产阶级家庭里,有多少东西要插进墙里,于是一个影像闪过脑际——一只电动章鱼,所有触须都由电缆组成,每根都连进墙里,连接到室外的电线,而所有电线都连到政府所有的电力公司。

"我在做那些事时,觉得一颗心奇怪地分成两半。"编辑喝了口汽水,又继续往下说,"本质上,我是在回应一种迷信的冲动。有很多人不愿从梯子下走过,或在屋里撑开伞。不少篮球队员在罚球前先在胸前画十字,也有棒球队员在连续输球后会换袜子。我想那是理性的心灵和不理性的潜意识构成的不良组合。假如要我界定'不理性的潜意识'是什么意思,我会说那是在每个人心里都有的一个小房间,房间四壁都加了垫子,房里只有一张小桥牌桌,桌上放了把手枪,枪里装的就是变形子弹。

"当你为了避免从梯子下走过,而在人行道上绕道而行,或是宁可合着伞走出房子而淋雨时,你的完整自我便会部分脱落,你就会走进那个小房间,从桌上拿起手枪,矛盾地想着:从梯子下走过是无害的,但不从梯子下走过也是无害的。但当梯子落在你后方,或者当你开了伞——你又回复了完整的自我。"

作家开口说:"这很有趣。你不介意的话,我想更进一步问你:那不理性的部分什么时候会停止玩弄那把枪,直接把它举到脑门上呢?"

编辑说:"当那个人开始写信给报社,要求将所有的梯子都放下,理由是因为从下面走过很危险的时候。"

众人一阵大笑。

"既然已经扯得这么远,我们就不妨把它说完。当那个人开始在城里到处走,将梯子全部推倒,而也许伤害到在梯子上工作的人时,也就是不理性的自我将变形子弹射进脑袋里的时候。绕过梯子并不比从梯子下走过更确切证明发疯。只因为人人都危险地从工人的梯子下走过,而写信给报社说纽约市要毁灭了,这也不能证明什么。但开始推倒梯子,就是一种确切的行为了。"

"因为那是公然的行为。"作家低语了一句。

经纪人说:"你知道的,亨利,你这番论调有点道理。我自己就迷信一根火柴不能点三支烟。我不晓得它从哪里来,但我的确有这迷信。后来我在某个地方读到,这迷信来自第一次世界大战时的战壕里。德国狙击手似乎都等着英国兵为彼此点烟,第一道火光让他们看清距离,第二道火光让他们调整偏差,第三道火光一出现,他们就轰掉那个人的脑袋。然而知道迷信的来源并没有造成任何改变。我还是不用同一根火柴点第三支烟。一部分的我说,用同一根火柴点上十二支烟也没关系,另一个声音却说:喔,要是你真点了……"

"但不是所有疯狂都来自迷信,对吧?"作家的妻子怯怯地问。

"不是吗?"编辑答道,"圣女贞德听到从天上发出的声音。有些人认为他们被魔鬼附身。还有些人看到鬼……或恶魔……或福灵。我们对疯狂所用的词汇或多或少都涵盖了迷信的成分:狂热……不正常……无理性……精神失常……精神错乱。对一个疯子而言,现实歪曲了。整个人在那放有手枪的小房间里重新整合。

"但当时我的理性还很强烈。愤慨、受伤、流血、害怕,但仍旧正常运作,对自己说:'哦,没关系。明天等你清醒过来后,可以再把所有插头插上,谢天谢地。现在你想玩游戏就玩吧。但就这样,别太过分。'

"那理性的声音是有理由害怕的。我们的脑子里有种东西很被疯狂吸引。任何人从大楼顶上往下看,至少都会感觉到一点点病态的、往下跳的冲动。而任何一个曾将上了子弹的手枪按在脑门上的人……"

"嗯,别说了,"作家的妻子求道,"拜托你。"

"好吧。"编辑说,"我要说的只是:即使是个最能自我调适的人,也要用一条滑溜的绳索抓住他或她的理性。我很相信这一点。理性路线是嵌于人类兽性中的。

"把插头都拔掉后,我走进书房,写了封信给雷格·索普,然后把信装进信封,贴了邮票,拿出去寄了。事实上这一切过程我并不记得;我醉得太厉害了。但我推测我是那么做了,因为隔天早上我醒来时,打字机旁放着一份副本,还有信封和邮票。那封信,就是你们想象中一个醉鬼会写出的那种信,最重要的论点就是:敌人不但被福灵本身吸引,也被电力吸引。只要排除电力,就能甩掉敌人。最后一段我写道:'电力会干扰你对这些事的思绪,雷格,干扰脑波。你太太有果汁机吗?'"

"换句话说,你差不多已经到了开始写信给报社的阶段。"作家说。

"是的。那封信我是在周五晚上写的。周六早上我在十一点左右醒来,头痛欲裂,对前一夜所做的种种蠢事只有一点模糊的印象。我把电器用品的插头插回去时,感到十分羞愧。当我看到我写给雷格的信,更觉得羞愧万分。我为了找到该信的原件,把整个屋子都翻遍了,只希望我没有把它寄掉。可是我已经寄了。那一整天,我失魂落魄,决心要戒酒。我绝对是那样想的。

"下星期三,雷格的信来了。用手写的,只有一页。上面画满了福灵和福纳的小图。在信纸中央,只有几个句子:'你说得对。谢谢你,谢谢你。雷格。你说得对,现在都没事了。雷格。谢谢。雷格。'"

"天啊!"作家的妻子叹道。

"我猜他太太一定很生气。"经纪人的太太说。

"错了。她并不生气,因为那的确有效。"

"有效?"经纪人问。

"星期一早上他接到我的信。星期一下午他就跑到当地的电力公司去,要他们把他的电切断。当然,珍妮气坏了。她的一切作息都仰赖电力,她真的有果汁机,还有缝衣机、洗衣机和烘干机……呃,你们知道的。星期一晚上,我相信她已经气得想把我的脑袋剁下来了。

"但雷格的行为却让她认定我不是一个疯子,而是创造奇迹的人。他要她在客厅里坐下,十分理智地和她谈。他说他知道自己的行为一直很奇怪,他知道她很担心。他告诉她现在电力一切断,他已经觉得舒服多了,而且他愿意帮助她克服没有电力所造成的种种不便。然后他建议他们到隔壁去,向邻居打声招呼。"

作家问:"不是去那个货车里有放射线的克格勃间谍家吧?"

"是的,就是那家。珍妮困惑不已。她同意和他一起到隔壁去,但她告诉我,当时她相信一定会有很难堪的场面。控诉、威胁、歇斯底里。她已经开始考虑如果雷格不肯找专家求助,她就要离开他了。那个星期三早上在电话里,她告诉我,说她已经下定决心:切断电力是压断骆驼背的倒数第二根稻草。要是再发生任何事,她就要只身到纽约来。你瞧,她已经开始觉得害怕。事情发展到几乎难以想象的恶劣地步。她爱他,可是她快受不了了。她决定,如果雷格对隔壁的大学生说了什么奇怪的话,她就要断然离开。后来我发现,她已仔细问过在内布拉斯加州让非自愿离婚生效的程序。"

"可怜的女人。"作家的妻子喃喃说道。

"然而那天晚上的造访却意外成功。"编辑说,"根据珍妮所言,雷格谈笑风生,迷人之至。三年来她第一次看到他恢复自我。他的阴沉、鬼祟都消失了。紧张的痉挛,不由自主的惊跳,及每当有扇门打开时就回头看的习惯,全都不见了。他喝着啤酒,谈着在那些晦暗的日子里的热门话题:战争、自愿军的可能性、都市里的暴动、参政法。

"而他写了《地底人》一书的事实,让大学生和他的朋友都……'万分赞叹'——根据珍妮的形容。有三四个人看过那本书。唯一没看过的也迫不及待地要到图书馆去借来看。"

作家笑着点点头。这种反应他很清楚。

"所以,"编辑说,"我们暂时撇开雷格·索普和他的妻子;他们没有电力,却享受了许久以来未曾有过的快乐——"

"还好他没有IBM打字机。"经纪人说。

"——回头再谈编辑吧。"编辑说,"半个月过去了。夏天快走了。编辑,不用说,好几次破了戒,但大致上还不算太过分。时光如常消逝。在肯尼迪角,他们已经准备把人送上月球。新一期的《罗根》杂志,封面人物是约翰·林赛,但销路却照样低落。我已呈上请款单,以当时《罗根》杂志的稿费标准,用八百美元买下由雷格·索普所写的短篇故事,标题为《变形子弹之歌》,首次发表,预定刊登于一九七〇年一月号。

"我的上司,吉姆·杜根,打了通电话给我,问我能否上楼见他。我早上十点走进他的办公室,自觉仪容端整,精神奕奕。

"我坐下来,问吉姆有什么需要我效劳的。我不能说当时雷格·索普的名字没有出现在我的脑海,刊登那篇故事对《罗根》杂志而言无疑是个奇招,所以我猜吉姆可能是想恭喜我。所以你们就能想象,当他把两份请款单推过桌面给我时,我有多目瞪口呆。一份是雷格的小说,另一份是约翰·厄普代克的一个中篇,我们原本计划刊登在二月号上。但两份请款单上都印着'不准'的字样。

"我看着那两份被退回的单子,望向吉姆,根本想不通这是怎么回事。我的脑子被堵住了。我四下张望,看见他的电热水壶。他的秘书珍娜每天早上上班时,都会为他把电热水壶插上,这样他才随时都有热咖啡可喝。三年多来那已经成了她的例行公事。那天早上,我想到的只是:只要把那玩意儿的插头拔掉,我就可以思考了。我知道一把那插头拔掉,我就想得通了。

"我说:'这是怎么回事,吉姆?'

"'我非常抱歉必须告诉你这件事,亨利,'他说,'自一九七〇年一月开始,《罗根》杂志不再登载小说了。'"

编辑停下来掏烟,但他的烟盒空了:"有人有烟吗?"

作家的妻子递过一支给他。

"谢谢你,梅格。"

他点上烟,摇熄火柴,深吸了一口。烟头在暮色中闪着红光。

"我很肯定吉姆以为我疯了,"他又往下说,"我说:'你不介意吧?'便倾身拔掉他的电热水壶插头。

"他张大嘴,说了一句:'搞什么鬼,亨利?'

"'那玩意儿开着让我无法思考,'我说,'干扰。'那似乎是真的,因为一拔掉插头,我对眼前的状况就看得清楚多了。'这表示我被炒鱿鱼了吗?'我问他。

"'我不知道,'他说,'那得看山姆和董事会的决定。我真的不知道,亨利。'"

"我有很多话可说。我猜吉姆大概以为我会激动地求他保住我的工作。但我没有为了自己的工作,或是为了《罗根》杂志的小说事业而求他。我求他,是为了雷格·索普的稿子。刚开始我说,我们可以把那篇小说提前——刊在十二月号上。

"吉姆说:'十二月号已经满了,你也知道,怎可能再挤进一篇一万字的小说呢?'

"'九千八百字。'我说。

"'以及一整页的插图,'他说,'算了吧。'

"'那,就不要插图,'我说,'听我说,吉姆,这是篇伟大的故事,也许是我们过去五年来最好的一篇小说。'

"吉姆说:'我看过了,亨利。我知道这是篇佳作,可是我们没办法登。十二月号不行。那是圣诞节特刊啊,要命,你想把一篇男主角杀妻杀子的故事摆在圣诞树下? 你一定是——'他说到这里停了下来,但我看见他把目光移向他的电热水壶。他倒不如大声说出口算了,对不对?"

作家缓缓点头,他的眼睛一直停驻在编辑的脸上。

"我开始头痛。起初只有一点痛,但越来越剧烈。我想到珍娜的桌上有一部电动削铅笔机。吉姆的办公室里有好几盏灯。还有取暖器和走廊里的自动贩卖机。只要你想想,就会发现整栋大楼都是靠电力运作,在这种情况下还有人能做事难道不奇怪吗? 就在这时,我开始有了那个想法:也就是《罗根》杂志非倒不可,因为没有人能够思考。而之所以没人能够思考,原因是我们都被困在这栋由电力操作的高楼里。我们的脑波完全被搞乱了。我还记得我心想,要是叫个医生带一部心电图机器到那里去,那些图一定会是乱七八糟的,充满了象征脑瘤的大曲线。

"想着那些事,我的头痛得更厉害了。但我还不死心,请他至少问问总编辑山姆·卫德,让那篇故事登在一月号上。必要的话,就让它成为《罗根》杂志的告别小说,《罗根》的最后一篇短篇小说。

"吉姆抚弄着一支铅笔,一边点头。他说:'我会提出来,只是你明知那是没用的。写这篇故事的虽是个一炮而红的作家,但约翰·厄普代克那篇也不差……甚至还更好……而且——'

"'约翰·厄普代克那篇小说没有雷格的故事好!'我说。

"'呃,老天,亨利,你不必吼——'

"'我没有吼!'我吼道。

"他望着我半晌。那时我已头痛欲裂。我听得到日光灯的嗡嗡声,听起来就像一群苍蝇被困在玻璃瓶里。实在是种很可恨的声音。我又觉得似乎听到珍娜在用她的电动削铅笔机。他们是故意的,我心想,他们想扰乱我的思路。他们知道当这些东西开动时我就没办法思考,所以……所以……

"吉姆正说着下一次编辑会议时他会提出来,建议尽管已决定停刊小说,还是该把我口头已经谈好的几篇登出来……虽然……

"我起身走过房间,把灯关掉。

"'你干什么?'吉姆问。

"'你知道我在干什么。'我说,'吉姆,在你变得空无一物之前,你应该离开这里。'

"他起身走向我。'我想你今天不用工作了,亨利,'他说,'回家去,休息休息。我知道近来你承受了很多压力。我要你知道,这件事我会尽力的。我的感受和你一样……呃,差不多一样强烈。不过你该回家去,跷起二郎腿,看看电视。'

"'电视,'我大笑。那是我听过最滑稽的话。'吉姆,'我说,'你替我向山姆再转告一件事。'

"'什么事,亨利?'

"'告诉他,他需要一个福灵。这整栋大楼。一个福灵?不,一打福灵。'

"'一个福灵?'他点点头说,'好,亨利。我一定会转告他。'

"我头痛欲裂,眼花缭乱。在我内心深处,我已经在想我该怎么告诉雷格,以及雷格会有什么反应。

"'只要我查得出来该向谁买,我会亲自写张请购单,'我说,'雷格大概知道。一打福灵。叫他们把福纳洒满这整个地方。把那该死的电力关掉,全部关掉。'我在吉姆的办公室里走来走去,吉姆则瞪大眼睛看着我。'把所有电力都关掉,吉姆,你要告诉他们。告诉山姆。有电力干扰,谁也无法思考,对不对?'

"'你说得对,亨利,百分之百对。现在你回家去,好好休息,好吧?睡个午觉什么的。'

"'还有福灵。他们不喜欢那些干扰。放射线,电力,全都一样。喂他们香肠、蛋糕、花生酱。我们可以买这些东西吧?'我的头痛得无以复加。我看见两个吉姆,什么东西都是双重影像。突然间我需要喝酒。假如没有福灵,而且我的理智告诉我的确没有,那么,只有喝杯酒能让我忘却烦恼。

"'当然,我们可以买这些东西。'他说。

"'你不相信我的话,对不对,吉姆?'我问道。

"'我当然相信。别担心,回家去休息一会儿吧。'

"'现在你不相信,'我说,'但是等这块破布倒闭时,你会相信的。当你坐在离一大堆百事可乐、糖果、三明治贩卖机还不到十五码时,你怎么能相信你做的是理智的决定呢?'接着是个可怕的想法,'还有微波炉!'我对他叫道,'那里还有个热三明治用的微波炉!'

"他开口想说话,但我不理他,一个箭步夺门而出。想到那个微波炉解释了一切,我就必须远离这里。让我头痛欲裂的就是那个微波炉。我一冲出门,珍娜、广告部的凯蒂和宣传部的麦特都盯着我看。我想他们一定听到了我的吼叫声。

"我的办公室就在下一层楼。因此我跑下楼梯,进了办公室,关掉所有的灯,拿了我的公事包。我搭电梯到楼下大厅,但是我将公事包夹在两腿之间,用手指压着耳朵。我记得和我搭同一部电梯的另外几个人,都以怪异的眼光看着我。"编辑干笑一声,"他们都很害怕。换句话说,和一个显然发疯的人锁在一个移动的小箱子里,换了是你也会害怕的。"

"噢,这样就叫发疯,未免太严重了吧?"经纪人太太说。

"一点也不。发疯总得有个起点。如果说这个故事有任何意义——如果说发生在一个人生命里的事情有任何意义——那么这故事讲的就是疯狂的起因。发疯总有个起点,也总有个终点。就像一条路,或者是一颗从枪膛里射出的子弹。我离雷格还有好几英里路,但我已跨过起点了。

"我总得到个地方去,所以我去了四十九街一家'四羽酒吧'。我记得当时之所以挑上那家酒吧,是因为那里没有自动点唱机,没有彩色电视机,也没有太多灯。我记得我叫了第一杯酒,但那之后就什么也不记得了,直到我第二天早上在自己家里的床上醒来。地上有呕吐物,我身上的被单被香烟烧破一个大洞。在我人事不省时,我显然逃过几次呛死或烧死的可能,其实就算出了什么事,我大概也是毫无知觉的。"

"老天,"经纪人几乎是虔敬地说。

"那是一次丧失意识的经验,"编辑说,"我这辈子第一次真正的昏迷——那通常是死亡的征兆,因此无论你是逃脱,或是上了天堂,都不会有太多类似经验。不过每个酒鬼都会告诉你说,昏迷和死亡并不一样,不然就能省掉很多麻烦了。当一个酒鬼丧失意识时,他仍然能够行动。一个昏迷的酒鬼是个忙碌的小恶魔,有点像个坏福灵。他会打电话给他前妻,在电话里羞辱她,或者在高速公路上开错车,撞倒一车的孩子。他会辞职,抢劫,把婚戒送给别人。一个忙碌的小恶魔。

"至于我前一夜做了什么,显而易见的,就是回家写信。只不过这封信并不是写给雷格,而是写给我自己。而且写信的人不是我——至少,根据那封信,那信并不是我写出来的。"

"那是谁写的呢?"作家的妻子问。

"贝利。"

"贝利是谁?"

"他的福灵。"作家有点心不在焉地代答。他的眼神迷蒙而遥远。

"是的,没错。"编辑一点也不意外。在夜间清甜的空气中,他为他们复述了那封信,每隔一段便用手指点一下。

"'贝利向你问好。我为你的困扰而难过,我的朋友,但一开始我要指出,有困扰的不止你一个。对我来说这差事也不简单。我可以用福纳洒在你的臭机器上,从现在到永远。但移动键盘应该是你的工作。上帝制造大人就是要他们有这个用处。所以我很同情,但你能得到的同情仅止而此。

"'我明白你很担心雷格·索普。但我担心的并非雷格,而是我的兄弟,雷尼。雷格一直担心雷尼走后他会变得如何,因为他很自私。作家的诅咒就是他们全都是很自私的人。他不担心万一自己先走或是阿邦沙赛柯的话,雷尼会变成怎么样。他的所谓敏感的心智显然从未想过这个问题。不过,好在我们所有不幸的问题都有同一个短期的解决方式,因此我只好伸长手臂和我的小身体,把这解答传给你,我的醉鬼朋友。你或许想知道长期的解决方式,但我可以向你保证,根本没有这种东西。每个伤口都是致命的。得到什么就接受。有时候你的绳子或许会松一点,但那绳子总有尽头。那又怎样。且为那暂时的放松欣喜,不必浪费时间去诅咒绳子。一颗感激的心会明白,到了最后我们都会荡在半空中。

"'你得自己拿钱出来付他稿费,但不能开个人支票。雷格的精神病很严重,或许也很危险,但并不表示他很笨。'"编辑暂停后又清晰地重复了一个"笨"字,才又继续说,"'如果你给他个人支票,他在九秒钟内就会猜出这是怎么回事。

"'从你的个人存款提出八百美元现金,再加点零头,请你的银行以艾文出版社的名义为你开个新户头。务必让他们明白你要看起来很商业的支票,而不是上面印有小狗小猫或风景图的。找个你信得过的朋友,将他列为共同存款人。等支票簿寄来后,便开张八百美元的支票,请你的共同存款人签名。支票抬头写雷格·索普。这招目前就够用了。

"'仅此。'信件下首签了:'贝利'——不是用手写的,而是打字的。"

"哇!"作家低呼了一声。

"我醒来时最先注意到的就是打字机。那东西被弄得像B级片里鬼附身的打字机一样。前一天,那是一部办公室用的黑色旧打字机。我起来时——觉得一个头两个大——它却变成灰扑扑的。那封信的最后几句是重叠的,而且颜色都褪了。我一看就知道,我那忠实的老打字机已经完蛋了。我咽了口口水,走到厨房。在料理台上有包打开的砂糖,里面放了柄勺子。从厨房到我的工作室之间,到处都是砂糖。"

"你在喂食福灵,"作家推断,"贝利喜欢吃甜的;至少你这么想。"

"是的。但尽管我头痛又恶心,我却很清楚这个福灵是谁。"

他弹了一下指尖。

"第一,贝利是我妈娘家的姓氏。

"第二,'阿邦沙赛柯'这个词是我跟我弟弟发明的,意思就是发疯。我们还小的时候喜欢这样说。

"第三,就是'笨'这个字拼错了,而这是我常拼错的字之一。我曾认识一个很有学识的作家,但他从来没把'冰箱'拼对过,不管校对替他改过多少次都一样。还有一个在普林斯顿大学拿到博士的家伙,永远把'丑'字写错。"

作家的妻子突然笑了一声,笑声既快活又尴尬:"我也有几个常错的字。"

"我要说的是,一个人常拼错的字,就是他文学上的指纹。去问任何一个校对过同一作家几部作品的校对,你就晓得了。

"是的,贝利是我,我就是贝利。然而信中的解决方法无疑是极佳的提议。可是还有一件事——潜意识留下了指纹,但那下面也有个陌生人。一个所知甚多的家伙。我这辈子从没用过'共同存款人'这名词,也从没听过,后来我发现这真的是银行用语。

"我拿起话筒,想打电话给一个朋友,但一阵难以言喻的疼痛穿透我的脑袋。我想到雷格·索普和他的放射线理论,急忙放下电话。我洗了澡,刮了脸,大概在镜子里检查了九次仪容,直到觉得自己看起来不失为一个有理性的人,这才出门亲自去找那朋友。尽管如此,他还是问了我许多问题,并一再打量我。所以我猜想,我的外表一定还是有些痕迹是洗澡、刮脸和李施德林漱口水无法隐藏的。还好,他与我不是同行。你知道,在同业间任何消息都会传得很快。而且,假如他在出版界的话,他会晓得艾文出版社就是出版《罗根》杂志的公司,他会奇怪我究竟在搞什么把戏。但因为他不是同行,所以他不知道,我才得以告诉他因为《罗根》杂志显然已经决定取消小说组,我现在想自己开家出版社。"

"他有没有问你,为什么要叫艾文出版社呢?"作家问。

"问了。"

"你怎么回答他?"

"我告诉他,"编辑苦笑了一下,说道,"艾文是我妈结婚前的名字。"

在一阵短暂的静默后,编辑再度开口。这回他直接讲到结尾,几乎没人再打断过他。

"于是,我开始等支票印好寄来,其实我只会用到一张。我借运动来打发时间——捡起茶杯,舒张手肘,倒掉茶杯里的水,再舒张手肘,直到疲累至极,乏力地趴在桌上为止。当然,还有别的小事发生,但我真正的生活重心就是那么两件事:等待和舒张。就我所记得的。我必须一再说'我记得',主要是因为当时我常在喝醉的状态,因此每记得一件事,便可能表示五六十件事是我不记得的。

"我辞掉了工作——我相信那让每个人都松了口气。对他们来说,他们不必以发疯为由把我从一个已经不存在的部门开除。对我来说,我再也不必面对那栋大楼了——电梯、电话、日光灯,以及想到一切都靠电力的悚然。

"我在那三周里,给雷格·索普和他太太每人各写了两封信。我记得写信给她,却不记得也写给了他——就像贝利的那封信一样,给他的信是在我昏迷时写的。只是我昏迷时仍旧固守工作时的老习惯,就像我固执地拼错字一样。我每次都记得复印……所以隔天早上我醒来时,复本往往就躺在某个地方。就像看到一个陌生人的来信一样。

"那些信倒不全都是疯言疯语。一点也不。我加了附注问他太太有没有果汁机的那封几乎算是最糟的。但这些信似乎……都相当合理。"

他停下来,缓慢而乏力地摇摇头。

"可怜的珍妮·索普。倒不是说他们那边的情况有多糟,而是在她看来,她一定以为她丈夫的编辑正在做一件极有技巧——也很人道——的事,顺着她丈夫的心意,好让他脱离日益加深的消沉。她也许想过,对于一个有各种狂想、幻觉——几乎导致攻击一个小女孩的幻觉——的人,顺着他的心意算不算是好主意,就算她想过吧,她的选择却是不去理会消极的方面,因为她自己也处处顺着他。我也并未因此而责怪她。他不只是张长期饭票,你要他赚钱养你才不得不取悦他。珍妮是个了不起的女人,她用独特的方式爱着这家伙。在和雷格共同生活,由早期到全盛期到疯狂期之后,我想她会同意贝利所说的'且为那暂时的放松欣喜,不必浪费时间去诅咒绳子。'当然,你越放松,到后来必须抓住绳子末端时,就会摔得越重……但摔得快应该也值得庆幸吧——谁想抓着绳子在半空中荡来荡去呢?

"在那段期间,我也接到他们两人的回信——阳光灿烂的信——虽说那阳光有种奇异、几乎像是夕阳的特质。那就好像……呃,别管这廉价的哲学了。如果我能想出我要说的是什么,我会说的。现在先不管它。

"他每晚都到隔壁去和那些大学生打牌,等到树叶开始凋落时,他们眼中的雷格·索普无疑就是下凡来的上帝。他们不玩牌或丢飞盘时,便谈论文学,由雷格从旁柔和地调整他们的节奏。他从当地的一家爱护动物协会领养了一条小狗,每天早晚带它出去溜达,和左邻右舍打招呼。原来认为索普夫妇很奇怪的人,开始改变想法。当珍妮提议,由于没有电器设备,她需要找个人帮忙做家务时,雷格也立刻同意。他愉快地接受了这个提议,倒让她大吃一惊。并不是钱的问题——《地底人》已经让他们赚了一大笔——问题是,根据珍妮所想的,他们。雷格常说他们无处不在,那么,有谁会比一个清洁女工更能胜任间谍的角色呢?她可以到你家的每个角落,检查床底下、衣橱里,甚至没上锁的书桌抽屉。

"然而他却欣然同意,并说他觉得自己太不体贴,竟然没有早点想到请人来帮她的忙,虽说——她特别告诉我这点——家里较粗重的杂务都是他在做。他只有个小小的请求:就是不准清洁女工进他的书房。

"而最好的一点,对珍妮来说最让她高兴的,就是雷格又重新拾笔写稿了,这回是部新的长篇小说。她看了前三章,觉得非常精彩。她说,这一切都是从我为《罗根》杂志接受了《变形子弹之歌》的稿子后开始的——在那之前是空前的低潮。因此她为我祝福。

"我确信她的最后一句话是发自内心,只是她的祝福似乎并未散发任何温暖,而且她信中的阳光仿佛不尽完美——我们又回头讲这个了。她信中的阳光,似乎是从鳞状云中透出的阳光,而这种云是告诉你,很快就要下雨了。

"这一切都是好消息——狗、清洁女工和新小说——然而她太聪明,无法真的相信他已渐渐好转……或者我是这么相信的,即使我整天处于晕乎乎的状态。毕竟雷格的精神病状不是一两天的事了。说起来精神病很像肺癌——两种病都不可能自己痊愈,虽然病人有时会有好转的迹象。

"我可以再借支烟吗,亲爱的?"
作家的妻子递烟给他。

"毕竟,"他点了烟后,又继续说,"他的固执想法仍反映在她的生活中。没有电话,没有电力。他把所有开关面板都用胶带贴起来。他喂小狗,却不曾中断把食物放进打字机里。隔壁的大学生认为他很了不起,但隔壁的大学生可没看见雷格因为害怕放射线,每天早上得戴上橡皮手套才敢把放在前院踏脚垫上的报纸拿起来。他们没听到他在睡梦中的呻吟,也不必在他从不记得的噩梦中尖叫惊醒后安慰他。

"你,亲爱的——"他转向作家的妻子,"一定在想,为什么她不离开他吧。虽然你没说出来,心里却这么想,对不对?"
她点点头。

"是的。我不想讲一大套动机理论——真实故事最方便的一点,就是你只需要说,事情的经过就是这样,让人们自己去操心为什么。一般来说,很多事情本来也就没什么前因后果可讲⋯⋯

"但就珍妮·索普自己看来,状况已经好转太多。她见了来应征清洁工作的黑人中年妇女,并尽可能坦白说明她丈夫的特异之处。那个叫格特鲁德·鲁林的妇人大笑,说她为更奇怪的人做过事。格特鲁德来帮佣的头一周,珍妮的心情和初次去拜访隔壁大学生时一样紧张——等待着某种疯狂的爆发。但雷格对格特鲁德的态度奇佳,和她谈论她的教会工作、她的丈夫和她最小的儿子吉米——据格特鲁德的说法,她这个小儿子会让漫画里的淘气阿丹相形失色。她有十一个孩子,但吉米和他上一个哥哥相差九岁,这让她头痛不已。

"雷格似乎渐渐痊愈了⋯⋯至少,在很多事情上他恢复了正常。不过,他还是一样疯狂,我也一样。发疯或许是颗变形子弹,但任何一个弹药专家都会告诉你,没有两颗子弹是完全相同的。雷格在一封信中和我谈了点他的新小说,接着便大谈福灵。一般的福灵,以及他的雷尼。他现在怀疑他们是否真要杀害福灵,或者更有可能,要活捉福灵加以研究。在信末他写道:'亨利,自从我们开始通信后,我的胃口和生活都大有改进。感激这一切。雷格。'下面还有一条附注,询问他的故事是否已找到人画插图。那让我既内疚又痛苦,于是免不了又开始喝酒。

"雷格着迷于福灵;我日夜挂虑的却是电线。

"我的回信只草草提了一下福灵——这次真的只是要顺他的心意,至少就这个主题而言,一个以我母亲姓氏为名,又有我拼错字坏习惯的小精灵,无法引起我多大的兴趣。

"让我越来越感兴趣的是电力这个主题,还有微波以及无线电波、小型家电的无线电波干扰、低度放射线,天晓得还有什么。我到图书馆去,借了许多这方面的书,我也买了许多这方面的书,这些玩意儿有很多可怕的地方⋯⋯当然我所要找的也就是这些地方而已。

"我将电话和电力都切断了。那不无帮助。但一天晚上我醉醺醺地回家,手上和口袋里各有一瓶威士忌,一进家门,我看见这只红色的小眼睛从天花板上向我窥视。天啊,有一会儿我以为自己快要心脏病发作了。一开始那看起来有点像一只虫子停在那里⋯⋯一只有发亮红眼的大飞虫。

"我点燃瓦斯灯,立刻看清楚那是什么,但心情并未因此放松,反而更加沉重。我一看清楚那东西,便觉得有股剧痛窜流过头部——就像无线电波。那一刹那,我的眼珠似乎在眼窝里转动不休,我可以看进自己的脑袋,看见脑细胞在冒烟、变黑、死亡。那是个烟雾侦测器——在一九六九年,那甚至是比微波炉还要新的设计。

"我夺门而出,跑下楼去——我住五楼,可是我还是走楼梯——拼命敲公寓管理员的门。我告诉他我不要那东西在我的公寓里,我要他立刻把它移开,今晚就移开,一小时之内把它移开。他瞪着我,好像我完全疯了,现在我自然知道。那个烟雾侦测器的装置是为了让人安心。现在,当然,装那东西已经是法律规定,但在当时那可是个创举,由大楼居民委员会支付。

"他照我的话移开了那个侦测器——没花多少时间——然而他却不时瞄着我,我虽然昏昏沉沉,但多少明白他的感觉。我需要刮胡子,我全身是酒味,我的头发凌乱无比,我的外套脏兮兮的。他大概知道我已不上班了,而且我送走了电视机,又切断电话和电线。他一定觉得我疯了。

"我或许是疯了,但就跟雷格一样,我并不笨。我开始谈笑风生。当编辑的总得有点这方面的能力,你知道。然后我又赏他一张十美元钞票证明了我的正常。后来这件事不了了之,但接下来的半个月,也就是我住在那栋公寓的最后半个月里,从人们看我的眼神,我知道这件事已经被传开了,居民委员会的人没来找我麻烦,数落我的不知感激,尤其证实了我的猜测。他们都怕我会拿把牛排刀追杀他们。

"不过,那晚我可没工夫想那么多。除了曼哈顿区的灯火从窗外透进室内之外,公寓里唯一的光亮来自那盏不怎么亮的瓦斯灯,我坐在幽暗的屋里,一手拿酒,一手持烟,呆望着天花板上原来装了侦测器的地方。那有只红眼睛的侦测器,隐藏得那么好,以至于我白天时从来没注意到。于是我想到这个无可否认的事实:尽管我把家里所有电源都切断了,却还是有一件电器存在……既然有一件,难保没有第二件。

"就算我公寓里没有吧,整栋建筑里也到处是电线——就像癌症末期的病人一样,全身都是坏细胞和发烂的器官。闭上眼睛,我能看见那些在线管里的电线,发出一种如在地狱中的绿光。而在这栋建筑之外,便是整座城市。一条本身几乎无害的电线通往一个配电盘,配电盘后的电线变粗了点,通过线管在地下室里接上一条更粗的电线……那条再由街道下方通往一大团电线,只不过那些电线极粗,称之为电缆。

"当我接到珍妮说雷格用胶带贴住开关面板的那封信时,我的部分心智认为,她把那当作雷格发疯的征兆之一,而这部分心智也知道,我必须以全心赞同她的态度来回信。我的另一部分心智,也是较大的那一部分却想着:'多棒的主意啊!'于是第二天我也照他的方法把我的开关面板都封住。别忘了,照说我应该是要帮助雷格·索普的人。但在那自顾不暇的情况下,想起来实在很可笑。

"那晚我决定离开曼哈顿。我家在阿迪伦达克山上有栋老房子,我可以到那里去。唯一能把我留在城市里的,就是雷格·索普的稿子。如果说《变形子弹之歌》是雷格在疯狂之海中的救生圈,那它也是我的——我要让它刊登在一本好杂志上。做完这件事,我就可以了无牵挂地离开。

"这就是事发之前,我和雷格通信的情况。我们就像两个垂死的毒瘾病人,比较吗啡和海洛因的相对优点。雷格有藏在打字机里的福灵,我有藏在墙里的福灵,而我们两人的脑袋里都有福灵。

"还有他们。别忘了他们。我试着转卖那篇稿子,不久便决定他们也包括全纽约市的每一个杂志编辑——在一九六九年秋,从事编辑的人还不算多。如果你把他们聚集起来,用一颗霰弹枪子弹就能把他们统统打死,而没多久后,我就开始觉得那是个绝妙的点子。

"整整五年后,我才终于能站在他们的立场衡量这件事。我打断一位编辑的晚餐,使得正要付圣诞节小费的他看到我火冒三丈。其他几位编辑……呃,可笑的是他们多半是我的朋友。杰瑞·贝克是当时《君子》杂志的小说组编辑助理,他和我在二次大战时在同一个机枪连服役。这些编辑在见到改变近况的亨利·威尔森时,不只是不安,而是十分嫌恶。假如我只是把雷格的稿子装在信封里送出,内附一封信解释《罗根》杂志的状况,我很可能立刻就能把那篇稿子转卖掉。可是,哦,不,那还不够好。我要看到这篇故事有专人处理。于是我带着稿子一家家跑,一个满脸胡茬、满嘴酒气的卸任编辑,不但两手发抖,眼睛布满血丝,而且右颊骨上还有一大块淤血,是他前两天夜里撞到浴室门造成的。我倒不如挂块写着'精神病患者'的招牌算了。"

"我也不愿和这些编辑在他们的办公室里谈。事实上,我没办法。我能踏进一部电梯,搭着它到四十层楼高已经是很久以前的事了。因此我像药头交货给毒虫一样,跟他们约在公园里、石阶上,或者49街一家'汉堡天堂'里——我跟杰瑞·贝克就约在那里。杰瑞至少还乐意请我吃顿饭,然而,那家'汉堡天堂'的员工却拒绝让我进入。"

经纪人发出一声呻吟。

"他们答应我一定会看那篇稿子,接着便开始关切地问我近况如何,是否还在酗酒。我记得我曾和其中两位提起电力和放射线如何扰乱每个人的思路,当《美国周刊》的小说主编安迪·里弗斯建议我去看医生时,我告诉他,该看医生的人是他。

"'你看到外头街上那些人吗?'我说。我们站在华盛顿广场公园里。'他们有一半,也许甚至四分之三都有脑瘤。我不会把雷格·索普的稿子卖给你,安迪。妈的,你根本看不懂。你的脑子已经坐在电椅上,你却完全不知道。'

"我手里拿着雷格的稿子,像报纸一样卷起来,在他的鼻子前挥动,就像你斥骂小狗在街上乱小便一样。然后我踏步而去。我记得他喊着要我回去,说我们可以喝杯咖啡好好谈一下,接着我经过一家把扩音喇叭放在人行道上,正在大放重金属摇滚乐的唱片店,脑子里立刻一阵轰然,再也听不到他的声音。我记得当时我想着两件事——我必须尽快离开纽约市,不然我自己也会有脑瘤,而且我得立刻喝一杯。

"那天晚上我回到公寓时,发现大门下有张纸条,上面写着:'我们要你离开,你这个疯子。'我不假思索就把它丢了。我们这些老疯子该操心的事可多了,没空去理同栋公寓的住户写的匿名纸条。

"我重新回想我对安迪·里弗斯所说的关于雷格稿子的话。我喝得越多,越想,就越觉得我说的很有道理。《变形子弹之歌》很有意思,表面上那是篇浅显易读的故事……但在表面下,这故事却复杂得惊人。我真以为在这城市里会有另一个编辑了解这故事的真髓吗?也许我曾经这么以为,但现在我睁开眼睛看清楚了,还会有同样的想法吗?我真的以为,在一个到处布满电线的地方,还有空间能包容欣赏和了解吗?天啊,电流正到处渗漏呀。

"由于天色还没全暗,我便拿起报纸,想借着看报暂时忘记这整件可悲的事,偏偏那天的《纽约时报》上,正巧有篇报道提到从核能工厂流出的放射物质如何不断消失的文章。那篇文章继续推论,那些物质若是落到有足够能力的人手上,很容易就能用来制造强力核子武器。

"在落日余晖中,我坐在厨房的小餐桌旁。在我脑海中,我想象得出他们在淘洗钚粉,就像一八四九年时矿工在淘金一样。只不过他们并不想用钚粉来毁灭纽约市,不。他们只想到处乱洒钚粉,破坏每个人的心智。他们是坏福灵,而那些放射尘只是运气不佳的福纳,有史以来运气最差的福纳。

"我决定不要转卖雷格的稿子——至少,不要在纽约市。只要我的新户头支票寄来,我就尽快离开这里。等我到上州后,我就可以把稿子寄到别的杂志社去。《塞沃尼评论》应该不错,我想,或是《爱荷华评论》。以后我再向雷格解释。雷格能谅解的。那似乎可以解决整个问题,因此我喝酒庆祝,一杯不够再一杯,不久我又醉昏了过去。在这以后,我只再经历过一次昏迷。

"第二天,我的艾文出版社支票到了。我打了一张后,便去找我的朋友,那个'共同存款人'。他不免又问东问西一番,但这回我忍住气。我需要他的签名。最后,他签了。我到一家文具公司去,请他们帮我刻个艾文出版社的图章。然后我在公事用信封上盖了回邮地址,并打上雷格的地址(我把打字机里的砂糖清掉了,但字键还是有点黏糊糊的),又加上一小张便条,说说这张支票是我给过的最愉快的一张……我并没说谎。那整封信看来非常公事化,因此我欣赏了半天,过了一小时后才将它寄出去。你绝对想不到一个已经十天没换内衣的酒鬼,能把这件事办得那么好。"

他停下来,捻熄了烟,看了看表。接着,仿佛一个列车长宣布火车驶抵某个重要城市一样,他说:"接下来就是令人费解的一段了。

"在我的故事中,这一段是我的两位心理医生及好几位精神病例工作者最感兴趣的。在接下来的三十个月中,他们是我最常接触的人。这一段也是他们要我撤销的唯一一部分,以作为我康复的征兆。正如他们其中一位说的:'在你的故事里,只有这部分无法用错误导向来解释……也就是说,当你的逻辑观被修正之后。'最后我真的撤回我说的,因为我知道——虽然他们不知道——我是真的康复了,而且我急着离开精神病院。我想,要是不赶快离开,恐怕我又会再次发疯。因此我撤回叙述——伽利略面临火刑的危险时,也曾撤回他的说法——但在我心里,我从来不曾撤销。我不是要说,我将要告诉你们的是确实发生过的事;我要说的只是,到现在我依然相信那的确曾经发生过。这是个小小的说明,但对我来说非常重要。

"因此,我的朋友,下面便是费解的一段:

"接下来两天,我忙着准备搬到本州北部。顺便说明一下,我并没有因为想到要开车而困扰。我小时候读过,在大雷雨时,由于轮胎的绝缘作用,因此车内反而是最安全的地方之一。事实上,我盼望着坐进我的雪佛兰,关上所有车窗,驶离可能饱受雷殛的城市。然而,我的准备也包括取下车顶灯,将插头贴上胶带,并把车头灯旋钮转到最左边,使仪表板的灯发不出来。

"在预定留在公寓里的最后一晚,当我进门时,室内已空空如也,只有厨房餐桌、床和工作室里的打字机。我走向工作室,想走过那个房间到我的卧室,坐在床上,想想电线、电力和放射线,并喝上几杯,直到醉得可以入睡。

"我说的工作室,其实是起居室。我之所以把它当作工作室,是因为那房间的光线是整套公寓里最好的——一扇可以往远处眺望的西向大玻璃窗。说起来,在曼哈顿区的五楼公寓能远眺地平线,简直就是个奇迹。但我对此不曾有过疑问,只是单纯享受那窗子带来的视野。即使是雨天,房间里的光线也依然可爱而明净。

"可是那天傍晚的光线却有些阴森诡异。夕阳在房间里洒满红光,如火焰般明亮。由于空无一物,那房间看起来变得好大。我的鞋跟敲在硬木地板上发出扁平的回声。

"打字机就放在地板中央,我走过旁边时,看见打字机滚筒上端卷了张破纸——我吓了一跳,因为我知道自己上次出去拿酒,把打字机留在房里时,那上面并没有纸。

"我环顾四周,想着是不是有什么人擅自闯进我家。不过我想的倒不是窃贼、强盗什么的,而是……鬼。

"我看见卧室门的左边墙上,有块壁纸被撕了下来,于是至少想通了打字机上的破纸是从哪儿来的。

"我仍看着墙壁时,背后突然传来很清楚的一声'嗒'。我吓了一大跳,心脏直跳到喉头,急忙转过身来。我吓坏了,可是毫无疑问,我知道那是什么声音。在文字里打滚了一辈子,你一定听得出打字机键盘敲在纸上的声音,即使是在黄昏时的空房间里,没有人可能敲击字键的情况下。"

在黑暗中,众人都望着他。他们的脸只是模糊的圆圈,看不出表情,但靠得近了点。作家的妻子双手紧紧握住丈夫的一只手。

"我觉得……虚脱、不真实。也许当一个人碰到费解的状况时,就会有这种感觉吧。我慢慢走向打字机,虽然一颗心在喉咙间剧烈跳动着,精神上却觉得十分平静……甚至,冷漠。

"嗒!又一个字键弹上来。这回我亲眼看见,那是从上往下数来第三排左侧的一个字母。

"我非常缓慢地跪下来,接着腿部肌肉突然完全放松,于是干脆在打字机前坐下,身上那件脏大衣如女孩的裙子般在我身体周遭摊了开来。打字机又敲了两次,速度很快,停顿一下,然后又来一次。每一声'嗒',都在室内引起空洞的回声。

"那张壁纸是被反着卷进机器里,因此有胶的背面在打字机内反而成了正面,打在上面的字难免模糊或变形,但我看得出它打出的是:rackn。接着又是'嗒'的一声,一个完整的字出现了:rackne——雷尼。

"然后——"他清清喉咙,露出浅浅的笑容,"即使过了这么多年,这件事还是很难……就这么说出口。好,没有润饰或添油加醋的简单事实是这样的:我看见一只手从打字机里伸了出来。一只小得令人难以相信的手。它从最下面一排的字母B和字母N之间的空隙伸出,握成一个拳头,敲了一下空格键。机器跳出一个空格——就像打嗝一样,很快地——那只手便又缩回里面去了。"

经纪人的太太尖笑了几声。

经纪人轻声说:"别笑,玛莎。"她便停了下来。

"键盘敲得更快了,"编辑接着说,"过了一会儿,我幻想着自己听到那推举字母键的小东西的喘息声,就像任何卖力工作的人喘气会越来越急一样。没多久,打字机就几乎打不出字来了,而且大部分字键上还粘着黏糊糊的白糖,但我还是看得出字母的痕迹。在打出'雷尼快死——'后,接下来的Y字被糖浆黏住了。我看了一会儿,随即伸出一根手指,将那个字键从黏稠的白糖浆里拉出来。我不知道他——贝利——自己是否办得到。我想大概没办法。可是我不想看见他试着把那个字母拉出来。光是看到那拳头我都快昏了,要是让我看到精灵的全身,我一定会真的发疯,而且毫无疑问会起身就逃,虽然我两腿一点力气也没有。

"嗒——嗒——嗒,用力地喘息和呻吟,还有每打出一个完整的单词后,那只沾满墨渍的小拳头,就会从字母 B 和 N 之间伸出来敲击空格键。我也不确定究竟过了多久。七分钟,也许。也许十分钟。也许是一个世纪那么久。

"最后嗒嗒声停止了,我意识到他的喘息声也消失了。说不定他昏倒了……或者说不定他只是放弃,跑走了……或者说不定死了,心脏病发作或什么的。我只能确定,他还没打完所要传达的信息。纸上打的是:雷尼快死了是个索普不认识的小男孩吉米告诉索普说雷尼快死了小男孩吉米正在杀死雷尼……。

"这时我终于有力气起身走出工作室。我踮着脚尖走,生怕万一他睡着了,鞋跟敲击木板的声音会把他吵醒,那么,那可怕的打字声又会响起……果真那样的话,那第一声'嗒'就会让我尖叫出来,而且叫个不停。

"我的雪佛兰就停在路口的停车场,加满了油,装满行李,随时准备上路。我坐进驾驶座,想起放在大衣口袋里的那瓶酒。但因为我的手抖得太厉害,拿不稳酒瓶,把酒瓶掉了,好在酒瓶掉在座位上,没有摔破。

"这时我想起那次失去意识的经历,事实上,我的朋友,当时这正是我所期望的,而我也如愿以偿。我记得开了酒瓶后,便仰头一口一口地灌。我记得自己转动车钥匙,结果车上的收音机传出弗兰克·辛纳屈的歌:《黑色魔法》,这和当时的情况倒也不谋而合。我记得我开始跟着大声唱了起来,一面又灌下更多酒。我的车停在停车场后排,因此可以看见转角的红绿灯一闪一灭。我不断想着那在空房间里回响的嗒嗒声,以及工作室里消退的红光。我不断想着那喘息嘘气声,仿佛有个小精灵正在我的老打字机里做健身操。我眼前不断浮现那块撕下的壁纸凹凸不平的背面,脑子一直想弄清楚在我的公寓里究竟发生过什么事,一直想着他——贝利——跳出来,撕下一块卧室门边的壁纸,只因为那是屋里仅剩的类似纸张的东西,然后像顶着棕榈叶一样,用头顶着那张纸跑回打字机。我试着想象他如何把纸装上打字机。但这一切思绪都未能加速让我昏迷,因此我仍不断灌酒。弗兰克·辛纳屈的歌已经唱完,接着是一段'疯狂艾迪家电城'的广告,然后是莎拉·沃恩唱的《我要坐下》和《写封信给自己》。后一首歌又让我有了联想,因为不久前我就写了封信给自己,或者当时我以为是我自己写的,直到今晚发生的一切让我不得不重新思索自己在那件事情中的作用。于是我跟着莎拉大声唱了起来,就在这时,我一定是成功飞下了桥面。因为那首歌唱到第二段时,我开始呕吐不止,同时有人抡拳用力敲我的背,接着又将我的喉咙抬高、放下,然后再度敲打我的背。那是个卡车司机,他每敲一次,我就觉得有些液体从喉咙涌出,并好像会再往下流回去,只不过他立刻抬高我的喉咙,让那些液体无法倒流,而是被我吐出来。我吐出来的也许有一点威士忌,但大部分都是河水。等我能再次自己抬起头时,已是三天后的傍晚六点。我躺在宾州西部、匹兹堡北方约六十英里外的杰克逊河岸。我的雪佛兰尾部浮出河面,在河里载浮载沉,我还看得到保险杆上的贴纸。

"还有汽水吗,亲爱的? 我喉咙干得不得了。"

作家的妻子默默地拿了罐汽水给编辑。当她把汽水递给他时,不自禁地弯身亲吻他皱起的高耸面颊。他微微一笑,眼眸在微明的光线中闪烁。她是个善良的好女人,那眼中的闪烁没有骗过她。会让眼睛闪出那种光芒的,绝对不是快乐。

"谢谢你,梅格。"

他喝了一大口,呛得咳了几声,摇手拒绝递向他的烟。

"我今晚抽够了,我要戒烟——大概等下辈子再抽吧。

"我这故事剩下的部分,实在不必再说了。任何故事都有可预测的结尾。他们从我的车里捞出四十几瓶威士忌。我不断地呓语,说着精灵、电力、福灵、钚矿和福纳,在他们看来我是完全疯了,而他们也没有看错。

"根据车子里的加油收据,我开车绕过了东北部的五个州,而在我开车乱转的同时,以下便是发生在奥马哈那边的事。这一切,你们知道,都是珍妮·索普在信里告诉我的。我们维持了一段长期而痛苦的通信,最后当我撤回前一段叙述而被放出精神病院不久后,我们终于在纽黑文,也就是她现在住的地方见了面。那次见面时,我们彼此抱头痛哭,那时我才开始相信,我能再次拥有真正的人生——也许甚至是快乐的人生。

"那天,大约下午三点,有人敲索普家的大门。是送电报的男孩。那封电报是我发的,也是我和雷格的最后一次通信。电报上这样写着:雷格 根据可靠消息来源 雷尼快死了 贝利说是个小男孩 贝利说那孩子叫吉米 福灵和福纳 亨利。

"也许你们不免怀疑:他知道些什么,又是何时知道的?我可以告诉你们,我知道珍妮雇了位清洁工,但除了通过贝利,我当时还不知道那妇人有个小魔鬼般的儿子叫吉米。我想你们也只能相信我的话,虽然为了公平起见,我也得告诉你们,在往后的两年半中,为我看病的心理医生全都不肯相信。

"电报送达时,珍妮在杂货店里,雷格死后,她才在他的裤袋里找到电报。拍发及送达时间都写在上面,并注明'无电话/直接发送'。珍妮说,虽然电报送来才一天,却被揉捏得好像已经收到起码一个月了。

"从某方面说来,那封不到四十个字的电报,才是真正的变形子弹,而我老远从新泽西的佩特森将那颗子弹直接射进了雷格·索普的脑袋里。可是我当时醉醺醺的,根本不记得自己发了电报。

"在他生命的最后半个月,雷格已能过着表面上看似正常的生活。他六点起床,为自己和太太做早餐,然后写作一个钟头。八点左右,他会把书房锁起来,带狗出去,在附近社区散步。在他遛狗时,他非常随和,会停下来跟任何想和他聊天的人说话,把小狗系在附近的一家咖啡店外,喝杯晨间咖啡,然后再继续往前走。他极少在中午前回到家,到家时多半已是十二点半或一点。珍妮相信,他之所以散那么长时间的步,部分原因是为了避开唠叨不休的格特鲁德·鲁林,因为直到这个黑女人开始为他们工作的几天后,他才真的养成这个习惯。

"他会吃点午餐,躺下来小憩约一个钟头,然后起来再写作两三个钟头。晚上,他有时会到隔壁探望那些大学生,珍妮不一定陪着他去。有时他和珍妮会去看电影,或只是坐在起居室看书。他们很早就上床休息,通常雷格会比珍妮早一点。她写道他们不常做爱,偶尔一次,但两人也都意兴阑珊。'对大多数女人来说,性爱不是最重要的,'她说,'雷格又全心投入工作了,对他来说那是个很合理的替代。在这种情况下,我要说这半个月是我们过去五年来最快乐的一段日子。'我读到这里时,差点没痛哭出声。

"我对吉米一无所知,但雷格知道。雷格什么都知道,除了一样最重要的事实:就是吉米已经开始跟着他妈妈来上工了。

"当他接到我的电报,意识到这个事实时,一定气疯了。他们真的来了。而且显然连自己的妻子也是他们的一分子,因为当格特鲁德和吉米

来时她在家里,她却从未对雷格提过吉米。他在前一封信里怎么写的?'有时候我也怀疑我太太。'

"电报送达那天,她回家时发现雷格不在家。厨房桌上留了张条子,写着'亲爱的——我到书店去,晚餐前回来。'珍妮当时不觉得有什么不对劲……但假如她知道我的电报,我想那张无比正常的便条一定会把她吓坏的。她一定会发现,雷格已经认为她已转向敌方了。

"雷格并没有去什么书店。他是到镇上的小约翰枪店去,买了把点四五口径的自动手枪和两千发子弹。要是小约翰肯卖他AK70冲锋枪的话,他一定也会买的。他一心要保护他的福灵,使雷尼免于受到吉米、格特鲁德、珍妮和他们的伤害。

"隔天早晨,他没事般地照着平时的生活习惯起居活动。她回想起那是个温暖的秋天,他却穿了件极厚重的毛衣,但仅此而已。当然,穿那件毛衣,是为了那把枪。他带着狗出门,腰带里却藏了那把点四五。

"他一路上不曾停留或和人交谈,直接到他喝咖啡的那家咖啡店。他把小狗带到店后的卸货区,将它系在栏杆上,然后走回自家后院。

"他很清楚隔壁大学生的作息,知道他们何时外出,备用钥匙放在哪里。因此他进了隔壁屋里,上了二楼,监视自己的家。

"八点四十分时,他看见格特鲁德·鲁林来了,而且不是单独一人。她带了个小男孩。吉米·鲁林虽然才小学一年级,但因为过度暴躁而让老师和辅导顾问都认为,如果他能多等一年再上学,对大家(除了万分头痛的母亲)都会比较好。于是吉米只好回去重上一次幼稚园大班,但她家附近的两家托儿所都满了,而她下午两点到四点要到镇上另一区的人家打扫,因此无法把索普家的清洁工作调到下午。

"结果珍妮不得不勉强同意格特鲁德暂时带着吉米上工,直到她能做其他安排为止。或者直到雷格发现为止,而那是一定会发生的。

"她以为或许雷格不会介意——最近他对每件事都十分讲理。另一方面,他也许会很生气。如果这样,她就得再做其他安排。格特鲁德说她明白。而且看在老天分上,珍妮又说,千万别让那孩子碰雷格的任何东西。格特鲁德说一定不会,先生的书房门锁着,她不会去打开的。

"雷格一定像个狙击手一样,从邻家后院进到自家的后院。他看见格特鲁德和珍妮在厨房里洗床单。他没看见那孩子。他沿着屋子侧面移动。餐厅里没人,卧室里没人。接着,在书房里,一如雷格预料,吉米在那里。那孩子的脸因为兴奋而绯红,而雷格必然相信他就是他们终于派出的间谍。

"那孩子手里拿着某种死光枪之类的东西,直指着书桌……从他的打字机里,雷格可以听到其中传出雷尼的惨叫声。

"或许你们会以为我是把自己的主观想法扣在一个已死的人头上——或者,说得明白点,我在瞎编故事。但我不是。在厨房里,珍妮和格特鲁德都听得到吉米的塑料玩具太空枪嗒嗒嗒的声音……自从他随母亲来上工后,他就拿着那玩具枪在屋里到处乱射,珍妮每天都希望枪里的电池能尽快用完。她听得到那声音,也听得出那声音从哪里传来——雷格的书房。

"那孩子的确比淘气阿丹更皮——假如屋里有个他不该去的房间,他就非要进去不可,否则他会好奇得死掉。他很快就发现珍妮把雷格书房的钥匙藏在餐厅的壁炉架上。他以前进去过吗?我想一定是。珍妮说她在三四天前给过那孩子一个橘子,后来,当她在清理屋子时,在书房的小沙发下发现一堆橘子皮。雷格不吃橘子——他自称对橘子过敏。

"珍妮丢下洗了一半的床单,冲进书房。她听到太空枪'嗒嗒嗒'的吵闹声,也听到吉米叫道:'我抓到你了!你跑不掉的!我从玻璃外面看得到你!'而且……她说……她说她听到另一种尖叫声。那声音高亢而绝望,她说,而且充满了痛苦,几乎让人无法忍受。

"'当我听到那叫声时,'她说,'我知道,无论如何我都得离开雷格了,因为所有老奶奶们讲的古老传说都是真的……发疯是会传染的。我听到的是雷尼的叫声……不知为什么,那坏孩子正在射击雷尼,用一把两块钱的玩具手枪在杀害雷尼。

"'书房的门开着,钥匙还插在上面。那天稍后,我看见餐厅里有张椅子被搬到壁炉架下,椅子上都是吉米的鞋印。吉米趴在雷格的打字机桌上。他——雷格——的打字机是台旧式办公用型号,两侧镶有玻璃。吉米的枪口对准一侧玻璃,正往打字机里发射。嗒嗒嗒,一阵阵紫色的光从打字机里发出。突然间,我可以了解雷格所说关于电子的所有事情了,因为那玩具枪虽然只发出无害的光线,我却感到一阵阵有毒的波浪从那把枪中发射出来,穿过我的头,煎熬着我的脑子。

"'我看到你在里面!'吉米大叫,脸上焕发着小男孩特有的光彩——很美,却也很让人悚然。'你别想逃过未来队长的手心!你死定了,外星人!'那另一种惨叫声……变得越来越低……越来越微弱……

"'吉米,住手!'我吼道。

"'他跳了起来,显然大吃一惊。他转过身……看看我……伸伸舌头……随即又把枪压向玻璃面,再次开始射击。发出嗒嗒嗒的声音和那可怖的紫光。

"'格特鲁德从走廊跑来,一路喊着要他住手,离开书房,不然他会被她打死……就在这时前门砰然打开,雷格冲进大厅,高声怒吼。我只看了他一眼,就知道他已经神志不清了。他手里拿着枪。

"'你不能杀我的宝贝!'格特鲁德一看到他便大声惊叫,并上前想拉住他。雷格不假思索地把她推到一边。

"'吉米似乎不曾意识到这一切——他只是举着太空枪继续朝打字机里射击。我看得见紫光在字键间跳动,那光线看起来像是必须戴上特殊护目镜才能看的电弧,不然的话视网膜会受损,让你变成瞎子。

"'雷格继续冲过来,把我推倒在地。

"'雷尼!'他大叫,'你在杀害雷尼!'

"'就在雷格冲过房间,显然打算枪杀那孩子时,'珍妮告诉我,'我竟然还有时间想着,当我和他母亲可能在楼上换床单,或在后院晒衣服,因此听不到那嗒嗒声……也听不到那只东西……那个福灵的尖叫声时……那孩子肯定已经进到书房,多次举枪射击打字机了。

"'但就算雷格冲进书房,吉米还是没有住手,仍旧不断射击着打字机,仿佛那是他的最后一次机会。从此以后,我就想到他们,也许雷格的理解也错了——也许他们只是在飘浮在四周,偶尔像在泳池边翻两圈花式跳水一样,潜进某个人的脑子里,让这个人干出龌龊的事情,然后又退出。然后被他们侵入的那个人只会说:"嗯?我?做了什么事?"

"'在雷格到达前的一刹那,打字机里发出的狂叫声已转为短暂、锥心的尖叫——我看见玻璃内侧溅满了鲜血,似乎不管里面有什么东西,终于爆了开来。他们说,如果你把一只活生生的动物放进微波炉里,它就会那样爆裂喷血。我知道这听起来有多疯狂,可是我亲眼看到了——血就溅在玻璃面上,然后往下流。

"'杀死了,'吉米心满意足地说,'杀——'

"'这时雷格把他用力推开。他撞到墙壁,手上的枪脱落掉到地上,破了。那只是把塑料枪,里面装了电池而已,当然如此。

"'雷格望进打字机,随即发出尖叫。那不是疼痛或愤怒的叫声,也许有着一丝愤怒吧——但大半是悲痛的嘶吼。然后他转向那男孩。吉米已经跌坐地上,不管他曾经是什么——如果不只是个淘气的小男孩——此时的他只是个惊恐的六岁小孩。雷格举枪对准他。我记得的就是这样。'"

编辑喝完汽水,小心地把空罐放到一旁。

"但是格特鲁德·鲁林和吉米·鲁林记得的,正好能补上珍妮遗忘的。"他说,"珍妮叫道:'雷格,不要!'当他回头看她时,她已经冲向前拉住他。他对她开枪,射碎了她的左手肘,可是她不肯放手。当她还在和他挣扎时,格特鲁德出声叫她儿子,于是吉米飞快跑向母亲。

"雷格把珍妮推开,再次对她开枪。这颗子弹擦过她的左脑壳。只要再向右飞八分之一英寸,他就会杀了她。毫无疑问,要不是珍妮插手,他一定会杀了那男孩,很可能连那孩子的母亲也一起杀了。

"他的确曾对那孩子开枪——就在吉米跑向站在书房门口的母亲怀中时。那颗子弹飞进吉米的左臀,向下从他的左大腿穿出,擦过格特鲁德·鲁林的小腿骨。虽然血流了一地,但没有造成任何致命伤害。

"格特鲁德用力关上书房门,抱着她尖叫而流血不止的孩子跑出大门。"

编辑再度停下,表情若有所思。

"当时珍妮要不是已经昏迷不醒,就是故意选择遗忘接下来发生的事。雷格在他的椅子上坐下,举起那把点四五自动手枪对准脑门。他扣动了扳机。子弹不曾穿出他的脑子,让他成为植物人,也不曾绕过半圈脑壳,无害地从另一边飞出。幻想是有弹性的,但这最后一颗子弹却坚硬无比。他向前趴向打字机,死了。

"警察破门而入时,发现雷格就那么死了,珍妮坐在角落,整个人呈半昏迷状态。

"打字机上都是血,据推测,里面应该也流满了血。头部受伤是很可怕的。

"所有的血都是O型。

"雷格的血型。

"各位先生女士,这就是我的故事。我没有别的可说了。"的确,编辑的声音已退为沙哑的低语。

没有派对后的闲聊,也没有在气氛凝重时用来掩饰尴尬的对话,这次烤肉派对就在沉默中结束了。

就在作家送编辑上车时,他忍不住提出最后一个问题。"那篇稿子,"他说,"那篇稿子怎么了?"

"你是说雷格的——"

"《变形子弹之歌》,不错。那篇造成一切后果的稿子。那才是颗真正的变形子弹——至少对你来说是这样。这篇应该很了不起的稿子后来怎样了?"

编辑打开车门,这是辆小型的蓝色雪佛兰,后车杠上的贴纸写着:别让你的朋友酒后开车。"那篇稿子从未刊登。如果雷格有过复本,他在我接到原稿后就已经把它毁了——想想他对他们的害怕,那是非常合理的。

"我掉进杰克逊河时,车上有他的原稿,加上三份复本。如果我事先把一份复本放在后备箱里的话,那我现在手上还会有这个故事,因为我那辆车的尾巴一直没沉下去——就算沉了,纸总是可以晒干的。可是我要那稿子就放在手边,所以四份稿件都放在前座,驾驶座旁。我掉进河里时,车窗开着。那些稿纸……我猜一定是随河水漂走,流进海里了。我宁可这么想,也不愿相信那些纸会随着沉积在河里的垃圾烂掉,或者被鲇鱼吃掉,或者甚至更不诗意的下场。相信它们被漂到海里去比较浪漫,虽然好像不太可能,不过问题在于我选择相信什么。我发现我还是很有弹性的。

"所谓的弹性。"

编辑坐进他那辆小车,绝尘而去。作家站着目送,直到连车尾灯光也消失了,这才转过身来。梅格站在他们的走廊尽头,在黑暗中怯怯地对他一笑。她的双手紧紧交抱胸前,虽然今晚十分暖和。

"我们是最后两个。"她说,"进屋去吧?"

"好呀。"

在走廊上,她停下来说:"保罗,你的打字机里没有福灵吧?"

这位时常想着,不知自己的灵感与文思从何而来的作家,大胆地回答:"绝对没有。"

他们携手走进屋里,将黑夜关在门外。

水　道

"那年头水道比较宽。"斯特拉·弗兰德斯告诉她的曾孙。这是她一生中最后一个夏季,也是她开始看见鬼魂前的一个夏季。孩子们瞪大眼睛,无声地望着她,而她的儿子,艾登,从阳台上的座位转过身来。这天是星期天。不管龙虾的价格有多高,艾登都不愿在星期天出海。

"您说什么呀,曾祖母?"哈尔问。但是老妇人没有回答。她坐在冷炉旁的摇椅上,脚上的拖鞋一下一下轻敲着地板。

哈尔又问他母亲:"她说的是什么意思?"

露易丝摇摇头,微微一笑,叫孩子们拿着小罐出去摘野莓。

斯特拉心想:她忘了。或者她根本不知道吧?

那年头水道比较宽。如果有任何人知道这个事实,那人一定就是斯特拉·弗兰德斯。她生于一八八四年,是山羊岛上最年老的居民,她这辈子从来没到过美洲大陆。

你爱吗? 这问题开始纠缠她,但她甚至不明白那是什么意思。

秋天来了。不必有雨水,一个寒凉的秋就能为树叶带来真正美好的颜色,在山羊岛上也好,在水道对面的浣熊角也一样。那年秋天寒风呼啸,每一次吼声都在斯特拉心里回荡。

十一月十九日,当第一阵冰雪从灰白色的天空席卷而下时,斯特拉庆祝她的生日。大半村人都来了。海蒂·施托达来了。她母亲在一九五四年死于肋膜炎,而她父亲在一九四一年便已随"舞者号"一起失踪。理查德和玛莉·道奇来了。理查德拄着拐杖,慢吞吞地走向小径,关节炎就像个隐形乘客般跨骑在他身上。莎拉·哈洛自然也来了,莎拉的母亲安娜贝尔曾是斯特拉最好的朋友。她们一起上岛上的小学,从一年级到八年级,而后安娜贝尔嫁给五年级时曾经扯她头发,让她放声大哭的汤米·弗林,同时斯特拉也嫁给有一次把她手上的笔记本统统撞掉在泥地上(但她忍着没哭出来)的比尔·弗兰德斯。现在安娜贝尔和汤米都已过世,莎拉是他们的七个孩子中唯一还在岛上的。她的丈夫乔治·哈洛,人人称之为大乔治,于一九六七年在美洲大陆上惨死,那年没有鱼获。一把斧头滑出大乔治的手,当场血流如注——好多的血!——三天后葬礼在岛上举行。当莎拉到斯特拉的宴会上,喊道:"生日快乐!"斯特拉紧拥着她,闭上眼睛。

(你爱吗？你爱吗？)

但她没有哭。

他们为她准备了一个大型生日蛋糕。那是海蒂和她的好友薇拉·斯布鲁斯一起做的。这群人合声高唱《祝你生日快乐》,声音大到盖过了强风……至少有几秒钟吧。就连艾登也跟着唱了起来。平常在类似的场合里,他只会唱《基督精兵前进》与教会的赞美诗,而且唱歌时总是垂着头,两片招风耳跟番茄一样红。斯特拉的生日蛋糕上插了九十五支蜡烛,即使在唱生日快乐歌时,她还是听到了风声,虽说她的听力已经不比从前。

她觉得那风是在呼唤她的名字。

"我不是唯一的一个。"可能的话,她会这样告诉露易丝的孩子,"我这一辈子,在岛上看过不少生生死死。那年头没有邮船,有邮件时,布尔·西姆会把它们带过来。那时也没有渡轮。要是你有事得到浣熊角去,就要让你的男人用龙虾船载你过去。就我所知,在这个岛上一直要到一九四六年才有抽水马桶。布尔的儿子哈罗是第一个装设的,而他父亲却在前一年出外拉网时死于心脏病发作。我记得见他们把布尔扛回家。我记得他们用防水油布将他裹起来,他的一只绿靴子却跷了出来。我记得……"

然后他们会问:"什么？曾祖母？你记得什么？"

她会怎么回答呢？她还记得别的吗？

冬季的第一天,也就是生日宴会过后约一个多月,斯特拉打开后门要拿些木柴进来,结果在后门阶梯上发现一只死麻雀。她小心翼翼弯下身子,捏着鸟脚将鸟捡起来,仔细看看它。

"冻死了。"她宣布道,而她内心深处却说出另外几个字。她上次看到一只冻死的鸟已是四十年前的事了——一九三八年。那年水道冻结了。

她打了个冷战,连忙将外套拉紧些,在经过生锈的旧焚化炉时便把死麻雀丢了进去。天气很冷。天空是清澄的深蓝色。在她生日那晚,下了四英寸的雪,然后又融了,从那以后就没再下过雪。"一定很快就会来了。"山羊岛商店的拉利·麦金很有把握地说,仿佛拿准了冬天不敢跑远。

斯特拉走向木柴堆,挑了几根,用双手抱着回到屋里。她的影子利利落落地拖在身后。

她走到那只死麻雀掉落的后门时,比尔对她说话了——可是比尔在十二年前就已死于癌症。"斯特拉!"比尔叫道。她看见他的影子落在她旁边,比较长,但一样清楚,影子里的便帽斜向一边,就像他以前习惯的方式。一声尖叫锁在斯特拉的喉咙里,那声音却无法涌到嘴边。

"斯特拉,"比尔又开口说,"你什么时候要到本土来呢?我们向诺姆·乔利借那辆老福特,开车到自由港去看云雀。你说好不好?"

她一个转身,差点没把抱在手里的木柴掉了,却没看到任何人。只有斜向山坡下的后院,以及银白色的野草,而在最远处,一切景物的边缘,便是那清晰而壮观的水道……以及水道另一边的大陆本土。

"曾祖母,水道是什么呀?"萝娜可能会问……虽然她没有问。但她会给他们任何一个渔夫都熟知的答案:水道是两块陆地中间的海水,是两头都能通行的海峡。捕龙虾的人有个老笑话是这么说的:雾来的时候,要怎么看指南针呢,孩子,从咱缅因州的琼斯港到伦敦之间,整个就是条很长的水道啊。

"水道是岛屿和大陆之间的那条海峡。"她或许会再说明,并给孩子糖蜜饼干和加糖的热茶,"我很熟悉的,就像对我丈夫的名字……还有他喜欢怎么戴帽子那么熟。"

"曾祖母,"萝娜会问,"为什么您从没渡过水道呢?"

"宝贝,"她会说,"我从来没有需要渡过水道的理由。"

一月,生日宴会过后两个月,水道自一九三八年以来第一次冻结。收音机警告岛民及本土沿岸居民不可对冰层掉以轻心,但斯蒂文·马利兰和罗素·鲍威在喝了一下午苹果酒后,还是驾着斯蒂文的滑冰橇到冰上去了。不用说,那辆滑冰橇陷进水道里。斯蒂文想办法爬了出来(虽然冻疮使他失去了一条腿),水道却把罗素·鲍威和滑冰橇给一起带走了。

一月二十五日,岛上的人为罗素开了个追悼会。斯特拉在她儿子艾登的搀扶下也去参加了。艾登在祝祷前便用他那无调的声音唱出赞美诗和颂歌。追悼会后,斯特拉和莎拉·哈洛、海蒂·施托达和薇拉·斯布鲁斯一起坐在小镇礼堂地下室明亮的炉火旁。这是为罗素举行的送别会,有鸡尾酒和切成小三角形的乳酪三明治。当然,男人不时得到外面去喝点比鸡尾酒烈的东西。罗素·鲍威的新寡妇红着眼呆坐在爱威尔·麦奎金牧师旁边。她怀了七个月身孕——这是她的第五个孩子。在炉火的暖热下半打着盹的斯特拉心想:我猜,她很快就会过水道去了。我猜她会搬到自由港,或刘易斯顿,找个女服务生的工作。

她望望薇拉和海蒂,看看她们在聊些什么。

"没有,我没听到,"海蒂说,"弗莱迪说什么?"

她们说的是弗莱迪·丁摩,岛上最老的男人(比我还小两岁,斯特拉颇得意地想着)。他在一九六〇年把商店卖给了拉利·麦金,过着退休的清闲日子。

"说他从没见过这样的冬天,"薇拉说着,把她正在织的东西拿出来,"他说这个冬天会让人生病。"

莎拉·哈洛望向斯特拉,问斯特拉有没有见过这么恶劣的冬天。自从第一阵小雪之后,就没再下过雪了。地面光秃秃的,一片棕色。昨天,斯特拉在后院走了三十步远,那里的草轻易地齐声断折,发出玻璃碎裂的声音。

"没有,"斯特拉说,"一九三八年的时候,水道也冻结了,可是那年有雪。你可记得布尔·西姆吗,海蒂?"

海蒂笑了起来:"一九五三年的新年派对上,他在我屁股上用力捏了一把,我想上面的淤血现在都还在呢。他怎么样?"

"那年布尔和我丈夫走过水道到本土去,"斯特拉说,"那是一九三八年二月。穿上雪鞋步行到浣熊角的多丽酒馆去,各喝了一杯威士忌后,又走回来。他们要我一起去,就像两个夹着平底雪橇要出去滑雪的小男孩一样。"

她们都望着她,被她的话吸引住。连薇拉也瞪大眼睛看着她,但薇拉以前一定已经听过这故事了。如果你相信的话,布尔还跟薇拉一起玩过家家酒,虽然此刻看着薇拉,实在很难相信她曾那么年轻。

"你没去吗?"莎拉问道,或许在心中想象着当年的水道。在冬天无热的阳光中如许洁白得近乎湛蓝,雪晶体的闪光,随着步行而渐渐接近的本土,是的,就那样走过海洋,一辈子仅有的一次,步行离开岛屿——

"没有,"斯特拉说,她突然希望自己也带了编织品过来,"我没跟他们去。"

"为什么不呢?"海蒂有点不以为然地问。

"那天是洗濯日。"斯特拉干脆地回答。这时,罗素的寡妇突然放声啜泣。斯特拉望过去,看到比尔·弗兰德斯就坐在那里,身穿他那件红黑格子夹克,斜戴着帽子,抽着一支小雪茄,耳后还插了另一支,以便待会儿接着抽。斯特拉觉得一颗心快跳出胸腔,差点连气都不敢喘了。

她发出一种声音,但就在同时,壁炉里的一根木柴爆裂开来,发出如来复枪的声响,因此完全没人听到。

"可怜的女人,"莎拉哀叹道。

"他走了倒好,"海蒂嘟囔道。她搜寻着关于已故的罗素·鲍威的事实,"那家伙比流浪汉好不到哪儿去。现在她至少得了点遗产。"

斯特拉对她们的话恍若未闻。比尔就坐在那里抽烟,近得足以让麦奎金牧师皱起鼻子。他看起来还不到四十岁,眼角几乎没有年老后陷得极深的皱纹,穿着法兰绒长裤,灰色的羊毛袜整齐地从橡胶靴上缘折了下来。

"我们在等你呢,斯特拉,"他说,"你过来看看大陆本土。今年你不必穿雪鞋的。"

他就坐在这小镇礼堂的地下室,真真实实的,接着壁炉里又传来一声爆响,然后他就不见了。麦奎金牧师仍旧继续安慰鲍威太太,仿佛什么事都没发生过。

那晚薇拉打电话给安妮·菲利普,闲聊之际对安妮提起斯特拉·弗兰德斯的气色不太好,一点都不好。

"要是她病了,艾登就得费尽心血才能送她离岛了。"安妮说。安妮喜欢艾登,因为她儿子托比跟她说过,艾登不喝比啤酒更烈的东西。安妮自己是个极度节制的人。

"除非她昏睡不醒,否则别想叫她离岛,"薇拉说,"只要斯特拉说'青蛙',艾登就会跳。你知道的,艾登并不聪明,斯特拉又很会控制他。"

"噢,是吗?"安妮说。

就在这时,电话线里传来一声金属喀嚓声。薇拉听见安妮·菲利普的声音持续了一下——听不到说了什么,只有喀嚓声背后的模糊声响——然后就什么都听不见了。风刮得很猛,把电话线刮了下来,或许落入高林池塘,或许落在巴洛海湾旁,包着橡胶外壳掉在水道上,也可能落在另一边,浣熊角上……也许有人还会说(半开玩笑地)罗素·鲍威从地狱伸出一只冰手抓住了电缆。

不到七百英尺外,斯特拉·弗兰德斯躺在棉被下,倾听艾登在另一个房间发出的鼾声。她听着艾登,这样就不一定会听到风声了……可是她仍旧听见了风声,哦,是的,吹过冻结的水道,一英里半的水面现在都覆着冰,冰下还有龙虾、鲈鱼,也许还有罗素·鲍威扭动狂舞的躯体。以往每年四月,他都会开着他那辆老旧的罗杰牌翻土机来为她的花园翻土。

今年四月谁来翻土呢?她寒冷地蜷缩在棉被下禁不住想着。仿佛身在梦中之梦,她的声音回答了自己:你爱吗?风呼啸吹起,震得窗子嘎嘎作响。那窗子像在对她说话,但她转开脸不肯听它。而且她没有哭。

"可是曾祖母,"萝娜会追问(她从不放弃,这孩子就像她母亲,以及她已过世的外婆),"您还没说为什么您从来没有渡过水道。"

"孩子,山羊岛上就有我要的所有东西了呀。"

"可是这里这么小。我们住在波特兰。那里有公共汽车呢,曾祖母!"

"城市里的东西,我在电视上看看就够了。我想我会一直待在这地方。"

哈尔比较小,但直觉比较强。他不会像他姐姐那样追问,可是他的问题会更接近核心:"您从来不想渡过水道吗,曾祖母?从来没有?"

她会倾向他，握住他的小手，告诉他，她的双亲如何在结婚不久后就到这岛上来，接着布尔·西姆的祖父如何让斯特拉的父亲在他船上见习。她会告诉他，她母亲如何四度怀孕，但是一个婴儿流产了，另一个出生一星期后就死了——假如大陆上的医院可以救回那婴儿的命，她会愿意离岛的，可是他们甚至还没想到这点，小婴儿就死了。

她会告诉他们，比尔亲自接生了琴，他们的外婆，但她不会说出，等接生完后，他立刻跑进浴室，先是吐了一场，接着就像个因为痛经而歇斯底里的女人一样放声哭泣。当然，琴在十四岁时离岛去念中学了。那时的女孩子已经不流行十四岁就结婚。当斯特拉送她上了布雷德利·麦斯威尔的渡船，她心里明白，琴这一走就不会回来住了，虽然她会不时回岛上探望。她会告诉他们，十年后，当他们已经放弃再有孩子的念头时，艾登出世了，而且仿佛为了补偿他的迟来，艾登直到现在还陪着她，打了一辈子光棍。说起来，斯特拉为此倒是十分感激，因为艾登并不特别聪明，而这世上有许多女人会占一个头脑简单、心地善良的男人的便宜（虽然这点她也不会对孩子说）。

她会说："路易和玛格丽特·高林生了斯特拉·高林，然后斯特拉变成斯特拉·弗兰德斯；比尔和斯特拉·弗兰德斯生了琴和艾登·弗兰德斯，而琴·弗兰德斯变成琴·魏克菲尔；理查德和琴·魏克菲尔生了露易丝·魏克菲尔，后来她成了露易丝·皮洛；大卫和露易丝·皮洛生了萝娜和哈尔。那些就是你们的姓氏，孩子。你们是高林-弗兰德斯-魏克菲尔-皮洛。你们的血在这个岛上的石头里，而我待在这里，是因为大陆遥不可及。是的，我爱；我曾经爱过，或者至少试着爱过，但是回忆又广又深，所以我无法渡过。高林-弗兰德斯-魏克菲尔-皮洛……"

这是自国家气象局开始记录以来最寒冷的二月，因此到了二月中旬，覆盖在水道上的冰便已安全无虞了。雪车在水道上飞驰，有时要是误绊冰纹就会翻倒。孩子们试着滑冰，结果发现冰纹太多不太好滑，便都回高林池塘去了，但那是在牧师的儿子，小贾斯汀·麦奎金把溜冰鞋卡到一道裂缝里而摔伤脚踝以后的事。他们把他送到本土的医院，那个有辆跑车的医生告诉他："别担心，孩子，你的脚会完好如初。"

在贾斯汀·麦奎金摔伤脚踝三天后，弗莱迪·丁摩突然死了。他在一月底感染上流行性感冒,不肯去看医生,跟每个人说那"不过是没戴围巾出门拿邮件时受了点寒",在床上躺了几天,在有人能带他过水道到本土去接上那些专等着像弗莱迪这种人的机器之前,便溘然长逝了。他那上了年纪(对酒鬼来说),已经六十八岁却仍耽溺杯中物的儿子乔治,发现弗莱迪一手拿着《班戈日报》,而他未上膛的手枪就在离另一只手的不远处,显然在死前还想要擦拭手枪。乔治·丁摩参加了一个为期三周的旅行团,因为他知道他老头的人寿保险金快寄来了。海蒂·施托达因此到处跟任何愿意听的人说乔治·丁摩是个罪人,是个耻辱,比流浪汉好不到哪儿去。

流行性感冒来势汹汹。这年二月,学校关闭了两个星期,因为许多学生都请了病假。"就是没下雪,才会传染病菌。"莎拉·哈洛这么说。

到了二月底,当人们开始盼望三月可能到来的慰藉时,艾登·弗兰德斯也染上了流行性感冒。他带着病四处走动了将近一周,最后因为发高烧到三十八度半才倒在床上。他和弗莱迪一样,拒绝看医生,因此斯特拉虽然炖了鸡汤照料他,却免不了担心惊惶。艾登虽然不像弗莱迪年纪那么大,但到了五月他就满六十了。

雪终于下了。情人节那天下了六英寸,二十号时又下了六英寸。二月二十九日那天,整整下了一英尺。雪在海湾和大陆之间铺上一片怪异的纯白,像片牧羊的草地,而自久远的年代开始,这里只是一片灰色的水面。许多人走路到本土去又走回来。今年不需要穿雪鞋,因为雪已冻成一层坚硬的雪冰。他们或许也喝了杯威士忌,斯特拉心想,只是他们不会在多丽酒馆喝,多丽在一九五八年就已付之一炬了。

她又看见了四次比尔。有一次他对她说:"你该快点来,斯特拉。我们一起去跳舞,好不好?"

她说不出话来,用拳头紧紧塞住自己的嘴。

"我想要或需要的一切都在这里。"她会告诉他们,"以前我们有收音机,现在我们有电视机,这就是在水道之外我想要的世界。我每年种花种菜。龙虾?是呀,以前我们在火炉上总炖着一锅龙虾,当牧师来访,我们会把那锅龙虾端下来藏到食品储藏室的门后,以免他看见我们在喝'穷人汤'。"

"我见过好天气和坏天气,假如有时候我想去西尔斯百货公司看看而不是邮购,或者去我在电视上看到的那些市集,而不在这里的店铺买东西,或者叫艾登过去买些圣诞节阉鸡或复活节火腿等等特别的东西……或者如果我曾经想过,只要一次,站在波特兰的国会街,看人们坐在车子里,走在人行道上,只要一眼就能看到比我这辈子在岛上见过的更多的人……如果我曾想过以上那些,那我会更想要现在这一切。我并不奇怪,也不特别,对一个像我这把年纪的女人来说,甚至一点也不怪异。以前我母亲有时会说:'世上最大的差异,无非是工作和需求。'我相信这句至理名言。我相信耕田耕得深,比耕得广要好。

"这是我的地方,我爱它。"

三月中旬的某一天,白色的天空压得低低的,斯特拉·弗兰德斯最后一次坐在厨房里,最后一次把靴子拉上她瘦削的膝盖,最后一次把她的红色羊毛围巾(三年前海蒂送她的圣诞礼物)围到脖子上。她在裙子下穿了一套艾登的保暖内衣裤,裤子的裤腰直拉到她扁垂的胸部下缘,上衣的下摆直垂到她的膝盖。

室外,风又刮大了,收音机说下午之前会下雪。她穿上大衣,戴上手套。踌躇了一会儿之后,她在自己的手套外又加戴一双艾登的手套。艾登的感冒已经好了,今天早上他和哈利·布勒到鲍威寡妇家去修理一扇门。鲍威寡妇刚生了个女婴。斯特拉看过那婴儿了,这不幸的小东西长得就像她父亲。

她在窗口站了一会儿,向外眺望水道。果然不出她所料,比尔就在那里,站在本岛和浣熊角之间,站在水道上,对她招手,似乎在告诉她,如果她想在这辈子踏上本土一步,那时间已不多了。

"或许这是你要的,比尔,"她生气地默想,"可是天晓得,我才不要。"

然而风却说出她心里的话。她要的。她想要冒这么一次险。这个冬天对她来说是痛苦的——来去不定的关节炎猛烈地侵袭,以红色的火和蓝色的冰扑向她的手指和膝关节。她的一只眼睛变得模糊不清了(那天莎拉才不安地提到,斯特拉六十岁时出现在那只眼睛里的小红点突然变大了)。更糟的是,剧烈难忍的胃痛又回来了,两天前,她在清晨五点醒来,蹒跚走过冰冷的地板到浴室去,在马桶里吐了一摊鲜红色的血。今天早上她也吐了血,滋味恐怖的东西,像铜锈一样。这五年来,胃痛时来时去,时好时坏,而她几乎从一开始就知道那是癌症。她父母和外公都死于癌症。他们都没活过七十岁,因此她想,她已经算是一大突破了。

"您的食量像匹马一样。"艾登笑着对她说。那是在胃痛又开始,而她首次在早上大便时注意到鲜血不久之后。"您不晓得您这样的老太婆吃东西该像小鸟一样吗?"

"少管闲事,不然我就揍你!"斯特拉回答,并对她灰发的儿子举起一只手。艾登开玩笑地闪身躲开,喊道:"不要,妈!我把话收回来就是了!"

是的,她吃得很多。倒不是她想吃,而是她相信(和她那一辈的许多人一样)只要喂饱癌症,它就不会骚扰你。或许这招真的有效,至少暂时有效。她大便时不再出血了,有好长一段时间不再出现过。艾登也习惯了她这样的饮食,可是她一磅也没再增加过。

现在,看来癌症终于回转过来,到了法国人称为"不可抗拒"的阶段了。

她举步想出门去时,看见艾登那顶有镶皮耳罩的帽子挂在玄关的一根挂钩上。她把帽子戴上——帽缘直覆到她灰白的眉毛上——然后最后一次环顾,看看她是否遗忘了什么。炉火很低,艾登又忘了把格栅推进去一点——她不知对他说过多少次了,可是这点他老记不住。

"艾登,等我走了以后,你每年冬天要多烧好几吨煤了。"她喃喃说着,打开炉子。她一望进火炉里,便不觉惊恐地倒抽一口气。她用力关上炉门,用颤抖的手指调整格栅。有一瞬间——只是一瞬间——她看到她的老友安娜贝尔·弗林出现在炭火之间——那是张活生生的脸,连脸上的痣都清清楚楚的。

安娜是不是对她眨眼了?

她想到该留张纸条给艾登,解释她到哪里去了,但她又想,也许艾登会慢慢领悟的。

她仍在脑子里写着纸条——从今年冬天的第一天起,我就常常看到你父亲。他告诉我死亡并不坏。至少我想他是这么说的——斯特拉走出门。

风摇撼着她,使她不得不重新把艾登的帽子戴好,以免帽子被调皮的风开玩笑地偷走。寒冷似乎找到她衣服的每一个缝隙,拼命往里钻……

带雪的三月湿冷仿佛自有意志。

她走下坡,朝海湾走去,谨慎的走在乔治·丁摩所铺的碎木和煤渣上。乔治曾在浣熊角找到一份驾铲雪机的工作,但在一九七七年,他喝纯麦威士忌喝得烂醉,驾着铲雪车撞倒了不止一根、两根,而是三根电线杆,捅了个大娄子。浣熊角因此五天没有灯火。斯特拉现在都还记得那景象有多奇怪,望过水道,却只见一片漆黑。她早已习惯看到一片灿烂的灯火了。现在乔治在本岛工作,由于岛上没有铲雪机,他无法造成太多伤害。

她走过罗素·鲍威家时,看到脸色苍白的鲍威寡妇正向外望着她。斯特拉挥挥手。鲍威寡妇也对她挥挥手。

她会这么告诉他们:

"在岛上,我们总是同心协力,互相帮忙。那回格德·亨利德胸腔血管破裂时,我们一整个夏天节衣缩食,好支付他在波士顿动手术的费用——格德活着回来了,谢天谢地。当乔治·丁摩撞倒那些电线杆,电力公司要他把房子抵押赔偿时,大伙儿为他凑钱赔了电力公司,又设法让乔治有份工作,好让他烟酒无缺……有何不可?他在工作完后无所事事,但他工作时可像匹马一样卖力。那次他惹上麻烦是因为那是晚上,而晚上是乔治喝酒的时间。现在鲍威太太一个人要抚养另一个婴儿。也许她会待在这里领社会福利金和救济金,但那些钱可能不够,可是她会得到需要的帮助。说不定她会离开,只是,她要是留下来,是绝对不会饿死的。听着,萝娜和哈冫:假如她留下来,或许她会保有水道这边这个小世界的本质,这本质是在刘易斯顿讨生活,或在波特兰吃甜甜圈,或在班戈北方的纳什维尔喝酒时很容易失去的。我年纪大了,不想对你们旁敲侧击,这个本质就是:一种生存,生活的方式,一种感觉。"

他们也用其他方式过他们的生活,可是她不会告诉他们这个。孩子们不会了解的,露易丝和大卫也不会,但琴曾经体会到这个事实。诺曼和艾蒂·威尔逊的婴儿生下来便患了蒙古症,可怜的小脚向内弯,光秃秃的头壳凹凸不平,手指有蹼连在一起,仿佛在母亲的内水道里游泳时做了太久也太深沉的梦。麦奎金牧师来为孩子洗礼,隔天玛莉·道奇来了,即使在那时候,她也已经接生过上百个婴儿了。于是诺曼带艾蒂去坡下看弗兰克·查尔的新船。艾蒂虽然还虚弱得难以走动,但没有一句怨言,尽管她在门口停住脚步,回头看向坐在那白痴婴儿摇篮旁编织的玛莉·道奇。玛莉抬起头来看她,当她们目光交会时,艾蒂的泪水涌了出来。"走吧,"诺曼烦躁地说,"走吧,艾蒂,走吧。"等他们一个钟头后回到家里时,那婴儿已经死了,夭折在摇篮里,他没受苦也算是一种福气。在那之前的许多年,在战前,经济大萧条时,有三个小女孩放学回家时遭到侵犯。不是严重的侵犯,至少没有你看得见的伤口或疤痕。她们都说有个男人说要给她们看一沓纸牌,每张纸牌上都印有不同的小狗。那男人说,他会让她们看这沓纸牌,只要小女孩跟他到树丛里去。一进了树丛,这男人就说:"但是你得先摸摸这个。"那三个小女孩中的一个是格蒂·西姆,一九七八年时在布伦斯威克高中被选为该年度缅因州模范教师。当年才五岁的格蒂对她父亲说,那个男人的一只手上少了几根指头。另一个小女孩同意她的说法。第三个什么也不记得。斯特拉记得那年夏天一个雷声隆隆的阴天,艾登出门去,虽然她问了他要去哪儿,他却没说。她在窗畔看着,看见艾登在路口和布尔·西姆会合,接着弗莱迪·丁摩也加入他们。在海湾旁,她看见当天早上她一如往常送出门的丈夫,手里拿着晚餐桶,更多男人前来会合了。等他们终于起程时,她数清楚一共是十一人,包括麦奎金的前任牧师。那天晚上,一个叫丹尼的男人被发现陈尸在斯列德角下突出的岩石上。这个丹尼是大乔治·哈洛请来帮他在屋子下放新的基石,并为他的卡车安装新引擎的人。他是新罕布什尔人,说话很讨人喜欢,帮哈洛家做完事后便找些零星的活儿干……在教堂里,他的歌声颇为雄壮!很显然的,他们说,丹尼走到斯列德角上,结果失足跌落,摔死在下面的礁岩上。他的颈子折断了,头壳裂了开来。没人知道他有任何亲人,因此他被埋在这个岛上,麦奎金牧师的前任还在墓园致了悼词,说这个丹尼尽管右手少了两个指头,但仍是个好工人、好帮手。他做完祝福式后,参加葬礼的人便回到小镇礼堂的地下室去,喝鸡尾酒,吃乳酪三明治。而斯特拉从来不曾问她丈夫和儿子,丹尼摔落斯列德角那天,他们到哪里去了。

"孩子,"她会告诉他们,"我们总是同心协力,互相帮助。我们必须,因为那年头水道比较宽,因此起风时大浪翻腾,天黑得也快。是的,我们觉得自己很渺小——在上帝的心里不比一颗微尘大。因此我们很自然地并肩携手,同心协力。

"孩子,我们并肩携手,即使有时候我们会怀疑目的何在,或者这世上是否真的有爱存在,那是因为在漫漫冬夜里听到的风声和水声让我们害怕的缘故。

"是的,我从来不觉得需要离开这个岛。我的一生都在这里。那年头水道比较宽。"

斯特拉走到了海湾。她左右张望,风将她的裙子吹得向后翻飞,如同扬起一面旗子。如果有人在那里,她会走得更远些,冒险踏向那些结了冰的礁岩。但她没看到什么人,因此她沿着堤防往前走,经过老西姆的船屋。她走到底,在那里伫立半晌,高昂着头,听着透过艾登那顶帽子的耳罩下传来的风声。

比尔站在水道上,对她招手。在他后方,在水道那头,她能看见浣熊角的刚果教堂。在白色的天空下,很难看清楚教堂的尖塔。

她咕哝一声,在堤防尽头坐了下来,随即踩上下面的冰雪。她的靴子微微陷落,但不太深。她再次把艾登的帽子戴好——风真想把它揪走呢!——开始向比尔走去。有那么一会儿,她想要回头,但她毕竟没有回头。她不相信自己的心脏能受得了。

她走着,靴子踩在冰雪上喀嚓作响。比尔在前方,往后退到更远处,但仍在对她招手。她咳嗽了,把鲜血吐在覆在冰面的皑皑白雪上。现在水道向两侧延伸,而她有生以来,第一次不必借助艾登的望远镜,便看到了对岸那块"斯坦顿鱼饵及租船"的招牌。她能看见浣熊角的大街上来来往往的车子,惊奇地想着:他们可以到要去的任何地方……波特兰……波士顿……纽约。想想看!而她几乎能想象出一条漫无止境的大路,世界的界限变宽了。

一片雪花自她眼旁飘过,接着又是一片,又一片。不久雪一阵阵飘落,而她便在这一片白茫茫的世界中前行。透过有时几乎完全清晰的雪白帘幕,她看得见浣熊角。她举起手,再次把艾登的帽子拉好,结果雪从帽缘落进她的眼里。风将新下的雪卷成漩涡状。在其中一个漩涡中,她看到了卡尔·艾柏山;他和海蒂·施托达的丈夫一起随"舞者号"沉到海里了。

然而,没多久,雪更大了,明亮的雪白立刻变得晦暗。浣熊角的大街越来越模糊,最后终于从她的视野中消失。有一段时间,她还看得到教堂顶端的十字架,但不久连那十字架也消退了,有如一场虚假的梦。最后消失的是那块黄底黑字的招牌:"斯坦顿鱼饵及租船",那里也可以买到引擎机油、粘蝇纸、意大利三明治和百威啤酒。

这时斯特拉已走在一个完全无色的世界里,一个灰白色的雪梦中。她回头看,但是现在岛也已消失了。她看得见自己一路行来的脚印,在远处渐渐变得模糊不清,只有脚跟后半圈微微可见……再远一点便什么都没了。一切都消失不见。

她心想:那是因雪白反光的缘故。你得当心呀,斯特拉,不然你永远都到不了本土的。你会绕圈而行,直到精疲力竭,最后冻死在这里。

她记得比尔曾对她说过,如果在树林里迷了路,得假装你习惯依赖的那条腿是跛的。要不然,那条腿会开始引导你,你就会绕圈子,而且直到绕回原路后才会发现。斯特拉相信,她的身体不容许这情况发生。收音机说,今天、今晚和明天都会下雪,而在这样的白茫下,她甚至不会知道自己是否绕回了原路,因为风和新雪会在她走回之前,便把她的足迹掩盖。

尽管戴了两双手套,她的双手仍旧渐渐觉得麻痹,而她的脚早已没有知觉了。事实上,这几乎是种解脱,至少麻痹遏阻了关节炎的侵扰。

斯特拉开始跛行,让左腿多用点劲。她膝盖的关节炎还未沉睡,不久后它们将会开始对她尖叫。她的白发向后飞,她忍不住龇牙咧嘴(她仍有一口好牙,只有四颗假牙)。她直视前方,等着那块黄底黑字的招牌从飞舞的白茫中现形。

那招牌并未出现。

过了一会儿,她注意到所有的白茫几乎一致转成暗淡的灰色。雪下得更大了。她的双脚仍踩在冰雪上,但此时积雪已达五英寸高。她看看表,却发现表已停了。斯特拉意识到,今天早上她一定忘了上发条,这是二三十年来她第一次忘记。或者是这只表永远地停了?这只表原本是她母亲的,她曾经两次叫艾登把表拿到浣熊角去,让杜提先生惊叹一番再加以清洗。至少,她的表曾经到过大陆本土。

在她注意到天色转灰约十五分钟后,她第一次跌倒。有一会儿,她听任四肢贴地,想着或许待在这里,蜷缩身子倾听风声会容易得多,但接下来,帮助她经历过无数困难的决心恢复了,于是她又皱着眉站起来,站在风里,直视前方,极力想看……却什么也看不到。

很快就会天黑。

呃,她一定走错了。她走了弯路,要不然她现在该已走到本土了。然而她不相信自己会错到和陆地平行前进,或甚至弯回山羊岛的方向。她心里的领航者低声说她转过头,弯到左边了。她相信自己仍在接近大陆本土,只是走了较长的斜对角路径。

这个导航的声音要她右转,可是她不肯听。反之,她继续直行,但停止假装跛脚。她一阵咳嗽,将鲜红的血吐到白雪中。

十分钟后(现在四周已转为深灰,她发现自己置身在暴风雪的幽暗中)她又摔倒了,起初挣扎了半天也爬不起来,但最后终于站了起来。她摇摇欲坠地站在风雪中,在强风狂吹下几乎无法挺直身子,一阵阵晕眩袭来,让她感觉头重脚轻。

或许在她耳边怒吼的不尽然是风,但狂风的确成功地从她头上剥下了艾登的帽子。她伸手想抓,可是风轻易让它舞出她伸手可及的范围,因此她只能眼睁睁望着那帽子轻快地向浓密的灰色中翻滚,成为醒目的一点橙红色。它滚过白雪,飞了起来,又向前滚,不一会儿便消失不见。现在她的头发自由地在头部四周飘飞。

"没关系,斯特拉,"比尔说,"你可以戴我的帽子。"

她惊喘一声,在昏茫中仓皇四顾,双手自然地覆在胸前,觉得尖锐的指甲从心上划过。

她什么也没看见,只看见翻滚、变动的雪——接着,在那昏灰苍茫中,随着尖声吼叫如魔鬼般的风声,她丈夫出现了。最初他只是在雪中移动的颜色:红、黑、墨绿、淡绿,然后那些颜色化为一件有翻领的法兰绒夹克、一条法兰绒长裤和绿色长靴。他对她举起帽子,那姿态几乎是礼貌得荒谬。那张脸是比尔的脸,没有后来将他带走的癌症痕迹(这就是她害怕的吗?她丈夫那饱受折磨的身形会走向她,一个枯瘦如柴、如在集中营待过的躯体,皮肤紧绷在颊骨上,两眼深陷在眼窝里?)。她感到如释重负。

"比尔?真的是你吗?"

"当然。"

"比尔。"她又唤了一声,高兴地向他迈进一步。但她的腿不听使唤,使她以为自己又要摔倒,穿过他的身子——毕竟他只是个鬼魂——但他却抱住了她,双臂完整而强壮,一如当初抱她跨过那栋这些年来她与艾登同住的屋子门槛。他抱住了她,不久后,她感觉到一顶帽子端端正正地戴到她头上。

"真的是你吗?"她又问一次,抬头看他,看他那还未深陷的眼角皱纹,看他那格子夹克上的雪,看他那头飞扬的棕发。

"是我。"他说,"我们都来了。"

他半转过她的身子,让她看到在渐浓的黑暗中,从越过水道吹来的风雪里走出的其他人。一声半是喜悦半是惊悸的叫声自她口中发出,因为她看到海蒂的母亲梅琳·施托达,穿着一件在风中飘动如钟的蓝裙子,而握着她的手的,是海蒂的父亲,不是和"舞者号"沉在海底某处的骷髅,而是完整而年轻的躯体。站在他们两人后面的——

"安娜贝尔!"她大叫,"安娜贝尔·弗林,是你吗?"

那真是安娜贝尔。即使在大雪纷飞的暮色中,斯特拉仍认得出安娜穿去参加她婚礼的那条黄色裙装。当她拉着比尔的手,勉力朝她的故友走去时,她觉得似乎闻到了玫瑰花香。

"安娜贝尔!"

"我们就快到那里了,亲爱的。"安娜贝尔说着,握住她另一只手。那条当年被认为新潮的黄裙子(但,还好,不至于大胆得过火),使她的肩膀裸露出来,只是安娜似乎不觉寒冷。她那头赭红色秀发,长长地在风中飘舞。"只剩一小段路了。"

她握住斯特拉另一只手,然后他们再次一起前进。其他人一个接一个自雪夜中浮现(现在已经入夜了)。斯特拉认出了许多人,但不全都认得。汤米·弗林加入了安娜贝尔;大乔治·哈洛走在比尔后面;还有那个在浣熊角守了近二十年灯塔的男人,每年二月他都会到岛上来参加弗莱迪·丁摩主办的扑克牌比赛——斯特拉怎么也想不起他的名字了。还有弗莱迪本人!跟在弗莱迪后面,独自走着、表情迷惘的人,便是罗素·鲍威。

"你看,斯特拉。"比尔说。她看见阴暗中浮现的黑影,有如许多艘船裂开的船头。但那黑影并不是船,而是峥嵘且有裂沟的岩石。他们已经到浣熊角了。他们已经走过了水道。

她听见许多人的声音,却不确定他们在说什么:

握着我的手,斯特拉——

（你）

握着我的手,比尔——

（你你你）

安娜贝尔……弗莱迪……罗素……约翰……艾蒂……弗兰克……握着我的手,握着我的手……我的手……

（你爱吗）

"握着我的手好吗,斯特拉?"一个新的声音说。

她回过头,看见说话的人是布尔·西姆。他和善地对她笑着,然而他的眼神让她惊恐,因此她犹豫了一下又退开了,紧紧抓住比尔的手。

"是不是——"

"时间到了?"布尔说,"哦,是的,斯特拉,我想是的。但那并不痛苦。至少,从以前到现在,我从来没听过。"

她突然哭了——那是她从未流出的所有泪水——然后伸手握住比尔。"是的,"她说,"是的,我会,是的,我确定,是的,我愿意。"

他们在暴风雪中站成一圈,这些山羊岛的死者,风绕着他们呼啸,夹带着雪花,斯特拉开始歌唱。歌声传入风中,随风飘逝。他们都高声唱了起来,如在夏季的黄昏转为夜晚时,孩子以他们高亢甜美的声音歌唱。他们唱着,斯特拉觉得自己走向他们,加入他们,终于渡过了水道。疼痛是有一点,但并不剧烈;她失去童贞时痛得多了。他们在黑夜中围圈而立。白雪在他们四周随风打转,他们高声歌唱。他们高声唱——

——艾登不能告诉大卫和露易丝,但在斯特拉死后的那个夏天,当孩子们照例每年到这里来度两周暑假时,他告诉了萝娜和哈尔。他告诉他们,上一个冬天那场暴风雪来袭时,风声中似乎夹着许多人的歌声,有时他仿佛还听得出歌词:"赞美上帝,他给我们祝福,赞美他,下界的生灵们……"

可是他没告诉他们(想象迟钝而缺乏想象力的艾登·弗兰德斯要如何大声说出这些话,即使只是对他的孙辈!),有时当他听到那声音,就算坐在壁炉边也会觉得寒冷;有时他会把修理到一半的陷阱放到一旁,想象由风唱出的歌声属于那些已经过世的人……仿佛他们站在水道某处,像孩童般高歌。他似乎听见了他们的声音,而在这些夜晚,他有时会睡着,梦见在自己的葬礼中唱赞美诗,没人听得见他,也没人看得见他。

有些事永远说不出口，也有些事——不尽然是秘密——永远无法和人讨论。在暴风雪后隔天，他们在大陆本土那边找到斯特拉冻僵的尸体。她坐在浣熊角镇界以南约一百码外的一张天然石椅中，整个人都被冰冻住了。有辆跑车的那个医生说，他非常惊讶。从山羊岛的海湾走到那里足足有四英里路，而法律要求对不寻常、孤独死亡所做的解剖则显示出末期癌症——的确，这位老妇留下了一个不解的谜。艾登要怎么告诉大卫和露易丝，说斯特拉头上那顶帽子不是他的？拉利·麦金认出了那顶帽子。约翰·班生也认出来了。他在他们眼里看了出来，而他猜测，他们也在他眼里看了出来。他还不够老，不会忘记那是他父亲生前戴的帽子，帽缘和帽舌破损之处，处处都是证实。

"这些是要让人仔细回想的事。"假如他知道该怎么说，他会告诉两个孩子。"让人两手忙着工作，身旁放着一杯咖啡时，慢慢地，仔细地想。或许这些是水道的问题：死者会唱歌吗？他们还爱活人吗？"

在萝娜和哈尔随着他们的父母亲搭乘艾尔·柯利的船回大陆本土去，两个孩子站在船尾挥手道别后，那晚艾登思索着这个问题，以及别的问题，还有他父亲的帽子。

死人会唱歌吗？他们爱吗？

在母亲斯特拉·弗兰德斯已在坟中长眠安息，在他一人独守的漫漫长夜中，艾登时常觉得，死者不但会唱歌，也会爱。

后　记

　　并非所有人都对短篇故事的诞生过程有兴趣,这很自然——你不需要懂得内燃机引擎也能开车,你也不需要知道故事创作当下的时空环境,但一样能享受其中乐趣。引擎原理能吸引机械工程师,而故事创作过程,则能吸引学院人士、书迷和爱管闲事的人(第一个和第三个其实是同义词,不过我们就别管这么多了)。我在此列举了本书中几则随性读者可能会觉得有趣的相关纪事。但如果你比随性还随性,那么你现在就可以毫不犹豫地合上本书,也不会有什么损失。

　　《迷雾》:这篇故事写于一九七六年夏天,是为了我的经纪人柯比·麦卡利所策划的一本短篇故事集而写。两三年前,他也策划过另一本名叫《恐惧》的短篇故事集,是直接出平装版。而收录本篇故事的书名叫《黑暗势力》,它会先出精装本,而且野心也较大。柯比为了这本书向我邀稿,而他的催稿方式固执、坚决,再加上一点优雅的外交手腕,总之,就是一个真正好的文学经纪人的招牌。

　　但一开始我什么点子都想不出来。我越用力想,就越是一无所获。我在想,我脑中用来创作短篇故事的机制可能遇上暂时或永久的故障了。然后,那场暴风雨来了,就跟书里描写的一模一样。我们那时候就住在那里,暴风雨最大的时候,长湖上的确出现了水龙卷,而我也的确要家人和我一起到地下室去躲一躲(尽管我妻子的名字是塔比莎,斯黛芬则是我小姨子的名字)。第二天去超市的采购之旅也一如书上,至于书中同行的讨厌邻居诺顿,在现实生活中住在诺顿的避暑小屋的,是位非常和善的医生拉尔夫·德鲁和他的妻子。

　　在超市里,灵感一如惯例地突如其来,而且没有预兆。当时我在走道中间，寻找热狗面包，想象着有只史前巨鸟，扑着翅膀飞向后头的肉类柜台，弄倒了一堆凤梨切块和番茄酱罐头。然后等我和儿子乔在排队结账时，我又想象我们这群人全被史前动物围困在一家超市里，并以此自娱。我认为这点子疯狂而有趣，就像换伯特·高登来拍《围城十三天：阿拉莫之役》的电影一样。我回家后，当晚就把故事写了一半，剩下的一半则在下星期写完。

这故事有点太长，但柯比觉得很好，把它收进那本选集。但我一直要等到从头改写时才喜欢上这故事。我特别不喜欢大卫·德莱顿与阿曼达上床，并再也无法查到在家的妻子发生了什么事。对我来说，他的表现太懦弱了。但在修改时，我找出了自己喜欢的文字节奏，并牢记在心，同时比起其他较长的短篇故事（例如《肖申克的救赎》中的《纳粹高徒》，就是用来说明我的文学象皮肿症的好例子），本篇也能更成功地揭示故事核心。

而节奏的成功关键就在于全篇的第一句，我是直接从道格拉斯·费尔班的小说杰作《射击》中搬来的。对我来说，那句子包含了所有故事的精华，也可以说是一句禅语。

《厕所有老虎》：我在康涅狄格州的斯特拉福德上一年级时，我的导师是范布伦太太，她很恐怖。我就很希望能看到有只老虎把她吃掉。你也知道，小孩子嘛。

《猴子》：四年前，我因公去了纽约一趟。当我结束在新美国文库出版社的拜访行程，返回旅馆的途中，在第 5 街和 44 街口，看到一个卖电动猴子的人。他在人行道上铺了条灰色毯子，上面站了一排猴子，它们面露笑容，会弯腰，还敲着手中的钹。但这景象在我眼中看起来却很可怕，于是在回旅馆的剩下路程上，我就一直在思考为什么会这样。最后，我回到旅馆房间，在那里完成了大半的故事。

《陶德太太的捷径》：我太太就是故事中的陶德太太，她的确疯狂于寻找捷径，而故事中有条捷径真的存在，她也真的把它找了出来。塔比有时的确让人感觉她变得更年轻了，我只希望自己不像故事中的渥兹·陶德。我试着不要。

我非常喜欢这故事。这故事让我快乐,而故事中的老人也相当抚慰人心。

另外,这个故事当初被三个女性杂志拒绝,其中包括《大都会》杂志,理由是因为主角年纪太老,无法引起主要读者的兴趣。

最后,是《红皮书》杂志接受了这篇故事,上帝保佑他们。

《跳特》:这篇故事原本是为了《全知》杂志而写,结果被退稿,原因是其中的科技在理论上站不住脚。至于故事中在外星设殖民地采集水矿的点子是来自另一位小说家本·波瓦,而我在这篇故事中将其具体实现。

《木筏》:我在一九六八年时写了这故事,当时叫《漂流物》。一九六九年,这个故事被卖给《亚当》杂志,就跟大多数杂志一样,是刊登以后而非收到稿件时就付稿费,当时答应的稿费是两百五十美元。

一九七〇年春天,某天凌晨十二点半,我开着我的白色福特从大学汽车旅馆回家的路上,撞到了一堆交通锥。这些交通锥围着一块刚油漆的人行道,油漆已干,却没人想到天黑以后要把这些交通锥收起来。其中一个反弹后把我排气管上的消音器给敲松了。我顿时义愤填膺,决定要捡拾这些危险的交通锥,隔天早上再统统放到警察局门口,还要附张纸条说明我拯救了无数消音器与排气系统,应该获颁勋章。

于是,我捡了大约一百五十个交通锥,直到警车顶上旋转的蓝灯出现在我的后视镜里。

我永远忘不了,那警察来到我车旁后,看着我的后座好长一段时间,开口问道:"小子,那些交通锥是你的吗?"

那些交通锥全被充公,我也成了奥罗诺镇警局的贵宾。大约一个月后,我被带上班戈市地方法庭,以窃盗罪名被起诉。我是自己的律师,而这律师有个笨蛋客户。我被判两百五十美元罚款,我当时自然没有这笔钱。我有七天时间可以筹钱,不然就要在皮诺斯科郡监狱当三十多天的贵宾。

而法官判罚三天后,《亚当》杂志寄来了两百五十美元的支票,是我的短篇小说《漂流物》的稿费。这简直就像收到一张"出狱许可证"。我立刻将支票兑现,付清罚款,并且下定决心,从此以后看到交通锥时,我会笔直驶过；我会戒掉交通锥。

问题来了，《亚当》杂志是"出刊"后才付稿费，所以天杀的，当我拿到稿费，就表示这个故事已经刊登出来了。但我没有收到该期杂志，我定期去书报摊检查，但也没看到过——我得夹在一群臭男人当中，在诸如《波霸》杂志与《浪荡蕾丝边》之间翻寻骑士出版社发行的文学杂志，但我从来没在其中看到这个故事。

因为我已遗失这篇故事的原稿，因此十三年后的一九八一年，我得重新构思一次这个故事。当时我在匹兹堡，正在编最后一集《鬼作秀》的电视剧本，当时我已疲惫不堪，因此决定重写一次这个故事，而结果就是《木筏》。故事事件与原始的短篇小说大致相同，但我相信在细节上绝对恐怖得多。

所以，到底有谁看过《漂流物》这篇小说，或甚至有这本杂志，可以请你寄份复印件或不管什么给我好吗？甚至寄张明信片让我确认只是我发疯了也行？它可能会登在《亚当》杂志、《亚当季刊》或是（非常有可能）《亚当床边读物》（这可能不是个名字，我知道，我知道。但那时候我只有两条裤子和三套内衣裤，乞丐是没得选择的。而且让我告诉你，再怎么说都比《浪荡蕾丝边》好多了。）我只想确认一下，这个故事确实曾在"神鬼禁区"之外的某地发行出刊而已。

《适者生存》：我必须研究食人这种行为，因为这就是我这种人有时候会思考的问题。而且缪斯女神有时会在我脑中排泄。我知道这听起来很粗俗，但请相信我，这是我所能找到的最好的比喻。而且如果福灵肯要，我也愿意喂它饼干。总之，我开始思考，一个人有没有办法吃自己身上的肉，如果可以，在不可抵抗的结局来临前，他能吃多少？我犹豫着是否要下笔写这故事，因为我知道我只可能把它搞砸。最后，有天在车子后座吃汉堡时，我太太问我在偷笑什么？于是我决定至少要试一试。

我们那时住在桥墩镇，我花了点时间和隔壁的退休医生拉尔夫·德鲁谈了这件事。虽然一开始他看起来很困惑（因为前一年，我曾为了另一个故事问他觉得人有没有可能吞下一只猫），但最后他也同意，一个人可以靠自己身上的肉活上一段时间。他指出，就像物质界的一切，人体也蕴藏着能量。我又问他，那么关于重复承受截肢的冲击性休克呢？他给我的答案就是这篇故事的第一段,我只做了很少的改动。

我猜,福克纳也没写过这样的东西吧,哈。

《奥图伯伯的卡车》:那辆卡车是真的,房子也是,我是在一次长途驾车时在脑中编出这个故事的。我非常喜欢这个故事,所以后来花了几天把它写了下来。

《水道》:塔比最小的弟弟汤米曾经当过海岸防卫队队员。他驻守从琼斯港到比尔斯一带漫长而地形纠结的缅因州东南海岸。在那里,海岸防卫队的主要工作就是为大型浮筒换电池,以及偶尔拯救迷失在雾中或撞上礁石的毒品走私者。

那里有很多离岛,岛上也有很多紧密连结的社区。就是他告诉我真实版的斯特拉·弗兰德斯的故事,她从出生到死亡都住在她的岛上。是猪岛?还是乳牛岛?我不记得了,总之是某种动物。

但我很难相信这件事:"她从来不曾想过海到大陆本土吗?"

"不,她说直到她死,她都不想跨过水道。"汤米说道。

"水道"这个词对我来说很陌生,也是汤米对我解释的。他也跟我说了龙虾渔夫那个从琼斯港到伦敦之间的水道笑话,而我也把它放进了故事中。这故事最早发表在《北佬》杂志上,叫《死人会唱歌吗?》,非常漂亮的篇名。但几经思考,我决定在本书中改回原来的篇名。

好了,就这样。我不认识你,但每本书到了最后,我总是有种醒来的感觉。与梦告别总会有点悲伤,但看看周围,真实世界的一切是多么美好。感谢陪我走完这趟旅程,我非常享受。每一次都是。我希望你能平安抵达终点,而且下次能再次出现,因为就像那古怪的纽约俱乐部领班所说,总是有更多的故事。

斯蒂芬·金
缅因州班戈市